U0817175

《直谏中学语文教学》

南方日报出版社　2003

《批判与探寻：文本中心的突围和建构》

山东教育出版社　2012

《中学语文课文解读（现代文部分）》

东方出版中心有限公司　2022

孙绍振文集

文本中心的突围和建构

海峡出版发行集团｜海峡文艺出版社

图书在版编目(CIP)数据

文本中心的突围和建构/孙绍振著. —福州:海峡文艺出版社,2025.6
(孙绍振文集)
ISBN 978-7-5550-3006-5

Ⅰ.①文… Ⅱ.①孙… Ⅲ.①中国文学—文学研究 Ⅳ.①I206

中国国家版本馆 CIP 数据核字(2023)第 073780 号

文本中心的突围和建构

孙绍振 著

出 版 人	林 滨
丛书统筹	林可莘
责任编辑	林可莘
出版发行	海峡文艺出版社
经 销	福建新华发行(集团)有限责任公司
社 址	福州市东水路 76 号 14 层
发 行 部	0591—87536797
印 刷	上海盛通时代印刷有限公司
厂 址	上海市金山工业区广业路 568 号
开 本	787 毫米×1092 毫米 1/16
字 数	540 千字
印 张	26.75 **插页** 1
版 次	2025 年 6 月第 1 版
印 次	2025 年 6 月第 1 次印刷
书 号	ISBN 978-7-5550-3006-5
定 价	136.00 元

如发现印装质量问题,请寄承印厂调换

出版说明

孙绍振先生是我国著名的文艺理论家、文学评论家、语文教育理论家、作家，是“闽派批评”的旗帜性人物。

他学贯中西、思通古今，全面梳理中国传统文艺理论中的重要命题，对当代西方文论进行了系统的分析和批判。他的文学研究贯穿着“实践真理论”的世界观和辩证方法论。他以一个“文学教练”的矫健身手，在“文学创作论”和“文学文本解读学”的坚实理论基础上，进行海量的经典文本分析，洞察小说、诗歌、散文等文类的艺术奥秘。由此，他建构了富有原创性的中国特色文学理论话语体系，在理论和实践结合方面发出中国声音。

他以先锋姿态投入“朦胧诗”大论战，业已留下重要的历史文献；以创新思维和精准表达，体现文学批评的力量与高度。

在语文教育改革中，他以犀利的思想拨乱反正，为语文教育的学科建设做出独特的贡献。其成就不仅深刻影响祖国大陆语文教育学界，还辐射至宝岛台湾，有力助推两岸学术、文化与教育交流。

作为一个作家，他钟情于诗歌、散文创作，产出丰硕的成果。其演讲体散文，卓尔成家。

为了全面展示孙绍振先生的研究成果和学术成就，我社组织出版“孙绍振文集”（20册），汇编其迄今为止的全部代表性学术著述和文学作品，涵盖文学理论建构、文艺评论、演讲、语文教育、文学创作等诸方面内容。希望这套文集能全面展示孙绍振先生的理论成就、评论成果和文学创作的整体风貌，呈现中国学派崛起的绰约风姿及其在世界学术话语体系中日渐突出的自主地位。

海峡文艺出版社

二〇二五年六月

目 录

第三辑　经典阅读的理论建构

第四辑　不同文学形式的特殊规律

第五辑　具体分析的操作性

第六辑　口语交际

第七辑　新进和前卫

附录

第一辑 理论批判和建构

炮轰英语四六级统考体制

20 世纪 40 年代末，那时还是国民党统治时期，我在上海读小学，对最重要的课程的表述是：英、国、算，也就是英语、国语、算术。英语的重要性排在第一位，那时的教育有殖民主义色彩，并不奇怪。1949 年以后，中国人民站起来了，英语的地位一度被俄语所取代，但是，经历了四五十年的变迁，沧海变成了桑田之后，桑田又变成了沧海，英语又恢复了它的霸权地位。前几年，小学考初中，只考三门：语文、数学、英语。初中考高中，高中考大学，英语作为基础教育的第三个轮子，从重要性来说，仍然和语文、数学并列第一。毕竟时代不同了，20 世纪 40 年代末那种英语绝对独占鳌头的历史一去不返了。

可是，进入大学以后，英语却有重返鳌头的趋势：把民族语文的阅读、写作和国人引以为骄傲的数学渐渐扔在背后，雄踞着课程表的王位。

在中国大学里，本国语文的阅读和写作，在众多现代科技文化必修课程的冲击和挤压下，从课程表里悄悄萎缩已经是不争的事实，就是在某些特殊的理工科院校，因为一些有远见的校长们的大声疾呼，最多也只能争到一个聊备一格的身份，每周有两小节就算不错了。而数学，在所有文科大学里，则顺理成章地告退了。旧时代称雄于中国教育界的英、国、算三轮摩托，两门的重要性失去了普遍意义；英语成了唯一的轮子，绝对的霸主。

这不仅仅是相对于次要的选修课程而言，而且是相对于各类学校、各种学科的成千上万门专业课而言。

这也许是时代的必然，英语是当前国际学术和日常交流的通用语言，面临新世纪知识经济的严峻挑战，作为新时期的中国知识分子，一定的英语水平，应该成为国民素质的一个重要因素，其重要性是毋庸置疑的。和周边国家（如新加坡、菲律宾）和地区（如中国台湾、香港）的青年相比，从总体来说，我们的英语水平不是高了，而是低了。我们的英语水准跟不上形势是个不争的事实。

问题在于，第一，在提高国民素质的过程中，和其他要素相比，把英语放在一个什么样的地位上；第二，我们所采取的办法是有利于英语水准的提高，还是相反。

一、为什么一半以上的大学生英语不及格

当前问题的关键是，不恰当的考试体制既严重地冲击了智育的全面结构，又未能有效地提高英语的真正水平。为提高英语水准付出的代价相当巨大，而收效甚微。

以大学教育为例。它本是专业教育，按常理，决定学生命运的是专业课程。然而，奇哉，怪也，决定性的竟不是专业课程，而是英语。对于大学生来说，最可怕的并不是专业课程不及格。专业课程有一门，甚至两门不及格，还有补考的机会，而补考过关的概率少说也得有 90% 以上。也就是说，这并不对学位和文凭构成威胁。一旦英语不及格，只要这一门，你就可能成为一个没有文凭和学位的次品大学生。

要害在于：在中国，任课教师都有自己命题的权威，然而英语（除了少数地位比较高的大学）却是例外，所有学生都得参加全国统一的四级考试。这种考试，基本上是从美国人搞的托福考试中演化出来的，但是却有中国特有的刁难。托福考试没有中国的英语四级考试可怕，因为它完全是自由选择的，也没有及格线，考得再差，也不会威胁到毕业文凭，而我国的英语四级考试却恰恰相反。

第一，英语分级考试（对于本科生来说是四级，对于研究生入学来说是六级）有极大的威胁性。

因为其及格率远远比专业课程低。

在本科大学生中，专业课程的及格率高达百分之百、百分之九十几，并不是什么稀罕的事，然而英语四级考试的及格率，即使在重点大学，比如北大，据报载，只有 80% 多，一般院校 50%，甚至 40% 的不在少数。一旦英语不及格，不管你是学中文的，还是学艺术的，抑或你醉心于继承爱因斯坦的未竟之志，而且已经表现出辉煌的天才，你也可能永远拿不到学位。在有些大学，还可能从本科贬谪到专科去。对当代中国大学生来说，每考一次英语，不亚于但丁进入一次炼狱。英语分级考试已经成为大学生的鬼门关、奈何桥。

哪一门课程有英语考试这样令人恐怖的功能呢？哪怕你像《水浒传》里的英雄说的，吃了豹子胆，你敢怠慢英语吗？一个美国教授发现中国大学生们花在英语上的时间超过了自己热爱的专业。他问我，这是不是意味着他们特别热爱英语？我的回答是：对此，

中国大学生中只能用一首流行歌曲中的一句话来回答，“要说爱你不容易”，剩下的恰恰只能是痛恨了。

事情也真有点荒谬，不管在哪一所大学，如果有一个（或者一批）教师，他（们）所教的课程，考试下来，学生有一半不及格，而且是年年如此，这肯定要被视为问题，甚至严重的失职，必然要引起家长、校长的抗议。教育行政部门如果不认真调查研究，把造成失败的原因找出来，迅速改观，则可能受到渎职的处置。但是，在中国大学中的英语课程，却有点奇怪，全国学生的平均及格率徘徊在 50% 以下，此等情况延续多年，至今没有任何改观的迹象，在有关人士那里，和哈姆雷特王子的感觉相同：丹麦王国平静无事，不值得大惊小怪。

这样可悲的教学效果，由谁来负责？原因何在？至今没有引起全国性的讨论，实在是咄咄怪事。

按常识和一般逻辑，产生这种惨状的原因，大致可以做这样的推理：学生的素质太低。

如果事情真是这样，则可以肯定，我国高中的校长大多要乌纱落地，高中的办学规模，要大幅度地压缩。

然而，事实恰恰相反，我国各级高中的校长小日子过得很是红火，高中不是规模太大，而是太小，远远不能适应形势发展的需要，尽快地扩大，已经是政府和全民的共识。

事实上，我国学生的素质绝对没有任何问题，甚至可以毫不夸张地说，是世界一流的。许多在中国考不上大学的，到了美国、日本，不是用自己的母语，而是用人家的母语考上了大学，有的还考上了相当名牌的大学，热门系科。

道理并不神秘。因为我们国家高等教育不发达，18 岁到 23 岁的青年能够享受大学教育的仅仅占 10% 左右，一般发展中国家是 15%，而美国是 80%，日本是 60%。经过去年和今年的扩大招生，全国应届学生（包括复读生和参加高考的中专生，不包括没有参加考试的适龄青年）高校录取率才达到 30%。这就是说，同样的考生，如果是在美国考（他们叫作“申请”）大学，被无情淘汰的落第生就不是 70%，而是 20%，还有 50% 是可以考上美国大学的；如果是在日本考大学，则在中国落第的考生中有一半是可以堂堂正正地进入日本大学校园的。

第二，既然学生没有问题，问题就可能出在英语教师身上。但是，我们的教师是合格的，起码是大学英语本科毕业的，具有学士学位，其英语是身经百考，才拿到文凭的。他们的工作态度是兢兢业业的，即使有个别的不够格或者不称职，也不至于影响到全国英语的平均分值。

问题出在哪里呢？

出在考试的体制和模式上。

我国高校所有的课程，都是教学和考试统一的制度。教师不但有教学的职责，而且有出题、改题、评分的权威。然而，英语却不然，实行着一种考试与教学分离的制度。除了个别例外，广大教师虽然有教学的责任，但是却无出题、评分，也就是确定及格、良好和优秀的权力。

高等学校的教师虽然也可以出题考试，但成绩却是没有任何实际意义的。

不管大学生从任课教师那里拿到多高的分数，都毫无用处。在学校考试之外，国家教委考试中心还组织了一种四级考试。只有在这种考试中，拿到了及格成绩，才能拿到学位证书。不管其他课程多么优秀，只要在这样的考试中，英语没有达到 60 分，你就拿不到学位，也就是说，你就可能被视为毕业生中的处理品。

二、四级考试和它的特异功能

在我国高等学校，有那么多的专业，有数以万计的课程，为什么独独只有这样一门课程要实行如此严酷的考试制度？

是因为它特别重要吗？

比它重要的课程多的是。邓小平理论不重要吗？然而邓小平理论没有享有全国统一考试的殊荣。祖国的语文不是比之英语更有理由拥有特殊的显要地位吗？美国的《财富》杂志在一篇论述培养具有国际竞争力的下一代的文章中，把具备表达顺畅、表意清晰、熟练应付的语言文字能力当作第一条，通晓外国语能力放在第五条（见《新华文摘》2000 年第 7 期，第 140 页）。我国大学生民族语文水平的低落，是人所共知的事，然而并没有动摇如此无理的考试体制。

不管从教育学还是从政治学的角度，都无法为这样古怪的考试体制提供有效的理论根据。人们不明白，为什么要迫使年轻一代把最宝贵的年华、最大的关注奉献给难度超常的英语考试。本来在民间，对于英语自发的偏重（例如，从幼儿园就开始教学或者补习英语）已经是 20 世纪末期一道畸形的文化风景线了，可是在有关实权人士看来，大学课程表上霸主地位还不够过瘾，一般的考试也不够，还要用国家权力来推行一种威慑性的体制来保证对于英语过关考试得到压倒优势的精神的投入。

当然，问题严酷到这样的程度，有关方面也不是没有任何反应，教育部有关部门早在前几年就公开宣布，英语四六级考试并不具有强制性，各高等学校的教师和有关行政部门有自由选择的权利，可以参加全国统一的英语四六级考试，也可以不参加，可以用全国统一的四六级考试的题目，也可以由教师自行命题。报刊上也公布了不少令人鼓舞的信息，北大，还有一些重点大学，不再参加全国统一的英语四六级考试。大学生们着实为此等消息欢欣鼓舞了一番。然而，几年过去了，英语四六级考试的威慑性依然故我。

如今，不管你去问任何一个大学的学生，在所有的课程中，哪一门最重要？得到的回答肯定是英语。哪一门的时间投入最多？回答是同样的：英语。

这是因为，虽然宣布了英语四六级考试是自由选择的，但是许多相应的行政措施并没有跟上。在行政系统中有许多评比，其中有一系列标准，至今并没有改变。例如，在对于学校办学水平的评价标准中，就有英语四级过关的百分比。这是衡量学校水平的硬件，校长和教育行政部门谁敢怠慢英语？

因此，英语四六级考试的威慑力量这几年根本没有减少，给学生带来的压力也并没有减轻，相反，在有些地方日益强化的势头并没有得到遏制。

这是因为作为一种考试体制，从理论上来说，它的功能本来是很单纯的，不外乎就是为了检查教学双方的效果，确定双方的水平。但是，在我们这个国家，一种教学效果和水平的检验体制，由于是全国统一的，因而就享有了中央级的、行政的权威性和威慑力。对于这种行政权威和威慑力的盲从，就免不了派生出一系列的派生功能来。这种派生功能的特点是，远远离开了教学评价体系，带上了行政和政治的性质。这显而易见是功能的扭曲，但是这种扭曲却为行政权威所掩盖，结果就产生出许多荒谬的现象。

令人瞠目结舌的事件不断发生。

学生申请入党，本来与英语四六级考试风马牛不相及，但在一些大学里居然有英语四级未过关者其入党申请不予考虑的不成文的共识。说句笑话，长期按此执行，不是有转化为英语俱乐部之虞了吗？这样荒谬的事情，并不是发生在个别地区，据笔者并不广泛的接触，就可以负责地说，至少在上海和福建省的某些高校中，这样的操作司空见惯。更有甚者，某办学水平并不高的大学，好大喜功，蛮横规定本科学生不但要过英语四级考试，而且要过六级，还堂而皇之地写在了招生简章上，事实上这是绝对不可能的空想（请读者耐心，我在下面将要分析不可能的原因）。最近这所大学，强制学生暑假补习英语，引起学生的反抗，其中包括学生被迫用现代科技手段作弊。冲突不仅仅在口头上，而且发展到躯体的格斗，学校雇用的保安人员追打学生，闹得一团混乱，酿成了事故。

不要以为突发性事故是个别现象，一切个别和特殊中均有普遍性、规律性在起作用。每逢暑假，在许多高校都有大量的学生要留校补习英语。本人所在的高校今年暑假就有上千学生不得不交费补习英语。（请读者推想一下，四六级考试之所以难以改变，与这样一个巨大的、垄断市场的存在是否有关？）

许多怪事都是从考试体制的过度膨胀的权威中派生出来的。北京市宣布，外省的大学生要在北京就业，英语过四级是一个硬件；在南方的一个省会城市，医学院毕业生，要在省会医院工作，英语要过六级，在地区性城市工作，英语要过四级。

盲从和迷信导致了体制性权威的扭曲和功能的变异。而这种迷信，却以行政的强制性得到巩固，这就使后果越来越严重，使得解决的可能性越来越渺茫。本来教育部宣布四六级考试并非必要，目的是为了淡化，但是四六级考试的权威所造成的派生功能却在不断强化，近两年的事实证明，教育部的宣布成了一纸空文。

派生功能扼杀原生功能，这就是四六级考试的特异功能。

这不仅仅是由于外部原因，外部原因之所以起作用却是由于内部本身就存在着根据。

本来学习过程中的常规考试，从性质上来说，是一种合格考试。通常以达到 60% 以上的正确率为及格。正是因为这样，全世界高校各门课程的及格率是很高的，达到 90% 以上是正常现象。可是英语四六级考试及格率却常常很难超过 50%。明摆着的事实是，在一般课程中，中等平均水平的学生是绰绰有余可以及格的，而在英语四六级考试中，则肯定是不及格的，必须是超过中等，甚至达到上等的学生才能及格。

这就说明英语四六级考试的评分方法不是合格考试的方法，而是淘汰考试的方法。

究竟如何淘汰，谁也说不清，反正并非个别的学生，在一次不及格之后，越考越差的现象屡见不鲜。学生和教师困惑不已，而评分的准则，从公开或者内部的文件中，无法得到可靠的信息，有的只是社会上流传的说法。①

据有关调查，这种考试所实行的不是按原始成绩为准的及格线评分方法，而是一种相对评分方法。这种方法的特点就是水涨船高。正是这种方法把我国绝大部分大学生弄得头昏脑胀。我见过不少学生一次六级得了五十几分，还差几分就及格，但是继续苦读了一年半载之后，结果却考了四十几分。这并不是他退步了，只是其他人的水平提高了。

多年来的事实证明，四六级考试的功能就是淘汰功能。它的淘汰率高达 50% 左右。②据说，考试的主持者，虽然承认及格率偏低，但是仍然立场坚定，就是不改变让 50% 以上的学生不及格的决心。也正是因为这样，许多年来，我国大学生英语四六级考试的及

---

① 据说，英语四六级考试的评分，用一种相对评分方法，最终的评分不完全以考生的原始分为准，而以相对分为准。这就是所谓“二分之一及格方法”，以每一次考试的平均分为 50 分。如果某次考试的平均分是 70 分，那么 70 分就是 50 分，及格线就在 70 分以上。又传，在评分之前，先将 10 所重点大学的及格线加以确定（例如，80%，反正不是 100%），然后再定全国的及格线，依次递降。

② 据一位大学资深教师相告，四级考试预定的及格率为 40%。

格率只能在 50% 上下浮动。

从这里可以看出，南方那所水平并不高的某大学规定学生不但要过四级而且六级都要百分之百地过关，是何等的虚妄。这样盲目而愚昧的规定，完全是官僚主义的颟顸，引起学生的反抗，导致种种狼狈，实在是活该。

当然也有比较聪明的领导，他们比较实事求是，一声不响地把及格线下降，据我所知，有降到 50 分、55 分的，但及格率也只能上升到百分之七八十。

也许古板的读者会怀疑有关学校领导的正直，但是，我却以为，与其坐视 50% 以上的学生沦落为不及格分子，忍受精神和工作上的压力，还不如领导本身承担责任。这样的领导的道德力量是值得赞赏的。更值得赞扬的是一些军事院校，把四级考试的惩罚性变为表彰性的：凡是考试过四级的，均立三等功。应该说，这样的领导是更值得钦佩的。

三、摧毁素质教育的一把利剑

当然，确定英语四六级考试的初衷是一片好心，是为了提高我国大学生的英语水平。但是，无情的事实却证明：它违背了提高英语素质的最根本的规律。

首先，为了考试而学习，永远不可能把任何一门外语学好。如果学习英语仅仅为了应试，考试过去了，英语也就丢在了一边。语言需要终身学习，包括课本学习和日常生活和工作中的学习、思考和钻研。只有不考试，还是要学，才有可能把英语学好。这是因为，要学好一种语言，光依靠课堂和考试是不可能的。它需要大量的，甚至是毕生的业余时间的投入。课堂和考试是强制性的，是有限的，而业余投入是自觉的，是无限的。语言不能靠语法和词法类推，它是熟能生巧的，没有业余投入，是不可能把一种语言学得纯熟的。毕生的业余投入的最好保证则是兴趣。爱因斯坦说，兴趣是最好的教师。没有兴趣，人们是不会把精力投放到永远没有止境的学海中去的。

英语四六级考试，50% 以下的及格指数，多学不一定保证成绩提高的评分体制，恰恰在最有效地摧毁学生的兴趣。

其次，课堂和考试的功能是有限的，提高英语水平的真正法门是实践，不把英语作为一种工具来使用。没有使用的机会是我国英语水平迅速提高的最大障碍。有关人士老是为我国大学生听力和口语水平不高而忧心忡忡。其实只要有充分的实践机遇，在英语环境的包围中，而不是仅仅限于课堂，一下课就丢在脑后（就是古书上讲过的“一人教之，众人咻之”），又有兴趣，英语的口头交流问题本来是不难解决的。

20世纪80年代许多到美国去的留学生就是明证。

当时他们托福不过考到500多分（要像今天这样，让他们一定要通过六级英语考试，可能还过不了线），五六年以后，不仅英语过关了，而且博士学位也拿到了。可是在我们这里，反反复复地考试，从小学考到大学毕业，考得个天昏地暗，四级还过不了关，实在是少慢差费。十载寒窗，小学2年，中学6年，大学一般是2年，一共10年，学什么也都能出息了。最明显的是，一些头脑比较灵活的学生，避难就易，干脆告别英语，转而学日语。花上两三年，混个及格，甚至考上博士是常有的事。可就是学10年英语却弄得个不及格，学位拿不到，还被登记在案，像犯罪记录一样，永远跟着你，制造着你的自卑感。

这完全是管、卡、压的一套，这对我们目前一再强调的人文主义教育精神，不啻是一种讽刺。

事实上，就是过了四级，甚至过了六级的学生，把大部分精力消耗在听力上，消耗在语法和惯用法上，其词汇量按规定也只有5000左右，这么少的词汇量，是不可能自由阅读的。其结果只能是，考完了就扔在一边。

十年的生命，换来这样听不来、看不懂的尴尬，这样的浪费实在是太可悲了。国家投资的浪费，家庭投资（包括从幼儿园开始的补课）的浪费，青年人生命的浪费，姑且不算，最令人痛心的莫过于国家未来智力资源的浪费。①

四六级考试的权威性和威慑力，无疑是悬在学生头上的一把达摩克利斯之剑，谁也不知道什么时候才能免除威胁，毁了大学生的似锦前程。对于教学来说则是一根无形的狼牙棒，再理想的教学和秩序在它面前也难免不受到摧毁性的打击。

大学一二年级的学生，不得不把英语过级当作最为重要的目标。过级的经验很简单：把课余时间的60%—70%花在英语上。一二年级过不了级（约占全国本科大学生的一半），三四年级就要投入更大的比例。这就意味着，整个大学生时代都在苦苦挣扎。其他课程

① 据我所知，我国从小学开始，至少在城市里，就把英语当作必修课，在有条件的乡村，也在逐步开设英语课。但是真正能够把英语作为交际工具或者思维手段来实际运用的，究竟有多少呢？那些只接受了义务教育的初中生，在离开学校以后，英语肯定是还给了学校，就是具有高中学历的学生，由于英语达不到应用水平，其英语记忆也只能是随着工作时间的增加而逐步流失。我国19岁到24岁青年进入大学的只占10%左右。那就是说，90%的青少年所学的英语全都是浪费。而有幸进入大学，而且通过了四级考试的学生，如果没有考取硕士研究生，其英语同样也不可能达到实际运用的程度。其结果也只能是浪费。能够进入研究生阶段学习的，就算在大学生中有二成吧，在全国学生中也只占2%。难道就为了这2%的硕士生学通英语，就要让那98%的学生做这样的牺牲吗？（以上统计数字，系2000年写作本文时的数据。后来情况有所变化，但是英语四六级考试的弊端并未有多大变化，只是多数学校，出于就业竞争的考虑，将之淡化了。）

在很大程度上不是被放弃，就是被动应付。

英语过级考试是一种最硬的命令：不管什么课程都是软性的，指标都是弹性的，教师和政工人员都有一定的调节的自由，只有英语是最坚硬的刚体，分数是国家公布的，分数线也是国家划定的，差一分都休想过关。在这种压力下，不管是文科还是理科，几乎所有的课程和活动，都不约而同地为英语让步。不论是体育，还是德育，不论是课内还是课外，从行政部门到学生会谁也不敢和英语的过级争夺时间。因为，这不但关系到学生的前途，而且还涉及学校的荣誉。除了有特别的反潮流的勇气和心理承受力的人（这样的人是有的，有些还是很有才气的，可敬的），谁也不敢在这种节骨眼上怠慢。

这几年国家提出了素质教育的伟大战略目标，这没有任何争议，但是，要提高素质就要把相当的精力花在课外广泛的阅读上，这是常识。对于那些一次过级考试失败的大学生（别忘记：其总数占全体大学生的一半），谁敢去提高呢？不管你提多高，甚至有所创造，也是白搭，你连学位证书都拿不到，哪怕你像《红楼梦》中的晴雯一样“心比天高”，到头来，也只能“身居下贱”。就是那些一次就过的幸运者，仍然不敢怠慢英语，因为这样的学生往往怀着投考研究生的远大目标，而取得研究生入学资格最严酷的并不是专业考试，而是英语的六级考试。

英语六级考试，成了许多有才气、有前途的学生的拦路虎。就是英语系相当不错的毕业生，往往也只能考到六七十分左右。考到 90 分的，绝无仅有。这样低的考试成绩，在大学其他课程中是不可想象的。

读者可以设想，既然英语专业的毕业生只能考六七十分，要非英语毕业的学生考到 60 分，或者 55 分，是否有故意刁难之嫌，姑且不论。那些有才气的，非英语专业中的绝大部分考生，他们都是无神论者，并不祈求上帝的保佑，但是他们的命运常常取决于其他考生是否有大量的失误。就是英语分数勉强及格，取得了研究生资格，3 年之中还要过一次六级关，过不了仍然不能拿到学位。不少研究生，虽然入学时过了，但是，重考一次并没有把握一定顺利过关。于是又像大学时代那样，整整一年把 60% 的时间花在了英语上。一次考试过了，还算是幸运，考不过是常有的事。只是下一年的学习和研究就全乱了套，根本就谈不上发挥创造力，只能是穷于应付而已。

当然，有关人士可以说，研究生入学考试，不是一般的合格考试，而是选拔考试，只有从难、从严要求，淘汰率高一点有利于选拔高水平的尖子人才。

此言差矣！

研究生的选拔，是全面素质的选拔，而不是英语的单科选拔。每一科都是一个要素，一系列的要素形成一个统一的结构，一个要素的提高，就意味着其他要素的降低。英语水准线的提高与专业水准线的降低互为因果。英语大刀阔斧地选拔，考生纷纷落马，专业就变得别无选拔了。

研究生教育就是这样被英语的六级考试卡住了脖子。

研究生肩负着我国科技创新的历史使命，研究生的质量决定着我国在未来的世界知识经济中的竞争力。西方国家，主要是美国正在用种种方法和我们争夺创新人才。由于经济发展的滞后，我国第一流的人才可以说惨遭掠夺。而我们近似托福考试的四六级考试体制又为西方的人才掠夺提供了外语方面的准备。留在国内的人才本来应该特别珍视，可是，我们却用这样野蛮的考试枷锁对未来的希望横加摧残。

多少英才被古怪的考试拒之门外，失去了发挥其创造力的机遇，多少智力资源在无声中流失，这一切对我们的国力，将造成多少损害，也许我们今天还无法看得十分清晰，等到我们能够凭日常感觉体会到问题的严重性，也许那时就该有悔之晚矣之叹了。

为了他日不致有这样的悲叹，我想用比较凶狠的“炮轰”，比之用比较温雅的“质疑”，更能表达我的忧愤，也更能引起有关人士的紧迫感。

附：

留学生活点滴

——在美国回看大陆英语四六级考试

杨　郑

经过在美国一个学期的学习，我发现在国内打好的坚实基础和良好的学习习惯让我比较轻松。但说实话，我觉得自己英语水平的高低与四六级并无多大关系。

四六级考试是国内高校大多数学生英语学习的中心，新生入校要统一参加英语分段考试，之后按段上课，一个学期进一段，一茬一茬按着顺序参加考试。提到英文课，唯一能够讨论的话题是：“这次你过了吗？”仿佛我们学习的不是另外一种语言，而仅仅是一种字母组合的金科玉律，能应付了测试之后就不必放在心上。

其实，四六级考试测试的都是最基本的语法词汇技能，难度并不是非常大。我第一次过四级是代表新疆维吾尔自治区准备全国高中生英语口语竞赛的时候，多背了一些单词，不想浪费，就跟着当地一所大学的考生考了一次。从那时起我就对这样纯应试型的测试不感兴趣。

即使是在国内我所就读的名校，除了有幸在大一上学期遇到了一个喜欢 Allen Ginsberg 和 Beatles，会偶尔抱着吉他跟我们一起唱歌的帅哥老师，饶有兴味地学了一段时间英文外，剩下的英文老师都是一把年纪、只懂得发考卷讲题目的古董做派。于是，大二解决完四六级考试之后，就连我这样酷爱英文的人都退掉了只要搞定考试就可以不上的英文课。

四六级考试要改革，形式本身的变化没有太大意义，能够改变的余地也很小，因为中国庞大的人口基数直接决定高考和四六级这样的标准化测试存在的必要性。真正需要变革的是本科阶段英文教育的手段。将语言还原到语言，不要把英文肢解成为字母符号的排列组合，更不要出题目让学生们猜度哪一个选项有可能是正确答案。如果一个人的口语、听力和阅读能力都比较强，对付简单的应试考题实在不在话下。

我觉得身边的很多同学辛辛苦苦地学了十年的英文，打发完两个考试就彻底扔掉实在是很可惜。与其在工作以后花大价钱去上华尔街英语之类的培训班，还不如在大学的时候少逃几节英文课，多找点图书馆里的英文小说、英文电影看看，这些恐怕对英文学习更有裨益。

（作者单位：威斯康星州密尔沃基市玛凯特大学传播学系）

直面母语和英语教育历史性调整的态势

2013年北京市教育局公布，从2016年始将高考语文分值从150分升为180分，英语分值降为100分，在教育界可谓石破天惊，对于有志于高考改革的人士来说，无异于一声春雷。两年前，北京大学的温儒敏教授召集各方面的专家开过研讨会，一致认为：在高考中英语150分，语文也150分，显然不合理。温教授说：“语文是在高考中较难‘拿分’的、‘投入和产出难成正比’的学科。作文不下功夫就能拿到40分，下功夫也很难拿到50分；而英语突击两个月，提上10分、8分没问题。”面对中学语文边缘化的趋势，“有的高中校长公开说，语文应该给英语让路”（《南方周末》2011年5月25日）。此位校长的言论，虽然颟顸而昏庸，但是，如此公开猖狂，足以说明其有市场，具有普遍性。问题涉及母语教育对学生素质和国际竞争力的影响，故澄清一些启蒙性质的问题，迫在眉睫。

一、人文性和工具性的博弈

母语教育和英语教育的矛盾和博弈，不仅是我国，而且是世界性的高难课题，从20世纪以来，在亚洲（如日本），在欧洲（如法国），乃至拉丁美洲（如巴西），都有理论上的争议和历史性的调节。日本表现得最为极端，在明治维新时期，“脱亚入欧”甚嚣尘上之时，曾经有废除日语，以英语为国语之说，反对者因而刺杀了主张全盘西化的首相大久保利通。20世纪初，日本军国民族主义猖獗，又有“废除英语”的主张。学英文出身的作家夏目漱石曾经为文曰：“过分强调英语，给人以日本是英国附属国的印象，对于日本是一种耻辱。”（《环球时报》2013年11月1日，第7版）法国曾经长期排斥英语以捍卫母语的纯洁性。其议会曾经通过立法，规定日常生活尤其是在广告中不得使用英语等外语。一些老一辈的法国知识分子明明懂英语，也不愿意用英语交流。这说明，母语和外语并不仅有工具性，而且具有人文价值，蕴含着民族认同与文化自尊。但是，近年来法国和日本语文语言政策逐渐发生变化。日本小学的英语教育本从五年级开始，非必修课，《读卖新闻》2013 年 10 月 23 日称，文部省已经决定把英语教育提前到三年级，而且是必修课。而法国在 2004 年公布的外语教学报告称，已经将英语列入小学一年级课程，未来还有从幼儿园开始学习英语的计划。巴西、西班牙、韩国、俄罗斯都在加强小学阶段的英语课程。

母语的人文性与英语的实用工具性之间长期博弈，工具理性占主导似乎有某种必然性。比之其他任何语言，英语具有最广泛的实用性，掌握英语可以走遍天下。在获得商业、外交、文化、军事、政治交流和信息方面，英语具有无可匹敌的优势，这和美元是世界性的基础货币一样具有难以挑战的现实性，掌握这种语言不但事关青年择业，而且涉及国家的竞争力。巴西教育部部长后悔："差劲的英语水平让巴西学生失去国际竞争力。"法国教育部部长表示，学好母语当然是基础，但是在世界越来越全球化的今天，英语已经成为人们的经济需要。

但是，工具性是一把双刃剑，就一般水平的交流力而言，英语的确有其优势，而在最高水平的创造力方面，却不尽如此。德语协会主席卡来梅不否认英语有国际化的优长，但是，他认为：一个人不可能用母语之外的语言更恰当地表达出创新思维。在这方面，日本在英语教学中的实践和探索，很值得我们深思。日本在"二战"以后，将英语作为必修课，但是，日本人的英语水平在亚洲并不高，尤其在口语交际方面，往往给人以 broken（破碎）的印象。原因可能是日语的元音和辅音不够丰富和单一化、应该化的教育模式。对此日本采取的对策是，鼓励学校进行多样化英语教学，不将英语作为衡量学生素质的一刀切的硬性标准，日本禀赋迥异的人才资源因而得到了有效的发挥。2008 年的诺贝尔物理学得主益川敏英领奖时第一句话就是"我不会英语"。

二、高考语文：托福模式的困境

就当前国际性竞争环境而言，一定的英语水平，作为国民素质的一个重要因素，是毋庸置疑的。和周边以英语为官方语言的国家（如马来西亚、新加坡、菲律宾、印度）和地区（如中国香港）的青年相比，我们的英语的水平不是高了，而是低了，英语水准跟不上形势是个不争的事实。从这个意义上说，英语教育应该强化，但是，问题在于如何有效地强化，而不导致母语教育的萎缩。实际上，我们在评估（考试）和人才选拔、就业体制上，把英语放在了决定性的位置。高考英语和母语分值等同，表面上具有某种合理性，但是，首先，并不符合美国《财富》杂志公布的研究结果：人才竞争力要素（母语第一，外语第五）的梯次关系，其次，隐含着二者得分的难度相同的潜在前提。实际上母语修养，最为雄辩的综合表现乃是作文，其提高有如水中养鱼，不可能立竿见影，且分值只占40%，而英语则可以通过操练难题为得分之阶。更为严重的是，除作文外，占60%的语文试题，从20世纪80年代起采取了美国托福考试的所谓客观化、标准化模式。殊不知，美国的托福模式乃是针对外国学生的初级和中级英语，人家从来不会将文学作品，特别是古典和现代派诗歌作为试题，而中国的高考试卷中，以古典现代派诗歌、文学性散文作为试题者比比皆是。

明摆着的悖论是，在教学中强调发挥学生主体性的多元解读，在考试中又有所谓唯一的、客观的标准化答案。殊不知美国的标准答案，表面上是客观的、科学的，实际上是僵化的。其ABCD四项选择，表面上很复杂，实际上，其中两项乃是干扰项，其余两项则是非黑即白的是非项。考核英语水准最有效的方式无疑是英语与汉语的相互对译，但是，面对来自五大洲上百种母语的考生，美国并不具备这么多样的阅卷人才，不得已而求其次，乃以英语考英语，而英语作文的评分难度大，工本高，故很长一段时间里，托福模式多数不考作文。百分之百的ABCD的选择题，并非最有利于学生的素质考核，而是最有利于阅卷者的简便操作，也就是最有利于美国教育考试中心（ETS）这个商业机构的利润最大化。光是2004年，这家非官方的企业就凭电子化的简便操作，获得7亿美元的利润。托福作为摇钱树的功能隐藏着思想僵化的病毒，非此即彼的模式，在中学生的思维从简单走向复杂，从直觉走向分析的过程中，显然有消极性。但是，屈服于高考的分数体制，就是熟练地掌握了应试技巧，做对了（或者蒙对了），也是知其然而不知其所以然。更为吊诡的是，还有不知其所以然而然的（明明没有看懂，而是蒙对了的），此外，还有冤枉的，知其所以然而不然的（明明读懂了，却被干扰项搞昏了头，做错了）。从哲学上说，这是很僵化的，亦即只重机械结论，而不是提出问题作全面至少是正反面思考。殊不知只重结论，肯定是教条主义的。真理是一个永远没有休止的过程，提出问题、分析问题的过程，比之结论更能表现水平。而托福模式，连起码的因果分析都没有。辩证法矛盾对立，在一定条件下转化，系统论互相制约，科学主义的证明和证伪，都被排除在想象天地之外。逼迫青少年长期在这种贫乏的思维模式中讨生活，实际上是对他们的想象力和创造潜能进行无情的摧残。

其实，托福命题思维模式很简陋，因而很快就被我国“新东方”相当成功地解密，高分低能是必然的。美国人很快发现了中国式的考试机器被批量生产出来，据2000年以前的一次统计，全世界托福考试成绩，除了以英语为官方语言的新加坡、印度、菲律宾以外，中国名列第一。中国留学生轻而易举地取得比美国大学生更高的英语分数，屡见不鲜。但是不论在口语还是写作能力方面与美国大学生差距是不言而喻的。起初美国人还只能用不断提高中国留学生入学分数线来堵住漏洞，但是，道高一尺，魔高一丈。尤其在美国研究生入学考试（GRE）机考中，中国学生的高分潮流一次又一次地使美国人目瞪口呆。他们终于意识到了托福命题的根本缺陷。美国教育考试中心（ETS）总部的苏珊·秦承认："以选择题为主的考试时间久了，难免出现高分低能的现象，不能准确地反映考生真正的语言应用能力。"自2000年就开始组织了专家，进行根本的调整。最大的变化，可以说从以标准化的选择题为纲变为以作文为纲，特别增设了"TWE"（英语作文），首先看学生有没有自己独立的见解，构思能力和语言的灵活性也是评分的根据。从语法和正词法来看，也和客观化、标准化大相径庭，有拼写或者语法上的小错，只要思想表达清晰，分数不大受影响。连听力考试都和作文密切相关。"独立的口语技能"要求学生对给定的话题，比如"世界水资源保护"，发表自己的见解，"综合口语技能"则是在听或读一段材料后作一分钟的讨论，二者实际上是口头自由作文（参见《南方周末》2002年10月31日，C17版）。新一代托福考试的根本精神是发挥学生的自由思考能力和语言文字的灵活运用能力，标准化、客观化的试题已经从100%降低到10%—15%。这是托福模式几十年来，具有历史转折意义的调整，或者说是一次质变：从思维模式上说，乃是从形式逻辑的是非应试题变成了多元思维的素质题。

当然，我国的高考像其他国家一样，近年来，也处在调整过程之中。不过，我国的调整面临着特别强烈的社会舆论的压力。这是因为，我国的母语教育不但受到英语的挤压，而且考试的模式也受到美国托福模式的窒息。高考语文追随托福的模式的荒谬遭到几乎是全民的"炮轰"，"误尽天下苍生""考倒鲁迅、巴金"，托福式试卷不断遭到口诛笔伐。有关部门对试卷做出的调整有目共睹。但是，和美国模式从标准化到主体化相比，呈现出很大的被动性和保守性。首先，主体性最强的作文在150分中只占60分，除极个别省市（上海、福建）改为70分以外，依然故我。其次，其余的90分，名义上改为"主观题"，不再强调标准化答案，但是，其"参考答案"仍然是评分的权威标准。这种换汤不换药的伎俩为应试权威王大绩先生一语道破："主观题客观化。"实践证明，语文课被挤占，高中毕业班以整整一年进行题海操练，滔滔者天下皆是。母语教育边缘化的积重如此，即使最清醒的改革者也显得缺乏气魄。前年温儒敏先生只是提出将语文提高到200分，表面上十分勇敢，实质上小心谨慎，不敢动英语霸权分毫。温儒敏先生提出把作文从60分提高到100分，也只占总分200分的50%，比之原来占40%，只提高了10%。最能体现学生创造潜力的作文在美国人那里已经占到了85%以上，如果按这个比例，则作文分值应该是170分。我想，真正负有使命感的改革家，起码应该有和美国人一样的气魄，否则就只能忍看年轻一代的个性、想象力、创造力在托福非是即非的霸权模式中窒息。

三、英语硬性标准走向反面的契机

母语与英语之间主次关系的失衡和调整，可以说是一种国际现象，这种调整在日本曾经经历过两个极端，最后还是加强了英语教育。英语教育从小学开始，但是，并没有付出弱化母语教育的代价，因而也未因此使国际竞争力受损。这是因为他们采取了多元化的教学，特别值得注意的是，没有将英语作为衡量中学生素质的一刀切的硬性指标。而我们在人家相对稳妥调整之时，走上了一条更加极端的“一刀切”道路。主要的是，英语考试不但在高考中享有某种决定命运的功能，而且还延伸到大学生和研究生中去。在大学中，所有课程，授课教师有命题权、评分权，然而英语教师却没有。即使在教师命题的考试中成绩优秀，也不算数，大学生要通过一项国家英语四级，研究生要通过英语六级考试，才能拿学位。而在就业过程中，没有学位就在竞争力上低了一个档次，甚至在经济待遇上差一大截。这就赋予了英语一种不但超越母语，而且是超越一切课程的硬性指标的功能。而全国性的英语四级考试十分刁难，其及格率，每次平均只有 40%。如果是别的课程，学生半数以上不及格，长年如此，肯定要被视为严重问题，如果不迅速改观，则有关人士可能受到渎职的处置。但是，大学英语及格率徘徊在 50% 以下，在有关人士那里，和哈姆雷特王子的感觉相同：丹麦王国平静无事。

能够一次通过的幸运者总结出来的经验是，大学一、二年级，80% 的业余时间全都奉献给英语，这就意味着对专业，付出两年的牺牲。虽然如此，还有 60% 的学生，在余下的两年中还要做出不说更大，至少是同等的牺牲。本来在中国大学里，本国语文的阅读和写作，在众多现代科技文化必修课程的挤压下，已经逐渐从课程表里悄悄萎缩，就是在某些特殊的理工科院校，经有远见的校长们的大声疾呼，最多也只能争到一个聊备一格的身份，每周有两小节就算不错了。在这种情势下，牺牲最大的当然是母语。其次是专业，在一定时期，甚至一切社团活动都要为英语四级考试让路，已经成为公开的秘密。

英语无疑成为素质提高的某种杀手。面对此等情况，平心而论，有关权力部门并不是没有调整，前些年就曾公开宣布，英语四六级考试并不具有强制性，高等学校有自由选择的权利，可以用全国统一的四六级考试的题目，也可以由教师自行命题。然而，几年过去以后，四六级考试的威慑性依然故我。这是因为，许多相应的行政措施并没有跟上。在教育部行政系统的许多评比中有一系列标准，其中英语四级过关的百分比并没有改变。这是衡量学校水平的硬件，校长和教务行政部门谁敢怠慢英语？最突出的事故，发生在不久以前，在博士生入学考试中，由于英语一刀切的硬性标准，对才华出众的考生也不能通融，清华大学著名教授陈丹青愤而辞职。由此想象，20 多年来，多少才华出众之士因而受委屈、被埋没，实非痛心疾首所能形容。

英语四六级考试功能，享有国家行政权力的威慑力。对此等权力盲从，就免不了派生出一系列的扭曲性的功能来。许多荒谬的现象，令人瞠目结舌的事件不断发生。

学生申请入党，本来与英语考试成绩风马牛不相及，一些大学居然有四级未过关者其入党申请不予考虑的不成文的潜规则。说句笑话，长期按此执行，不是有变为英语俱乐部之虞了吗？这并不发生在个别地区，笔者可以负责地说，至少在上海、山东和福建的某些高校中，这样的操作已经盖有年矣。更有甚者，一所办学水平并不高的大学，好大喜功，蛮横规定本科学生不但要过英语四级考试，而且要过六级，事实上这是绝对不可能的空想。这所大学，强制学生暑假补习英语，引起反抗，包括被迫用现代科技手段作弊，冲突不仅仅在口头上，学校雇用的保安人员追打学生，酿成了突发事故。还有一些怪事更是匪夷所思：北京市一度宣布，外省的大学生要在北京就业，英语过四级是一个硬件；在南方的一个省会城市，医学院毕业生，要在省会医院工作，英语要过六级，在地区性城市工作，英语要过四级。派生功能扼杀原生功能，成为四六级考试的“特异功能”。“一刀切”不过是一次性地切在学位上，由此而衍生出来的“一条龙”的操作，就变成对学生终生不得平反的判决。所有这一切都发生在 21 世纪初，近年来由于就业的压力，大部分高校采取了变相的通融，如实行教师自行命题的校内四六级英语考试等，但从根本上没有实质性的调整，以致许多用人单位仍然有国家英语考试四六级过关的录取准则。

相对于日本和美国，我们的调整，神经何其衰弱也。但是，就在有志改革者对前途痛感渺茫之时，物极必反、否极泰来，伟大的辩证法规律在起作用，北京市宣布高考英语分值和母语分值的重大变革。面对历史性事变，忧心忡忡者有之，面面相觑者有之，按兵不动者有之，但清醒者却感到了“于无声处听惊雷”之振奋，从中不仅看到了对世界性的母语与英语教育调整的历史潮流的顺应，而且看到了我国青少年国际竞争力提升的远大前景。当然，对之误解为要降低英语水准，是肤浅的。英语水准肯定要提高，但是，用考试压迫、折磨学生，只能使学生对英语产生仇恨。最有效的手段乃是兴趣，不是为了考试，而是为了爱好。由此观之，改变分值，不过是交响乐的前奏，如何在试卷的设计上系统呈示、展开，则是摆在改革者面前任重道远的历史课题。

炮轰新版初中、高中《语文》（试验修订本）第一册

我认为，愚蠢是一种极大的痛苦；降低人类的智能，乃是一种最大的罪孽。所以，以愚蠢教人，那是善良的人所能犯下的最严重的罪孽。从这个意义上说，我们决不可对善人放松警惕。假设我被大奸大恶之徒所骗，心理还能平衡；而被善良的低智人所骗，我就不能原谅自己。

——王小波《思维的乐趣》

一、可喜的阅读、作文、口语三位一体

我国基础教育面临着严峻的挑战，改革势在必行。首先是中学语文，这一系统的工程与僵化的评价体系迎头相撞。几年来的改革，总的说来，多少有些进展，在有些地区中等学校考试制度改革力度很大，有的甚至采取了开卷的方法，气魄是很大的。关键性的高等学校的入学考试，改革不太平衡，但是作文考题的改革，受到广泛的欢迎。但是总的看来，全国统一的高考改革仍然徘徊不前。一些所谓的“客观题”仍然是作老一套的无谓纠缠。2000 年高考语文阅读题中两首诗的所谓“标准答案”，不但在理论上违反“诗无达诂”的古训，而且不符合当前阐释学、接受美学的原则。就是从常识角度来看，其标准答案也明显有错。

其次是教学大纲和课本的改革。2000 年秋季已经出了新编的课本，初中和高中语文课本第一册已经在广泛使用。

新编语文课本把阅读的范文和“写作、口语交际”作三位一体的并列，虽然从理论来说，早已有人提出，但是作为一种改革的纲领，则是第一次认真标举。过去的课本实际上

是孤立地把重点放在阅读上，脱离了写作和口语交际，失误甚大。新编本提出三者有机平衡，从教学理论上来说是一大进展。这无疑有利于中学生整体素质的提高，其意义不可低估。中学生最基本的素质无疑应该集中在书面表达和口头表达上。口头和书面的表达，最能体现学生的个性、创造力和想象力。阅读本来并没有自己的目的，它应该是为提高学生的书面创造和口头的交流服务。如果既不会作文，也不善于口头交际，即使书读得再多，分数考得再高，素质也无从谈起。

上面千条线，这就是课本中多种多样的经典性的文本；下面一根针，这根针，就是作文和口语表达。

在很长一段时期里，语文教学背离了这一点，课本的主体就是课文，仅仅限于对课文钻牛角尖式的语法和内容的烦琐辨析。写作和口头表达不是根本就没有，就是聊备一格。这就造成了语文课有线无针的空忙，师生之间无谓地自我折腾。把绝大多数的时间和精力花在所谓标准化考试的练习上，至今仍然是语文教学的顽症。在许多中学里，作文甚至没有任何本子，学生作文写在任意抓到的纸张上，老师既不改也不发还是常见的。新编的课本，从总体布局上，虽然还没有把作文放在最核心的地位，但是总算在理论上把最能表现学生素质的这三个环节平衡了。这是很令人鼓舞的。

当然，针的质量，不能离开线；课文的反复精选、不断调整是不可忽略的。

就我所看到的初中和高中第一册语文课本来说，比之原来的课本，改进是不可否认的，如初中课本一些单元的设置，将相近主题的文章加以组合。初中课本的第一组，主题是家庭、亲情，贴近青少年的心理特点，内容互相关联，有触类旁通的效果。当然，由于过分注重主题的同一性，入选了一些非经典文本（如舒乙写自己父亲老舍的文章），质量很平庸，引起一些研究人士的忧虑。

新编课本中有关口语和作文的部分，比较成功的主要是练习题的设计。初中课本第一册，在强调写有个性的文章的后面，作文参考题是《我》《窗》；在要求写动情的东西的文章后面，作文参考题是《那次，我真的哭了》，都是既有一定的指向性、又有宽广的容纳性的好题目。

改革的成绩是可贵的，但毕竟是初步的，问题还很多，从根本的意义来说，还相当严重。

遗憾的是，新编课本在出笼之前炒作得太过分了，出笼之后又渲染得太离谱了。其有限的优点被一些不负责任的、盲目的、商品广告式的、一手遮天的、自我麻醉式的评论夸大了。一些评论者满足于课本形式上的某些改变，而忽略了课本编写队伍素质的严重滞后。从编写者的水平来说，新编课本和旧课本并没有多大的差别。

从语文教学学科建设的高度上来看，编写水平不是一般的落后，而是时代水平线上的落伍。对于语文教学所依赖的语言学和文学理论的发展的脱离，使得编写者陷入理论上的混乱和实践的盲目，甚至是麻木的状态。

二、论述不着边际，具体分析混乱

不管是初中还是高中语文课本，都有好几个单元的“写作、口语、交际”的阐释。每单元分别为“写作指导”“借鉴实例”“练习”。篇幅最大的是“写作指导”，问题最为突出的也是“写作指导”。自始至终，缺乏一种切实的理论观念和统一的方法，行文常常停留在经验的零碎罗列上。在勉强可以称之为论述的地方，不是不着边际，就是文本分析混乱。有时，表面看起来似乎没有太大毛病的论述，却经不起稍稍细致的分析。有时论点与论据之间完全脱节，二者连简单的呼应都做不到。

高中语文第一册第三单元讲到想象，指出要善于“利用事物间的相似、相近或相反的关联，丰富突出事物的形象性”，举冯至的《蛇》为例。在这首诗中，诗人把自己的相思想象为一条长蛇。这不但对于中学生，而且对于中学教师来说，是理解的难点，这是读者期待编写者详加阐释的，可是编写者却完全避开了这个难点，只是简单地说“诗人将自己的爱恋想象为一条蛇，形象地表现了对心上人热烈、深挚的爱，把抽象的感情写得具体、生动、可感”，这完全是搪塞。其实，由蛇所引起的联想是寂静无声甚至冰冷的，来表现爱情，是诗人的独创。因为诗人的爱情是一种单恋，一种不时袭来的、没有回应的情感，因而是孤独的、寂寞的、冷清的、谦卑的、羞怯的，甚至是害怕引起姑娘“悚惧”的。蛇所引起的冰冷感觉和单恋的孤独、冷清，正是一种相近的联想。同时，蛇却能从梦中衔来绯红的花朵，暗示爱情的热烈，这种想象之所以不显得突兀，恰恰是因为编写者所提到的“相反联想”。正是这种联想在两个相反的方向上得到自由的过渡，使得这首诗的想象在当时的爱情诗中显得特别奇崛。连起码的论点与论据之间的联系都迷迷糊糊，这暴露了编写者就是在讲得大致不差的时候，也并不真正理解。

缺乏起码的具体分析能力成了课本的致命伤。就是在有比较好的论点的时候，其论述往往不是不着边际，就是漏洞百出。

初中第一册语文课本“写作、口语交际”部分，第一单元的第一篇是《作文——精神产品的独创》，文章把提倡创造性放在突出的地位是正确的，命意是挺好的，与其他部分的文字质量相比，表面上还不算太次。但是，与中学语文课本所要求的深度和操作性相去甚远。

作为课本，关键是切实的指导性。如何才能独创？人人都把独创当成目标，可是为什么平庸的大话、套话还是满天飞，中考、高考入学试卷上绝大部分都是些大路货的套话，独创的文章总是凤毛麟角？不能说新编课本的编写者完全没有回答这个问题。执笔者反复强调两点：首先是要欣赏独创的文学作品，但是不要模仿；其次，要写出自己的个性，写自己真正的情感。个性就是“精神的自由”，“笔墨的自由”，“不为他人的意见所左右”，“善于用自己的眼睛去观察，用自己的头脑去思考，用自己的心灵去感悟”。

所有这一切都不能说错，但是有两个缺点。

其一是太泛。在理论上处于直观经验的低层次。直观的经验往往比较肤浅，而且不全面，对于初中一年级的学生来说，完全是一堆花言巧语。初中学生会问：难道我看着老师、同学，不是用自己的眼睛，而是用别人的眼睛吗？当我在想问题的时候，不是用自己的头脑、心灵，而是用别人的吗？本来，阐释这个命题的关键是，为什么表面上人们都是用自己的眼睛、耳朵、心灵去感悟生活，但是一写出文章来，就往往是成堆的套话、空话、大话、废话。

这说明，现成的、流行的、非个性的话语有一种强大的力量，挡着人们的眼睛，有一种无声的力量逼迫着人们用自己舌头讲现成的、流行的、他人的话。这里有一个心理优势和现成话语的统治力量在起作用。因而要新颖、独创，就要进行话语的突围，这正是现代心理学和文化哲学（话语学说）已经取得的共识。编写者队伍显然缺乏对于现代哲学和心理学的起码理论准备，因而就不能不用现成而空洞的概念、大而化之的语言来搪塞。只要有一点现代心理学和现代文化哲学的起码常识，就不难明白，要有自己的个性，就要有一种抵抗现成话语（套话）的自觉，要有冲破心理定式的追求，没有这一点自觉，就谈不上表现个性，也就没有任何自由。要从现成话语里解放出来，并不是轻而易举的，而是毕生的使命。做每一篇文章，都是一个考验。这种考验不像考试，一次过关了，就终生受用，而是每一篇都从零开始。

其二是缺乏操作的指导性。课本上的写作理论，不同于一般文化哲学或者文学心理学理论，它的特点和生命在于可操作性，忽略了可操作性，就算是正确的命题也不得不沦为空谈。

用“自己的眼睛”“自己的心”去看，去思考，去“获得精神的自由”，话是不错的，问题在于如何才能获得呢？什么样的才算是获得了，什么样就不能算是获得呢？编写者不仅仅要让中学生从字面上知道，而且要让他们有感觉，有体会。事实上，编写者自己就分辨不清，在写作过程中，什么叫作个性、独创性、精神的自由。他们习惯于在道理上概括地说说，用华丽辞藻掩盖空疏；一旦具体分析文例的时候，就露出马脚了。编写者对《背影》的独创性是这样理解的：“它不像其他写父爱的文章那样大胆地抒情，而是用白描的手法平实地叙述了送别的场面，像是一幅水墨画，只为两样东西上了鲜明的色彩：‘紫毛大衣’和‘朱红的橘子’，就使得整篇文章呈现出独创的光彩。”说“白描”倒还没有离谱，多少还涉及了文章叙述的成分比较多的特点，一旦说到“紫毛大衣”和“朱红的橘子”，就令人哭笑不得，这么具体的细节，这么鲜明的色彩，还谈得上什么白描？这就充分说明执笔者根本不懂得什么叫作白描。问题出在哪里？编写者抓不住本文艺术个性中最根本的东西，只好抓一点鸡毛蒜皮。紫色和红色在文章中根本是偶然的。“紫”和“红”，并不能表现文章中所强调的父爱的特点：即使有点迂，也是朴素的；即使是土气的，也是坦然的、不怕见笑的、不在乎是否被理解的。如果橘子的红色真有对比的意味，作者就该强调背景的暗淡了。

这种分析是典型的思想贫困，没话找话说。

问题出在编写者在艺术修养上的严重欠缺，明明胸无成竹，却要装得洞察幽微。

朱自清这篇文章的个性在于，第一，歌颂父爱。表现亲子之爱，并不像冰心那样，心心相印，而是充满了隔膜。爱的隔膜，正是朱自清比冰心深刻的地方。这才是一种创新，这种创新的难度在于缺少参考和借鉴，更需要独立的艺术才华。

第二，歌颂父爱，不像一般抒情散文（如《荷塘月色》）那样，从头到尾用诗化、美化的办法。文章整体效果是抒情的，但是只在结尾部分才用比较直接的抒情。在全文主要部分，基本上是叙述，作者最充分强调的、展开细节描写的，并不是《荷塘月色》式的诗情画意。导致朱自清情感震动的、发生转变的不是美丽的情和景，而是看来有点煞风景的场面。父亲的外表是守旧的：青布棉袍，黑布小帽和马褂；他的形体是不优美的，上下月台的动作是笨拙的，甚至有点“丑”。买了橘子以后，表示轻松的动作，也是平静的、不激动的。但是这一切加起来，所表现的情感却是深厚的、震撼人心的。

这种人情之美，正是编写者反复申说的“个性化的”。很可惜编写者看见的，并不是个性化的，而编写者没有看见的，却是个性化最为深刻的所在。不是说要用自己的眼睛看吗？朱自清用自己的眼睛看，就在别人看来是不美的，甚至有点“丑”的穿戴、不优雅的动作上看出了天性和人伦的美。也许从紫毛大衣、红色的橘子上，别的作者会感悟出什么名堂来，但是，那就意味着另外一种写法。

第三，从表现方法上来说，作者的情感抒发，不是像在《荷塘月色》中用反复的渲染，一连十多个比喻，《背影》除了结尾部分，通篇都用一种从容的叙述。收敛着情感——这就叫作白描。但是总体效果却诗意盎然。《背影》与《荷塘月色》的诗的意境不同，它以表面上有点“丑”的姿态，表现了内在的、深厚的美的情感，它的抒情和诗意，是一种潜在的抒情和诗意。

是什么挡住了编写者的眼睛？是一般抒情散文常用的鲜明的色彩和词语。其实，编写者只会欣赏抒情的、华彩的词语，不管遇到多么相异的风格，都用自己主观的观念去同化，也就只能把朱红的橘子和紫毛大衣拿来硬套了。朱先生的独创恰恰是从没有诗意的地方感悟诗意，从别人忽略的地方体验深层美好的情感，正是因为这样，才是“独创的精神产品”“精神的自由”的表现。

编写者强调要用自己的眼睛去看，用自己的头脑去思考，可是他自己恰恰没有这样做，而是犯了一个扼杀个性的大忌——把积压在大脑表层的流行的套话，成批地倾泻出来。

编写者在最后用诗一样的笔法呼吁：“‘个性’是作文的灵魂，独创是文章的真正价值之所在。让我们在作文中大胆地用‘我’的自由之笔，写‘我’的自由之见，抒‘我’的自由之情，显‘我’的自由之趣吧！”但是他自己就被陈词滥调纠缠得失去了起码的自由，他并没有用自己的脑子，自由地过滤一下从别人那里批发来的套话。恕我直言，在这样句子的深层，我只看到了个性的自我窒息。

三、理论落后20年，思想方法落后50年

初中语文课本第二单元的写作指导是：写自己最熟悉的事、最动情的东西。

写熟悉的事、动情的东西，当然没有错。可是说了也等于没有说。

在这里编写者暴露了思想方法或者哲学修养上的一个重大缺陷，那就是满足于现象的并列，或者用哲学的语言说，习惯于现象的统一性，而缺乏从现象的统一中揭示矛盾的自觉。

问题的要害在于，有时熟悉的东西最好写，有时正因为太熟悉了，反而熟视无睹；老师同学、父亲母亲天天见面，没有东西可写，来了一个新同学，旅游到了一个并不熟悉的新地方，倒可能写出一点有个性的东西来。关键在于从熟悉的东西里，找到新鲜的、不熟悉的东西，思想才会激动起来，才有文章可做；如果在熟悉的东西中发现不了新异的东西，文章个性的因子就不可能产生。

写熟悉的东西，这是许多人都讲过的，其中有正确的成分，说的是作家不能无限地依靠想象。但是，其中也有非常不切实际的、害人的东西。新课本的编写者，显然没有突破旧教材机械唯物论的局限，也没有具体分析矛盾的修养。在高中语文课本第一册“写作、

口语、交流”的第四单元中说：“我们对一些客观事物有感受，就想把这些感受写出来，让别人有所感知，就要再现客观事物，如实地反映客观事物。”这就暴露了编写者对于哲学上的主观与客观、主观感受和再现客观事物之间的矛盾一无所知。既然要写自己的感受，那就只能是独特的，不同于别人的，更不是集体的。文章的可贵就是每一个都不同于他人的感觉，怎么可能“如实地再现客观事物”？不论是现代科学哲学还是现代文化哲学都已经达成共识，超越主体理论立场和文化心理的客观是绝对不可能的。

编写者在这里把两个在根本上矛盾的东西混为一谈，不但表明了他们在传统哲学、美学观念上和思想方法上的僵化，而且表明了他们在当代前沿文化哲学方面的蒙昧。事实上编写者与20世纪80年代得到共识的主体论和审美情感价值论都有隔膜。旧语文教材成书在差不多20年前，这么长时间，文学理论和哲学理论发生了日新月异的变化，山中方七日，世上几千年，可惜“新教材”的编写者们，满足于在山中采药，因而世上的变幻对于他们来说，好像什么也没有发生。

就主体论和审美价值论而言，新课本的文学理论水准落后于当代文学理论的成就20年左右。

正是由于对审美价值论的无知，编写者要求学生写“动情”的东西的时候，也是迷迷糊糊的，当他力主写“动情”的东西的时候，就完全忘记了前面所讲的“熟悉”的东西。

一个具备起码的研究能力的人，都不会满足于“熟悉”和“动情”的并列。很明显，二者不但有统一的一面，而且还有互相矛盾的一面。熟悉的，有不动情的，不熟悉的、陌生的，可能是十分动情的。关键不在于熟悉不熟悉，而在于能不能触动感情，不是一般的情感，而是有个性的、只有自己才有的情感。有了感情，客观对象就发生变异了，就不可能客观到可以再现了。情感价值，粗浅地说就是审美价值，而不是客观的认识价值。入选中学语文课本的张洁的《挖荠菜》，开门见山，就是：“我对荠菜有一种特殊的感情。”有了特殊的感情，而不是一般化的感情，因而挖荠菜就比吃荠菜更加精彩了。这就有个性了，熟悉不熟悉，就无所谓了。《背影》的成功不在于作者是不是写了熟悉的父亲，而是写了不一般的感情，写他起先不满意、不理解父亲的爱，以父亲的爱为羞，然后才为父亲并不浪漫、并不美妙的动作所感动。个性就是特殊性。美好的感情，父亲那么煞风景的笨拙的动作并没有束缚朱先生的情感。有了审美的情感价值，才能有真正的自由之趣、自由之美。

编写者不是要求学生要用自己的脑子思考吗？为什么他自己却失去了用自己的脑子思考的自由呢？除了观念上的问题以外，问题还出在处理两个论点关系的时候，习惯于原始的并列关系，而不善于从对立的、互相矛盾又互相统一的关系中进行深化。论点平列，一、二、三、四，甲、乙、丙、丁的方法，就是毛泽东非常厌恶的方法，他把它叫作“开中药铺”的方法。不分析问题，不研究论点与论点之间的复杂关系，不揭示矛盾，就注定了新教材的编写者，只能从现象到现象地罗列，思想在平面上忙忙碌碌地滑行。

在对立统一的哲学基础上提出问题、分析问题，寻求在矛盾和并列现象中的内在联系，本来是20世纪50年代以来的传统方法，是一般文章作者都能达到的层次。到了20世纪90年代，对立统一的模式、二元对立的局限性已经显露出来了，许多研究者正在丰富、突破这种思维模式（例如，用三分法、系统方法），但是，新编教材的编写者却把简单枚举的方法、不完全的罗列方法当作唯一的方法。

从方法论的角度，容我直言，编写者的思维模式是落在了当代文化哲学一般水平之下的，和当代学术的一般水平相比，落后了差不多50年。凭着这样的水准，怎么能提高初中学生的素质呢？把这样的老生常谈拿到课堂上去反复宣讲，对于中学生来说，不但不能启迪心灵，相反，只能是麻醉青少年活跃的天性。

我这样说一点也不夸张，在中国的语文课上，教学双方浪费生命的程度可能是世界上最为严重的，早在1978年和1984年吕叔湘先生就写过文章，认为中学语文课的课时为各门文化课程之最，可是“效果很差”，“大家对少、慢、差、费的严重程度，可能还认识不足”。

四、对口语词汇和语法特殊性一窍不通

新编高中语文课本第一册中有专门的“口语表达的要求”一节，开宗明义地强调，学习重点：一是口语表达的要求。但是，只有一个题目，没有任何阐释，从下文中得知，就是“较高的口语表达能力”，这在逻辑上不是犯了同语反复的错误吗？二是口语表达的一般技巧。在“表达指导”中说：“要做到自然而不做作，简洁而不啰唆，明快而不含糊。”先不说，“自然而不做作，简洁而不啰唆，明快而不含糊”，当中三个转折连接词“而”，是否欠妥，就算三者是口语的特点吧，怎么才能做到，才是更关键的。编写者的回答是：“要得体”“要充实”“要发音正确”“姿态和表情配合”，这完全是废话，问题的关键是怎样才能达到得体、充实，姿态表情如何才能配合。接下来是：“对话时，要看对方的眼睛，交流时，要适当环视四周，坐着说话时，姿态、视线要自然。”这是彻头彻尾的教条。不看对方，不环视四周就不能对话吗？初次相见的情人，说话时眼睛不看对方，难道不更加显得含情脉脉吗？调侃讽喻对方的时候，目光故意避开，不是更为幽默吗？

据一个对此有过研究的先生告诉我，就是这些废话也不是编写者自己创造的，而是从

一本讲礼仪的书籍上抄来的。根本原因是编写者对于口语缺乏起码的研究，甚至缺乏常识，又没有钻研学术成果的愿望，就望文生义地把口语当成了用嘴巴讲出来的话。难道把《中华人民共和国宪法》那样的书面语言，在口头上念出来，就是口语了吗？

这是因为编写者对于口语和书面语言的基本特点缺乏起码的常识。

口语作为一种特殊的交际方式，是相对于书面语而言的。口语的关键是现场性的交流，不像书面语有某种独白的性质。

正因为此，书面语言在句法上、词汇上，和口语有着巨大的差异。现场交流，因而要明快，才能缩短心理距离；书面语是可以反复琢磨的，其正式性要求它严密，因而句子比较复杂，长度也大大超过口语。如《联合国宪章》的英文本，第一章一个句子，就是一页。口语是不可能有很长的句子的，一来，人的肺活量不够；二来，长句子一下子听不明白，要反复思考才能贯通，不容易形成现场的沟通和即兴的交流。编写者在选口语文章时经常犯非常幼稚的错误，以为凡是演讲词，就一定是口语，其实有许多正式的演讲，完全是书面的，林肯经典性的《在葛底斯堡的演说》就是拿着反复删改的稿子念的。有的虽然是即兴的，如克林顿的许多演说，所用的仍然是书面的语言。当然，有些非常正式的政治性的报告，也有用了许多口语词语的，如毛泽东的《反对党八股》。

中学语言教学中的口语，作为一种素质，不同于现代汉语的语音课，并不意味着让学生学会用正确的语音来念自己的作文。口语是一种口头的交际。在美国大学里有一种教学生口头交际的课程，叫作 Understandable Communication，翻译成中文就叫“易于理解的交流”。这对于理解口语的性质很有启发。书面语言当然也是一种交流，但是它并不具备现场性，读者的反应是在现场以外的，一本书、一篇文章，即使有很大一部分读者不能充分理解，甚至不能卒读，也并不影响其水平和社会效益。但是，口语听众的反应具有现场性，它对发言者的情绪、信心、思路有很大的影响。正面的反应会鼓舞发言者，负面的反应会打击发言者。口语交流的现场效应，不是单向的传输，而是双向的互动。根据现场反应进行演讲内容、方法和词语的调整，是演讲术的一项基本训练。

口语现场交流时，发言者和听者的物理距离是固定的，但是，心理距离是可以因口语的鲜明和强烈而缩短，而书面语言却很难有这样的功能。口语能使发言者和听者达到高度的沟通，不但思想沟通，而且感觉沟通，心领神会，创造出一种互动的氛围，哪怕是发言者一举手、一投足，也会发生强烈的共鸣效果。许多惊人的妙语，往往不是事先准备好的，而是在口语交流的互动氛围中生成的。书面语的抒情，如果不具备交流性，即使辞藻华丽，听者也往往只是茫然、漠然，如同有一堵透明的墙体横隔在发言者和听众之间。

口语交流的最高境界就是互动的语境的创造。

把口语的特点望文生义地理解为把讲稿念出声来，已经被实践证明是有害的。

不论在会议上，还是在课堂上，把用书面语言写成的讲稿或者是讲义，用标准的普通话念出来，绝对不会产生任何口语的优越，相反显得十分生硬。某些领导，甚至某些演讲赛、辩论赛的选手，凡离不开讲稿的，大致都因为缺乏口语交流的素质。事实上，念讲稿的最大坏处就是挡住了眼睛——与听众交流的心灵的窗子，只能扩大听众和发言者之间的心理距离。把演讲、辩论变成朗诵和表演，即使在中央电视台播出的节目中，也屡见不鲜。许多装腔作势的所谓辩论、演说，其失败的原因在于，不是缩短了与听众的心理距离，而是拼命制造与观众的距离。

我国大、中学生语文水平江河日下，已经引起了许多有识者的忧虑，但是所有的忧虑都只限于书面语言的表达力，对于口语水平的低下，则至今没有引起起码的注意。我们的国家是个会议大国，社会生活中有着比之其他国家更多的演讲和报告的时间。但是，大量的实践并未相应地提高我国的口语水平，相反，不管是做报告，还是演说，不管是小组发言，还是讲课，废话、空话、大话、套话、胡话问题满天飞。有许多人，神经也正常，在台下的时候，聪明伶俐，说话风趣，可是一到台上，就丧失了活泼的天性，一脸祥林嫂的表情。有些人则好像不讲些空话，不讲些流行的废话就患了失语症。有些人士一上讲台，普通话很标准，字正腔圆、滔滔不绝、口若悬河，可是没有几句是人话，有效信息等于零。

这是在口语交流方面，从理论到实践的蒙昧所致。

蒙昧的严重程度从这个新编的课本中无情地透露出来。

难怪我国青年在口语交谈和现场沟通、互动方面往往不如西方青年潇洒自如。

难怪我们的厂长、经理、官员、教师，和西方同行进行口头交流的时候，往往结结巴巴，相形见绌。

要改变这个竞争力薄弱的环节，就得从中学教育开始，然而中学课本恰恰在这方面是最为稀松的。作为中学语文课本，编写的质量不仅要看是否有比较严密的口语一般理念，而且要看其在口语句法、在口语词汇、在口语语境等几个层次上深化得如何。这样的历史任务对于他们来说，实在是太沉重了，执笔者对于口语起码的知识可以说是一片空白。一些对中学语文研究了几十年的人士，至今还没有意识到至少应该从语法、词汇等方面，做稍微系统的展开。

在句法上，口语比较单纯、明快，往往很少用复合句法，常用简单句。如，用书面语的句法来说：

如果你再继续胡闹，我就把你扭送到公安局去法办。

改成口语的句法，只要把复合句中间的连接词和语境暗示的成分加以省略就成：

再闹，送公安局。

对于中学语文课本来说，不仅仅在于要有比较严密的口语理念，而且要有一定的操作性的程序，把一个书面的复合句改为口语的简单句可能是一种很重要的训练。新编语文课本中选入了爱因斯坦的一篇演说词作为口语的范文，其第一句，译文是：

看到你们这一支以应用科学作为自己专业的青年人的兴旺队伍，我感到十分高兴。

这显然不是口语，而是一个书面语的复合句，真正是口语应该是简单句。是不是可以这样：

很高兴，你们选择了应用科学；而且你们的队伍这么年轻，又这么兴旺。

句子短了，不但语义明快了，而且由于突出了对于听众的称赞，和听众的心理距离也缩短了，沟通和交流的氛围就可能形成了。

在词汇上，口语的词汇不像书面语那样文雅、正规。不但一些文言词语，就是一些华丽的形容词和专门术语，都不是属于口语的，一定要用，得把它改成比较世俗的、比较流行的。在比较学术化的英语词典里，英语的词条都注明属于正式（formal），或者非正式（informal）词语。一些来源于拉丁语和法语的词汇，就属于正式的词语。我国的词典还没有发展到这样高的层次，但是，作为口语训练，让中学生感受一下祖国语言在这两方面的功能是十分必要的。

起码要让中学生弄明白两点：口语词汇与书面语词汇的根本区别，在语义上和功能上的不同；二者在一定条件下的转化，也就是活用，产生特殊的风格和修辞效果。

书面语词汇是比较正式的、文雅的、庄重的，情感色彩比较隐蔽的，而口语则是比较随意的、亲切的、非正式的，世俗的情感色彩比较直接的。至少要让学生明白，在汉语里，同一个指称，并不是只有一个词语，而是至少有两个，甚至多个词语。两种词语往往被认为是“同义词”，但是其情感色彩是不一样的。“屁股”和“臀部”（幽默语言可以说“金臀高耸”）、“老婆”和“太太”（还有拙荆、贱内、内掌柜的、内当家的）、“热得要命”和“其热无比”，所指是相同的，而交际功能和情感色彩上是极不相同、不可混淆的。要尽可能地让中学生从口语和书面语两个范畴中去领会、驾驭两类词语的色彩，让中学生的心灵在汉语的两类词语体系中接受真正的文化熏陶。例如：“死”这样一个词，书面语的说法是：

死亡、逝世、归天、过世、仙逝、驾鹤西游、魂归道山、心脏停止跳动，等等。

而口语的说法是：

死掉、断气、翘辫子、上西天、两脚一蹬、玩儿完、上火葬场、见马克思、革命成功，等等。

口语情感色彩的直接性使得它比较明快、干脆，不像书面语词汇那么含蓄，因而容易引起共鸣、互动。它是最为生动的，是一切书面语言的根源。如今视为文言的词语，在当年都是口语。《论语》中的之、乎、也、者、矣、嗟、哉，在孔夫子时代都是口语，就是清朝皇帝在奏折上的批语都不回避口语，如“知道了”之类。

旧课本本来有一个非常怪异的现象，就是过分执迷于书面语的词汇和语法的烦琐辨析，有一种越辨越死的倾向。口语本来是最活跃的，资源是最为现成的，反倒视而不见，成为薄弱环节。最奇怪的是，从来没有一本语文课本提到要把口语词语、语法结构提炼到作文中去。目前流行在中学生中的口语词语，如酷、酷毙了、帅、帅呆了，等等，都有相当强的表现力，中学语文课本对此一概视而不见，这无异于画地为牢。口语理论在编写者中的欠缺是如此严重，以致中学课本的编写者都对口语相当麻木。因而，一接触到口语，稍稍要有一点理论色彩，就往往漏洞百出。

当然，口语词汇是有局限的，它的语义往往受现场语境的影响，不像书面语言那么确定，因而在比较正式的文献、文件和科学论文中往往不一定适用，所以在正式文件、文章、文献中要强调用书面语言，在学术论文中则要用书面语言的最高层次——学术语言。书面语言虽然严密，但是比较缺乏现场直接交流的功能，因而做报告或者讲课的时候，则要把学术的、书面化的语言适当转化为口语。毛泽东把革命说成“造反”，把反对教条主义说成“反对本本主义”，把不接受批评的作风说成“老虎屁股摸不得”，在入选中学语文课本的《别了，司徒雷登》中，他就把国民党的失败说成是“他们完蛋了”，都是在正式文献中运用口语造成特殊沟通效果和独特文风的范例。在书面语境中，创造特殊的口语语境，可能有特殊的交流的、沟通的效果。反过来说，在口语中突然插入有限的文言词语，也可以造成特殊的风格（如鲁迅的某些文章）。

在这二者的转换中，本来隐藏着汉语许多深刻的文化底蕴，同时，也有广泛的实用价值。将这一切纳入中学语文的训练体系本该是题中之义，然而，由于知识结构的缺陷，编写者却把精力花在了一些似是而非的感觉上，而感觉是没有深度的，因而也是没有可讲性的。而中学课本又规定相当长的教学时间，其结果就是在课堂上翻来覆去地讲一些废话，有时，还把这些废话组装成刁钻的选择题来折磨学生。

口语交流和沟通最大的难点，在于这是现场即兴的、瞬时而过的。即兴反应，对于口语表达，对于人的素质，提出了很高的要求。过了这个瞬间，就是想得再妙，也是等于零。因而现场即兴，反应的敏捷，是口语训练的基本要求。正因为此，训练口语表达的大专辩论赛，特地设置了自由辩论，考验选手的现场即兴能力。

这一切，也许新编课本的编写者并非一无所知，但是由于知识结构的残缺，常常捉襟见肘。例如，在高中语文课本第一册中有“即兴发言”一节。“表达指导”说，要做到“迅速构思”，第一，要“确立中心”；第二，要“从实际出发”；第三，要“有精彩的开头和结尾”。看起来这三点还不算离谱。第三点还提到“可以借当时的场景、会议的主旨作为开场白”，应该说，还算比较切实。但还是有不着边际之嫌。后面还说到“要克服紧张心理”“要随机应变”“有备无患”等。就整体来说，都因为缺乏可操作性，不能不显得空洞，给人以不懂装懂、信口胡柴之感。

这一点到了高中语文第一册专门讲述演讲的部分，就暴露无遗了。

这部分在“表达指导”中说，要注意两个问题：一是演讲前的准备；二是演讲时的控场技巧。

关于演讲前的准备，编写者讲了四点。第一，要明确演讲的中心，要从头到尾贯穿一条主线，不转移话题。这表面上看来不错，但是恰恰暴露了执笔者对于演讲完全是外行。因为，这不过是初级作文的起码要领，并没有讲到演讲与一般作文之间的区别。演讲，因为现场交流的特殊性，有时是可以稍稍离开原来的题旨，做现场的、即兴的发挥。这方面，演讲比之作文要自由得多。当然，这种稍稍离题的发挥的自由不是无限的，而是需要控制的。编写者如果真是对演讲研究有素，本来应该讲的是即兴的、现场的发挥，如何控制，以免喧宾夺主，针对不同的对象、氛围采取不同的策略。

编写者提出的演讲准备的第二点，是要“确定演讲的题目”，“要与内容一致”，“要吸引人”。一看“要吸引人”，就知道完全是废话。当然“要吸引人”，有谁会主张演讲的题目可以不吸引人呢？问题在于你有没有能耐告诉中学生如何才能吸引人。题目与内容当然不能不一致，但是细致推敲起来，从根本上来说，题目与演讲的全部内容从来就不可能完全一致。笼统提出内容与题目一致，正说明，编写者不懂得什么叫作“一致”，也不懂得什么演讲题目是好的，什么演讲题目是赖的。

闻一多的著名演说《最后一次演讲》，与内容一致吗？

马丁·路德·金的演讲《我有一个梦想》，内容那么多，光一句话的题目，在什么意义上是一致的，在什么意义上又是不一致的呢？某种程度的不一致有没有某种程度的好处呢？演讲内容的丰富性和题目的有限性是一对永恒的矛盾。鲁迅著名的《魏晋风度及文章与药及酒之关系》，这么长的题目，仍然不能做到题目和内容完全一致。

功夫就在一致与不一致之间。

其实，稍稍认真一点，不难看出，题目不过是内容的一个部分，有时是内容最为突出的一句，有时是最为有趣的事例，有时是作者最想强调的观念，有时只是引起兴趣的引题，有时是最为重要的结论，等等，提炼出好的题目的关键在于割舍掉许多相当重要的内容。

题目和内容是一种在局部上一致、在整体不一致的关系。它的任务是醒目地提示，而不是全面地展示。从这个简单得不能再简单的问题上可以看出，编写者头脑贫困到了什么程度。

编写者对于演讲准备的第三条指导是“选择演讲的材料”，“要有较强的针对性，有时代感，还要典型、生动、适合特定的演讲氛围”，这和前面两条一样，给人摸不着头脑的感觉。编写者讲了这么多，不知道哪些是陈词滥调，哪些可能转化为切实的、有启发性的方法。什么叫作时代感？什么叫作典型？可以设想，如果大家所选的材料都有“时代感”，也有“典型性”，为什么有的获得了满堂彩，有的却令人昏昏欲睡？编写者习惯于作单向的线性的思维，因而每逢要表述一点比较复杂的理念或者切实的具体分析，就语无伦次。

典型性和时代感讲的是所有演讲者的共性，光有它是不够的。关键是在对材料的阐释中把自己的内心与众不同的体验凝聚起来，也就是把编写者在作文指导中反复强调的“个性”表达出来。这就要反抗流行的、现成的话语遮蔽，把自己从现成的套话、空话、大话中解放出来。没有这一切，所谓时代感、典型性，不过是空话而已。其实编写者随便放在最后的“适合特定的演讲氛围”也许是最为关键的。所谓的时代感、典型性，都不能离开具体的对象、特殊的场景和氛围，甚至包括听众和演讲者亲和的程度。只有把这个因素，也就是决定交流和互动的因素考虑进去，才谈得上生动的效果。编写者眉毛胡子一把抓的结果是一团混乱。

编写者提出的第四条是“安排演讲的结构”，“开场要抓人心”，“结束部分要耐人回味”，同样是废话。编写者的失败在于无法告诉中学生如何抓人心。至于结尾要耐人回味，只是某种演讲所要达到的效果，有些演讲结尾就是激情高涨，把鲜明的思想推向高潮，不留任何余地（如闻一多的《最后一次演讲》）。知道了可以不留余地，才能真正理解什么叫作“耐人回味”。只有避免在最后高潮处，把话讲绝，才能做到留有余地，耐人寻味。

下面编写者又交代要注意的几点（从行文逻辑上看应该是前面所预示的“控场技巧”）。第一点是“掌握听众心理”，“求同存异”，“辨异趋同，使听众产生共鸣，从而消除障碍与干扰”，对于演讲这样复杂的问题，提出这样简单的办法，显然不是深思熟虑的结果，而是随心所欲。

掌握听众心理，在不同语境、不同对象、不同性质的演讲中是不同的，编写者提出的“求同存异”，只适合外交场合的某一种语境，在另一种语境中，例如在联合国大会发言中，在一些原则的问题上（如台湾问题），是需要针锋相对的。至于其他一些性质的演讲中，不回避问题，揭露矛盾，时而当头棒喝，时而娓娓道来，时而义正词严，时而留有余地，在如此纷纭的状态中，作为演讲者的心态和技巧应该相应丰富的，如果只有求同存异这一招，是不能不出洋相的。

第二点是“要提高应变能力”。本来这是一个很好的命题，关键在于如何阐述“应变”。编写者的阐释是，因为环境多变，听众多样，“因而要有很好的应变能力，处理意外的变故”。这里，编写者运用了他们非常热爱的同语反复的逻辑：前提是“要提高应变能力”，结论是“因而要有很好的应变能力”。

第三点是“恰当地表达感情”。“以情感人”，“要借助修辞、动作、形象、语气、语调等方式和手段，增强演讲的效果”。

编写者理论上和经验上的缺陷，简直成了秃子头上的虱子。

以情感人是演讲的抒情风格，显然不是全部奥秘所在，有时演讲追求的恰恰是以理服人。光以情感人，是没有深度的。情感过分张扬，会造成滥情，这是当前各种演讲比赛的通病。演讲者应该把抒情、智性、煽动、鼓动、幽默、讽刺等的因素结合起来，在必要的时候可以适当地诡辩、武断，甚至用一些任性的语言，造成一种特殊的沟通、互动的效果。

知识结构如此残缺，逻辑思维如此混乱，在讲述道理的时候，语气却那么自信。到了“借鉴实例”中，自信就变成了彻头彻尾的外强中干。

编写者选了一篇《在毕业生离别晚会上的即兴讲话》。原文较长，为了节省篇幅我选择其中第二段：

> 三年的时光，匆匆地流逝了，相聚不知珍惜，别离才显情重。此刻离别的晚会为我们而开。再回首，张张熟悉的面孔像朵朵彩云一一掠过，多姿多彩的生活如童话般的梦境，在你我心头重播。可这一切，都将如轻烟一缕，缓缓地飘向白云深处。

这么多书面化甚至拗口的形容词，还有对称的句法，绝对不是即兴的，口语词汇更是少得可怜，几乎可以肯定是事前书面准备、推敲的成果。如果这一段还不够清楚的话，请看下面这一段：

> 时光老人依然脚步匆匆，历史长河仍旧波涛汹涌，那，就让美丽的回忆与幸福的感觉伴我们翩翩起舞，让激动的心弦和着自然的风韵随我们歌唱。歌唱青春，歌唱友谊，歌唱每一个难忘的时光。请珍惜这稍纵即逝的日子，以天真的心灵踏上生命的历程。祝福你也祝福自己，祝福每一个人，以及我们生存的这块小天地。愿这深情，能宽慰曾经有过的苦难与忧伤；愿这告别，昭示着幸福和欢乐。

这么丰富的、华彩的形容词，这么强烈的诗化的语言，这么明显的刻意求工的痕迹，一点即兴的智慧都没有，有意做文章的追求溢于言表。稍微有一点语感的人，一眼就可以看出，其中毫无瞬时的心灵的活跃，更谈不上激起和听者的互动和沟通。编写者居然把它拿来当作即兴演讲的范文，这只能说明，编写者自己对于即兴、口语连起码的直觉性的语感都没有。说得不客气一点，在这方面，执笔者对于口语交流，真是像刁德一到了沙家浜，两眼一抹黑。

这样的演说稿，之所以被编写者看中，也许就是因为其中的华丽辞藻，从这里，也可以看出编写者在审美观念上，只能欣赏华丽辞藻，无能鉴别审美情感的深度，更不知智性和幽默为何物。其实，就抒情来说，这篇文章的质量是平庸的，在一个充满离别之情的聚会上，用这样华丽的辞藻是做作的，不够诚恳的，更不要谈什么编写者所强调的“个性”和精神的创造的“自由”了。

五、期待课本编写的竞争机制

语文教学改革是一项重大的历史任务，它牵涉到千家万户，在某种程度上，决定着我们年轻一代的竞争力。改变我国中学生语文水平的低落是刻不容缓的大事，肩负这样重大历史任务的人员应该在理论上和实践上代表国家水平。然而，从新编课本的情况来看，编写者的修养，从理论基础到方法论，乃至对于经验的概括和文本的分析方面，是不及格的，一接触到具体的问题，往往显得山穷水尽、语无伦次。赶鸭子上架，不管鸭子如何努力，其结果只能是悲壮的。这样的课本无论如何不能代表中国的水平。长期以来语文课本编写发行的垄断体制所造成的后果，在所谓“新编”课本的质量上暴露无遗。

中国不是没有人才，只是缺乏竞争的机制。

令人高兴的是，体制正在进行改革。在教育部的领导下，多种教科书的竞争体制正在逐步显现。不合格的、落后的教材在不久的将来，将要失去行政力量的保护。我们完全有理由期待一系列优秀的、独创的、高质量的教材在竞争中如雨后春笋，脱颖而出。

语文教学的严峻挑战和机遇①

能够参加这个大会是很感荣幸的。起初，课程中心的年轻人没有请我，也许是好意，六十多岁了，不好意思来惊动。也许，我也真有点老朽昏庸了。后来找到我的时候，时间已经很紧。我的第一个感觉是，义不容辞，放下了压在手上的教学和学术研究工作，投入了这项在我看来，对于我们国家未来，对于下一代的竞争力，真正是功德无量的大事。

我们的基础教育实在到了不得不改的时候了。

基础教育主要是由三个轮子组成的。第一是语文，第二是英语，第三是数学。这三个轮子决定着我们国家下一代人才的素质。然而现在看来，三个轮子都有相当严重的问题。

就语文课程而言，从国家到家庭，从教师到学生，投入的时间和精力是相当大的，但是成效最小。这个问题由来已久，早在20世纪80年代吕叔湘先生就大声疾呼过，远溯到中华人民共和国成立前，连蒋介石都对中学生语文水平的低落有过批示。20世纪50年代初，语文教学面临着意识形态的巨大变革，教师无所适从，课堂教学水平可想而知。但是，那时课外有相当的自由。我在中学时，是语文课代表，上课基本不听，可是语文成绩永远是第一。因为课外的时间很多，可以乱看乱写。另外，教师非常认真地批改作文的传统在那时还没有遭到破坏，课外也鼓励学生自由阅读。当时高等学校的入学考试也没有今天这样刁难，现在广泛流行的、荒谬绝伦的所谓“客观题”，还没有进口。语文课学得如何的最根本标志无疑就是作文，而作文好的同学，都是因为有兴趣，如痴如醉地阅读和写作完全可以弥补课堂教学的不足。用理论的语言来说，学生自发的主体积极性弥补了课堂教学的不足。而现在的中学生负担很重，根本没有阅读的自由，也就是学生的主体受到无情的压抑。读小说，被家长和教师当作“读闲书”，书要被没收的。高等学校入学考试，作文只

① 据2001年3月12日下午在国家基础教育课程改革项目核心成员第七次工作会议上的发言记录修改补充。

占五分之二的分数。老师平时把精力全放在选择题的应试“技巧”上。而这种歪门邪道的“技巧”恰恰是摧毁兴趣、扼杀主体性的最有效武器。相当大一部分学校，作文连个本子都没有，大都是写在单页的纸张上。教师除了笼统的“讲评”以外，根本就没有批改，没有认真逐篇批改的占绝大多数，在有的学校，作文交上去，就杳无音信，不再发还。

语文教学走入魔道，从考试到教学，从课本到教学参考，形成了一股相当顽固的保守的习惯势力，其后果是，教学效果之差，引起了全社会最为广泛的义愤。

基础教育的第二个轮子——英语，教学和考试都不得法，学了十年，不会简单交际，词汇量太少。四级考试也太刁难，过分纠缠于语法和一些惯用法上，大学生四级大量考不及格，拿不到学士学位证书。在一般学校，一次考下来，常常只有 40% 的及格率。有时，第一次考下来，还将近及格，再学上一年，再考，成绩反而下降了。

英语和祖国语文一样是终身教育，水平的提高主要靠主体性的张扬，也就是兴趣和运用，用考试折磨学生，还有什么学习和运用的兴趣可言呢？

基础教育的第三个轮子——数学，太难，比美国难得多，我们一个普通水平的中学生，到美国中学去，数学轻而易举地拿全年级乃至全州第一。美国许多大学数学系研究生，中国人有时占一半。这好像是我们的骄傲，其实是我们为美国人培养高级尖子人才，白白为美国投资。这已经够亏的了，更大的亏输是让我们成亿的中小学生陪着去念那些在美国都还没有达到实用水平的数学。沉重的课业负担弄得我们的孩子童年没有欢笑，一代青少年青春的浪费，对未来知识经济的挑战来说，是竞争力的水土流失。当了几十年的冤大头，有些人还不觉悟，还在那里洋洋得意。

应该对这些人当头棒喝。

本来，我们国家自然资源在许多方面是低于世界水平的，只有一点是全世界最为丰富的，那就是人力资源，尤其是我们智力的潜在资源。我们民族对于智力投资的重视，与日本人、犹太人并列，这是连老布什都十分羡慕的。这是我国最宝贵的精神资源、最大的本钱，可是我们有些位高权重的人士却在非常可怕地挥霍。

美国一家权威刊物经过慎重研究提出，保证美国新一代的竞争力，一共有 5 条，第一条就是母语的运用和应对能力，第五条是外国语的应用能力。而我们的语文和外语都在教学上存在问题，且已经到了人神共愤的程度了。

正因为这样，当我得到邀请，给语文课程标准提意见，便觉得事关重大。听说，3 月份就要公布，我们觉得光是提出意见，哪怕是上百条，人家也难以消化，就决定和年轻人一起奋战 4 天，不但提出意见，而且在电脑上用另一种字体，修改出一个新稿样来，供标准组参考。

我设想，基础教育的改革，有三个环节，那就是考试（评估体系）、课本和教师（包括组织和领导者）。

本来我以为，最关键的是高考，这是教学的指挥棒。考试模式、指导思想不变，教学无法改革。这几年高考虽然有了某些改革，但是力度还不够，明显可以看出指导思想的犹豫，还没有从根本上跳出老一套的条条框框。看来，这不但是有阻力的表现，而且是有关人士落伍的表现。其次是课本。最近，高中和初中的语文课本各出了新版第一册，虽然在字面上也有所改革，但是，还是在原有水平上沉浮。现在看来，这不仅是水平问题，而且是体制问题，低水平是长期的垄断体制造成的。

新的课程标准草稿给我最大的鼓舞是它比考试改革更加抓住了改革的关键。

这个课程标准取代了教学大纲，它是课程的宪法。

它的课本多样竞争制原则宣告了低水平垄断体制的终结，它的多元对话的教学原则，也宣告了那些毫无理性的客观题的寿终正寝。这个标准一定下来，考试、课本、体制不跟着转，就失去了合法性。

语文专家组提供的语文课程标准的这个草稿，理念很新：以人为本，而不是以考试为本；以学生为本，而不是以教师为本。课程的基本纲领是，通过语言文字的驾驭和运用，达到人的全面发展，从思维能力、想象能力、创造性、人文关怀，集中到感知、情感、意志的全面发展，还把阅读、写作、口语交流，作为统一的有机体，旨在社会竞争力的提高。这个标准的最高目标就是彻底把语文课程从应试教育中解放出来，这真是令人鼓舞。这方面肯定的意见，大家讲了很多，我全同意，就不再重复了。当然还有不少问题，我在修改的时候，特别强调了理论的落伍，尤其是强调学生主体，却忽略了教师主体，其哲学基础还是启蒙主义的主体性，而不是当代哲学的主体间性；作文指导中的机械反映论还相当突出，只讲观察，不讲感受，只讲贴近生活，不讲贴近自我，以为只要找到客观的现象就能写出好文章，而不是找到自己独特的感受发挥自我独特的个性。又如，对口语词汇、语法特点，对于口语的现场交流、即兴性等都缺乏起码的研究，论述和概念都比较含混。对于当代哲学理论，尤其是文学理论的语言学的转化等等，都缺乏学理上的衔接。因而还要做相当幅度的补充，有些地方可能还需比较大幅度的修正。

这项工作可能并不是太轻松的，矛盾和扯皮在所难免。这可能在我们语文组是比较突出的。因为，我们文学工作者，往往主体性比较强，个性又特别鲜明，说到兴致来时，常常任情率性，不是火药味过浓，就是一言不合导致冷场。但是，我对于这些并不十分担心。因为这个语文课程标准特别提出了，教与学之间，是平等对话的关系。在多元的探索中，在互相启发的对话中，教学相长。这种新教学观念，不但是新的教学观念，而且是新的人生观念。正是因为是新的人生观念，它涉及整个人的心理的各个层面。如果我们能够把这一原则贯彻到底，我们在标准组专家中的分歧则不难得到解决。

这一切从理论上说说容易，在实践中贯彻到、落实到每一个环节中，就不那么轻松了。任何一种新的理念，都是对旧的理念的一种变革。最为关键的是，不单是我们变革人家，而且是我们自己也要变革，变革那些我们已经驾轻就熟的路子。这对于许多人，包括我们自己，肯定是有痛苦的。

现在看来，课本和考试的改革当然不是轻而易举的，但是，还不是最难办的，最令人忧虑的是教师。因为要改革课本和考试所涉及的人员毕竟是比较少的。竞争的淘汰性只威胁到在语文学科顶尖上的部分人士。最严重的后果，不过是淘汰了一茬子人马而已。但教师队伍却是相当庞大的，绝对不可能采取粗暴的淘汰的方法，只能采取普遍提高的战略。

变革涉及利益和权力的再分配。真正要实施这个标准，在来自上层的阻力解决了以后，来自基层教师的阻力，就以其广泛的群众性使得问题变得严峻。十几年的教条主义考试，不但窒息了学生的人文精神，降低了他们的创造力和想象力，而且更为严重的是，恕我直言，广大教师队伍的素质也大大降低了。有些人已经被无理的客观题毒害得失去了思考能力。这就产生了一个悖论：要把学生解放出来，首先要把教师解放出来。事实上是，学生的解放比教师解放要容易得多。年轻人的天性本来就有对无理的教条的抵抗力。但是，教师队伍中，相当大一部分的人，抵抗力已经消磨殆尽，他们已经落伍了；然而，他们的职位给予的权力却把这一点掩盖了起来。最大的阻力，不一定来自水平比较一般的教师，也许恰恰是具有了一定权威的教师。他们已经在这十多年中形成了固定的一套，而且和他们的利益结合在一起。

这就要求对教师的系统培训程序应十分认真而慎重。问题的严重性还在于它是多层次的。在职位权力和水平的不相当这一点上，不但包括基层第一线的教师，而且包括编写课本，甚至制订课程标准的专家。解决这个矛盾是一个系统工程，每一个层次的人士都会受到触动，都有一个适应新形势的艰巨的学习任务。不能有一种误解，一些人是专门变革、教导人家的，而自己是不需要学习和变革的。在中学权威教师中是这样，在课程标准组专家中，当然包括我个人，也是一样。课程的标准规定的教学原则之一，是教师和学生要在对话中交流，而在标准组中恰恰有些难以沟通、无法对话的时候，在我看来，有些，怎么说呢，职位越高，落伍的东西就越舍不得丢。语文课程标准组的工作之所以比较落后，其原因可能就在于此。

在进行全国性系统培训过程中，肯定会有类似的问题。培训者的身份往往是在很短一个时期中获得的，但是其水平却需要在很长一个时期才能提高。职务赋予的权力和实际水平的不一致是常见的，在庄严的培训过程中，难免有人堂而皇之地胡说八道，一本正经地信口开河，再加上一些优秀的教师想不通、跟不上，造成事实上的阳奉阴违，顽强抵抗。以其昏昏，使人昭昭，是免不了的。这就需要有耐心，改革就是有些反复、走样、变形，也是正常的。在中国这样大的国家，条件千差万别，对此我们要有充分的思想准备。对于培训者来说，最为关键的是学术研究的智能，缺乏这一点，基本上就丧失了真正的培训的资质。在这里，我提请领导对培训资格进行学术研究能力的考核。只有把竞争和淘汰功能引入培训资格的体制，使一部分培训者时时处于下岗的威胁之中，才有可能防止培训体制的僵化。

事情无疑是相当复杂而且必然会有反复曲折的，但是不管怎样，我们有信心把这件事办好。也只有办好，我们才无愧于前辈的期望，无愧于天下父母孩子对我们的信任，对于未来，才能问心无愧地有所交代。

后记：当时，我对语文教育的改革还是比较乐观了一点，并没有真切地意识到语文课程标准本身还有一个需要在实践中完善的过程，其中最主要的是，教师的主体性被严重忽略。针对这一点，我在2005年写了《语文教学中的主体性和主体间性问题》一文。

语文教学中的主体性和主体间性问题

——兼评教师“首席”论

正在取得大一统优势的教学观念非常强调学生的主体性，这比之长期无视学生的主体，把学生当作被动灌输的容器，自然是一大进步。首先，主体性，说通俗一点，相对于客体而言，就是相对于大自然客体，强调人能够认识客体，并不绝对是客体的被动反映，有无限潜在的认识能力；认识了必然，就能够获得自由。其次，相对他人而言，粗浅地说，也就是主动性，是被动状态的解脱，主体意志的自由不承认任何“他者”的统治。再次，从与社会交往来说，主体性就是个性的、不拘一格的、与众不同的、不可重复的，拒绝任何僵化的先入为主。最后，在教师与学生之间，不承认教师为真理终结的权威。真理是无限多元的，“师不必贤于弟子，弟子不必不如师”。就是教师处于强势和优势，也得尊重学生主体思想的自由和无限潜在的创造力，离开了学生主体心理的主动性，不把学生从被动心理状态中解脱出来，不能有效地挑战学生本初的心理的“图式”(scheme)，使之产生调节(accommodation)和建构，一切都免不了落空。教师的任务就是把学生主动的求知欲调动起来，在学生旧知识结构的边缘激起兴奋灶，促使其向新知识结构作独特的拓展。满堂灌的教学方式，不能让学生摆脱被动的接受状态，教师的任何辛劳，只能是水浇鸭背。为了突出这一点，语文课程标准强调“学生是学习和发展的主体”“语文教学应在师生平等对话的过程中进行”“教师是学习活动的引导者和组织者”。

正面突出学生的主体性，也就是主动性、个性、不可重复的创造性，针对的是盲目信任教师的权威或者真理的垄断地位。与之相应的是，把教师的主体性降低，强调师生平等对话。一些论者，通俗地将教师定位于平等对话的“首席”。至于“首席”和主体性的关系，在字面上则采取了回避态度。

不可讳言，这里有点羞羞答答。

但是，教师的主体性，不论在理论上，还是实践上，都是不可回避的。

教师面临的任务是把学生从被动转化为主动，使原本有点封闭化乃至僵化的知识结构发生动荡和调节的任务是高难度的，教师难道不需要自身的主体的高度和活跃？教师的主体不占一定优势，只是作为一个第一个发言的参与者，如何能成为真正的“引导者和组织者”？连主体性都没有的教师，有什么本钱把（时常陷入混乱的）对话引向深入，而不是在平面上滑行？

教师“首席”论的实质，是对教师的主体性的恐惧，实质上是抹杀教师的主动性和奋发有为的、个性化的创造性。这种观念，当然不是心血来潮，而是有理论基础的。这就是后现代解构主义的文化哲学，任何现有的共识都要颠覆，一切学术权威（包括教师权威）都要瓦解。这对于思想解放，当然有其极大的合理性，但是，一切合理的学说，都不可能不隐含着自身的反面。彻底的解构主义，一旦自我关涉，就暴露出悖论：一方面，世界上不存在任何绝对的东西，一切都是相对的；另一方面，解构一切却是绝对的。解构主义的哲学基础就是绝对的相对主义。一切理论观念都要解构，但是这“一切”中并不包括解构主义自身，解构主义是绝对的绝对。如果解构的对象也包含解构主义自身，则解构主义本身也要被解构。彻底的解构主义，必然要解构自身；顺理成章的就是，一切理论并不需要颠覆。这不是强加给解构主义的，而是包含在解构主义的逻辑之中的。

面对着这样的悖论，不能不做出妥协，谁也不敢完全、彻底地否认教师的主体存在，但是得换一个说法。“首席论”就是某种羞怯心理的产物。但是，这并没有在理论上解决教师主体问题，发言的次序与教师的任务是毫不相干的。排序第一，而又废话连篇；排在末了，言不及义，效果是相差无几的。关键在于，在宏观语境中，僵化的绝对权威，真理的霸权应该被否定，但是，在具体历史语境里，在学术前沿，应该不应该承认相对的共识，或者权威？当课堂上众说纷纭的时候，应该不应该承认有比较深刻、相对深入文本的解读？如果有，则笼统的“平等对话”，只能在最抽象的宏观意义上成立，平等只是在人格层次上。在学养上，不平等是客观存在，一个合格的教师，其主体居于优势地位，学生主体居于相对弱势，正是对话之所以有必要的前提。绝对地否定教师和学生的“平等”的主体地位，和“文化大革命”期间，把教师和学生定义为“同一战壕的战友”，在思想方法上，是如出一辙的。但是绝对不背离教师的主体性，则给教学带来了混乱。

在《木兰辞》和《再别康桥》的课堂上，当学生说，花木兰是个英雄，花木兰很爱美，你这个“首席”，如何把教学引向深层次的分析呢？如果你对花木兰这个英雄的特点，你的理解和学生的原生理解，并没有什么多大层次上的差异，你如果连花木兰这个女英雄的特点，都没有把握，你的主体就丧失了本来应该占据的强势，你就失职了。当学生说，《再别康桥》不知道好在哪里，你自己也说不清好在何处，你就只好像网络上一些苦闷的中学语文教师一样，叫学生去朗诵。如果学生朗诵了，还是体悟不到多少妙处，或者朗诵得貌合神离，你却置若罔闻，你的主体性就不够合格。毕竟朗诵只能是一种感觉的体悟，感觉比之理性是有局限的。第一，同样是通过朗诵，有的领悟到某些深邃的思绪，有的则没有；第二，它不可言传，知其然，而不知其所以然。感觉到了不一定能理解，而理解了的却一定能更深刻地感觉。这时，最需要教师的强势主体发挥作用，而“首席论”则不仅窒息教师的主体性，而且可能给主体弱势的教师的惰性提供借口，让他们心安理得地充当学生任意性的尾巴。真正理解了《木兰辞》英雄性的特点的教师必然会在学生纷纭的感触中，抓住“木兰挺爱美的”这一女性特征，然后把它和男性对于家庭和国家的责任加以对比，从而深入来思考下去，指出这是一个担当起了男性家长责任和国家捍卫者的责任的女性。当学生觉得《再别康桥》难以深入之时，教师不应该甘于空洞主体，用朗诵去搪塞人家，应该把自己的洞见拿出来，指出在这首诗中，有一个关键的矛盾：一方面说，欢乐地寻梦，“我要放歌”，一方面又说，“但是，我不能放歌”，“沉默是今晚的康桥”，“悄悄是别离的笙箫”。如果把这抓住了，那么文本开头和结尾反复强调的“轻轻的”“悄悄的”和“作别西天的云彩”“不带走一片云彩”的奥妙就不但能够意会，而且能够言传了。语文课程标准指出，教师的权威不是其职位给予的，而是在师生对话的过程中建立起来的。可见，权威还是无法回避的。问题在于，第一，它是要教师以自己的强势主体性来树立的；第二，它不是自足的，而是相对的，是在激起学生主体性的过程中发展的。

应该理直气壮地、大声疾呼地提出教师的主体性。

学生的主体性在一般情况下，是沉睡着的，成熟的主体性有一种自觉，但是自发的主体性并不自觉。原生的思维结构都有一定程度的自足性，也就是封闭性，不是随意就能动荡、开放起来的。学生的主体需要教师以强势的主体性去激动。如果教师的主体性没有一定的强势，学生的主体性就不可能轻易开放。越是深层的心灵结构越是带封闭的性质，也就越需要教师的主体强势去启动。孔夫子说：“不愤不启，不悱不发。”教师的强势表现在把学生逼迫得苦苦思索，让他百思不得其解，然后才去开导他，不到他想说而又说不出的时候，不去启发他。教师的主体性相对于学生的主体性，是诱发学生（作为客体）主体性的主体性，是一种更高层次上的主体性。它不是静态的，而是动态的。在双向互动的，在对话的过程中，教师的主体性不断超越自身的原初状态，不断调节，不断在层次上上升。一方面他必须“逼迫”和等待学生思考，一方面他又必须有效应对学生五花八门的突发的思绪。这是一种科学，同时也是一种艺术，这本身是需要智慧和灵感的，这一切以教师强势主体性的活跃、开放为前提。不活跃，强势就可能变成弱势，教师就可能成为学生的尾巴。学生的主体性也很难深化。目前课堂上之所以产生满堂问的问题，很大程度上，是由于被封为“首席”的教师的主体压根儿就是缺席。“传道、授业、解惑”，只有在这样的前提下，才不但有历史的，而且有现实的合理性。没有主体足够的学养储备，当然就不敢言传道、授业、解惑。有了这样的主体储备，还需要很强的主体亢奋。只有主体性有了充分的强势亢奋，才有即兴创造的妙语连珠。成功的对话是师生主体动态互补、多层次深化的互动；而所谓“首席”，最容易引起误解的就是对话的绝对均势。从思维活动来说，这是平面的、静态的、低水平的。一个无可争议的前提是，教师不仅仅是课堂的组织者，组织者可以把任务留给他人，而教师却必须对文本的一切细节成竹在胸。教师定向而开放的诱导是学生独立探索的前提。就准备状态而言，教师优于学生是题中之义。至少，只有打过前站，经历过学生即将经历的艰险，才有条件因势利导，避免使对话在表面上滑行。当学生陷入困惑，钻进牛角尖，教师要“见风使舵”，绕开无谓的争端，推动学生在思考层次上深化。

教师不是白白坐在第一的席位上，他不是水手，而是探求真理的导航。他是船长，他的主体性的强度、深度和开放度，包括启发学生主体兴奋的即兴度，决定了课堂对话的水准。

教师的主体性，并不可怕。关键在于，什么样的主体性。

主体性像一切事物一样，是可以分析的。有教师主体性，也有学生的主体性；有读者的主体性，也有文本的主体性；有实践的主体性，也有审美的主体性；有积极的主体性，也有消极的主体性；有霸权性的主体性，也有开放性的主体性；有强势的主体性，也有虚弱的主体性；有货真价实的主体性，也有伪主体性；有自觉的主体性，也有自发的（半睡半醒的）主体性。我们提倡的是好的主体性，同时，我们也时时刻刻警惕坏的主体性。坏的主体性，包括伪主体性和霸权主体性一样是有害的，但是，不能因为有坏的主体性就把好的主体性当作洪水猛兽。

那种以真理的垄断者自居的霸权主体性是要不得的。这样的主体性，以窒息学生的主体性为代价。教师的主体性功能就是解放学生的主体性，在开发、深化学生主体性的过程中，强化、深化自身的主体性。学生的主体性应该得到充分的强调，如果走向极端，把教师的主体性弱化，并不一定导致调动学生的真实主体的强化，更大的可能是其伪主体随着教师主体性的弱化而走向空洞化。当前课堂上盛行的满堂问，实质上是对师生双方主体的蒙蔽，完全违背了对话的初衷，应该说是一种伪主体性。

从理论上来说，片面强调学生的主体性，有逻辑失重的性质。学生主体性的哲学基础是主体性哲学。起码的常识是，主体性有其毫无例外的普遍性，当代哲学甚至对大自然（包括自然环境和动物）都承认其主体性，可是，我们对教师的主体性，却是敬鬼神而远之。这不但在哲学上是讲不通的，而且在实践上是有害的。应该勇敢一些，将主体性加以分析，学有学的主体性，教有教的主体性。不过是教的主体和学的主体之间的关系要弄清楚。教的主体性目的就是为了充分调动学的主体性。当前的问题很明显，离开了教师主体的真正强化，把学生的主体性绝对地强化，已经导致学生主体的随意性和盲目性的泛滥，无理取闹，荒谬混乱，淹没了吉光片羽式的智慧的萌芽。

对教师主体自信的压抑，从理论上说，来源于儿童中心论，这种理论的要害是绝对的价值中立。这实际上是对于人类文化传承的轻浮和藐视，导致每一个个体都重新经历从猿到人的低水平起点。这是一种可笑的空想，但是，目前却风靡一时。据武汉特级中学教师洪镇涛先生介绍，一个班级上完《皇帝的新衣》，师生开始对话。教师问：应该向谁学习？回答纷纭得很。表示要向孩子学习的，占 40% 左右；表示要向骗子学习的也占到 40%。为什么呢？因为这个骗子，只骗皇帝大臣，应该是一种“义骗”，他骗的方法很巧妙，是“巧骗”。对于这样的回答，教师表示：向孩子学习，敢讲真话，很好；向骗子学习，进行“义骗”“巧骗”，也很好。这个教师为什么敢于这样不负责任呢？因为有一种理论在支持他：尊重学生对文本的“独特体验”，独特的就是绝对有价值的，教师只是一个“首席”而已，他不但不能为课堂的任何价值取向负责，也不能为对话的水准负责。

不言而喻，这样的教师是失责的。至少在两个方面：第一，离开了《皇帝的新衣》的文本。安徒生在童话中讽刺了三种人：皇帝、骗子、随大流的群众。骗子的骗术，并不高明，却能得手，反衬出皇帝的愚蠢。但是，在安徒生那里，骗子也是“坏人”，在道德上是负面的。首先，他们骗人，并不是为了什么高尚的目的；其次，他们骗的虽是坏人，但是，骗坏人并不能就变成好人。以毒攻毒，本身还是毒。狗咬狗，就不是狗了？车匪路霸内部火拼，那个打死匪首的，并不因而变成英雄。离开了文本的历史规定性，提出学习骗子，这在逻辑上犯了偷换规定性的（价值）错误。第二，从另外一个意义（价值）上，不是从安徒生原本的价值取向看问题，是可以的，但是，先要把原本的价值弄清楚。要明确这是一种特殊的针对性，另一种价值。例如，狗咬狗还是狗，是骂人的。但是，从狗的生理，狗与人的关系，狗与猫的比较等方面着眼，我们可以看到多种多样的狗，好狗、坏狗、忠实的狗、朋友似的狗、义狗、英雄的警犬等。随意地变换价值方位，只能混淆视听，不是解构主义的严肃课题，而是低水平的无理取闹。

要解决这样的问题，至少需要有上述的知识储备和心灵活力，这种储备和活力难道不是主体性？这种深度的、灵活的主体性，当然是一般学生所不具备的。取消了教师的主体性，片面强调学生的主体性，实际上让学生陷入自我蒙蔽，而且在教师中批量制造敷衍失责的懒汉。

从这个意义上来说，某些教改理论是不是存在问题？我很忧虑，主体性哲学在当代的发展是在他们的视野之中还是之外。启蒙主义的主体性哲学向现代主体间性哲学的转化正在如火如荼地进行，当代哲学的共同潮流是交往和对话，一切主体之间莫不如此。从此一主体来说，“他者”是客体，然而从“他者”的角度来看，则前述主体，又变成了客体（“他者”）。主体和他者是互相对应的，平等对话，不但针对他者，而且承认他者的主体性存在。强调学生的主体性，居然不承认教师作为“他者”的主体性。为了防止教师的主体霸权而让学生主体拥有霸权，这样粗糙的思想方法，是不是太愚昧了一点？

为什么这样明显的偏颇，这么多聪明人，视而不见？就是因为对于洋权威的盲目迷信。我们的教改观念是从北欧引进的，许多人想当然，以为北欧就是欧洲，而欧洲既是一个统一的实体，又有一种统一的理念，欧洲的也就是全世界的。其实欧洲的教育理念和美洲的教育理念是多元的，有着不尽相同的传统，就是欧洲教育本身，也不是统一的。据我所知，至少有四种不同的模式：一是斯堪的纳维亚模式（北欧式）；二是日耳曼模式（德式）；三是拉丁模式（法式）；四是盎格鲁·撒克逊模式（英式）。新课程标准主要学的是北欧式。这种模式把学生的主体性放在第一位。而在法国则比较强调教师的主体，突出严格管理和系统考试。一个瑞典学生到了法国中学，他会感到诧异：在瑞典课堂上，师生关系很亲密，上课时，教师让学生自己做事，想怎么做就怎么做。教师以开放学生主体为务。而在法国，师生关系疏远，上课时间完全由教师支配，课堂上讨论很少，发言的机会也不多。学生在课堂上有压力是正常的，这多多少少有点钱梦龙先生所说的教师为主导的味道。但是，由于这几年的片面宣传和推广，给我们造成了一种印象，好像西方义务教育都是学生绝对主体性的一统天下。其实，就是在西方，也是流派纷纭的，不过从总体来说，主体间性才是当代文化哲学的主流。

当然，这并不是说，我们着重推行的主体性教学理念一无是处，天下只能是主体间性的天下。我只是希望看到主体性和主体间性，作为不同的教育学派进行自由的竞争。但是，我们要揭露那种片面的、跛脚的主体性，从理论上来说，那只能是一种伪主体性。

论传统的“传道、授业、解惑”与西方的“质疑”
——兼论对话和教学相长

我国的基础教育改革，是西方教育理念的移植，还是中西教育观念的对话，这在理论上不成问题。纯粹横向的移植是幼稚的，应该是中西教育理念的对话。对话，它发生在中西两个主体之间，就不是西方独白，这是理论基础，也是常识，可恰恰是在这一点上，我们的实践，同时也涉及理论，陷入了混乱。双方话语不尽相同，互相成为“他者”，才有对话的必要。把自己的话语清空，用什么和人家对话呢？在这一点上，流行着一种天真烂漫的混淆：把西方教学理念和方法引进到中国来，就是对话了。混淆还发生在师生主体之间。近年引进的西方教育理念的核心就是尊重学生的主体，和学生平等对话。满堂灌为什么不好？压抑学生的主体。但是，教师有没有主体呢？如果没有主体，没有主体的自信、自觉，对“他者”就只能是遵从、盲从。尊重学生的主体性超越了尊重自己的程度，以追随为荣，事情就走向反面。取消教师的话语霸权，变成了放任学生的话语霸权。

西方理念最根本的一点，就是学术的主体性从对权威的怀疑和挑战开始，所谓学术每前进一步，就是向亚里士多德砍一刀。人家从不把权威当作崇拜的对象，而是当作对手（rival）。以此共识作为基础，启蒙主义的主体性才顺理成章地发展为当代的主体间性。然而，我们却违背了西方学术理念的根本精神。不是以自身的主体站着，把西方文论当作“他者”进行平等对话，而是放弃自身的主体，把我们的传统和实践贬斥得一无是处，把西方（北欧）的一些教育理念和方法，当作超越地域和历史的、放之四海而皆准的真理。在一个会议上，我们的权威专家做报告说：“关于教师，我们传统奉为经典的名言是：‘师者，所以传道授业解惑也。’可是，现在一看，不对了。人家就不是这样，而是质疑，让学生质疑的才是好教师。”[①] 他这样说的时候，恰恰忘记了平等对话的原则，不管西方理论多么权威，也应该平等对话，不管人家的学说多么前卫，也只能当作质疑挑战的对手。就算把西方权威当作导师，自己谦恭地做学生，如果我们没有任何质疑，一味洗耳恭听，顶礼膜拜，从正面说，我们不是好学生，从反面说，人家不是好教师。为什么把质疑忘记了呢？因为，质疑是需要有本钱的，有反诘的能力的，也就是具体的、反向的分析的能力。而具体的、反向的分析，不论是传统的马克思主义还是前卫的解构主义，都是活的灵魂。那么，让我们来对质疑、解惑做谱系的具体分析吧。第一，我们传统师道的“解惑”，其前提难道不是学生的质疑吗？学生不提出疑惑，教师解什么惑呢？《论语·宪问》：“南宫适问于孔子曰：‘羿善射，奡荡舟，俱不得其死然。禹稷躬稼而有天下。’夫子不答。南宫适出。子曰：‘君子哉若人！尚德哉若人！’”这不是称赞学生善于质疑吗？孔夫子主张“不愤不启，不悱不发”，学生的质疑就是教师逼出来的。先让他惑，再帮他解，所以孔夫子把“困而知之”看得比“学而知之”更重要。第二，学生的质疑，难道不是针对教师传的“道”和“业”的吗？教师不阐释任何观念，学生质什么疑呢？第三，教师全面系统的阐释，提供了学生局部质疑的空间，而不是学生的局部质疑构成全面阐释的前提。孔夫子不发表主张，学生怎么和他讨论问题？孔子曰：“起予者，商也。”《论语精义》解释说：“‘起予’之言，亦教学相长之义也。”[②]这个写在《礼记·学记》里的“教学相长”，不但指教者在教的过程中自我提升，而且是教与学双方的相互提升。[③] 朱熹在武夷山讲学，常常是先讲一通自己的主张，下自己的结论，学生如不同意，也可以上台讲自己的见解。康有为在维新变法前夕，创立万木草堂教学法，每个月只讲三四次，其余时间，学生自习把读书“心得”写入“功课簿”，每半月上交一次，哪怕是最简短的质疑，康氏都做长篇批答。所有这些作业，都长期保存，供学生自由阅读、讨论。康氏晚年在天游学院讲学时，基本采用这种方法。后来梁启超继承了这种教学法，他在回忆中这样描述在长沙主持维新派时务学堂的具体教学情况：“除上堂讲授外，最主要者为令诸生作札记，师长则批札而指导之，发札记时，师生相与坐论。”[④]后来梁启超在流亡日本时期，在东京创立大同学校，仍然用长沙时务学堂的书面对话的方法。[⑤]这正是中国式的对话，既突出了老师的主体性，又解放了学生的主体性，两个主体相互促进，这就是中国式的“教学相长”。它不但隐含了西方的平等对话的精神，而且正面提示了平等的目的

---

① 这是钟启泉先生在洪宗礼先生学术讨论会上讲的。

② 《论语精义》，宋朱熹编撰，《四库全书》经部，四书类。

③ 《礼记·学记》：“虽有嘉肴，弗食不知其旨也；虽有至道，弗学不知其善也：是故学然后知不足，教然后知困。知不足然后能自反也，知困然后能自强也。故曰教学相长也。”

④ 梁启超：《时务学堂札记残卷序（1922）》，《梁启超书话》，浙江人民出版社 1998 年版，第 52 页。

⑤ 参阅丁文江、赵丰田：《梁启超年谱长编》，上海人民出版社 1983 年版，第 186 页。

在于教学双向提升。更不可忽略的是，它并没有把人格平等变成智慧的平等，这里没有静态的、僵化的绝对平衡，只有在犬牙交错的不平衡中主体间的冲击和融合。对话不是平面的对流，而是曲折、崎岖的双向建构。教学相长比之平等对话更能调动主体间性的活跃。

用平等对话来否定传道、授业、教学相长是很盲目的。古今中外的教师，有哪一个是不传道的、不授业的？有哪一个是一味以等待学生质疑为职业的？传道、授业、质疑、解惑的过程就是教学相长，双向建构的过程。从学术上来说，四者是互相制约的谱系。从实践上说，对话并不限于有声的质疑答疑（现场问答），初期受业，难免知其然而不知其所以然，生硬记忆（如背诵经典古诗文和元素周期表）是必要的，素质的养成不完全是一次性地从感性直接上升为智性再到理性，也有从智性的记忆，回到日后的感性实践中反思（自我质疑和修正）再上升到理性的。强调活到老学到老超越课堂的多方实践，格物致知，这就是我们传统的“知行合一”的建构途径，也就是我们的实践素质论。把课堂上一次性的有声的质疑，从教学相长的、反复建构的过程中孤立出来，实际上是漠视“行”（实践的多次反复过程）的“知难行易”论，这在哲学上和我们是两个不同的流派。

闹得沸沸扬扬的平等对话，实践中，却并不平等，学生离开文本提出所谓的多元的、独特的“见解”是受到鼓励的，而教师的解答、辩驳、阐释却是犯忌的。即使有所流露，也是一种羞羞答答的主体性，以不敢在对话中正面传道、授业、解惑，以缺乏自尊、以抛弃坚定的专业自信为特征。可虑的是，把这种幼稚的做法当成西方教学的共识，事实上，是极大的误解。有个美国版的《灰姑娘》的课堂教学记录，教师就这样传道授业：

> 虽然辛德瑞拉有仙女帮助，但是她如果轻易地放弃了机会，就是她的后妈不阻止，甚至支持她去参加舞会，也是得不到幸福的。后妈不爱她，并不能够让她不爱自己。就是因为她爱自己，才有幸福。没有一个人可以阻止你爱自己，别人不够爱你，你要加倍地爱自己；没有人可以阻止辛德瑞拉当上王后，除了她自己。

平等对话，并没有妨碍这位美国教师在进行文本分析时，传授“爱自己”的人生理念。所有的质疑（设问）都是由于教师不断地提出，层层深入地推进自己的观念。不难看出，传道、授业、质疑和解惑，并不是绝对分裂的，而是统一的有机整体。如此坚定的人生信念和如此深厚的专业素养，如此循循善诱、得心应手地突破学生心智的限度，这就是教师主体性的张扬，就是师生主体间性的共建。

西方权威理论强调，理论是对常识的批判，理论就是要反常识的，就是要来纠正我们常识的。这有没有道理？有。但是，这个道理并不完全。这不是绝对的，而是相对的、暂时的，相对于常青的实践来说，理论总是免不了灰色的。改革不能不以某种前卫的理论为根据作为指导实践的准则。但是，理论最大的局限，就是并不能证明理论自身的正确，不管是演绎法还是归纳法都不是绝对可靠的，这在恩格斯时代就是逻辑学家的共识。不管掌握了多大权柄的理论，都是来自实践又要经受实践的检验的。一切理论在没有得到实践证明之前，都只能是假说，都免不了要受到历史实践的审判的。马克思在《关于费尔马哈的提纲》中的论述，在历史发展的过程中得到雄辩的证明，很值得我们重温：

人的思维是否具有客观的真理性，这并不是一个理论的问题，而是一个实践的问题。人应该在实践中证明自己思维的真理性，即自己思维的现实性和力量，亦即自己思维的此岸性。关于离开实践的思维是否具有现实性的争论，是一个纯粹经院哲学的问题。①

归根结底，实践是检验真理的标准，而不是理论是检验实践的标准。确定理论的价值，别无选择的是：在更高的层次上回到实践，回到经验。这时，不是实践成全理论，而是理论服从实践、经验和常识。一旦和实践经验发生矛盾，理论如果不想灭亡，就不能不做出修正，甚至局部颠覆。所谓质疑，不仅仅是课堂上口头问答，而且要包括漫长的实践检验。质疑、解惑只能在实践中进行，最根本的质疑，并不仅仅是口头上的，而是实践中的。任何脱离了实践的、花样翻新的“对话”，往往流于儿戏。

平等，作为一个范畴（范式），也不是僵化的、静态的、贫困的、不能运动的概念，而是动态的、具有多重矛盾性的错位统一，不断在历史进程中运动发展，或者说建构。从人格上讲，对话当然是平等的，然而，闻道有先后（心智发育的水准）、术业有专攻（外行和内行），在主体的自觉和自发上，则是不平等的。这本来并不复杂，可是理论越是享有霸权越是具有遮蔽常识和经验的功能。既不传道也不授业更不解惑的教师论，在实践中造成那么多表面上轰轰烈烈，实质上是弱智的、空洞的对话，把话语霸权变成了自我蒙蔽。站在历史感高度，以清醒眼光来观察，放任理论遮蔽经验和常识是可悲的。

当然，充分肯定了中国式的传道、授业、解惑、教学相长，和西方的所谓对话、质疑的共同之处，并不能回避其间的矛盾。其实，这并不神秘，中国传统不过是在强调启发性（不愤不启，不悱不发），在尊重学生主体的同时，强调教师的主导作用。尊师重道，就是这种观念的最简明的概括。其实，这也就是钱梦龙先生所提出的“学生是主体，教师是主导”。而西方，则理论上更强调学生的主体，他们的文化传统中，从卢梭以来，儿童中心论就非常深厚，甚至还有极端到像蒙特梭利那样的儿童优越论的，因而他们在理论上倾向于回避教师的主导性，但是实际上，哪一个教师不是以自己的观念、方法主导着教学，而是让学生主导课堂呢？这是对同一教学过程的不同归纳，东西文化传统的不同决定了东西教育理论的选择不同。可以说，这是两个不同的流派，既有严峻的矛盾对立的一面，也有遥相对应、息息相通

① 马克思：《关于费尔巴哈的提纲》，中共中央马克思恩格斯列宁斯大林著作编译局：《马克思恩格斯选集》（第一卷），人民出版社 1995 年版，第 55 页。

的一面。

但是，我们却对这样的内在联系，缺乏学术的洞察，对传道授业、教学相长的传统和千年的实践经验，对其内在的深邃的合理性，相当轻浮地一概抹杀。问题严重到，在课程标准中，都回避了教师的主体性，因而在实践中，教师的生命力、教师的自由创造力，被严重窒息。

要说，产生这样的学术风气，完全出于弱势民族文化的自卑情结，可能是并不全面的。为什么中国传统的教育理念，那么强调教师的主导性？在等级森严的“三纲五常”体制下，甚至把教师和苍天大地君主父母尊奉到神的高度（“天地君亲师”同列牌位），一日为师终身为父的格言，对施教者崇拜到如此程度，这似乎和西方强调的平等对话大相径庭，但是，这是有历史根源的，是知识神圣化的历史阶段的表现。西方在中世纪，知识，包括神学乃至炼金术（其实就是早期的自然科学）掌握在宗教人士手中，牧师（灵魂的导师）在英语里，是 father，这和中国传统的把教师说成是“师父”，可以说异曲同工。

那时的知识掌握在少数精英手中，获得知识很困难，在欧洲历史上甚至有为了学习除法要到另一个国家去留学的事情。在中国有程门立雪的故事。① 那时教师是有限的，面对的学生的数量也极其有限。② 学生主要是自学，教学理所当然的是针对个体的对话。故孔夫子和柏拉图不约而同地留下了对话录。隋唐以降，国子监的规模扩大，学生的数量多了起来，这才开始有了面对群体的传道授业解惑，但是，直到朱熹时代，总体说，生徒毕竟有限，教学是书院制的，是手工业方式的。教师针对学生个体特点因材施教，以自由对话为主。从这个意义上来说，对话的教学原则，并不是北欧当代的发明，它在中国从孔夫子的周游列国、“开门办学”，到书院辅导中拥有悠久得多的历史，这个历史一直延续到清朝末年康梁式的书院体制。在这期间，西欧发生了工业革命，学校制、班级制确立，教科书标准化，学历体制化，教育随产业化而大众化，学生的生产，随工业化模式而批量化、标准化。教师面对的是众多学生和标准化的教科书，可以说，这时，才产生了面对群体，而不是面对个体的系统传道、授业，满堂灌的倾向就是标准化的体制下的产物。从这个意义上来说，孤立地批判我国课堂上的满堂灌，是不很公平的。满堂灌的系统讲授，并不是中国的本土教育方法，恰恰相反，它是随着书院制的崩溃、学校制的引进，应运舶来的。本来，这种曲折变幻、否定之否定的逻辑，带着螺旋式上升的特色，是一幅全面的历史胜景。然而，在课堂制从西方引进 100 年后，人们忘记了满堂灌的始作俑者，又忘记了对话在中国的悠久历史，居然从欧美“发现”了对话教学原则，将系统讲授推向了审判台，在中国课

① 杨时和游酢去拜会当时著名的理学家程颐。程颐正在闭目养神，杨时、游酢二人恭敬地站在一旁，等了很长时间。程颐醒来，门外已雪深一尺。后人就以“程门立雪”作为尊师重道的范例。

② 虽然传说，孔夫子有 3000 个徒弟子，72 个贤人。可能比较夸张，并不是同时、同地的，无法想象孔夫子时代有容纳 3000 名学生的课堂。

堂全面推行个体对话。殊不知，西方后现代国家，中小学已经实现了课堂的小班化。一个课堂里只有十几个学生，而某些选修课上，只有几个学生，恢复到针对个体的对话，回归手工业式的个体教学，[①]顺理成章，带着大工业色彩的系统讲授，变得没有充分的必要。然而，我国的课堂，中小学一般在 50 人以上（大学多至 100 人以上的课堂比比皆是，欧美大学也有 100 人以上的大课堂，也是以系统讲授为主，个体质疑为辅的）。我们的教师即使努力针对个体勉强对话，充其量也只能照顾到十数名，三十以上的个体难免不成为看热闹的局外人。不分析具体条件，就把西方后现代社会的产物，强行当作超越历史实践的衡量标准，是不是有点鲁莽了呢？

这至少在文化交流的根本理论上，引发了相当严峻的问题。引进并不是让西方理念独白，而是与中国传统和现状对话，而对话的条件就是自己要有话。不言而喻，如果光有西方理论和方法是不够的，因为这是人家的本钱，人家的话语权，人家没有的，才是我们的本钱，才有我们的话语权。总结起来，我们的本钱大致在两个方面。其一，就是几千年的教育历史，这是我们的优势。把自己的历史一笔抹杀，等于剥夺了自己的话语权。其二，我们当代杰出教师的杰出创造，包括那些还没有来得及上升为学科理论的丰富经验，这是从我国历史和现状的土壤中开出来的花朵，这也是西方所缺乏的。钱梦龙老师的文本分析，那么出神入化，钱梦龙并不是天上掉下来的，恰恰是从我们民族的文化传统中生长出来的。这个传统是很深厚的，它还培育出于漪。于漪解读作品的时候，整个生命都发光了，当她说到“天底下，竟然有这——样标——致的人”“不到园林，怎——会知道春色如——许”，她的语调、节奏，是有磁性的。她整个性格魅力都溶在其中。把文学文本作生命化的解读，是西方学说里没有的。武汉的特级教师洪镇涛说过一个故事，老师上完了《皇帝的新装》，问应该向谁学习，一部分学生说应该向孩子学习，敢讲真话；一部分说应该向骗子学习，因为他骗了国王和大臣，他是“义”骗。按照西方的接受美学，一千个读者就有一千个哈姆雷特，再加上儿童中心论、价值中立，老师只能称赞他们都是对的。可是于漪老师说，这就放弃了教师的责任，教师应该有“价值引导的自觉”。我们有出息的名师的经验，正在纠正或者补充或者丰富西方的理念。然而，我们某些权威专家却片面地宣称中国的教师“百分之八十不合格”[②]。这就令人不禁要质疑，就算你的估计不无道理，难道能够成为把这样珍贵的财富弃之如履的理由吗？我们许多优秀教师的文本分析，是生命化的投入，与其说是文本的精彩，不如说是生命的精彩，他们的经验在某种程度上，已经有初步的理论

---

① 钟启泉先生在报告中，对北欧某一学校没有课本，大为赞叹。其实，这是小班制的结果。孔夫子时代，也是没有国家制定的课本的。

② 这是钟启泉先生在江苏省一次教学会议上的名言。

色彩。江苏的洪宗礼先生提出“链”的范畴，启发学生学习新的知识，引导历练，发展能力，获得方法，养成习惯，等等，这一切都是教师主体性的升华，应该把它上升为某种概括性更强的理论，才能获得跟西方对话的话语权。

当前，我们的文学教学，出现了对文本主体中心的深度分析的潮流，这和西方目前盛行的读者主体中心，大异其趣。这种文本主体中心的强调，属于中国式的流派，它和西方那种无标准的多元解读，无本质、无中心、无深度的理念，绝对相对主义属于不同流派，至少应该拥有平等对话的权利。在中国这块土地上，应该有竞争的优势。西方对之一无所知，并不是他们的骄傲，我们对之轻浮地否定，才是耻辱。

要和人家对话而且获得真正平等的话语权，光有我们自己的本钱还不够，还得有人家的本钱。因为我们是弱势文化，我们的东西，人家不懂得，对我们的话语一窍不通，人家并不感到害羞，我们也不会瞧不起他们。但是，我们如果不懂西方理论的来龙去脉，就好像进不了学术之门。因为人家是强势文化。从这个意义上说，这个世界上，跨文化的平等对话压根儿就不存在。我们不用西方文化的话语，就会陷入一种失语（aphasia）的尴尬。

这就要求我们还得有第三个本钱，就是对西方教育理论的把握。我们在这一点上，不能有半点委屈。孙子曰：“知己知彼，百战不殆。”

这三样本钱，缺一不可。有了它，才可能对人家的权威理论，保持学术的清醒，对之进行理性的挑战和质疑，钻到西方的理论深部去洞察其优长和局限。西方文化理念是西方历史文化阶段性的建构，并不是终极，它也是要发生变化的，也可能要按照历史辩证法走向反面的。不管它眼下多么美好，也是从西方的历史和现状的土壤里生长起来的季节性的花朵。把它的种子移植到中国土壤中来，首先就要把其中只属于西方文化的、历史的土壤的成分剥离。其次要把中国传统和现状的基因融入。这种跨文化对话原则，在西方人那里是起码的常识。被我国文化理论界奉为圭臬的美国理论家 J·希利斯·米勒对 20 世纪 60 年代以来美国思想界从欧洲大陆大规模引进理论做过清醒的反思，福建师大外语学院的刘亚猛教授如此阐释米勒的说法：

> 理论并不如一般人想象的那么“超脱大度”（“impersonal and universal”），而是跟它萌发生长的那个语境所具有的“独特时、地、文化和语言”盘根错节、难解难分。在将理论从其“原址”迁移到一个陌生语境时，人们不管费多大的劲，总还是无法将它从固有的“语言和文化根基”完全剥离。“那些试图吸收外异理论，使之在本土发挥新功用的人引进的其实可能是一匹特洛伊木马，或者是一种计算机病毒，反过来控制了机内原有的程序，使之服务于某些异己利益，产生破坏性效果”。[①]

① 刘亚猛：《理论引进的修辞视角》，《外国语言文学》2007 年第 2 期，第 82 页。

美国人如此严峻的清醒态度，对外来文化的高度警惕，难道不能引起我们深沉的联想吗？我们引进的西方教育理念的病毒，使我们原有的机制被格式化的“破坏性效果”还不够令人触目惊心吗？

历史对引进者的要求是很苛刻的，学贯中西是不可或缺的条件。从这个意义上来说，引进是一项风险性极大的工程，善于引进又善于剥离和融入，有可能成为文化功臣，教条主义地引进也可能成为引进特洛伊木马的罪人。

挑战的起步，就是剥离。

我们引进的西方哲学理论的核心是后现代主义，以反本质、废真理、去中心、无深度为特点，他们不讲真理，无所谓真与假，一切的思想，都只是历史的、地域的和个人的“延异”，或者建构，或者选择。他们的核心价值是绝对的相对主义。教育理论是儿童中心论，以价值中立为特点。（其实，在学校教育中，儿童中心论，价值中立，引起了许多家长的忧虑，其理论，在西方就是有争议的。）这就带来了不可回避的悖论：西方的反本质理念在中国却成为本质，去真理被鼓吹为放之四海而皆准的真理，价值中立被认为是最具普适性的价值，一切都是相对的，而他们的相对主义是绝对的。在我们这个半前现代半现代化的国家，我们的真理论是建立在实践是检验真理唯一标准的基础上的。实践——真理论，知行合一论，是我们的民族国家话语。教育是国家行为，这种不合国家理念的学说，理所当然是应该剥离的。然而，却进入了课程标准，以行政力量强制性推行。

挑战的第二步，就是融入。

我们许多情况是西方没有的，世界第一的人口，天下独步的独生子女，望子成龙、望女成凤的传统文化心理，择业、就业的恶性竞争，所有这些都是后现代的北欧的理论家做梦也想不到的，不难断定，他们理论中许多成分对于我们的现实是没有普适性的。而“凡是现实的都是合乎理性的，凡是合乎理性的都是现实的”，这是恩格斯在《费尔巴哈和德国古典哲学的终结》第一节就讲到的。[①]我们的理论，应该由我们的现实决定，这才是最大的合理性。我们的问题，是西方人回答不了的，西方人没有义务，也没有本事解决我们的问题。我们要承担时代给我们的任务，从理论上和实践上，对西方进行货真价实的挑战可以说义不容辞。九年前我曾经这样说过：

> 挑战不仅仅是为了洞察对手，而且是为了：在与“他者”的对话之中更为深刻地了解我们的本质。西方文论也一直强调，弱势文化中包含着强者所没有的东西。但是并不存在着一种固定的、现成的我们的本质，我们的文化特点只有在与“他者”对话

① 恩格斯：《路德维希·费尔巴哈和德国古典哲学的终结》，中共中央马克思恩格斯列宁斯大林著作编译局：《马克思恩格斯选集》（第四卷），人民出版社 1995 年版，第 215 页。

中才能发现。本质不是静态的，而是在与“他者”对话中在本来朦胧的深层中建构的，有如战争和恋爱建构着双方的深层本质一样，对话也使得我们的本质更加动态化。这一点对于强势文化，也是一样，没有挑战的独白，只能导致单调的重复和停滞。①

对话是双向建构的。聪明人，在对话中了解对方，同时了解自己（知彼知己）；弱智者，在对话中，以为是了解到对方，但由于不了解自己，也就不能真正了解对方从而有本钱进行修正。

引进西方的理论的全部历史证明，第一个阶段都是教条主义，不敢修正，带来很大的盲从性，只有被我们修正了，才会进入第二个阶段，才有我们民族的独创性。我们的教学要有生命，我们的理论要有生命，一定要修正，“修正主义”出创造！学术历史绝对是这样的！远的如禅宗，从达摩来华直到五祖，都还没有脱离印度佛教禅法的以心传心，直到六祖慧能才超越了印度禅学的烦琐论证、辨析，转化为直指人心，明心见性，当下了悟，就是文盲也能定慧顿悟。这才创造了中国式的禅宗。②近的如，黑格尔的对立统一，强调矛盾是事物发展的动力，被毛泽东通俗化为“一分为二”，突出矛盾是绝对的，而杨献珍则据中国的《东西均》以“合二而一”补充之，统一也是动力。现在看来，这更符合中国天人合一的和谐理念。我们教育界对此等潮流视而不见、听而不闻，这恰恰证明了修正欧美教育理念的迫切。

用什么本钱来修正？用我们孔夫子到朱熹的经验，然后用我们钱梦龙老师、于漪老师、王栋生老师，还有上海的黄玉峰老师他们的经验来修正。这里，还要特别补充一下，我们的宝贵经验，不仅仅限于中学教师，而且在大学里天才的教师大有人在。例如，20 世纪 50 年代北京大学的朱德熙先生，他讲授的虽然一向被视为枯燥无味的现代汉语语法，可是在当年的北大中文系，却最具“爆棚”效应。表面上是满堂灌，滔滔不绝的一言堂，可在论述的过程中以不断自我非难层层推进，实际上就是代学生质疑，推动教与学的主体实现双向建构。正是因为弃此等举世珍宝不顾，才对西方理论和方法无能进行修正。

目前在许多人文学科领域，对西方文化哲学新一波的挑战和修正，风起云涌，正从自发走向理论的自觉。在文艺理论方面，中国社会科学院的钱中文教授提出“中国古代文学话语的当代转化”；在译介学中，上海外国语大学谢天振教授提出“创造性的反叛”；在比较文学方面，四川大学的曹顺庆教授提出了“变异论”。在文化哲学领域，中国的学者早已站起来和西方对话，对西方中心主义发起挑战，然而，在教育学领域，某些号称专家的人士，却拿着金饭碗讨饭，这不是太滑稽了吗？

---

① 孙绍振：《从西方文论的独白到中西文化的对话》，《文学评论》2001 年第 1 期。

② 丁氏碧娥：《禅茶一味》（未刊博士论文），第 5 页。

读者主体和文本主体的深度同化和调节[1]

一、看见了文本还是看见了自己

造成文本阅读的无效和低效，原因有两个，第一，是陈腐的机械唯物主义的反映论和狭隘社会功利论，第二，是后现代离开文本主体的绝对的读者主体论。[2]机械唯物论虽然已经遭到唾弃，但是，百足之虫，死而不僵，在教学实践中，阴魂不散。王荣生先生说，有老师在解读《背影》时得出结论，爬月台部分最为动人，原因是作者善于观察，乃布置学生课后作观察练习，在观察的基础上作文，就是一例。

把观察看成是为文成功之道，却对观察没有起码的研究，目前在语文课堂上可谓比比皆是。观察并不是照相。人的大脑，并非英国古典哲学家洛克所设想的那样，是一块白板；也不是像美国现代行为主义者所说的那样，外部信息对感官有了刺激，就会有相应的反应。多年前，42 名心理学家在西德哥廷根开会，突然 2 个人破门而入。一个黑人持枪追赶一个白人，接着厮打起来，一声枪响，一声惨叫，两人追逐而去。前后经过只有 20 秒钟，另有高速摄影机记录。会议主席宣布："先生们不必惊惶，这是一次测验。"测验的结果相当有趣。42 名专家，没有一个人全部答对，只有一个人错误在 10% 以下，14 个人错误达到 20%

---

① 在 2009 年 8 月中国语文学会泉州会议上的讲话，福建省语文学会陈勇录音整理，经作者修改、扩充。

② 后现代在关于文本和读者问题上表现比较复杂，这里只针对我国教育界的主流话语，简而言之。后现代有时似乎很重视文本。巴特《作者已死》这篇论文的最后部分宣布"作者已死"，并没有宣布文本已死。但是，在后现代的话语中，没有确定的（"本质主义"）的文本，一切文本注定要被不同读者文化价值所"延异"，所以巴特宣布读者时代到来。读者中心说，扩散到教育界，产生了恶性的、无限度的"多元解读"的理论。

到 40%，12 人错误为 40% 到 50%，13 人错误在 50% 以上。有的简直是一派胡言。[①] 光是这个例子就可以说明机械唯物主义的反映论是如何经不起检验。观察并不是机械的反映，不同于观看，它是有目的的，目的就是主体的“预期”，没有预期，往往就一无所知。

这是人的一种局限性。预期，从某种意义上说，就是感官的选择性，感知只对目的开放，其余则是封闭。预期中没有的，哪怕明明存在，硬是看不见。福建漳州南山寺，有个挺古老的泥塑佛像，传说当年泥塑师很自信，说，塑成以后，完美无缺，如能挑出毛病，分文不取。有关官府发动百姓参观，都挑不出毛病，一个小孩子却看出来了：手指太粗，鼻孔太小，挖鼻孔成问题。为什么明摆着的毛病大人看不出，小孩子却一目了然？原因就在于小孩有挖鼻孔的兴趣，有这个预期，大人没有。人的心理功能有这样的特点：在心理预期以内的就开放，在心理预期以外的就封闭。和心理预期的封闭性相联系的，还有主观的投射性。明明没有的东西，因为心里有，却看见了。郑人失斧的故事说，斧头丢了，怀疑是邻居偷了，去观察邻居，越看越像小偷，后来斧头找到了，证明不是邻居偷的，再去观察，就越看越不像小偷。这是人类心理的特殊规律。按皮亚杰的发生认识论，外部信息，只有与固有的心理图式（scheme）相通，才能被同化（assimilation），才有反应，否则就视而不见，听而不闻，感而不觉。相反，心理图式已有的，外界没有，却可能活见鬼。《红楼梦》里写贾宝玉第一次见到林黛玉，明明是从来没有见过，却硬说，这个姑娘我见过的。当然，也不能因此而悲观。人就不能突破自己的预期了吗？不，人的心理图式，在其边缘上，也有开放的可能。在新颖刺激反复作用下，就会发生调节（accommodation）[②]，建构主义的教学要求在学生新知识与旧知识的交界处下功夫，就是这个道理。

机械唯物主义的特点是抹杀读者和作者主体性，余毒甚烈尚未得到彻底的清算，我们的教育学权威，又大吹大擂地引进了西方当代读者中心论，走另一个极端，把读者主体，而且是自发的主体绝对化，鼓吹超越文本的读者主体性，把尊重学生主体性无条件地放在首位。这就产生了两个原则问题：第一，完全排除了文本主体对阅读主体的制约；第二，对阅读主体，其心理图式的开放性缺乏分析，对主体的封闭性没有起码的警惕。这就在理论和实践两个方面陷入盲目性。主体性像任何事物一样，是可以分析的，至少可以分为自发和自觉的两个层次。不加分析的主体，不能不是自发的、庸俗的。放任庸俗主体性自流，在当前阅读教学中，比机械唯物论，具有更大的欺骗性和破坏性。全国各地课堂上违背文本主体的奇谈怪论层出不穷，其理论根源盖出于此。什么《背影》中的父亲，“违反交通规则”啊，向祥林嫂“学习拒绝改嫁的精神”啊，《皇帝的新装》中的骗子是“义骗”啊，

---

① 参阅孙绍振：《文学创作论》，海峡文艺出版社 2007 年版，第 56 页。

② 皮亚杰：《发生认识论原理》，商务印书馆 1985 年版，第 21— 60 页。

《愚公移山》是“破坏生态环境”啊，不一而足。这一切说明，学生主体图式中的当代生活经验和价值的封闭性压倒了开放性，造成了对经典文本的肆意歪曲。文本分析的混乱，甚至荒谬，权威教育理论的教条主义恐怕难辞其咎。

除了权威教育理论家，我想，大学的中文系教师也要承担相当的责任。照理说，他们的阅读主体性应该是比较自觉，甚至是成熟的。如果他们对文本提供了深邃的分析，广大中学老师有可能免受教育理论权威的误导。令人遗憾的是，大学文学教授们的主体性封闭性有过之而无不及。他们从文本中看到的，并不是文本内在的、深邃的奥秘，而是他们自己价值观念的投射。一位权威教授写了一篇《〈咏柳〉赏析》，指出这首诗的好处在于：第一，“碧玉妆成一树高，万条垂下绿丝绦”表现了“柳树的特征”，不但写了柳树而且歌颂了春天；第二，“二月春风似剪刀”是“歌颂了创造性的劳动”；第三，这个比喻十分巧妙。[①]这样的阐释，和经典文本可以说八竿子打不着。一个唐朝贵族，他的脑袋里会有“创造性劳动”吗？“创造性劳动”，是权威教授自己心理图式中固有的，是他从20世纪50年代苏联式的文艺理论的狭隘社会功利论中衍生出来的。至于“比喻十分巧妙”，完全是打马虎眼。岂不知，读者期待的正是其巧妙在哪里。笼统地说巧妙，正暴露了他的心理图式中对巧妙在何处没有谱，他所看到的并不是贺知章的巧妙，而是他自己贫乏的概念。

分析的对象是差异，或者矛盾，而艺术形象是天衣无缝的、水乳交融的。要进入分析，就要把未经作家创造的、原生的形态想象出来，或者用我的说法，“还原”[②]出来，有了艺术形象和原生形态之间的差异，才有了分析的切入口。“碧玉妆成一树高，万条垂下绿丝绦”的矛盾在于：柳树本不是碧玉，却说它是玉；柳叶不是丝织品，偏偏说它是。教授所强调表现了柳树的“特征”，说明他的美学观念是：美就是真。但是，这个真并不是绝对的，而是假定的、虚拟的，被诗人的情感特征同化，用物的珍贵性来寄托珍贵的感情。这说明，诗之美，并不完全是由于反映了真实，而且也由于主体的想象，突破了真，是真中有假，假中有真。权威教授称赞的“二月春风似剪刀”，也不是真的，真的剪刀，是不能剪柳叶的。要说“比喻很巧妙”，我可以和他抬杠，不巧妙。春风是柔和的，像爱情一样温柔的，怎么像剪刀呢？冬天的风还差不多。当然，我可以替他辩护，这是早春二月的风，又可能是长安的风。春寒料峭，有刀一样的锋利的感觉。但是，我再问，为什么一定是剪刀呢？刀很多啊，比如说，菜刀、军刀。但二月春风似菜刀，二月春风似军刀，就很打油啊。原因在哪里？在前面一句：不知细叶谁裁——出，听见没有？有个“裁”字埋伏在那里，“裁

---

① 袁行霈：《〈咏柳〉赏析》，见初中语文课本第一册，人民教育出版社1992年版。

② 我的“还原”不同于现象学的还原，现象学还原是为了去蔽，而我的还原是为了揭示矛盾和差异。

剪”自动化地紧密联系，是汉语的天然联想，在陌生中有熟悉，在奇异中有自然，这就是“十分巧妙”之处。在英语里就只有一个单纯的cut。以“十分巧妙”之类来打马虎眼，说明他看不见“二月春风似剪刀”的妙处，只看到自己关于比喻的干巴巴的心理预期。或者说，他的干巴巴的巧妙概念“同化”，扼杀了鲜活的艺术形象。

二、阅读过程中三个主体和文本结构的三个层次

阅读的深化并不如权威教育理论家所许诺的那样，只要主体的自信就可以畅通无阻了。

阅读主体并不是想开放就开放的，而是面临着一场主体开放性与封闭性的搏斗。在一般读者那里，封闭占有惯性的优势，对文本中的信息，以迟钝为特点，崭新的形象，在瞬息之间，就被固有的心理预期同化了。聪明的读者，则由于开放性占优势，迅速被文本中的生动信息所震动。但是，敏捷是自发的，电光石火，瞬息即逝，而心理预期的封闭性则是惯性地自动化的，仍然有可能被遮蔽。即使开放性十分自觉，也还要和文本的表层的、显性的感性连续性搏斗，才有可能向隐性的深层胜利进军。即使如此，进军并不能保证百战百胜，相反，前赴后继的牺牲，为后来者换取山穷水尽、柳暗花明的提示，是为无数阅读历史所证明的事实。说不尽的莎士比亚，说不尽的普希金，说不尽的鲁迅，说不尽的《红楼梦》，说不尽的《背影》《再别康桥》。就在这前赴后继的过程中，经典文本才成为每一个时代智慧的祭坛，通过这个祭坛，人类文明以创新的图式向固有的图式挑战。每一个经典文本的阅读史，都是一种在崎岖的险峰上永不停息的智慧的长征，目的就是向文本主体结构无限地挺进。

后现代教条主张，无条件地尊重学生主体对文本的多元的“独特感悟”，是经不起教学实践检验的。显而易见，读者主体不是绝对自由的。在阅读过程中，至少有三个主体在相互制约：除了读者主体以外，还有作者主体和文本主体。文本，尤其是经典文本，并不如后现代哲学所说的那样是无深度的、无本质的，而是有其稳定的立体层次结构的。阅读就是读者主体、文本主体和作者主体从表层到深层的同化和调节。脱离了文本主体和作者主体，放纵读者主体，就不能不产生奇谈怪论。鲁迅说，一本《红楼梦》，“经学家看见《易》，道学家看见淫，才子看见缠绵，革命家看见排满，流言家看见宫闱秘事……”[①]诸如此类，难道都要无条件地尊重吗？毛泽东看见了“阶级斗争”，而我看到了封建大家族男性接班人的精神危机，难道不是更为发人深省吗？由此也可看出权威教育理论家所信奉的西

---

① 鲁迅：《绛洞花主小引》，《鲁迅全集》（第8卷），人民文学出版社2005年版，第179页。

方后现代无深度、无本质、无中心的理论，是经不起文本检验的。

说不尽的经典文本，并不是无聊的游戏，而是向不可穷尽的深度挑战。就以《背影》而言，之所以至今仍然众说纷纭，原因就在于解读尚未达到可以感觉到的深度。就是朱自清的好友叶圣陶的解读也不例外。叶先生认为《背影》的好处在于写父爱的“一段深情”把已经是大学生的作者“当小孩子看待”①。这个说法很权威，但是，并没有达到《背影》的最深层次。

如果我们不满足于以追踪西方阅读理论为务，而是有志于阅读学的原创性建构，那么，经典文本结构并不是单层次的，至少有三个层次。

第一层次是显性的，按时间空间顺序的，外在的、表层的感知连贯，包括行为和言谈的过程。这个层次，是最通俗的，学生可以说是一望而知。如果满足于此，在课堂上就可能无所作为了。应该有一种自觉，老师的任务，就要从学生的一望而知指出他的一望无知，甚至再望也还是无知。

这样就可能进入到文本的第二层次。这个层次是隐性的，在显性感知过程以下的，是作者的潜在的“意脉”变化、流动的过程。这不但是普通学生容易忽略的，就是专家也每每视而不见的。《背影》的动人之处，叶圣陶只看到了父亲把大学生当“小孩子”的无微不至，这是作者之意，但是，却不是全部。叶圣陶忽略了这种关怀，在文章前半部分，遭到儿子厌烦，甚至是公然拒绝；文章的高潮是，看着父亲为自己艰难地爬月台买橘子，感动得流下了眼泪。从公然拒绝到偷偷地被感动，构成完整的意脉，其特点是：第一，连续性中的曲折性；第二，情志的深化。显然，有了转折，才深化了。只抓住前面父亲的言行，虽然有连续性，还构不成完整的意脉。转折是精神焦点，也是文章的价值所在。朱自清笔下的亲子之爱和冰心的不同，冰心的亲子之爱是心心相印的，而朱自清的亲子之爱是有隔膜的。从某种意义上说，朱自清比冰心更为深刻。没有这个转折，就没有这个人性的深度。

这第二层次的揭秘，可能使一般读者满足，但是，这种满足，可能遮蔽更加隐秘的第三层次，这就是文体形式规范性和开放性，还有文体的流派和风格。这里有着更为特殊的内涵。

认定爬月台买橘子的生动性缘于观察，就忽略了这是篇抒情散文，到高潮处，却不用抒情散文常用的渲染、形容、排比（如在《荷塘月色》中那样），而是用了朴素的叙述，或者用流行的话语说，就是白描吧。而在许多文学家（如叶圣陶）和评论家（如董桥）那里，这样的表述，比之《荷塘月色》《绿》那样的形容铺张风格是更高的艺术层次。

对文本分析不得其门而入，原因之一就是对自发主体的迷信，具体表现就是无视文本深层意脉和文体的审美规范和风格创新，造成了阅读在感知显性层次滑行的顽症。

---

① 叶圣陶：《文章例话》，辽宁教育出版社 2005 年版，第 4 页。

请允许我以杜甫《春夜喜雨》为例，用还原方法，进一步阐释“意脉”这个范畴。

传统的阅读预期是，《春夜喜雨》的杰出，就在于栩栩如生地写出了春夜之雨的意境，表现了诗人的喜悦。这几乎没有分析。按还原法设想，通常人们写雨，大都是眼睛看的，耳朵听的，而这里，恰恰是，“随风潜入夜”，偷偷地来的，看不见的，“润物细无声”，听不见的。在某些迷信观察的老师那里，看不见，听不见，就没法儿写了。但是，诗人感知的特点是，默默地体验那种无声的“润物”的喜悦。把不能感觉的感觉，变成内心深处的无声无息的欣慰。在那个以农为本的时代，在那个战乱的岁月，春雨如油，是国计民生所系，所以它是好的、美的。“好雨知时节，当春乃发生”这一联想表面，平静的话语的好处，在这里得到充分的阐释，这是诗人独自享受春雨美好之感，不由自主地从心里发出来的无声赞叹。“野径云俱黑，江船火独明”，只有在平原上，视野开阔，才会在田野小路上感到有云，一片漆黑，什么也看不见，也是美的，用一点渔火来反衬一下，就更加气韵生动了。“晓看红湿处，花重锦官城”，这里就是意脉的转折点了，表面上没有昨夜的雨了，和昨夜的雨无关了。但是，这样鲜艳的花却是昨夜的雨的效果。从一片漆黑，到色彩艳丽，视觉的反差，构成意脉的转折，从默默的欣慰到豁然开朗。

阅读是阅读主体和文本主体之间由浅到深的同化和调节，调节的目标就是文本的解密。而自发的主体图式，只能同化文本显性的表层，其封闭性，使它难以触及隐性的中层和深层。而进入文本结构的深层，恰恰从意脉开始。所谓还原，就是意脉的还原，也是人的性灵的解密。

有一位老师问我，李清照《声声慢》“寻寻觅觅，冷冷清清，凄凄惨惨戚戚”好在哪？还原，不能停留在字面上，要通过意脉把人还原出来，一连三组的叠字，千百年来，众口一词地赞美。但是，韩愈等诗人也用过许多叠词，为什么湮没无闻了呢？说明其好处不仅仅在文字，而且在意脉深度方面。一开头就是“寻寻觅觅”，这是没来由的。首先，寻觅什么？寻到没有？没有下文。接着是“冷冷清清”，跟“寻寻觅觅”没有逻辑的因果。再看下去，“凄凄惨惨戚戚”，冷清变成了凄惨；逻辑中断，这就是李清照意脉的密码了。这个“寻寻觅觅”从哪里弄出来的呢？一个寻觅不够，再来一个，又没有什么寻觅的目标。这说明，不知道寻觅什么，说不清自己到底失落了什么。失去的东西是看不见、摸不着的，寻不回的，寻觅本身成了目的。这里贯穿着特别的情绪，是孤单的，凄凉的，悲郁的。不但感觉孤独、冷清，而且凄惨，一个凄惨不够，再来一个，再来了一个还不够，还要加上一个“戚戚”，悲郁之至。朦胧地体验着孤独，忍受着失落感。叠词和句法里的逻辑中断，意脉的若断若续，造成了一种飘飘忽忽、迷迷茫茫的精神状态。沉迷于失落感之中，不能自已，不能自拔，又自我陶醉。

三、读出文本结构深层的文化密码

平面性的自发主体，不能与文本隐性结构进行调节和同化，无法将文本立体结构和立体的人解读出来，就只能在多媒体，在导入、对话等等上，玩些花样，不但不得其门而入，有时甚至制造混乱。一位中学教师讲《木兰辞》，先放美国的《花木兰》动画片，接着集体朗读，分角色朗读了一番，然后讨论《木兰辞》的文本。但这和美国的《花木兰》有什么关系？完全忘记了分析。老师遵照所谓“平等对话”的原则，问花木兰怎么样？学生说是个英雄。这花木兰什么地方“英雄”啊？学生想来想去，回答说花木兰英勇善战啊……老师又问了，花木兰回来以后，家里反应怎么样啊？学生说，爸爸、妈妈出来迎接她。某同学你做个样子，是怎么样迎接的？学生做搀扶状。又问，弟弟怎么样？弟弟磨刀霍霍向猪羊。某个同学你做个磨刀的样子。那学生就做磨刀状。就在这嘻嘻哈哈之间，文本中的花木兰消失了。多媒体上的花木兰也遗忘了。花木兰变成一个贫乏的概念。英雄就是英勇善战的。多媒体，朗诵，对话，花样玩得不少，可是学生看到的却不是文本中的花木兰，而是预期的心理图式中固有的男性英雄。

其实，在文本里花木兰是个女性英雄，作者设定的女英雄的特点，恰恰并不在英勇善战上。

我问，你说花木兰英勇善战，那么，这首诗里，写打仗一共几句？他说，“旦辞黄河去，暮至黑山头，不闻爷娘唤女声，但闻燕山胡骑鸣啾啾。”这是不是打仗？不像，写的是想家。他说，“万里赴戎机，关山度若飞”是打仗。我说，不是，这是行军。他又提出，“朔气传金柝，寒光照铁衣”是不是打仗呢？我说，这是宿营。“将军百战死，壮士十年归”这可以说是打仗了。但是，第一，何其少也，只有 2 行，而且严格来说，只有一句。因为“壮士十年归”这一行，写的不是打仗，而是凯旋。就是“将军百战死”，也没有正面写她打仗，是别人牺牲了。打了 10 年，虽然后面有“策勋十二转”的间接交代，但是正面的，就这么区区一行概括性的叙述。她在战争中的英勇是全诗的重点还是“轻点”？战争场面轻轻一笔带过就“归来见天子”了？写战争这样吝惜笔墨，可是写她为父亲担心，决心出征，却不惜浓墨重彩。写了多少句呢？ 16 句：“唧唧复唧唧，木兰当户织。不闻机杼声，唯闻女叹息。问女何所思，问女何所忆。女亦无所思，女亦无所忆。昨夜见军帖，可汗大点兵，军书十二卷，卷卷有爷名。阿爷无大儿，木兰无长兄，愿为市鞍马，从此替爷征。”然后写备马（从这里可以感到当时农民的负担是如何重，参军还要自己去买装备），4 句：“东市买骏马，西市买鞍鞯，南市买辔头，北市买长鞭。”接着写行军中，对爹娘的思念，又是8句：“旦辞爷娘去，暮宿黄河边，不闻爷娘唤女声，但闻黄河流水鸣溅溅。旦辞黄河去，暮至黑山头，不闻爷娘唤女声，但闻燕山胡骑鸣啾啾。”这8句，想念爹娘的意思是相同的，句法结构完全相同，和前面的4句相比，只改动了几个字，几乎没有提供多少新信息。通常最多4行就够了，作者为什么要冒着重复的风险，写得如此铺张？奏凯归来以后，写家庭的欢乐，用了6句，写木兰换衣服化妆，一共12句：“爷娘闻女来，出郭相扶将；阿姊闻妹来，当户理红妆；小弟闻姊来，磨刀霍霍向猪羊。开我东阁门，坐我西阁床，脱我战时袍，著我旧时裳。当窗理云鬓，对镜帖花黄。”如果作者的意图是要突出木兰作为战斗英雄的高大形象，这可真是货真价实的本末倒置了。

但是，这样的安排，恰恰为了表现文本两个方面的深层意脉：

第一，突出女英雄。本来，从军不是女孩子，而是男人的义务，文本反复渲染的是，女孩子主动承担起男人的保家卫国的责任，特点不在如何英勇，而是从军之前的亲情，立功归来以后，和男性享受立功受赏的荣誉、坦然为官作宰截然不同，她只在意享受亲情以及和平幸福的生活。女性的毅然担当，女性的亲情执着，女性的超越立功受奖的世俗功利，正是文本意脉的前半部分，文本意脉的后半部分，则是，恢复女儿本来面目的自豪和自得。两点一线，这个意脉是文本的生命线，为什么那么多学生和先生视而不见呢？就是自发主体心理预期图式中的“英雄”同化作用。在汉语里，“英雄”从语义的构成来说，“英”就是花瓣，杰出之义，而“雄”则为男性。英雄没有女性的分。而这里的英雄却是女性，顾名思义，应该是“英雌”。主题在女性从军立功与男性之不同，如果着重写英雄善战则与男性英雄无大差异。这一点，在文本的结尾处特别透露出来。中国诗歌是讲究比兴的，可是这首诗，居然几乎全是叙述，几乎无比喻，到了最后却来了很复杂的比喻。扑朔迷离，“安能辨我是雄雌？”隐含着女性对于男性的粗心大意的调侃和女性心灵精致的自得。这是全诗点题之笔，日后进入了日常口语，不是偶然的。

第二，经典文本的第三个层次，文体风格，蕴含着矛盾，统一而又丰富。一方面，在花木兰情绪的营造上，极尽排比渲染之能事，这是民歌风格。而另一方面，惜墨如金，百战之苦，十年之艰，一笔带过。“朔气传金柝，寒光照铁衣”，不但精致对仗，而且平仄在一句之内交替，在两句之间相对。这说明，民歌在长时间流传过程中，经过不同文化水准的人士的加工。最明显的莫过于，“将军百战死，壮士十年归”和“同行十二年，不知木兰是女郎”留下的漏洞了。经典文本之所以不朽，肯定有它不同凡响、不可重复之处，自发的主体则以模式化的心理预期去遮蔽它。因而，阅读不仅要揭开文本隐藏的意脉，而且要从心理隐藏的现成预期中解脱出来。要真正读懂《木兰辞》，就要借助文本的信息，驱除现成的、空洞的英雄的概念。用文本中微妙的、深邃的信息，推动读者内心图式的开放，从而作深度调整。孤立地强调自发主体，放纵封闭性，对汉语中“英雄”一词中蕴含的男性霸权就会视而不见，就只能感而不觉，就无从完成文本解密的任务。

在阅读中的自发和自觉主体问题，归根到底是自由思考与学养积累的矛盾。我国后现代教育理论家只要自由思考，摒弃学养积累，不但完全脱离阅读实践，而且脱离我国丰厚的阅读传统。我国的教育理念，从来就把思和学视为一对矛盾，而且把矛盾主要方面放在学上，也就是说，学是思的基础。孔子云：“吾尝终日不食，终夜不寝，以思，无益，不如学也。”（《论语·卫灵公》）很可惜的是，我们的教育理论家，对西方的教条耳熟能详，对自己民族的经典，却忘得一干二净。和文本作深度对话，是要有学养作本钱的，对《木兰辞》这样的经典文本，没有学养作本钱，不管主观上多么开放，也是读不出女英雄的文化和艺术的奥秘的。这并不神秘，原因就在于韩愈所说的，术业有专攻。不学无术，不可能进入经典文本的深层。外行看热闹，内行看门道，而自发的主体论，却把看热闹当成了看门道。

阅读是一种专业，专业的修养不是自发的，而是要循序渐进、不畏艰难地习得的。[①]

四、读出作者驾驭文体形式的才华

习惯于以读者的身份，就只能被动接受，真正要进入深层，光是看明白了人家这样写，还不够，还要追问，为什么他不那样写？这是鲁迅提出来的一种阅读办法。[②]关键是化被动为主动，设想自己是作者，这个题材我来写，我会怎么写。这样就不但把人还原出来，而且把文本形式的驾驭者还原出来。

权威大师，从章学诚到鲁迅，都说《三国演义》“三顾茅庐”是虚构的，七实三虚，易滋混淆。《三国志》中“隆中对”才是可靠的、真实的。可事实上，“隆中对”中明明写着当时刘备把众人支开去了（“因屏人曰”）与诸葛亮密谈，没有第三者在场。作者陈寿过了

① 读者蔡福军来信表示支持我的观念说：“德国接受美学理论家区分了专业读者与非专业读者。尽管一千个人眼中有一千个哈姆雷特，理论上阐释的可能性是无限的，但是文学经典本身形成了一个标准和内部结构，新经典的产生不会彻底冲垮这个结构，而是让这个结构内部的相对位置发生微调。文学经典本身公认的艺术高度成为潜在的准则，这就是专业读者不断训练，不断积累才有的。”课堂学习当然就是这种专业读者的积累过程。感谢蔡福军的支持；不敢掠美，录以备考。

② 鲁迅的原文是：“凡是已有定评的大作家，他的作品，全部就说明着‘应该怎样写’。只是读者很不容易看出，也就不能领悟。因为在学习者一方面，是必须知道了‘不应该那么写’，这才会明白原来‘应该这么写’的。”《且介亭杂文二集》，《鲁迅全集》（第6卷），人民文学出版社2005年版，第321页。

20多年才出世，到40岁之后才开始整理诸葛亮的遗文，在“隆中对”以后60多年，才写《三国志》，蜀国又没有史官，没有官方文献为据，可他把史官的“实录”原则和文学的虚构、想象结合得水乳交融、天衣无缝，既有文学性，又有中国史家传统的“春秋笔法”“寓褒贬”“微言大义”，全在字里行间。刘备明明是谋求用武装、用暴力统一中国，可是陈寿却让他说“孤欲信大义于天下”，也就是用道德教化来赢得老百姓的拥护。以德服人，垂拱而治，一派王道话语。明明当时刘备只有2000左右人马，在一个县里相当于武装部长的职位，可是陈寿却让他自称“孤”。流露出他的与地位和王道话语（口头上自认“智术浅短”）不相称的野心。而在虚构的《三国演义》“三顾茅庐”这一回，罗贯中却没有用“孤”，而是自称“备”。陈寿为什么没有像罗贯中那样写？这个史家在字里行间寄寓着何等的蕴涵！表现了何等的史笔修养！诸葛亮为他制定了避开曹操，拉拢孙权，向荆州和益州发展，建立根据地的战略方针。一待天下有变，从荆州向河南，四川向陕西，兵分两路北伐……接下去不着痕迹地说“则霸业可成”。这时，请注意，陈寿让诸葛亮把刘备官样文章的王道话语转换成了霸道话语。表现了何等精致的史家春秋之笔。不充分尊重经典文作家的主体性，任何人，包括权威教育理论家，都不可能从几个字眼中，看出中国史家笔法的精彩和深邃。

陈寿对诸葛亮的想象，在文学方面同样精彩绝伦。如，写诸葛亮指出刘备把目标定在奸臣曹操身上，不行。曹操拥百万之众，且挟天子以令诸侯，有行政上的合法性，不能和他“争锋”。孙权在江东，已经有三代的基业，而且地形险要，也只能结盟。这就是说，本来刘备心理预期，习惯性地以“逐鹿中原”为务，诸葛亮把他从固有的心理预期中解放出来，指出荆州和益州是两个空档，到那里去建立根据地。陈寿不过几百字，勾画了这个20多岁的小青年，在谈笑间让比他年长10多岁的刘备如梦方醒，醍醐灌顶，甚至还带出了这样的心理效果：把自己生死与共的肝胆兄弟关羽和张飞都冷落了。诸葛亮漂亮的话语，显然是文学的想象多于史家的“实录”，因为当时既没有记录，事后又没有史官的材料。短短几百字，就把当时的情境和日后几十年的政治军事实践生动地表现出来，需要何等的笔力。陈寿虚构的诸葛亮的语言，哪里像是即兴交谈的口语，通篇出口成章，情志交融，一气呵成，显然是宿构。诸葛亮分析荆州，这样说：

荆州北据汉沔，利尽南海，东连吴会，西通巴蜀，而其主不能守。

魏晋散文，以气为主，建安风骨，朴实无华，然而，陈寿却文采结合情采，站在地理的制高点上，雄视八方，海内风云尽收眼底。这不但在当时的散文中，是难得一见的，就是在诗歌中，也是稀罕的。更难得的是，在骈体文尚未成为主流话语之时，居然，大量运用骈句，与散句结合，达到骈散自如的境地，显然是事后深思熟虑，精心推敲，才能把史家散文的文学性发挥到时代的前沿。这种高瞻远瞩、视通万里的气势和骈句的排比，成为序记性散文经典模式，为后世散文所追随，如《滕王阁序》：

星分翼轸，地接衡庐，襟三江而带五湖，控蛮荆而引瓯越。

王勃几乎亦步亦趋地追随陈寿的以一地之微，总领东南西北，雄视九州的风格，以天地配比三江五湖，甚至连骈句和动词对称，也不避其似。而范仲淹的《岳阳楼记》“北通巫峡，南极潇湘，迁客骚人，多会于此”，在骈散结合的句法上则更是一脉相承。

不懂得尊重文本主体性的教育理论家，对古代史家和散文的讲究和成就缺乏准备的外行，在这样的文本密码面前，绝对是两眼一抹黑。

但是，这个文学性很强的史家并没有忘记他的史家实录的精神，他对诸葛亮的赞扬和保留，也没有直接说出来，只是让它渗透在话语之中。①到谈话最后，诸葛亮兴奋起来，说一旦天下有变，两路分兵，“命一上将将荆州之军以向宛、洛，将军身率益州之众出于秦川”，百姓们肯定就莫不“箪食壶浆以迎将军”了。陈寿写《三国志》的时候，诸葛亮的这个想象已经失败了。可是陈寿还是不动声色地写下来。从史家看，这是实录，从文学看，这是表现诸葛亮的矛盾，战略上高瞻远瞩，堪称雄才大略，但是，不脱小伙子的天真，他的乐观主义在军事上的兵分两路，两个拳头打人，完全是糊涂，后来遭到毛泽东的嘲笑。值得注意的是，到了司马光写《资治通鉴》，就把这一段不动声色地给删节了。

五、在比较中显出人格主风格的精彩：范仲淹的“忧”和欧阳修的“乐”

我们课堂上，玩了许多轰轰烈烈的花样，还是读不懂经典，不开窍，进入不了文本的隐性的深层，读不出人来，读不出文体风格的讲究来，还有一个原因，那就是习惯于孤立地读经典，不能在历史语境中，把众多的经典文本加以比较。时时刻刻说文本分析，却不知除了分析内部差异和矛盾以外，还可以与外部文本进行比较，从而揭示差异，找到分析的切入口。

对于范仲淹的《岳阳楼记》，不知内情者往往以为，如此雄文，必然身临其境，观察入微，通篇都是写实。其实不然。当年范仲淹下放邓州（在今河南），根本没有可能为一篇文章而擅离职守，远赴湖南岳阳。当时滕子京嘱他为文，只给了一幅“巴陵胜景图”，范仲淹就据此写成这千古名篇。这个滕子京是修复岳阳楼的主持者，身临其境的他是怎么写岳阳楼景观的呢？

东南之国富山水，惟洞庭于江湖名最大。环占五湖，均视八百里；据湖面势，惟巴陵最胜。频岸风物，日有万态，虽渔樵云鸟，栖隐出没同一光影中，惟岳阳楼最绝。

至于他的词《临江仙》所描绘的岳阳楼，就更简陋了：

① 而在为诸葛亮的文集作序的时候，他就直说诸葛亮“治戎为长，奇谋为短，理民之干，长于将略”。

湖水连天天连水，秋来分外澄清。君山自是小蓬瀛。气蒸云梦泽，波撼岳阳城。

帝子有灵能鼓瑟，凄然依旧伤情。微闻兰芷动芳声。曲终人不见，江上数峰青。[①]

八百里洞庭在他笔下，竟然只有“天连水，水连天”“分外澄清”，剩下就是孟浩然的诗句（气蒸云梦泽，波撼岳阳城）和钱起的诗句（曲终人不见，江上数峰青）的袭用。这里有个道理，能不能写出东西来，不在于眼睛看到了多少，更重要的是，心里激发出多少。这位很热爱诗文的滕子京，并不是瞎子，他缺乏的不是观察，而是超越景观的审美主体的优势，丰富的景观在他面前，不但没有多少好处，反而让他脆弱的审美感知遭到了压抑。而没有到过岳阳楼的范仲淹则相反，明明没有直接观察，却把审美主体的优势发挥到极致。《文心雕龙》有言，“目既往还，心亦吐纳，情往似赠，兴来如答”，心灵不仅仅是接收（纳），而且是发出（吐），不仅仅答复，而且是赠予。

滕子京的心理图式，被前人的经典话语封闭，不能同化眼前多彩的景观，而范仲淹却对前人的话语，不屑一顾，只用“前人之述备矣”就交代过去。审美主体的优势，使得范仲淹不但凌驾于历代文人气魄宏大的话语之上，而且超越了对洞庭湖有限的信息。在范仲淹看来，把精神聚焦在自然，甚至人物风物上，以豪迈、夸张的语言来描摹，是此类序记体文章套路。范仲淹气势凌厉地从前人的话语模式中进行了胜利的突围：不管是“阴风怒号，浊浪排空”，去国怀乡、忧谗畏讥的悲郁，还是春和景明，“心旷神怡，宠辱偕忘，把酒临风”的喜悦，都不是他的追求。他心向往之的是超越前人的“不以物喜，不以己悲”的境界。

不以物喜，就是不以客观景观的美好而欢乐；不以己悲，就是不以自己的遭遇而悲哀。以一己之感受为基础的悲欢是不值得夸耀的。值得夸耀的，应该是：“居庙堂之高，则忧其民；处江湖之远，则忧其君。是进亦忧，退亦忧。”不管在政治上得意还是失意，都是忧虑的。这种忧虑的特点，是崇高化、理想化了的：人不能为一己之忧而忧，为一己之乐而乐。在黎民百姓未能解忧、未能安乐之前，就不能有自己的忧乐。不管是进是退，不管在悲景还是乐景面前，都不能欢乐，那么什么时候才能欢乐呢？“其必曰：先天下之忧而忧，后天下之乐而乐乎！”这时范仲淹处于被贬的地位。他也是在勉励自己，对自己的思想境界提出了比平时更为严苛的要求。主体的心理图式的投射，比之通过观察得到的客观信息更为强大，是范仲淹成功的根本原因。

主体审美心理图式是丰富的，不能狭隘地理解为政治立场。和范仲淹同样因为新政受贬，而且还坐了一段监牢的欧阳修被贬到滁州，在《醉翁亭记》里却和他的战友不一样，他就是快乐得很。不但自己快乐，而且和滁州的老百姓一起快乐。欧阳修的境界，不仅在于山水之美，而且在于人之乐。往来不绝的人们，不管是负者、行者，弯腰曲背者，临溪

① 以上引文均见方华伟编：《岳阳楼诗文》，吉林摄影出版社 2004 年版，第 8 页。

而渔者，酿泉为酒者，一概都很欢乐。欢乐在哪里？没有负担。没有什么负担？当然没有范仲淹那样的为君的负担，这里，是没有物质负担，生活没有压力。打了鱼，酿了酒，收了蔬菜，就可以拿到太守的宴席上来共享。欧阳修反反复复提醒读者“太守”与游人之别，一共提了9次。但是和文字的一再提醒相反，在饮宴时，却强调没有等级的分别：欧阳修所营造的欢乐的实质是，不但物质上是平等的，而且精神上也没有等级，因而特别写了一句，宴饮之乐，没有丝竹之声，无须高雅的音乐，只有游戏时自发的喧哗。反复自称太守的人，没有太守的架子，不在乎人们的喧哗，更不在乎自己的姿态，不拘形迹，无视礼法，在自己醉醺醺、歪歪倒倒的时候享受欢乐。和太守在一起，人们进入了一个没有世俗等级的世界，宾客们忘却等级，太守享受着宾客们忘却等级的自如，人与人达到了高度的和谐。

这还仅仅是欧阳修境界特点的第一个方面。

欧阳修的境界的第二个方面是，不但人与人是欢乐的，而且山林和禽鸟，也就是大自然，也是欢乐的。欧阳修营造的欢乐，不但是现实的，而且是有哲学意味的：

> 禽鸟知山林之乐，而不知人之乐；人知从太守游而乐，而不知太守之乐其乐也。

人们和太守一起欢乐，禽鸟和山林一样欢乐。在欢乐这一点上，人与人、人与自然的欢乐是统一的；但是，人们的欢乐和太守的欢乐、太守的欢乐和禽鸟山林的欢乐又是不同的、错位的。这里很明显，有庄子与惠子游于濠梁之上“子非鱼”的典故的味道。人们并不知道太守的快乐，只是为人们的快乐而快乐。这里的“乐其乐”，和范仲淹的“乐而乐”，在句法模式的相近上也许是巧合，但也可能是欧阳修借此与他的朋友范仲淹对话：“后天下之乐而乐”，那可要等到什么时候呀？只要眼前与民同乐，也就很精彩了：

> 醉能同其乐，醒能述以文者，太守也。

前面说“乐其乐”，后面说“同其乐”，与民同乐，乐些什么呢？集中到一点上，就是乐民之乐。这种境界是一种“醉”的境界。“醉”之乐就是超越现实，忘却等级、忘却礼法之乐。而等到醒了，怎么样呢？是不是浮生若梦呢？不是。而是用文章把它记载下来，当作一种理想。

> 太守谓谁？庐陵欧阳修也。

到文章最后，也就是到了理想境界，一直藏在第三人称背后的40岁“太守”，一直化装成“苍颜白发”“颓然”于众人之间的自我，终于变成了第一人称，亮相了；不但亮相，而且把自己的名字都完整地写了出来。这个人居然是欧阳修，还要把自己的籍贯都写出来，以显示其真实。

经过这样的比较，不但可以看出欧阳修与范仲淹心理图式的相异，同时也可以看出他们心理图式的相通。为什么“醉翁之意不在酒，在乎山水之间”？这是因为山水之间，没有人世的等级礼法。为什么要把醉翁之意和“酒”联系在一起呢？因为酒，有一种“醉”的功能，有这个“醉”，才能超越现实。“醉翁之意”，欢乐，在严酷的现实中是很难实现的，故范仲淹只能说，等到后天下之乐而乐；而欧阳修只要进入超越现实的、想象的、理想的与民同乐的境界，这种“醉翁之意”是很容易实现的，只要“得之心，寓之酒”，让自己有一点醉意就成了。这里的醉，有两重意思。第一重，是醉醺醺，不计较现实与想象的分别；第二重，是陶醉，摆脱现实的政治压力，进入理想化的境界，享受精神的高度自由。

阅读本来并不神秘，不外就是读者主体与文本主体以及作者主体之间的从表层到深层的同化和调节。要真正深入到经典文本的深层，就是要尊重文本的主体，联系作者主体也是瞄准文本主体。学习是一个积累的过程，不能不是漫长的。而后现代教条主义者，只尊重读者主体，迷信什么探索、创新，在实践中，已经洋相百出，头破血流，这本来是小葱拌豆腐——一清二楚的事。但是，由于西方文化的话语霸权的遮蔽，加上对本民族教育理论的精华数典忘祖，就造成了悖谬像皇帝的新装一样招摇过市。如不加揭露，这场经典阅读学史上空前的悲喜剧，将自得其乐地延续到不知何时。

美国语文和中国语文："核心价值"和"多元价值"问题

按： 美国没有统一的语文课本，每个学校都可以决定自己要用的课本，真要把美国的全部语文课本收集起来，可能装上一卡车。要在一篇不长的文章里讲清楚美国语文课本是不可能的。但是，从科学研究的方法论来说，研究任何物质，比如，研究水，并不一定把全世界的水都收集起来，只要对一滴纯净的水进行微观分析，就可能得出其分子乃是氢二氧一的结构。这在社会科学研究中叫作个案微观分析，或者典型分析，或者解剖麻雀。笔者本文采用的主要就是个案分析，适当辅之以宏观概括的方法。

一、核心价值和从属价值

关于美国语文教育，《名作欣赏》上发表了苏祖祥等几位先生的文章，涉猎广泛、视野开阔、人文关怀甚强，将美国语文与中国的语文对比，提出了一系列观点，对我国语文教育提出一些质疑，确实值得国人深长思之。

他们提出：美国语文教材的优点在于重视独立思考能力的培养，鼓励学生质疑和批判，因为质疑和批判能力是创新精神的基础。这一点，毋庸置疑，是美国教材的优长，但并不完全是美国教材特有的，其他西方国家，尤其是西欧、中欧、北欧国家的母语教材也有这样的优点。我们在基础教育改革中，正努力汲取欧美这方面的精神，结合我国的实际以期有某种创新。他们还提出美国教材的优点是"价值多元"，人家并没有直接教育学生如何"爱国"，这有道理。美国教材并未将"政治正确"的主流共识生硬地对学生加以灌输，但是，多种多样的语文课本却恪守共同的原则：培养学生的"公民意识"。从价值观念上来说，也就是国家民族认同感，权利和义务的责任感，对《独立宣言》中开宗明义“人生而平等”、对个人的价值和尊严的尊崇。这是国民教育的基石。在这一点上说价值是一元的。美国法律规定摒弃党派意识宗教意识，就是为了防止不同党派和宗教意识分裂民族国家的一元化的认同感。美国的语文教育的价值观念，并不是抽象的，而是具体的，分析起来，至少可以分为核心价值和包容性的从属价值。从最核心的民族国家认同来说，一元的倾向性是不可动摇的，没有任何“价值中立”的余地。但是“价值多元”的感觉，并不是空穴来风，而是在核心价值观念之下的从属性价值。在整个教材单元的有机结构上，核心价值观念作为纲领得到体现的同时，选文和提示之间存在着某种矛盾和错位，为不同理解和阐释留下了空间，但是，以不违反核心价值观为限。

例如，林肯的《在葛底斯堡的演说》，入选美国多种课本。[①] 本来，在事前准备好的讲稿中，林肯并没有涉及宗教，但是在演讲现场，即兴加上了“under God”（在上帝保佑下）这样的基督教话语。把这样的文章选入课文对非基督教公民（如穆斯林）不意味着冒犯吗？但是，课文并没有对之加以删节。这和美国总统就职宣誓要手扶圣经一样，主流意识形态，具有一种不言而喻的一元化的话语霸权。

美国课本的优点，并不在于其价值绝对多元化、非意识形态化，而在于其不采取单向灌输，迫使学生接受，而是在多元的素材中，多方位地渗透。其宗旨是让学生充分感受当时原生的、无序的历史文化氛围，在纷繁的甚至相互矛盾的信息中，诱导其对某些材料进行质疑和批判，对自己的思绪进行综合和概括，得出自己的结论。应该补充的是，光是质疑、批判，是不够的。质疑和批判能力固然是创新精神的开端，但是，还不是结果，只有与独立的概括相结合，还要有相应的语言和对文体的把握，才能将创新的观念严密地表达出来。

葛底斯堡战役，导致 51000 人死亡，南方的军事首领罗伯特 · E. 李将军难辞其咎，在课本编写者看来，这已经是历史的结论，已经获得一元的认同。而李的个人化的书信，则是历史的另一个侧面，他的信提供另一视角推动学生对之具体分析，隐含某种批判性。在“主题焦点”这一栏下面思考题是这样的：“A. 林肯是怎样利用语言来安慰和治愈听众的心灵的？ B. 李对于一个‘只有靠剑才能维持的’联邦的厌恶能为他将弗吉尼亚的利益置于联邦利益之上的决定做出合理的辩护吗？”虽然，课文并没有把李仅仅当作一个历史的小丑加以鞭挞，而是把他当时的观念拿出来与林肯的比较。但倾向性是显然的：一个州的利益怎么能和国家的完整统一同日而语呢？这就是核心价值的一元化的纲领。但是，光有这样的核心价值，可能是粗疏的。历史的裁决是在矛盾斗争中，以流血代价获得，已经为漫长

① 据马浩岚编译：《美国语文》，同心出版社 2004 年版，第 1、2、3 册。

实践证明了的。这对历史来说，是天经地义的，但是，还不能算是学生自己的。学生被动地接受、记忆这样的结论，只能是空洞的，内涵贫乏的。要将历史的结论化为学生自己的认识，编写者把与核心价值不一致的材料，摆在学生面前，像当年的当事人一样，在丰富的、复杂的现象面前，进行分析（包括对李将军把州的利益置于国家之上的批判）。总的来说，美国式的从属价值表现为对个人，包括失败了的个人，作为人的尊重，对复杂的历史语境中人们的纷繁无序的观念，不采取一笔抹杀的办法，而把核心价值与从属价值作为一种复合的有机体，推动学生进行多方位的思考而后得出结论，这才是学生自己的，学生素质在思考的过程中才能得以提高。真理并不是简单的结论，而是一个将复杂矛盾归结为多种规定性统一的过程，创新性就是在这样的过程中产生的。

更有美国式价值观念特点的是，美国教材并不仅仅是核心价值的体现，同时对于核心价值以下的非核心的、从属价值，也相当重视。课文采用罗伯特·E. 李给儿子的信。如果仅仅把他当作历史的罪人、反动派、坏蛋，那还是政治性的核心价值，而把他当作一个人、一个父亲、有亲情的将军，则这另一种价值，并不违反核心价值，而是核心价值的从属价值。这是基督教国家的意识形态，就是失败了的人，也是人，故在普林斯顿大学校园角落的南北战争纪念亭，纪念的是美国独立战争时期“双方”的战死者。在柏林布兰登堡大街上的第二次世界大战纪念堂，一团圣火照耀的四壁上，没有图像，只有“纪念第二次世界大战所有的死者”一句话。

但是，这一切并没有妨碍我们全面理解，整组课文无疑贯彻了“人生而平等”的核心价值，显示了解放黑人的正义性和伟大精神。

我们的教材近来非常强调核心价值，我们的语文课程标准初稿强调了“多元”解读，后来的定稿中，又强调了“核心价值”。但是，在理论上，我们一直处于盲目状态：二者似乎是两个问题，各行其是。不明确核心的一元与解读的“多元”在层次上是种和属、纲和目的关系，二者不可脱离，其间存在有机联系。理论上的空白就造成了实践中的混乱。一些课本把核心价值孤立起来，当成内涵贫乏的、孤立的教条，缺乏与从属性价值的有机构成，多元解读何以实现呢？我们不止一种教材选了马丁·路德·金的《我有一个梦想》，就是孤立的一篇，将之当作毋庸置疑的经典，几乎无视马丁·路德·金在演讲之前与准备通过“民权法案”的肯尼迪当局的协调，给以助力，这样，他的演讲中才有规劝黑人不要太激烈的那一段。这就既贯彻了美国国家的人生而平等的核心价值，保证了其一元化，又不至于以从属价值的极端化导致分裂。而与马丁·路德·金同一阵营的黑人，对他的温和表示不满和联邦调查局把他当作危险的敌人，显然是价值分裂的两个极端，金的伟大就在于与这样违反一元化国家话语的价值保持距离。不敢把这样多元的历史资源“客观地”呈现课本中，不让学生的思维受到深度的冲击，最后死记硬背的结论就可能是贫乏的教条。

中国语文当然应该体现我们的核心价值观念，但是，核心价值观念是处在和从属性价值矛盾的错位运动的过程中的，认知如果离开这个运动优化的过程，则有僵化的危险。真理并不是简单的结论，而是在内在矛盾转化运动的过程中发展的，过程高于结论，而我们恰恰反其道而行之，把片面当作全面，把结论当作一切。这样，一元化的结论就不能不脱离其与从属价值的有机性而失去生命，学生也就很难从单纯记诵提高到分析、批判和综合概括，形成自己观念的素养。

由于在理论上，不明确“多元”以一元为纲领，在教学实践中，就造成了两个极端，不是把所谓多元绝对化，一任学生不着边际、天马行空的“独特体悟”横行，就是将其简单地一元化。最突出的表现就是把毛泽东的《纪念白求恩》选入初中语文课本，以为有了文中的“毫不利己，专门利人”“纯粹的人”，就是核心价值的鲜明体现了。但是，对这样的文章如何进行多元解读呢？编写者脑袋中似乎是一片空白。其实，问题不在于把这样政治性极强的文章选入课本，而在于将之置于孤立的制高点，好像是一种绝对精神。其实，毛泽东思想是一个价值体系，对思想人格的要求只是其中一个要素。离开了整体结构，把其中一个要素绝对化，就可能走向反面。毛泽东在《关于目前党的政策中的几个重要问题》（1948 年 1 月 18 日）中这样说：

> 领导的阶级和政党，要实现自己对于被领导的阶级、阶层、政党和人民团体的领导，必须具备两个条件：（甲）率领被领导者（同盟者）向着共同的敌人作坚决的斗争，并取得胜利；（乙）对被领导者给以物质福利，至少不损害其利益，同时对被领导者给以政治教育。①

核心价值观，是一种科学的体系，有其层次性结构，并不仅仅是宣传性质的口号。要培养理想人格，不是从思想到思想的单因单果，而是在物质与精神的矛盾中转化的。思想教育，和物质福利是处在一种有机系统之中的。毛泽东明明指出，要打败敌人，打不败敌人，被领导者会“动摇”；不提高物质福利，也会“动摇”。② 这其中还隐含着一个更深刻的原则，马克思主义者并不是唯意志论者，精神不是万能的，而是物质性的实践的结果。物质刺激也不是万能的，物质福利提高了，不进行教育，也可能动摇（腐败）。“毫不利己，专门利人”“纯粹的人”是这个体系中的第三层次的成分，在这里没有正面展开。在 1961 年的“七千人大会”上，毛泽东曾批评某一高级干部：

---

① 毛泽东：《毛泽东选集》（第 4 卷），人民出版社 1960 年版，第 1216 页。
② 毛泽东：《毛泽东选集》（第 4 卷），人民出版社 1960 年版，第 1216 页。

只懂得大公无私，不懂得大公有私。[①]

大公无私是“纯粹”的“毫不利己，专门利人”，大公有私则不那么纯粹，把这两个方面结合起来，不但更符合辩证法，而且更符合当前市场经济的竞争规律。不把这个复杂体系中精神与物质，物质与精神的矛盾转化置于学生面前，不弄清核心价值一元和从属价值的层次，孤立选用一两篇著作，突出片言只语，实际上已经是重蹈断章取义的《毛泽东语录》、有口无心地背诵“老三篇”的历史覆辙。这只能显露编写者对核心价值观的理解幼稚，以这样的水准不但很难与“左”的思潮划清界限，而且难免在堂皇的旗帜下成为“左”倾思潮的俘虏。

孤立地阅读经典、把鲜活的思想变成教条已是一种顽症。我们的语文课本中，选入了那么多的鲁迅的作品，但是很少有人敢于把周作人五四时期的经典散文选入做比较。鲁迅写“三一八惨案”的《记念刘和珍君》，为什么不能把周作人和林语堂不同风格的文章组合进去呢？为什么不在适当的地方，把段祺瑞在现场下跪、终生食素的资讯组合进去呢？美国式的价值主从组合原则，至今不但在大陆，而且在香港、台湾连起码的端倪都没有。这不说明别的，只能说明我们对自己的价值观念不如美国人对自己“软实力”自信。

有一家课本，选择了史书上几个大人物的死亡，如项羽之死、屈原之死等，这当然有价值比较之功能，有利于进入具体分析，比之一般满足于孤立选择经典文本应该是有了相当的进步。但是，从教学实践的效果来看，学生的作文几乎不约而同地赞美项羽、屈原之死，死得崇高，甚至称赞其为“完美主义者”。虽然提供了现成的可比性，但是学生却陷入一元的诗化的颂歌。这是因为，编写者提供的文本是同质的。其实，司马迁在《项羽本纪》之后有一个“赞”，有非常严峻的分析，一方面赞其功：“非有尺寸，乘势起陇亩”“三年，遂将五诸侯灭秦”“政由羽出，号为霸王，位虽不终，近古以来未尝有也”；另一方面，也有对其严格的批判：

自矜功伐，奋其私智而不师古，谓霸王之业，欲以力征经营天下，五年卒亡其国。身死东城，尚不觉悟，而不自责，过矣。乃引“天亡我，非用兵之罪也”，岂不谬哉！

我们的教材如果能把这样的批判结合到项羽之死中去，学生就有不至于片面地把他写成一个“完美主义者”，对其失败的必然性，就更深刻地体悟了。

美国式的一元为纲、多元从属的编撰原则，对于学生养成批判性创新性、个性化思维的习惯，独立形成自己观念，无疑是有利的，故前几年，报刊纷纷报道一个美国小学高年级学生作文，从互联网上收集资料，提出小布什总统的减税计划，只有利于富人，对穷人并不有利。类似这样的现象比比皆是，不是偶然的。

---

① 张素华：《变局：七千人大会始末》，中国青年出版社2012年版，第280页。

二、教师的价值引导职责

当然，像一切事物不可能十全十美一样，美国的这种不直接给出答案、鼓励学生多元解读也一样，在实践中也难免产生一些问题。主要是老师难以贯彻一元核心价值的引导职责，对课堂上言不及义，一味游戏，甚至搞笑，放任自流。举一个极端的例子。美国加州一次考试，一个学生的作文是生得丑陋的女人应该自杀，因为她们会受到歧视，找不到性伙伴，即使有性伙伴，生下孩子也是丑陋的，代代相传，还不如切断这种恶性循环的一链。老师评为不及格，引起家长不满，向法庭起诉，结果是老师败诉。因为从评分标准上并没有明确对学生的论点（如健康、正确）之类的规定，按学生的作文，其支持论点的材料和推理并无逻辑错误。其实，法庭的判决并不高明，因为这种对丑女歧视的观念是违反《独立宣言》中人生而平等的核心价值原则的。

当然相比起来，我们没有这样极端的荒谬，但是也不是没有端倪。把价值多元绝对化，无视教育作为国家行为核心价值的一元化，师生平等对话，原本满堂灌变成了满堂问。教师的主体性被剥夺，绝对尊重学生的一切“独特体悟”，有些行政部门甚至规定，教师在课堂上，讲授不得超过 15 分钟，提问不得少于 40 次，等等。教师成为学生信口开河的尾巴，形成潮流，举国皆然。如愚公移山，没有必要，只会破坏环境，且发展不可持续。又如，应该向《皇帝的新装》中的骗子学习，因为他们骗的是大臣和皇帝，应该是“义骗”；《背影》中的父亲不足为训，因为“违反了交通规则”。这些完全脱离了文本的规定性，也违背了师生平等对话是两个主体的对话、教学相长的原则。鼓励、养成学生的质疑的能力、批判的精神，是为了激发其在复杂的关系中盘活自身的潜在能量，而不是信口胡诌。

三、核心价值和语文价值

在从属价值中，当然，还有语文本身的价值。有些文本即使核心价值再鲜明，但是文本缺乏语文的经典性，强行入选，也必然背离了语文教学的规律。在这一点上不清醒，我们就很难理直气壮地回应一些“左”倾的纠缠。例如有人质问，为什么《朱德的扁担》从课本中消失了，有些同仁就心虚了。其实很简单，这篇文章的作为语文教材的经典价值不足。当然，美国课本并没有像我们一些不高明的课本那样，只是把梳理课文思路、理解全篇内容当作唯一的任务，他们没有忘记语文教育不仅仅是意识形态和思维方法的熏陶，同时还是对母语从感性到理性的把握。故在“措辞”这一栏目下，还对林肯和李将军的文章风格进行比较：

林肯总统使用正式词语使自己的演讲优雅而又具有重要性。李将军不那么正式的语言则在他的信中构造出了更加亲切的和私人化的感受。

提示特别指出：李将军的词语比林肯的语言更加“个人化”（personal）非正式（informal）。例如李的：

I see that four states have declared themselves out of the Union.

美国中学生一眼就可能看出，这里用的全是日常口语词汇，也就是所谓非正式（informal）的。而林肯的：

insurgent agents were...seeking to dissolve the Union, and divide effects, by negotiations.[①]

其中“insurgent”是来自拉丁语词源，“dissolve”也是起源于拉丁语的中古英语，这些都是比较正规的（formal），用我们的话来说，就是比较书面化的文雅语言。当然，美国课本的这样的提示，也非尽善尽美，他们对语文的分析，实际上并不十分到位，比如，这篇演说中，最为精彩的语句应该是在最后：

That government of the people, by the people, for the people, shall not perish from the earth.

孙中山把“ of the people，by the people，for the people”译成“民有、民治、民享”，很简洁，符合汉语习惯，一向被广泛接受，奉为佳译。但也有人认为，如果原作是一篇书面文章，这种译法无懈可击，堪称上乘。但原作是一篇用口头表达的演说词。原作中“of the people，by the people，for the people”这几个重叠词，念起来朗朗上口，听起来铿锵有力，而且简单明白易懂。而“民有、民治、民享”则完全是书面语言。若用口头表达出来，让成千上万与会者听来，就不易听懂，或虽然听懂了也印象不深，效果不免大为逊色。不满于此，有位教授把这句话改译为：“要使这个归人民所有，由人民管理，为人民办事的政权在世界上永远存在。”[②]这一改就变得一点也不精练，变成没有任何庄严意味的大白话了。美国编写者没有意识到，这个深邃的经典性论述的精彩之处在于，没有运用正式的（formal）文雅的语汇，也没有用严密的、繁杂的复合句，而是用由三个最普通的介词（of、by、for）和最普通的、非正式的（informal）名词（people）结构成的短语，用了英语修辞中很忌讳的排比，构成了铿锵的节奏感。这说明，他们对林肯这篇演讲的现场感，对林肯

---

① 据马浩岚编译：《美国语文》第 2 册，同心出版社 2004 年版，第 407—417 页。

② 范仲英编著：《实用翻译教程》，外语教学与研究出版社 1994 年版，第 38—39 页。

语言的精湛性缺乏理性的认知，至少是对其语文性缺乏必要的重视。其实，在林肯以前的主要发言人，一个著名的演说家发表了长达 2 小时充满华丽辞藻的演讲，而林肯的演讲只有 300 字，读起来不到 3 分钟，后者成了历史的经典，而前者成为笑柄，如果提供这样的素材，学生应该不难体悟到这篇演讲的精彩正在于其朴素而精练。中国翻译家看出来的奥秘，本来是很可贵的，但是，我们语文课本的编写者却置若罔闻。人家至少在林肯演讲后面还提示了其用语风格和李有正式的和非正式的不同，而我们在《纪念白求恩》的学习提示中，就丝毫没有涉及语文本身。其实，《纪念白求恩》中，既有正式的文雅的书面语言，如“以身殉职”“狭隘民族主义”“精益求精”“见异思迁”等，又有非正式的口头语言，如“把重担子推给人家，自己挑轻的。一事当前，先替自己打算，然后再替别人打算。出了一点力就觉得了不起，喜欢自吹，生怕人家不知道”。这说明，片面地理解核心价值，忽视从属价值，弄到对语文本身的价值都没有感觉了。

四、以历史为纲还是以语文为纲

这些先生把美国教材的优越总结为：“将文史哲熔于一炉，综合性很强。因为文史哲修养才是一个人真正的人文素养，一个人的价值判断力也建立在文史哲的基础之上。《美国语文》中，文史哲的交融共通，不仅打造出美国的文化软实力，也体现出美国对通识教育的重视，对全人格教育的关注。”“《美国语文》中，文史哲的交融共通，不仅打造出美国的文化软实力，也体现出美国对通识教育的重视，对全人格教育的关注。”

这样的论断，是十分偏颇的。

问题很明显，文史哲交融，这种说法并不准确，美国人不像欧洲大陆那样热衷于形而上，其民族性具有很强实用主义的倾向，故教材中很少有哲学。哲学课文，在欧洲，如在法国和德国才大量存在，法国中学有专门的哲学课，德国中学选修课只有两类，就是哲学和文学。就我有限的涉猎，美国教材充其量只是文史交融，这也算不上什么特点，因为中国语文教材文史交融也是传统。先秦诸子的经典文章，乃至两汉的经典散文，都还处在文史尚未分化的阶段。故明王世贞在《艺苑卮言》中提出：“六经，史之言理者也。”有的是“史之正文”，有的是“史之变文”，有的是“史之用”，有的是“史之实”，有的是“史之华”。[①] 这样说可能比较抽象，仅举六经之首的《尚书》为例，就是文史交融的。最具实用性的《尚书》，不少具“记言”属性，很接近于林肯的演说，恰恰是这些“记言”的权威公

① 日后持此说者，不乏大学者如李贽的《经史相为表里说》，清代章学诚在《文史通义 · 内篇 · 易教上》也提出：“六经皆史也。”龚自珍、章炳麟等亦倡此说。

文，强烈地表现出起草者、讲话者的情结和个性。《盘庚》篇记载商朝的第二十位君王，为了避免水患，抑制奢侈的恶习，规划从山东曲阜（奄）迁往河南安阳（殷），遭到了安土重迁的部属的反对。盘庚告喻臣民说：

迟任有言曰："人惟求旧，器非求旧，惟新。"

这是对部属的拉拢，用了当时谚语，翻译成今天的话就是：东西是新的好，朋友是老的好。接着说自己继承先王的传统，不敢"动用非罚"，这就是威胁。不敢动用，就是随时都可用。至于你们听话，我也"不掩尔善"，不会对你们的好处不在意。"听予一人之作猷"，听我的决策，我负全部责任，邦国治得好，是你们的，治得不好，我一个人受罚（邦之臧，惟汝众；邦之不臧，惟予一人有佚罚）。话说得如此好听，表面上全是软话，但是这是硬话软说，让听者尽可能舒服。可到了最后，突然来了一个转折：你们大家听着，从今以后：

各恭尔事，齐乃位，度乃口。罚及尔身，弗可悔。

你们要安分守己，把嘴巴管住，否则，受到惩罚，可不要后悔。这样硬话软说，软话硬说，软硬兼施，把拉拢、劝导、利诱和威胁结合得如此水乳交融，其表达之含而不露，其用语之绵里藏针，其当时的神态，实在是活灵活现。这样的文章，虽然在韩愈时代读起来，就"佶屈聱牙"了，但是，今天看来，只要充分还原出当时的语境，不难看出这篇演讲词，用的全是当时的口语。怀柔结合霸道，干净利落，实在是杰出的史笔和文笔交融的文学性散文。

把文史（哲）结合当作美国软实力的根源，显然片面。其实，直到"五四"前夕，我国的文学和史学并没有十分明确的界限。故我们的屈原、司马迁、范仲淹、欧阳修、文天祥、史可法等历史人物的名文，均为文史交融的典范。不仅如此，我们自有我们的优长。不仅有以史驭文的传统，而且也有以文为史的传统。这也就是说，我们强调文史不分家的时候，并没有忽略文，袁枚甚至提出"六经皆文"（"六经者亦圣人之文章耳"）[①]，从经典中揭示出审美性质的"性灵"，在魏源等学者的著作中得到发挥。而钱锺书则对于六经的文学性质说得更为彻底，无异于提出了"六经皆诗"的命题：

与其曰：古诗即史，毋宁曰：古史即诗。[②]

这就是说，从文体功能来说是历史的纪实价值，然而，从作者情志的表现来说，却无不具有审美价值。钱锺书先生以《左传》为例还指出"史蕴诗心、文心"，特别指出：

---

① 袁枚在《随园随笔》也提出"六经自有史耳"。（袁枚：《答惠定宇书》，《小仓山房诗文集》（第 3 册），上海古籍出版社 1988 年版，第 1529 页。）

② 钱锺书：《谈艺录》，中华书局 1984 年版，第 38 页。

史家追述真人实事，每须遥体人情，悬想事势，设身局中，潜心腔内，忖之度之，以揣以摩，庶几人情合理，盖与小说院本臆造人物、虚构境地，不尽同而可相通。①

钱先生强调的是古代史家虽然标榜记事、记言的实录精神，但是事实上，记言并非亲历，且大多并无文献根据，其为“代言”“拟言”②者比比皆是。就是在这种“代言”“拟言”中，情志渗入到史笔中，造成历史性与文学性互渗，实用理性与审美情感交融是必然的。

从这个意义上来说，我国的传统似乎比之美国更符合语文教学规律。相比之下，美国的语文课本，不是以语文为纲，而是“以美国的历史为发展线索，将200多年的历史分为六个不同的主题时代”，这本身就脱离了语文课本的特殊性。虽然他们也说“每个主题取材于不同时代具有广泛社会影响及文学代表意义的文章”，但是，其宗旨都是“讲解此时代中发生的大事件以及本时代的文学的变迁与发展特征”③。这里虽然也把文学与文章都提到了，但是显然作为纲领的是历史，而不是母语学习。最明显的是，紧接着这一课的是《内战中的声音》，提供了一组当时平民的日记，其中有林肯“愚蠢地前进”“愚蠢地更加愚蠢地后退”等语言，还有《一个士兵的回忆》写的是一个本来把参军当作“旅游的机会”的士兵，后来觉得训练枯燥透顶，只不过从中学会“服从”。此外还有南方和北方对此番战役的不同倾向的叙述。甚至有林肯颁布《奴隶解放宣言》以后，黑人的反应，更有黑人仍然遭到歧视的故事。所有这一切文章都如《朱德的扁担》一样，文字大都还很粗糙，谈不上经典性。这样的文章，也许具有历史文献价值，但是，却缺乏语文价值。我们一些同仁鼓吹美国式的以历史为纲，实际上是把美国课本的不足当成了优长。从对语文价值的忽略来说，这和我们一度风行的政治挂帅息息相通。

应该提醒的是，美国所谓“文学’的观念比我们要宽泛得多。不但前述林肯的演讲，而且上述杂七杂八的文章，在他们那里，都是文学。更有甚者，他们后现代的文学理论，还宣布文学的外延和内涵变幻莫测，宣称文学并不存在。故而他们忽略了林肯演讲的口语和演讲文体特殊性，主要是“现场感”，其宏大语义，几乎每一行都紧扣现场。如：

世人，不太会注意、也不会长久记住我们在这里说的话，但是永远不会忘记他们在这里做的事（The world will little note nor long remember what we say here，but it can never forget what they did here.）

关键是两个在这里（here），把现场短暂的时间、有限的空间转化为永恒的时间的记忆（never forget）。

---

① 钱锺书：《管锥编》，中华书局1979年版，166页。

② 钱锺书：《管锥编》，中华书局1979年版，166页。

③ 马浩岚编译：《美国语文》，同心出版社2004年版，第2页。

美国教材对于文体和语言的疏忽，正是历史遮蔽语文的表现，与美国学生阅读能力负相关。正是因为这样，1992 年美国总统老布什在一次演说中表示为美国中学生的阅读写作（还有计算能力）的落伍感到忧虑，希望到下个世纪“我们的孩子”（our kids）能够赶到世界前列。但是，21 世纪已经过去十多年了，在欧盟主导的国际学生评估项目（PISA）中，测试阅读（和计算能力），最初是北欧，后来则是中国上海和北欧、日本、韩国等国家占据前列，美国中学生总是排名到二三十名以后。据“美国新闻与世界报道”网站 2013 年 12 月 3 日报道，在 2012 年国际学生评估项目中，“相对于其他 65 个国家和地区而言，美国学生在数学、阅读和科学方面的得分只处于平均水平，甚至更低”。“中国上海地区的学生仍然是得分最高的”。全体参加者阅读的平均分为 496 分，上海学生的平均分是 570 分，而美国学生的平均分则为 498 分。上海学生得分高出美国学生 72 分。美国教师联合会主席兰迪・温加腾在一份声明中说：“可悲的是，美国忽视了表现出色的国家的经验。”（《参考消息》2013 年 12 月 5 日第 8 版）而笔者和美国教师联合会主席一样感到可悲，当然可悲的内涵不同：人家明明是在检讨自己对“出色国家的经验”（中国、北欧和东亚）的忽视，而我们一些同仁的妄自菲薄却不是个别现象，而是具有相当的普遍性。从心理上来说，这是一种民族文化自卑感造成的自轻自贱，从哲学上来说，则是对具体问题分析的原则的无知。实践证明，不把语文课当作语文课，仅仅当作历史课，仅仅当作质疑批判的思想体操，在具体教学过程中过分强调自发的兴趣，甚至把语文课当作游戏，绝对地排斥必要的背诵，正是美国母语教学的弱点。美国学生在拼写和语法上的不景气，连美国当权者都感到了压力，美国有追求的教育家正在痛切地检讨。而我们一些同仁却迷洋自误，甚至挟洋自重，拿起鸡毛当令箭。语文这门课程不是轻易能够学好的，除了天才，对于一般人来说，是非下苦功不可的，美国课本编撰的指导思想偏颇，学风又太自由、太轻松，太拒绝苦读，阅读能力的落伍是必然的。面对这样的态势，国人对美国的母语教育当持具体地、精细地分析的科学态度，盲目崇拜、轻浮地否定传统，或者一笔抹杀他人，妄自尊大，从短期来说，是误人子弟，从长期来说则是祸国殃民。

国内外中学语文课本比较

我国语文课本（包括我国台湾地区的课本）与外国（主要是俄国、美国、英国和德国等）语文课本相比，在近一个世纪的历史中，其发展、变迁甚为诡异，但是，其指导思想，万变不离其宗，语文的政治性、工具性与人文性、意识形态性的冲突和融合自始至终贯穿其间。

中华人民共和国成立以前，国民政府颁布过《国定教科书》《战时国语读本》等，是比较强调政治性的。如，课本中有快板一样鼓动参军的“诗歌”（《母亲回头见》）和描写“空军烈士阎海文”“坚守四行仓库”的国民党军队英雄事迹的散文。国民党提倡“新生活运动”时期，就有宣传“忠孝仁爱信义和平”等观念的古文，还有《国父遗嘱》《曾国藩家书》、蒋介石给蒋经国的信等。后来台湾官方的中学语文课本因袭了这个指导思想，在课本中收入了一些政治领导人的文章，如蒋经国的日记，孙中山、蒋介石的演讲和文章等。

据一份网上公布的调查，这些文章大都不受台湾中学生的欢迎。这是因为，这些文章虽然不无政治价值，却缺乏语文的经典性，人文性也不足。

除所谓“国定教科书”以外，中华人民共和国成立以前还有许多专家编写的课本和完全商业化的课本。专家课本如叶圣陶、夏丏尊、刘薰宇等编著的，曾经风行全国，开明书店的《开明新编国文读本》，分为甲乙两种，有比较强的生命力。这些课本以经典作品的阅读为中心，并十分讲究完整、系统的知识结构，旨在潜移默化中提高语文素养。课本的编写者是当时权威的语文教育专家，故有相当大的影响，可以说是时代水平的体现。

当时的课本是多元的，学校和教师有选择自由。

中华人民共和国成立之初，在短期内还来不及编写新课本，在经济发达地区，曾经使用过开明版的《开明新编国文读本》。但是，这套课本不能适应当时的政治形势，逐渐有了新编的、统一的课本。从强调政治、道德教化这一点上来说，和中华人民共和国成立前的课本有某种相通之处。不过在20世纪50年代后期，在历次修订的过程中，政治和道德教化（劳动和革命）倾向越来越突出，而语文本身的特点越来越被忽略。

但是，在20世纪50年代中期，这种倾向在实践中是受到质疑的，于是有了分别以语言和文学为中心的课本体制的尝试。这是语文教学本身的要求，也是政治、文化气候造成的。我们当时所能接触的只是苏俄的教学思想和体制，因而苏俄式的课本就应运而生了。

苏俄式的语文课本，以语言与文学分别为两门课程为特点，文学的分量很重。20世纪50年代苏俄十年制中学的文学课本，实际上是一套完整的俄国文学史。从早期的史诗《伊戈尔王子远征记》，到后来的吉尔查文、茹柯夫斯基，到19世纪的普希金，再到高尔基、马雅可夫斯基，相当完备；当时我们翻译过来，书名就叫《俄国文学史》，长达两卷，在许多大学里作为俄国文学史的教材。语言课本之繁复，更甚于文学课本，我们没有翻译。

苏俄中学把俄语作为一门单独的课程是有道理的。因为他们的语法、词法的复杂程度在世界上是数一数二的。光是名词就有阴性阳性，有6个格的变化，还要考虑单复数，形容词的性、数、格都要跟着名词变，而名词的格又要受到动词的制约，程度还有比较级和最高级。不经过严格的语法、词法的系统教育，不可能在口头上和书面上达到自由、通顺、流畅表述的要求。

在这方面，德国人与之有相像的地方。德国的名词有阴阳性，有4个格，只比俄文少2个，其疑问句法的复杂与俄语相比，有过之而无不及。故在德国初级中学，语法和知识占了相当重要的地位。但是，到了高级中学，他们就基本上不讲知识了。他们不是把语言和文学加以并列，而是把德语和哲学并列起来。高中有大量的选修课，比如，一个学生可以选修文学经典，也可以选修哲学经典。而文学经典往往是很深的，如《浮士德》。不同的学生可以选择不同的经典，班级就以所选经典来划分。往往一个班级只有十几二十人。教师制定读经典进度。课堂上就是讨论经典，学生必须发言，成绩占60%，就是根据平时发言而定，期末考试只占40%。他们强调的是自主的学习和独立的见解。只有在学习的过程中悟到了学习的方法，学生在实际生活中的生存能力和竞争力才能提高。当然，他们也有类似会考的制度，叫作“阿比妥”，但不是全国统一考试，而是学校的老师来考你。当然打分走后门的现象，也在所难免，但是，其程度要比我们轻得多。

从学术思想来说，20世纪60年代以后，语言学有逐渐成为人文学科包括哲学文学的基础的趋势，故语言课程在欧洲中学中的比重始终是很重的，中学生学习两到三门外国语司空见惯。这与欧洲民族杂居，又有重视语法词法的传统有关，英国早就有“文法学校”的传统设置。但是，在中学里，纯粹知识的传授、死记硬背是很少的。美国中学的英语课程，有一种完全不讲语法的“自然教学法”，他们太强调在日常生活中学习语言了，也太强调学生的主体性了。在我看来，多多少少有点过头的样子。但是，美国的语文课本是极其多的，没有统一的教材，因而也有把英语课本和文学课本搞得很厚，多达四五百页的。

我国20世纪50年代出于政治上的考虑，同时也出于对语文本身特点的追求，一度全盘照搬了苏联语言与文学分家的课本模式，20世纪50年代中期编成了一套文学与语言并列的课本。但是，汉语语法、词法和句法的研究远远没有达到可操作的程度。而文学课本光是中学6年12本的选文就接近甚至超过了一般师范学院中文系古典文学作品的规定阅读量。师资条件和学科水平限制了我们，我国古代文史哲不分的历史与苏俄的文学、哲学和史学绝对分家的传统也不能相容，故这套课本虽然体现了当时历史的水平，但是仍然未能在全国推广。

从20世纪50年代后期开始，政治形势和文化传统都不允许我们照搬苏俄。随着形势的发展，语文课本越来越为“左”的潮流所裹挟，语文本身的特点不言而喻地遭到了蔑视。语文的泛政治化形成潮流，这是任何语文专家都难以阻挡的。

但是，一些有思想的语文专家，如朱德熙等先生，在当时条件许可的情况下，仍然在语文和写作教学中提出了语文本身的特点问题，并且在一段政治形势相对宽松的时间里积累了有益的经验。很可惜的是，到了“文化大革命”期间，就是这样有限的尝试也被列入横扫之列。在最极端的时候，哪怕是“复课闹革命”时期，语文连同课本被视为应该横扫的对象，在个别地区甚至打着“教学革命”“批判黑线”的旗号，提出“把语文课本办成公社党委的宣传队”的口号。

直到粉碎“四人帮”以后，我国的语文教学才重新提出语文本身特点的问题。可惜的是，并没有来得及审视20世纪50年代照搬苏俄的经验教训，分析其成败得失。其实，参照苏俄文学课本，并非完全错误。至少在通过文学经典的系统熏陶，以提高年轻下一代的人文精神方面，是不应该全盘否定的。但是，当西方语文教育思想涌入时，我们又饥不择食，阴差阳错地、匆忙地接受了托福考试的标准化模式，而且一旦接受，就成为教学的指挥棒，机械化的应试教育使得西方很强烈的人文精神都受到了窒息，语文教学又一次陷入困境。

其实，托福考试模式、标准化的种种弊端，美国作为始作俑者，早已深受其害。美国中小学生的英语阅读能力、拼写能力相当落后，经常在国际性的比赛中“垫底”（杨振宁语）。英国和澳大利亚等国早已看出其消极性，各自设计了自己的考试模式和评估体系。

而到了21世纪，美国人自己也认识到托福考试模式的弊端，最明显的就是中国新东方学校成功地破解了托福模式思路，造成了中国考生高分低能的现象，这就迫使美国人不得不宣布，在2004年彻底改革托福考试的模式，把原来100%的客观题改为只占10%—

15%。

20世纪末，我国第二次盲目照搬美国语文教学，主要是考试模式的代价比第一次要大得多。我们只照搬人家简单的、表面的、皮毛的东西，而把人家最精华的人文精神忽略了。美国英语课本强调对学生的兴趣的激发，对于学生的个性和主动性，想象力和个性化的创造性，十分重视。课本的编制都为师生在课堂上交流留下空间，在对话中渗透着对学生的尊重和启发，充满了人文精神的熏陶，和我国传统的单向灌输的方法相比有很大的不同。但是，美国的母语教育过分强调所谓“自然教学法”，亦即在实际应用中学会母语，语法和词法的理论指导不足，也造成了许多缺陷。我国的基础训练比较扎实，尤其是文字语言的严格性，是美国所不及的，这一点，连美国人，包括一些总统都承认：美国中学乃至大学生在拼写、正字、语法方面缺陷甚为明显。在许多时候，他们英语考试的成绩甚至不及中国留学生。

在严格训练方面，德国语文课本，和我国有相近之处，他们在语法和词法上，比较严格。德国和美国共同的特点是，思想比较活跃，鼓励不拘一格的想象和个性的发挥——学生对于母语即使并不是特别关注，在课堂上也都能比较有兴趣地投入活跃的课堂对话。

西方的语言课程，不仅在教学方法上，而且在目的和理论上，和我们的观念有很大的差异。这主要是在考试和培养人的生存能力和竞争能力上，他们和我们的想法相去甚远。以加拿大为例，过去也有一种高中毕业的大考，这个成绩也是北美各大学录取学生的重要参考依据。但是由于近几年华人的孩子在大考中占尽了优势，所以从2005年开始，这唯一的大考也取消了。以后北美大学录取学生只看平时成绩。他们的课程设置和我们国内大不一样。这里的学生一上高中就有两类课程给你选择，一种是为上大学设置的理论性较强的课程，另一种是为以后直接工作或上大专的学生设置的实践性较强的课程，在学习期间还可以互相转换。比如设计课程，学生从电脑制图开始，到把一所房子装修好，全部的过程都要学。烹调课有巨大的厨房和各种食品原料，机械课有各种机床，电脑课包括拆装电脑的全过程。可以看得出来，学过这些课程可以掌握许多劳动技能。这里的高中生还必须做30个小时的义务工，1分钟都不能少。这种强制性为社会义务服务，也是素质教育的一个重要组成部分。这是我们课本上没有的东西，但是对于人生来说，又是必不可少的。我国的语文课本，虽然有许多西方国家课本所不能及的优点，但是在激发学生的主动性和不拘一格的、富有个性的创造性和想象力方面是大大落伍的，尤其是在激起课堂内驱力方面显得异常薄弱。现在，语文教学的落伍状态已经引起了有识之士乃至全国人民的忧虑。

关键在于，从20世纪50年代以来，我国语文课本的指导思想过分集中在语言的工具性上。这与当时斯大林的语言是“社会交际工具”，是“思想的物质外壳”的绝对权威理论有直接的关系。而当代语言学的最新进展，早已突破了语言纯粹工具性的局限，语言工具本身就载负着潜在的文化传统、意识形态，主流话语本身就臆含着意识形态的成规。任何流行话语不但是一种思想交流的工具（桥），同时又是一种窒息思想自由的障碍（墙）。

我国的语文课本，长期片面性地拘泥于工具性的理论基础，语文教学也片面地纠缠于字、词、句、段、篇的模式，忽略了个体的特殊性和语言的个性，无异于取消了以人为本，也就谈不上什么人文性了。

当前首先要解决的问题是，在前沿学科理论基础上，把人文性与工具性结合起来。人文性首先就是以人为本，以学生为本，改变把学生当作灌输对象、使学生处于被动状态的现状。课本，作为一课之本，最根本的任务就是把学生的主动性调动起来。不让学生的心灵活跃起来，就不能改变他们对语文的畏惧乃至厌恶情绪。为了激发兴趣和主动参与的情感，在美国，中学课本中有一系列的学生参与空间，包括同样的课文有多种结尾的想象和选择，还有母语和外国语相关课程的选修课和课外活动，在母语与外国语的比较中激发学生参与的热情。例如，观看有英文字幕的中国影片，对教师的要求是：不但作中美文化比较，而且适当作中英语言的比较。

我在自己主编的新课本里，将采取灵活形式，将汉语中古代汉语与现代汉语，现代汉语中的口语与书面语，与英语课文中正式的（formal）和非正式的（informal）词汇进行适当的联系。中英对译中，包括口语和书面的交替对译。这样不但能提高学生语言文化修养，而且能开拓心灵的视野。如林肯在葛底斯堡的演说，其中“of the people，by the people，for the people”，传统的（其实是孙中山的）翻译是文言的“民有，民治，民享”。如果用口语来翻译呢？思考空间和趣味就比较大。不仅在本国语文和外国语文的对比中，而且在本国语文的不同词汇之间，如在文言和白话的转化中，有相当大的潜在量。如朱自清的《荷塘月色》中引用了梁元帝的《采莲赋》，第一句是“妖童媛女”，用书面白话大致可以翻译成充满青春气息的少男少女。如果用当代流行口语翻译，则可能是：帅哥靓妹。从这里，不仅可以展示所谓同义词的丰富意味，而且可以展示不同的情感境界。有意识地如此设计练习，则不仅可以提高参与的兴趣，而且可以提高学生对于口语和书面语言、文言和白话之间微妙区别的敏感，从而丰富他们潜在的语感。

美国大中小学对于学生的口头交际均有专门课程，大学有演讲系，且有博士学位，有专门的演讲教授。在这方面，美国有相当高的学科水平和实践基础。美国大中小学的口头交际（communication）课是母语课的必要组成部分，口语和写作在大学所有院系都是必修课程。而我国，不论是台湾、香港，还是内地，口语交流在课本中基本上还是既缺乏理论基础又缺乏实践的可操作性。

早在五四时期，胡适就提出口语交际的重要性，主张在初中主要是演讲，在高中主要是演讲和辩论。他的这一真知灼见，至今还没有在我国课本编制中得到应有的重视。

这是因为我们国家从历史上来说，缺乏口语学科理论的基本基础，在实行大学生和用人单位双向选择以前，一切都取决于那自己看不见的神秘档案，口头交流缺乏社会实践需求。语文课本在这方面的落后是必然的。

美国的口头交际课程，分个人交际、公共交际和辩论三个方面。但是，总的来说，对于公共交流，主要是演讲比较受重视，在中学和大学里，课程的名称往往就叫作"Public Speaking"，有时则叫"Understandable Communication"。他们的理念基础是交流，而不是单向的灌输。他们特别强调演说和作文的不同。演说是现场的交流，包括躯体在内的暗示和双向互动；而阅读文章则是个人单向的，不是现场的、集体的、共同的，可以是不连续的、中断的、非现场的。我们的中学语文课本在这方面则缺乏学科理论基础，往往把写文章、念讲稿、朗诵和演讲混为一谈。在理论上几乎可以说完全是空白。故有些课本虽然提出了口语、阅读、作文三位一体，但是关于口语力却充满了不着边际的空话。关于口头交际，有许多学术的根本观念还有待确立。

当然，美国的口头交际有局限性。首先，理论上有偏颇。一方面，强调书面正式词汇的运用；另一面，又把口头表达过分活动化，把学习和游戏混同，同时把书面表达和口语完全分离。事实上，口头语言和书面语言应该互补。口头表达应该上升到书面，把口头词汇的明快和拉丁语词源的雅言结合起来，以在书面上达到逻辑上高度严密和丰富为旨归。

其次，美国过分偏重于公共大厅、广场的演说，而我国基础教育的口语则更应该着重小组发言，班级活动、集体和个人语境中的交流，做报告、课堂讲授、主持人话语等等。

美国的辩论模式，以俄勒冈模式为代表，有比新加坡模式优胜之处，如即兴交互质询。但过分模拟法庭的 cross examination（盘诘），规定辩论队员之间不得交换意见，质询一方只限于提问等等，并不适合中国国情，也不利于全面培养学生在多种多样的场合中有效地提高口头交际能力。

但是，美国人为中学生所设计的口语交际练习有许多值得借鉴之处。如初中生入学以后最初的口头交际课程中，有自我介绍一章。练习的设计是：

1. 以自己朋友的身份介绍自己。

2. 以自己的宠物的视角介绍自己。

3. 虚拟在自己的葬礼上为自己做悼词。

其中第三条可能并不适合中国国情，但可以从中得到启发，将之改为虚拟在自己当上了科学院院士的时候，做自我介绍。

所有这一切都表明西方在母语教育上比较注重提供创造性的、自由的想象空间，把自己的个性公开化，并为之而自豪，发扬这种民族性是他们语文课程的一个重要任务。而我们东方民族比较内向，在目前国际竞争和人际竞争日益紧张的时候，口头交流和书面交流有着同样的重要意义，而在口头方面我们无疑没有优势。要改变这种状况，我们不能仅仅从概念上空喊人文精神，而且应该培养起青少年开放、敏捷的心智，流畅、简洁的表述，抒情、雄辩、幽默的口才。而这一切都要在中学的语文课本中和阅读、写作融为一体。只有在这方面扎实地努力，才能真正提高我们年轻一代的竞争力。

值得欣慰的是，当前出现了一系列的语文课本，大部分课本学习了西方课本编制的方法，主题组合成为单元构成的共同模式。这当然有脉络清晰的好处。但是，并不是十全十美的。要学生真正主动地参与，必须有思考的切入点，也就是提出问题的方便。目前语文课堂之所以沉闷，主要原因是老师和学生难以提出问题。由于难以提出问题，也就难以深入思考，投入讨论，提出自己的见解。其实，单元组合不但要在内容上集中统一，而且应该有现成的可比性。根据本人对少年思维特点的研究，思考往往从同中求异开始。因而单元组合不能满足于照抄西方和日本的模式，应该进一步提出同类单元组合，突出现成的可比性，对学生的直觉性思维具有比较强的冲击力，便于进入分析。我目前就是按照这个精神编写课本的。只有在同类现成的可比性中，人文精神的丰富性和个性的差异性才能突出地表现出来；如果孤立地选出一篇秋天的散文，学生和老师可能从直觉上感受其好，但从理性上却难以深入地理解。如果把同样是表现秋天的诗歌一起收入，有表现欢乐的，有表现悲愁的，有表现丰收的喜悦的，则人文精神的主导性、人的个性的差异和矛盾显而易见，人文精神和艺术风格的分析就有了自然的切入口。

从这里我们可能进入语文课本的民族独创性的大门。

去蔽：闽派语文根本精神

对闽派语文的八字概括（求实、创新、去蔽、兼容）经过这几年的讨论，已经获得广泛的认同。但并不等于理解都达到了同样的深度。当前的任务是，在理论上进一步深化，以期在实践中更自觉地贯彻。因而，对此八字精神做一些具体分析，看来十分必要。

从字面上看，8 个字是并列的，并列给人一种全面、系统的感觉。求实，也就是实事求是，这是没有问题的，有谁对之有过怀疑呢？但问题在于，我们的语文教学，从文本解读到考试命题，不求实的东西太多了。公开的不求实，是不可能存在的，潜在的不求实，往往以创新为旗号。为害十余年的托福式的标准化和客观化的命题，就是一例。从 20 世纪 80 年代中期被引进，创新的旗号加上美国的标签，实际上，造成了高分低能、低分高能的顽症，导致对素质教育的扼杀。基础教育改革以来，这种所谓的客观化和标准化的洋教条，理论上被粉碎了，但是，百足之虫，死而不僵，至今一些教师，甚至教研员仍然对之含情脉脉。一旦谈起主观题，比如作文分评分存在的问题的时候，就不由自主地向往扩大所谓标准化客观化的题目的分值。其思想根源，表面上看是对洋教条的迷信，其实，就是不求实。当然，迷信客观化标准化的人士，也讲求实，实际上，就是应试的求实，恰恰与我们素质的求实背道而驰。基础教育中许多弊端，大抵源出于对求实和创新的狭隘的、颠倒的理解。基础教育改革以来，许多一线教师都在追求创新，从方法到观念都发生了巨大的改变，但是，不能不承认许多所谓的创新，是离开了求实，也就是提高素质的求实精神的。从多媒体的滥用到“满堂问”的泛滥，其失大抵都在并没有把学生的主体调动起来，向更深层次发展，而满足于表面的热热闹闹，无视于学生的认知，停留在认知的原有层次上，徘徊不前，这样的所谓“平等对话”，恰恰不是求实，而是以创新之名，行堂而皇之的华而不实。求实精神的失落常常不是因为公开的反对求实，而是因为反求实的作风被创新的外衣所遮蔽。

从这里就可以看出，求实和创新并不是平行的，而是存在着某种统一而又矛盾的关系的。并不是任何新举措，都注定有实在的效果的。创新的新，不应该理解为形式的，而首先应该是内涵的。某些流行的形式的采用并不注定能够提高文本内涵的理解。这是因为，文本内涵的深化理解，是一门学科专业，是要循序渐进地学习钻研的，尤其是写作水准的提高，是非下苦功不可的。写作水平的提高是一个系统工程，需要多种条件，其成功要求其多元因素的协调，缺一不可，而失败，则只要一个条件不协调。故不能指望课堂上一两个花样的翻新，达到实实在在的效果。货真价实的求实，是艰苦的积累，不是来一点什么多媒体，或者野外活动就能解决问题的。

当前，把搞新花样当成创新，已经成为求实落实精神的障碍。因为，搞一些新花样容易，而真正在文本的解读和语言的积累上提高，则是无比艰巨的。

文本阅读质量的提高为什么艰巨？粗略地说，因为这是一种学科专业。光这样说，还不够。因为一切课程都是一种专业，都是艰巨的。但语文与数学、物理、化学不同。数理化作为学科，原理系统和操作程序是世界性的共识，而语文在学理上、在方法上则尚未达到自然科学的共识。文学阅读有一千个读者有一千个哈姆雷特的说法，在自然科学就没有听说过一千个读者有一千种化学周期表，或者勾股定理。自然科学的基本原理，是近代以来就已经揭秘了的，而文学原理，却至今争议不休，争到当代甚至失去信心，居然产生了一种具有相当权威的“文学理论”声称根本就没有统一的“文学”这回事。[①]如果我们不加保留地信奉这种在中国文艺理论界相当权威的理论，则可能在课堂上解读文学名著时，放弃自己的职责。当然，彻底的求实精神是无所畏惧的，不管什么权威，都要服从实际。为了对事业负起真正的责任，唯一的出路就是根据阅读和教学实践对权威加以批判，洞察其中包含着的偏颇，同时也从中看出文学理论的复杂。

对权威的、经典的、流行的理论的批判的难度，就是语文教学最大的难度。在数理化教师面前，没有这样的难度。当然，这也是语文教师的自豪所在。

这样前卫的、尖端的理论，毕竟距离一线教师比较遥远。广大语文教师，我想也未必接受这样的理论，但是这并不等于在一线语文教师面前就没有理论障碍了。相反，障碍十分严峻。因为另一些权威理论不但被广大一线教师所认同，而且内化成为知识结构的一个有机成分，甚至成为其“信念”。成为信念，就不是一般的知识，而是稳定化的、难以更新的、本能的东西。这就造成僵化和顽固。

---

① 例如伊格尔顿的《二十世纪西方文学理论》，伍晓明译，北京大学出版社 2007 年版。乔纳森·卡勒《文学理论》(又译《文学理论入门》)，李平译，译林出版社 2008 年版。

这就是我们之所以在八字概括中加入“去蔽”[①]的原因。为什么叫作“去蔽”，因为它蒙蔽了我们。

前卫的、权威的理论，对于我们而言，去蔽的艰巨性不大，因为，认同的可能性不大，受蒙蔽的可能性也不大。而一些传统理论，一些经过官方认同的理论则不同，或者因为其长期灌输，或者因为意识形态的霸权，而具有强大的优势。这就造成了当前去蔽的严峻性，它不是来自外部，而是已经在内心生成，成为我们思维模式、思想方法，有些方面甚至带有某种严峻的封闭性、顽固性。这种蒙蔽的特点，就是自己蒙蔽自己。

占据我们教学思想的核心的，有两种哲学观念：第一种，机械唯物主义的反映论和狭隘社会功利论，这是非常陈腐的、古老的；第二种，后现代离开文本主体的绝对的读者自发主体论，这是非常新潮的、前卫的。[②]二者，一个强调客体，一个强调主体，看起来背道而驰，但是在思维的线性上，却是异曲同工的。机械唯物论认定，文本内容会在读者头脑中得到反映；读者绝对自发的主体论，则是只要相信自己，就能有独特的理解。二者在思维的模式上的共同点是，从阅读到理解是一条直线，当中没有任何中介，没有任何障碍。

先来看机械唯物论，它虽然已经遭到唾弃，但是，百足之虫，死而不僵，在教学实践中，阴魂不散。仅举一例，有老师在解读《背影》时得出结论，爬月台部分最为动人，原因是作者善于观察，乃布置学生课后作观察练习，在观察的基础上作文。

把观察看成是反映，当成为文成功之道，却对观察没有起码的研究，目前在语文课堂上可谓滔滔者天下皆是。观察并不是照相。人的大脑，并非英国古典哲学家洛克所设想的那样，是一块白板；也不像美国现代行为主义者所说的那样，外部信息对感官有了刺激，就会有相应的“反应”。多年前，42 名心理学家在德国哥廷根开会，突然两个人破门而入。一个黑人持枪追赶一个白人。接着厮打起来，一声枪响，一声惨叫，两人追逐而去。前后经过只有 20 秒钟，另有高速摄影机记录。会议主席宣布：“先生们不必惊惶，这是一次测验。”测验的结果相当有趣。42 名专家，没有一个人全部答对，只有一个人错误在 10% 以下，14 个人错误达到 20% 到 40%，12 人错误为 40% 到 50%，13 人错误在 50% 以上。有的

① 去蔽，原为现象学的术语，意为一切观念，均为人为，要研究事情必先将之“悬搁”“去蔽”，乃得以“还原”，才可能不受任何现成观念的蒙蔽。我们这里的“去蔽”，不是指一切观念，而仅仅是外部权威和内心信念的观念，均有可能存在遮蔽，必先去除之。

② 后现代在关于文本和读者问题上表现比较复杂，这里只针对我国教育界的主流话语，简而言之。后现代有时似乎很重视文本。巴特《作者已死》这篇论文的最后部分宣布“作者已死”，并没有宣布文本已死。但是，在后现代的话语中，没有确定（“本质主义”）的文本，一切文本注定要被不同读者文化价值所“延异”，所以巴特宣布“读者时代到来”。读者中心说，扩散到教育界，产生了恶性的、无限度的、读者自发主体的“多元解读”的理论。

简直是一派胡言。[1]光是这个例子就可以说明机械唯物主义的反映论是如何经不起检验。观察并不是机械的反映，它不同于观看，而是有目的的，目的就是主体的预期，没有预期，往往就视而不见。

这是人的一种局限性。预期，从某种意义上说，就是感官的选择性，感知只对目的开放，其余则是封闭。预期中没有的，哪怕明明存在，硬是看不见。福建漳州南山寺，有个挺古老的泥菩萨，传说当年雕塑师很自信，说塑成以后，完美无缺，如能挑出毛病，分文不取。有关官府发动百姓参观，都挑不出毛病，一个小孩子却看出来了：手指太粗，鼻孔太小，挖鼻孔成问题。为什么明摆着的毛病大人看不出，小孩子却一目了然？原因就在于小孩有挖鼻孔的兴趣，有这个预期，大人没有。和心理预期的封闭性相联系的，还有主观的同化，或者叫投射性。明明没有的东西，因为心里有，却看见了。郑人失斧的故事说，斧头丢了，怀疑是邻居偷了，去观察邻居，越看越像小偷，后来斧头找到了，证明不是邻居偷的，再去观察，就越看越不像小偷。这里有心理学的深刻奥秘。按皮亚杰的发生认识论，外部信息，只有与固有的心理图式（scheme）相通，才能被同化（assimilation），才有反应，否则就视而不见，听而不闻，感而不觉。相反，心理图式已有的，外界没有，却可能活见鬼。《红楼梦》里写贾宝玉第一次见到林黛玉，明明是从来没有见过，却硬说，这个姑娘我见过的。当然，也不能因此而悲观。人就不能突破自己的局限了吗？不，人的心理图式，在其边缘上，也有开放的可能。在新颖刺激反复作用下，就会发生调节（accommodation），[2]建构主义的教学要求在学生新知识与旧知识的交界处下功夫，就是这个道理。

机械唯物主义抹杀读者和作者的主体性，余毒甚烈尚未得到彻底的清算，我们的教育学权威，又大吹大擂地引进了西方当代读者中心论，走另一个极端，把读者主体绝对化，鼓吹超越文本的自发主体性，把尊重学生主体性无条件地放在首位。这就产生了两个原则问题：第一，完全排除了文本主体对阅读主体的制约；第二，对阅读主体的心理图式的封闭性和开放性缺乏分析，对主体的封闭性没有起码的警惕。这就在理论和实践两个方面陷入盲目性。主体性像任何事物一样，是可以分析的，至少可以分为自发和自觉的两个层次。不加分析的主体，不能不是自发的，庸俗的。放任庸俗主体性自流，在当前阅读教学中，比机械唯物论，具有更大的欺骗性和破坏性。全国各地课堂上违背文本主体的奇谈怪论层出不穷，其理论根源盖出于此。什么《背影》中的父亲，“违反交通规则”啊，向祥林嫂“学习拒绝改嫁的精神”啊，《皇帝的新装》中的骗子是“义骗”啊，《愚公移山》是“破坏生态环境”啊，不一而足。这一切说明，学生主体图式中的当代生活经验和价值的封闭性

① 参阅孙绍振：《文学创作论》，海峡文艺出版社 2007 年版，第 56 页。

② 皮亚杰：《发生认识论原理》，商务印书馆 1985 年版，第 21—60 页。

压倒了开放性，造成了对经典文本的肆意歪曲。文本分析的混乱，甚至荒谬，权威教育理论的教条主义恐怕难辞其咎。

阅读的深化并不如权威教育理论家所许诺的那样，只要主体的自信就可以畅通无阻了。

阅读主体并不是想开放就开放的，而是面临着一场主体开放性与封闭性的搏斗。在一般读者那里，封闭占有惯性的优势，对文本中的信息，以迟钝为特点，崭新的形象，在瞬息之间，就被固有的心理预期同化了。聪明的读者，则由于开放性占优势，迅速被文本中的生动信息所震动。但是，敏捷是自发的，电光石火，瞬息即逝的，而心理预期的封闭性则是惯性地自动化的，仍然有可能被遮蔽。即使开放性十分自觉，也还要和文本的表层的、显性的感性连续性搏斗，才有可能向隐性的深层胜利进军。即使如此，进军并不能保证百战百胜，相反，前赴后继的牺牲，为后来者换取山穷水尽，柳暗花明的提示，这是为无数阅读历史所证明的事实。说不尽的莎士比亚，说不尽的普希金，说不尽的鲁迅，说不尽的《红楼梦》，说不尽的《背影》《再别康桥》。就在这前赴后继的过程中，经典文本才成为每一个时代智慧的祭坛，通过这个祭坛，人类文明以创新的图式向固有的图式挑战。每一个经典文本的阅读史，都是一种在崎岖的险峰上永不停息的智慧的长征，目的就是向文本主体结构无限地挺进。

后现代教条主张无条件地尊重学生主体对文本的多元的“独特感悟”，这是经不起教学实践检验的。显而易见，在阅读过程中，至少有三个主体在相互制约：除了读者主体以外，还有作者主体和文本主体。文本，尤其是经典文本，并不如后现代哲学所说的那样是无深度的，无本质的，而是有其稳定的立体层次结构的。阅读就是读者主体、文本主体和作者主体从表层到深层的同化和调节。脱离了文本主体和作者主体，放纵读者主体，就不能不产生奇谈怪论。鲁迅说，一本《红楼梦》，“经学家看见《易》，道学家看见淫，才子看见缠绵，革命家看见排满，流言家看见宫闱秘事……”[①]诸如此类，难道都要无条件地尊重吗？毛泽东看见了“阶级斗争”，而我看到了封建大家族男性接班人的精神危机，难道不是更为发人猛醒吗？由此也可看出权威教育理论家所信奉的西方后现代无深度、无本质、无中心的理论，是经不起文本检验的。

说不尽的经典文本，并不是无聊的游戏，而是向不可穷尽的深度挑战。就以《背影》而言，之所以至今仍然众说纷纭，原因就在于理性概括尚未达到可以感觉到的深度。就是朱自清的好友叶圣陶的解读也不例外。叶先生认为《背影》的好处在于写父爱的“一段深情”把已经是大学生的作者“当小孩子看待”[②]。这个说法很权威，但是，并没有达到《背

① 鲁迅：《绛洞花主小引》，《鲁迅全集》（第8卷），人民文学出版社2005年版，第179页。

② 叶圣陶：《文章例话》，辽宁教育出版社2005年版，第4页。

影》的最深层次。

如果我们不满足于以追踪西方阅读理论为务，而是有志于阅读学的原创性建构，那么，经典文本结构并不是单层次的，至少有三个层次。

第一层次是显性的，按时间空间顺序的，外在的、表层的感知连贯，包括行为和言谈的过程。这个层次，是最通俗的，学生可以说是一望而知。如果满足于此，教师就可能无所作为了。应该有一种自觉，老师的任务，就要从学生的一望而知指出他的一望无知，甚至再望也还是无知。

这样就可能进入到文本的第二层次。这个层次是隐性的，在显性感知过程以下的，是作者的潜在的“意脉”变化、流动的过程。这不但是普通学生容易忽略的，就是专家也每每视而不见的。《背影》的动人之处，叶圣陶只看到了父亲把大学生当“小孩子”，关怀无微不至，却忽略了这种关怀，在文章前半部分，遭到儿子厌烦，甚至是公然拒绝；文章的高潮是，看着父亲为自已艰难地爬月台买橘子，感动得流下了眼泪。从公然拒绝到偷偷地被感动，构成完整的“意脉”。其特点是，第一，连续性中的曲折性，第二，情志的深化。显然，有了转折，才深刻。只抓住前面父亲的言行，虽然有连续性，还构不成完整的“意脉”。因为转折是精神焦点，朱自清笔下的亲子之爱和冰心的不同，冰心的亲子之爱是心心相印的，而朱自清的亲子之爱是有隔膜的。爱的隔膜，是具有相当普遍性的规律。从某种意义上说，朱自清比冰心更为深刻。没有这个转折，就没有这个人性的深度。

这第二层次的揭秘，可能使一般读者满足，但是，这种满足，可能遮蔽更加隐秘的第三层次，这就是文体形式规范性和开放性，还有文体的流派和风格。这里有着更为深邃的内涵。

认定爬月台买橘子的生动性缘于观察，就忽略了这是篇抒情散文，到高潮处，却不用抒情散文常用的渲染、形容、排比（如在《荷塘月色》中那样），而是用了朴素的叙述，或者用流行的话语说，就是白描吧。而在文学家（如叶圣陶）和评论家（如董桥）那里，这样的表述，比之《荷塘月色》《绿》那样的形容铺张风格是更高的艺术层次。

对文本分析不得其门而入，原因之一就是对自发主体的迷信，具体表现就是无视文本深层“意脉”和文体的审美规范和风格创新，阅读在感知显性层次滑行的顽症，其根源盖出于此。

阅读是阅读主体和文本主体之间由浅到深的同化和调节。而自发的主体图式，只能同化文本显性的表层，其封闭性，使它难以触及隐性的中层和深层。而进入文本结构的深层，恰恰从意脉开始。所谓还原，就是意脉的还原，也是人的性灵的还原。

平面性的自发主体，不能与文本隐性结构进行调节和同化，无法将文本立体结构和立体的人解读出来，就只能在多媒体，在导入、对话等等上，玩些花样，不但不得其门而入，有时甚至制造混乱。

经典文本之所以不朽，肯定有它不同凡响、不可重复之处，自发的主体则以模式化的心理预期去遮蔽它。因而，要揭开文本隐藏的“意脉”，就要从心理隐藏的现成预期中解脱出来。

归根到底，在阅读中的自发和自觉主体问题，实际上是自由思考与学养积累的矛盾。我国后现代教育理论家只要自由思考，摒弃学养积累，不但完全脱离阅读实践，而且脱离我国丰厚的阅读传统。我国的教育理念，从来就把思和学视为一对矛盾，而且把矛盾主要方面放在学上，也就是说，学是思的基础。孔子云：“吾尝终日不食，终夜不寝，以思，无益，不如学也。”（《卫灵公》）很可惜的是，我们的教育理论家，对西方的教条耳熟能详，对自己民族的经典，却忘得一干二净。和文本作深度对话，是要有学养作本钱的，对《木兰辞》这样的经典文本，没有学养作本钱，不管主观上多么开放，也是读不出女英雄的文化和艺术的奥秘的。这并不神秘，原因就在于韩愈所说的，术业有专攻。不学无术，不可能进入经典文本的深层。外行看热闹，内行看门道，而自发的主体论，却把看热闹当成了看门道。

阅读是一种专业，专业的修养不是自发的，而是要循序渐进、不畏艰难地习得的。[①]后现代的自发主体的阅读理论，在这一方面，无疑是一种遮蔽，要理直气壮地深入理解文本，就不能首先对之进行“去蔽”。这种去蔽比之一切去蔽都要困难，原因是，由于行政的强力推行，它正在成为霸权话语。

可见，闽派语文八字原则，最为主要的、最为关键的正是“去蔽”，不仅是去他人强加之蔽，而且是去主流话语之蔽，去自我信念之蔽。这可以说是闽派语文的生命线。

只有彻底“去蔽”，闽派语文才有望在理论上和实践上达到理想高度。果真有一天，达到了这个高度，则我们应该警惕，不要故步自封，不要唯我独尊，正是因为考虑到这一点，故八字原则的最后一则为“兼容”。不管什么时候，我们都不能封闭，都应该向其他流派的优良成分开放，对之进行同化，以期不断向更高的层次，求实、创新，向名副其实的“学派”进军。

---

① 读者蔡福军来信表示支持我的观念说：“德国接受美学理论家区分了专业读者与非专业读者。尽管一千个人眼中有一千个哈姆雷特，理论上阐释的可能性是无限的，但是文学经典本身形成了一个标准和内部结构，新经典的产生不会彻底冲垮这个结构，而是让这个结构内部的相对位置发生微调。文学经典本身公认的艺术高度成为潜在的准则，这就是专业读者不断训练，不断积累才有的。”课堂学习当然是专业的，感谢蔡福军的支持，不敢掠美，录以备考。

“真语文”拒绝多媒体“豪华包装”

“真语文”的提出有时代的迫切性。放眼举国教坛，花样翻新的“假语文”甚嚣尘上，打着改革的合法旗号有泛滥成灾之势。形形色色的假语文表现不一，但莫不以多媒体作“豪华包装”。不但语文教学内容，而且教学设计一概以乐曲和画面为纲。从表面上看，乐曲和画面有视觉、听觉直接感知的优长，有利于吸引学生的关注，激发学生的兴趣，以往单纯讲授（满堂灌）的沉闷局面得以改观。但是，表面的兴旺背后隐藏着不可忽视的危机。

北大语文教育研究所所长温儒敏2007、2008年做过两次课改调查：第一次对象是北大中文系一年级两届近200位新生，第二次是在各省所作，被调查的学生都是经历过这些年课改的。两次的结论相当一致：对中学语文仍然不满乃至反感。显然问题主要出在占80%以上课时的文本解读，多媒体的包装，并没有改变在文本浅表滑行的对话、牵强附会的解读、充满套话空话的解题等等，这些问题仍然甚嚣尘上。

表面上热热闹闹，对话积极，实质上则是不满和反感，原因何在呢？

这就有必要对兴趣做根本的分析。

固然，对多媒体的兴趣和对语文的兴趣，有一致的方面，乐曲和画图可能使抽象的语言符号变得有声有色，但是，有声有色的音像和语言文字是不是也存在着矛盾呢？这在理论上，是值得彻底分析的，但是，长期以来，却没有得到起码的关注。

就以诗画的关系而言，诗画同一论，有着千年的权威。出自苏东坡（1037—1101）《书摩诘〈蓝田烟雨图〉》：

> 味摩诘之诗，诗中有画。观摩诘之画，画中有诗。诗曰：“蓝溪白石出，玉川红叶稀。山路元无雨，空翠湿人衣。”[①]

① 《苏轼全集》（文集卷七十），上海古籍出版社2000年版，第2189页。

本来这作为一种感情色彩很浓的赞美，很精辟，有其相对的正确性，但是作为一种理论，无疑有其片面性。因为它忽略了不可忽略的差异和矛盾。诗和画由于借助的工具和材质的不同，各有其优越和局限。苏轼把画的优越绝对化，忽略了它的局限性，用到诗上，就不能不遮蔽诗的优越。由于苏轼的权威，造成千年的盲从。其实过了差不多600年，明朝人张岱（1597—1679）提出异议：

> 若以有诗句之画作画，画不能佳；以有画意之诗为诗，诗必不妙。如李青莲《静夜思》："举头望明月，低头思故乡"，有何可画？王摩诘《山路》诗："蓝田白石出，玉川红叶稀"，尚可入画；"山路元无雨，空翠湿人衣"，则如何入画？[①]

张岱的观点接触到了艺术形式之间的矛盾，但却没充分引起后人乃至今人的注意。钱锺书先生说：

> 绘画雕塑不能按照诗人比喻依样画葫芦，即缘此理。若直据"螓首蛾眉""芙蓉如面柳如眉"等写象范形，则头面之上虫豸蠢动，草木纷披，不复成人矣。[②]

不同艺术形式间的不同规律在西方也同样受到漠视，以致晚了张岱一百多年的德国人莱辛（1729—1781），认为有必要写一本专门的理论著作《拉奥孔》来阐明诗与画的界限。莱辛发现同样以拉奥孔父子为毒蟒缠死为题材，古希腊雕像与古罗马维吉尔的史诗所表现的有很大不同。在维吉尔的史诗中，拉奥孔发出"可怕的哀号""像一头公牛受了伤""放声狂叫"，而在雕像中身体的痛苦冲淡了，"哀号化为轻微的叹息"，这是"因为哀号会使面孔扭曲，令人恶心"，而且远看如黑洞。

"激烈的形体扭曲与高度的美是不相容的"，而在史诗中，"维吉尔写拉奥孔放声号哭，读者谁会想到号哭会张开大口，而张开大口就会显得丑呢？""写拉奥孔放声号哭那行诗只要听起来好听就够了，看起来是否好看，就不用管。"[③]应该说，莱辛比张岱更进了一步，即使同为视觉可感的造型艺术在诗中和在画中也有不同的艺术标准。

为什么会有这样的矛盾呢？因为二者所凭借的工具不同，功能不同。

多媒体呈现的图像，是诉诸视觉，是瞬间的，可以直接感知的，而语言则是抽象的声音符号，并不能直接感知，乃是以约定俗成的功能调动读者的经验和记忆，在时间上是延续的。在图像上感觉到了的，不等于在语言上相应也能感觉得到，在瞬间静止的图画，不能表现情感的延续运动。对感性视频的兴趣不等于对语文的兴趣。

就音乐形象（旋律）而言，虽然和语言同样诉诸听觉，且有延续性，具有象征性，但

---

① 张岱：《琅嬛文集》，岳麓书社1985年版，第152页。

② 钱锺书：《管锥编》，生活·读书·新知三联书店2007年版，第182—183页。

③ 莱辛著，朱光潜译：《拉奥孔》，人民文学出版社1979年版，第16、22页。

是，二者的差异相当大。主要的是，语言符号不能记录乐曲，如果能够记录乐曲，就用不着五线谱和简谱了，而乐曲的语言是所有艺术形式中最为感性的，但是其象征意义是最为不确定的。旋律不管多么复杂也不能表现概念、判断和推理。正是因为这样，感受乐曲的优美并不等于理解语言奥秘和深邃。

一味依赖音像手段的潮流，实在出于对音像的规律性（优越性和局限性）的无知。沉溺于多媒体的豪华包装，不能不对文本的解读造成遮蔽。吊诡的是，这种遮蔽造成了繁荣的假象，语文课堂的以假乱真遂有滔滔者天下皆是的趋向。

据我所知，目前这种假繁荣，至少可以分为几类。

第一类，音像资料与课文完全游离，对于语言文字的理解和把握，不但未起任何作用，成为空热闹，而且干扰了学生兴趣的焦点。

如在解读《木兰辞》之前，播放美国动画片《花木兰》。在师生对话中，并未将美国式的花木兰和中国古典的花木兰之间的差异作为切入点，分析出美国式的花木兰的特点是不守礼法、调皮闯祸，甚至谈恋爱，而中国的花木兰则肯定是不会谈恋爱，她的角色任务是作为女性承担起男性保家卫国的职责，不像男性那样立功受奖、衣锦荣归，而是立功不受奖，以回归女儿本色为荣。美国动画片《花木兰》的演示，不但浪费了宝贵的课堂教学时间，而且屏蔽了学生深入的钻研。

对此等潮流安之若素，缺乏抗流而起的批判，原因在于，对于语言与图像在思维上的矛盾在理论上缺乏清醒的分析。

图像在时间上是瞬间静止的，在空间结构上是确定的，而且以可视为限。语言符号恰是不受时间空间限制的，不但能表现五官可感的，而且能够表现五官不可感的情感、观念和逻辑的因果。语言所调动的记忆，比起图像来，具有某种概括的弹性，想象的空间远比图像灵动。而花木兰一旦固定在美国式的形貌体态和作风上，就不能不窒息了学生心目中中国式的形象。不但异国的图像如此，就是中国的图形也是一样。“明月松间照”，作为诗引起的想象自由度是很大的，但是，作为画，首先就要确定明月是新月还是圆月，其次，要确定松枝与明月的空间关系，是半遮于枝还是略遮于叶。这在古典绘画理论上叫作“经营位置”。至于明暗关系，则不可回避是否有松影在地。绘画在色彩形体上越是确定，诗歌想象的自由上付出的代价就越是巨大。正是因为这样，一味聚焦于可视的画面的兴趣，就不能不牺牲诗的意味。如李清照“雁过也，正伤心，却是旧时相识”，画家不管多么天才，也画不出时间，自然也就表达不出“旧时相识”的意味。故当代画家为屈原、李白、杜甫、李清照造像者不知凡几，但是，令读者失望者多于差强人意者。

多媒体激发了学生的兴趣，在很大程度上，是对声色的兴趣，很难不窒息对课文深入钻研的兴趣。可以说，对于文本解读来说，这种兴趣乃是假兴趣，实际上乃是假语文以假乱真的一大障眼法。

第二类，则更为严重一些。如果说第一类造成的干扰还是隐性地转移了学生的兴奋点的话，这一类就是显性的遮蔽了。

大量的音像资料表面上与课文相关，但是，在内涵上却直接与课文矛盾。例如在解读《再别康桥》时，大量放映剑桥大学的照片，把照片的优美和徐志摩诗歌的优美混为一谈。殊不知照片中的康桥，是摄影者对康桥优美的自然和文化景观的赞美。作为图像的审美带有某种公共性。而《再别康桥》作为诗歌，则是徐志摩个人的，有些甚至与剑桥的自然与文化景观的公共性关系不大。至少有三点是视频乃至乐曲所难以表现的。第一，诗人是来此“寻梦”的，这个梦是“沉淀”康河深处的，可见是旧梦。这既是无形的，又是无声的，肯定是图画和乐曲所无从表现的。第二，诗人觉得旧梦是美好的，是应该放歌的，而歌声是不能形诸图画的。第三，然而又是“不能放歌”的，只能是轻轻地，悄悄地，个人独享的。既没有图形，也没有声音，“悄悄是别离的笙箫”，是无声的、秘密的回忆之美。因而剑桥的照片越是美好，音乐越是优美，学生越是被吸引，对《再别康桥》的解读越是有遮蔽性。

第三类，更复杂一些，因而有更难以觉察的歪曲性。

就视觉艺术而言，是多种多样的，光是造型艺术中的绘画门类、流派就相当繁多，各有各的追求，各有各的规律。西洋画不同于国画，国画中的写意与工笔，西洋画中的写实与抽象，都有不同的法度。其间的区别间不容发，如果对之缺乏起码的了解，一味以感性的图画的展示为务，则更难避免以假乱真。

人教社初中语文第八册选了吴冠中先生的《桥之美》。不少老师费尽心机把世界上奇异的桥，从悬崖间之夹桥到跨海长桥，从古老的石桥到山村的廊桥，不厌其烦地以视频展示。这不但对解读吴先生的文章毫无帮助，相反，只能对之歪曲。因为吴冠中先生所追求的桥之美和这些桥风马牛不相及。

吴先生的“桥之美”，美在哪里呢？不是美在巧夺天工的造型，而是第一，美在画家的眼睛看出来的桥，不是桥梁专家茅以升笔下赵州桥的建筑技术之美；第二，不是一般画家眼中看出来的，而是吴冠中先生和其他画派不同的、特别的美。有些老师意识到了这一点，特地用了吴先生的一幅画来展示。要求学生先从课文中依次找出“美的例子”，再行归纳桥之美。其结果是大部分课堂上找到的美，乃是：

> 茅盾故乡乌镇的小河两岸都是密密的芦苇，真是密不透风，每当其间显现一座石桥时，仿佛发闷的苇丛做了一次深呼吸，透了一口舒畅的气。

得出的结论是“使用比喻、拟人的修辞手法，生动形象地突出石桥出现在密密的芦苇中，拱桥强劲的弧线或方桥单纯的直线与芦苇丛构成鲜明的对比，打破了这里的单调与沉闷，使整个画面豁然开朗”。

哪怕是把吴冠中的画放在视频上，师生们还是对吴冠中先生所强调的桥之美视而不见，“合作探究”的结果，并不是吴先生的桥之美，而是师生们心目中早已存在的修辞之美。修辞之美，固然也是美，但是，并不是孤立存在的，而是为吴先生的桥之美服务的。吴冠中先生借助这样的修辞，强调表现的乃是“那拱桥的强劲的大弧线，或方桥的单纯的直线，都恰好与芦苇丛（茂密一片，没有空白）构成鲜明的对照”。这里的关键是“强劲的大弧线”“单纯的直线”“与芦苇丛构成鲜明的对照”。

这是什么美？这是形式之美。

看出了这一点，才能看懂吴先生文章贯穿首尾的意脉，才能看懂文章全部意蕴。文章的第二自然段可谓直奔主题：

> 美术工作者大都喜欢桥，我每到一地总要寻桥。桥，多么美！“小桥流水人家”，固然具诗境之美，其实更偏于绘画的形式美：人家—房屋，那是块面；流水，那是长线、曲线，线与块面组成了对比美；桥与流水相交，更富有形式上的变化，同时也是线与面之间的媒介，它是沟通线、面间形式转变的桥！如果煞它风景，将江南水乡或威尼斯的石桥拆尽，虽然绿水依旧绕人家，但彻底摧毁了画家眼中的结构美，摧毁了形式美。
>
> 石拱桥自身的结构就很美：圆的桥洞、方的石块、弧的桥背，方、圆之间相处和谐、得体，力学的规律往往与美感的规律相拍合。

这里的第一句，就有一个反拨，小桥流水人家，固然是“诗境之美”，但是，在吴先生看来，却并不完全，他强调的是“更偏于绘画的形式美”。这里的关键词，当然是“绘画”，但是，更关键的词语是“形式美”。这就是说不是桥的建筑技术之美，也不是文化历史之美，更不是油画家笔下的桥的质感和量感之美，而是形式美，块与面的统一与变化，单纯与丰富之美。在这方面，吴先生说得很明白：

> 我之爱桥，并非着重于将桥作为大件工艺品来欣赏，也并非着眼于自李春的赵州桥以来的桥梁的发展，而是缘于桥在不同环境中的多种多样的形式作用。

关键就在于最后四个字“形式作用”，“桥之美”就是形式美。故茅盾家乡的苇荡中的桥，其美就不在别的，而是美在形式的对比。在“密不透风”窒息感中出现了桥洞，就有了透气的轻松感。懂得这一点，就不难理解吴先生把“人家——房屋”不当成居住之美，而是“块面”；流水，也不是生活生产之源流，而是“长线、曲线”，其美就是“线与块面组成了对比美”；桥与流水结合其美就在于形式上（线和块面）有更丰富的构成。

吴先生并不是绝对的形式主义者，他的形式不是没有内容的，而是以人的生命为底蕴的。他用非常明确的话语宣告：“画家们眼里的索桥却是一道线，一道富有弹性的线！一道孤立的线很难说有什么生命力，是险峻的环境孕育了桥之生命，是山岩、树丛及急流的多种多样的线的衬托，才使索桥获得了具有独特生命力的线的效果。”“线的效果”归根结底，乃是生命之美。类似的话语多所反复，为什么这么多的师生，即使把吴先生的画映在视频上，还用了“合作探究”的方法，还是视而不见，探究不出吴先生文章的真谛呢？这是因为，他们对视觉艺术，对绘画的不同流派，不同的美，缺乏基本的理解。这里有一个心理学的奥秘，人往往只能对他已经熟知的信息最为敏感，对其无知的东西往往即使熟视，也可能是无睹。这就是皮亚杰发生认识论所说的，外来的信息只有被主体心理准备状态（图式：scheme）同化（assimilation）才会有感应，不能同化的就视而不见。故在许多课堂上，师生对话的结果往往只能同化他们早已烂熟于心的修辞之美，对吴先生在法国所师承的现代抽象派一无所知，对吴先生 20 世纪 50 年代回国以后，结合着中国绘画的线条创造独特的抽象风格缺乏必要的准备（图式：scheme），就注定只能像刁德一到了沙家浜——两眼一抹黑。

运用图像资源，就要对绘画流派有所理解。不然，仅仅感觉，也可能误读。感觉到了的不一定能够理解，有时，还可能有错误，只有理解了的才能纠正错误的感觉，深化正确的感觉。只有对吴冠中先生的绘画流有所理解的，才能把文章中所说的桥之美，从感觉提升到理性的层次，明确吴冠中的桥之美，美在抽象的线条和块面组合的结构构成的生命之美。

离开了这样的规律，堆砌的视频图像越多，对教学的包装越豪华，其结果就是将假语文进行花里胡哨的“美容”。

真语文拒绝“伪对话”

一

假语文其症甚顽，症状甚多，豪华多媒体包装不过是最表面现象，其较隐蔽者乃是教师满堂问，挟举国皆然之势，以假乱真，被视为天经地义，甚至上升为行政规范，其极端者，规定教师讲授（所谓“告知”）少少益善，每堂课（45 分钟）提问须 40 次以上，违者扣分。殊不知，对话与讲授（告知）相比，费时较长，所问数量越多，内涵越简，难免肤浅、弱智，教师只问不答，必然拖拉磨蹭。所问层次越深，越需反复探索，所费时间更长。所问之数量与质量成反比，此是常识。故真语文，所问必然少而深，当以画龙点睛喻之。

满堂问，其心理根源乃在教师的怯于告知，告知和质疑是对立的统一，单方面的告知，不管来自教师或学生，均违背对话根本原则。其实，对话就是双方互相告知。在《论语》和《孟子》里，单方告知叫作“曰”，不同意对方的告知叫作“对”，对话就是相互的告知和讨论。“孟子见梁惠王，王曰：叟不远千里而来，亦将有利吾国乎？孟子对曰：王何必曰利？亦有仁义而已矣。”“王曰”，是单方告知，而“对曰”，意含反驳，故汉语中有对答、对策、对应、对质之说。对话的起码条件是双方均有自己的、不同于对方的语言，各有自己的语言，就可能对答如流，没有自己的语言，只能无言以对，或者顾左右而言他。在英语中，对话（dialog）的前缀 di- 系来自拉丁语，是二的意思。而 logos[-logue] 系希腊语之后缀，是“话”的意思。

哲学意义上的对话，是两个主体之间的交流和交锋。

满堂问抑制教师告知，在理论上和实践上不但违背了西方平等对话的基本原则，而且违背了中国传统的师道。韩愈在《师说》中曰："师者，传道、授业、解惑也。"传道、授业都是教师告知，解惑的前提乃是学生质疑，故解惑隐含着双向的告知。汉语中的"学问"，就是学和问的对立的统一。西方教育理论把学生质疑作为教学成功的准则，师生对话，发问者基本是学生，告知者往往是教师。有个美国版的《灰姑娘》的课堂教学记录，教师最后就这样告知的：

虽然辛德瑞拉有仙女帮助，但是她如果轻易地放弃了机会，就是她的后妈不阻止，甚至支持她去参加舞会，也是得不到幸福的。后妈不爱她，并不能够让她不爱自己。就是因为她爱自己，才有幸福。没有一个人可以阻止你爱自己，别人不够爱你，你要加倍地爱自己；没有人可以阻止辛德瑞拉当上王后，除了她自己。

平等对话，并没有妨碍这位美国教师在做文本分析时，传授"爱自己"的人生理念。这里一连串的质疑（设问），都由教师在告知中提出，层层深入。不难看出，传道、授业、质疑和解惑，并不是绝对分裂的，而是统一的有机整体。拥有坚定的人生信念和深厚的专业素养的教师，才能循循善诱、得心应手地突破学生心智的限度。教师主体性的张扬，是师生主体间性的建构的关键。

笔者在美国俄勒冈州阿希兰一中学讲中国电影《老井》，全是学生随机插话提问，本人作答。在南俄勒冈州大学英语系讲中国现代文学，更是如此，本人最多讲十多分钟，学生并不举手，也不用站起来，甚至脚翘在前排桌子上，坦然发问。本人也可即兴坐到讲台上告知。氛围非常平等和谐。西方课堂之常规是以学生提问破题，教师解惑随之，与吾国传道授业解惑之传统遥遥相对又息息相通。西方中小学课堂人数在十数人上下，故人人均有提出问题机会，大学公共课，时有多至数百人者，教授乃留十多分钟，供学生质疑。

二

教师满堂问，对学生主动质疑的潜在动机是一种压抑。

满堂问特别强调"不依靠告知"，普遍表现为一味强调学生自己进入作者的感情世界，所问基于体悟文本情景，找出表现此等情景的关键词等等，结果只能是迫使学生被动接受。此等问答，其实是先有结论（文章处处皆好），让学生举例填充，严格说来，不论从性质上，还是从功能上，都不能算是对话。对话之功能，乃在化被动接受为主动质疑，学生不能主动质疑，就不能不陷于被动，课堂不管多么热闹，只是从已知到已知的平面滑行。此等对话就不能不庸俗化，对话就是伪对话。可悲的是，此等陷学生于被动的做法却被视为别无选择。

满堂问病在幼稚，病在从常识到常识的平面上滑行，把不是问题的、鸡毛蒜皮的问题当成问题，而真正的问题却被遮蔽了。许多老师非常强调语基（语法修辞），例如，比喻有明喻、暗喻，有本体、喻体等。但是，光有这些常识性的、粗糙的语基，并不能解决具体问题。“燕山雪花大如席”，用了什么修辞方法？齐声回答：比喻（或夸张）。“忽如一夜春风来，千树万树梨花开”，用了什么修辞手段？答：比喻（或夸张）。这不过是把修辞的某一内涵贫困的范畴当作万能标签而已。对话比之讲授，之所以不惜耗时，就因为有突破学生心智、深化理解之功，如果限于常识，从已知到已知，则徒然浪费双方的宝贵生命。中学语文课本练习载有《世说新语·言语》的一段：

谢太傅寒雪日内集，与儿女讲论文义。俄而雪骤，公欣然曰：“白雪纷纷何所似？”兄子胡儿曰：“撒盐空中差可拟。”兄女曰：“未若柳絮因风起。”公大笑乐。

同样是比喻，何者为精？如能以此为契机提出问题是为真问题，激发真对话，但是，能抓住契机者已寥寥无几，能深入探索表现出真知灼见者，更是凤毛麟角。要让对话变得真实，有分量，就不能满足比喻的构成以本体与喻体的本质不同，在性质上一点相通这样的普遍常识，对话的目的就是要把个案的特殊性分析出来，以期突破已知。

以空中撒盐比降雪，符合本质不同、一点相通的比喻规律，盐的形状、颜色与雪一点相通。但引起的联想，却不及柳絮因风“切至”（文心雕龙·比兴）。盐粒是有硬度的，而雪花则没有；盐粒的质量大，下落是直线的，速度比较快，而柳絮质量小，下落不是直线的，而是方向不定，飘飘荡荡，很轻盈的，速度是比较慢的。柳絮纷飞，在当时的诗文中，早已和春日景象联系在一起，引起的联想是诗意的，

谢道韫的比喻，不但表层而且深层都十分“切至”，而且是自然现象，富于诗意的精致联想；而谢朗的比喻，则是人为的，且只能在有限范围，因而联想是粗糙的。用这个道理来研读“燕山雪花大如席”和“忽如一夜春风来，千树万树梨花开”，二者同为诗的想象，前者不可重复的特点乃是通过北国雪花形态之巨，表现诗人情感之豪，后者的特点则是将边塞苦寒化为春花之繁，表现诗人以苦为美。

伪对话之伪，在于空而且虚，对话几同于废话。“语文课上和不上一个样”的抱怨概源于此。

三

要害不在教师能不能提出问题，而是提出什么问题。问题必须是对于学生来说是真成

问题的问题，真正能触动、激动、撼动原有认知水平者，对话乃成真对话，此等对话与我国传统教学相长之义异曲同工。在这方面，我国不乏杰出的范例。钱梦龙先生教《死海不死》，针对课文中所说，死海蒸发量大，面积逐年递减，长此以往，是否有干涸之虞？学生议论颇为纷纭，在钱先生的启发下，终于有一学生说不会，原因是蒸发使死海面积递减，蒸发量相应递减。全班报以热烈的掌声。南京师大附中王栋生老师教作文立论，提出：如果以水滴石穿为题，如何立论？学生答：持之以恒。王老师继续提出问题冲击学生的初始认知：持之以恒是不是以柔克刚的唯一的条件？乃有学生补充，还要目标如一。这样的连锁式的，层层深化，有启智之功，才是真对话。我后来建议，还可以进一步深化，让对话成色更真。持之以恒，目标如一，是不是水一定就可以洞穿石头？有没有相反的可能？如在溶洞中，水滴千万年，不但没有产生孔洞，相反长出石笋来。

伪对话皆有伪装，对所谓“自主合作探究”之优越与局限，毫无分析，肆意滥用，风行一时。以为三个臭皮匠，一定能合成一个诸葛亮，殊不知文本的个案探究带着很强的专业性，与数理化之具有标准答案不同，需要一代又一代人把智慧奉献经典的祭坛，故有说不尽的莎士比亚，说不尽的《红楼梦》，说不尽的《再别康桥》的现象。仅仅靠学生自发的主体性，很难突破一望而知的表层，往往是三个臭皮匠，合作探究，结果还是三个臭皮匠。此时，往往不是无话可对，而是表面上颇有见解，实际上把对话变成以贫乏常识遮蔽心智。如在解读《背影》时，教师提出：哪里最为生动？经过自主合作探究，小组交流，获得共识：父亲爬月台最为生动。为什么？作者善于观察。教师乃部署作业：观察一事物，并为文。在理论上熟知对话互动生成的教师，对于这样肤浅的空话，就要因势利导，进一步提出问题来：是不是观察得细致，就一定能写出好散文？好散文是不是一定是细致观察的结果？教师如有盘活自己知识储备的自觉，则并不难将之与经典文本对照。范仲淹写《岳阳楼记》，就没有亲临观察，而日日在岳阳楼前的滕子京写洞庭湖却写得十分平俗。当滕子京为书求文之时，范仲淹正在陕西前线，身为统帅，戎马倥偬，不可能为文；过了一年，被贬到河南邓州，也不可能放下公务，到湖南岳阳去“观察”。同样，郦道元注《水经注》写“三峡”也根本没有去过。他当时在北朝为官，三峡地属南朝，去了只能当俘虏。就是在他的《水经注》中，就引用了先他去三峡的袁山松的文章，说是：

> 常闻峡中水疾，书记及口传悉以临惧相戒，曾无称有山水之美也。[①]

多少年来，口传和书面记载，一些亲临的人士，从来没有提及这里的山水的美好（“曾无称有山水之美也”），相反倒是“悉以临惧相戒”，全都是以可怕相告诫。而这个袁山松先生则恰恰相反：

---

① 郦道元：《水经注》（卷三十四），影印文渊阁四库全书 573 册，第 512 页。

及余来践跻此境，既至欣然，始信耳闻之不如亲见矣。其叠崿秀峰，奇构异形，故难以辞叙，林木萧森，离离蔚蔚，乃在霞气之表。仰瞩俯映，弥习弥佳，流连信宿，不觉忘返。目所履历，未尝有也。①

这就不难把对话引向面对山水，所持的是审美还是实用价值观念问题。

在对话中，教师要不当学生的尾巴，主导对话，把学生的伪对话变成真对话，就要有一定的学养。学养就是主导对话的本钱。

伪对话之所以成为顽症，乃在于教师没有足够本钱，其极端者乃是提出的问题本身就是伪问题。这种伪问题表面上堂而皇之，实际上歪曲了文本。

武汉一位中学教师在结束《皇帝的新装》时提问：应该向谁学习？多数学生依其自发主体，答：向孩子学习。为什么？因为敢于讲真话。此论得到教师的表扬。但是，有调皮学生说：应该向骗子学习。因为骗子骗了国王和大臣，当为“义骗”。对于此论，教师亦给予同样的表扬。显然，使得教师陷入如此困境的，并不是学生，而是教师的伪问题引出了学生的诡辩。首先，纵观原文，皇帝和大臣并非完全受骗，更多是自我欺骗。安徒生为整个情节因果性设计了一个深邃的心理机制，让骗子提出，皇帝漂亮的新装有一个特点：“任何不称职的或者愚蠢得不可救药的人，都看不见这衣服。”其次，骗子所骗的并不仅仅是皇帝和大臣。当皇帝光着躯体在街上游行的时候，站在街上和窗子里的人都赞叹皇上的新装漂亮。社会身份悬殊，但是，睁着眼睛说瞎话的心理动机却是同样的：

谁也不愿意让人知道自己什么也看不见，因为这样就会显出自己不称职，或是太愚蠢。

安徒生的深邃，就在于揭示不管国王还是大臣，不管平民还是贵族，都在自我欺骗并相互欺骗。只要对文本稍做具体分析，就不难看出，这个童话有寓言的哲理成分，它所批判的并不仅仅是统治阶级，而且是人类共同的心理弱点。

老师所提问题之伪，根源乃在教师对文本的理解，局限于政治性质的，统治者与被统治者、道德与反道德的二元对立。所谓应该向谁学习的问题首先就是个伪问题，不过，其伪比较隐晦，等到引出学生的伪问题时，教师束手无策，廉价的表扬，其性质乃是在假对话的凌厉攻势下，举手投降。

假对话之泛滥，究其原因甚多，其中最值得警惕的，乃是所谓多元解读绝对化，对英国谚语“一千个读者一千个哈姆雷特”盲目迷信，而不察其片面，造成对文本误读歪读，群魔乱舞，见怪不怪，诸多教参、教辅、教案，以其昏昏，使人昭昭，妖言惑众，谬种流传。针对此弊，赖瑞云教授有言，一千个哈姆雷特仍然是哈姆雷特，而不可能是罗密欧，

① 郦道元：《水经注》（卷三十四），影印文渊阁四库全书573册，第512页。

解读文本的任务，在于从一千个哈姆雷特中提炼出最哈姆雷特者，防止假哈姆雷特混淆视听。

许多教师不明于此，把假对话看成金钥匙，对于五花八门的哈姆雷特一视同仁，这就产生了两种偏向。

首先，对于学生话语中虽吉光片羽，支离破碎，然触及文本深度者，教师不感其可贵，任其流失。一老师讲《木兰辞》，问学生木兰何许人也，学生几乎一致答曰：英雄，英勇善战。没有学生提及其形象生命乃是女英雄。只有一个学生并不十分自信地回答，这个英雄“挺爱美的”。教师对此种涉及文本深度的要害的观点，本该揪住不放，层层深入分析：《木兰辞》表现英雄，给予战事的篇幅，寥寥数句，而对其以女性身份承担起男性保家卫国的职责，不像男性那样，视立功受奖、光宗耀祖为天经地义，而是以恢复女儿平民身份为满足，则不惜排比铺张、反复渲染。

其次，对于学生突如其来的歪论不能随机将歪就正，而是放任自流。一位老师讲《愚公移山》，学生提出，愚公要移山是因为山挡住他出门的路（惩出入之迂也），其实，根本没有必要移山，只要把房子移到山前面去就是了。又有学生提出，愚公移了山，往哪儿放都是生态环境的破坏。还有学生说，愚公移山根本没有效益，不可持续，很难保证他的子孙无条件地坚持下去。这些话按多元解读，看来都很有理。但是，从根本上来说，都解构了愚公移山的精神。这显然脱离了文本的主旨，使对话成为真正的伪对话。老师的责任应该是坚持对文本的深入分析，把混乱的对话从危机中解救出来：愚公和智叟的矛盾在于，智叟认为，愚公之残年余力，不能毁山之一毛，移山根本不可能。而愚公则认为，山的体量是固定的、有限的，而愚公的子孙却是无限的。从理论上来说，愚公更有道理。但是，情节的结局，却不是愚公的子孙移走了山，而是操蛇神闻之命夸娥氏二子将山搬走。从情节因果来看，应该是智叟更有道理。然而，从文本深层来看，移走大山的“夸娥氏”却含有深意。2008 年甘肃《天水师范学院学报》上有文章考证出来，在古代汉语中，“夸”者大也，娥者，蚁也。[①]从字面上看，大蚂蚁，但是，不管有多大，比之太行、王屋二山，也是极其渺小的。可就是这个渺小的蚂蚁，却有着伟大的力量。文本情节逻辑显示，愚公虽然不能移山，他的精神却能使神灵畏惧而移山，这种精神的性质，乃是大蚂蚁精神。显而易见，愚公移山的寓言，是一首大蚂蚁移山精神的颂歌。

问题到此，还没有穷尽此寓言的深意，还可以进一步提出问题：既然愚公是被歌颂的对象，为什么命名却有一个贬义的“愚”，而被批判的对象的命名却给了一个褒义的“智”？更深层的问题在于，既然愚公的愚，是贬义的，为什么又称之为公，而那个以褒

① 李子伟：《夸蛾氏——蚂蚁神》，《天水师范学院学报》2003 年第 6 期。

义命名的智叟为什么又给了一个并无褒义，而是带有相对贬义的“叟”？这样的矛盾修辞（paradox），不但是语言上的创新，而且是主旨的深化。这一点，早在晋朝张湛的注释中就感觉到了：“俗谓之愚者，未必非智也；俗谓之智者，未必非愚也。”[①] 表面上看来是愚者，恰恰是表现了为了理想，矢志不渝的伟大精神；表面上看来是智者，恰恰是鼠目寸光的老朽。

对话的起码目标在学生主动提出问题，学生一时不能提出问题，教师就要以自己的问题结合告知，对之进行启发。学生提歪问题，教师要随机激发，将谬就正，提出正问题。满堂问之伪，乃在压抑学生的问题意识。满足于以学生自主体悟文本，实际上是取消了学生的问题意识，教师越俎代庖，反复诱使、迫使学生一步步进入教师预留的答案，学生只能被教师牵着鼻子。如此“对话”，实质上是教师借学生之口自我独白。告知之所以必要乃是教师把自己的问题转化为学生的，让学生自发主体提高到自觉，获得主动，真对话才有可能。

当然，强调教师培养学生提问的能力，并不是说，提问和告知在一切条件下都绝对平衡，在特殊情况下，有些学者型老师，表面上基本上是满堂灌，像上海的黄玉峰先生，上课时学术性资源如倾盆大雨，思辨如天马行空，实践证明，教学效果是杰出的。原因是他在讲授过程，不断地自我设问，自我非难，实际上，在更高水平上提出更系统的问题。学生的主体性虽然不能每一堂课立竿见影地提高，在长期的潜移默化中大幅度地提升则是必然。说得直白一些，这样的高水平教师，就是满堂灌，也值得称赞。在法国这样的教师可能比比皆是，需要改进的可能只是教学设计上的问题。“不愤不启、不悱不发”的启发式原则早已获得共识，留给我们的只是具体实施而已。

---

① 刘思远：《为愚公移山正名》，《语文教学通讯》2009年第17期。

把文学审美熏陶落实到词语上
——关于人文性和工具性的思考①

起初，语文的工具性和人文性发生争论，我觉得这个争论没意思，用上海人的话说，是飞机上撑篙——划空。纯粹概念之争，于教学实践，关系不大。我向来以为，不管你主张工具性，还是人文性，你的水平高，修养深厚，哪怕满堂灌，学生爱听，兴趣盎然，这本身就是工具性和人文性的结合；相反你水平低，就是满堂问，工具性和人文性双双落空。我小学时候，有一位语文老师，叫潘祖谨，讲课很有吸引力。当时，也没有什么学生主体性之类的教学思想，她也很少提问，但是大家都盼着她上课。她作文改得也得法，每一次发下来，都有改得精彩的、值得仔细琢磨的地方。每次看自己的作文，都觉得挺好，下次不可能写得比这次好了。可到了学期末了，从头到尾翻阅作文本，还是觉得一次比一次好。她上课的许多具体的细节，当然早已忘记了，但是她让大家喜欢语文课。都弄不清究竟是喜欢她这个人，还是喜欢语文课。我觉得，这就是最高的、最雄辩的人文性和工具性的统一。但是，随着工具性与人文性论争的深入，许多一线教师，强烈表示对当前大部分语文课本不满，说是没有语基，或者语基太薄弱，语法、修辞等等的知识太少，不系统。在许多教师看来，不把语基放在重要的地位上，语文教学简直就是很难进行。但是，不可回避的矛盾是：为什么语文课程标准又明确规定重在素质，打破知识体系的传授呢？在这一点上，连许多优秀的老师，我不能不说，也不是很清醒的。

语文课本为什么不能以知识体系（语法修辞等）为纲？这个问题很好回答。首先，因为语文课程的特点，它不像自然科学课程，有严密的科学逻辑因果、层次、系统，具有不可中断、不可跨越的递进性。而语文素养的获得，是一个渐进的过程，是潜移默化的，不是逻辑递进的，而是反复扩展、回环滚动的。其效果如水中养鱼，不是立竿见影的，不是

① 根据在福建师范大学教育硕士班的演讲记录整理。

吃了西红柿脸就变红，吃了乌贼鱼脸就变黑的。其次，就目前我国语法修辞学科的水平而言，许多基本问题、范畴，在学者中，意见相当有分歧，不能达到广泛的共识。中学流行的语法修辞表面上是个体系，实际上，不成体系，是多家学派表面妥协的产物，自相矛盾之处，所在皆有；尚未达到学科的内在自洽。最后，也是最为根本的，语文课堂上的语法修辞知识并不同于学术研究，并不着重概念原理的严密，而是重在实用。而我们的语法研究，从《马氏文通》模仿西方语法，才 110 年，尚未达到实用的水平。至今连西方英语语法，都还没有达到完全的实用，只能死记“句型”（pattern），通顺与否，并不仅以语法为准，而是以习惯的搭配为准。

本来，语法之为“法”，顾名思义，应该是普遍的规律，实用就是类推，中学课堂上，应该有更为简明的操作性。目前的情况是，汉语语法研究越是深化，越是追求科学性，越是复杂，就越是难以类推，也就越不实用。举一个例子，大家都知道，数词“二”和“两”是同样的意思。我们可以说，“二元”“两元”，意思是一样的。但，为什么只能说“十二”，却不能说“十两”？要是从语法上来讲清楚，可能是复杂到令人头晕的。又如，我们可以说，“冷得很”，也可说“冷极了”，但是，为什么不能说“冷得极了”，但又可以说“洗得干净”，叫语法学家来说，肯定又是很纷纭的。但是，我们学母语的，根本不会产生这样的问题。我在美国大学讲中国新诗，有些句子没有把握，就问底下的学生，这个语法通不通啊？他们说，英语语法，只有你们中国人精通，我们是不懂的。因为有“语感”，光凭感觉就解决了。许多问题，如脱离语感，迷信语法，就可能把简单的事情搞复杂了。我们凭许多老师迷信语法而不知语法之最大局限，就在它不实用，此乃全世界学习母语教学的共同困境。

从学术流派来说，目前在中学课堂上流行的，主要是德·索绪尔的结构的语法学和传统的狭义修辞学。其基本特点就是把无限多样的言语和言语现象，归纳成系统、简明的范畴和模式，如主谓宾、动定补、主谓结构、修饰结构、动补结构、连动结构、比喻、借代、象征等等。此类的语法和修辞学，最高的成就，只限于在某种意义上，描述语言的结构和某种功能，把无限丰富、变幻莫测的言语现象纳入极其有限的范畴和格式之中，本身就造成了范畴、格式的有限性与语义的无限性的矛盾，实用操作和不可类推的冲突是从娘胎里带来的。正是因为这样，当代语法学术呈现出一种世界性的危机，于是把语言还原到实际语境运用中的“语义学”“语用学”和广义修辞学，乃应运而生。这本是学术发展的重大突破，但是，非常遗憾的是，中学语文对于新兴的、前沿学科的距离是难以避免的。许多老师热爱语基，却对其历史局限性毫无感觉，这不能不使我经常感到忧虑。为了说明问题，我不得不做一些感性的阐释。

当然我们说名词、动词、形容词的时候，并不是所有汉语语法学家都同意的，有的，如高名凯先生，就认为汉语只能分成实词和虚词，而实词是不能分类的。就连“的”这样一个重复率极高的虚词，其性质，至今仍然纷纭得很。有的认为是形容词的词尾，有的（如朱德熙先生）则认为是名词的词性（你的在这里、我的在那里，这是红的，那是白的）。对于什么是主语，也是有争论的。很有名的一个例子，就是“台上坐着主席团”。有的认为，这是个倒装句，这是正装句的变体，正常的顺序应该是“主席团坐在台上”。可是有人则反驳，说这是倒装句的时候，就有个先入为主的成见，就是正装句先于倒装句，谁能证明先有正装句，然后才变化出倒装句来？何况倒装句的意思和正装句意思并不相同。“饭，我吃了”和“我吃饭了”，意指相去甚远。前者可能是回答，饭哪儿去了？是我把它吃了。后者则可能是宣告，我现在开始吃饭了。“倒装”，并不是“正装”的变体。

语文课程标准强调不以学科体系为纲，并不是不要语法修辞，而是并不要求系统，而是不求完整的学科逻辑顺序，更不能作为考试的标准。道理很简单，它不可靠，不够科学，又不太实用。然而，我们有许多老师，不明于此，离开了这一套，就觉得惶惑，无所适从。甚至，前几年，福建省高考取消了试卷开头的 20 分语基题，有的老师居然说，不知道语文怎么教了。更有甚者，还气势汹汹地责问，不教语基，你让我上课教什么？作为从事几十年高等师范教育的教师，听了这样的话，对自己的教学效果感到十分悲哀。

在修辞方面，也同样令人感到伤心。

老师们往往把修辞分析，仅仅归结为将活生生的修辞现象归入固定的修辞格式，并且以此为满足。例如，“二月春风似剪刀”，用了什么样的修辞手法？学生：比喻。“燕山雪花大如席”，用了什么呢？比喻。“无边丝雨细如愁”，是什么呢？比喻。无非就是把本来各尽其妙、风格迥异的艺术纳进了同样的公式。这样的归结，当然有一点认知的作用，但是，满足于这一点认知，是会产生遮蔽性的。这种遮蔽性，就是把语言仅仅当作工具的结果。我曾经写过一篇《二月春风为什么不能似菜刀》，从反面提出问题。你说二月春风，在春寒料峭之时，有一点刀一样尖利的感觉。但是，为什么一定是剪刀呢？换一把刀不成吗？比如菜刀，二月春风似菜刀，就很打油了。这是因为，在这句前面的句子“不知细叶谁裁出”，作为剪字的前提。裁剪、裁剪，是汉语的固定、自动化的联想。诗人的锦心绣口就表现在这里。同样是比喻，菜刀，就很煞风景，剪刀就很精致。这样深刻的问题光凭修辞格是不能解决的。这要更多的智慧来超越修辞格。这就是说，要有一种自觉，那就是看出同样的修辞格，并不都是同样的巧妙的，因为它表现着不同人物的内心。这里我举《世说新语》上一个著名的典故：

谢太傅寒雪日内集，与儿女讲论文义。俄而雪骤，公欣然曰：白雪纷纷何所似？兄子胡儿（续晋阳秋说，这是谢朗的小名）曰：撒盐空中差可拟。兄女曰：未若柳絮因风起。公大笑乐。

这个女孩子，就是谢道韫，在诗赋上挺有成就，后来嫁给王羲之的儿子王凝之。

为什么女孩子的比喻，谢安比较欣赏呢？因为，在联想上，盐是有重量的，往下落是直线的，而柳絮，是轻盈的，方向不定，飘舞的，其中还隐含着女性特有的轻盈的优雅感受在内。这里，就有一个比喻的内在心理根据问题。要做一个称职的、而不是混日子的教师，起码应该分析一下好的比喻和不好的比喻。朱自清在《荷塘月色》中一连用了14个比喻来形容荷塘之美，余光中就有过分析，说其中一些比喻是不好的，如出浴的美人、一粒粒的星星等，而最好的则是“峭楞楞如鬼一般”。当然，这还可以讨论。至少我们大家还觉得描写荷花香味的比喻挺好，像远处高楼上渺茫的歌声似的，用声音之美，来形容嗅觉之美，感觉的挪移，比较自如而新异。把荷花和叶子在月光下光和影的效果，说成是有旋律的，像小提琴上奏的名曲，用了钱锺书先生所说的通感的方法，是出奇制胜的。但是，这还是比较表面的，可能是工具性的，最深邃的原因还在于内心潜在的情感。朱自清先生觉得一个人踱步，“什么都可以想，什么都可以不想，便觉得是个自由的人”。白天里一定要做的事，可以不理，一个人孤独，可以享受“独处的妙处”，关键是摆脱了日间不能摆脱的丈夫、老师、父亲、儿子的责任，“超出了平常的自己”，变成了“另外一个自己”，有了另外一种心情。因而原来日日经过的不起眼的荷塘，小煤屑路，有些不知名的小树，白天很少人走，夜晚还有些怕人，就这么个鬼地方，居然，就变得充满了诗情画意了。这是精神的解放嘛。比喻并不是一种简单的工具，而是和人的心理、人的想象和联想紧密地联系在一起的。因为，春风呀，雪花呀，不但是表现客观对象的状态的，而且是渗透着人的情感的。语言是心灵的天空，修辞则更是心灵的飞扬。它并不单纯是一种机械的工具，其价值全在内心隐秘的活动的显现。工具性的价值全在人文性。离开人文性，再准确的语法修格和知识，都可能是庸人自扰的废话。

修辞格，有时有助于表现了内心那种可以意会而难以言传的情绪、情感，甚至能表达西方文论中所说的，那种潜意识中的“情结”（complex）。但它并非绝对是好的，有时，运用不当，则可能走向反面，如“二月春风似剪刀”，很有诗意，而“二月春风似菜刀”，虽然也是比喻，却破坏了诗意，造成一种滑稽。不能把修辞简单地当成手法或者工具的道理就在这里。我女儿7岁的时候，第一次参观菊花展览，回来写作文，表现花瓣的美好，用了几个比喻，其中有“有的像飘带，有的像面条”。作为家长，我没有笼统地赞扬她用了排比修辞手法。我告诉她，有的像飘带，比较好，因为让人联想起美丽的衣饰，轻盈地飘舞。而有的像面条，不太好，面条的分量是比较重的，和菊花瓣的飘逸的质感不太相当。而且一看到美好的花瓣，就联想起吃，是不是让人感到文章的作者比较贪吃呢？

手法、修辞，乃至语法，当然可以算是工具，但是工具本身是没有价值的，只有拿来做工才能创造价值。说得不客气一点，工具是死的，人的思想情感是活的。有时，人的思情可能超越工具的性能。只要能表达人的情感，哪怕是语法不通，逻辑不顺，修辞不当，也是生动的。阿Q把政治概念的革命说成“革他妈妈的命”，不能仅仅批评其修饰语不妥；他把自由党误解为“柿油党”，也是不能当成错别字的，歪曲了的政治概念恰恰揭示了内心的狭隘和愚昧。在《阿长与〈山海经〉》中长妈妈说迷信故事，女人脱了裤子，敌人的大炮就会自动爆炸，说成是“伟大的神力”，对她产生“空前的敬意”，如果仅仅当成用词不当，就是对鲁迅的幽默感的麻木。

一般地说，老师们对修辞手段比较多的描写和抒情，多多少少会做些分析欣赏，而对于没有明显的修辞附加的叙述，就无能为力了。有一位老师在《语文建设》上发表一篇文章，说是青少年作文就是要以描写和抒情为基础。这话是片面的，其实，叙述更是基础。在教给学生形容的同时，还应该让他们懂得节制，太多的形容词的堆砌，会显得不自然，滥情，甚至虚假。这就要让学生学会欣赏那些看来朴素的叙述。《阿长与〈山海经〉》一开头写阿长的名字，花了不少的篇幅：

长妈妈，已经说过，是一个一向带领着我的女工，说得阔气一点，就是我的保姆。我的母亲和许多别的人都这样称呼她，似乎略带些客气的意思。只有祖母叫她阿长。我平时叫她“阿妈”，连“长”字也不带；但到憎恶她的时候，——例如知道了谋死我那隐鼠的却是她的时候，就叫她阿长。

我们那里没有姓长的；她生得黄胖而矮，“长”也不是形容词。又不是她的名字，记得她自己说过，她的名字是叫作什么姑娘的。什么姑娘，我现在已经忘却了，总之不是长姑娘；也终于不知道她姓什么。记得她也曾告诉过我这个名称的来历：先前的先前，我家有一个女工，身材生得很高大，这就是真阿长。后来她回去了，我那什么姑娘才来补她的缺，然而大家因为叫惯了，没有再改口，于是她从此也就成为长妈妈了。

介绍一个女工的名字，本来一句话“她叫阿长”，就够了，为什么要花上两段？没有用什么修辞的花样。鲁迅在《答北斗杂志社问》中说：“写完后至少看两遍，竭力将可有可无的字，句，段删去，毫不可惜。”（《二心集》）这两段全是叙述，没有什么精彩的形容、渲染、抒情，究竟有什么重要性呢？这就得用上我常说的“还原”法来加以分析。

名字，本来是很慎重的事，尤其是汉族人，往往寄托着政治、宗族、品性、容貌的美好的期望。男性的建国、抗美、卫东、耀祖、宗贵之类，女孩子，名字中普遍草字头的字，什么蕙呀、兰呀、芳呀、薇呀、英呀，是屈原留下来的传统，香草象征美人，不但容貌美，而且品德美。这一点和日本人不一样，他们原来没有严格的姓氏，取得比较随便，常常是住在什么地方，就姓什么。什么河边、稻田、池上、村山之类，再加上排行老几，老三，就是三郎等。英语国家固然有来自希腊神话、圣经的名字，像海伦、约翰、玛丽亚之类，但也有莫名其妙的。前一阵美国有对我们很不友好的官员，做了一个很武断的报告，说我们偷了他们的什么尖端技术。这个人很讨厌，他的姓就有点叫人不喜欢，中文翻译成考克斯，很像个人样，实际英语中是 Cocks，就是公鸡啊。不过是复数。反正他家族，不管男孩子、女孩子，都是公鸡。还有一点，比较好玩，这位考克斯先生的家族，长期忽略了，在英语俚语里，这个 cock，还有水龙头的意思，可能是祖上发家，全靠开自来水公司吧。这不是没有根据的，美国人的有些姓，原来就是职业，不是有姓勃来克史密斯的吗？Blacksmith 就是铁匠，祖上是当铁匠的，而我当了美国国务院的官员了，不靠老爸老妈，全凭我自己奋斗，很光荣。这个 cock，水龙头，也挺神气，水是生命之源呀，源源不断的水，就是源源不断地给你生命，多神圣呀。但是，cock，在英语俚语里，还有一个意思，就不太神圣了，就是阴茎，这是《水浒传》中骂人的话呀。动不动，兀那鸟汉子，也就是，兀那 cock 汉子！怎么能设想，一大家子，统统都把这个器官挂在名字上，连女孩子签名，都一个字母不漏？在我们中国人的感觉中，真是不雅，可是人家无所谓，这可能与 cock 作动词用，有“使耸立，使竖起”的意思，很正常，实事求是嘛。我本来以为“实事求是”是马克思主义唯物主义的原则，没有想到那些相信上帝的，实事求是，比我们还彻底！这样的现象，并不是个别的。美国有二十世纪福克斯电影公司，也是个姓，在英语原文中，是 fox，这是狐狸啊，狐狸哪怕就是成了精，也是骂人的话，幸亏这是在美国，要是在中国，他们家姑娘出嫁，福克斯新娘，谁敢要哇！设想，如果把长妈妈叫成 Fox 妈妈，她听不懂，无所谓，但是把它翻译成狐狸妈妈，她肯定是要恼火的。

鲁迅这两段话之所以不能删节，原因还真有点深邃。鲁迅是在强调说，一般人叫阿什么，都和姓有关，然而，长却并不是她的姓。不是姓，那就是绰号，绰号应该和身体特点有关，但又不是，“她长得黄胖而矮”。原来她的名字是别人的名字，她的前任的名字。在正常情况下，能把别人的名字随意安在自己的头上吗？什么样的人，才会被人家随便安排呢？一个有头有脸的人，人家敢于这样对待吗？这就显示了她社会地位卑微，不受尊重。这是很可悲的。这两段文字，说明了鲁迅对卑微的小人物的同情，用鲁迅自己的话来说，这叫“哀其不幸”。在一般人那里，名字被人家随便叫，肯定是要引起反抗的。然而，阿长没有，好像没有什么感觉，很正常似的。这说明了什么呢？她没有自尊，人家不尊重她，她麻木，她自己也不尊重自己。鲁迅在这里表现出他对于小人物态度的另一方面：“怒其不争”。这里，没有什么比喻、形容，也没有抒情，光是叙述，就揭示了人物的社会地位和心灵奥秘。这是鲁迅常用的手法，在《阿 Q 正传》里，一开头，花了好长一段文字，说阿 Q

的名字，强调其连姓什么都说不清，说明社会和他自己对自己的漠视。在《祝福》中，祥林嫂没有自己的名字，叫她祥林嫂，是因为丈夫叫祥林，在鲁镇人看来，这是天经地义的。但是，后来她又被迫嫁给了贺老六，贺老六死了，回到鲁镇。鲁迅特地用单独一行写了一句：

大家仍叫她祥林嫂。

读者早就知道她的名字了，这不是多余的吗？这是因这里隐含着旧礼教的荒谬。丈夫叫作祥林，她就叫作祥林嫂，可是，又嫁了贺老六，就应该研究一下，是叫她祥林嫂，还是叫她老六嫂呢？或者叫她祥林·老六嫂比较合理呢？这并不是笑话，在美国人那里，不言而喻，不管嫁了几个，名字后面的丈夫的姓，都要排上去，没有什么见不得人的。肯尼迪总统的太太杰奎琳，嫁了肯尼迪，就叫杰奎琳·肯尼迪，后来嫁了希腊船王奥纳西斯，她死了以后，墓碑上就堂皇地刻上：杰奎琳·肯尼迪·奥纳西斯。但是，封建礼教使得我们没有这样的想象力，只承认第一个丈夫的绝对合法性。礼教传统偏见根深蒂固，在集体无意识里，荒谬的成见已经自动化，不动脑筋已经成为天经地义的逻辑。需要注意的是：鲁迅在整篇文章，没有对阿长的肖像描写。光是对名字这么叙述，看来连描写都算不上的，但是，在鲁迅看来，这比之肖像的描写还要重要。

人文性、文学性，并不神秘，并不是抽象的、玄妙的大理论，它和工具性、字词句是不可分割的，水乳交融的。现在有一种苗头，拘泥于工具性的人士，就光讲语法结构、修辞手法等等。其实，语法结构和修辞手段充其量不过是普遍的格式，而文本语句，却是特殊的、不可重复的。懂得点哲学的人，一定会知道，普遍性是特殊性的一部分。特殊性大于普遍性，普遍的语法修辞规律之所以必要，就是因为它可能有利于分析出特殊的微妙的精神内涵。好几个初中语文课本中，都选了泰戈尔的《金色花》，写一个印度孩子，在母亲读书的时候，变成一朵花，让母亲找不到。但把影子落在母亲的书页上捣乱。傍晚又变回来，站在母亲面前。这时母亲说："你到哪里去了，你这坏孩子！"这里最为生动的无疑是"坏孩子"。如果作语法分析，坏是形容词，孩子是名词，这是一个修饰（偏正）结构。这对于领悟文本，有什么用处呢？并不能帮助学生发现语言的生动。我不反对学习一些语法知识，但是，不能到语法为止，而是从语法开始，活学活用，把知识转化为能力。语文老师的真功夫，就在把知识变成可以操作的能力。我读大学的时候，学文学的，都不喜欢现代汉语语法，但朱德熙先生，却把语法教得比文学课还受欢迎。原因很多，其中之一，就是把学术性和操作性运用结合起来。他总结起来，有三种方法。一种叫作扩展法，抓住一个肯定是正确的简单语句，在其中插入修饰成分，让句子（定义）逐渐变得严密和丰富。如，有一个简单句，人是动物，这不严密，所以要扩展。古希腊哲学家说，人是无毛的两脚动物。当然，这也不是很严密。后来就从生物学上说，人是脊椎动物门哺乳纲，灵长类，人类亚目，这并没有穷尽学术的严密。马克思就说了，人是能够制造工具的、有目的地劳动的动物。而卡西尔则又说，人是能够创造符号、运用符号交流的动物。这样的扩展，语法结构并没有变化，但是思维却深化了。这不仅仅是语法结构的扩展，而是人的思维的层层深入。由此可见语法结构是用来为人的严密思考服务的，它本身并没有绝对的价值，语法价值离不开人文性。朱先生还教给我们一种方法，叫作压缩法，一个太长的句子，无法凭直观确定其通顺与否，把其中的修饰成分层层剥离，其核心成分的搭配是否合理，一目了然。最后一种叫作替换法，把要研究的词句，用同样性质的词语替代一下，看看效果如何。例如，这里的“坏孩子”的“坏”字。从字典意义上是负面的，但是，从文本意义来说，主要不是坏的意思，相反有好的，疼爱，惊喜的意思。但是，如果用“好”字去替代：“你到哪里去了，我的好孩子！”或者：“你到哪里去了，我可爱的孩子！”显然不行。因为，这里还有在嗔怪中渗透着欣赏的意味，如果把它加进去，“你到哪里去了，我的调皮鬼孩子”，还是不够味。因为其中，有终于看到孩子时的喜悦和故作生气的姿态，所有这一切结合在一起，充满着疼爱的感情。但是，如果改成：“你到哪里去了，我的心肝宝贝孩子！”“你到哪里去了，我的乖孩子！”“你到哪里去了，我的傻孩子！”显然，都不如这个坏孩子的“坏”字恰如其分地表达了母亲和孩子之间的特殊默契。要把这一切分析出来，绝对不是语法分析所能胜任的，而且这里也没有什么修辞手段。这正是语法的有限的格式化和无限的语境中语义的无限可能之间的矛盾。表现人际关系的无限丰富，是语言的生命。如果把语言弄成一套干巴巴的模式，就是对语言生命的谋杀。不懂得这一点，就不可能懂得任何人文性和文学性。

在当前的教学改革中，和上述的倾向相反，还有一种脱离话语空搞看来非常人文的花样。最流行的做法就是把经典的文本，用当代观念加以解构。例如，愚公何必移山，项羽如果杀了刘邦，更有甚者，代表刘兰芝和代表焦母进行辩论，等等。这些做法，可能有调动学生的积极思考的功能，但是，也有一种可虑的倾向，那就是脱离语言文字。我听过不止一次公开课，双方激辩常常限于愚公为什么不把家搬到山的前面去，这固然不乏机智，但是，辩论往往脱离了文本中的关键词。本来最突出的是，文章从正反两面，歌颂移山的顽强毅力和奋斗精神，可以说是一首英雄精神的颂歌。但在这首颂歌里，正面人物被称为“愚公”，反面人物却称为“智叟”。情节意义肯定的，在字面意义上却是否定的，而情节意义否定的，在字面意义却是肯定的。如果当时就有标点符号，这两个字，应该是要加上引号的。智叟从某种意义上来说，并不是不智的，他说，以你的残年余力，是不能移走大山的。愚公反驳说，我有子又生子，孙又生孙，子子孙孙，无穷匮也。其实，最后，山并不是他移走的，而是操蛇之神，让夸娥氏二子搬走的。但是，这个“夸娥氏”很值得研究。甘肃《天水师范学院学报》上，有人考证，夸，就是大，现代汉语中，至今仍把夸和大连在一起（夸大）。娥就是蚁。虽然山不是愚公移走的，是夸娥氏移走的，但是，这夸娥氏移山，就是大蚂蚁移山。这就是说，愚公移山，就是一首大蚂蚁移山的颂歌。愚公没有把山移走，好像有利于智叟，然而，在更高的精神层次上，智叟仍然是鼠目寸光，智叟，仍然不智。智叟的命名，就显然蕴含着对于他不理解人的精神的反讽。人文精神，不是空的，脱离了文本，进行愚公是该移山还是把家搬到山前面的辩论，也许有趣，但也可能变成反历史主义的游戏。

当前的教改主要矛盾，无疑就是教师的水准普遍赶不上形势。本来形势逼人，应该急起直追才是，可是，有些老师，却缺乏起码的紧迫感。身为语文教师，不爱读书，不喜写作，不提高自己的文本解读水准，知识结构残缺，写作水平低下，上课就把一些一望而知的“知识”作死板的重复，以其昏昏，使人昭昭，误人子弟者，比比皆是。晚报上一篇文章引起了我的注意。一个学生写了一篇题目叫作“过了一把当班长的瘾”的文章。说是，老师觉得班长不能老是一个人当，应该让全班同学轮流，让大家都得到平等的锻炼机会。轮到那一天，对之盼望已久的孩子，一早第一个到达课堂，拿起班长的教鞭，指指点点，模拟着执行任务的姿态，过了感觉良好的一天。他觉得自己终于“过了一把当班长的瘾”。我知道，在当前，学生的文章交上去，大抵就是石沉大海。而这位老师的评改，相当细致，既有总评又有眉批，还有字词句的订正。我不能不对其敬业精神肃然起敬。但是，认真读完以后，心情却十分沉重。作文的标题有这样的评语：“‘过了一把当班长的瘾’，不妥，瘾是贬义词，如，烟瘾、毒瘾、赌瘾等。当班长是锻炼自己提高为同学服务的能力。应该先查字典。要学会准确用词。”为了准确用词，先查字典，当然有道理，但是，这只是片面的道理。字典是工具书，只有工具意义。这种意义，在无限的语境中，会发生无限的变异。字典上的注释，就是把无限多样的语境意义相同的那部分概括出来，可以说是无限多样的语义的一个最大公约数，把不可胜计的可能，都给省略了。作为工具书，它的功能决定了它只能这样。然而，作为心灵的表达，恰恰不能离开那些被提炼掉了的语义。不用这个“瘾”字，用符合字典意义的字，那就只可能是，“体验一天当班长的心情”。那不是大煞风景了吗？老师在评语最后还说：“文章写得还通顺，但是缺乏童趣。”其实，最有童趣的就是这个“瘾”字。这个孩子的才情，就是把字典语义中是贬义的词，带上儿童心理的特殊感情，使之带上褒义，生动地表现了孩子的天真、期盼、调皮、热切的心情。这里既有孩子体验不同于平常自我表现的欲望、对荣誉的向往，又有乐意服务的冲动，还有超越自我的自豪，否定了“过瘾”，就扼杀了孩子的美好的童心。对这么活跃的内心的审视和珍惜正是人文精神，审美情感。老师辛辛苦苦地扼杀童心，好心办坏事，这样的悲剧，难道不是在向我们敲响了警钟吗？这种警钟的令人惊心就在于，普遍水平不是一年两年、三年五年，而是要一个相当长的历史时期才能有希望提高的。

第二辑　经典阅读的美学建构

假美学的“真”和真美学的“假”①

人是理性的动物，从小学、中学到大学，以各式各样的课程，用人类文化全部的知识系统训练我们，其目的就是强化我们的理性。因为人和动物的区别，首先，就是人是理性的动物。但是如果仅仅把我们训练成纯粹理性的人的话，这种人是片面的。我们不老是讲人要全面发展吗？绝对的、极端理性的人，理性到不管干什么都很科学，科学到一切要符合定律，一切能够用数据来运算、遥控，真要是这样，就不太像人了，只能是机器人。柏拉图曾经把诗人，除了歌颂神的，都从他的“理想国”里驱逐出去。他心目中，最理性的人就是数学人。数千年来，为什么人类难以接受他这样的理念呢？因为这就涉及人的另一个特点：不仅仅是理性的动物，而且还是情感的动物，这样的人才全面。一个人如果没有感情，既不爱父母，也不爱家乡，又没有朋友，即使得了数学博士学位，得了诺贝尔奖奖金，经济学奖，富甲天下，这样的人，还是片面的人，不能算是全面发展的人。20世纪，西方人用一个比较刻薄的说法来形容一个距离我们很近的民族，这个民族在做生意的时候，太理性了，太会赚钱了，太不讲感情了，他们说，这实在不能算是人，而是“经济动物”。

从人的全面发展上来讲，光有理性的教育是不够的，所以我们的教育方针是“德、智、体、美”。德育是理性的，智育更是理性的，体育更是讲究科学理性的，最后加个美育。美育的“美”，往往有些误解——美育就是“五讲”“四美”“三热爱”吗？不，这仍然属于道德理性，美育主要是培养人内心的情感的，主要是以非理性的情感为核心的。这对人的全面发展是非常重要的，以至就有了一种专门的学问，就叫作“美学”。在英语里，本来这个词aesthetic，意思是很丰富的，概括地说，就是与理性相对的以情感为核心的学问。从表层来说，是感知，从中层来说，是情感，从深层来说，是智性。从性质来说，包括正面的

① 根据在东南大学的演讲录音整理。录音整理：阎孟华、李国元，统稿：李福建。

美，也包括与之相对的丑。这才是人类感性的全部。但是，这个词在汉语中，没有对应的字，日本人把它翻译成“美学”，在古典文学时期，大致还算可以。因为那时的文学一般是追求美好的心灵和环境的，以诗意的美化为主的。但是，文学艺术并不完全是审美的，也有审丑的。在我国文学史上，就是宋玉所说的东家之女，丑得不得了。在戏曲里有三花脸，在西方戏剧里，也有小丑。但是，在当时，似乎并不是主流，因而，这个矛盾给掩盖住了。实际上，到了 19 世纪，法国象征派波德莱尔在《恶之花》中拓展了以丑为美的境界，美学这个翻译，就显得不够用了。这个问题，我们暂且放一放，等到后面讲到散文的专章中具体再说。

审美情感，具体来说，就是贾宝玉看到林黛玉时那种奇妙的不讲理的感觉。贾宝玉问林黛玉有没有玉，林黛玉说你的玉是稀罕的物件，一般人是没有的。贾宝玉就火起来了，这么好的姑娘都没有玉，就一下子把玉扔掉了。读者知道，他的玉扔掉后，他的魂就没有了，这种行为就是非常率性的、任情的，这种情感，完全是非理性的，但是，是非常可爱的。贾宝玉的可爱就在于他的非理性，就是不讲理，不管利害。你们是学理科的，是崇尚理性的，同时你们又来听我讲中国古典文学的经典，来熏陶你们的感情。听了我的话，你们才有希望变得可爱，变得比贾宝玉可爱。（掌声）

今天要讲的课题就是：人应该是全面发展的。首先，要有丰富深邃的理性，像这个大楼门厅里吴健雄女士的塑像，她在物理方面的高度理性在世界上领先，但同时我看到她的塑像充满着女性的温馨，不仅仅是物理学家的严峻，并非仅仅符合柏拉图的理想。我们感到她脸上的母性，产生一种温情之感。她不是“假小子”“铁姑娘”“女强人”那样的女性。我们曾经经历过这样的荒谬：女性的美不在于她是女人，而是一种准男人。现在更可怕了，有一种“女强人”，恨不得让她长出一点小胡子来。如果诸位男孩子娶到“女强人”做老婆的话，那个日子可能就不太潇洒了。（笑声）

言归正传，做一个全面发展的人，一方面是理性，一方面是情感。这样才全面，可能偏偏，我们人类往往偏重理性，而轻情感，用一度流行的话来说，就是一手硬，一手软。这不是偶然的，因为，人类从一开始就是受到大自然的严重的生存的压力，随时随地都有种族绝灭的危险，于是能够提高人从自然界获得生活资料的效率的实用理性就自发地占了上风，因而情感就压抑到潜意识里去了。这样的人，就是原始人，半边人。当人类文明发展到一定程度，就感到不满足，这样光是吃饱了，睡足了，不是和猪一样了吗？不行，要把那压抑了的一半找回来，这就有了艺术，在宗教仪式中，在歌谣中，在想象中把人的情感解放出来。

情感的审美是非常奥妙的。要说明这一点，为之下个定义，非常困难。由于人类的有声语文符号的局限性，又由于事物属性的无限丰富，不可能有绝对严密的定义，何况事物都在发展，一切定义对事物历史进程，都只能是疲惫的追踪。为情感审美的内涵作界定是费力不讨好的。故研究问题，不能从定义出发。

我们换一个角度，从小处入手，或者文雅一点，从微观的分析开始，从经典的文学作品中直接进行抽象。经典里积淀着中华民族智慧和情感精华。那是一个宝库，经历了千百年历史考验的，被世世代代的读者认同的，至今仍然有无限的魅力，如恩格斯讲希腊艺术那样，至今仍然是我们艺术“不可企及的规范”。经典艺术文本无限丰富，我们用随机取样的办法来试一下。比如一首唐人绝句，我们来解读一下，看看它的独特感情，它的锦心绣口究竟是怎么回事。诸位在中学时代或是小学时代念过的，普通平常的，贺知章的《咏柳》：

碧玉妆成一树高，万条垂下绿丝绦。

不知细叶谁裁出，二月春风似剪刀。

对这样简单的艺术品，进行解读的目的是说出这首诗的好处来。这个问题表面上很简单，可真正要做起来，还真不容易，用无限艰难来形容，也不算夸张。这首诗写出来有一千多年了，艺术生命仍然鲜活。它为什么好？怎么好？就是大学者，专门研究唐诗的，头发都白了，解读起来也不一定能够到位。有的权威人士，连门儿都摸不着。有一位权威教授，写了一篇文章叫作《〈咏柳〉赏析》。[①] 他很有勇气来回答这样一个难题。

他说它好在：第一句“碧玉妆成一树高”，写的是一个“总体”印象。第二句“万条垂下绿丝绦”，是“具体”地写柳丝很茂密，这就反映了“柳树的特征”。第三句“不知细叶谁裁出”是设问。第四句“二月春风似剪刀”是回答，为什么这个叶子这么细呢？哦，原来是春风剪出来的。那么它的感染力在哪里呢？他说，第一，它非常真实地反映了“柳树的特征”。第二，“二月春风似剪刀”，这个比喻“十分巧妙”。我读到这里，就不太满足。我凭直觉就感到这个比喻很精彩，这个不用你大教授说。我读你的文章，就是想了解这个比喻怎么巧妙，可是你只说“十分巧妙”，这不是糊弄我吗？（众笑）第三，他认为这首诗好在它不但歌颂了春天，而且赞美了“创造性的劳动”。这一点，我就更加狐疑了。一个唐朝的贵族，脑子里怎么会冒出什么“创造性的劳动”？读唐诗，难道也要想着劳动，还要有创造性？这是不是太累了？（众笑）别看“劳动”这样一个不起眼的说法，其中还真包含着一点值得钻研一番的学问：“劳动”，作为 work 意义的“劳动”是近代从日语转来的。中国古代的劳动是以劳驾为核心意义的。[②] 这位教授是 20 世纪 50 年代的大学生，他心目中的劳动，是带着当年创造世界（财富），乃至创造了人（身体和精神）的主流意识形态的意

① 袁行霈：《〈咏柳〉赏析》，见初中语文课本第一册，人民教育出版社 1992 年版，第 199 页。

② 王力：《汉语史稿》（重排本），中华书局 1980 年版，第 603 页。

味，是与“劳动者”“劳动人民”“劳动力”“劳工”“劳农”“劳动节”相连接，乃至与“阶级”“革命”“民主”“专政”等词和概念相涵容、组合、互摄互动，共同构成了一个具有强烈政治精神取向意味的现代“劳动话语”的。[①]

这样解读，完全是主体观念的强加，只有在中国20世纪50年代，在大学中文系受过苏式机械唯物主义和狭隘功利主义文艺理论教育的学生，才可能有这样的想法。

为什么会这样傻呢？因为第一，他相信一种美学。这种美学的关键认为，美就是真。只要真实地反映对象，把柳树的特征写出来就很美，很动人了。但这一点很可疑，柳树的特征是固定的，不同的诗人写出的柳树不都是一样了吗？还有什么诗人的创造性呢？第二，这是一首抒情诗。古典抒情诗凭什么动人呢？（众：以情动人）对了，凭感情，而且是有特点的感情，不是一般的感情。这叫作审美情感。要写得好，就应该以诗人的情感特点去同化柳树的特征，光有柳树的特征，是不会有诗意的。反映“柳树的特征”这样的阐释是无效的。第三，是不是一定要蕴含了创造性劳动这样的道德教化这首诗才美？如果诗人为大自然美好而惊叹，仅仅是情感上得到陶冶，在语言上得到出奇制胜的表述，这本身是不是具有独立的价值？是不是不一定要依附于认识和教化？第四，最重要的，这就是方法。这位教授的“赏析”的切入点，就是艺术形象与客观对象之间的统一性。统一了，就真了；真了，就美了。其实，“赏析”的“析”，木字偏旁，就是一块木头，边上那个“斤”，就是一把斧头。斧头的功能就是把一块完整的木头，剖开，分而析之。把一个东西分成两个东西，在相同的东西里，找出不同的东西来，也就是在统一的事物中，找到内在的矛盾，这就是分析本来的意义。但是，这位教授，不是分析内存的矛盾和差异，而是一味讲被表现的对象与文学形象的统一，不把文本中潜在的矛盾揭示出来，分析什么呢？连分析的对象都没有。

拘泥于统一性还是追求矛盾性，这是艺术欣赏的根本问题。

具体问题具体分析，不但马克思主义，而且解构主义也是如此。因而从《咏柳》里看到的是艺术和客观对象的不同，而那位教授所信奉的“美是生活”，美就是真的理论，却只能看到二者的一致。他害怕看到《咏柳》里边的形象和客观的柳树的不同，因为，拘泥于真就是美，不真，就不美了。他的辩证法不彻底，羞羞答答。他不敢想象，柳的艺术形象里边有了不真的成分还可能是美的。其实，诗的美不仅仅是客观的真实，而且是主观的真诚。而主观的情感越是真诚，就越像贾宝玉见到林黛玉那样有价值。但是，主观的情感和客观的柳树是两个东西，怎么让它变成统一的形象呢？这就需要假定，用学术的语言来说，

① 参见刘宪阁：《革命的起点——以“劳动”话语为中心的一种解说》，中国人民大学国际关系学院政治学系等编：《“转型中的中国政治与政治学发展”国际研讨会论文汇编》(1)，中国人民大学出版社2002年版，第397—418页。

就是想象。想象就是一种“假”（定），因而艺术的真，是真中有假，假中有真的，用一句套话说，就是真与假的统一。

抒情诗，以情动人。当一个人带着感情去看对象的时候，他是不是很客观、很准确？不是有一句话吗？不要带情绪看人，带情绪看人，就爱之欲生，恶之欲死。月是故乡明，他乡的月是不是就暗呢？情人眼里出西施，哪来那么多西施呀？癞痢头的儿子自己的好，如果是人家的，癞痢头就可能很可怕。反过来说，如果不是情人，同样的对象，仇人眼里出妖魅。（众笑）带了感情去看对象，感觉、感受、体验与客观对象之间就要发生一种“变异”。关于这一点我专门写过一本书，叫作《论变异》，花城出版社 1987 年出版。不要以为我在做广告，20 年前的书，现在已经买不到了。（众笑）

不动感情，是科学家的事，科学家不相信自己的眼睛、鼻子和身体的感觉，宁愿相信仪表上的刻度，体温是多少，脉搏是多少，不能跟着感觉走，因为感情不客观，会变异，只有把感情排除掉，才科学、准确、客观。文学和科学最起码的区别就在这里。如果说柳树是到了春天就发芽的乔木，这很客观，很科学，但没有诗意。如果带上一点情感，说柳树真美，这也不称其为诗。感情要通过主观感觉，带上一种假定和想象并发生变异才能美起来，才有诗意。本来柳树就是黝黑的树干、粗糙的树皮、嫩绿的小叶子和细长的柳枝而已，诗人却说不，柳树的树皮不是黑的，也不粗糙，他说柳树是碧绿的玉做的，柳叶是丝织品，飘飘拂拂的。柳树的枝条是不是玉的和丝的呢？明明不是。从这个意义上来说，它不是绝对真的、客观的，那么，他为什么这样写呢？要表达感情。表达感情就要带上一点想象，一点假定，才能让它更美好一点。绝对的真不是诗，为了真实表达感情，就要进入假定的想象。真假互补，虚实相生。清代焦袁熹《此木轩论诗汇编》说：“如梦如痴，诗家三昧。”恰恰是这种“如梦”的假定境界，才可能有诗。清代黄生（1622—1696？）《一木堂诗尘》卷一说：“极世间痴绝之事，不妨形之于言，此之谓诗思。以无为有，以虚为实，以假为真。”清代叶燮（1627—1703）《原诗》内编说：“唯不可名言之理，不可施见之事，不可径达之情，则幽渺以为理，想象以为事，惝恍以为情，方为理至事至情至之语。”这里的关键是想象，这和英国浪漫主义诗论家赫斯列特所强调的 imagination（想象）是一样的，不过比他早了一个世纪。没有想象，感情就很难变成柳树的艺术形象，所以说，进入想象就不是一个绝对的真的境界，相反，想象就是假定的。假定的境界，有什么好处？想象超越了客观的约束，情感就自由了：我说它是丝的，就是丝的；我说它是玉的，就是玉的；我说它是剪刀裁出来的，就是剪刀裁出来的。高尔泰先生的美学思想就是这样的，叫作“美是自由的象征”。

想象：假定、自由和苦闷的象征

想象就是假定，假定了，感情才有自由。自由在哪里？就是自由地超越柳树单一的真实啊，一元化的特征。想象是比赛特征的多元化。贺知章说过柳丝“万条垂下绿丝绦”，是特征，但是，他说过了就不能重复了。白居易怎么说，他说“一树春风万万枝”。白居易不敢重复，他虽然说，杨柳也是很茂密（“万万枝”），但是，他就不和“细叶”对比，而是突出它的质感，“嫩于金色软于丝”。虽然有心回避，毕竟联想同类（玉啊，丝啊和金啊，属于同一范畴），在想象的自由、在陌生化的质量上，见不得有多高明。李白想象的柳丝，气象就有不同凡响的自由了：

汉阳江上柳，望客引东枝。树树花如雪，纷纷乱若丝。

柳树的特点不再属于贺知章、白居易的玉、丝和金。值得称赞的是，第一，并不是所有地方的柳丝都拉长了，只有东面的，因为“望客”，在等待来自东方的朋友。第二，柳丝很不整齐，很“乱”，因为什么呢？显然是在暗示盼客的心情有点乱。李白的自由来自何处？来自自己对朋友的感情特征和由这种情感特征所选择的柳树的某一特征，而不是全部特征。同样的柳树，到了孟郊那里，想象又变异了，它不是很长的柳丝，而是相反：

杨柳多短枝，短枝多别离。赠远屡攀折，柔条安得垂！

长长的柳丝，到孟郊笔下变得很短了。为什么？送别朋友的痛苦太深，攀折太多。想象的自由是无限的，因为他自由情感和想象把柳丝变短了。柳树的形象是永远有创新余地的。

反过来说，如实反映生活，拘泥于柳树的特征，没有想象，感情就没有自由，就没有诗意了。

那位教授说这首诗的好处是它写出了“柳树的特征”。且不说他心目中柳树的“特征”

是客观的，不以主观意志转移的，因而是不自由的，就算就诗论诗，也没有说到位。让诗人激动不已的不是柳丝之茂密，而是它“万千”柳枝和“细叶”的对比。“不知细叶谁裁出？”这么精致，这么纤巧的细叶，这是谁精心剪裁的呀？这才是贺知章的发现，这才表现了诗人的想象的自由。通常情况下，到了春天，几乎所有的树枝长得非常茂密的时候，叶子也相应肥大，叫枝繁叶茂，可柳树的特征恰恰相反，柳枝非常繁茂，叶子却很纤细。这个特点让贺知章震惊了，诗人感到非常美。这种美，从科学的眼光来看，是由于春风吹拂，温度、湿度提高了，是柳树的遗传基因在起作用，是自然而然的。但诗人觉得这不过瘾，不自由，他觉得它比自然美更美，他想象经过精心设计，才可能比自然美更精致。这不是假的吗？按照美就是真，美和真绝对统一的理论，这不是不真了、不是不美了吗？但这是一种假定，是一种想象，诗人美好的情感只有通过想象才能自由地得到表现。这样惊人的美如果用科学来解释，用反映现实来解释，就不自由了，就不美了，就没有诗意了。

为了表现这种震撼心灵之美，诗人运用的语言是非常自由的。

如果我问，这首诗四句，哪两句更美呢？（众：后面两句。）是，后面两句，我完全同意。为什么呢？后两句更有想象力，感情更自由。把柳树变成碧玉，把柳树的枝条变成丝绦，这样的想象，在唐朝诗人中是一般水平。今天的诗人也不难达到这个水准。但“不知细叶谁裁出，二月春风似剪刀”，语言就精妙绝伦了。那位教授说，把春风比成剪刀，比喻“十分巧妙”，我就有一种抬杠的冲动。春风本该是温暖的，是非常柔和的，不会有像剪刀那样锋利的感觉。如果是冬天的北风——尤其是在长安——吹在脸上，刀割一样，那倒是可能。但诗人把它比作剪刀不但没有引起我们心理不安和怀疑，不觉得这样的想象很粗暴，相反，却给我们一种锦心绣口之感。

我说春风本来不是尖利的，有人可能要反驳，这是二月春风啊，春寒料峭嘛！这一点可以承认。但，为什么一定像剪刀呢？同样是刀，我们换一把行不行？菜刀，二月春风似菜刀。（众大笑，鼓掌）这就很滑稽，很打油嘛！这个矛盾要揪住不放，不能随便用“比喻十分巧妙”蒙混过去。这里有个艺术内行和外行的问题。剪刀行，菜刀不行，是我们伟大的汉语的词语联想“自动化”。因为前面有一句“不知细叶谁——裁——出”，注意到没有，这里有一个关键词，是什么？（众答：裁）对了，“裁”字和“剪”自动化地联系在一起，这是汉语的特点。如果是英语，不管是“裁”还是“剪”，都是一个字“cut”。如果要强调有人工设计的意味，就要再来一个字“design”。这样运用语言，在俄国形式主义者那里叫作“陌生化”。通常的词语，因为重复太久了，其间的联想就麻木了，“自动化”了，也就是没有感觉了。一定要打破这种“自动化”，让它“陌生化”一下，读者沉睡的感觉和情感才能被激活。但是，我要对俄国形式主义加上一点补充，“陌生化”又不能太随意，菜刀，也是“陌生化”呀，剪刀，也是陌生化啰，为什么剪刀就艺术，菜刀就不艺术呢。这是因为，裁剪，在汉语中是“自动化”的联想，但是，这种自动化，不是显性的，而是潜在的，在潜在的“自动化”暗示支撑下，显性的“陌生化”，才能比较精彩。

艺术的精致，就在于是一种情感的、联想的、语言的精致。这就能熏陶人的心灵，这就是一种心灵的享受，大自然是如此美丽，生活是如此美好，情感是如此自由，语言用得是如此惊险。这本身就有价值，不用依附到认识的、功利的价值上去，什么创造性的劳动之类，审美价值有它相对的独立性。被动地反映真实，就太理性了，情感就太不自由了，理性是理性了，可是压抑了情感，就没有享受了，就没有艺术的感染力了。

要进入艺术欣赏之门，一定要明确，所有的艺术都是假定的。从一幅画到一部电影，从一个演员到一首诗，都是假定的。就以谈恋爱为例，你真谈恋爱就不是艺术，是不欢迎旁听的，不欢迎参观的。（众笑）假假地谈恋爱，谈上半小时，那可不得了，得上一个奥斯卡奖啦什么的，可能声名大震，还能发一点财。（众笑）周迅啦，小燕子赵薇啦，有什么了不起？不就是会假假地谈恋爱嘛！（掌声）武松打虎，真打老虎不是艺术，如果现在放出一条老虎，让我打给大家看，没有一个人敢看，我肯定会输，输掉以后，我反正老了，无所谓了，你们就危险了。真的向日葵不是艺术，凡·高画个假向日葵可值钱啦。真的虾不是艺术，但齐白石画的虾并不完全符合真实，他给虾的腹足越来越少，最后只剩下 5 对，你去看看真虾，起码十几对！一斤真虾最多卖 100 块，挂起来，不用一个星期，就臭了；齐白石的假虾，越挂越香，挂上几十年，卖几十万啊！我们现在反对假冒伪劣，但是我们没有反对艺术的假定性。这是一个非常关键的问题。

假定就是想象，想象的自由是艺术的生命。

在表演艺术上，有两个流派。一个流派强调绝对的真实，俄国有一个斯坦尼斯拉夫斯基，他代表一个表演流派，有一种独特的理论就是追求生活的逼真的。他就认为艺术家，演员一上了台以后就应该把自我忘掉。比如我是一个教授，要演小偷，首先要把教授的感觉忘掉，尽量地进入角色，进入规定情境，想象自己是小偷，用小偷的感觉、小偷的眼睛和潜意识看世界，看见人家的钱包手就痒，偷了钱以后就有一种成就感。这一流派就是主张“忘我”。我们国家 20 世纪三四十年代成名的演员，包括金山、赵丹等，都受到他的影响。另外的一个艺术流派，是德国人领导的，还是个共产主义信奉者，叫布莱希特，他认为，艺术是假定的，是不能忘我的，他提出一个“间离效果”理论，要记住自我。同一个角色的生命，就在于我演和你演的不一样。我的自由和你的自由不一样。他是非常欣赏我们中国的京戏的。京戏非常伟大，背上插了几面旗就是千军万马，鞭子一甩，走了一转，已过了五十里了；一刀砍下去没有血，人却死了；酒杯拿起来，胡子还没摘酒就喝完了。

整个舞台就是假定的想象，不是写实的，“间离效果”，就是间离现实，间离了机械的真，才有艺术想象的自由。

这是两个流派，他们都有各自的道理，但是，追求“间离效果”的流派，可能更有道理。你们可以看到，越是到当代，艺术家越来越强调超越现实，间离现实，和现实的本来面目拉开距离。不管是绘画还是城市雕塑，不是越来越追求像，而是追求不像，追求抽象。这是一种历史的潮流，这种潮流不是偶然的，而是从艺术的内在矛盾中演化出来的。

有这样一个有趣的故事，法国作家司汤达写了一本书《莱辛与莎士比亚》，他说1825年在意大利的佛罗伦萨剧院里演出莎士比亚的悲剧《奥赛罗》。情节是一个非常英勇、正直、单纯的黑人将军奥赛罗娶了白人的妻子黛丝特蒙娜。有一个小人、坏人叫雅古，挑拨他们的夫妇关系，让奥赛罗相信黛丝特蒙娜有了外遇，以一个手帕做线索。奥赛罗信以为真，不能忍受妻子的越轨行为，最后把黛丝特蒙娜掐死了。演到高潮的时候，一个白人巡逻士兵，开枪把演员打死了。问他为什么要杀人，他说，我不能容忍一个黑人当着我的面把一个白人妇女掐死。他犯了两个错误，一是在法律上定性为杀人罪，是有意的谋杀。第二个错误是艺术上的，他以为艺术是逼真的现实，他不懂艺术是假定的，给你造成一种“逼真的幻觉”。逼真的但又是幻觉的。这个士兵，不懂这个道理，因而变成了罪犯。传说，那个死了的演员，就葬在佛罗伦萨，俄国导演斯坦尼斯拉夫斯基去悼念他，立了一个碑：这是世界上最好的演员。据说，碰巧，布莱希特也去了佛罗伦萨，他给这位演员也立了一个碑：这是世界上最坏的演员。你演的让别人忘掉了你是在演戏，没有一点间离效果，和现实一点距离也没有。把现实和艺术的想象混淆是最大的失败。所以说，从严格的理论上说，就是不能机械地把艺术当作真实的反映，我们要记住它是假定的、是表现人的内心真诚的。从方法上来说，要看它内在的矛盾，这叫作真假互补，虚实相生。

真善美的“错位”

上文那位教授信奉的，就是“美是生活”的（真）学说，来自俄国人车尔尼雪夫斯基1850年的大学毕业论文，而我前面所说的则是美是情感，根据的是康德的审美价值论。我之所以选择了它，是因为前者太机械了，把真看成是这个世界上唯一的、绝对的价值。事实上不是这样的，按康德的学说，价值应该有三种：真善美。这一点，下面再说。

康德没有解决的是，在艺术中，并不是一切感情都是美的。什么样的情感才是审美的呢？是特殊的、不可重复的感情，又是深刻的、藏在深层潜意识里的，甚至以智性为底蕴的。我们古典文论，说得更准确：一方面是陆机的文赋说，诗缘情；一方面更经典的是《诗大序》：“在心为志，发言为诗。”关键在于用什么方法来表现。用的不是生活的本来面貌，而是象征的、假定的形式。鲁迅翻译日本厨川白村的书，叫作《苦闷的象征》，也就说，美是苦闷的想象。说了这么多，无非就是说，美是真的观念，是不完全的。美是艺术家情志通过假定，想象的自由，超越现实，意蕴发生变异的，但是，美和真并不绝对矛盾，而是交叉的。这就是说，美和真二者之间的关系，用我的话来说，就是“错位”，并不是一个半径不同的同心圆，而是圆心有距离的，真善美，是三个偏心圆的交错。这是我的理论基础，有兴趣的同学可以参阅我的著作《美的结构》（人民文学出版社1987年版）和《审美价值和情感逻辑》（华中师范大学出版社2000年版）。我的意思是，三者，既不是统一的，又不是绝对分裂的，有部分的重合。如果是无限错位分裂，就可成为诲淫诲盗。如果完全统一，就可能成为抽象观念的图解。我们通常说，真善美的统一，有一种自动化的倾向，说这样的话，都不动脑筋了。其实，只要拿艺术作品来核对一下，不但真和美是不统一的，而且和善也是不统一的，真善美三者是“错位”的。[①]

① 参阅孙绍振：《文学性演讲录》，广西师范大学出版社2006年版，第55—65页。

审美与科学认识活动还有一个区别，就是它的非功利性，这一点是康德说的。[①]前面我们批评教授，说他有一种狭隘功利观念，就是凡是有诗意的，一定有教育意义，因而“二月春风似剪刀”，其教育意义就是鼓舞读者进行“创造性劳动”。善，最初级的意思就是有用，或者实用。实用的目的是固定的，而情感是自由的，所以实用是压抑情感的，如果拘于实用，就没有情感了。在这一点上，许多理论家搞得很乱，连鲁迅也有时有些混乱，他在《门外文谈》中说过这样一段话：

我想，人类是在未有文字之前，就有了创作的，可惜没有人记下，也没有法子记下。我们的祖先的原始人，原是连话也不会说的，为了共同劳作，必须发表意见，才渐渐的练出复杂的声音来，假如那时大家抬木头，都觉得吃力了，却想不到发表，其中有一个叫道“杭育杭育”，那么，这就是创作；大家也要佩服，应用的，这就等于出版；倘若用什么记号留存了下来，这就是文学；他当然就是作家，也是文学家，是“杭育杭育派”。[②]

鲁迅说得很生动，但是，从根本上来说，混淆了实用价值和艺术价值。真劳动的目的很明确，就是为了实用，喊出杭育杭育的声音，目的是了协调动作，是为了省力，这就不是艺术。只有劳动之后，大家聚集在河滩上，回想当时劳动的情景，假假的劳动，装得很像的样子，杭育杭育地喊，这才是艺术。在假定的劳动情景之中，情感超越了实用理性，才能自由，才可能达到艺术的境界。所以德国的莱辛，在他的《汉堡剧评》中，开宗明义就宣称：艺术乃是“逼真的幻觉”。在这一点上，中国的古典诗话比他早差不多一个世纪，就觉悟到了，黄生（1622—1696？）在《一木堂诗尘》卷一中提出诗乃“以无为有，以虚为实，以假为真”，这里的“无”和“有”、“虚”和“实”、“假”和“真”的对立统一和转化，比之莱辛彻底多了，“虚”者，“无”者，“假”者，都是“幻觉”，但是并不一定要“逼真”。

当然，人类不能光有情感的自由。人在共同的社会里获得生活资料，但不太充分，总是不够，那怎么办？我的情感（欲望）发作了，就去偷，去抢？这样的自由，不行。因为你妨碍了别人的自由。所以要有法律、道德。你不能一味地任情率性。你的感情虽然很好，但你不能妨碍别人拥有自己东西的自由。你自己有了孩子和老婆，你不能再自由地去恋爱。不然，法律要惩罚你。那是强制性的，你要有一种自觉，自己把自己管束住。这属于道德范畴。你的自由的情感如果不受道德理性管束，你这个人就是坏人了，是恶人了；如果你自己把自己管束住了，你就是好人了，就是有道德的人了。有道德叫善，没有道德叫恶。善的价值，它也是一种实用的价值，也是理性的。但是，道德是一种功利，目的理性化了，

① 参见康德著，宗白华译：《判断力批判》，商务印书馆 1987 年版，第 39 页。
② 鲁迅：《鲁迅全集》（第 6 卷），人民文学出版社 2005 年版，第 96 页。

想象就不自由了，和审美自由就有矛盾了。鲁迅在《诗歌之敌》里对此讲得非常清楚、生动。他说科学家和艺术家的眼光是不一样的。一切的花，都很美好，有诗意，但从功能来说，就是植物的生殖器官，不管披着多么美丽的外衣，也就是为了一个实用目的，就是受精。[①]在中国古典诗歌里，菊花的地位是很高的，陶渊明写过“采菊东篱下，悠然见南山”，表现了一种非常飘逸、清高、潇洒的境界。梅花呢，林和靖写它的形象是“疏影横斜水清浅，暗香浮动月黄昏”，表示文人品格高洁。如果完全从实用的眼光来看，植物的生殖器官跟诗意有什么关系呢？但用花来象征爱情，象征知识分子的品格，还是有它的价值。有时，还是独立的，并不一定依附于实用理性，艺术有艺术本身的价值，给它一个好听的名字，叫审美价值。

林黛玉哭得那么有诗意。眼泪有什么用处吗？没有。不但没有价值，而且有负价值，哭多了，把身体搞坏了。你想，她有肺结核，又有胃溃疡，又失眠，神经衰弱很严重，本该平静一点，有利于恢复精神和躯体的机能，增强爱情的竞争力。可她觉得那不重要，情感最重要，比生命还重要。她就伤心啊，哭啊，越哭，身体越不健康，在爱情上越没有竞争力。她哭得一点功利价值都没有，但审美价值就是这样哭出来了的，审美价值大大的。（众笑）薛宝钗不会为潜在的爱情而哭，因而很健康，但是，审美价值就小小的。（众笑）

传统的文艺理论只承认两种价值，就是认识理性和道德理性。对于审美价值，不是不承认，就是说用理性认识和功利价值包含了。但是，无数的事实证明，真善美是三种价值，三种不同的价值。这一点是康德提出的。在我们中国，首先把康德的学说介绍进来的是王国维，他在1906年就在《论教育之宗旨》中说：

> 人之能力，分内外二者：一曰身体之能力，一曰精神之能力……精神之能力中，又分为三部，知力、情感及意志是也。对此三者，而有真善美之理想：真者，知力之理想；美者，情感之理想；善者，意志之理想也。完全之人物，不能不具备真美善之三德。欲达此理想，于是教育之事起。教育亦分为三部：知育、德育（即意育）、美育（即情育）是也。[②]

但是，可能是太超前了，没有引起学界的注意，过了20多年，把这个观念说得通俗而透彻的是朱光潜先生。他在《我们对于一棵古松的三种态度——实用的、科学的、美感的》中这样说过：

> 假如你是木材商，我是一位植物学家，另外一位朋友是画家，三人同时来看这棵古松。我们三人可以说同时都“知觉”到这一棵树，可是三人所“知觉”到的却是三种不同的东西，你脱离不了你木材商的心习，你所知觉到的只是一棵做某事用值几多钱的木

① 参见鲁迅：《鲁迅全集》（第7卷），人民文学出版社2005年版，第5页。
② 王国维：《论教育之宗旨》，《教育世界》1906年第1期，第56页。

料。我也脱离不了我的植物学家的心习，我所知觉到的只是一棵叶为针状、果为球状、四季常青的显花植物。我的朋友——是位画家——什么事物都不管，只管审美，他所知觉到的只是一棵苍翠劲拔的古树。我们三人的反应也不一致。你心里盘算它是宜于架屋或者制器，思量怎么去买它，砍它，运它。我把它归到某类某科里去，注意它和其他松树的异点，思量它何以活得这样老。我们的朋友却不这样东想西想，他只在聚精会神地观赏它的苍翠的颜色，它的盘曲如龙蛇的线纹以及它的昂然高举，不受屈挠的气概。①

传统的文学理论中，有一个决定一切的价值准则，那就是真和假，非真即假。但是，面对朱光潜先生的这三种知觉（实际是康德的真善美的三种价值），按唯一的真假之分，这个裁判员是很难当的。是木材商错了吗？可对材质的鉴定，也是一门科学，是有客观标准的。是植物学家的知觉不真吗？好像更不敢这样说。那就只能说画家的知觉不真了。如果这样，就等于说取消了文学艺术。其实，这种困境暴露一度是主流的美学思想上的局限。在这种文学理论中，只有一种价值准则，那就是美就是真，假即是丑。此外还有“真情实感”论，属于主体表现论，不同于美是生活的机械唯物论的客体反映论，然而在强调真假的一元化方面，则是异曲同工的。和客观真实唯一的标准一样，主体感知也是非真即假，非美即丑。然而，在这三种态度中，画家的，肯定是最不符合松树的真实性，却最符合艺术想象的，最超越科学的真和实用的善的，因而，也是最美的。

三种价值，真善美是相互“错位”的。这一点本来是非甚明，但是，由于机械唯物论和狭隘功利论非常强大，到了具体分析作品的时候，就产生了硬把“创造性劳动”强加给贺知章的笑话。真与善的关系，实用价值和审美价值的错位，不弄明白，就可能连最常见的经典文本都难以作起码的阐释。例如，《诗经·卫风·木瓜》：

投我以木瓜，报之以琼琚。匪报也，永以为好也。

投我以木桃，报之以琼瑶。匪报也，永以为好也。

投我以木李，报之以琼玖。匪报也，永以为好也。

这么简单的几句诗，为什么成为经典，至今还能选入课本呢？关键就在于，这里表现了情感价值超越了实用价值。木瓜、木桃、木李是比较通常的瓜果，一次性消费的，而琼琚、琼瑶、琼玖在那个时代，则不但是异常珍贵的，而且是特别高雅的，不朽的。从实用价值来说，二者是不相等的。故诗反复曰：“匪报也”，不是报答，不是等价交换，而是表现情感价值，是永恒的（永以为好也），高于、超越于实用价值，这就叫作美。

欧·亨利有一篇著名的小说《麦琪的礼物》最能说明这个问题。

小说写一对夫妻，在圣诞节把自己仅存的最好的、最贵的财宝变卖了，买了礼物，奉

① 朱光潜：《朱光潜美学文集》（第2卷），上海文艺出版社1982年版，第448—449页。

献给自己的爱人。在一般情况下，所送的东西，应该是最有用的，才成为对方最珍惜的。如果小说按这样的思路，双方拿到对方的赠品，非常合用，一起欢喜不尽，这就不但没有《麦琪的礼物》这样的格调，而且连一般的小说的水平都没有了。为什么呢？因为，物质的满足，淹没了精神和情感，就会失去审美价值。我国古典小说《三言二拍》中一些劝善惩恶的故事，之所以煞风景，就是因为把实用价值和情感价值等同了，完全没有距离。当然，如果拉开距离到分裂的程度，如，欧·亨利换一种写法，夫妻双双买了礼物，根本就不实用，两个人都生了气，甚至吵了架。这样写，会不会更好呢？当然不会。因为，从价值观来看，完全分裂了，也是物质压抑了情感。

而这篇小说的情节却是：妻子把自己最值得骄傲的金色的头发卖了，为丈夫唯一值得自豪的怀表购买了表链，以为是对方最有价值的东西，结果却是丈夫为了给妻子美丽的头发购买发夹，把自己的表卖了，双方所买的，对于对方来说，都是最没用的东西，表面上看来是“愚蠢”的。而最后作者站出来说，恰恰是“最聪明”的，而且用《圣经》上，东方三贤人给刚刚诞生的小耶稣送的礼物来比喻。

从这里可以看出来，在欧·亨利的作品中显示了，如果丈夫的表没有卖掉，表链当然是很有价值的，如果妻子的头发没有卖掉，二者都是有价值的，价值就在实用性上。但是，小说情节提出的问题是，表链和发夹，均失去了实用价值，是不是就没有任何价值了呢？小说所强调的是：没有实用价值的东西还有另一种价值，那就是情感的价值，充分显示了深厚的爱情，是比之实用价值更高的价值。小说让我们看到，情感的价值的特点，它可以超越了实用功利。没有用的东西，可以成为很情感的载体。审美价值是不实用的，正是因为超越了实用价值才更为强烈，更为自由，更为生动。这是因为，在现实生活中，实用价值占着优势，它是压抑着、统治着情感的，情感是不自由的；而在文学想象中，情感却可以从实用功利中获得解脱，让心灵深处的情感获得自由。

从这里，可以看出，情感价值的超越和自由，或者说，二者错位的幅度与艺术感染力成正比。

《麦琪的礼物》的作者是现代美国人，《卫风·木瓜》的作者是古代中国人，虽然文化背景不同，但在审美价值观念上却如此相通，可以说，其间有着某种规律性。

《儒林外史》为什么只有《范进中举》脍炙人口呢？它的审美价值何在呢？我们拿它和原始素材对比一下，真与善（实用）的价值“错位”就可能一目了然了。原始文献是这样说的：江南有一个秀才，可能是无锡一带，也可能是南京，这个秀才中了举人，就狂笑不已，笑得停不下来。家里人很着急。听说高邮有一个姓袁的医生是个“神医”，就把秀才送到那里去医治。袁医生把脉后说这个病很危险，可能只有十几天的时间了，赶紧回家准备后事吧。秀才和他的家人吓得面如土色。袁医生又说，但是也还有一线希望，你们回江南的时候，经过镇江，那里有一个姓何的医生是我的朋友，我写一封信给你带去，你们到那里去试试。秀才的家人赶到镇江何医生家里，秀才的病已经好了。家人拿出袁医生的信，何医生见信上这样说，此人中举后，狂笑不止，心窍开张，不能回缩，吾乃惧之以死，经此一吓，可使得心窍闭合，及至你处，病盖可愈矣。何医生把书信给秀才看了看，秀才感激莫名，向北拜了两拜而去。①

到了《儒林外史》里的范进中举就和原本有了很大改变。改变在于何处？在于价值观念。原本是说医生很高明，他发现秀才的病不是一般的生理毛病，而是心理的毛病，不能用生理药方医治，而要给以心理的打击。如果把这个故事情节照搬到《儒林外史》里面，仍然是实用价值，只能说明医生的医术高超，属于实用理性价值。到了《儒林外史》里，人物的关系变了，根本就没有医生，却增加了范进的丈人——胡屠夫，他本来根本就瞧不起他的女婿，范进中了秀才后，胡屠夫态度略有改变，拿了两挂猪大肠前去祝贺，他的祝贺词，竟一点喜庆的话都没有，完全是一味数落、羞辱范进，说自己女儿嫁给他以后几年也吃不到几两油……范进想去考举人，没有盘缠，想向胡屠夫借一点，结果反被其大骂一顿，胡屠夫说范进也不撒泡尿照照自己的尊容——尖嘴猴腮，城里的举人老爷都是方面大耳的，是天上的文曲星下凡……把范进骂了个狗血淋头。等到范进中举了，疯了，这就等于是人废了。在此紧急关头，有人提议说找一个范进害怕的人打一耳光，说是根本就没有中举，一吓，就能好。让胡屠夫去打，他却不敢了，后来硬着头皮打了范进一巴掌，范进醒了。胡屠夫觉得自己打了文曲星，菩萨怪罪下来了，觉得自己的手有些疼痛，手指都弯不过来了，就跟人讨了膏药贴上。这就不再是医生的医术高明，而是人心荒诞，以喜剧性的荒诞来表现人的情感的奇观。对同一个女婿，胡屠户从物质的优越感、自豪感变成了精神的自卑感。不从实用理性中超越出来，进行自由的想象，就没有这样的喜剧性的美。

由于观念的混乱，不但一般读者不会享受经典的审美，而且一些专家，也对审美价值麻木了。比如，认为《范进中举》仅仅是批判了、讽刺了封建科举制度等等，完全忽略了它以喜剧性的荒谬调侃了人性的一种扭曲。人性扭曲到何种程度呢？女婿还是这个女婿，中了举人后，丈人就对他害怕了，以至于他的手在打了范进后竟有疼痛之感，并且弯不过来了。疼痛可能是生理上的，但弯不过来却是心理的恐惧造成的。这是非常喜剧性的，居然连很有学问的专家都感觉不到这种喜剧性的美妙。

---

① 原文载清朝刘献廷《广阳杂记》（卷四）：“明末高邮有袁体庵者，神医也。有举子举于乡，喜极发狂，笑不止。求体庵诊之。惊曰：‘疾不可为矣！不以旬数矣！子宜急归，迟恐不及也。若道过镇江，必更求何氏诊之。’遂以一书寄何。其人至镇江而疾已愈，以书致何，何以书示其人，曰：‘某公喜极而狂。喜则心窍开张而不可复合，非药石之所能治也。故动以危苦之心，惧之以死，令其忧愁抑郁，则心窍闭。至镇江当已愈矣。’其人见之，北面再拜而去。吁！亦神矣。”（李汉秋编：《儒林外史研究资料》，上海古籍出版社1984年版，第170页。）

恶不必丑，善不必美

大家都喜欢赵本山、陈佩斯演的人物。赵本山演的那个《卖拐》，那个人是个骗子，硬是把人家忽悠得迷迷糊糊的，把人家的钱骗走了，还弄得人家感谢他。这在生活中是很不善的，很不道德的，很恶的，很可恨的。但在小品舞台上，观众并不觉得他很可恨，反而觉得他很好玩，挺可爱的。因为我们看到他沉浸在自己荒谬的感觉境界里，他觉得自己骗人骗得挺有才气的，挺有水平的，挺滋润的。陈佩斯演的那个人物，一心要当正面英雄人物，可是不管怎么努力，到头来还是汉奸嘴脸毕露。还有那个小偷角色，对他未来的民警姐夫胡搅蛮缠，结果还是露出了小偷的马脚。小偷恶不恶？恶，但并不是丑的。这个人物作为艺术形象很生动，我们在笑的时候，感到他很可爱，很弱智，却很自作聪明。如果把这样的小品仅仅当作对小人、汉奸本性的批判，是多么煞风景呀！他们是小偷、骗子，但他们还是人，即使在做坏事，甚至沦落，但仍然有人的自尊，人的荣誉感，人的喜怒哀乐都活灵活现，并不因为他们是小偷、骗子，就没有自己的情感、幻想。我们在看过、笑过以后，看到的不是个别人的毛病，而是人的弱点，我们的精神就升华了，增加了对人的理解和同情。

审美是诗意的，但是，不仅仅是诗意的美的陶冶，而且包括对恶的审视。艺术上往往有这样的现象，就是写恶事，恶人，也以一种艺术的眼光去审视，这种恶事，恶人，就和丑拉开了错位，甚至变得可爱起来。

苏联戏剧大师、导演斯坦尼斯拉夫斯基，这个斯基，是俄国人名字中常见的：别林斯基，车尔尼雪夫斯基，奥斯特洛夫斯基，捷尔任斯基，等等，斯坦尼斯拉夫斯基，我前面提到过，是一个大导演，是一个很大的“斯基”（听众大笑）。他在导演莎士比亚的悲剧《奥赛罗》时，对演雅古的演员说戏。雅古是个坏人，他破坏了奥赛罗和黛斯特梦娜美好的爱情，导致奥赛罗把自己的爱人黛斯特梦娜杀死的悲剧。这个斯基，对这做过这样的阐释：

扮演雅古的演员必须感到自己是个挑拨离间的艺术家，是挑拨这一部门中的伟大导演，他不但为自己的恶毒计划而动心，而且也为执行这一计划的方式而动心。①

《三国演义》中写到曹操先误杀了吕伯奢一家八口，后来又明知吕伯奢是好心款待他，又把他杀了。明知错了，一错再错，不仅不忏悔，不难为情，还要宣言“宁叫我负天下人，不叫天下人负我”，为自己的坚决、果断地不道德而“动心”，而自我欣赏，为自己的不要脸，而感到了不起。《三国演义》，不但是让读者看到这样的丑恶，而且有一个潜在的眼睛，在引导着读者阅读这样的心理奇观，在字里行间，不动声色地让曹操的行为逻辑与读者的良知背道而驰，这在文艺心理学上叫作“情感逆行”，就是一味和读者的情感作对，让读者的良知受到打击，感到诧异，感到愤怒、痛苦。这就转化为艺术的享受，洞察人性黑暗，是一种痛快，这种痛快，因为，我们看到的不仅仅是曹操一个坏人，而是一个本来是主动去暗杀坏人董卓，逃亡路上被捕，又视死如归的热血青年，只因心理不健康（多疑），就转化为杀人不眨眼的血腥的屠夫。艺术表现了这种心理过程，揭示了人性黑暗。因而，我们的感受才结合着痛感和快感，亚里士多德的《诗学》中叫作“净化”，或者用音译叫作“卡塔西斯”，有人把它翻译成“宣泄”，我看把它理解成洗礼也可以吧。

这里的奥秘就是情感的全面（如正面、反面）熏陶。

在阅读作品时，面对反面人物，不一定是因为他在道德上很坏，很恶，而是因为其情感空洞，我们产生否定的感觉，往往是即使道德上很不堪，也引起我们强烈感染。

小孩子看电视往往问大人，某个主人公是好人还是坏人，这类问题有时很好回答，有时不好回答。越是简单的形象越好回答，越是丰富的形象越不好回答。这是因为形象越简单，情感价值与道德的善和科学的真之间的“错位”越小；形象越是丰富，意味着情感越是复杂，与善和真之间的“错位”就越大。曹禺《雷雨》中的蘩漪，是周朴园的妻子，与周朴园的大儿子周萍发生了感情，而且有了肉体关系，从某种意义上来说，这是乱伦，是恶。当周萍要结束这种关系，带着女佣四凤远走矿山，她为了缠住周萍，不惜从中破坏，甚至利用自己儿子周冲对四凤的爱情，强迫他出来插入周萍和四凤之间。单纯从道德的角度来看，蘩漪是有污点的，是恶的、不善的。但是在看完《雷雨》以后，观众和评论家却很难把她当作坏人看待。这是因为她在精神上受着周朴园的禁锢（虽然她的物质生活很优裕），她炽热的情感在这种貌似文明实则野蛮的统治下变得病态了，这就造成了她恶的反抗。她绝不为现实的压力而委屈自己的情感。她寻找情感的寄托，而且不把情感寄托当成可有可无的，相反她把她与周萍的关系当成生命。曹禺在她第一次出场时，对演员和导演

① 参阅孙绍振：《文学创作论》，海峡文艺出版社 2004 年版，第 507 页。又见孙绍振：《文学性讲演录》，广西师范大学出版社 2006 年版，第 437 页。

作出如下的分析：

> 她的脸色苍白，面部轮廓很美。眉目间看出来她是忧郁的。郁积的火燃烧着她，她的眼光常充满了一个年轻的妇人失望后的痛苦和怨望。……她的性格中有一股不可抑制的“蛮劲”，使她能够忽然做出不顾一切的决定。她爱起人来像一团火那样热烈；恨起人来也会像一团火，把人烧毁。

曹禺在这里所作的，并不是一种道德善恶的鉴定，而是对她情感世界的揭示。他不在乎她是好人还是坏人，甚至也不分辨她哪一部分行为是善，哪一部分行为是恶。对这些，作者自然是有某种隐秘的倾向性的，但那是一种侧面效果。作者正面展示的是这个人物的“郁积的火”，亦即受压抑的火，这种潜在感情是矛盾的：她外表忧郁，甚至沉静，而内在状态，却是以“不可抑制的‘蛮劲’”能够激发出“不顾一切的决定”，“她爱起人来像一团火那样热烈；恨起人来也会像一团火，把人烧毁”。不管这种“火”是纯洁的火，还是邪恶的火，都是人的生命的一种状态，而这种状态，人们往往习惯于从道德的善恶去判断，但是，曹禺在他的艺术境界中，把那些越出道德的恶，当作生命的一种扭曲，和观众、读者一起从另外一种价值观念去体悟，去发现，在这样的过程中，体验到生命的丰富和复杂。

情感的丰富和复杂的多方面、多维度的发现，就是美的发现。

一个普通的有道德善恶观念的人和一个有强烈审美倾向的艺术家的价值“错位”就从这里开始。艺术家并不满足于做出道德的和科学的评价，这不是他的主要任务，他追求的是在此基础上作出审美的评价。在艺术家曹禺看来，这个感情压抑不住，窒息不死，没有顾忌，一爆发起来就不要命，甚至在儿子面前都不要脸的女人才表现了女人的内在的冲动，才是一个充满了生命的女人，道德的恶就转化为艺术的美。而那个害怕自己感情的周萍，则是软弱而空虚的，他总是在悔恨中谴责自己的错误，他缺乏意志和力量，“他痛苦了，他恨自己，他羡慕一切没有顾忌，敢做坏事的人”。然而，这个不再敢做坏事的人，尽管在道德上是向善的，在情感上却是苍白的，在审美上是丑的。他肯定不是《雷雨》中的正面人物。

不把善和美的这种“错位”看得很清楚，是不能真正进入经典的审美境界的。

曹雪芹把林黛玉和薛宝钗放在对称的位置上。她们之间有对立，但基本上不是道德的对立，而是情感的对立。林黛玉的情况和蘩漪有一点相似，那就是林黛玉为情感而生，为情感而死，情感给她痛苦欢乐。

她的情感是这样敏锐，这样奇特，以至于她和她最爱的贾宝玉相处也充满了怀疑、试探、挑剔、误解，重复着自我折磨和相互折磨。这是因为她爱得太深，把情感看得太宝贵，甚至比生命更宝贵，她不能容忍有任何可疑的成分、牵强的成分，更不要说有转移的苗头了。曹雪芹让这样强烈的情感出于这样一种虚弱的体质，可能并不是出于偶然或随意，也许曹雪芹正是要把情感的执着和生命的存活放在尖锐的冲突中，让林黛玉坚决选择了情感之花而不顾生命之树的凋谢。

古希腊人把关于人的学问分为两类，一类是理性的科学，一类则是和理性相对的，包括情感和感觉的，翻译成英文叫作“aesthetics”。但是，关于科学理性的学问比较发达，关于情感和感觉的学问，好像比较逊色。直到后来鲍姆嘉登才把这门学问定下来。汉语里没有一个相对应的词语。日本人把它翻译成“美学”。但是，这也带来了混淆，给人一种感觉，似乎美学就只涵盖诗意盎然的审美，跟丑没有关系似的，好像没有什么审丑似的。这就造成了一种误导，大凡与美相对立的，往往就变成了恶。其实美的反面是丑，而善的反面是恶。

善的不一定是美的，恶的不一定是丑的。

薛宝钗是林黛玉的“对立面”，林黛玉是漂亮的、善的，那薛宝钗肯定是恶的吗？道德上一定是卑污的吗？其实，在道德上薛宝钗并无多少损人利己之心。有些研究者硬把薛宝钗描写成一个阴险的“女曹操”，和这一形象本身是背道而驰的。薛宝钗的全部特点在于她为了“照顾大局”而自觉自愿地，几乎是毫无痛苦地消灭了自己的情感，不管是她对贾宝玉可能产生的爱，还是对王夫人（在逼死金钏儿以后）可能产生的恨，她都舒舒服服地淡化掉了。她在人事关系上取得了极大的成功，她克制自己的情感，不让自己和任何人冲突，甚至把自己的青春和爱情都没有认真当一回事，让她假装成林黛玉和贾宝玉结婚，她也没有反抗，结果是她自己成了生命的空壳。和情感强烈但没有健康的美人林黛玉相反，她是一个健康却没有感情的漂亮女人。她时时要服食一种“冷香丸”，其实这正是她心灵的象征：香是指薛宝钗是很漂亮的，冷是指她没有感情，她虽然很漂亮，但情感已经冷了，没有生命了。没有感情的漂亮女人是不美的。美的反面不是长得丑，爱的反面不是仇恨，而是冷漠。一个人冷漠了，从审美价值来说，就是丑。

从这个意义上，我们可能会对周朴园有比较深刻的理解。许多评论说他是伪君子，这可能是把道德的恶和情感的丑混为一谈了。如果他仅仅是一个虚伪的人物，那只不过是说明他恶而已。但文学作品的价值追求，不在于善恶，更重要的在于美丑。其实，周朴园的丑并不在于他是虚伪的。恰恰相反，他是真诚地赎罪。曹禺自己说过，周朴园的忏悔在他自己是“绝对真诚的”。他保持鲁侍萍生产时房间的陈设，并不完全是摆样子，而是多多少少安慰自己。他见到鲁侍萍主动开出支票，不是空头支票，而是准备兑现的。问题在于，他真诚地相信，这张支票能顶得上 30 年情感的痛苦摧残。他把金钱——实用价值看得比情感——审美价值更重要，把实用价值放在了审美价值之上，这就叫丑，丑在明明是情感的空壳，却美滋滋地自我欣赏，自己觉得挺美的，完全是我们福建人所说的“臭美鸡蛋壳”。（众大笑）他不一定是善的反面——恶，他是丑。

把感情看得比命重要，是美，把感情看得不如一张支票，这就是丑。他越不虚伪，越是相信这张支票足以顶得上 30 年的痛苦。越是真诚，就越丑。套用一句经典的古话“无耻之耻，无耻矣”，更准确地说，周朴园是“无丑之丑，是丑矣”，丑到不知丑的程度，才是真正的丑。他的心灵完全麻木了，对情感空洞化了。

蘩漪是恶的，但从她对情感的不顾一切的执着，说明她还有美的一面。薛宝钗不是恶的，她在道德上，在实用理性上，没有污点，但她有丑的一面。说周朴园是恶的，并不一定比说他是丑的更深刻。这种丑，在他对待蘩漪的问题上，也同样得到充分的表现。他对蘩漪，从道德上来说，应该是善的，他请了德国医生（花了大价钱）为她看病。他逼迫蘩漪服药，是很“文明”的，最严重的，也不过是让大儿子下跪。在这方面，他并没有做任何缺德的事，所以称不上恶。但是，他所做的一切都是对情感的压制。他看不到妻子在精神上遭到自己的压抑已经变态。他跟任何人，包括自己的儿子和妻子，都没有感情的沟通。

他和薛宝钗一样是个感情的空壳。从这个意义上说，他是丑的，但是，并没有多少显著的恶。

用同样的道理，我们可以解释安娜・卡列尼娜与卡列宁的冲突，主要不是在道德上，更不是在政治上，而是在情感的生命上，也就是在审美价值上。卡列宁对安娜说：“我是你的丈夫，我爱你。”安娜的反应却是：“但是‘爱’这个字眼激起了她的反感”，她想：“爱，他能够吗？爱是什么，他连知道都不知道。”连爱都不会，这并不是不道德、不善，而是不美。卡列宁是丑的。这正是托尔斯泰修改安娜这个形象，找到安娜这个人物的生命的关键。在这以前，托尔斯泰原本企图把安娜写成一个邪恶的道德堕落的女人，而后来安娜却变得美了。安娜和渥伦斯基发生了关系，怀了孕，卡列宁并没有张扬，也没有责骂她。她在难产几乎死去时，卡列宁与渥伦斯基已握手和解了。她也表示：今后就与卡列宁共同生活下去，不再折腾了。可待她痊愈之后，她却感到，卡列宁一接触到她的手，她就不能忍受了。从实用理性来说，这不是理由，可是从情感的互动关系，从审美价值来说，这是很充足的理由。

情感的审美超越实用

从实践上来说，要把文学形象写得生动，有一个很简明的办法，那就是让情感的审美价值和实用功利价值“错位”，用比较通俗的语言说，就是拉开距离。当代著名作家张洁20世纪80年代初来到我们福建，住在我们福安市的闽东电机厂的招待所里。那天只有她一个人住在里面，她生病了。到了中午，她想，就算不下去吃饭也没人管她，但是，她还是去了，去得比较晚一点。到了食堂一看，没人，但一个大师傅在等着她，桌子上一个笼子，倒扣着，她打开一看，满满一碗面条。大师傅脸上的表情说明，他非常殷切地期待她吃得满意。可她刚吃了一口，就发觉这碗面非常糟糕，非常咸，咸得不能下口。她回头一看大师傅脸上的表情，只好装作很馋的样子，把面狼吞虎咽地对付下去了。第二天她想，昨天我去晚了，大师傅给我准备了难吃的面条，今天我早点去，可以自由挑选，准能避免那碗咸得要老命的面条。但她去了以后，又是笑容满面的大师傅，大师傅受到她昨天笑容的鼓舞，更大的一碗面在等着她。她只好硬着头皮又吃掉了。如是再三。说到这里，我请问诸位：文章写到最后，她离开这个招待所的时候，她说……她说……对了，她说什么？你们猜猜看。

（众：再也不来这个鬼地方了。笑声）

一个大师傅做的面很难吃，没有价值，这属于实用价值范畴。但大师傅对远道而来的客人那么主动殷切地关心，那么体贴，这种情感的价值要高于实用的价值。情感的价值是不实用的，但它是很美好的。武松打虎，当时，我们只从假定性来解释它，现在我们可以从审美价值和实用价值的错位来解释了。武松打虎的方法肯定是很不科学，很不实用的，没有读者会傻乎乎地向他学习打老虎的方法。人们读他，主要是因为这个超凡英雄的内心那种曲曲折折的鬼心眼，和我们是差不多的啊。我们不仅仅是认识了武松，而且认识了人，唤醒、体验、想象了自己生命的感觉。

人们不会分析作品的审美价值，往往是因为把这两种价值混为一谈了。而张洁之所以成功，是因为把三种价值拉开了距离，或者说把三种价值“错位”了。

这里我们还要补充一点。康德讲审美的情感价值，光是讲情感，这只是美学，可是从文艺美学来说，康德的学说似乎并不太完善。从文艺美学来说，光有情感还不一定有审美价值。从文学创作来说，作品要动人，不能是一般的情感，大家都一样的情感，而是那种个人的、有特点的、不可重复的、独一无二的情感。康德在这方面没有细细地分析，可能是他的历史局限。实际上，只要有一点创作经验的人就知道，大家都一样的情感是毫无个性的，是没有深意的，是很难感染人的。

怎样才能让感情有特点呢？一个土办法，就是让它超越实用价值。

同样写春天，孟浩然的《春晓》很简单：

春眠不觉晓，处处闻啼鸟。夜来风雨声，花落知多少。

就这么二十个字，流传了一千多年，为什么有这样强的生命力呢？如果按照传统的说法，它反映了春天的特点，写了鸟语花香。这样的解释很笨，而且诗里只有鸟语，根本就没有写到花香，相反写到花落。如果用审美价值来解释，那么它的价值在于情感，对春天的情感，关键在于很有特点。特点在哪里？春天来了，通常是用眼睛去看，去发现，“千里莺啼绿映红”“碧玉妆成一树高”“春色满园关不住，一枝红杏出墙来”，都是看到的，色彩非常鲜明。但孟浩然是怎么感觉到春天的呢？他不是用眼睛看到的，而是用耳朵听到的，“春眠不觉晓”，春天，睡懒觉，迷迷糊糊地听着鸟啼，很舒服地享受着春光啊。如果作者就这么写他的舒舒服服，这样的感情就没有多少特点了。英国有个诗人叫作纳什，Thomas Nashe，他也写过春天，Spring，就是一味的甜蜜：

Spring，the sweet Spring，is the year's pleasant king;
Then blooms each thing，then maids dance in a ring,
Cold doth not sting，the pretty birds do sing,
Cuckoo，jug，jug，pu-we，to-witta-woo！
The palm and may make country houses gay,
Lambs frisk and play，the shepherds pipe all day,
And we hear aye birds tune this merry lay,
Cuckoo，jug，jug，pu-we，to-witta-woo！

The fields breathe sweet，the daisies kiss our feet,
Young lover smeet，old wives a sunning sit

In every street，these tunes our ears do greet，

Cuckoo，jug，jug，pu-we，to-witta-woo！

Spring，the sweet spring！

一切都是美好的，花开四野，女郎舞蹈，百鸟欢歌，羊群嬉戏，牧童鸣笛，恋人相会，连老夫妇都晒太阳，大地呼吸着甜美的气息，每一条街道都在向我们的耳朵歌唱。就这么一直开心下去，是不是就是好诗呢？不。这种感情太一般了，太没有个性了，春天鸟语花香，读者早已知道了，没有什么可惊异的了。从头到尾，都是十分愉快，太单调了，单薄了，太没有变化了，太不丰富了。因而，这样的诗，只能给小孩子看看。

不怕不识货，就怕货比货。我们来看孟浩然听觉的特点，有文章分析说，“春鸟的啼鸣、春风春雨的吹打、春花的谢落等声音”，愉快的听觉，是同时的，在同一层次上的。其实并不是这样的，先是听到鸟啼之声，很愉快，接着不是现场听到，而是回忆起昨夜的风雨和花落，是不愉快的。春天的鸟叫得这么美，诗人的感情特点在于，他不是像小孩子一样，一味满足于开心的听觉，而是突然回想到了昨夜的风雨之声，摧残了花朵。如果要讲赏析，在这里，就要把听觉的特点，加以分析。一方面是闭着眼睛听鸟鸣，享受愉悦，这是非常 sweet（甜美）的，另一方面是瞬间回忆起花朵遭受摧残，这就不那么 sweet（甜美）了。整个诗歌的生命，就在这听觉的转换中。这个瞬间的转折，表现了诗人的敏感和人生感慨的独特。春天固然美好，但是，美同时也在消逝着，鸟鸣的美好恰恰是风雨摧残花木的结果。今晨的鸟鸣美好和昨夜的花落，矛盾而又统一，这就是感受的春天的独特性，正因为春光易逝，春光才弥足珍惜，诗人的心灵就是为那刹那间的回忆而微微颤动，这首诗才是富有个性的。有些赏析文章也提到“人生感慨”，但不能让人满意，除了它没有分清听觉的转折外，还因为它没有说清楚什么“人生感慨”。

丢开这么美好的享受，突然地引发了春光易逝、人生短暂的感觉。这惆怅的一闪念有什么用处？没有。但这是一种发现，对人心理的一种发现。这种惜春的感情是一个内心很丰富的人才有的，能够发现它，并把它表现得这么简洁的机遇是不多见的。那为什么它常常被人忽略了呢？因为它不实用。这个主题叫作惜春，产生了许多杰作，李清照那首著名的《如梦令》：

昨夜雨疏风骤，浓睡不消残酒。试问卷帘人，却道海棠依旧。知否？知否？应是绿肥红瘦。

情感就更加有特点了。惜春，担心、忧虑自己青春易逝。明明没有看花，却比人家看花的人，更有把握说，叶子肥大了，花却凋谢了。因为作者是个女人，她对青春的消逝特别敏感，特别伤感。乾隆皇帝写了几万首诗，至今没人记得一句；《唐诗三百首》里《春

怨》就4句，金昌绪留下来的诗就这么一首，但是却可以说千古不朽。

打起黄莺儿，莫教枝上啼。

啼时惊妾梦，不得到辽西。

这首诗写的是一个少妇，她的丈夫到辽西打仗去了，生死未卜。她夜里做梦，梦见什么？梦见自己跟丈夫欢会。当然，也可能不是夜里做梦，而是百无聊赖，白天做梦，都可以吧。可是黄莺一叫把她吵醒了，她非常恼火，怪黄莺把她的好梦惊破了，就要惩罚黄莺。这种情感是很有特点的。为什么有特点？因为它完全超越了实用。想念丈夫，到梦里去相会，这是空的，是不实用的，也不科学；赶走了黄莺有什么用？就是把黄莺打死了她老公也回不来。迁怒于黄莺是一点也不实用的，但由此表达的感情却很有特点，这个少妇的天真、任性以及她的无可奈何都表现出来了，很特别，带一点喜剧性、幽默感，感动了我们中国人一千多年。

所以，我们欣赏文学作品的时候有一个指导思想，就是以人的价值观念，审美的价值观念，人的情感的价值观念，人的自由、个性、想象的特殊逻辑为指导。我们的文学史就是对人性的探险的历程。我们从中可以看到人变得越来越深邃，越来越复杂。我们作为当代的大学生，应该达到一种先进的文化水平，我们在工作过程中，遇到的人，都是很特别的，因为，都不完全是理性的，都是有着独特的、独一无二的情感逻辑的，可以说都是怪怪的，都像赵本山、陈佩斯演的那些个角色，类似曹操、胡屠户、周朴园这样的心态，和人谈恋爱的，往往又是林黛玉、繁漪这样的人物，你就不会大惊小怪，人就是这样的。要是他一点不怪，百分之百地理性，他就是机器人。因为怪怪的，他才是人，而不是机器。对这么丰富的人，我们不能只有科学的、客观的、理性的价值观念，还要有审美的情感的价值观念。也就是说，不但有是非观念，像孔夫子所说的“见贤思齐焉”，向好人好事学习，对他们崇拜有加，而且要有悲悯之心，遇到有毛病的，有缺点的人，除了有是非判断，千万不要忘记了，他们也是人，他们的毛病是人的毛病。对他们要有同情心，在他们的毛病背后，在他们的自以为是、自以为怪可爱的背后，看出一点人性，也就是人的最后的自尊，还有最起码的精神底线。只有胸怀博大的人，身处高度审美境界的人，才能在他们猪八戒式的自鸣得意自我折腾中，看出他们的可悲、可怜，同时也看出他们的可爱。

第三辑　经典阅读的理论建构

作者中心论的偏颇

文本阅读占据语文课堂绝大部分课时，然而百年以来阅读的低效和无效，不管是内地、台湾和香港，都没有得到根本的解决。其危害之烈，不能不令人扼腕。普遍存在的现实是，学生对课文“一望而知”，教师在学生已知的话语上平面滑行，从已知到已知，等而下之者，人为制造混乱，纠缠不休，教者殚精竭虑，学者费神无补，积弊之深，非难返可以一言以蔽之。

多年来教学改革五花八门，花样翻新，然未能改变“语文课上和不上一个样”的普遍抱怨。有识者不能不从深层价值观念和方法上进行反思。

阅读为了解读，解读的关键在解密，解密纷纭，不一而足，乃有准则之争。

其影响最大者为作者中心论。

在西方文论史上，特别是浪漫主义时代，曾经独霸一时，此说之核心乃在以作者之写作意图为准。在中国古典文论中，亦有“知人论世”之说。当然不无道理。但是，作为一种理论，走向极端，西方文学研究一度为作者传记研究所代替。到 20 世纪中叶，美国乃有新批评派抗流而起，认为作者之意图，往往在作品中不能实现，产生“意图谬误”（intentional fallacy）[①]。此论甚为精辟。作者之思想、传记并不等于作品。作品中之自我亦不等于生活之自我。布封之名言，“风格就是人”，实颇片面。作品中之自我，乃艺术化了的自我，余光中先生说，作品中之自我乃是作者希望之自我。故更全面地观察，新批评所说“意图谬误”，是只知其一，殊不知其二乃是意图升华。如范仲淹“先天下之忧而忧，后天下之乐而

---

① “意图谬误”（intentional fallacy）是美国新批评家维姆萨特和比亚兹来提出来的。他们认为这是“a confusion between the poeman ditsorigins... it begins by trying to derive the standard of criticism from the psychological causes of the poem and ends in biography and relativism.”参阅 The Verbal Icon. 1954. Rpt. in *The Critical Tradition: Classic Texts and Contemporary Trends*. Ed.David H.Richter. Boston: Bedford, 1998. p.748–756.

乐”，实际上不可能有确信天下人都快乐的一天，也就是说，在任何条件下，永远没有快乐的可能，这显然是现实中的人都无法做到的。这只是身处贬抑的范仲淹的自我勉励，乃是他的人格理想。当然，还有一种作家的自述，则明显有些自恋。李白自诩“奋其智能，愿为辅弼”，其实李白哪里有当宰相的才能！其为永王璘征召之时，还大言不惭，说自己在军事上的才能堪比谢安（但用东山谢安石，与君谈笑净胡沙）。其结果却是当了俘虏。杜甫比起浪漫的李白性格上要朴实一点，但是，在说到自己政治有“致君尧舜上”的才能，未免夸张过甚。当然，此仅一极端。处于另一极端者，乃为自谦之词。王维自述“宿世谬词客，前身应画师”，说自己被当作诗人是俗世之见，自己最大的成就是在绘画上。王维的确在绘画上有高度成就，但是，却不能否定其在诗歌上的创造，不论在歌行、绝句和律诗方面，堪称全面发展。有唐一代，仅列李白、杜甫之后，当在白居易之前。更有一种忏悔录性质之作品，实际上把自我写得比生活中更不堪。一类如奥古斯汀和卢梭之《忏悔录》、郭沫若《三叶集》（中之自述部分），郁达夫《沉沦》等，二类为幽默性质之作品，如柏杨、李敖、林语堂、梁实秋、余光中、贾平凹幽默散文中之自我调侃，不怕丑，甚至不怕恶，以自我贬低表现心胸坦荡。

一般西方文论认为，自“意图谬误”之说起，作者中心论遂走向式微。其实俄国早在20世纪初，就有作家之世界观与作家之创作方法矛盾之说。如巴尔扎克在法国大革命时期，为保皇党，即所谓正统派，同情在贵族一方，但是，他遵循现实主义创作方法以“写真实”为务，号称自己为时代的“书记”，故不能不违背自己的政治倾向，“真实地”表现出贵族的没落和精神的崩溃，同时不得不展示第三等级新兴的、暴发的资产阶级的胜利。不管是美国的还是俄国的理论，其旨归都在于分析作家主观与作品实际之间的复杂矛盾。作家的意图，哪怕是用文字直接表达出来的意图，和作品的实际之间，往往并不完全符合。《红楼梦》第一回作者借空空道人之口对《红楼梦》这样概括：

> 空空道人听如此说，思忖半晌，将《石头记》再检阅一遍。因见上面虽有些指奸责佞贬恶诛邪之语。亦非伤时骂世之旨。及至君仁臣良父慈子孝，凡伦常所关之处，皆是称功颂德，眷眷无穷，实非别书之可比。虽其中大旨谈情，亦不过实录其事，又非假拟妄称，一味淫邀艳约、私订偷盟之可比，因毫不干涉时世。[①]

如果依作者中心论，天真地相信作者的自白：“君仁臣良父慈子孝”，怎么去解释贾宝玉和他父亲的尖锐冲突，最终拒绝当挽救家族政治、经济、道德危机的接班人，去当了和尚？如果把“称功颂德”的话当真，那书中揭露的一系列官场黑暗如何理解？如果拘于“不干涉时世”“非伤时骂世之旨”的声明，就不可能看出书中贾府由盛而衰，乃至抄家没

① 冯其庸：《脂砚斋重评石头记汇校》，第一册。

落，贵族群体精神腐败，一代不如一代，后继无人的严重危机。文学批评史上无数事实证明，品评经典作品的价值，往往并不能以作家的自白为唯一根据。在托尔斯泰的《复活》中，作者直接引马太福音“申冤在我，我必报应”，勿以暴力抗恶，但是，革命家却从中看出托尔斯泰是“俄国的镜子”：反映了俄国革命的特点和弱点。如果，一味满足于托尔斯泰的直接宣言，则文学解读将无所事事。鲁迅说自己写小说，旨在暴露“病态社会不幸的人生”以引起疗救者的注意。但是，他的《社戏》却没有什么不幸的人生，有的只是农村从老人到孩子的诗意的、纯洁的人情。就是作家对自己艺术理想的直接表述，也往往并不准确，李白甚赞“清水出芙蓉，天然去雕饰”，这只能解释他作品的一部分，另一部分，如《蜀道难》《梦游天姥吟留别》那样的华彩和渲染，则以赋体的铺张炫耀其锦心绣口为特点。杜甫在上书皇帝时称自己的作品“沉郁顿挫”，其实也还有“穿花蛱蝶深深见，点水蜻蜓款款飞”这样秀丽的清新之作。

之所以产生这样的现象，是由于文学形象是一个现实生活和作家的感性、智性和理性以及形式规范的三维结构，实乃无限丰富，无限奇妙，无限独特，不可重复的、唯一性的有机体，要对这样的有机体，就是作家本人，企图以简单的理性话语作穷尽的表述，几乎是不可能的。其难度正如以有声语言对无声之画作表述，故有“形象大于思想”之说。对经典作品的解读往往不是一人、一个时代所能完成的，说不尽的莎士比亚，说不尽的《红楼梦》，说不尽的鲁迅，说不尽的《背影》，说不尽的《再别康桥》等，每一个时代都免不了要把最高的智慧奉献上经典解读的历史祭坛。从这个意义说，作家的直接表述往往只能触及其意识到了的理性话语所能达到的部分。这个现象似乎不可思议，其实并不神秘。曹禺在《雷雨》序中把这种现象比喻为母亲无法以理性语言概括孩子的特点：

> 我爱着《雷雨》如欢喜在融冰后的春天，看一个活泼泼的孩子在日光下跳跃，或如在粼粼的野塘边偶然听得一声青蛙那样的欣悦。我会呼出这些小生命是交付我有多少灵感，给予我若何的兴奋。我不会如心理学者立在一旁，静观小儿的举止，也不能如试验室的生物学家，运用理智的刀来肢解分析青蛙的生命。这些事应该交与批评《雷雨》的人们。他们知道怎样解剖论断：哪样就契合了戏剧的原则，哪样就是悖谬的。我对《雷雨》的了解，只是有如母亲抚慰自己的婴儿那样单纯的喜悦，感到的是一团原始的生命之感。我没有批评的冷静头脑，诚实也不容许我使用诡巧的言辞，狡黠地袒护自己的作品。所以在这里，一个天赐的表白的机会，我知道我不会说出什么。这一年来批评《雷雨》的文章确实吓住了我，它们似乎刺痛了我的自卑意识，令我深切地感触自己的低能。我突地发现它们的主人了解我的作品比我自己要明切得多。他们能一针一线地导出个缘由，指出究竟，而我只有普遍地觉得不满，不成熟。每次公

演《雷雨》或者提到《雷雨》，我不由自己地感觉到一种局促，一种不自在，仿佛是个拙笨的工徒，只图好歹做成了器皿，躲到壁落里，再也怕听得雇主们恶生生地挑剔器皿上面花纹的丑恶。……累次有人问我《雷雨》是怎样写的，或者《雷雨》是为什么写的，这一类的问题。老实说，关于第一个，连我自己也莫名其妙。第二个呢，有些人已经替我下了注释。这些注释有的我可以追认——譬如"暴露大家庭的罪恶"。但是很奇怪，现在回忆起三年前提笔的光景，我以为我不应该用欺骗来炫耀自己的见地，我并没有显明地意识着我是要匡正讽刺或攻击些什么。也许写到末了，隐隐仿佛有一种情感的汹涌的流来推动我。我在发泄着被抑压的愤懑，毁谤着中国的家庭和社会。然而在起首，我初次有了《雷雨》一个模糊的影像的时候，逗起我的兴趣的，只是一两段情节，几个人物，一种复杂而又原始的情绪。①

曹禺说得不但坦率而且很到位，作家是偏于感性的，对作品做理性的概括，非其所长，因其爱作品如爱亲生的孩子，故难以对之做周密的理性概括，不可能有心理学者"静观"的"冷静"，也无力如科学家以"理智的刀来肢解分析"孩子的"生命"。他毫不讳言自己"没有批评的冷静头脑"，评论的事"应该交与批评《雷雨》的人们"。他坦承批评家"了解我的作品比我自己要明切得多"。曹禺自述在写作时，只是隐隐仿佛有一种"情感的汹涌的流""发泄着被抑压的愤懑，毁谤着中国的家庭和社会"。孕育《雷雨》时，逗起他的兴趣的，"只是一两段情节，几个人物，一种复杂而又原始的情绪"。艺术家曹禺最初"并没有显明地意识着我是要匡正讽刺或攻击些什么"。但是，批评家分析出"暴露大家庭的罪恶"他坦承"可以追认"。

这在文学理论界文学批评界，已经是历史的共识，但是，在语文教育界却相当隔膜，以致内地20世纪80年代高考现代文阅读中，有过作者意见与考试答案不合，却遭到嘲笑的事例。这样的事情，这几年已经在理论上得到澄清，但是，在实践中不管是在内地还是在港台，还没有在课堂上得到真正的落实。在内地，介绍作者生平及写作背景资料压倒了文本分析，可谓滔滔者天下皆是；在台湾，许多教学参考资料，巨细无遗，然而往往局限于作家生平；在香港，对于文本解读不得其门而入者乃提出阅读当以作者之比较为上。诸如此类，都是作者中心论之流弊。冰冻三尺，非一日之寒，欲除此弊，最起码的条件就是从理论上做全面的启蒙。

① 曹禺：《雷雨》，人民文学出版社1994年版。

读者中心论的偏颇

作者的陈述并不一定能够成为衡量是非的准则，倒是批评家的论述，可能更有合理性。这表面上看来近于悖谬，却有学理的根据。文本解读，核心是“文本”。在英语里是 text，原来都是正文、本文、原文的意思。text 作为学术话语，而不是一般地说是作品（work）就隐含着对之有多种解读的意思。文章写成以后，作家就退出了，留下的只是一种召唤读者记忆、经验、精神的框架，其内涵并未最后定型，只有经过读者心灵的输入，才能受孕投胎成形。解读并不仅仅是被动的接收，而且是主体的“同化”[①]，不同时代，不同文化背景，不同经历，不同素养，不同价值取向的读者的主体不同，就是同一时代，同一文化背景者，也有个性之不同，甚至同一个体在不同心境下，“同化”（受孕）的结果也是各不相同的。按这种理论，文本的意义，就是由读者决定的。“一千个读者，有一千个哈姆雷特”[②]，一万个读者就有一万个孙悟空。

读者中心论认为：作品写出来，实际上还是半成品，读者解读，并不是被动地接受信息，而是主动地融入，以自己的经验激活文本。一切由读者决定。既无真假，亦无高下，更无深浅之分。这就是 20 世纪末内地教育界引进的所谓“多元解读”说。在教学实践中，多元解读被极端化，解读的无政府主义甚嚣尘上。

读者中心论在德里达、伊格尔顿、乔纳森·卡勒等权威的鼓吹下，从否定文本到否定文学一时风靡全球，酿成了文学理论，特别是文本解读的空前危机。国人对之不察，反而望风景从，推波助澜，不承认独立于读者之外的作品，从而也就不承认统一评价，盲目的“多元解读论”实际成为文学解读的虚无主义。

---

① 这里用的是皮亚杰发生认识论的术语，assimilation。与这个术语类似的还有贝塔朗菲的“同化”。最初是从生物学意义上提出的。如羊吃草将草同化羊的机体。

② 这句话在许多英语文章被说成是莎士比亚说的，但是似无根据，事实上，是英语的一个成语（idiom）。

读者中心之说，在美学上，属于接受美学，在解读学中，属于读者主体决定论。当然，对于长期一元化的机械唯物论和狭隘功利论的霸权统治来说，这种处于学术前沿的历史相对主义，带来了颠覆性的冲击，令人大开眼界。但是，这种理论总体来说，像一切理论一样，具有历史和逻辑的片面性，国人在接受的时候，又将其片面性扩大了。针对这种情况，福建师大文学院赖瑞云教授在他的《混沌阅读》中提出“多元有界”，读者主体是相对的，“一千个哈姆雷特，还是哈姆雷特，不可能是李尔王或者贾宝玉”。[①] 近年他又进一步指出，不管有多少哈姆雷特，解读追求的是其中最哈姆雷特的，防止非哈姆雷特、假哈姆雷特干扰了阅读的视线。

其实，所谓多元，乃是多个一元。一元的精神在于以统一的观念系统解读全文，而不是只从片段提出随机的感想。误解了多元乃是多个一元的系统性，造成了课堂上许多混乱。如一些学生振振有词地提出：愚公何必移山呢？把屋子移到山的前面去就是了；又如，凭借如此低下的手工业生产技术（锄头、扁担、畚箕），不可能完成改变大自然的任务；再如，就算是把山移了，把山丢到海里，也是生态灾难；还有愚公自信其子子孙孙万世不息地挖山不止，完全是空想，没有效益，没有饭吃，不能养活老婆孩子，必然无以为继，等等。貌似头头是道，但是对于文本，只能说是文不对题。解读历史经典的最起码的原则，就是回归历史语境对全文做系统的解读，脱离了历史语境，无视于全文，用当代观念强加于古代经典，把历史经典看成是一堆垃圾，实际上是一种幼稚病。解读文本，分析文本，只有从文本的具体情节和细节中提出问题，才能进入文本，不从文本中提出问题，远离文本的系统性，对文本的核心价值，不但没有深化之功，相反只能造成歪曲。

严格从文本历史性出发，《愚公移山》的基本价值是一望而知，那就是赞颂其坚韧不拔的意志，这是光凭感性就能明确的。但是，感知，是朦胧的结论，而解读就是要从感性上升为理性，把朦胧的感知变为系统的语言，把理论的结论转化为在具体分析中层次的深化。深邃的历史分析，只能从文本的语言之中系统地、层层深入地提出问题。

第一个层次，是愚公和智叟的矛盾：山之巨大与人力之微小。

---

① 赖瑞云：《语文课程理论与应用》第 113 页处注明，参见童庆炳《文学理论教程》第 430 页，高等教育出版社 1998 年版；《混沌阅读》2010 年重印修订时，加注引述了童著中的原文，并做了与童著有所区别的说明，《混沌阅读》2010 年版第 286 页注①表述如下：“此话出处为童庆炳《文学理论教程》第 430 页，原话为：即在正常情况下，不论如何异变，总会含有“第一文本”潜在意义的某种因素，而不会是无中生有。比如尽管“一千个读者会有一千个哈姆雷特”，但在这一千个读者中，所了解到的毕竟还是哈姆雷特，而不会是别的什么人。拙著初版亦为“不会把它读成李尔王”，但拙著这段话强调不能乱读，也不能只是“某种因素”，故将“不会”改成“不应”。（《混沌阅读》2010 年版，第 286 页，正文的表述为：“有界现象另一个注意之点是，多元解读不是乱读。‘一千个读者有一千个哈姆雷特’，不管怎么还是哈姆雷特，不应把它读成李尔王。”）

第二个层次，是愚公认为山虽然大然而有尽，而人却子子孙孙无穷。

仅仅从这两个层次来说，文章总体倾向是赞美愚公的奋斗精神的，但是，愚公必胜，并不是必然的。到了第三个层次，情节发展的高潮——矛盾转化了，显示出愚公的乐观其实是空想，是真正有点“愚”的，而智叟却真正有点“智”的。因为最后把山移走的并不是愚公和他的子孙，而是操蛇之神命令“夸娥氏”之二子。这个夸娥氏，当然是个大力神了。这就说，把山移走的，并不是愚公和他的子子孙孙。

但是，第四个层次，矛盾又转化了，这次转化，不是在情节的表层，而是字眼的底层。

这个字眼就是“夸娥氏”。甘肃《天水师范学院学报》上有文章考证出来，在古代汉语中，“夸”者，大也，“蛾”者，蚁也。[①]从字面上看，这是个大蚂蚁之神，但是，不管有多大，比之太行、王屋二山，也是极其渺小的。可就是这个渺小的蚂蚁，却有着伟大的力量，把愚公都移不走的山给移走了。从这里，可以看出来，《愚公移山》是一首大蚂蚁移山精神的颂歌。

但是，光是看到这一点，对于这个文学经典的解读来说，还是有盲点。这个盲点就隐藏在“愚公”和“智叟”的命名上。

文本明明是赞美愚公的颂歌，可是人物的命名却用了带有贬义的“愚”，相反，文章是批判那个自作聪明的反对派的，可给他的命名却是带着褒义的“智”。要深入阐释“愚”字和“智”字，就不能满足于直觉，只有通过分析，揭示表层和深层内涵的矛盾。其实，这个矛盾，早在晋朝张湛的注释中就感觉到了：“俗谓之愚者，未必非智也；俗谓之智者，未必非愚也。”[②]这就是说，字面的“愚”和“智”和内在的含义恰恰相反，这是一种反讽修辞，这就是说，在愚公移山的颂歌中，还隐含着反讽。但是，命名的内涵并不完全是反讽，还有赞颂。愚之贬义，又与“公”之褒义结合，智之褒义又与叟之贬义结合，构成反讽与颂歌之交融。

表现英雄主义的崇高颂歌，对鼠目寸光的反讽在词语的命名上结合得这样天衣无缝，如果不敢说后无来者的话，至少可以说是前无古人。文本中颂歌与反讽的统一，明明就在文本中，为什么几千年来成为盲点呢？

这不能简单地归结为千年来读者的粗心，而是由于人类阅读心理的某种局限。

---

① 李子伟：《夸蛾氏——蚂蚁神》，《天水师范学院学报》2003 年第 6 期。

② 刘思远：《为愚公移山正名》，《语文教学通讯》2009 年第 17 期。

读者心理的封闭性

读者中心论把阅读心理设想为绝对开放的，但是，这并不符合实际。人的大脑，并非英国古典哲学家洛克所设想的那样，是一块白板；也不像美国现代行为主义者所说的那样，外部信息对感官有了刺激，就会有相应的“反应”。观察并不是机械的反映，它不同于观看，而是有目的的，目的就是主体的预期，没有预期，往往就视而不见。这是人的一种局限性。预期，从某种意义上说，就是感官的选择性，感知只对目的开放，其余则是封闭。预期中没有的，哪怕明明存在，硬是看不见。福建漳州南山寺，有个挺古老的泥菩萨，传说当年雕塑师很自信，说塑成以后，完美无缺，如能挑出毛病，分文不取。有关官府发动百姓参观，都挑不出毛病，一个小孩子却看出来了：手指太粗，鼻孔太小，要挖鼻孔怎么办？为什么明摆着的毛病大人看不出，小孩子却一目了然？原因就在于小孩有挖鼻孔的兴趣，有这个预期，大人没有。和心理预期的封闭性相联系的，还有主观的同化，或者叫投射性。明明没有的东西，因为心里有，却看见了。郑人失斧的故事说，斧头丢了，怀疑是邻居偷了，去观察邻居，越看越像小偷；后来斧头找到了，证明不是邻居偷的，再去观察，就越看越不像小偷。这里有心理学的深刻奥秘。按皮亚杰的发生认识论，外部信息，只有与固有的心理图式（scheme）相通，才能被同化（assimilation），才有反应，否则就视而不见，听而不闻，感而不觉。相反，心理图式已有的，外界没有，却可能活见鬼。当然，也不能因此而悲观。人就不能突破自己的局限了吗？不，人的心理图式，在其边缘上，也有开放的可能。在新颖刺激反复作用下，就会发生调节（accommodation）。

阅读的目的本来是要接受文本中新的信息，但是，人的心理局限却使得人看到的恰恰是自己已知的。

故《周易·系辞上》曰：“仁者见之谓之仁，知者见之谓之知。”黄宗羲（1610—1695）在《明儒学案》中引王阳明说“仁者见仁，知者见知，释者所以为释，老者所以为老”[①]。张献翼在《读易记》中加以发挥说：“唯其所禀之各异，是以所见之各偏。仁者见仁而不见知，知者见知而不见仁。”[②]李光地在《榕村四书说》中更进一步点明此乃人性之局限：“智者见智，仁者见仁，所禀之偏也。”[③]仁者的预期是仁，就不能看到智，智者的预期是智，就不能看到仁。智者仁者，则不能见到勇。预期是心理的预结构，也是感官的选择性。

贾宝玉第一次见到林黛玉，明明是从来没有见过，却硬说，这个姑娘我见过的。

这是人类心理的局限性，对于这样的局限性，除了承认以外别无选择。读者不管主观理论上多么热衷于开放，但是，实际上，总是免不了有相当的封闭性。解读是读者和文本的对话，两个主体之间的封闭性和开放性不可能没有搏斗，完全排除了文本主体对解读主体的制约，必然误入歧途。鲁迅针对此等现象曾经说过，一部《红楼梦》，“经学家看见《易》，道学家看见淫，才子看见缠绵，革命家看见排满，流言家看见宫闱秘事”。[④]很显然，这样的读者所看到的并不是《红楼梦》，而是他们自己内心的现成观念。这种现象并不是个别人的怪异，而是人类心理的普遍弱点。我们把这种弱点叫作人类心理的“封闭性”。凭着这样自发的封闭性，只能从已知到已知，是不可能读出文本的奥秘来的。

把读者主体绝对化，鼓吹超越文本的自发主体性，把尊重学生主体性无条件地放在首位。这就产生了两个原则问题：第一，完全排除了文本主体对阅读主体的制约；第二，对阅读主体，其心理图式的封闭性和开放性缺乏分析，对主体的封闭性没有起码的警惕。这就在理论和实践两个方面陷入盲目性。主体性像任何事物一样，是可以分析的，至少可以分为自发和自觉的两个层次。不加分析的主体，不能不是自发的，庸俗的。放任庸俗主体性自流，在当前阅读教学中，比机械唯物论，具有更大的欺骗性和破坏性。全国各地课堂上违背文本主体的奇谈怪论层出不穷，其理论根源盖出于此。什么《背影》中的父亲，“违反交通规则”啊，向祥林嫂“学习拒绝改嫁的精神”啊，《皇帝的新装》中的骗子是“义骗”啊，《愚公移山》是破坏生态环境啊，不一而足。这一切说明，学生主体图式中的当代生活经验和价值的封闭性压倒了开放性，造成了对经典文本的肆意歪曲。

对此等谬种流传，大学的中文系要承担主要责任。有一位权威教授在《〈咏柳〉赏析》中说，这首诗的好处在于：第一，“碧玉妆成一树高，万条垂下绿丝绦”，表现了“柳树的特征”，不但写了柳树而且歌颂了春天；第二，从“二月春风似剪刀”，“歌颂了创造性的劳动”；第三，这个比喻十分巧妙。一个唐朝贵族，他的脑袋里会有“创造性劳动”吗？“创

---

① 《四库全书》，传记类，总录之属，《明儒学案》（卷十），上海人民出版社。

② 《四库全书》，易类，《读易纪闻》（卷五），第五章，上海人民出版社。

③ 《四库全书》，四书类《榕村四书说》，中庸章段，上海人民出版社。

④ 鲁迅：《〈绛洞花主〉小引》，《集外集拾遗补编》，《鲁迅全集》（第八卷），人民文学出版社 2005 年版，第 179 页。

造性劳动”，是权威教授自己心理图式中固有的，是他从20世纪50年代苏联式的文艺理论的狭隘社会功利论中衍生出来的。至少“劳动”这个词，当时还不存在，作为英语work的对应，是日本人用汉字先翻译出来的。中国古代的劳动是劳驾的意思。[①]现代汉语中劳动的意义具有创造物质财富，创造世界，甚至创造人的意义，在话语谱系中，是与“劳动者”“劳动人民”“劳动节”正相关，而与“剥削阶级”、革命对象负相关，处于互摄互动的关系中，构成具有革命政治道德价值取向，在中国20世纪40年代到80年代成为主流的价值关键词。[②]至于“比喻十分巧妙”，完全是打马虎眼。岂不知读者期待的正是其如何巧妙。如果要抬杠的话，我可以反驳说，春风是柔和的，怎么可能像剪刀一样锋利呢？当然，我也可以替他辩护，这是二月春风啊，春寒料峭嘛。这一点可以承认。但为什么一定尖利像剪刀呢？同样是刀，换一把行不行？菜刀，二月春风似菜刀。这就很滑稽、很打油。这个矛盾要揪住不放，不能随便蒙混过去。剪刀行，菜刀不行，不仅仅是因为一般的心理联想作用，而且是特殊的汉语的词语联想自动化。因为前面有一句“不知细叶谁——裁——出”，“裁”字和“剪刀”的“剪”字自动化地联系在一起，这是汉语的特点。如果是英语，不管是“裁”还是“剪”，都是一个字“cut”。如果要强调有人工设计的意味，就要再来一个字“design”。这样运用语言，在俄国形式主义者那里叫作“陌生化”。通常的词语，因为用得太久了，联想就自动化了，也就是没有感觉了。一定要打破这种自动化，让它陌生化一下，读者的感觉和情感才能被充分调动起来。但是，我要补充的是，陌生化又不能太随意，很明显，陌生化为菜刀，就不艺术了。陌生化如果在自动化的潜在支撑下，就比较精彩了。严格地说，应该是熟悉的陌生化，才是艺术的陌生化。

仅从此例可以看出，读者中心论是很偏颇的，并不是对于《咏柳》的一千种解读都具有同样的价值。后现代教条主张无条件地尊重学生主体对文本多元的“独特感悟”，这是禁不起教学实践检验的。显而易见，在阅读过程中，至少有三个主体在相互制约，除了读者主体以外，还有作者主体和文本主体。衡量的准则是文本。作者、读者和文本三者的关系，决定性的是文本。作者诚如德里达所言，可以死去；读者也一代又一代相继离世；只有文本，尤其是经典文本是永恒的。它是决定作者成败，解读得失的唯一准绳。从某种意义上来说，更经得起历史考验的，不是作者中心论，也不是读者中心论，而是文本中心论。

但是，对于文本，不管是中国传统还是西方前卫的理念，都有一种致命的缺陷，那就是把文本看成是一个平面，不是现实的反映就是自我表现，不是局限于文化符号，就是自囿于话语结构。其实，文本之所以难以深邃，就在于其结构是立体的，至少有三个层次。

---

① 王力：《汉语史稿》（重排本），中华书局1980年版，第603页。

② 刘宪阁：《革命的起点——以“劳动”话语为中心的一种解说》，中国人民大学国际关系学院政治学系等编：《“转型中的中国政治与政治学发展”国际研讨会论文汇编》（1），2002年版，第397—418页。

文本结构的三个层次

文本，尤其是经典文本，并不如后现代哲学所说那样是无深度的，无本质的，而是有其稳定的立体层次结构的。阅读就是读者主体、文本主体和作者主体从表层到深层的同化和调节。脱离了文本主体和作者主体，放纵读者主体就不能不产生奇谈怪论。说不尽的经典文本，并不是无聊的游戏，而是向不可穷尽的深度挑战。

就以《背影》而言，从 1925 年写成至今，之所以至今仍然众说纷纭，原因就在于几乎所有的解读都把文本当作一个平面，理性概括乃难以达到可以感觉到的深度。就是朱自清的好友叶圣陶的解读也不例外。叶先生认为《背影》的好处在于写父爱的“一段深情”，把已经是大学生的作者“当小孩子看待”。这个说法很权威，但是，并没有达到《背影》的最深层次。如果我们不满足于以追踪西方阅读理论为务，有志于阅读学的原创性建构，那么，经典文本结构并不是单层次的，至少有三层次。

第一层次是显性的，按时间空间顺序的，外在的、表层的感知，或者意象的连贯，包括行为和言谈的过程。这个层次，是最通俗的，学生可以说是一望而知。如果满足于此，教师就可能无所作为了。应该有一种自觉，老师的任务，就要从学生的一望而知指出他的一望无知，甚至再望也还是无知。

这样就可能进入到文本的第二层次。这个层次是潜藏在意象群落之中的，在显性感知过程以下的，是作者情感变化流动的过程，是隐性的、潜在的，我把它叫作“意脉”。这不但是普通学生容易忽略的，也是专家每每视而不见的。在抒情作品中“一切景语皆情语”，这是王国维总结我国古典诗话的结晶。此言几成定理，但是，在教学中往往落空，原因盖在于，第一，意脉是一种情感的脉络，意象是直接可以感知的，而情感却是可意会不可言传的。可感的意象群落之间往往在显性层面并不是直接连贯的，但是零碎的意象群落，七宝楼台拆开来不成片段，是为诗为文之大忌。这一点我国古典诗话词话文话，有颇为丰富的论述："无论诗歌与长行文字，俱以意为主。意犹帅也。无帅之兵，谓之乌合。"[①]但是，这个帅却是除非特殊必要，是不以直接告知为上的。而不能直接告知，就可能意脉断裂，诗文之妙恰恰在"语或似无伦次，而意若贯珠"[②]"错综变化不见迹，及寻其意绪，又莫不有归宿"。"平铺挨叙"，则"冗絮可憎"，而"缺略无头绪，寻其意脉，不得明了"则更糟。[③]"无法无脉，不复成文字""谓之脉者，如人身之有十二脉，发于趾端，达于颠顶，藏于肌肉之中，督任冲带，互相为宅，萦绕周回，微动而流转不穷，合为一人之生理。若一呼一诺，一挑一缴，前后相钩，拽之使合，是傀儡之丝，无生气而但凭牵纵，讵可谓之脉邪？"[④]这说明，这个脉络其实是诗文感染之源泉，不但是隐性的（发于趾端，达于颠顶，藏于肌肉之中），而且是丰富的、复杂的、有机的（互相为宅，萦绕周回）、统一的（一呼一诺，一挑一缴，前后相钩，拽之使合）。故林纾论司马迁之文曰："脉者，周身无所不贯者也""似有无穷神灵赴其笔端，实则筋脉灵动，故伏应断续，曲尽其妙"。[⑤]处此二难之间，古典文论诗论乃有很形象的"抛针掷线，似断而复续，此为诗中之仙"[⑥]，又有"草蛇灰线"之说——"愈碎愈整，愈繁愈简，态似侧而愈正，势欲断而愈连。草蛇灰线，蛛丝马迹，汉人之妙，难以言传，魏、晋以来，知者鲜矣"[⑦]。文学作品的意脉，以隐性的完整丰富有机为上，这是古人意识到了的，但是，能够对个案文本的意脉做具体分析的还是凤毛麟角。原因还在于，对于情的规律，其与理的矛盾，虽然有"无理而妙"之天才的直觉（下文详述），对于"情"的特殊规律，吾人并未有更深入的研究。其实很简单，情的特点就是动，所谓感动、激动、触动、惊动、心动，情动于衷。如果不动，就是无动于衷。

故第二层次意脉（或情意脉）的特点，乃是隐性的、断续的、变动的、贯通的、有机的。《背影》的动人之处，叶圣陶只看到了父亲把大学生当"小孩子"，关怀无微不至，却忽略了这种情感，在二人之间是变化着的。在文章前半部分，父亲的情遭到儿子厌烦，甚至是公然拒绝；文章的高潮是，看着父亲为自己艰难地爬月台买橘子，感动得流下了眼泪，

① 王夫之：《姜斋诗话》（卷下），丁福保辑《清诗话》（上册），上海古籍出版社 1978 年版，第 8 页。

② 范温：《潜溪诗眼》，郭绍虞辑《宋诗话辑佚》（上册），中华书局 1980 年版，第 318—319 页。

③ 方东树、汪绍楹校点：《昭昧詹言・通论五古》（卷一），人民文学出版社 1961 年版，第 22 页。

④ 王夫之：《夕堂永日绪论外编》，戴鸿森《姜斋诗话笺注・附录》，人民文学出版社 1981 年版，第 201 页。

⑤ 林纾著，范先渊校点：《春觉斋论文・应知八则・筋脉》，人民文学出版社 1959 年版，第 81 页。

⑥ 皎然著，李壮鹰校注：《诗式・明作用》（卷一），人民文学出版社 2003 年版，第 13 页。

⑦ 贺贻孙：《诗筏》，郭绍虞编选、富寿荪校点《清诗话续编》第一册，上海古籍出版社 1983 年版，第 139—140 页。

从公然拒绝到偷偷地被感动，构成完整的“意脉”。其特点是，第一，连续性中的曲折性。第二，情志的深化。显然，意脉有了转折，才深刻。只抓住前面父亲的言行，虽然有连续性，还构不成完整的“意脉”。因为转折是精神焦点，朱自清笔下的亲子之爱和冰心的不同，冰心的亲子之爱是心心相印的，故富于诗性，而朱自清的亲子之爱是有隔膜的，爱的隔膜，符合散文的规律。但是，从某种意义上说，朱自清比冰心更为深刻。没有这个转折，就没有人性的深度。

意脉是情感性质的，以情感为核心的价值相对于理性的认识价值，学术叫作审美价值。

传统的文艺理论只承认两种价值，就是认识理性和道德理性。对于审美价值，不是不承认，就是用理性认识和功利价值包含了。但是，无数的事实证明，科学的真、道德的善和情感的美是三种价值，三种不同的价值。这一点是康德提出的。在我们中国，首先把康德的学说介绍进来的是王国维，他在1906年就在《论教育之宗旨》中说：

> 人之能力，分内外二者：一曰身体之能力，一曰精神之能力……精神之能力中，又分为三部，知力、情感及意志是也。对此三者，而有真善美之理想：真者，知力之理想；美者，情感之理想；善者，意志之理想也。完全之人物，不能不具备真美善之三德。欲达此理想，于是教育之事起。教育亦分为三部：知育、德育（即意育）、美育（即情育）是也。①

但是，可能是太超前了，没有引起学界的注意，过了20多年，把这个观念说得通俗而透彻的是朱光潜先生。他在《我们对于一棵古松的三种态度——实用的、科学的、美感的》中这样说过：

> 假如你是木材商，我是一位植物学家，另外一位朋友是画家，三人同时来看这棵古松。我们三人可以说同时都“知觉”到这一棵树，可是三人所“知觉”到的却是三种不同的东西，你脱离不了你木材商的心习，你所知觉到的只是一棵做某事用值几多钱的木料。我也脱离不了我的植物学家的心习，我所知觉到的只是一棵叶为针状、果为球状、四季常青的显花植物。我的朋友——一位画家——什么事物都不管，只管审美，他所知觉到的只是一棵苍翠劲拔的古树。我们三人的反应也不一致。你心里盘算它是宜于架屋或者制器，思量怎么去买它，砍它，运它。我把它归到某类某科里去，注意它和其他松树的异点，思量它何以活得这样老。我们的朋友却不这样东想西想，他只在聚精会神地观赏它的苍翠的颜色，它的盘曲如龙蛇的线纹以及它的昂然高举，不受屈挠的气概。②

① 王国维：《论教育之宗旨》，《教育世界》1906年第1期，第56页

② 朱光潜：《朱光潜美学文集》（第二卷），上海文艺出版社1982年版，第448—449页。

传统的文学理论中，有一个决定一切的价值准则，那就是真和假，非真即假。但是，面对朱光潜先生的这三种知觉（实际是康德的真善美的三种价值），按唯一的真假之分，这个裁判员是很难当的。是木材商错了吗？可对材质的鉴定，也是一门科学，是有客观标准的。是植物学家的知觉不真吗？好像更不敢这样说。那就只能说画家的知觉不真了。如果这样，就等于说取消了文学艺术。其实，这种困境暴露一度是主流的美学思想上的局限。在这种文学理论中，只有一种价值准则，那就是美就是真，假即是丑。此外还有“真情实感”论，属于主体表现论，不同于美是生活的机械唯物论的客体反映论，然而在强调真假的一元化方面，却异曲同工。和客观真实唯一的标准一样，主体感知也是非真即假，非美即丑。然而，在这三种态度中，画家的，肯定是最不符合松树的真实性，却最符合艺术想象的，最超越科学的真和实用的善的，因而，是最美的。

三种价值，真善美是相互“错位”的。这一点本来是非甚明，但是，由于机械唯物论和狭隘功利论非常强大，到了具体分析作品的时候，就产生了硬把“创造性劳动”强加给贺知章的笑话。真与善的关系，实用价值和审美价值的错位，不弄明白，就可能连最常见的经典文本都难以作起码的阐释。例如《诗经·卫风·木瓜》：

投我以木瓜，报之以琼琚。匪报也，永以为好也。

投我以木桃，报之以琼瑶。匪报也，永以为好也。

投我以木李，报之以琼玖。匪报也，永以为好也。

这么简单的几句诗，为什么成为经典，至今还能选入课本呢？关键就在于，这里表现了情感价值超越了实用价值。木瓜、木桃、木李是比较通常的瓜果，是一次性消费的，而琼琚、琼瑶、琼玖在那个时代，则不但是异常珍贵的，而且是特别高雅的，不朽的。从实用价值来说，二者是不相等的。故反复曰：“匪报也”，不是报答，不是等价交换，而是表现情感价值，是永恒的（永以为好也），高于、超越于实用价值，这就叫作美。

欧·亨利有一篇著名的小说《麦琪的礼物》最能说明这个问题。

小说写一对夫妻，在圣诞节把自己仅存的最好的、最贵的财宝变卖了，买了礼物，奉献给自己的爱人。在一般情况下，所送的东西，应该是最有用的，才成为对方最珍惜的。如果小说按这样的思路，双方拿到对方的赠品，非常合用，一起欢喜不尽，这就不但没有《麦琪的礼物》这样的格调，而且连一般的小说的水平都没有了。为什么呢？因为，物质的满足，淹没了精神和情感，就会失去审美价值。我国古典小说《三言二拍》中一些劝善惩恶的故事，之所以煞风景，就是因为把实用价值和情感价值等同了，完全没有距离。当然，如果，拉开距离到分裂的程度，如，欧·亨利换一种写法，夫妻双双买了礼物，根本就不实用，两个人都生了气，甚至吵了架。这样写，会不会更好呢？当然不会。因为，从价值观来看，完全分裂了，也是物质压抑了情感。

而这篇小说的情节却是：妻子把自己最值得骄傲的金色的头发卖了，为丈夫唯一值得自豪的怀表购买了表链，以为是对方最有价值的东西，结果却是丈夫为了给妻子美丽的头发购买发夹，把自己的表卖了，双方所买的，对于对方来说，都是最没用的东西，表面上看来是“愚蠢”的。而最后作者站出来说，恰恰是“最聪明”的，而且用《圣经》上，东方三贤人给刚刚诞生的小耶稣送的礼物来比喻。

从这里可以看出来，在欧·亨利的作品中显示了，如果丈夫的表没有卖掉，表链当然是很有价值的，如果妻子的头发没有卖掉，二者都是有价值的，价值就在实用性上。但是，小说情节提出的问题是，表链和发夹，均失去了实用价值，是不是就没有任何价值了呢？小说所强调的是：没有实用价值的东西还有另一种价值，那就是情感的价值，充分显示了深厚的爱情，是比之实用价值更高的价值。小说让我们看到，情感的价值的特点，它可以超越了实用功利。没有用的东西，可以成为情感的载体。审美价值是不实用的，正是因为超越了实用价值才更为强烈，更为自由，更为生动。这是因为，在现实生活中，实用价值占着优势，它是压抑着、统治着情感的，情感是不自由的；而在文学想象中，情感却可以从实用功利中获得解脱，让心灵深处的情感获得自由。

从这里，可以看出，情感价值的超越实用价值的自由，或者说，二者错位的幅度与艺术感染力成正比。

《麦琪的礼物》的作者是现代美国人，《卫风·木瓜》的作者是古代中国人，虽然文化背景不同，但在审美价值观念上却如此相通，可以说，其间有着某种规律。

这第二层次的揭秘，可能使一般读者满足，但是，这种满足，可能遮蔽更加隐秘的第三层次，这就是文体形式规范性和开放性，还有文体的流派和风格。这里有着更为深邃的内涵。

认定爬月台买橘子的生动性缘于观察，就忽略了这是篇抒情散文，到高潮处，却不用抒情散文常用的渲染、形容、排比（如在《荷塘月色》中那样），而是用了朴素的叙述，或者用流行的话语说，就是白描吧。而在文学家（如叶圣陶）和评论家（如董桥）那里，这样的表述，比之《荷塘月色》《绿》那样的形容铺张风格是更高的艺术层次。

这就是文本的立体结构的第三个层次，也就是文学形式的层次。

对文本分析不得其门而入，原因之一是无视文本深层“意脉”，原因之二，乃是对文体的审美规范和风格创新无知。

读出作者驾驭文体形式的才华

文学形式在语文教育中，向来受到忽略。其实，这是很重要的，也是最为深邃的层次。歌德说："材料是每个人面前可以见到，意蕴只有在实践中须和它打交道的人才能找到，而形式对于多数人却是一个秘密。"（歌德《关于艺术的格言和感想》）对于形式的直觉，给人一望而知的印象，但是，这种印象属于直觉，直觉也是分层次的，文学形式的功能，往往是在最深层次，在潜意识层次。这不但由于它的形成经历漫长的时间，而且它的形式是极其有限的，因而给人一种自然而然的感觉，本该如此，只能如此，别无他途。举一个最简单的例子，上海世博会，为了中国馆的活动的《清明上河图》，人们排队长达八九个小时，只为了十几分钟一睹为快。成千上万的观众以表层直觉为满足，为目睹宋代汴京市井繁华而感到幸运。较有文化历史修养者，则体悟到其中的意脉，在北宋末年社会、政治、经济、军事危机重重之中，这样的艺术只是一首盛世的颂歌。但其艺术形式和风格的特点却是最为隐秘的，能够欣赏这种特殊规范形式的可能是凤毛麟角。首先，这在国画中，属于界画，属于工笔，不同于写意画。其次，它是长卷。也就是说，它和西洋画的便于一眼全收的焦点透视不同，把中国特有的散点透视发挥到极致，视点可以顺序移动，但是，又不是杂乱无章，平铺直叙，据吴冠中先生分析，其中人物、房舍、车马、桥梁、楼台、田野，疏落有致，又以桥为高潮。这三个层次都以共时样式呈现于观众直觉之中，但是，对于第三个绘画形式的层次，绝大多数观众是感而不觉的，只有于中国国画有修养的，才有某种内心图式的预期，才有可能读出其中形式风格的奥秘来。

作家的观察、想象、感受以及语言表达，同样要受到形式感的制约，有了特殊的感情和客观对象结合在一起，还不能就成为艺术形象或意象，这时，不过是形象的胚胎，如果脱离了形式规范的制约，还可能是死胎。同样的情感和对象的特点，要变成散文、诗歌、小说、戏剧的形象，是要受到形式的不同的规范的。例如同样是唐明皇和杨贵妃爱情题材，在诗歌中，是生死不渝的。杨贵妃死了，生命结束了，唐明皇仍然对之念念不忘。杨贵妃已经成仙了，还是思念唐明皇。“在天愿作比翼鸟，在地愿为连理枝”说的是爱情不受空间限制；“天长地久有时尽，此恨绵绵无绝期”说的是爱情超越了时间。在宋人小说《太真外传》中，则不是这样，杨贵妃和安禄山是有染的。在戏曲《长生殿》中，唐明皇要和梅妃以及虢国夫人偷情，贵妃吃醋，两次被赶出宫廷，两次被请回来。作家在这个时候不是绝对自由的，而是在形式的规范中争取表现生活和自我的相对自由。形式并不只有一种，而是多种多样的。

但是，这一点往往被我们严重地忽略了。从理论上说，“内容决定形式”这种黑格尔式的理论，成为许多教师的潜意识，以为只要把内容梳理清楚了，就完成任务了。殊不知，文学形式，不但不可能被内容决定，相反在一定条件下文学形式决定着内容。理论上的疏漏，导致教学上的失误比比皆是。例如，在内地讲到马丁·路德·金的《我有一个梦想》，这明明是一个演讲，面对 25 万人，演讲有很强的鼓动性甚至煽动性，其最大的特点乃是具有强烈的现场感。故一开头，就反复强调 100 年前一个伟大的美国人发表了黑奴解放宣言，但是后来的美国政府却使之变成了一张空头支票。百年之长，兑现之理所当然，形成对比，构成了鼓动性的内容，而形式上，则强调眼下就在林肯纪念像下向华盛顿进军，林肯纪念像就是凝聚 25 万人的现场感的载体。后来讲到黑人的要求是兑现这张支票。台下有一个黑人歌手大喊一声“告诉他们，这就是我们的梦想”（Tell them about the dream，Martin！）[①]，金乃脱离了原先准备的讲稿，即兴发挥，讲出了一连串的“我有一个梦想”，把听众的情绪推向高潮。“我有一个梦想”，不但变成了当场整个演说中最为激动听众的语言，而且变成了从那以后最著名的格言，在 1999 年对美国学人公共演讲的民意测验中，成为 20 世纪最佳演说。正是这样即兴发挥，成为日后家喻户晓的格言，这不是一句平常的话语，它来自圣经，出自以赛亚书（Isaiah40：40-5）：“我有一个梦想：幽谷上升，高山下降；坎坷曲折之路成坦途。”（I have a dream that every valley shall be exalted...）由于圣经的神圣性，又非常符合他牧师的身份，这句话就带上了传播上帝神圣福音的意味，基督教国家广大群众自然喜闻乐见。

其成功不但缘于体现了演讲的现场性，而且符合了演讲现场演讲者与听众之间的互动性和话语的生成性。可是内地几乎所有的教师都把它当成一篇散文来讲，没有一个教师看出散文不但不是现场性，而且也不可能有与读者的互动生成性。

---

① White Jr.，Ronald C. The Words That Moved a Nation in：“Abraham Lincoln A Legacy of Freedom”，Washington，D.C.：U.S.Department of State-Bureau of International In formation Programs，p.58.

在香港，我曾经听过一位教师讲丁西林的《瞎了一只眼》。一位先生跌了一跤，太太误以为很严重，瞎了一只眼。乃致信给其好友，友人为之彻夜不眠，次日一早从天津赶来探望。开幕时，太太已知先生不过是出了一点血。惹得朋友惊心，太太过意不去，为朋友着想，乃让先生装病。先生为太太着想，无奈装病。这里当然有情感的意脉。但第一，与散文不同，乃是戏剧，故不同人物的意脉得有一连串的矛盾，才有戏剧性。第二，不是一般的戏剧性，而是喜剧性。故人物之矛盾并非对立，而是错位，每一个人物的动机都不是为自己，而是为他人着想；恰恰是为他人着想，却引起他人的尴尬。太太为朋友着想，让先生装病，时时刻刻处于露馅危机之中；先生为太太和朋友着想装病过度，引发朋友分外焦虑。为了缓解朋友焦虑，乃坦然相告装病，但虚构理由为惩罚太太，不想引发朋友站在太太的立场上对先生严词谴责。而太太却以为朋友可以免除忧心，解脱了装病的尴尬，乃与先生相亲拥吻，好心的朋友莫名惊诧。第三，这不是一般的喜剧，而是富含哲理的喜剧，人与人之间，不管多么好心也难免阴差阳错造成误解。故开头人物表上，先生、太太、朋友皆无名字。

这位教师固然注意到潜在的情感脉络的起伏，但是，无疑和内地许多教师一样无视文学形式，实际上是把戏剧当成散文来解读了。

正是因为这样，要读出文本的奥秘来，就不仅要把精神集中在内容上，而且要把更多的精神灌注在文学文本的形式上。

以作者身份与文本对话

一

文本解读，尤其是个案的文本解读，不但是中国的难题，而且是世界性的难题。我们曾经把希望寄托在西方文论，尤其是当代文论，但是，他们追求的并不是文学的审美价值，而是文化价值和意识形态。即使是较为强调文学“内部”特殊性的韦勒克、沃伦，在他们的《文学理论》中也坦陈：

> 由于对文学批评的一些根本问题缺乏明确的认识，多数学者在遇到要对文学作品作实际分析和评价时，便会陷入一种令人吃惊的、一筹莫展的境地。①

而苏珊·朗格在《情感与形式》中开宗明义坦然宣告：她的著作“不建立趣味的标准”，也“无助于任何人建立艺术观念”，“不去教会他如何运用艺术中介去实现它”。所有文学的“准则和规律”，在她看来，“均非哲学家分内之事”。哲学家的职责在于澄清和形成概念……给出明确的、完整的含义。②

很显然，西方文论的传统乃是美学、哲学的形而上学，在这方面，无疑是他们的强项，然而对于一般作家和读者来说，阅读的目的在于个案文本的有效解读，这恰恰要向形而下方面还原，揭示其不可重复的唯一性。在这方面，无疑是他们的弱项。近 50 年，西方文论走马灯似的更新，形势并未改观，以至李欧梵先生在“全球文艺理论 21 世纪论坛”的演讲中勇敢地提出：西方文论流派纷纭，本为解读文本而来；他把文本比喻为城堡，文论纷纭，旗号纷飞，各擅其胜：结构主义、解构主义、现象学、读者反应，更有新马、新批评、新

① 韦勒克、沃伦著，刘象愚等译：《文学理论》，江苏教育出版社 2005 年版，第 155—156 页。

② 苏珊·朗格著，刘大基等译：《情感与形式》，中国社会科学出版社 1986 年版，第 1—2 页。

历史主义、女性主义等不一而足，各路人马“在城堡前混战起来，各露其招，互相残杀，人仰马翻”“待尘埃落定后，众英雄（雌）不禁大失惊，文本城堡竟然屹立无恙，理论破而城堡在”。①

吾人长期指望从西方经典探寻文本解读的金钥匙，实践证明希望渺茫，骄傲的西方文人在此等难题面前坦承“一筹莫展”，就是在西方也有学人对文学理论绝望。美国一位文学理论刊物的编辑 W．J．T． 米彻尔更是坦言：

> 现在美国有一种流行的说法，（文学）理论死了，已经终结了。关于理论再也没有什么可说的了。②

这位编辑先生宣称文学理论没有死的理由是它转向了广告、日常生活、大众文化、影视、时装等方面。这样的辩解无疑是不合逻辑的，号称文学理论而不能解决文学本身的问题，而转向其他方面，这只能说明西方文学理论陷入空前危机，文学文本解读被放弃，此等情势，既是严峻的挑战，又是历史的机遇。当西方人徒叹奈何之日，对于我们来说，正是当仁不让，勇往直前之时。③

纵观西方文论在此方面之失，第一，拘执于哲学化的形而上学的普遍性抽象。第二，一味执着于从定义、原理出发演绎，殊不知一切定义原理在追求最大的普遍性时，不能不以牺牲特殊性为必要的代价，而以演绎法进行文本解读，则并不能将所牺牲的特殊性、个性、唯一性、不可重复性揭示出来。目睹西方文论的前车之鉴，我们不能不将归纳法与演绎法结合起来，不仅从普遍的概念出发，而且从个案文本进行具体归纳和分析。这种归纳不是放任自发主体性的脱离文本的天马行空，一千个哈姆雷特，还是哈姆雷特，具体分析的结果是在一千个哈姆雷特中揭示其最哈姆雷特者，而这就需要把归纳建立在对个案具体分析的基础上。

对于个案文本的解读来说，纯理论是抽象的，只有把具体分析和归纳转化为操作才可能有鲜活的生命。

西方当代阅读学非常强调读者的主体性，流行的阅读方法强调对话，但是，效果仍然

---

① 李欧梵：《世纪末的反思》，浙江人民出版社 2000 年版，第 274—275 页。其实，李先生此言，也似有偏激之处，西方大师也有致力于经典文本分析者。德里达论乔伊斯的《尤利西斯》、卡夫卡的《在法的门前》，罗兰·巴特论《追忆似水年华》《萨拉辛》，德·曼论卢梭的《忏悔录》，米勒评《德伯家的苔丝》，布鲁姆评博尔赫斯等等，但他们微观的细读往往指向宏观的角度演绎出理论，比如德里达用二万多字的篇幅论卡夫卡仅有八百来字的《在法的门前》，解读象征寓言的同时从文类、文学与法律等宏观方面做了超验的演绎，进行后结构主义的延异书写。其主旨不在文学文本个案审美的唯一性。

② 米彻尔著，李平译：《理论死了之后》，载文化研究网站，2004 年 7 月 26 日。

③ 关于这方面的理论性问题比较复杂，不便于此全面阐释，请参阅孙绍振《文论危机与文学文本的有效解读》，《中国社会科学》2012 年第 5 期。

不彰，原因在于此等对话只限于读者与现成的、固定的文本对话。读者只能顺着文本的程序驯服地追随，拘于读者身份，必然陷于被动，而被动则是主体性的大敌。读者自卑，对文本仰视，读者主体性不能发挥，救助之道乃是改仰视为平视，甚至俯视，不但要看到作品这么写了，而且看到作品为什么避免那么写，才能化被动为主动。这个原则，是鲁迅在《不应该那么写》中提出来的：

凡是已有定评的大作家，他的作品，全部就说明着“应该怎样写”。只是读者很不容易看出，也就不能领悟。因为在学习者一方面，是必须知道了“不应该那么写”，这才会明白原来“应该这么写”的。这“不应该那么写”，如何知道呢？惠列赛耶夫的《果戈理研究》第六章里，答复着这问题——“应该这么写，必须从大作家们的完成了的作品去领会。那么，不应该那么写这一面，恐怕最好是从那同一作品的未定稿本去学习了。在这里，简直好像艺术家在对我们用实物教授。恰如他指着每一行，直接对我们这样说——‘你看——哪，这是应该删去的。这要缩短，这要改作，因为不自然了。在这里，还得加些渲染，使形象更加显豁些。’”①

托尔斯泰也说过类似的话：“对于敏感而聪明的人说来，写作艺术之所以好，并不在于知道要写什么，而是在于知道不需要写什么。”经典文本的修改过程，在世界文学中比比皆是，西方文学不在少数的作品原始素材取诸圣经和希腊神话，莎士比亚的戏剧许多都有流传故事为基础。在中国，古典诗话词话、小说和戏曲评点中，此等文献不胜枚举。“推敲”已经进入口语，春风又“过”改为又“绿”江南岸，至今脍炙人口。类似的佳话，可谓俯拾皆是。范仲淹写《严先生祠堂记》，最后歌曰：“云山苍苍，江水泱泱，先生之德，山高水长。”拿给李泰伯看。泰伯读之三，曰：“公之文一出，必将名世。”但是，他建议把“先生之德”，改为“先生之风”。显然这个“风”字要比“德”好得多。钱穆先生认为：范仲淹以“德”指其人之操守与人格，但此只属私人的。风则可以影响他人，扩而至于历史后代。孔子说：“君子之德，风。小人之德，草。草上之风，必偃。”值得补充的是，“德”的不足，还因为其抽象性，而“风”则是可感的，还能引起“风貌”“风神”之联想。一字之易，比出了不应该那样写，读者就有可能和作者一起从被动接受上升到主动（共同体悟）创造的过程。其实鲁迅在写《风筝》之前就写过“自言自语”之七，《我的兄弟》：

我是不喜欢放风筝的，我的一个小兄弟是喜欢放风筝的。我的父亲死去之后，家里没有钱了。我的兄弟无论怎么热心，也得不到一个风筝了。一天午后，我走到一间从来不用的屋子里，看见我的兄弟，正躲在里面糊风筝，有几支竹丝，是自己削的，几张皮纸，是自己买的，有四个风轮，已经糊好了。我是不喜欢放风筝的，也最讨厌

① 鲁迅：《且介亭杂文二集》，见《鲁迅全集》（第6卷），人民文学出版社2005年版，第321页。

他放风筝，我便生气，踏碎了风轮，拆了竹丝，将纸也撕了。我的兄弟哭着出去了，悄然的在廊下坐着，以后怎样，我那时没有理会，都不知道了。我后来悟到我的错处。我的兄弟却将我这错处全忘了，他总是很要好的叫我“哥哥”。我很抱歉，将这事说给他听，他却连影子都记不起了。他仍是很要好的叫我“哥哥”。阿！我的兄弟。你没有记得我的错处，我能请你原谅么？然而还是请你原谅罢！[①]

为自己20多年前的过错请求兄弟原谅，但是，兄弟虽然受害，却仍然亲切地称兄长为哥哥。这里有的只是写实性的就事论事，文末原注“未完”。说明作者可能觉得如此写下去，就是作为散文，也可能陷入肤浅，无以为继。废弃了这个稿子，写了《风筝》，故此稿生前不但未曾收入童年回忆的《朝花夕拾》，而且未曾收入自己编的任何集子，而《风筝》则收入散文诗集《野草》，主题在《风筝》中升华了，文体也从散文变为散文诗。其抒情中渗入了哲理：施害者身为兄长，对兄弟的无爱，任意践踏风筝，只有快感，而受害者却没有痛感；当施害者觉悟了，出于真诚的爱心，向弟弟忏悔，却得不到沟通。对于兄长来说，先是无爱的麻木，后是爱心觉悟后的无补。而受害者，对施害的野蛮没有饮恨，对其忏悔也没有领悟。施害者企图以忏悔求得心灵的轻松，不但没有减轻歉疚反而增加了痛苦，而且对未来失去了“希求”（希望）。从这一点上说，《风筝》和《我的兄弟》最大的不同，已经不是抒情，而是哲理：人与人之间无爱固然是野蛮，有爱也难以沟通，有的只是心灵的错位和隔膜。

二

朱光潜先生说：“读诗就是再做诗。”[②]克罗齐说：“要了解但丁，我们必须把自己提升到但丁的水准。”[③]和作者一起想象，才有可能洞察在文本意蕴深层积淀生成的奥秘。作家的意图是隐秘的，一般只把应该这样写显示出来，读者自发的欣赏，往往囿于知其然，而不知其所以然。只有洞察了不应该那样写的缘由，才可能知其所以然，共享作者的匠心，向作家的水准攀登。这时，就需要一种功夫，把作者没有那样写的可能还原出来。

小说都是虚构的，人物的言行，情节的发展都是作者匠心独运的结晶。读者见到的文本，并不是作者在写作时别无选择的结果，而是在多种可能中精心优选的。比如，鲁迅的《祝福》，读者看到的是：祥林嫂逃到鲁镇，被抢亲，丈夫和儿子死掉后，又回到鲁镇。表

---

① 鲁迅：《集外集拾遗补编》，《鲁迅全集》（第8卷），人民文学出版社2005年版，第114页。
② 朱光潜：《谈美》，见《朱光潜美学文集》（第1卷），上海文艺出版社1982年版，第497页。
③ 朱光潜：《克罗齐哲学述评》（第7册），《欣慨室逻辑学哲学散论》，中华书局2012年版。

面上是祥林嫂自己的选择和环境的逼迫，实际上都是鲁迅让她这么做，这么遭遇的。五四时期，一般婚姻妇女题材，都是寡妇要改嫁，封建宗法势力横加迫害，而鲁迅却偏偏不这样写，而是反其道而行之，让祥林嫂不想改嫁。如果从作者的角度考虑，不难明白，如果写祥林嫂力图改嫁而遭受迫害，则仅仅能表现封建礼教之夫权的无理，而写祥林嫂不愿改嫁，由其婆婆用抢亲的手段强迫其改嫁，则能表现封建礼教族权（儿子属于父母）与夫权之矛盾，按夫权不得改嫁，按族权又可用人身侵犯的手段强迫其改嫁，这不但矛盾，而且野蛮。祥林嫂改嫁后与丈夫、儿子安分守己。可是鲁迅为什么又让其丈夫死掉，儿子为狼所吃呢？目的是把祥林嫂逼回鲁镇。逼回鲁镇的目的是进一步把她逼上死路，先让她碰到一个关心她的柳妈，劝说她去捐门槛赎罪。这一节的功能乃是让祥林嫂面对神权：要把她锯成两半，分给两个男人。这就不仅仅是野蛮，而且是荒谬了。夫权不讲理，族权不讲理，神权也不讲理。封建礼教本身逻辑就是这样野蛮而荒谬，但是，却把祥林嫂这个本来身体强壮的妇女搞得失去劳动力，最后死于非命，原因乃是这种野蛮荒谬的偏见不但鲁四夫妇，而且与祥林嫂同命运的柳妈都视为天经地义。祥林嫂自己虽然至死有所不甘，最后只因为鲁四奶奶一句看来很留有余地的话“你放着吧，祥林嫂”就精神崩溃了。这说明被侮辱被损害者自己也为这种野蛮荒谬的逻辑麻醉。因而，这个悲剧是没有凶手的。凶手就在每一个人的头脑中，每一个人都有责任。对这样一个悲惨的结局，鲁迅为什么要把它放在年关祝福的氛围中，整个鲁镇人都欢乐地祈求来年的幸福，让一个与这个悲剧毫无瓜葛的人“我”来叙述，而且感到不可推脱的歉疚？这为了表现鲁迅对国民劣根性批判和思想启蒙的某种悲观，令人想起鲁迅在《希望》中所说的“绝望之为虚妄，正与希望相同”。

同样的道理，解读《孔乙己》，根据鲁迅的原则，应该从不应该那样写着眼。这篇小说写了孔乙己差不多大半生，在鲁迅立意中，不应该像《范进中举》那样，把孔乙己之所以成为孔乙己的经历正面写出来。就是以第一人称写，最方便的选择可能是直接参与或者目睹者。但是，鲁迅显然认为不应该那样写，而是选择了一个与孔乙己的命运毫无关系的小店员，仅写其目光所及，只有三个场面。第一个场面写他偷书挨打以后，被嘲笑了。第二个场面，孔乙己没有出场，只是酒店中人兴高采烈地议论其偷书，被打断了腿，推测可能死了。最后一场孔乙己出现，真的打断了腿，几乎是爬着来。明明是和平常不一样了，可是人们还是像“平常一样”嘲弄他又偷书了，引起店堂内外的欢笑。正是鲁迅坚决贯彻了不应该像《范进中举》那样写，小说的主题才不是像有些论者所说的“批判封建科举制度”，而是对一个科举制度的牺牲品，一个沦落者，一个失败者，是不是把他当人来看待的问题。小说中的矛盾：一方面，人们以取笑孔乙己的偷书挨打为乐；一方面，孔乙己却矢口否认其为“偷”。即使理屈词穷，也要口头上，在字面上否认。鲁迅强调表现的是孔乙己作为一个人，一个几乎沦落为小偷的人，仍然有他的自尊，有他最后的精神底线，作为一个人的最起码的自尊，摧残这样的自尊，是非常残酷的，非常不人道的，但是，这些摧残者，却以之为乐，而且在摧残之时，毫无恶意，相反见他硬着头皮无效地否认，以笑来表示几分友好，放他一马的意思。鲁迅之所以不选择《范进中举》那样的写法，而选择这样的写法，就是为了揭示这喜剧氛围中的悲剧，国民不可救药的麻木。

当然，我国作家的手稿保存，凤毛麟角，但是，比之西欧，也有得天独厚的优势，那就是版权观念薄弱，许多古典小说，往往均托前人之作而改编续编。就续编而言，大量狗尾续貂，而改编往往成为经典。如《三国演义》之于《三国志平话》,《水浒传》之于《大宋宣和遗事》等。创作修改的文献，为文学解读储存了丰富的矿藏。鲁迅在《中国小说史略》中对《三国演义》刻画人物颇有苛评："欲显刘备之长厚而似伪，状诸葛之多智而近妖"[①]，唯独于关公之形象特肯定。该书写《三国演义》共四页，其中三页分析关公，于华容道"义释曹操"特别赞赏。为了具体分析。鲁迅不惜篇幅，先是大段引述为《全相三国志平话》中的相关的"赤壁鏖兵"：

> 却说曹操措手不及，四面火起，前又相射。曹操欲走，北有周瑜，南有鲁肃，西有陵统、甘宁，东有张昭、吴苞，四面言杀。史官曰："倘非曹公家有五帝之分，孟德不能脱。"曹操得命，西北而走，至江岸，众人撮曹公上马。却说黄昏火发，次日斋时方出，曹操回顾，尚见夏口舡上烟焰张天，本部军无一万。曹相望西北而走，无五里，江岸有五千军，认得是常山赵云，拦住，众官一齐攻击，曹相撞阵过去。……至晚，到一大林。……曹公寻滑荣路去，行无二十里，见五百校刀手，关将拦住。曹相用美言告云长，"着操亭侯有恩。"关公曰："军师严令。"曹公撞阵却过。说话间，面生尘雾，使曹公得脱。关公赶数里复回，东行无十五里，见玄德，军师。是走了曹贼，非关公之过也。言使人小着玄德（案此句不可解）。众问为何。武侯曰："关将仁德之人，往日蒙曹相恩，其此而脱矣。"关公闻言，忿然上马，告主公复追之。玄德曰："吾弟性匪石，宁奈不倦。"军师言："诸葛赤（亦？）去，万无一失。"[②]

鲁迅抓住平话版本和《三国演义》的定本的差异，分析出二者在艺术上的高下。指出《全相三国志平话》"观其简率之处，颇足疑为说话人所用之话本"。这话说得比较含蓄，实际的意思是，根本就不是小说，而是说书人的一个手稿，其功能乃是提示说书人的记忆。说实在的，这一段也的确"简率"得离谱。关公与曹操狭路相逢，居然是"说话间，面生尘雾，使曹公得脱。关公赶数里复回，东行无十五里，见玄德，军师"。这么重大的战

① 鲁迅：《鲁迅全集》(第9卷)，人民文学出版社2005年版，第135页。

② 鲁迅：《鲁迅全集》(第9卷)，人民文学出版社2005年版，第134页。

事，这么关键的人物突然“面生尘雾”就让曹操溜了，完全是凭空而来，连构成情节起码的因果关系都谈不上。接着鲁迅又不吝篇幅，引《三国演义》第一百回《关云长义释曹操》一段：

……华容道上，三停人马，一停落后，一停填了坑堑，一停跟随曹操过险峻，路稍平妥。操回顾，止有三百余骑随后，并无衣甲袍铠整齐者。……又行不到数里，操在马上加鞭大笑。众将问丞相笑者何故。操曰：“人皆言诸葛亮周瑜足智多谋，吾笑其无能为也。今此一败，吾自是欺敌之过，若使此处伏一旅之师，吾等皆束手受缚矣。”言未毕，一声炮响，两边五百校刀手摆列，当中关云长提青龙刀，跨赤兔马，截住去路。操军见了，亡魂丧胆，面面相觑，皆不能言。操在人丛中曰：“既到此处，只得决一死战。”众将曰：“人纵然不怯，马力乏矣：战则必死。”程昱曰：“某知云长傲上而不忍下，欺强而不凌弱，人有患难，必须救之，仁义播于天下。丞相旧日有恩在彼处，何不亲自告之，必脱此难矣。”操从其说，即时纵马向前，欠身与云长曰：“将军别来无恙？”云长亦欠身答曰：“关某奉军师将令，等候丞相多时。”操曰：“曹操兵败势危，到此无路，望将军以昔日之言为重。”云长答曰：“昔日关某虽蒙丞相厚恩，某曾解白马之危以报之。今日奉命，岂敢为私乎？”操曰：“五关斩将之时，还能记否？古之人大丈夫处世，必以信义为重；将军深明《春秋》，岂不知庾公之斯追子濯孺子者乎？”云长闻之，低首良久不语。当时曹操引这件事，说犹未了，云长是个义重如山之人，又见曹军惶惶，皆欲垂泪，云长思起五关斩将放他之恩，如何不动心，于是把马头勒回，与众军曰：“四散摆开！”这个分明是放曹操的意。操见云长勒回马，便和众将一齐冲将过去，云长回身时，前面众将已自护送操过去了。云长大喝一声，众皆下马，哭拜于地，云长不忍杀之，正犹豫中，张辽纵马至，云长见了，亦动故旧之心，长叹一声，并皆放之。

在《中国小说史略》中，这么长的引文，是少见的。这还不算，连题外的“后来史官有诗曰”都引了：

彻胆长存义，终身思报恩，威风齐日月，名誉震乾坤，忠勇高三国，神谋陷七屯，至今千古下，军旅拜英魂。[①]

鲁迅从中得出的结论是：此叙孔明止见狡狯，而羽之气概则凛然。这个结论对于关公的形象是很深邃的。这完全得力于《全相三国志平话》与《三国演义》之间的矛盾分析和归纳。关公之所以得显得大义凛然，根本在于把情感逻辑（有恩不报则不义）超越了实用理性（放走曹操，军法从事，有生命危险）。但是，《三国演义》的作者让关公选择了前者，

① 鲁迅：《鲁迅全集》（第9卷），人民文学出版社2005年版，第137页。

也就是让关公的性格逻辑超越了最大的功利，得到鲁迅“气概凛然”的赞语，艺术上达到很高的境界。但是，鲁迅对诸葛亮的形象的评价“只见狡狯”，却并不中肯。仅仅从读者的立场看鲁迅的论断，也许只是微感困惑而已。但是，从作者的立场观之，则似有偏颇。盖如此重大关头，关公的选择成就了他气概凛然的形象，但是，于情节则留下了严重漏洞。《全相三国志平话》让诸葛亮说：“关将仁德之人，往日蒙曹相恩，其此而脱矣。”从情节来说则是无由消解，把战争当成儿戏。从人物形象来说，诸葛亮“狡狯”倒是避免了，可是其与作为军事统帅和纪律的执行者的身份却不符了，而且作为小说关公与孔明在心理上几乎没有什么错位和矛盾。诸葛亮就变成了毫无个性的纸人纸马。《三国演义》的修改，让诸葛与关公发生矛盾，并且强化了，先是不分配给他任务，关公不服，诸葛命其华容道捉拿曹操，并且立下军令状。一方面是让关公放走曹操面临严峻的后果，强化了关公的个性；另一方面，也是让诸葛假意严惩，后让刘备以当年“桃园结义”不能同日生，但愿同日死之誓，顺水推舟而纵之。这不是诸葛之狡狯，而是诸葛明知关公与刘备之关系，不得已的机智。这样就构成了三种情感逻辑的错位，不但是关公有了强烈的个性，而且连诸葛和刘备也各有其情感逻辑，三者错位，乃各有其个性。关公多骄，每每为诸葛玩弄于股掌之中，此等情感错位之妙，乃《三国演义》之拿手好戏。

《全相三国志平话》中这样的素材，是很多的，大凡《三国演义》中比较精彩的地方，往往都可从《全相三国志平话》中找到与之对比，说明不应该那样写的片段。像孔明舌战群儒，在《三国演义》也是相当精彩的，但是在《全相三国志平话》中，作者居然让诸葛亮在孙权的帐中，把来劝降的曹操来使亲手杀了。此等粗糙之原本，经历上百年的流传和修改，故版本甚丰，乃有《三国演义》艺术上的伟大成就。与时俱进之处比比皆是，只要稍微留意，就不难从中体悟其应该这样写和不应该那样写的奥秘。

值得一提的是《水浒传》。通行本是七十一回本，是经过金圣叹删节修改的，与原版一百二十回本，有许多相异之处，很值得重视。

通行本《水浒传》写了武松打虎之后，又写了李逵杀四虎。李逵先是看到母亲的血迹，“一身肉发抖”，又见两只小老虎在舐着人的一条腿，“李逵把不住抖”。等到弄清就是老虎吃了自己母亲以后，李逵“心头火起，便不抖”，金圣叹在评点中说：“看李逵许多‘抖’字，妙绝。俗本失。”[①]所谓“俗本”，就是金圣叹删改以前的本子，也就是一百二十回本的《水浒全传》，“失”，就是没有的。而他删改、评点的这个本子，经过他重新包装过，在文字上加工过的。一百二十回本的《水浒全传》现在还存在，的确是没有“一身肉发抖”“李逵把不住抖”“心头火起，便不抖”。事情明摆着，三个“抖”，都是金圣叹加上去的。为什

① 陈曦钟等辑校：《水浒传会评本》（下），北京大学出版社 1981 年版，第 803 页。

么要加？因为原来的本子，功夫全花在不让它重复武松面前的老虎那一扑、一掀、一剪。写到李逵看到地上母亲的血迹时，不是“一身肉发抖”而是“心里越疑惑”，看到两只小虎在舐母亲的一条腿，他居然还是没有感觉，倒是冒出来了一段“正是”：

假黑旋风真捣鬼，生时欺心死烧腿。

谁知娘腿亦遭伤，饿虎饿人皆为嘴。[1]

这就完全背离了李逵的内心痛苦加仇恨的感受。李逵是个孝子，他回来就是为了把母亲接到梁山上去“快活”的。母亲被糟蹋得这么惨，“假黑旋风真捣鬼”，老虎吃他母亲，和“假黑旋风”一点关系都没有。“饿虎饿人皆为嘴”，这是旁观者的风凉话，这完全是败笔。金圣叹把这煞风景的、不三不四的 4 句韵语删去了，谨慎地加了 3 个“抖”：第一个，是意识到是自己母亲的鲜血，不由得发抖。第二个是看到母亲的一条腿，控制不住自己发抖。第三个是，仇家相对，分外眼红，尽情砍杀，忘记了发抖。应该说，金圣叹加得是很有才气的。但是，读者在这里，不能忘记叶圣陶所说的读出“文章的好坏”。为什么李逵杀四虎却不及武松打一虎更为生动？李逵手中有刀，杀虎比武松赤手空拳打虎更有可信度，但是，读者和作者有默契，就是通过假定的想象，用超出常规的办法，体验英雄非常规的内心，关键在杀虎的前后的对比。先是夸口怕老虎的不是“好汉”，见山神庙榜文“方知端的有虎”，本当回酒店，又怕“吃店家耻笑”，为面子不顾生命危险，及至见到老虎，“酒都做冷汗出了”。背水一战，超常发挥，活老虎打死，死老虎却拖不动了。待到下山再见到老虎，却是“我此番罢了”，有点悲观绝望了。这就是在体力上超人的武松变成了心理凡人的武松。金圣叹的修改很有水平，但和作者对话的读者本着要看出“文章的好坏”来，要有俯视的态度，看出这一切并没有从根本上改变艺术上的缺陷，李逵在发抖了以后，杀虎过程那么长，内心居然就没有什么变动。最为奇怪的是，他本是为母亲杀虎的，杀完了四只老虎，他这个孝子应该想起母亲了吧，对死去的母亲有什么感觉？不管是原本还是金圣叹的本子都是：

那李逵一时间杀了子母四虎，还又到虎窝边将着刀复看了一遍，只恐还有大虫，已无踪迹。李逵也困乏了，走向泗州大圣庙里，睡到天明。[2]

这也许是想表现李逵杀得筋疲力尽了，毕竟是人嘛！武松打虎以后不是也浑身酥软吗？但是，武松是与老虎偶然遭遇，而李逵是为母亲讨还血债。母亲的鲜血未干，残腿还暴露在身边不远的地方。这个孝子，怎么能睡得着！刚才的失母之痛还使得他发抖，才半

① 施耐庵：《水浒全传》，中国大地出版社 1997 年版，第 364 页。

② 施耐庵：《水浒全传》，中国大地出版社 1997 年版，第 365 页。陈曦仲等《水浒传会评本》，北京大学出版社 1981 年版，第 803 页。

天不到，就忘得一干二净？其实，李逵是不会忘记的，以作者身份和俯视作品，就不难看出，这是作者忘记的。直到第二天早上才让他想起母亲的腿来，收拾起来，埋葬了。这是一笔交代，可以说是平庸的交代，对一部精致的经典作品来说，好像一架钢琴上，一个不响的琴键。

有时，许多作品表面分明不应该这样写，作者却偏偏这样写了，但是，在千百年的淘汰中，却成了经典。武松打虎就是典型的一例。

有一个学者，叫作夏曾佑，在近代史上是一个有点重要性的思想家，又是最早的小说理论家，出版过中国第一本《小说原理》，他突然发现武松打虎不可信。“写假事非常难。”他引用《水浒传》的评点家金圣叹的话说，最难的是打老虎。他说，李逵打虎，只是持刀蛮杀，不值一谈。而武松打虎，就非常不真实。他说，《水浒传》上写武松用一只手把老虎的头捺到地下，另外一只手握紧拳头，猛锤，就把老虎锤死了。这是不可信的。他说，老虎为食肉动物，有个特点，就是它的腰又长又软。你一只手把它的头按到地下，那它的四个爪子，都可以挣扎。武松打老虎的办法很不科学，因而很危险。[①]夏曾佑先生提出的是一个相当深刻的问题。就是艺术形象的真和假的问题。武松打虎的方法是不真实的。不真实，假的，还能动人吗？但是武松打虎艺术生命力特别强，成为经典文本，至今仍然有鲜活的感染力。一般读者并不那么死心眼，去计较武松打虎方法的可行性、真实性问题。

如果只讲实用理性，那就让老虎把他吃了。这就是鲁迅讲的不应该那样写。

他一死，他心里可能出现的那些不伟大的东西，就没有人知道了。施耐庵让武松把老虎打死，就是要看看他这个英雄，有什么超越常规的心态。在遇见老虎以前，他先让武松自以为自己是“好汉”，不是普通人，店家告诉景阳冈上有老虎，他说怕老虎的不是好汉。等到在山神庙看到阳谷县的榜文，“方知端的有虎”，最实际的办法是回去，但是，又爱面子，“怕吃店家耻笑”，只好硬着头皮往前闯。及至真的老虎出现了，这位英雄的“酒都作冷汗出了”，不得已用那种夏曾佑不相信的方法把老虎打死了，可活老虎打死了，死老虎却拖不动了。又怕再一只老虎，对付不了，只好一步步“挨”下岗子去，不料又看到两只老虎，这时我们的英雄心理有点绝望了（“我此番罢了”），幸亏读者知道，这两只老虎是假的。只有让武松把老虎打死了，读者才能看到他在体魄上是超人，同时也看到他心理活动上是凡人。考虑不在面前可以说怕老虎的不是好汉，知道真的有虎，又死要面子，冒险前行，等到真老虎出现又惊慌得酒都作冷汗出了。活老虎打死了，死老虎拖不动不说，再见老虎又悲观绝望。如果不让武松把老虎打死，读者就不可能看到这种英雄与凡人统一的心理奇观。

---

① 夏曾佑：《小说原理》，《中国历代文论选》，上海古籍出版社 1980 年版，第 244 页。

作者这一切匠心，光是以读者的身份，被动接受，是不可能看出来的，只有把自己从读者上升为作者，才可能真正理解作家为什么这样写而不是那样写。

有时，单独一篇作品，作为一种固定的存在，是很难看出来的。原稿与定稿的比较，属于同类比较，因为有现成的可比性，故比较容易。而更多的文本，特别是现当代文本，几乎没有可比的文献。是不是命中注定束手无策了呢？不是的。没有现成文献的可以采取“异类比较”。文章不同，作家不同，但凡有一点相通者，皆可比较。例如，杨绛的《老王》的意脉是自己从对贫困、身患残疾的车夫老王由同情俯视，到“文革”难中平视，到受赠后，感到“愧怍”，在道德上仰视。这本是文章的情感的思想的高潮，但是，作者惜墨如金，写到“愧怍”二字戛然而止。一般很难看出其中的微妙来。如果拿巴金的《小狗包弟》来比较，则深层的艺术奥秘不难洞察。巴金写到“文革”期间红卫兵肆虐，深恐宠物小狗包弟惨遭残害，乃将其送到医院解剖。巴金这样写自己的类似的“愧怍”之情：

> 在我吞了两片眠尔通、上床许久还不能入睡的时候，我不由自主地想到了包弟，想来想去，我又觉得我不但不曾甩掉什么，反而背上了更加沉重的包袱。在我眼前出现的不是摇头摆尾、连连作揖的小狗，而是躺在解剖桌上给割开肚皮的包弟。我再往下想，不仅是小狗包弟，连我自己也在受解剖。不能保护一条小狗，我感到羞耻；为了想保全自己，我把包弟送到解剖桌上，我瞧不起自己，我不能原谅自己！我就这样可耻地开始了十年浩劫中逆来顺受的苦难生活。一方面责备自己，另一方面又想保全自己，不要让一家人跟自己一起堕入地狱。我自己终于也变成了包弟，没有死在解剖桌上，倒是我的幸运……我好像做了一场大梦。满身的创伤使我的心仿佛又给放在油锅里熬煎。这样的熬煎是不会有终结的，除非我给自己过去十年的苦难生活做了总结，还清了心灵上的欠债。这绝不是容易的事。

有了比较，就有条件以作者身份看出杨绛没有像巴金那样写，她把抒情隐藏在字里行间，没有描写，没有渲染、感叹，尽量不用形容词，甚至必要的交代（如“文革”中被扣发工资，剃“阴阳头”）也都省略了。也许把这一切都交代出来，杨绛感觉可能是俗套，她在这一点上是相当极端的，竟然把情感的高潮只用“愧怍”两个文言词语来表达，表面的冷峻和内在的深情之间的张力，令人想起海明威的“电报文体”“冰山风格”。海明威追求写出来的只是如露出海面八分之一的冰山，八分之七留在海面以下，让读者去想象才是精彩所在。而巴金的风格无疑是比较传统，比较浪漫，比较絮叨，难免给人以比较句意重复的感觉。吾师吴小如先生在20世纪40年代就指出巴金的作品失之“费词”，20世纪50年代北大中文系主任杨晦先生批评《家》《春》《秋》三部并成一部就够了。[①]其切中肯綮，皆

① 参阅孙绍振：《北大中文系，让我把你摇醒》，《文学报》2012年11月29日。

由于以作者身份俯视，和文本对话，才轻而易举地达到叶圣陶所说的把“文章的好坏”读出来的境地。

当然，以作者身份和作品对话的操作方法有一个很丰富的系统，然限于篇幅，这里只是举例而已，更多，甚至更重要的方法，只能待日后有机会详述了。

第四辑　不同文学形式的特殊规律

为什么文学形式很关键

为什么要把不同文体的不同规律专门作为一辑来论述？因为这在理论上和实践中均有重大意义。一般解读之所以无法深入，除了其他许多原因以外，就是因为囿于黑格尔的形式是次要的，内容才是主要的，因而产生了被广泛接受的内容决定形式的说法。其实，就从哲学上来说，这个说法也是有问题的，因为一切存在，从物到思，均有其自身的形式，例如一本书，其形随时改变。当然，这里所说的还都是一部分情况，还有都不一定是由内容决定的，同样一本书，可能以不同的形式出现，如《红楼梦》从手抄的、线装的，到如今印刷的、精装的，其形式并不是为内容决定的。同样是卧室，也可能不同的装潢。内容决定形式的说法，可能对于文学作品的解读来说，在理论上是哲学美学的说法。哲学美学的思维结构是对立统一的二维结构，在主观客观、道与器，自由与必然之间。但是，文学形象并不是二维结构，而是三维结构，主观的情志不能直接与客观的生活发生关系，形象的性质和形态，须通过形式，也就是文学形式来规范。同样的主观情志和生活，由于不同的形式可能形成不同的形象，如同样的花卉，在油画、水墨画、木刻版画、漆画、抽象画中会有不同的表现。同样的爱情在诗歌中可能是心心相印，而在戏剧中，则必须发生情志的错位，否则就无戏可演。形式在文学中，不同于一般形式，一般形式是与生俱来的，无限多样的，而文学形式则是不断重复，数量是很少的，在长达千百年的反复运用中，成了审美价值积淀的载体，不但不是为内容决定的，相反在一定条件下，是可以预期、衍生，甚至消灭内容的。而这种预期、衍生、消灭的规律之间的差异间不容发，往往是差之毫厘，谬以千里。就是相近的姊妹形式，也有不可混淆的性质，用演话剧的方法去演电影，必然失败，电影是沉默为金的微观视觉艺术，而话剧则必须讲话，而且由于剧场很大，为了让后排观众看得清楚，动作必须夸张，而在电影则为大忌。同样的道理，中国古典诗歌，写古典歌行和写近体诗不同，就是近体诗中律诗和绝句亦有微妙的差异，遵循了这种微妙的差异，就可能进入艺术的境界，忽略了这种差异，就不能不使艺术的品位受到影响。正是因为这样，李白的绝句毫无疑问地列入唐代压卷之列，杜甫则千年来在诗话词话中榜上无名，而在律诗中，杜甫无疑独占鳌头，而李白则相对逊色。曹雪芹在《红楼梦》中展示了他对各式诗体的娴熟驾驭，然而，不能否认，其诗不如词，词不如曲。文学形式的审美规律太微妙了，就是天才如李白、杜甫、曹雪芹亦难以全部驾驭。同样，托尔斯泰是小说的天才，把 19 世纪末的古典小说发展到顶峰，但是，他不懂戏剧，故他偏激地认为莎士比亚的戏剧不真实，剧中人物的语言都是诗的话语，没有一个活人，包括莎士比亚会用这样的语言交流，这显然是他对于古典诗剧（bland verse）与现实主义小说的区别缺乏真知灼见。

故对于文学作品的形式的特殊规范，培养起对其区别的精致感觉，乃是解读者水平的必要准备。

古典诗歌欣赏基础：比喻、意象、意脉、意境和直接抒情

一、比喻和诗的比喻

中国古典诗歌是讲究比兴的，其实，这种说法很肤浅。很明显，就比喻来说，只是一种修辞，是诗歌、戏剧、小说都少不得要运用的一种修辞手段，并不包含诗的特点。我们的任务是把诗的比喻的特殊性揭示出来。从概念到概念的演绎是不解决问题的，请允许我从一个最简单的例子开始。《世说新语·言语》载：

谢太傅寒雪日内集，与儿女讲论文义。俄而雪骤，公欣然曰："白雪纷纷何所似？"兄子胡儿曰："撒盐空中差可拟。"兄女曰："未若柳絮因风起。"公大笑乐。

这个问题，光凭印象就可以简单解答，谢道韫的比喻比较好，但是，光有个感觉式的答案是不够的，因为第一，感觉到的，可能有错，第二，即使没有错，感觉也是比较肤浅的。感觉到的，不一定能够理解，理解了的，才能更好地感觉。我们的责任就是要把其中的道理讲清楚，这就涉及对比喻内部特殊矛盾的分析。

通常的比喻有三种。第一种，是两个不同事物或概念之间的共同点，这比较常见，如，"燕山雪花大如席""问君能有几多愁，恰似一江春水向东流"。第二种，是抓住事物之间相异点，如"桃花潭水深千尺，不及汪伦送我情"。第三种，把相同与相异点统一起来的就更特殊，如，"遥知不是雪，为有暗香来"。第二和第三种，是比喻中的特殊类型，比较少见。最基本的、最大量的是第一种，从不同事物或概念之间的共同点出发。谢安家族咏雪故事属于这一种。

构成比喻，有两个基本的要素：首先，从客体上说，二者必须在根本上、整体上，有质的不同；其次，在局部上，有共同之处。黄侃在《文心雕龙札记》中说："但有一端之相似，即可取以为兴。"这里说的是兴，实际上也包含了比的规律。《诗经》"出其东门，有女如云"。首先是，女人和云，在根本性质上是不可混同的；然后才是，在数量的众多给人的印象上，有某种一致之处。撇开显而易见的不同，突出隐蔽的暂时的联系，比喻的力量正是在这里。比喻不嫌弃这种暂时的、局部的一致性，它感动我们的正是这种局部的，似乎是忽明忽灭的、摇摇欲坠的一致性。二者之间的相异性，是我们熟知的，熟知的就是感觉麻木的，没有感觉的。但是二者之间的共同点却是被淹没的，一旦呈现，就变成新知，在旧的感觉中发现了新的，就可能对感觉有冲击力。比喻的功能，就是在没有感觉、感觉麻木的地方，开拓出新鲜的感觉。我们说"有女如云"，明知云和女性的区别是根本的，仍然能体悟到某种纷纭的感觉。如果你觉得这不够准确，要追求高度的精确，使二者融洽无间，像两个相等半径的同心圆一样重合，没有别的选择，只能说"有女如女"，而这在逻辑上就犯了同语反复的错误，比喻的感觉冲击功能也就落空了。在日常生活中，我们说牙齿雪白，因为牙齿不是雪，牙齿和雪根本不一样，牙齿像雪一样白，才有形象感。如果硬要完全一样，就只好说，牙齿像牙齿一样白，这等于百分之百的蠢话。所以纪昀（晓岚）说比喻"亦有太切，转成滞相者"。

比喻不能绝对地追求精确，比喻的生命就是在不精确中求精确。

朱熹给比喻下的定义是："以彼物譬喻此物也。"(《四库全书·晦庵集：致林熙之》)只接触到了矛盾的一个侧面。王逸在《楚辞章句·离骚序》中说："'离骚'之文，依诗取兴，引类譬喻，故善鸟香草，以配忠贞；恶禽臭物，以比谗佞；灵修美人，以比于君；宓妃佚女，以譬贤臣；虬龙鸾凤，以托君子；飘风云霓，以喻小人。"《楚辞》在比喻上比之《诗经》，更加大胆，它更加勇敢地突破了以物比物，托物比事的模式，在有形的自然事物与无形的精神之间发现相通之点，在自然与心灵之间架设了独异的想象桥梁。

关键在于，不拘泥于事物本身，超脱事物本身，放心大胆地到事物以外去，才能激发出新异的感觉，执着黏滞于事物本身只能停留在感觉的麻木上。亚里士多德在《修辞学》中说得更具体，更彻底：

> 当诗人用"枯萎的树干"来比喻老年，他使用了"失去了青春"这样一个两方面都共有的概念来给我们表达了一种新的思想新的事实。[1]

在一般人的印象中，枯树与老年之间的相异占着绝对优势，诗人的才能，就在于在一个暂时性的比喻中，而把占劣势的二者相同之点在瞬间突出起来，使新异的感觉占据压倒

① 伍蠡甫编：《西方文论选》(上)，上海译文出版社1979年版，第94页。

的优势。对于诗人来说，正是拥有了这种“翻云覆雨”“推陈出新”的想象魄力，比喻才能令人耳目为之一新。

自然，这并不是说，任何不相干的事物，只要任意加以凑合一番，便能构成新颖的叫人心灵振奋的比喻。如果二者共同之处没有得到充分的突出，或是根本不相契合，则会不伦不类，给人无类比附的生硬之感。比喻不但要求一点相通，而且要求在这一点上尽可能的准确、和谐。所以《文心雕龙·比兴》中说：“比类虽繁，以切至为贵。”不准确、不精密的比喻，在阅读中，可能产生抗拒之感。亚里士多德批评古希腊悲剧诗人克里奥封说，他的作品中有一个句子：

啊，皇后一样的无花果树。[①]

他认为，这造成了滑稽的效果。因为，无花果树太朴素了，而皇后则很堂皇。二者在通常意义上缺乏显而易见的相通之处。这说明，比较有两种，一种是一般的比较，一种是好的比喻。好的比喻，不但要符合一般比喻的规律，而且要精致，不但词语表层显性意义相通，而且在深层的、隐性的、暗示的、联想的意义也要相切。这就是《文心雕龙》所说的“以切至为贵”。

有了这样的理论基础，就可以正面来回答谢安侄儿谢朗的“撒盐空中”和侄女谢道韫的“柳絮因风”哪一个比较好的问题了。

以空中撒盐比降雪，符合本质不同，一点相通的规律。盐的形状、颜色上与雪一点相通，可以构成比喻。但以盐下落比喻雪花，引起的联想，却不及柳絮因风那么“切至”。因为盐粒是有硬度的，而雪花则没有。盐粒的质量大，决定了下落有两个特点，一是直线的，二是速度比较快。而柳絮质量是很小的，下落不是直线的，而是方向不定的，飘飘荡荡，很轻盈的，速度是比较慢的。另外柳絮飘飞是自然常见的现象，容易引起经验的回忆，而撒盐空中，并不是自然现象，撒的动作，和手联系在一起，空间是有限的，和满天雪花纷纷扬扬之间联想是不够“切至”的。再者柳絮纷飞，在当时的诗文中，早已和春日景象联系在一起，引起的联想是诗意的。

从这个意义上来说，谢道韫的比喻，不但恰当切至，而且富于诗意的联想，而谢朗的比喻，则是比较粗糙的。

比喻的“切至”与否，不能仅仅从比喻本身看，还要从作家主体来看，和作者追求的风格有关系。谢道韫的比喻之所以好，还因为表现了与她的女性身份相“切至”，如果换一个人，关西大汉，这样的比喻，就可能不够“切至”。有古代咏雪诗曰：“战罢玉龙三百万，残鳞败甲满天飞”，就含着男性雄浑气质的联想，读者从这个比喻中，能感受到叱咤风云的

① 伍蠡甫编：《西方文论选》（上），上海译文出版社 1979 年版，第 92 页。

将军气度。

比喻的暗示和联想的精致性，还和形式及风格不可分割。

“未若柳絮因风起”，是七言的古诗（不讲平仄的），是诗的比喻，充满了雅致高贵的风格。但，并不是唯一的写法。同样是写雪，李白的“燕山雪花大如席”（《北风行》）就是另一种豪迈的风格了。李白的豪迈与他对雪花的夸张修辞有关。如此大幅度的夸张，似乎有点离谱，故鲁迅为之辩护曰：

> “燕山雪花大如席”，是夸张，但燕山究竟有雪花，就含着一点诚实在里面，使我们立刻知道燕山原来有这么冷。如果说“广州雪花大如席”，那可就变成笑话了。①

鲁迅的这个解释，仅仅从客观对象的特点来看问题，有一定的道理，但是，却把问题简单化了。其实，全面看问题，至少应该从三个方面来看。第一，本体与喻体的客体特征的相似性，鲁迅所说，正是这个意思，因为是在北国燕山，雪花特别大。但是，特征的相似性是很丰富的，有时，北方的雪花并不仅仅是雪片之大，如岑参的“忽如一夜春风来，千树万树梨花开”，就以雪片之多，铺天盖地之美取胜。为什么有不同的选择呢？这就有了第二个原因，那就是主体特征，也就是情感的、风格的选择和同化。从这个意义上说来似乎情感是绝对自由的，但是情感还受到另一个维度的约束，那就是文学形式。“燕山雪花大如席”之所以精彩，还因为，它是诗。诗的虚拟性，决定了它的想象要自由得多。如果是写游记性质的散文，说是站在轩辕台上，看到雪花一片一片像席子一样地落下来，那就可能成为鲁迅所担忧的“笑话”的。但是，诗意的情趣，并不是文学唯一的旨归，除情趣以外，笑话也是有趣味的。文雅地说，就是所谓谐趣。这时的比喻，就不是以“切至”为贵，相反，越是不“切至”，越是不伦不类，越有效果，这种效果，叫作幽默。同样是咏雪，有打油诗把雪比作“天公大吐痰”，固然没有诗意，但是，有某种不伦不类的怪异感，不和谐感，在西方文论中，这叫作“incongruity”，在一定的上下文中，也可能成为某种带着喜剧性的趣味。如果说，诗意的比喻，表现的是情趣的话，而幽默的比喻传达的就是另外一种趣味，那就是谐趣。举一个更为明显的例子，如“这孩子的脸红得像苹果，不过比苹果多了两个酒窝”，这是带着诗意的比喻。如果不追求情趣，而是谐趣，就可以这样说：“这孩子的脸红得像红烧牛肉”，这是没有抒情意味的，缺乏诗的情趣的，但是，却可能在一定的语境中，显得很幽默风趣，这叫作谐趣。要知道，诗歌的趣味并不只限于情趣，而且还有谐趣。这在诗歌中也是一格。相传苏东坡的脸很长而且多须，其妹苏小妹额头相当突出，眼窝深陷，苏东坡以诗非常夸张地强调了他妹妹的深眼窝说：“数次拭脸深难到，留却汪汪两道泉。”妹妹反过来讥讽哥哥的络腮胡子：“口角几回无觅处，忽闻须内有声传。”哥哥又

① 鲁迅：《且介亭杂文二集》，《鲁迅全集》（第6卷），人民文学出版社2005年版，第241页。

回过来嘲笑妹妹的“奔儿头”：“迈出房门将半步，额头已然至前庭。”妹妹又戏谑性地嘲笑哥哥的长脸：“去年一滴相思泪，今朝方流到腮边。”虽然是极度夸张双方长相的某一特点，甚至达到怪诞化的程度，但却没有丑化，至多是让人感到可笑，这就叫作谐趣，或者幽默感。除此以外，诗歌的比喻还有既不是情趣，也不是谐趣，叫作“智趣”的。最有名的例子，就是朱熹的《观书有感》：

半亩方塘一鉴开，天光云影共徘徊。

问渠那得清如许，为有源头活水来。

整首诗都是一个暗喻，把自己的心灵比作是水田，为什么永远清净如镜地照出天光云影呢？因为有源头活水，联系到诗的题目“观书”，说明，观书就是活水。这不是抒情的情趣，也不是幽默的谐趣，而是智慧的“智趣”。

什么问题都不能简单化，简单化就是思考线性化，线性化就是把系统的、多层次的环节完全掩盖起来，只以一个原因直接阐释一个结果。比喻的内在结构也一样有相当系统丰富的层次，细究下去，还有近取譬，远取譬，还有抽象的喻体和具体的喻体等讲究。[①]把复杂的问题简单化，是常见的偏颇，就是鲁迅也未能免俗，把客体的特征作为唯一的解释。

我认为，他的失误最根本在于，他提出问题是从一般修辞学的角度，而不是从诗的角度。如果从诗的角度，柳絮因风，撒盐空中，就不仅仅是修辞的问题，修辞本身不能决定自己的价值，要看第一，传达情志起了什么作用，第二，运用了什么样的文学形式。同样的比喻，在不同的文学形式，效果是不同的。

二、形式强迫内容就范

这里有一个基本的理论前提要澄清，在文学中，不能笼统说内容决定形式。文学形式不是一般的原生形式，而是审美规范形式。它不像原生形式那样是无限的，而是有限的（就文学而言，其规范形式不超过十个）；是在长期的，千百年的重复使用中，从草创到成熟，成为审美经验积淀的载体，长期熏陶了读者的预期，产生喜闻乐见的效果。当然，这种规范功能是在历史的发展过程中不断发展变化的，与内容相比，变化是相当缓慢的，因而，有相对的稳定性，对内容有一定的预期、征服和强迫就范作用。用席勒的话来说，还

① 读者如有兴趣，可以参阅我的《文学创作论》，海峡文艺出版社 2004 年版，第 329—331 页。或者我的《文学性讲演录》，广西师范大学出版社 2006 年版，第 131 页。

可能“消灭”内容。[①]

从某种意义上说，不研究诗的形式审美规范特征，就不可能真正懂得诗。

诗的审美规范特征是什么呢?

我们讲过文学的普遍性是想象的、虚拟的，为什么要虚拟、想象呢?因为诗，尤其是古典诗歌是抒情言志的。在心为志，发言为诗，这是权威的《诗大序》里说的，后来陆机在《文赋》里说得更明确一点，叫作“诗缘情”，诗是抒情的。关键在于，直接把感情抒发出来，是不是诗呢?也就是说，是不是在心有情、有志，发表出来就是诗呢?是不是说出来，感到不足的话，就手之舞之，足之蹈之，就成好诗了呢?显然，不行。就算你是舞蹈家，也根本和诗是两回事呀。这个问题，从《诗经》时代到现在，两千多年了，还是搞不清楚。弄到现在还有一种更简单的说法，叫作“真情实感”，只要不说假话，就能写成好诗了。如果那样的话，诗就太简单了，楼肇明先生说，那样的话流氓斗殴、泼妇骂街就都是诗了。要把原生的情感变成合乎审美规范形式的诗，是要经过多层次的提炼和探险的，要许多因素的协同。只要其中一个因素、一个层次不协同，就不称其为诗了。

三、诗的意象：意决定象

探索从原生的情感升华为诗，有个方法自觉的问题。

首先，从最简单、最普通、最常见、最小单位（细胞形态）开始研究。其次，怎么研究?分析其内在矛盾。比如说，柳絮因风，撒盐空中，表面上是客观的景色，但是，一个好，一个不好，原因却不仅仅取决于客观景色是不是准确，而取决于内在的主观情感是不是契合。可见，这个最小单位，不能仅仅是一个修辞现象，而是一个诗的细胞。这个细胞是由主体某一特征和客体的某一特征两个方面猝然遇合的。目的并不是要表现客体，而是要表现主体的情志。情感特征不能直接表达，就以渗入客体的方式。《周易・系辞上篇》说“立象以尽意”。主体特征就是“意”，客体特征就是“象”。这就是“意象”的词源。

面对一个诗歌文本个案，应该从“意象”开始，在最简单、平常的意象背后往往有最为深邃奥秘的情意。意象，就是意和象的矛盾统一体。象是看得见的，意是看不见的，意在象中，意为象主。“枯藤、老树、昏鸦、古道、西风、瘦马”一系列的意象，都是带着后面点出的“断肠人”的情绪色彩的。中国文论讲究情景交融，在中国古典诗话中也有许多智慧的表述，后来被王国维总结为“一切景语皆情语”。

① 席勒的原话是：“艺术大师的独特艺术秘密就是在于，他要通过形式消灭素材。”见《美育书简》，中国文联出版公司 1984 年版，第 114 页。

文本分析不下去，原因是什么呢?

没有把诗当成诗，把诗和散文混为一谈，其表现就是把意象和细节混为一谈。

诗的意象是概括的，不是特指的。是没有时间地点和条件的限定性的，而一般散文叙事的细节则是具体的、特指的。请看托尔斯泰在《复活》的第一章里描写春天：

> 尽管煤炭和石油燃烧得烟雾弥漫，尽管树木伐光，鸟兽赶尽，可是甚至在这样的城市里，春天也仍然是春天。太阳照暖大地，青草在一切没有锄绝的地方死而复生，不但在林荫路的草地上，甚至在石板的夹缝里长出来，绿油油的。

因为小说是叙事文学，所以他写得非常具体。比如小草很茂盛，从石板路的缝隙长出来，显得生机勃勃。

> 桦树、杨树、野樱树，长出发黏的清香的树叶，椴树上鼓起一个快要绽裂的花蕾。寒鸦、麻雀、鸽子，像每年春天那样，已经在欢乐地搭巢。被阳光照暖的苍蝇，沿着墙边嗡嗡地飞。植物也罢，鸟雀也罢，昆虫也罢，儿童也罢，一律兴高采烈，唯独成年的大人却无休无止地欺骗自己，而且欺骗别人；折磨自己，而且折磨别人。

这里对大自然的描写，一方面非常具体，有这么多的细节，另一方面表现了独特的感情。所有这么多的细节，都统一在托尔斯泰的独特的感情——人跟大自然不一样，大自然美好，生机蓬勃，给人带来欢乐，但人在互相欺骗、互相折磨，精神丑恶。

如果是写诗，表现春天就不能有这么多名堂了，不可能容纳这么多的细节。李白写春天来了："寒雪梅中尽，春风柳上归。"春天非常美，美在哪里呢？雪花在梅花里融化了，至于雪花在大地上、在屋脊上融化，就当它不存在了。春天刚到，冬天还没有完全过去，可是花已经开了。这里的意象充满了情感的选择和排除的魄力，所以在散文作品中可以叫细节，而在诗歌中，则叫意象。因为其中不但有极其精炼的"象"，而且有极其独特的"意"。这个意象，客体是概括的，主体的情致是特殊的，是二者的统一。春天从柳条上归来了，时间、地点是不需要点明的。若点明了，例如，是辰时三刻，在未央宫，在某宫墙深处，就不是诗了，而是散文了。这个意象的概括性，实际上是一种想象性，是诗人的情感和客观对象之间的一种假定性的契合。这里，诗人对早春之美的惊叹之情，正好与梅花和柳条的特点猝然遇合了。从客观对象来说，这是一种发现，更主要的是排除，省略了梅花和柳枝以外的无限多样的细节；从主观情感来说，这是一种体验、顿悟；从意象符号的创造来说，这是一种更新。

艺术创作不仅要有客观的特征，要有主观情感的特征，要有形式特征规范，更要有所更新，这就不能不通过想象、假定、虚拟。物象循诗的想象，由情感冲击，就发生了变异。在贺知章的《咏柳》中，柳树明明不是碧玉，偏要说它是"碧玉妆成"，春风明明没有剪刀的功能，偏偏要说它能精工裁剪精致的柳芽。李白的《劳劳亭》也一样是写春天的：

天下伤心处，劳劳送客亭。

春风知别苦，不遣柳条青。

唐朝习俗，送别折柳相赠，柳与留谐音，表示恋恋不舍，同时暗示，来年柳绿，就该想起归来了，想起朋友的感情。劳劳亭的春天，柳树还没有发青。这是一个自然现象，但在诗人的假定性想象中：春风知道离别之苦，故意不让柳条发青；柳条不发青了，就不能折柳相送，这样就可以免去离别之苦了。这种折柳的"象"是普遍的，甚至可以说公用的，但赋予它这样的"意"，把不发青的原因解释为不让朋友送别，是独一无二的。而这个意象符号，就更新了。

辛弃疾在另外一个地方发现春的意象符号："城中桃李愁风雨，春在溪头荠菜花。"风雨一来春天就要过去，桃李花经不起考验，但米粒一样大的白白的荠菜花非常朴素，却经得起风雨的考验。这种对春天的感觉，与那种"千里莺啼绿映红"的感觉是不一样的。这就是意象符号的更新。首先是"象"的更新，其次是"意"的更新。荠菜花是非常朴素的，却比鲜艳的桃李花更经得起时间考验。作者把美好的感情寄托于朴素的荠菜花上，而不是城市中艳丽的桃李花上，这种假定性的契合点的发现、更新，是意象的生命。

文本分析不下去，第二个原因是得象忘意，也就是把景语仅仅当作景语，忘记为景语定性的情语，外在景观是由内在情志选择、定性的。这一点上，就是连一些唐诗宋词的权威，也往往犯起码的错误。例如，把苏轼的《赤壁怀古》第一句，"大江东去，浪淘尽，千古风流人物"，简单地当成"即景写实"。[①]这很经不起推敲，你站在长江边上，就算能看到辽远的空间实景，但怎么可能看到千古的英雄人物呢？千古，是时间啊，英雄人物早就消亡了，是看不见的，不可能写实的。光从客观的景观来看，是看不出名堂的，因为主导这样意象群落的是苏轼的豪杰风流之气。正是意象深层的情致才能感动人。再来看一首更单纯的：

天街小雨润如酥，草色遥看近却无。

最是一年春好处，绝胜烟柳满皇都。

"天街小雨"，这是首都的雨，下出什么效果呢？"草色遥看近却无"，这句诗非常非常有名，好在哪里啊？用还原的办法，通常都是远看不清楚，近看很清楚。远看一朵花，近看一个疤。但是这里草色遥看，隐隐有绿意，近看却没有了，这是很有特点的。但是，光分析到这里，这还是在"象"的表层，更深的是诗人内心的"意"。一般人看到草色、看到

---

① 此系唐圭璋在《唐宋词选释》所言，吴熊和主编《唐宋词汇评·两宋卷》（第1册），浙江教育出版社2004年版，第426页。

远远的绿意，近看却没有了，没了就没了吧，但是韩愈却感到很重要、很欣喜，为内心这个发现而心动，觉得精彩。这就是“意”，这就是诗意。这不仅仅是景色的特点，而且是心灵的非常微妙的感触，韩愈难得有这样的精细。后面的两句说，隐约的草色比之满眼的翠柳还要美，这就是体悟触动感知的效果放大了，当然有点直白了，没有超越前面两句的艺术效果，但是，为前面微妙的感知效果作了注解。

文本分析不下去，第三个原因在于，对于诗人五官感知的特点和其间的转换，缺乏精致的辨析能力。例如，王维的《鸟鸣涧》：

人闲桂花落，夜静春山空。

月出惊山鸟，时鸣春涧中。

表层高度统一于“夜静”，没有什么明显意脉的发展和变化。但是，这种变化存在于视觉与听觉的感知精微的统一和变化之中。首先，桂花之落是无声的，而能为人所感知，可见其“闲”，这是意脉的起点。其次，月出本为光影之变幻，是无声的，却能惊醒山鸟使之鸣，可见夜之“静”。鸟之鸣是有声的，这是意之变（我把它叫作意脉，下文详述）。再次，本来明确点出“春山”是“空”的，有鸟，有鸣声则不空。而一鸟之鸣，却能闻于大山之中，一如“鸟鸣山更幽”的反衬效果。最后，如此一变，再变，从客体观之，统一于山之“静”，山之“幽”，山之“空”，从主体观之，是统一于人心境之“闲”，心之“空”，以微妙的感知表现了意和境的高度统一而丰富。

要学会欣赏古典诗歌，首先就要学会从意象中分析出显性的感知和隐性的情绪，看出外部感知正是内在情致冲击造成的，感知是由感情决定的。千古风流，草色胜于柳色的美，正是内心感情的美。文艺美学的任务是什么？首先就是揭示感情冲击感觉发生变异的一种学问。变异的感知是结果，所提示的是情感的原因。

四、意脉的三种形态和意境

不可忽略的是，在诗歌中出现的意象并不是单独的，而是群落性的、整体性的。意象的整体之美，并不是意象的总和，而是意象群落之间的有机结构。上述“桂花”“春山”“月出”“山鸟”“时鸣”“春涧”本来是分散的，之所以能够统一为有机的整体，就是因为其中有一种意的脉络。在古典抒情经典中，意就是情，情的特点，就是动。故汉语有动情、感动、触动、心动之说，情就不是静止的，而是变动的，故《诗大序》曰：“情动于衷”，相反，则是无动于衷。正是因为情感要动，而且要在动中把意象贯穿起来，统一为有机的结构（这就是意境，下文详述），我把它叫作“意脉”。古典诗歌分析，言不及义，滔滔者天下皆是也，原因在于得象忘意，即使偶尔得意，也是片段之意，而非贯穿整体之意脉。

得象忘意的毛病很普遍，原因在于，象是表层、显性的、一望而知的，而意是深层、隐性的，在文学上是不直接连贯的，潜在于空白之中。对一般读者来说，是可意会不可言传的。在中国古典诗歌中，表层意象往往是很华彩的，一望而知，故深层的意很容易被掩盖、被忽略、被遮蔽。而意脉则比之意象更为隐秘，故更不容易全面梳理。例如白居易的《钱塘湖春行》：

孤山寺北贾亭西，水面初平云脚低。

几处早莺争暖树，谁家新燕啄春泥。

乱花渐欲迷人眼，浅草才能没马蹄。

最爱湖东行不足，绿杨阴里白沙堤。

人们往往把注意仅仅聚焦在“几处早莺争暖树，谁家新燕啄春泥。乱花渐欲迷人眼，浅草才能没马蹄”的美好景观上。如此美好的春色，如此华彩的语言，感染力太强。尤其是“乱花渐欲迷人眼”，并不需要太高的修养，就能感到视觉形象的冲击力。但是，满足于此，就是满足于象，而失其意。其实，这里更精彩的应该是下面“浅草才能没马蹄”。用我提倡的还原法揭示矛盾：本来，春天来了，一般先是“江南草长”，然后才是“杂花生树”，通常是草先茂盛，然后才是花开，然而这里，却是花已经开得“迷人眼”了，而草才仅仅淹没马蹄。分析到这里，固然进入比较深层了，但还仅仅限于象。在象的更深处的“意”，是骑在马上的人对浅草的瞬间的发现，微妙的惊喜。分析到这里，还只是意象的部分，还不是整体，还不是贯穿首尾的意脉，还不能解释最后两句“最爱湖东行不足，绿杨阴里白沙堤”的好处。论者的任务是在象的空白中，把贯穿首尾的意脉的动态，变动的脉络梳理出来。其关键就在对“浅草”的发现惊喜到如此程度，以致把它看得比乱花迷人更精彩。导致这个骑在马上的人，宁愿不骑马，在白沙堤上行走，和大地和浅草相亲。这个贯穿首尾的意脉完整梳理出来了，草比花更可爱的情感特殊性也就一目了然了。

意象与意象之间从字面上看，有联系，但联系是表面的，有如水中之岛，存在于若隐若现的空白之中。就在这些空白中，象断意连，潜藏着情致的脉络，我把它叫作“意脉”。

“意脉”贯通，达到某种整体性，首尾贯通，使整首诗，达到有机统一的程度，远近相对，息息相通，不可句摘，增一字则太多，减一字则太少，构成中国古典诗论所津津乐道的“意境”。

意境美的特点就是：第一，整体的美；第二，意象群落的空白中意脉潜在之美，意在境中，情景交融，融情入景，“不着一字，尽得风流”。如司空图所说：“诗家之景，如蓝田日暖，良玉生烟，可望而不可置于眉睫之前也。象外之象，景外之景，岂容易可谈哉。”[①]“象外之象”“景外之景”就是潜在的隐性的言外之意，意境的精彩往往在语言中是不可穷尽的空白。

意脉是隐性的，意境是潜在的，风格常常是婉约的，直接抒发出来的豪情壮志不属于意境。不管《离骚》那样的直接抒情，还是政治抒情，还是王昌龄的“黄沙百战穿金甲，不破楼兰终不还”，还有像唐诗中的歌行体，大量的直接抒情，与西方浪漫主义诗歌“强烈的感情的自然流泻”，就全是显性的了，和意境相比，虽然同为诗歌艺术，但是在艺术方法和风格上属于不同范畴，有如同为物，有阴与阳之别，同为人，有男性与女性之分。

意脉其表现形态是多样的，在中国古典诗歌中，至少可以分为三类。第一类是最常见的，有统一的意脉络贯穿其间。有了统一的意脉，意脉贯穿首尾，意象与意象具有某种线性的相关性，在性质和量度上精密地相应，以开合、正反、因果的逻辑构成完整的统一体。

这种意脉，有时是转折性。

绝句最擅长于表现诗人情绪的瞬间转换，如杜牧的《山行》：

远上寒山石径斜，白云生处有人家。

停车坐爱枫林晚，霜叶红于二月花。

凭直觉判断，一望而知，最后一句“霜叶红于二月花”最精彩。因为这个比喻出奇制胜，属于朱自清先生所提出的“远取譬”。远取，相对于近取，这里是双重的远。第一，是叶子比花红。第二，是秋叶比春花艳，都不仅仅是时间上的远，而且是心理上的远，越远越新颖，双重的远取，构成双重的新异，触动读者的审美惊异。但是，光是分析到此，还只是意象之美。分析的难度在于，以局部为索引，透视整体。如果没有前面三句的铺垫，则此首诗还是构不成统一的意脉。开头两句：“远上寒山”“白云生处”，意象都是大远景，情感随目光向远处延伸，越是遥远，越是有凝神观照之美。而后面两句，恰恰相反。转折点在第三句，本来是一边行车一边从容观赏，突然车子停了下来，也就是停止了远方白云生处的凝神，转向近处车边，身边的枫林。视线的转移，也就是意脉的变化，显示枫林之美超过了远方白云生处之美，心灵触发了一种震惊。震惊的原因又是枫叶色彩之鲜艳胜过春花。意象的前后对比，意脉的前后转换，完成于一瞬间。霜叶红于二月花，正是这个意脉的高潮，使得意境在前后对比中完成统一。

在唐诗绝句中，关键就是这种瞬间情致转换的潜隐性。在情致转换上不够潜隐，就会

---

① 这个比喻很出名，后来反复为诗家所引。语出司空图《与极浦书》：“戴容州云诗家之景如蓝田日暖，良玉生烟，可望而不可置于眉睫之前也。象外之象，景外之景岂容易可谈哉。”

影响意境的圆融。孤立的分析，有时难以深入，这时就用得上比较。有比较才能有鉴别，叶绍翁的《游园不值》因为有前承的诗作，提供了现成的可比性，有利于分析的深化。

应怜屐齿印苍苔，小扣柴扉久不开。

春色满园关不住，一枝红杏出墙来。

还原一下，第一，苍苔说明没有什么人来，可以说是幽径；第二，诗人很细心，怜惜苍苔，就是怜惜这种宁静的环境的心情。“小扣柴扉久不开”，“小扣”即轻扣，“久不开”，不仅仅是很有耐心，而且很文雅，非常有修养。表面意象下面隐藏着的情意，第一个层次是，宁静的心情的持续性。接下去，“春色满园关不住，一枝红杏出墙来”，突然这种持续性被打破了，发现一枝红杏，这是一个惊喜。这是情意的第二个层次，这个层次的精彩在于，那久扣的门，开不开，全忘记了，这是一枝红杏的美的效果。第三个层次，惊喜还在于“满园春色”，激动诗人的不仅是一枝红杏的色彩，更在于想象中，满院比眼前这一枝要精彩得多。这个“一枝”，乃是对诗人想象的触动，引发了情致的转换。最后，精彩还在于“关”字。“一枝”是说少，“满园”是说多，“春色”是说丰富，“关”是说隐藏。但是，光凭这一枝，一刹那间，就让诗人的感知变化了：少变成了多，隐藏变成了丰富。那就是说，由一朵红杏这个意象的刺激，满园春色已经藏不住了，朋友在不在无所谓了。情致的转折，瞬间意脉的转折，也完成了意境的圆融。

这么高级的艺术品，很可惜，却有盗版的嫌疑，盗了一个很有名的诗人陆游的诗：

平桥小陌雨初收，淡日穿云翠霭浮。

杨柳不遮春色断，一枝红杏出墙头。

明显偷了陆游的“一枝红杏出墙头”，是盗版的比较好还是原版的比较好？盗版的比较好。当时因为没有版权的法律，也有它的好处，可以修改别人的作品，越改越好。陆游的“平桥小陌”“淡日穿云”，好像挺漂亮，但是，好像又不是很漂亮。因为一，这样的意象群落在宋朝诗人那里是一般水准，作为一幅山水田园图画也缺乏特色，内含的情绪也同样缺乏个性。如果就这么写下去，难免显得平庸。但是接下去两句，就有点不同了。“杨柳不遮春色断，一枝红杏出墙头”，平桥小陌，淡日穿云，翠霭碧柳，美景本来是主体，一下子变成了背景，红杏一枝变成了主体，好处是，杨柳再茂密，再美，挡不住一枝红杏，红杏更美。精彩在于一枝红杏，而不是数枝。数枝跟一枝有什么区别？一枝是刚刚有这么一点点，有更大的冲击性，一枝红杏比之满眼杨柳更动人。但是有一个缺点，问题是它本来就有茂密的杨柳了，本身就是“春色”了，这在内在逻辑，也就是意脉上有些问题，本来春天你就感觉到了，只是红杏一出墙来，就觉得这个才是春色，杨柳再茂密也遮挡不住。这里当然有诗人的心情的变化，但是，只是某种量的比较。少量的红，比满眼的绿更动人。

叶绍翁的改作，比陆游的原作好在意脉有数个层次的反差：第一，开头没有杨柳，没有平桥小陌，没有浮云翠霭，没有春天的任何信息，只有地上的苍苔，发现红杏，是突然发现的春色信息；第二，这个信息，只是一个看得见的有限信号，冲击出想象中比之丰富得多的“满园”的“春色”；第三，更重要的是，敲门良久，门还不开，突然发现一枝红杏，惊喜之情转移了关注的焦点，情绪反差更强烈，朋友的在与不在，门的开与不开，被遗忘了；第四，“关”门的“关”有了双关的意义，增添了遮挡不住的意味。比之陆游的“遮不住”仅仅限于视觉内涵要丰富、精致得多。

有时学人虽然意识到象背后的意，但是，往往只注意到单个意象背后的意，就忽略了意脉整体的微妙转换。

举一个稍微复杂点的例子，杜甫的《春夜喜雨》中都是常用语词，一个生字都没有，靠生字过日子的老师就没饭吃了。“好雨知时节，当春乃发生”，大白话，不像诗啊，雨真好啊，一到春天就来了。记住，这是表层结构。看下去才可能知道它的好处。“随风潜入夜，润物细无声”。题目不要忘掉，“春夜喜雨”，四个字都有用，春、夜、喜、雨，一个字都没浪费掉。分析什么呢？雨的特点。一般第一个层次，表层的，雨是夜里的。特点，第一，是看不见的雨。看不见的雨怎么写？“随风潜入夜”。看不见怎么样感觉？“潜入”，偷偷地来了。那你怎么知道？虽然看不见，我能感觉得到。雨的第二个特点是什么呢？“润物细无声”，“无声”，没有声音啊。人们对雨的感知无非是眼睛和耳朵，眼睛看得见，耳朵听得到。夜里的细雨，既看不见，而且，又听不到。但是看不见的雨我也是感觉到它默默地来了；听不见的，我感觉到它渗入地下根须，无声之声。你看这个杜甫，他心灵多么精致啊。那么关心那个雨细细地、从容地下，这时回过头来看他的第一句，“好雨知时节”，大白话，这个雨真是好啊，才能体悟到，它情绪的分量。时间到了，春天来了，它就来了，为什么？农业社会，况且兵荒马乱，“戎马关山北”，烽火连天啊。春雨乃是国计民生所系。春雨不来就饿死人的呀，所以，杜甫为这个雨，表层是雨的特点，看不见听不见，深层是看不见听不见我的心感觉到了。一种默默的、无声无息的欣慰。雨来了，一个人独自欣慰。注意，一个人，默默地，看不见，闭着眼睛我也感到安慰。这雨真是美，春雨如油啊。读懂这两句，“随风潜入夜，润物细无声”，就全懂了。然后“野径云俱黑，江船火独明”，这个雨下得很浓很密，一眼看下去整个田野上都是黑的，黑到田野上都有云啊。这写的成都啊，平原啊，平原上才看得到云，云在地上。如果是山区，云在山上了。“白云生处有人家”，是吧？满眼漆黑，有什么美？有什么好看？因为，雨下得浓密，下个不停。本来在汉语里黑和暗是联系在一起的，写一片乌黑的美，杜甫是很大胆的，因为越是黑，越是下得绵密。但是，杜甫有匠心，黑而不暗，就让它黑得再漂亮一点，“江船火独明”，有一点渔火，反衬着那个满眼皆黑的，浓密的雨，让它生动起来。一片漆黑，是大自然的恩赐，有一点渔火照耀，显得有生气，更令人安慰，这是景观的明亮，也是独自享受的心情的明亮。这就把春夜喜雨的“喜”的特点，点得相当有特点了。古典诗话上说，全文无一个喜字，可是喜却渗透在通篇之中。这是一种在黑暗中默默的欣慰，无声的独享。不是那种“千里莺啼绿映红，水村山郭酒旗风”的喜，也不是“春色满园关不住，一枝红杏出墙来”的喜，而是无声无色的喜。如果光是分析到这里，好像是意脉没有变化了，没有曲折了。但是，接下来。“晓看红湿处，花重锦官城”。杜甫是懂得一点绘画的，写了许多关于绘画的诗，他懂得暗色和亮色的对比。你不是看不见听不见吗？早上起来看，没有雨了，黑暗一扫而空，满眼是鲜艳的色彩，这是视觉的转折。光说是花的色彩非常鲜艳，是不到位的。花的特点是湿漉漉的。用油画的语言来说，不仅是鲜艳，而且有水淋淋的质感，其次，“花重锦官城”，不但有质感，而且给它一种量感。杜甫写花的量感，也是拿手的：“黄四娘家花满蹊，千朵万朵压枝低。”这样的花的质和量只有杜甫才能写得出。但是光是花写得好，还不算好，好在它在意脉中的突转。它和昨夜的雨有什么关系呢？恰恰是那看不见听不见的雨下的结果。昨天晚上什么也看不见、听不见，今天突然一个对比。这是景观的对比，感知的对比，更是心情的内在的转换。喜的意境尽在这样的双重转换之中。

王昌龄《出塞》有两首，第一首（秦时明月汉时关），备受称道，但是，有争议，这一点下面细讲。其第二首在意境上不但大大高出这一首，就是拿到历代诗评家推崇的“压卷”之作中去，也有过之而无不及，令人不解的是，千年来，诗话家却从未论及。这不能不给人以咄咄怪事的感觉。因而，特别有必要提出来探究一下。原诗是这样的：

骝马新跨白玉鞍，战罢沙场月色寒。

城头铁鼓声犹震，匣里金刀血未干。

此首诗以四句之短而能正面着笔写战事，红马、玉鞍，沙场、月寒，金刀、鲜血，城头、鼓声，不过是八个意象，写浴血英雄豪情，却以无声微妙之意脉，构成统一的意境，功力在于：

第一，情绪上高度集中，虽然正面写战争，但把焦点放在血战之将结束尚未完全结束之际。

先写战前的准备：不直接写心情，写备马的意象。骝马，黑鬃黑尾的红马，配上的鞍，质地是玉的。战争是血腥的，但是，毫无血腥的预期，却一味醉心于战马之美，潜在的意味是表现壮心之雄。接下去如果写战争过程，剩下的三行是不够用的。诗人巧妙地跳过正面搏击过程，把焦点放在火热的搏斗以后，写战后的回味。为什么呢？

第二，与血腥的战事必须拉开距离，把情致放在回味中，一如王翰放在醉卧沙场预想之中，都是为了拉开时间距离，拉开空间距离，拉开人身距离（如放在妻子的梦中），都有利于超越实用价值（如死亡、伤痛），进入审美的想象，让情感获得自由，这是唐代诗人惯用的法门。但是，王昌龄的精致还在于，虽然把血腥的搏斗放在回忆之中，却不拉开太大的距离。把血腥放在战事基本结束，而又未完全结束之际。意脉聚焦在战罢而突然发现未罢的一念之中，立意的关键是猝然回味。在一刹那间凝聚多重体验。

第三，从视觉来说，月色照耀沙场。不但提示从白天到夜晚战事持续之长，而且暗示战情之酣，酣到忘记了时间，战罢方才猛醒。而这种省悟，又不仅仅因月之光，而且因月之“寒”。因触觉之寒而注意到视觉之光。触觉感突然变为时间感。近身搏斗的酣热，转化为空旷寒冷。这就是元人杨载所谓的“反接”，这意味着，精神高度集中，忘记了生死，忽略了战场血腥的感知，甚至是自我的感知，这种“忘我”的境界，就是诗人用“寒”字暗示出来的。这个寒字的好处还在于，这是意脉突然的变化，战斗方殷，生死存亡，无暇顾及，战事结束方才发现，既是一种刹那的自我召回，是瞬间的享受，也是意脉的转折。

第四，在意脉的节奏上，与凶险的紧张相对照，这是轻松的缓和，隐含着胜利者的欣慰和自得。全诗的诗眼，就在“战罢”两个字上。从情绪上讲，战罢沙场的缓和，不同于通常的缓和，是一种尚未完全缓和的缓和。以听觉提示，战鼓之声未绝，说明总体是“战罢”了，但是局部，战鼓还有激响。这种战事尾声之感，并不限于远方的城头，而且还能贴近到身边来：“匣里金刀血未干。”意脉进入回忆的唤醒，血腥就在瞬息之前。谁的血？当然是敌人的。对于胜利者，这是一种享受。内心的享受是无声的，默默体悟的。当然城头的鼓是有声的，这正是激发享受的原因，有声与无声，喜悦是双重的，但是，都是独自的，甚至是秘密的。金刀在匣里，刚刚放进去，只有自己知道。喜悦只有自己知道才精彩，大叫大喊地欢呼，感叹，不管是“黄沙百战穿金甲，不破楼兰终不还”，还是“但使龙城飞将在，不教胡马度阴山”的豪壮，都不属于意境的范畴了。

第五，诗人所用的意象，可谓精雕细刻。骝马饰以白玉，红黑色马，配以白色，显其豪华壮美。但是，一般战马，大都是铁马，所谓铁马金戈。这里，可是玉马。这是不是太贵重了？正是盛唐气象，立意之奇，还在于接下来是“铁鼓”。这个字炼得惊人。通常，诗化的战场上，大都是“金鼓”。金鼓齐鸣，以金玉之质，表精神高贵。而铁鼓与玉鞍相配，则另有一番意味，超越了金鼓，意气风发中，带一点粗犷，甚至野性，与战事的凶险相关。更出奇的，是金刀。金，贵金属，代表荣华富贵，却让它带上鲜血。这些超越常规的意象组合，并不是俄国形式主义者所说的单个词语的陌生化效果，而是潜在于一系列的词语之间的错位。这种层层叠加的错位，构成豪迈意气的某种意脉，表现出刹那间的英雄心态。

第六，诗人的全部意脉，集中在一个转折点：就外部世界来说，从不觉月寒而突感月寒，从以为战罢而感到尚未罢；就内部感受来说，从忘我到唤醒自我，从胜利的自豪到血腥的体悟，这些情感活动，都是隐秘的、微妙的、刹那交错的。而表现这种瞬间心灵状态，正是绝句的特殊优长。表现刹那间的心灵震颤，恰恰是绝句不同于古风的地方。

不管从意脉的贯穿性，还是从意境的和谐，都是高度完整有机统一的。

中国古典诗歌意境的微妙，是多样的。意脉贯穿以情绪转换取胜，也丰富多彩，有时，其妙处恰恰不在情致从静态向动态的迅速转换，而是相反，从动态向静态转换。如王昌龄的：

琵琶起舞换新声，总是关山旧别情。

撩乱边愁听不尽，高高秋月照长城。

意象群落的感性方面，是有变化的，从琵琶乐曲的听觉意象，转换到月亮的视觉意象。但是，精彩不仅仅在视觉转换，而在转换是从听觉动态（心烦意乱），变成了一幅静态的图画：高高秋月提示有一双目光在持续注视、凝神。反复翻新关山离别的音乐，听得心烦，突然变成了对月亮的看得发呆，提示其思乡情愫的取代，从心灵的动态到静态的转换。这种转换，有一种持续感，是一种不结束的结束，正是这首诗意境所在。

这就是古典诗歌意境的第二种形态：不是以情绪的瞬间转换取胜，而是相反，以情绪的潜在的持续性见长。李白的《送孟浩然之广陵》也是这样：

故人西辞黄鹤楼，烟花三月下扬州。

孤帆远影碧空尽，唯见长江天际流。

诗中的意脉是一贯的，写的是目送友人远去。离别之情不但没有结束，没有转换，恰恰相反，仍然没有改变。这里的关键几个字，第一是“孤帆”，这是目送的选择性，盛唐之时，长江上可能千帆竞发，并不只有友人之帆，但是，诗人只看见友人的，其他的似乎都不存在。第二是“远影”，写目送的持续性。从近的选择，到远的不变，表现目光的凝聚。第三是“碧空尽”，友人之帆，本在水上，却说碧空尽，说明已经在天水交接之水平线，不可复睹，但是目光仍然凝聚。第四是“天际流”，明明友人之帆已经消失了，目光仍然不变在看着向远方流去的江水。这说明，诗人看呆了。这有点像现今电影，空镜头不空，主观性更强。以镜头之空，表现目光之呆，在这方面，唐诗似乎是拿手好戏。岑参的“山回路转不见君，雪上空留马行处”，也是这样的空镜头。

意境的第三种形态，则更为空灵。同为婉约的、潜隐的、和谐的、蕴藉的，王维的《辛夷坞》就有所不同：

木末芙蓉花，山中发红萼。

涧户寂无人，纷纷开且落。

这里当然可以感到意境，感到意象之下的主观意味的微妙，但，似乎没有线性的意脉，诗中点明“无人”，意脉应该是人的。但这里的意象群落是高度统一的，红萼是鲜艳的，开在山中，本该有欣赏的目光赋予它情志价值的，却没有。然而，红萼并不受“无人”的影响，兀自花开花落，生命自然运行。与人的喜怒哀乐的情致毫无关系，这里的精粹在于表面上的“无人”的感知，实际上，还是有一种目光，坦然的、淡定的目光，看着生命的生长和消逝的过程，心境似乎微波不起。

这也是一种意境，这种意境并不以线性的情感变动为特点，而是相反，以情感的不变为特点。但是，这种情感的不变，却有更深的意味，那就是某种带着禅意的哲学。万物皆自然，人的情志只能遵循大自然的时序，才是自然的、自由的，这本身超越了世俗的观念，进入了人生更高的哲理境界。王维《辋川集》的《白石滩》与这一首有异曲同工之妙：

清浅白石滩，绿蒲向堪把。

家住水东西，浣纱明月下。

清浅白石滩，说明水是清净的、透明的，因为看得见白石。与白石相对的是绿蒲，刚刚生长，并不强调其茂盛。色彩净而不丽，人物动而平静。晚上出来浣纱，这一笔，似乎不是写水和月。但是，如果不是这样透明的水、透明的月光，而是黑暗的，女孩晚上就不可能出来浣纱。有了水的透明，再加上月光，境界就更统一于透明了。在这平凡的透明的世界中，浣纱女和诗人一样有着平静的心情，在这一点上，外景与内心是高度统一，构成宁而静的意境。

总结起来说，中国诗歌的意境，大致有三种：第一种以意脉或强或弱的变化转折取胜，情感处于一种动态，其意脉为线性的曲折状态。第二种，意脉不是处于动态，而是处于持续性凝神状态。从视觉来说，是目光的静止，从听觉来说，是听觉处于静止状态（此时无声胜有声）。第三种，以意味的渗透、扩散为特点。情感不但是静态，而且有虚态，意象则自在、自为，不加修饰。透露出某种理念，弱化、虚化的情感之所以动人，原因在于感知越过情感直达理念，水乳交融，表现人与自然的和谐，心与物的融合，意与境的高度性的统一。从某种意义上说，这应该是更符合不着一字，尽得风流的理念。这里往往有中国古典诗歌中的神品，也许是中国特有的。与西欧的“强烈的情感自然流泻”相比，并不因其情感不强烈，而降低其品位，也不像西欧玄学派和浪漫主义诗歌那样，直接诉诸理念。但是，理在无情有感之中。这种境界是最中国的，在理论上往往被忽视。

五、推敲典故的片段意脉和整体意境的矛盾

如果不是这样，光是意象有某种优长，意脉不能贯穿首尾，则很难构成和谐的意境。就连著名的“推敲”的典故所涉及的那首诗《题李凝幽居》，虽然在意象有成功，但在意境上则是破碎的。

此事最早见于记录唐代刘禹锡（772—842）言行的《刘宾客嘉话录》：

> 岛初赴举京师，一日于驴上得句云：“鸟宿池边树，僧敲月下门。”始欲着“推”字，又欲着“敲”字，练之未定，遂于驴上吟哦，时时引手作推敲之势。时韩愈吏部权京兆，岛不觉冲至第三节，左右拥之尹前，岛具对所得诗句云云。韩立马良久，谓岛曰：“作‘敲’字佳矣！”遂与并辔而归，留连论诗，与为布衣之交。自此名著。①

一千多年来，推敲的典故，脍炙人口。韩愈当时是京兆尹，也就是首都的行政长官，他又是大诗人、大散文家，他的说法，很权威，日后几乎成了定论。但是为什么“敲”字就一定比“推”字好呢？至今却没有人从理论上加以说明。但是，朱光潜在《谈文学·咬文嚼字》中提出异议，认为从宁静的意境的和谐统一上看，倒应该是“推”字比较好一点：

> 古今人也都赞赏“敲”字比“推”字下得好。其实这不仅是文字上的分别，同时也是意境上的分别。“推”固然显得鲁莽一点，但是它表示孤僧步月归寺，门原来是他自己掩的，于今他“推”。他须自掩自推，足见寺里只有他孤零零的一个和尚。在这冷寂的场合，他有兴致出来步月，兴尽而返，独往独来，自在无碍，他也自有一副胸襟气度。“敲”就显得他拘礼些，也就显得寺里有人应门。他仿佛是乘月夜访友，他自己不甘寂寞，那寺里如果不是热闹场合，至少也有一些温暖的人情。比较起来，“敲”的空气没有“推”的那么冷寂。就上句“鸟宿池边树”看来，“推”似乎比“敲”要调和些。“推”可以无声，“敲”就不免剥啄有声，惊起了宿鸟，打破了岑寂，也似乎平添了搅扰。所以我很怀疑韩愈的修改是否真如古今所称赏的那么妥当。

朱氏仍用传统的批评方法，虽然在观点上有新见，但在方法上仍然是估测性强于分析性。其实以感觉要素的结构功能来解释，应该是“敲”字比较好。因为“鸟宿池边树，僧推月下门”，二者都属于视觉，而改成“僧敲月下门”，后者就成为视觉和听觉要素的结构。

---

① 此则佳话，五代何光远《鉴诫录》等书，转辗抄录，又见于宋阮阅《诗话总龟·前集》（卷十一）引录《唐宋遗史》，黄朝英《缃素杂记》、计有功（1126 年前后在世）《唐诗纪事》（卷四十）、黄彻《碧溪诗话》（卷四）、元辛文房《唐才子传》（卷五），文字有增减，本事则同。然今本韦绚：《刘宾客嘉话录》，有中华书局 1985 年版，不见此则记载。

一般地说，在感觉的构成中，如果其他条件相同，异类的要素结构产生更大的功能。从实际鉴赏过程中来看，如果是“推”字，可能是本寺和尚归来，与鸟宿树上的暗示大体契合。如果是“敲”则肯定是外来的行脚僧，于意境上也是契合的。“敲”字好处胜过“推”字在于它强调了一种听觉信息，由视觉信息和听觉信息形成的结构的功能更大。两句诗所营造的氛围，是无声的静寂的，如果是“推”，则宁静到极点，可能有点单调。“敲”字的好处在于在这个静寂的境界里敲出了一点声音，用精致的听觉（轻轻地敲，而不是擂）打破了一点静寂，反衬出这个境界更静。①

诗中本来就有敲字的音响效果，反衬出幽居的宁静，在艺术上，这与王维的《鸟鸣涧》：

月出惊山鸟，时鸣春涧中。

有相近之处。但是，由于高度和谐，王维的构成了高度纯粹的意境：整个大山，一片寂静，寂静到，只有一只鸟在山谷里鸣叫，都听得很真切。而且这只鸟之所以叫起来，通常应该是被声音惊醒的，而在这里，却不是，是被月光的变化惊醒的。月光的变化是没有声音的，光和影的变化居然能把鸟惊醒，说明是多么的宁静，而且这无声的宁静又统一了视觉和听觉的整体有机感，把视觉和听觉水乳交融地结合起来成为和谐的整体。在意境的构成中，每一个元素，都相互补充、相互渗透、相互不可缺少。一如前面的“人闲桂花落”，桂花落下来，这是心闲的视觉，同时也是静的听觉。因为，桂花很小，心灵不宁静，是不会感觉得到的。这里的静就不仅仅是听觉的表层的静，而且是心理的深层的宁。只有这样宁静的内心，才能感受到月光变化和小鸟的惊叫的因果关系。

在表面上，写的是客观的景物的特点，实质上，表现的是内心的宁静统一了外部世界的宁静，这样内外统一，就是意境的表现。

与“推敲”故事中的视觉和听觉渗透构成交融不同，这里是视觉和听觉的交替，形成了的一种效果，同样是有机的、水乳交融的，不可分割的两种感觉的结构，或者叫作视觉和听觉“场”。如果这一点能够得到认可，仍然潜藏着矛盾。用来说明“敲”字好的理论，是整体的有机性。但是，这里的“整体”却仅仅是一首诗中的两句，把它当作一个独立的单位，从整体中分离出来，是可以的。但是，这只是一个亚整体。从整首诗来说，这两句只是一个局部，它的结构，它的意脉，是不是能够全篇贯通呢？如果不是，则只是局部的句子精彩而已，还不能构成意境。贾岛的原诗是这样的：

闲居少邻并，草径入荒园。

鸟宿池边树，僧敲月下门。

① 参见孙绍振：《文学创作论》，海峡文艺出版社 2004 年版，第 270 页。

过桥分野色，移石动云根。

暂去还来此，幽期不负言。

幽居，作为动词，就是隐居，作为名词，就是隐居之所。第一联，从视觉上，写幽居的特点，没有邻居，似乎不算精彩。全诗没有点到幽字上去，但是，在第一联中，有两点值得注意。第一个是“闲”。一般写幽（居），从视觉着眼，写其远（幽远）；从听觉上来说，是静（幽静）。这些都是五官可感的，比较容易构成意象。但是，这里的第一句却用了一个五官不可感的字：“闲”（幽闲，悠闲）。这个“闲”字和“幽”字的关系，不可放过。因为它和后面的意境，感觉跟场有关系。

第二句，就把“幽”和“闲”的特点感觉化了：“草径入荒村”。大致提供了一种荒草于路的意象。这既是“幽”，又是“闲”的结果。因为“幽”，故少人迹，因为“闲”，故幽居者并不在意邻并之少，草径之荒。如果，把这个“幽”中之“闲”作为全诗意境的核心，则对于推敲二字的优劣可以进入更深层次的分析。“僧敲月下门”，可能是外来的和尚，敲门的确衬托出了幽静，但是，不见得“闲”。若是本寺的和尚，当然可能是“推”。还有个不可忽略的字眼：“月下”。回来晚了，也不着急，没有猛擂，说明是很“闲”的心情。僧“敲”月下门，就可能没有这么“闲”了。僧“推”月下门，则比较符合诗人要形容的幽居的“幽”的境界和心情。以“闲”的意脉而论，把前后两联统一起来看，而不是单单从两句来看，韩愈的“敲字佳矣”，似乎不一定是定论，还有讨论的余地。

关键是，下面还有四句。“过桥分野色，移石动云根”，《唐诗鉴赏词典》说：“是写回归路上所见。过桥是色彩斑斓的原野。”但是，从原诗（“分野色”）似乎看不出任何“斑斓”的色彩。问题出在“分野”这两个字究竟怎么解释。光是从字面上来抠，是比较费解的。从上下文来看，应该是描述地形地物的，现代词书上说是“江河分水岭位于同一水系的两条河流之间的较高的陆地区域”，简单说，就是河之间的地区。从上下文中来看“分野”和“过桥”联系在一起，像是河之间的意思。“过桥分野色”当是过了桥就更显出分出不同的山野之色。这好像没有写出什么特别的精彩来，至于“移石动云根”，云为石之根，尽显其幽居之幽，但是，“移”字没有来由，为什么为一个朋友的别墅题诗要写到移动石头上去，殊不可解。

这里的“分野”是星象学上的名词。郑康成《周礼·保章氏》注：“古谓王者封国，上应列宿之位。九州诸国之封域，于星有分。”有国界的意思。联系上下文，当是过了桥，或者是桥那边，就是另一种分野，另一种星宿君临之境界了。接下去“移石动云根”。“云根”两字，很是险僻，显示出苦吟派诗人炼字的功夫。石头成了云的“根”，则云当为石的枝叶。但是，整句却有点费解。可能是移云动石根之意。说的是，云雾漶漫飘移，好像石头的根部都浮动起来似的。这是极写视野之辽阔，环境之幽远空灵。

从全诗统一的意境来看，“分野”写辽阔，在天空覆盖之下，像天空一样辽阔。“云根”写辽远。云和石成为根和枝叶的关系，肯定不是近景，而是远景。二者是比较和谐的。但是，与推敲句中的“月下门”和“鸟宿”的暗含的夜深光暗，有相矛盾之处。既然是月下，何来辽远之视野？就是时间和空间转换了，也和前面的宁静、幽静的意境不能交融。用古典诗话的话语来说，则是与上一联缺乏“照应”。再加上，“移石”与“动云根”之间的关系显得生硬。表现出苦吟派诗人专注于炼字：“两句三年得，一吟双泪流”（《题诗后》）。另一个诗人卢延让形容自己《苦吟》：“吟安一个字，捻断数茎须。”其失在于，专注于炼字功夫，却不善于营造整体意境。故此两句，“幽”则“幽”矣，“活”，则未必。

最后两句“暂去还来此，幽期不负言”则是直接抒情，极言幽居之吸引力。自家只是暂时离去，改日当重来。诗的题目是《题李凝幽居》，应该不是一般的诗作，也许是应主人之请而作，也许是题写在幽居的墙壁上的。说自己还要来的，把自己的意图说得这么清楚，一览无余，不管是不是场面上的客套话，但把话说得这样直白，乃意境之大忌，甚至可以说是对意境的破坏。

如果这个论断没有太大的错误，那么，韩愈的说法只是限于在两句之间。一旦拿到整首诗歌中去，可靠性就很有限。朱光潜先生在上述同篇文章注意到“问题不在‘推’字和‘敲’字哪一个比较恰当，而在哪一种境界是他当时所要说的而且与全诗调和的”，但是，朱光潜先生在具体分析中，恰恰忽略了全诗各句之间是否“调和”，他似乎都忽略了这首诗歌，本身的缺点就是没有能够构成统一的、贯穿全篇的意境。

王昌龄的绝句，后代评论甚高，胡应麟在《诗薮》中说：“七言绝以太白、江宁为主。”[①]明代诗人李攀龙曾经推崇其《出塞》（秦时明月汉时关，万里长征人未还。但使龙城飞将在，不教胡马度阴山。）为唐诗七绝的“压卷”之作。赞成此说的评点著作不在少数，但是也有人“不服”。说出道理来的是胡震亨《唐音癸签》：“发端虽奇，而后劲尚属中驷。”意思是后面两句是发议论，不如前面两句圆融，只能是中等水平。[②]明代孙鑛《唐诗品》也说：“后二句不太直乎……‘但使’‘不教’四字，既露且率，无高致。”批评王昌龄这两句集中在直露上，直露与意境的蕴藉、含蓄不相容。前面两句还是比较蕴藉的，意味是婉约的，而后面两句则太过直白。直白的豪迈很难与意境潜隐相容。

这些批评是很有道理的。

同时也提醒我们，中国古典诗歌艺术并不是像一些学者想象的那样，只有意境这样一

① 胡应麟：《诗薮·内编卷六（近体·绝句）》，上海古籍出版社1979年版，第115页。

② 胡震亨著，周维德点校：《唐音癸签》，《全唐诗话》（第5册），齐鲁书社2005年版，第3564页。

种好处。与之相对的，与之相反的，不是把感情藏在景观之后，类似西方诗人的直接抒情，是不是也达到了极高的艺术水平呢？

六、意境的“情景交融”和直接抒情的“无理而妙”

意境之美，这并不是中国古典诗歌的全部精华所在。王昌龄《出塞》之一，之所以引起争议，就是因为，它的后面两句，把豪情直截了当地抒发出来了。王昌龄的绝句，被赞为唐人第一，其实是需要分析的。他有时，直抒豪情的诗句，其实不是绝句之所长。如《从军行》：

青海长云暗雪山，孤城遥望玉门关。

黄沙百战穿金甲，不破楼兰终不还！

这样的英雄语，固然充满了盛唐气象，但是，以绝句这样短小的形式，作这样直接抒情，是不能不显得单薄的。至少不够含蓄，一览无余，缺乏铺垫。最主要的是，缺乏绝句擅长的微妙的情绪瞬间转换。想想李白的“人生在世不称意，明朝散发弄扁舟”（《宣州谢朓楼饯别校书叔云》）前前后后，有多少铺垫，有多少跳跃，有多少矛盾，有多少曲折。这种直接抒情，以大起大落为宏大气魄，不但不是绝句这样精致的形式所能容纳的，意境艺术，最忌直接抒发，一旦直接抒发出来，把话说明了，意境就消解了，或者转化为另一种境界了。

这是我国古典诗歌的另一种艺术境界，至今我国的诗学还没有给它一个命名，使之成为一种范畴。它不以意境的含蓄隽永，不着一字，尽得风流为特点，它所抒发的不是意境式的温情，而是激情，近似于像鲍照所说的“泻水置平地，各自东西南北流”，和华兹华斯的“强烈的感情的自然流泻”亦有息息相通之处。其想象如，天马行空，不可羁勒。关键在于其直接抒发的情感与理性拉开了距离，17 世纪的诗话家把它总结为“无理而妙”，然而，中国诗并不仅仅以意境见长，有时直接抒发之杰作也比比皆是。

但是，直接抒发，容易流于直白，也就是流于“议论”。王昌龄“但使龙城飞将在，不教胡马度阴山”之所以引起争议，就是因为其多少有点抽象。但是，并不是所有类似议论的诗句都是命中注定流于抽象的。如李白的“弃我去者昨日之日不可留，乱我心者今日之日多烦忧”。又如白居易的“在天愿作比翼鸟，在地愿为连理枝。天长地久有时尽，此恨绵绵无绝期”等皆是千年来脍炙人口的。我国古典诗话曾经把这个问题提到理论上来得出结论：“无理而妙”。最早是清代贺裳（约 1681 年前后在世）在《载酒园诗话》卷一中说：

诗又有以无理而妙者，如李益“早知潮有信，嫁与弄潮儿”，此可以理求乎？然自是妙语。至如义山“八骏日行三万里，穆王何事不重来”（李商隐《瑶池》），则又无理之理，更进一层。总之诗不可执一而论。

他的朋友清代的吴乔（1611—1695）在《围炉诗话》（卷一）中发挥说：

余友贺黄公（按贺裳字）曰：“严沧浪谓‘诗有别趣，非关理也’，而理实未尝碍诗之妙。……理岂可废乎？其无理而妙者，如‘早知潮有信，嫁与弄潮儿’，但是于理多一曲折耳。”乔谓唐诗有理，而非宋人诗话所谓理。①

这里所说的“无理而妙”，“理”是与人情对立的，与王维形而上的天人合一的物理、事理之“理”，有根本的不同，主要是指与情相对立的“实用理性”。最初是宋代《陈辅之诗话》提出来的，说是王安石特别欣赏王建（生于767年）《宫词》中的：

树头树底觅残红，一片西飞一片东。

自是桃花贪结子，错教人恨五更风。

“谓其意味深婉而悠长”，这种说法，太过感性，于理论似乎不着边际。过了差不多五百多年，明代钟惺（1574—1624）、谭元春（1586—1637）在《唐诗归》中联系到唐李益《江南词》：“嫁得瞿塘贾，朝朝误妾期。早知潮有信，嫁与弄潮儿。”以为其好处是“荒唐之想，写怨情却真切”“翻得奇，又是至理”，就隐约提出了理论上的“情”与“理”的关系：于情“真切”，乃为“至理”，但是，又是“荒唐”之想。“无理而妙”，超越通常的“理”（“此可以理求乎？”），才是“妙语”。结论是“无理之理”。在思想方法上，由此总结出一条，那就是“诗不可执一而论”，不要以为道理只有一种，从一方面来看，是“荒唐”的，是“无理”的，而从另一方面来看，又是有理的，不但有理，而且是“妙理”，很生动的。吴乔在《围炉诗话》卷一中指出“无理而妙”，并不是绝对无理，“但是于理多一曲折耳”。关键是这里的“理”是唐诗的“理”，和宋人诗话所谓“理”，不是一回事。宋人的理，是抽象教条之理，而这里的“理”是人情，和一般的理性不同，只是“于理多一曲折”。这就是说，这不是直接的“理”，而是一种间接的“理”。直接就是从理到理，而间接是通过一种什么东西达到理的呢？吴乔没有回答。徐增（1612—？）在《而庵说唐诗》卷九中，尝试作出回答：“此诗只作得一个‘信’字。”要知此不是悔嫁瞿塘贾，也不是悔不嫁弄潮儿，是恨“朝朝误妾期”耳。意思是说不是真正要嫁给船夫，而是表达一个“恨”字，恨什么呢？无“信”，就是没有一个准确的期限，造成了“朝朝误妾期”，一天又一天，

① 严沧浪谓，“诗有别趣，非关理也”，而理实未尝碍诗之妙。如元次山《舂陵行》、孟东野《游子吟》等，直是六经鼓吹，理岂可废乎？其无理而妙者，如“早知潮有信，嫁与弄潮儿”，但是于理多一曲折耳。

误了青春。这就是说，这里讲的并不完全是“理”，而是一种“情”。从“情”来说，这个“恨”，也是有一定道理的。不过这不是通常的理，可以说叫作“情理”。其境界不是一般的“意境”，而是“情理境”。

通常的理，简而言之，是一种逻辑上的因果关系，因为商人归期无定，所以悔不该误了青春。因为船夫归期有信，所以还不如嫁给船夫。但是，这仅仅是表面的原因。在这原因背后，还有原因的原因。为什么发出这样的极端的幽怨呢？因为期盼之切。而这种期盼之切、之深，只是一种激愤。从字面上讲，不如嫁给船夫，是直接的、实用因果关系，而期盼之深的原因，其性质是爱，是隐含在这个直接的原因深处的。这就造成了因果层次的转折，也就是所谓“于理多一曲折耳”。沈雄（约1653年前后在世）在《古今词话·词辨上卷》说，王士禛（1634—1711）欣赏彭羡门的“落花一夜嫁东风，无情蜂蝶轻相许”，同样可以用贺裳的“无理而入妙”“愈无理则愈入妙”来解释。

从艺术方法上说，意境内蕴与直接抒发是两条道路，也可以说是一对矛盾，意境回避直白，直白可能破坏意境。要使直白式的抒发，变成诗，有一个条件就是要与理拉开距离。可惜这样深刻的道理，古典诗话家往往满足于用篇幅短小的古体诗，或者绝句来阐释，因而，显得捉襟见肘。其实，这种无理而妙的气魄，在古风歌行中，其无理，其妙处，才得到充分表现。请允许我以李白《宣州谢朓楼饯别校书叔云》作微观的分析：

弃我去者，昨日之日不可留；

乱我心者，今日之日多烦忧。

长风万里送秋雁，对此可以酣高楼。

蓬莱文章建安骨，中间小谢又清发。

俱怀逸兴壮思飞，欲上青天览日月。

抽刀断水水更流，举杯销愁愁更愁。

人生在世不称意，明朝散发弄扁舟。

李白的这首之所以成为艺术经典，关键在于，在逻辑上的，也就是情绪上的“乱”。李白的“乱”，也就是“无理”，“弃我去者，昨日之日不可留；乱我心者，今日之日多烦忧。”本来，时间，是自然流逝的，不可能留的，这是常识理性，但是，李白的情感却为不能留住而烦忧。这个烦忧，还没有下文，却突然变成：“长风万里送秋雁，对此可以酣高楼。”

这种不合逻辑，之所以成为诗，就是因为表现了“乱我心者”的“乱”。表面上是无理，而在深层，却并不乱，因为“送秋雁”，就是送人（李云），把送人直接写出来，笔不乱了，意也连了，那就变成了散文，只写雁不写人，让它有一点“乱”，才是诗。

从意脉的运行来说，这是第一层次的“乱”，呈现的就是感情激昂时思绪的跳跃。这种跳跃性，这种“乱”，正是情感与理性，也是诗歌和散文不相同的地方。越是跳跃，就越是有抒情的美。越是逻辑严密，越是不“乱”，就越是缺乏诗意。这一次的跳跃的幅度还不是很大的。接下去，是第二层次的“乱”：

蓬莱文章建安骨，中间小谢又清发。

俱怀逸兴壮思飞，欲上青天览日月。

这里的跳跃的幅度就更大了，《王闿运手批唐诗》说：“中四句不贯，以其无愁也。”[①] 前面明明说，“烦忧”不可排解，可这里却没有了一点影子，一下子变得相当欢快。“蓬莱文章”，是对李云职务和文章的赞美，“小谢”“清发”是自比才华不凡。至于“壮兴思飞”“青天览月”，则更是豪情满怀。从开头的烦忧不可解脱到这里的欢快，如此矛盾竟是毫无过渡，逻辑上可以说是“乱”得可以了。但是，这里的“乱”，却不是绝对的，而是有着精致的分寸感的。首先，前面有“对此可以酣高楼”的“酣”字，提示酒喝到“酣”的程度，烦忧就消解了，心情就大不一样了。其次，人而思飞，这不是一般人的想象，而是带着孩子气的天真，这种天真与年已五旬的李白似乎并不相称，但是句前有“小谢”自称，联想就不难契合了。

比思飞的率真更动人的是揽月想象。月亮早在《诗经》就是姣好的意象，以其客体、环境的清净构成精神环境的美好。经过了千百年的积淀，到唐代月亮意象的符号意味在思乡的亲情和友情上趋于稳定。这个意象具备了公共性。李白的贡献就在于突破了这种想象的有限性。在李白现存诗作中，不算篇中间出的月亮意象，光是以月为题的就达二十余首，令人惊叹的是，从月亮意象衍生出来的群落，其丰富程度超过了从初唐到盛唐的诗人。李白的生命赋予月亮以生命，李白生命的外延成了月亮意象的外延。“举头望明月，低头思故乡”，固然是乡愁的共同载体，但却是潜意识微妙的触发。“明月出天山，沧茫云海间。长风几万里，吹度玉门关。”秀丽的月亮带上了边塞军旅苍凉而悲壮的色调。“长安一片月，万户捣衣声。秋风吹不尽，总是玉关情”，思妇闺房的幽怨弥漫在万里长空之中，优美带上了壮美色质。李白使月亮焕发出生机，改变了它作为观赏对象的潜在成规，静态的联想机制被突破了，月亮和李白不可羁勒的情感一样运动起来，随着李白的情感变幻万千。当他童稚未开，月亮就是“白玉盘”“瑶台镜”（小时不识月，呼作白玉盘。又疑瑶台镜，飞在青云端）；当友人远谪边地，月光就化为他的感情形影不离地追随（我寄愁心与明月，随君直到夜郎西）；月亮可以带上他孤高的气质（万里浮云卷碧山，青天中道流孤月）；也可以成为豪情的载体在功成名就后就供他赏玩（一振高名满帝都，归时还弄峨眉月）。清夜望月可以作屈原式的质疑（白免捣药秋复春，嫦娥孤栖与谁邻）；金樽对月意味着及时享受

① 陈伯海主编：《唐诗汇评》（上），浙江教育出版社 1995 年版，第 682 页。

生命的欢乐（人生得意须尽欢，莫使金樽空对月）；有月可比可赋，无月亦可起兴（独漉水中泥，水浊不见月。不见月尚可，水深行人没）；把酒问月可以激发生命苦短的沉思（今人不见古时月，今月曾经照古人），抱琴弄月，可借无弦之琴进入陶渊明的境界。月不但可以醉想，视之为超越生命大限的人间（浩歌待明月，曲尽已忘情）；而且可以邀，视之为自己孤独中的朋友（举杯邀明月，对影成三人）。月之可人，在于其遥，不论是“问”是“邀”，均为心理距离的缩短，月之可以俯来就人，人的空间位置不变，而在这里“欲上青天览日月”，是人飞起来去接近月亮，月的空间位置不变。揽月的精彩不但在想象，而且在于月带着理想的冰清玉洁，有“青天”的空灵，有“明”的纯净，还有在率真的情致中交织着“逸”兴和“壮”思。这个结合着清和净，逸和壮的精神境界，被月光统一在透明宇宙之中，完全是李白精心结构的艺术境界，在他以前，甚至在他以后，没有一个诗人，有这样的才力营造这样统一而又丰富的意境。虽然皎然也曾模仿过，写出“吾将揽明月，照尔生死流”（《杂寓兴》），只是借月光的物理性质，而不见其丰富情志。千年以后，毛泽东“可上九天揽月，可下五洋捉鳖”（《水调歌头·重上井冈山》）艺术上亦粗放，不能望其项背。

到此为止，李白已经借助月亮，从郁闷的极端转向了欢乐的极端。从情绪的律动来说，显示出李白式激情的跌宕起伏。在李白这里激情的特点，首先就是极端之情，其次就是大幅度的转折。再次就是大幅度的转折不是一次性的，而是多次性的。接着下去，又一次转折开始了：

抽刀断水水更流，举杯销愁愁更愁。

极端的欢乐，一下子变成了极端的忧愁。不但程度上极端，而且在不可排解上也是极端。这是千古名句。原因在于多重的“无理”。第一，“抽刀断水”是不现实的，明显是不理性的动作，是“无理”的虚拟，但是，“妙”在以外部的极端的姿态表现内心的愤激，更“妙”在“水更流”，极端的姿态恰恰又造成了极端相反的效果。第二，有了这个精致的类比，“举杯销愁愁更愁”，走向自身愿望的反面，就被雄辩地肯定下来，从无理变成有理，也就变得很妙了。这个妙不仅仅是在这个句子里，而且在于和前面“对此可以酣高楼”的呼应。“酣”高楼，就是为了消愁，酣就是醉，醉为了忘忧，然而还是忘不了忧愁。可见在这大幅度的跳跃中，内在情致意脉之绵密。

最后，还有一点，就是独特的节奏。这个“抽刀断水水更流”“举杯销愁愁更愁”的节奏本来不是五七言诗歌的节奏，而是从早期楚辞体的《越人歌》那里化用的：

山有木兮木有枝，心悦君兮君不知。[1]

李白一方面把楚辞体停顿性的语气词“兮”省略了，使这个本质上是六言的诗句，变成了七言。另一方面，把诗句的内涵深化了。本来是两句构成矛盾（“有枝”和“不知”）变成两句各有一个矛盾，也就是四重的矛盾（断水水更流，销愁愁更愁）。意念的丰厚和节奏的丰富就这样达到了高度的和谐。

在李白的诗作中，借酒消愁，解脱精神压力，表现出情感获得自由之美是反复重构的母题。这方面有“会须一饮三百杯”“与尔同销万古愁”的豪迈，也有“清风朗月不用一钱买，玉山自倒非人推。舒州杓，力士铛，李白与尔同死生”的不羁，更有“云间连下榻，天上接行杯”的飘逸，都是借酒成功地消解了忧愁，但是，这里借酒却是加剧了忧愁。

全诗情绪悲欢起落的性质不同，但是，不管是起还是落，却有一个共同点，那就是情绪都很紧张。以这样紧张的最强音作为结尾，似乎不能排斥也是一种选择。但是，李白却不是这样。

人生在世不称意，明朝散发弄扁舟。

愤激的最高潮突然进入第三次转折，从极端郁闷转入极端潇洒，从极端紧张转入极端放松。连用词也极端轻松，“人生在世不称意”，轻描淡写得很，只是“不称意”而已，“昨日”的“不可留”，“今日”的“多烦忧”，眼下的“愁更愁”，一下子变得不那么严重了，不过是人生难免的，小事一段。轻松的日子就在“明朝”。这里的“散发”，和束发相对。遵循入世的礼仪，就要束发，“散发”就是不用管他那一套了。光是“散发”还不够潇洒，还要“弄扁舟”。扁舟就是小舟，已经是比较随意了。最为传神的是“弄”，这个“弄”，意味非常丰富，并不仅仅是玩弄，而且有玩赏（如，弄月）的意思，还有弹奏的意味（弄琴、梅花三弄），不乏吟咏的意涵（吟风弄月），自得的心态（云破月来花弄影），蕴含着无忧无虑姿态。前面所强调的郁闷，一下子都给消解了。这不是无理吗，然而，却是很妙的。这样的结尾不论在意念上，还是在节奏上都要完整得多。李白不把最强音放在结尾，其匠心显然避免结尾的一泻无余，在意念和节奏上再一次放松，在结束处留下不结束感，好处就是留下余韵，延长读者的思绪，让读者在无言中享受回味。

统观本诗的情绪，开头是极度苦闷，突然跳跃式地变成极度欢乐，又从极度的欢乐转向极端的苦闷，从一种激情连续两次转化为相反的激情，当中没有任何过渡，把逻辑上的“无理”发挥到极致，可以把这样极端的忧——乐——忧情绪画出一条起落的曲线。情绪节奏的大幅度的起起落落，再加上关键词上的有意重复，造成了节奏的跌跌宕宕的特点。然

① 见刘向《说苑》，全文是：“今夕何夕兮？搴舟中流。今日何日兮？得与王子同舟。蒙羞被好兮，不訾诟耻。心几顽而不绝兮，知得王子。山有木兮木有枝，心悦君兮君不知。”

而这种起落，这种跌宕却没有导致意象的破碎，这是因为，在意象群落的空白间有严密的意脉贯通，也就是：多烦忧之愁到揽明月之欢，矛盾的转化条件是一个“酣”字，而到举杯不能消愁，也就是不酣了，清醒了，就只能从紧张落回到现实，只能在“弄扁舟”潇洒地放松了。有了这个贯通的意脉，又把“无理而妙”的“妙”处，也发挥到极致。

说到这里，回过头来，再看王昌龄的“但使龙城飞将在，不教胡马度阴山”“黄沙百战穿金甲，不破楼兰终不还”，就不难明白其不足了。后世诗人往往对于文学形式的优越与局限共生，没有明确的自觉，往往难免盲目，其结果是把形式的优越性变成了局限。如“中华儿女多奇志，不爱红装爱武装”之类。

古典审美散文赏析原则和方法[①]

拿到一个经典的文本，不管是在中学还是大学，都碰到一个极大的问题，就是文本经典，经过千百年的考验，它仍然有鲜活的生命，那么学生呢？读者呢？拿到这个文本，读起来没多大困难，只有极个别的文本，里边有一些比较生僻的词，要解决这个问题也很简单，查查字典，现在有电脑，网络上一查就清楚了。作为一个教师他干什么呢？必须在课堂上提出问题，来讲学生自己觉得是一望而知的东西，实际里面包含着他一无所知的东西。如果教师不能提出问题，有助于学生深层解密，那堂课就浪费了。教师自己生命的一种付出，没有价值。为什么不感到痛惜呢？有一个误区，就是把文本看成一个平面的结构，满足于一望而知。在我们内地，中学老师非常重视语基。什么叫语基呢？就是语法和修辞。比如语词结构啊、语法结构啊、修辞手法啦，这个当然很重要。如果字都不认识，起码的语法修辞知识都没有，不可能进入文本。但是这些属于知识性的东西，都是浮在表层的东西，是很容易解决的。我们在内地发现一种情况：老师把极大部分生命花在这个不需要多强的理解力、才智，不能够发挥学生的聪明、想象力和创造力的部分，所以就有了一种依从丧气的说法：语文课上与不上一个样。或者说得客气一些，上与不上差别不大。原因在哪里？原因就是把文本理解为表面的东西，实际上这个文本包含着非常深层的结构。

一、文本是三个层次的立体结构

一个文本结构是一个深层的、立体的结构，我们先提出一个表层的结构，然后比表层稍微深入一点的是它内在的深度，是深层的。

---

① 根据在香港教育学院的演讲整理。

表层感觉、知觉和空间、时间的推移，主要是感知结构，我把它叫作意象，意象的群落。决定艺术的表层意象群落是否是动人的，是它深层的意脉。你们念中文系都知道，那么这个意象和意脉它是两个东西。意象是非常感性的、生动的，意脉是非常奥妙的。刚才白教授提到，一个经典文本，“床前明月光，疑是地上霜。举头望明月，低头思故乡”，这里面的意象的话，就是月亮。我们内地的许多专家教授，在解读这个文本的时候，遇到了极大的困难。我都懂了你还讲什么东西呢？你课堂上必须让学生有更深入的理解。有些专家就发现有东西可讲了，什么？“床前明月光”，这个“床”不是床啊。有的人说这个床是个椅子，原来我们中国椅子是没有靠背的。后来胡人那里学来了，有靠背的椅子。那么这是坐在椅子上看月光。或者更有人说这根本不是椅子，是个小“马扎”，几根棍子撑起来用几根麻绳连起来的。这是有根据的。后来就进一步考证也不是这个，是平平的方方的蛮好的一个墩子。考证来考证去学问做得很大，但对“床前明月光”还是没有解决，这好在哪里？我用我的意脉这个结构来分析，就可能不用像这些专家那样白费劲。“床前明月光”，在床前看见，不管是凳子还是椅子，看见月光很亮很白，那么就“疑似”，好像不是月光啊，好像是霜啊，这两句提出一个问题。第三第四句就回答这个“疑似”，是霜呢，还是月光呢？“举头望明月”，看看月亮，结果：“低头思故乡”。原来提出的问题是不是霜，究竟是霜还是月亮，这个问题扔掉了，这个问题忘掉了，一看月亮，想起自己家乡来。这是第一。第二，产生一个后果，头低下来了。有一种忧愁，是不是？发生一个转折。这个意脉的转折，一个感情的曲线，动人的原因乡愁是这样敏感，哪怕你无意去触动，它也会冒出来。至于他是坐在床上，椅子上还是小板凳上，这个没有关系，有一个专门研究家具的专家还说一定是小板凳上，不可能是坐在床上，因为唐朝的窗户很小，他不可能在里面朝上看到月光，胡扯淡。这都是睁着眼睛说瞎话，后来被一些学者驳得一塌糊涂。关键是你要懂诗。因为诗是写人的心理的，这心理很微妙，一刹那就过去了。这里有一个价值观念的问题。

我们面对一个文学作品，为什么不会分析呢？因为作品的表层是天衣无缝的，带着很强的封闭性的。而意脉是深层的，隐性的，其连续性，是在语言的空白处的，我们的任务，就是突破它的表层进入深层的情感的意脉，这是一。什么样的情致意脉是好的呢？必须是独特的。艺术家找不到自己独特的，跟别人一样的就没价值。分析它的时候，要把它独特的感情脉络分析出来。所以我们看春天的时候，最可贵的是写出来不一样。春天带来欢乐是好的，再讲就不好了。然后，有春天带来忧愁的，“是他春带愁来，却不解将愁归去”，你春天把忧愁带过来，因为我年华易逝，壮志未酬，年龄一天天老，春天来了我忧愁。春天走了，我还在忧愁，可春天却不把忧愁带走。这是辛弃疾的词。因为它很独特，又很深刻，而且它还有非常奇特的想象，这是我们上次讲的，就是找到它意脉里边独特的东西，自己不可重复的东西。我上次这样写过了，这次可不能这样写。再强调一下，同样一个春天，可以产生各式各样的诗歌，古典诗歌我们讲了很多了。我给你看一首现代诗歌，艾青写过《春》，他写的上海龙华的桃花。龙华是上海什么地方呢？国民党警备司令部。那里关了好多共产党人，好多人牺牲在那里。艾青就想到，龙华的桃花为什么这样红呢？艾青自己也被关在外国人的监牢里过，他的可贵就是他的感觉跟别人不一样。他写的龙华的桃花是夜里开的，然后他问了一句："春来自何处？"春天那么艳丽，哪里来的啊？他回答了："春来自郊外的墓窟。"郊外是龙华，墓窟是坟墓。春天来自郊外的坟墓，为什么？烈士的鲜血流在地里，使得桃花红了。今天不细讲了。

二、突破表层意象揭示中层意脉的起伏

今天讲什么呢？同样的春天，就是你们点名要我分析的朱自清的《春》。我们要分析，第一，朱自清的自我跟别人有什么不同？第二，今天增加一个内容，人的感情决定了人的感觉的变异。我们讲过了，这个感觉的变异，除了和人的感情有关系以外，还和一个东西有关系，形式或者文体。在诗歌里的春天、柳树、花，同样一个作者和同样一种感情，跟散文里是不一样的。比如说，我们上次讲的《咏柳》："碧玉妆成一树高，万条垂下绿丝绦。不知细叶谁裁出，二月春风似剪刀。"你们感到，它不是散文，是诗。为什么？这个柳是个普遍的、概括的柳。它没有时间，没有地点，没有点明它是宫中的柳，还是农村的柳；它是早晨的柳，还是黄昏的柳。不交代了，因为它是诗。诗就可以这样的。你们念过闻一多的《死水》吧，他没说这个死水是北京的死水还是上海的死水。你们念过许多诗，念过舒婷的《致大海》，你们并不知道它是渤海，黄海，还是黑海，甚至也不知道她是早上去还是晚上去那个地方。如果有了早上、晚上、地点，那就是散文了。比如，在宫廷里边，早上八点钟，春风吹着，我看见一棵柳树，碧绿碧绿的，像玉琢成的一样。它的叶子像丝织品的飘带一样，它是如此的精致，枝条非常茂密，但是它的叶子非常精细，让我感到天公作美，好像是有人设计的一样。这就是散文了。有了具体的、个别的、特殊的，而不是概括的，那就是散文了。

朱自清的《春》，表面上它也不像散文。

"盼望着，盼望着，东风来了，春天的脚步近了"，如果一般的老师，他会满足于春天的脚步，是个什么呢？是个隐喻。当然是对的，但光有这个好像不够。"一切都像刚刚睡醒

的样子，欣欣然张开了眼。山朗润起来了，水涨起来了，太阳的脸红起来了。小草偷偷地从土里钻出来，嫩嫩的，绿绿的。园子里，田野里，瞧去，一大片一大片满是的。坐着，躺着，打两个滚，踢几脚球，赛几趟跑，捉几回迷藏。风轻悄悄的，草软绵绵的。”分析什么？表层的感觉，春意盎然，深层的感情是朱自清特有的感情，但是又不像朱自清啊。这里有个什么感觉？小孩儿的感觉，有没有，同意不同意？这才是这篇文章的特点。这是一个孩子气的感觉，一切都像刚睡醒的样子，嫩嫩的，绿绿的。朱自清形容词是非常丰富的，你们念过他的《荷塘月色》，他用起比喻来一连 14 个都不会重的。但这里写的非常简单，“嫩嫩的，绿绿的”“一大片”“坐着，躺着，打两个滚，踢几脚球，赛几趟跑，捉几回迷藏”，这是谁干的？这是孩子干的。这说明朱自清找到的自己还不是自己啊，他当时写的时候四十多岁。由此可见，我想找到自己，这个“自己”是多元的，这里实际上包含着他童年的记忆，他追求的是孩子气的感觉，孩子气的、儿童的、天真的心灵的经验，有限的他对春天的感觉，为什么？是他为了编中学语文课本特别写的一篇课文，就是给初中孩子看的，他调动了自己童年的记忆来唤醒孩子们对春天美好的诗意的感觉，因而这里写的明明是江南、江浙这一带的春天，他没有点明，因为没有点明，这就更增加了它的诗意，非常概括。所以说我们在分析一个作品的时候，表层的如果你就这么念下去，很容易陷入被动，被动就是跟着它转，叫被动的追随，教语文最怕就是跟着它转，非常被动地跟着它转，他写的都是好的。要化被动为主动，你要反过来跟他对话，怎么对话呢？上次我讲了，第一，你想象你不是一个读者，你是一个作者。拿到《春》这个题目，我写什么？他写什么？他是一个作者四十多岁了，这怎么是小孩的感觉，什么原因，这是它的特点，这是文章的目标。第二，这是他为编初中语文课本写的散文，他故意模拟一个孩子的感觉，把春天写得非常单纯、美好。再看下去，“‘吹面不寒杨柳风’，不错的，像母亲的手抚摸着你”，就更加写出孩子气了。孩子的天真、孩子的纯洁、孩子的好奇，孩子的经验的有限，一切都是新鲜的，而且目不暇接，非常热闹。

这就是文章的意脉，很有特点。

但是，这篇文章的写法非常冒险，为什么呢？因为他首先写草，然后写花、树、风，这样写法是最危险的，写得不好就像流水账了。将来你教学生写作文，先写花，再写草，这绝对是一件很糟糕的事情。朱自清的这篇文章，为什么不是流水账呢？因为它的意脉有特点。

朱自清写得还不错。虽然这样的文章，在中学课本里不属上等，连中等都算不上，但是很适合小孩念。为什么？草、树、花、蝴蝶、蜜蜂、风、雨，他都用一个小孩子的感觉把它统一为意脉了。表面是分散排列的，内在的感情、价值观念是统一的。所以说，你看，最后写到雨，写雨这一段我们可以分析一下。雨是最寻常的，他没写出什么特点吗？一下就两三天，特别好看，“像牛毛，像花针，像细丝，密密地斜织着，人家屋顶上全笼着一层薄烟。树叶子却绿得发亮，小草儿也青得逼你的眼。傍晚时候，上灯了，一点点黄晕的光，烘托出一片安静而和平的夜。在乡下，小路上，石桥边，有撑起伞慢慢走着的人；地里还有工作的农夫，披着蓑戴着笠。他们的草屋，稀稀疏疏的，在雨里静默着。”你看，这雨下得安宁，这里情绪有没有变化？前面是目不暇接，很热闹，很兴奋，现在是很安宁，这叫意脉的节奏。老是一个劲地开心、兴奋下去，到最后会疲倦的，让它稍微安宁一下，然后走向结束。最后他总结了一下。“‘一年之计在于春’，刚起头儿，有的是工夫，有的是希望。”他是歌颂春天的，所以这篇散文有点像散文诗，“春天像刚落地的娃娃，从头到脚都是新的，它生长着。春天像小姑娘，花枝招展的，笑着，走着。春天像健壮的青年，有铁一般的胳膊和腰脚，他领着我们上前去。”其实最后一句，什么“铁一般的胳膊”是多余的。前面没有提这个感觉。前面就是小孩的稚嫩的感觉嘛。可能他觉得这样老是软绵绵的对小孩影响不好，来一点鼓动。

分析一个文学作品，要看到情绪的变化，意脉的曲折。

情绪决定了感觉，意脉决定构思。在我心里，春天就是这么美好的，在艾青心里，春天就是那样的。在孩子心里是这样的。你们老师点名要我讲一讲《一件小事》这篇文章，关键就是一个大一个小。一个车夫把一个老太婆弄倒了，也不知是谁的责任。车夫宁愿把顾客丢在一边，把老太婆送到警察局去了，因而感觉这个车夫人品很好，因而觉得自己渺小，因而觉得他背影高大。这是抒写自己的感情，但是，人和人要交流，感情是不能直接交流的。它直接表达出来，往往对方没有感觉。比如这个车夫的伟大、高尚，你没感觉，要让你有感觉，就强调一下自己感觉的效果：我觉得我自己变小了，我觉得他变高了，就是我被感动了。我不是写过一本“论变异”的书吗？在描写的时候这里有一个关键，叫写感觉的效果。他很伟大、崇高，这样说，我没有感觉，我说，我感到他变高了，我变矮了，这就可能感动人了。我还记得冰心在 1959 年的时候，那时北京的人民大会堂刚刚建好，我去看了一下，有很多感动，就是写不出来。冰心写了一句话我印象很深，至今一直记得，她说，走进人民大会堂，很辉煌。我像一滴水流进了大海，感到一滴水的渺小，但同时，又感到一滴水在大海里的伟大。我觉得这样的写法很艺术。她就写一个心理的效果。你要写自己的感动，你要写这个辉煌，人家没感觉，你写心里一种变异的感觉的效果。我曾经跟美国的大学生讲过，中国人很浪漫。“记得绿罗裙，处处怜芳草”，因为我爱人的裙子是绿的，和裙子一样的芳草我都很爱，感觉的效果。这个效果是一种变异的效果。我昨天讲的，“海内存知己，天涯若比邻”，因为我们是知己，哪怕你住在海南岛，像住在隔壁一样。

如果不是这样，反过来，“结庐在人境，而无车马喧”，哪怕我把房子建在中环吧，听不到任何的车的声音。这是感觉的一种效果。“月是故乡明”，因为我爱这个故乡，所以月亮比别的地方更明。“情人眼里出西施”，因为我爱她，所以她特别美。这就是感觉的效果。如果你从正面写写不出来，从侧面写，有一个办法，写效果。《一件小事》，主要是一个感觉的效果，可以这样武断地说，如果没有这个小和大的变异，鲁迅的《一件小事》可能就写不成了。

三、同类相比：现成的可比性

分析散文的特点，第一个办法，用还原的办法，本来不是这样的，而你却这样写了，这就有了矛盾了，就可能分析了。分析的目的就是要理清贯穿在全文的意脉。还有一个办法是什么呢？叫比较的办法。就是同一类散文，同样一个春天的题材，那么换一个人来写它就不一样了。我们来看看，有一个北京作家林斤澜。他也写春天，他写春天很有意思，他公然表示，不喜欢类似朱自清先生那种春天，他并不认为那种春天是美好的。他的春天这样讲：“如果我回到江南，老是乍暖还寒，最难将息，老是牛角淡淡的阳光，牛尾蒙蒙的阴雨，整天好比穿着湿布衫，墙角落里发霉，长蘑菇，有死耗子的味儿。”可见同样是春天，在不同个性的作家感觉里产生的变异有多大。这如果还不清楚的话，再看，他写北方的春风来了，不是“吹面不寒杨柳风”了，而是“一夜之间，春风来了，忽然从塞外的苍苍草原，莽莽沙漠，滚滚而来，从关外扑过山头，漫过山梁，插山沟，灌山口，呜呜吹号，哄哄呼啸，飞沙走石，扑在窗户上，撒拉撒拉，扑在人脸上，如无数的针扎”，这个朱自清受不了了，但是他觉得挺好。好在哪里呢？“轰的一声，是哪里的河冰开裂吧。嘎的一声，是碗口大的病枝刮折了。有天夜里，我住的石头房子的木头架子，格拉拉、格拉拉响起来，晃起来，仿佛冬眠惊醒，伸懒腰，动弹胳膊腿，浑身关节挨个儿格拉拉、格拉拉地松动”，他觉得这很生动，很过瘾，这是另外一种美，你看到了，跟江南的春风柔婉是不同的，是粗豪的。朱自清的美是温文尔雅的，天真的、孩子气的，而这里不是讲优雅，“河水开裂”“树枝刮折”“轰的一声”“嘎的一声”，好像是很原始的，房子的木头架子都响起来，这在朱自清可能觉得是很可怕的，倒下来会死人的，但他觉得很美。美得可怕，但是是美好的，因为作者想到，冬眠之后的伸懒腰、动弹胳膊，松动浑身的关节，这里面有一种痛快的感觉。这个感觉是属于田野里体力劳动者的，不是文人的，这透露了美感的区别。前者是江南的、文人的，后者是北方的、劳动汉子的。

所以说作者要找到自己，读者要还原，还原什么，把人还原出来，这是两个不同的人，两种不同的美学追求和趣味，两种不同的个性，这是关键。

回到你们要求我讲的《爱莲说》，像这样的文章怎么分析？它是篇散文，很具体，但是很有诗意，关键我分析作者如何找到自己，找到独特的对莲的感觉和情感，而这里，它给我们提供了方便，我们就要比较，同类的比较，它不像朱自清没跟别人比较，他自己也比较了。看周敦颐，“水陆草木之花，可爱者甚蕃”，可爱的很多啊。“陶渊明爱菊”，他本来是讲莲花，但不从莲花讲起，从菊花讲起，跟菊花比，为什么跟菊花比，菊花具有权威性。陶渊明的菊花已经变成家喻户晓的、文人清高的表现，“采菊东篱下，悠然见南山”，已经成了脍炙人口了，我这个爱莲也很权威啊，我敢跟最权威的花比，陶渊明爱菊，这是唐朝以来大家都爱慕的，唐朝也是很权威的，但是我独爱莲，这里就是比较了。然后他跟菊花和牡丹相比，强调莲的一种特点，强调自己个人的独特的寄寓，我的个性，我的情感。“莲之出淤泥而不染”，这个现在已经成为家喻户晓了，甚至已经进入口语了，这句话好厉害，“濯清涟而不妖，中通外直，不蔓不枝，香远益清，亭亭净植，可远观而不可亵玩焉”，他讲为什么爱莲，其实这几句蛮难弄的。首先，它出淤泥而不染，他写的是莲，从淤泥里长出来的，它没有染成黑的，同时，由于他跟人联系在一起，写的就不完全是莲的特点，同时又是人格的特点。在那污浊的环境里面，不受污染，这句话是使这篇文章成为经典的关键。写的是对立面，淤泥和不染，里面有个哲理啊，那么污浊的环境里自己保持一种清高。其次，“濯清涟而不妖”，“清涟”是非常清的水，污泥是根啊，清水在里面密但不显得轻浮，在污泥里面，它没有染上污点，但是在清水里面也没有显得妖艳或是轻浮。在恶劣的环境里面，它没有同流合污；在比较清静的环境里，它也没有轻浮。再次，“中通外直”，外面看着是直的，但里面有空相通；“不蔓不枝”，很正直，没有斜枝逸出，一方面是莲的特点，同时又是人品的特点，这里用的一个办法叫象征，象征也是一种变异啊。我看到莲花我就想到人在恶劣的环境里保持清高，在那么清静的环境不要与世沉浮，不要有世俗的观念。外面笔直的，但是并不是很僵化的，很通达的，非常直，没有斜枝逸出，表示一种正直的品质。另外，“香远益清”，这就是变异了，这个莲花越远香气越清，我对这一点表示怀疑，莲花的香气非常有限，稍远就没了，但是他有特别感觉，是因为他有特别的感情。他又强调了“亭亭净植”，竖在外面，非常清静的。最后“可远观而不可亵玩焉”，这个好厉害，写的是人，你远远看着很漂亮，你接近他加以戏耍不行，你看这个文人啊很清高，跟周围的环境不怎么融洽，你可以跟我君子之交淡如水，保持距离，互相尊重，太近了不好，太近了就亵，就有损清高了，那么这个是他强调莲花的个人的赋予它很多人格的特点，实际上写的是人格理想，但这个人格的理想又和莲花的特点紧密相连。我们联想起来不困难。

还原一下，本来知识分子的人格和莲花是没有关系的，但他把它弄得水乳交融，靠他的想象啊，这靠他的对文字的驾驭，既是不同的东西，又是同一个东西。然后，这完了以后，才进行真正的比较了。“予谓菊，花之隐逸者也”，陶渊明的菊花我也不想否定它，它是花之隐逸者，这个对了，因为陶渊明是隐士嘛，当官都不愿当了，当官当一半跑回家了。“牡丹，花之富贵者也”，宫廷的、贵族的花，我也不特别赞美它。“莲，花之君子者也”，这句话就点了题了，花之君子，所以前面所写的“出淤泥而不染，濯清涟而不妖，中通外直，不蔓不枝，香远益清，亭亭净植，可远观而不可亵玩焉”，贯通起来，叫作意脉，归结为一点，这叫主题。

君子就是这样的。不完全是感情，还有他的志向，所以我讲情意脉，我也经常讲情志脉，因为我们讲诗言志，中国的“志”，把“志”和“情”结合起来，这是志向比较多，人格比较多，是人格理想。“菊之爱，陶后鲜有闻”，对菊花的爱陶渊明之后没有了，这话不对。然后陶渊明之后就形成了传统，大家都喜欢菊花，这有一点造谣了，目的是为了强调莲花的爱。“莲之爱，同予者何人？”爱莲的很少啊，“牡丹之爱，宜乎众矣”，牡丹的爱很多，它太富贵、太世俗了，大家都是一样。把自己放在陶渊明同等的档次，而且说跟陶渊明同样是孤立，没人喜欢，但是我很喜欢，强调这样一种精神境界。

分析这个文章的时候，这个作者先找到自己，那么读者跟作者一起对话的时候，设想自己是作者去跟他对话，要还原他自己，把人还原出来，不要满足于讲它的修辞手法、对仗，那个是需要的，但最关键的是人，人格的追求，这是一。第二，他如何把人格追求主观的东西变成莲的特点，莲花本和君子一点关系都没有，你说是不是？莲花是跟农民有关系的，跟采莲的姑娘有关系的，跟你知识分子没有关系的，但是，就是要把它写得有关系，凭他的想象、凭他对语言的控制，也凭他思想的追求，人格的一种自我完善的追求。所以说我们感觉拿到文本，一切都在文本里面，语言在那里，情感在那里，人格在那里，读的时候最初是看到语言，然后看到意脉，最后把他整个人还原出来。当然，这个人是不是真正这样，我不知道，我还没有研究过他，但是他的理想是这样，他希望自己成为这样。

当然上课的时候，有些字可以研究一下。《爱莲说》，这个“说”是一个文体，《陋室铭》，这个“铭”也是一个文体，这个需要稍微查一查就知道了，今天不是我们要讲的，我们讲的还是一个客观的对象摆在面前，它表面上写的是客观对象，实际上表达的是主观的情感和志向，二者水乳交融，我们要把它还原出来揭示出作者的人品、人格和艺术的追求。《陋室铭》，这个“陋”字你们可以去追究一下，“陋”现在是丑陋，在古代汉语里面，它不是丑陋的意思，而是狭窄、偏远的意思，估计刘禹锡这个房子很小，比香港的房子可能会大一些，“山不在高，有仙则名。水不在深，有龙则灵。斯是陋室，惟吾德馨”，这是一个类比。前面是比较陶渊明的菊花，再比较牡丹，唐朝的，我喜欢莲花，是类比，这里也是一个类比。中国人立论，经常喜欢用类比，从先秦诸子以来就是这样，类比，寓言式的类比。山不高，只要有仙人就行了；水不深，只要有龙就行了，都是空的，最后归结为这个地偏僻，这个房间很小，但是“惟吾德馨”，我的品格和志向很高尚，这个地方就不是一个陋室了，而是一个非常好的地方。怎么好呢？“苔痕上阶绿，草色入帘青”，这是自然环境，但是自然环境的效果，外面的绿色到什么程度？在台阶上有青苔，那说明人来的不是很多，而且把台阶映绿了，我过去一直念成“苔痕上绿阶”，我觉得应该理解为“上阶绿”呢，就是绿色把它映得绿了，这个感觉就不一样了，绿得发亮了。“草色入帘青”，帘子里面本来没有什么颜色，房间里面，陋室嘛，草生在外面，能够映到我的房间里有草的颜色，说明这个人跟大自然的关系很亲密，很喜欢这个东西，他用这个大自然的环境来美化自己的陋室，同时来美化自己的情致，这是一方面。另一方面，“谈笑有鸿儒，往来无白丁”，我的房间那么小，那么偏僻，但为什么很精彩呢？因为来的客人了不得，来的是鸿儒，都是很有学问的，都是大知识分子。“往来无白丁”，没有普通的老百姓，今天看来他有点知识分子的傲气，瞧不起老百姓，是客观事实。“白丁”啊，就是没有任何功名，没有任何学位、文凭的人，来的都是高级知识分子。“可以调素琴，阅金经”，“素琴”就是没有经过油漆的那种琴，因为它是个陋室嘛。“金经”，我查了一下，是一种特殊的经，不管它。什么样的经我讲起来会一大堆。那么这个地方，要弹琴的话，它美啊，美在大自然的环境，美在来的朋友很精彩，美在我这里可以读书可以弹琴。“无丝竹之乱耳，无案牍之劳形”，这也是有点对比了。可以弹着素琴，没经过油漆的，没经过很多装潢包装的琴，跟“丝竹之乱耳”，“丝竹”我猜想可能是有点气派的乐队，那奏出的乐章会乱你的耳朵，会让你感到烦，“无案牍之劳形”，没有什么公文，没有什么表格要填。“劳形”和劳神是结合在一起的，那么这样的地方虽然陋，虽然小、偏僻，虽然没有世俗的大乐队，也没有来往的大公文，仅仅是有普通的这种乐器，这样的地方，“南阳诸葛庐，西蜀子云亭”，可以比诸葛的草庐啊。“三顾茅庐”，意思是说这里的人跟诸葛差不多。“西蜀子云亭”，那是扬雄啊，也是大学问家。可以比那么远的大学问家，这个房间虽然小、偏僻，虽然不怎么豪华，但是“惟吾德馨”，那我的心胸、精神可以比得上诸葛亮、扬雄。“孔子云：‘何陋之有？’”这是孔子称赞他门徒的话。虽然住在破房子里，一点不狭窄，一点不偏僻。

所以这里面有什么呢？你看他感觉的变异。这么小的、破的、偏僻的房子，但是由于他的志向、情感，由于自然环境，苔痕草色，朋友（都是鸿儒），也由于他的朴素（“调素琴，阅金经”），这个陋室就不陋了，小房间就不小了，就变大了，大到可以和诸葛亮、扬雄的比，从这个意义上来讲，他用的方法跟鲁迅的是一样的。因为我喜欢这个人，这个人就变大了；因为我喜欢这个房子，房子就变得伟大了。为什么伟大？因为它朴素、自然，朋友高级，都是鸿儒。因而就可以写一篇文章，叫“铭”。这个铭原来是刻在钟鼎上的，用的是什么呢？用的是铭文，这里面有许多对仗的句子，有许多骈文的句法，有许多散文的交错，骈散结合，你们去查一查，估计有些水平不太高的赏析文都会提到。既有骈文：“山不在高，有仙则名。水不在深，有龙则灵。”这是个对仗，结构是对称的。又有“斯是陋室，惟吾德馨”，这又不对称了。对称与不对称的统一，如果一直对称下去叫人烦死了，太单调了。但下面又对称了：“苔痕上阶绿，草色入帘青。谈笑有鸿儒，往来无白丁”，这是很严格的对仗，而且平仄有讲究的。然后，又不对称了，“可以调素琴，阅金经”，“可以”不对称，“调素琴，阅金经”是对称的。“无丝竹之乱耳，无案牍之劳形”这不叫对仗，对仗不能有两个“无”，也不能有两个“之”，就是排比了。然后又对称了，“南阳诸葛庐，西蜀子云亭”，最后突然来了一个散文句：“孔子云：‘何陋之有？’”孤零零的一句，而且在结尾时，用反问句，就不但显得活泼，而且显得自信。总体风格既是非常严格的对仗，又是非常自由的表达。你们可以想，写一篇文章，你要做一个作者，去和他对话，他为什么不一直对称到底？

你还原的结果，就要想象，知道他这么写，同时想象他为什么不那么写。要化被动为主动。这是鲁迅在一篇文章里写到的。他说所有的经典作家、大作家，他的文本都是告诉我们要这么写，但是他并没有告诉不应该那样写。要知道他为什么不那样写，有一个办法，拿大作家废弃掉的稿纸，就说明了为什么不应该那样写。但这样废弃的稿纸很少，没了。尤其中国古代那些诗人也没有把原稿和后来的定稿一起出版。当然后来比如俄罗斯托尔斯泰的《安娜·卡列尼娜》《复活》就不一样了，《复活》写了10年，光《马斯洛娃的肖像》写了七八次，《托尔斯泰全集》共有92卷，如果没有一点生命的长度你念不完的。肖洛霍夫的《静静的顿河》里面有一些残卷，有一些原来的手稿，都在，写一个配角女人的肖像，有好几个稿子。但是我们知道改来改去改到最后的确很精彩。如果你们手头有我那个《名作细读》的话，我分析过肖洛霍夫写的一个很次要的角色，就是格里高利的朋友叫李斯特尼次基，跑到一个朋友家里，看到朋友的老婆。那个朋友的老婆已经徐娘半老了，但是他觉得她很漂亮。为什么？他在前线两三个月，除了伤兵和灰头土脸的女护士以外，没有见过女人。所以他一看到她就觉得，她的脸上有一种正在逝去的美。这是细细地看的结果。被她吸引了，到什么程度呢？人家和他讲话，他答非所问。他盯着人家看，人家讲话他都没听见，这叫效果。所以说我不太赞成“肖像描写”，他不是写的肖像，而是写的这个人的心理。写景也是这样，不是讲“一切景语皆情语”吗？你要分析底下的情，《陋室铭》《爱莲说》底下写的是感情和人格。同时，感情和人格都跟对象是不一样的。他如何把语言控制到水乳交融？这是我们的任务。

四、《隆中对》和《三顾茅庐》：文学规范形式的深层分析

文本分析到意脉，分析到人物的感情，把人还原出来，是不是就够了呢？不够。文本分析的第三个层次，是文体。过去我们囿于内容决定形式，把文学形式不当一回事。事实上，内容并不决定一切形式，形式，我说的是文学的规范形式，而不是原生的形式（包括生活形式和心灵形式），相反，有时，会扼杀内容，强迫内容就范，预期内容，衍生内容。

为了讲得更清楚一点。请允许我从《隆中对》讲起。

我之所以要讲这篇，就是上一次你们一个老师在会上讲了一句话："《隆中对》怎么讲？讲什么东西啊？"被动地顺着文本去领悟的话，的确没东西好讲。但是你主动地去想，这里表面上是这样一种在中国古代很特殊的文体，实际上是文学作品，是散文。为什么呢？《隆中对》发生的时候，诸葛亮（181—234）当时是27岁，刘备（161—223）比他大20岁，47岁。写的是两个人的密谈。"因屏人曰"，两个人关在密室里面谈心，秘密地问答，有没有人记录？没有。没有录音机也没有摄像，这个时候，陈寿——《三国志》的作者在哪里？还没出世，那么什么时候出世呢？26年以后，他不能一出世就写《三国志》啊。他还要等到长大了，有了文学史学的修养。陈寿什么时候开始整理诸葛亮的遗文呢？41岁。加上他出生以前的26年，就是这件事过了67年，陈寿才写《隆中对》。你想想看，也许他参考文献了，但是恰恰是诸葛亮当宰相，蜀国没有史官。中国的史官制度很严密啊，皇帝做了事都要记录下来的，叫"起居注"。陈寿在《三国志》里面批评诸葛亮没有设史官。由此可见，没有官方的文件。陈寿写67年前两个人的密谈，根据什么？根据口耳相传，根据片段的文献。这里面有多少的想象？有人就说了，六经皆史，甚至主张六经皆诗。这一方面是有道理的，免不了有虚构。但他虚构的是历史，而不是小说。为什么？他根据的后来诸葛亮的历史实践和当时留下来片段的传闻。这篇散文跟抒情散文不一样，怎么不一样？限于记言和记事，史家笔法，就是杜绝抒情，把褒贬藏在叙事之中。这叫作"春秋笔法"。

"亮躬耕陇亩，好为《梁父吟》。身长八尺"，这个八尺要解释一下。八尺不得了，现在的两米六了，比姚明还高了，世界上没有这么高的人。考证一下，当时的一尺呢相当于现在的七八寸，也有一米八左右。管仲、乐毅，都是名相。"时人莫之许也"，有一个字要解释，"时人"，当时的人，没有人同意。只有崔州平、徐庶（号元直），两个人比较要好，所

以非常推崇他。“徐庶见先主，先主器之，谓先主曰：‘诸葛孔明者，卧龙也，将军岂愿见之乎？’”这里面寓有写文章的人的倾向。陈寿写《三国志》的时候，蜀国已经灭亡了，陈寿随着刘家王朝一起投降了曹操。以后是司马氏掌权的晋国了，他成了晋国的文官。你看，这是历史性的散文体裁啊，跟抒情散文不一样。中国史官有一个很重要的原则，叫“实录”，限于记言、记事，它不加形容，不流露出自己的主观的倾向，杜绝抒情。有批评有表扬也不能讲出来，要藏在字里行间，叫“寓褒贬”，褒就是表扬，贬就是批判，这是孔夫子传下来的“春秋笔法”。有时，他的倾向就在一个字，一个句子当中。例如，他对一个人的提法不一样，就表示他的倾向不一样。写到刘备，还称他“先主”，作为一个史家，还承认有过皇帝的地位，不过，史官有史官特殊的分寸，不像称曹操那样称他为（魏）“武帝”。刘备就说了，你跟他一起来。徐庶说：“此人可就见，不可屈致也。”就是你要去拜访他，叫他自己来对他就太不尊重了。“由是先主遂诣亮，凡三往，乃见。”这个刚才我讲了。去了三次才见了。“凡三往”从哪里来的呢？这有根据。诸葛亮在《出师表》里讲：“三顾臣于草庐之中。”“因屏人曰”，把其他人都赶走。下面刘备讲的话，就很难完全是实录了。刘备的话，完全是陈寿想象出来的。说得有鼻子有眼的：“汉室倾颓，奸臣窃命，主上蒙尘。孤不度德量力，欲信大义于天下；而智术浅短，遂用猖蹶，至于今日。然志犹未已，君谓计将安出？”“汉室倾颓，奸臣窃命，主上蒙尘”这话是事实，大汉王朝已经要崩溃了，“奸臣窃命”，曹操啊，“挟天子以令诸侯”。“主上蒙尘”，把皇帝当作傀儡一样，搬过来搬过去，中央王朝处于这样严重的危机之中。底下还有一句话，你们看出名堂来没有？“孤不度德量力，欲信大义于天下”这话有没有问题？陈寿在这里作为一个史官，他怎么设想刘备讲话，有没有表现出他的某种“春秋笔法”，他的“寓褒贬”？这里的关键是个“孤”字。你们当然知道是皇上的自称，如果不是皇上，是一方霸主，比如曹操、孙权，也可以称孤道寡。刘备这个时候，他不是皇上，皇上还没死嘛，他有没有像曹操、孙权那样拥有一方地盘，稳定地掌握着政权呢？没有。刘备这个时候很狼狈，打仗老失败，老是依附军阀，五易其主。先是依附公孙瓒，依附袁绍，然后又依附曹操、刘表，等等。“四失妻子”，四次老婆孩子都丢失了，连肝胆兄弟关羽都被人给俘虏了。后来到了荆州，武汉那个地方，投靠一个同宗，一个地方军阀刘表，刘表觉得刘备这个人有野心啊，留在身边，好危险，把他派到新野那个小地方练兵。这个时候他有多少兵马呢？大约两千罢。陈寿居然让他说，“孤欲信大义于天下”，好笑不好笑？县里的武装部长这样一个级别的人竟然称孤道寡，这就叫“春秋笔法”。读者可能有三种解释，一种是刘备想当皇帝，想疯了；第二，陈寿很同情他，把他称“孤”道寡；第三，陈寿讽刺他。当什么皇帝啊？一个小县长，小武装部长，两千人你想当皇帝啊？《三国演义》写到这一段，在“三顾茅庐”里，作者没有让刘备称孤，而是让他自称“备”，“备欲申大义于天下”。你看《三国志》的作者跟《三国演义》的作者对这个问题采取了两种态度，一种是让他称孤，有当皇帝的感觉，一种是把他当作有志向的人。你们去考虑。“春秋笔法”是微言大义的。然后，“欲信大义于天下”，意思当然是，想统一天下当皇帝，但是，陈寿不让他说我想当皇帝，而是让他说用我的“大义”，道德、政治的理想，获得天下的百姓的拥护和支持，接受我的领导，说得多么委婉啊！陈寿除了让他这样说以外，还有一点要注意，那就是不让他说我要跟曹操去争夺政权，只让他前面说“汉室倾颓，奸臣窃命”，可是不让他说，我要用武装力量，消灭奸臣。“信大义”而不是武装斗争，是儒家的理想政治哲学，用道德理念来赢得人心，然后来恢复刘姓王朝的统治。这里说得是很坚定的，但是，说到现实中的自我时，却又是很谦虚的，甚至说是很卑谦的。“智术浅短”，没有本事；“遂用猖蹶”，承认失败。“至于今日。然志犹未已，君谓计将安出”，你说该怎么办？刘备的言外之意，针对最主要的是谁？是曹操，“奸臣窃命”嘛。诸葛亮怎么回答他：“自董卓已来，豪杰并起，跨州连郡者不可胜数。曹操比于袁绍，则名微而众寡”，原来袁绍力量大，曹操出身又低，曹操的出身很差劲，祖父是个宦官。宦官是没有生育能力的，宦官弄了个养子，这就有了曹操。曹操在这方面，没有什么好夸耀的，出身很不好，他比袁绍，袁绍是四世三公，世袭的贵族，实在是不在一个档次上。但是，为什么能以弱胜强呢？“非惟天时，抑亦人谋也”，不是老天特别看重曹操，而是他经营得好。讲完了一般的道理，他并没有正面回答刘备的“奸臣窃命”的问题，而是说曹操碰不得，“今操已拥百万之众，挟天子而令诸侯，此诚不可与争锋”，“奸臣”就是“窃命”了，不义了，你光凭那个正统的“大义”，是奈何他不得的。根本不能和他硬碰，这就是诸葛亮的厉害了，这个人的眼光看得很远。你现在力量才这么一点点，曹操百万之众你怎么打。诸葛亮看出刘备思虑的焦点不对头。他要争夺政权，眼睛老盯着曹操的政治中心。刘备心里有个战略思想，诸葛亮看得明明白白，那就是“中原逐鹿”，要取得政权，主要在中原这个地方。诸葛亮给他迎头一棒，那个地方不行的，人家一百万人，又加上中央王朝的合法性。脑袋不能往硬石头上碰。那么江东，也就是江南一带，那个地方也不能碰。姓孙的“据有江东，已历三世，国险而民附，贤能为之用，此可以为援而不可图也”，孙权这个家伙，那个地方它隔了一条大江，地势很险要，老百姓拥护他，而且他建立这个独立王国已经三代了，先是父亲，再是哥哥，再加他，第三代。而且用人政策很对头，这个地方虽然不能碰，但是可以当作盟友。然后，他说有一个地方你需要注意，荆州武汉这一带，“北据汉、沔，利尽南海，东连吴会，西通巴蜀”，这个句子很漂亮啊，平常谈话，哪里有这么精致的对称结构啊。你看，“北据”“利尽”“东连”“西通”，节奏是统一的，词汇又避免了雷同。“此用武之国，而其主不能守，此殆天所以资将军，将军岂有意乎”，他说这个地方就等于送给你的，你先在这里立住脚，然后，向四川发展。这个地方，是天府之国，也就是在资源上，财富上，是可以自给自足的天堂；在军事上，政治上可以说是个空档。统治那里的刘璋又很“暗弱”，就是不明大局，没有眼光，昏庸愚昧，应该到那里去建立根据地。有才能的知识分子希望有一个好领导，那么你有什么优势呢？第一个优势，你姓刘，正统王朝，“信义著于四海”，这不是胡说八道吗？刘备屡败屡战，打得落花流水，老婆被人家俘虏了，肝胆兄弟被人家俘虏了，儿子差一点没有了，“信义著于四海”会这样吗？这是诸葛亮说的，还是陈寿对旧主人刘备的感情的流露，你们自己去研究好了。这个根据地有个好处，地形比较险要，有利于“保其岩阻”，然后，“西和诸戎”，少数民族，你和他和好，“南抚夷越”，南面的少数民族你也和他结盟。你有了根据地。然后，和孙权联盟，把这个独立王国搞好。

所以说诸葛亮的伟大在哪里呢？他把刘备脑袋里一个结给解开了，刘备老是想着中原。诸葛亮说，你不要老是想着中原，不要想曹操，甚至孙权那边你也不要去想，你想的都是空的，然后，有了这个根据地以后，后方安定，自己治理好，外交你和孙权联盟。三国鼎立以后，你一国去对两个国不合算，你联合孙权，两个打一个曹操最合算。然后你自己管理好国家。当然这还不能信大义于天下，统一国家，匡扶汉室。要等待时机，一旦“天下有变，则命一上将将荆州之军以向宛、洛”，你不是有部队已经占据了荆州吗，再向河南那一带前进，去打曹操的老巢。然后，另外一支“将军身率益州之众出于秦川”，你只要从四川往北打，往陕西打，那里是长安旧都。你只要这样做，“百姓孰敢不箪食壶浆以迎将军者乎”，你这样两支部队一出去，所有的老百姓马上给你送军粮，欢迎你来。“诚如是，则霸业可成，汉室可兴矣”，如果是这样的话，诸葛亮讲话讲漏嘴了，“霸业可成”，“霸业”。中国古代统一国家有两个道啊，一个是“申大义于天下”，是王道，凭的是儒家的理想政治，理想人格；霸道则是武力统一，枪杆子出政权。这就是所谓“霸道”“霸业”。

你看看这两个人谈话，有的是真话，有的是假话；有的是人话，有的是鬼话；有的是胡话。诸葛亮固然很聪明，给刘备拨云见日，你不要进攻中原。但诸葛亮也讲话漏了嘴，起初还说“将军信义著于四海”，还用的是王道的语言；讲到最后讲漏嘴了，“霸业可成”，完全霸道。霸道在中国古代政治理想里面是个坏东西啊。所以说，历史文体的特殊性集中在几个关键词上：“大义”“信大义于天下”“孤”“霸道”。这些要抓住不放，它一个字就代表一种倾向，一种讽喻，一种褒扬。还有一点，更不可忽略，就是贬抑。这是在字面以下的。诸葛亮固然有战略眼光。但是还是很天真。27 岁的小伙子太天真了。天下有变，兵分两路，恢复统一。这在军事上是绝对错误的。蜀国有多少部队呢？后来 10 多万，还有说 5 万的。两路分兵，还打什么？ 所以毛泽东就说这个是错误的。毛泽东之所以能打胜仗，叫集中优势兵力来消灭敌人的有生力量。你那么一点点人马还不集中起来，不是去送死吗？这是胡扯。在军事上是冒险主义，在政治上是空想。哦，你部队一来，老百姓都来欢迎你，凭什么？就凭姓刘啊？陈寿写《三国志》的时候，诸葛亮的这种空想已经破产了。但是，陈寿还是把它堂而皇之地写进去。为什么？这就是贬抑嘛。这句话到了司马光编《资治通鉴》的时候，就删掉了。所以说，这里我们看到虽然是一段历史，但是我们又看到文学家的想象，看到他几百字刻画了三个人，一个刘备，野心勃勃，本钱很小，但是有一条好处，他能礼贤下士，从新野到南阳，那么大老远去找诸葛亮。我考察了一下南阳这个地方有个争论。湖北人说在湖北，河南人说在河南，甭管在哪里，至少100多公里，有的说是200公里。你想想，徐庶讲诸葛亮是卧龙啊，那刘备说你叫他来嘛。为什么？挺远的，100多公里啊。我们印象里，好像很近，都受了《三国演义》的骗。三顾茅庐，骑上马，人家还没起身就到了，当时的交通那么不便，又没有公路，这是不可能的。刘备的本钱小，野心大，用对了一个人，就建立了独立王国，也就创造了三国鼎立的历史。但毕竟这个诸葛亮是个书生啊，没经过实践，好多空想。我们的阅读，就是要通过文本，把人物还原出来，这个人死掉一千多年了，我们要把当时他的情境、心态、强点和弱点，从讲出来的看出没讲出来的，从英明的中看出空想的，从深邃的中看出幼稚的，这样才能把人物还原出来，再用今天的眼光去看，这个人就活了。都在表面上是记事和记言的文字里面。这里面我们看到陈寿对刘备的同情，对诸葛亮——一个失败的国家的主要领导人——充满了赞扬之情。这是陈寿的心态。然后我们看诸葛亮的心态，真是生动极了。小青年，我不知道当时他那个信息哪里来的，他在河南或是湖北那个地方，他怎么知道四川呢？当时又没报纸。他怎么知道西边的陇越，不知道怎么来的。反正也许陈寿把他理想化了。所以说，我们看到诸葛亮这个人真是被他写得活灵活现。如果你们再有兴趣的话，去拿《三国演义》三顾茅庐的诸葛亮跟他比，又有不一样。《隆中对》固然有对诸葛亮的歌颂，跟《三国演义》里的诸葛亮差不多，但是，有一点要注意，它这里充满了悲剧色彩。还没出山，就有人反对。非常高明的人反对他，而且说他“不得其时”，肯定不能成功的。但是诸葛亮还是出来了。因为《三国演义》写得比较晚，他知道诸葛亮后来失败了，所以民间传说里一种神秘的、未卜先知的气氛，对诸葛亮的出山一方面是乐观的颂扬，一方面是悲剧的氛围，也非常精彩。

以上讲的是，规范形式对于形象的构成，不是完全被决定的，而是，在某种意义上，对内容起决定作用的。同样是“三顾茅庐”的题材，在不同的文体中，如在历史散文和小说中，就有迥然不同的表现。

五、《小石潭记》和《江雪》：形而下和形而上

现在我们来看，同一个作家，在不同文体中，表现出来不同心态。我们先从柳宗元的《小石潭记》开始吧。对这篇文章，学生肯定觉得没多大困难，除了有几个字不认识。查查字典就解决了。可能他知道的东西也是比较表面的。这是个经典了，很深刻的。我们到课堂上来，如果重复他们已经知道的，不是无异于催眠吗？一般的老师怎么讲呢？比如说，介绍柳宗元的生平。柳宗元为什么跑到柳州来？因为他贬官了，政治上失败了，而且非常倒霉，到这个荒凉的、很穷困的地方，连住处都没有，寄宿在庙里，而且妈妈还死掉了，从这个意义上来讲，对理解这个文本有没有帮助？有帮助。但是要注意，把这种痛苦的遭遇去硬套文本分析的话，那就有可能歪曲这篇文章的主旨：既然他贬官了，政治上失意了，生活上非常困顿，心情非常不好，那么肯定到这个美好的地方也是心情很糟，怎么会好得起来呢？因而有一个教授，很著名的教授，专门研究唐宋诗文的，学问肯定比我大。他写文章说，这个《小石潭记》的好处，第一，先从远处写起，然后写到近景，然后从近景写到特写；第二，写出了痛苦的心情。即使是分析潭里的鱼："佁然不动，俶尔远逝，往来翕忽，似与游者相乐"，这里明明是鱼很快乐，是因为什么呢？看的人觉得快乐。是吧？而且呢在开头就说，他到了小石潭前面，"心乐之"，很喜欢这个地方，可是这位教授因为过多拘泥于柳宗元的传记。这个学问的压力太大了，以至于他觉得那么困难的情况下怎么会快乐呢？"似与游者相乐"，他就硬套了，说不是快乐，而是使人感觉到"人不如鱼"啊。作者的生平、个性、思想是有助于解读文本的，知人论世嘛。但是人是很丰富的，人的个性、精神是很丰富的，也许他今天非常痛苦，主要是很痛苦，但到了一个地方突然发现一个自然的风景很美好，他觉得安慰，他的痛苦就解脱了，享受一下大自然的美好，轻松一下，这是很自然的。从这个意义上讲，作者跟文本的关系是很丰富的。黑格尔提出过"这一个"，也就是个性的不可重复的意思，但是，对于文本个案来说，这是不够的。一篇文章，哪怕是一部长篇小说，都不可能穷尽一个人的心灵世界。一个作品个案只能是一个人心灵的一个片段，一个侧面，甚至是一刹那。所以严格说，不能笼统说，"这一个"，只能说"这一面""这一刻"。苛刻地说，即使这样说，也是不完全的，这一面，不是平常的一面，也不是平常的一词。在这方面，朱自清在《荷塘月色》中提出了一个非常深邃的观念：超出平常的自己。朱自清的确有同情共产党的一面，有不满国民党政治手腕的一面，的确有一家老小要养，自己不能参加革命的苦闷，但是他是不是从早上八点钟痛苦到晚上九点

钟睡下呢？那这样活得也够累的，还写什么文章？政治苦闷，只是平常的自己，而《荷塘月色》中明明写的是“超出了平常的自己”。他就是为了暂时摆脱一下家庭伦理的压力，到清华园的一角去散散心，什么都可以想，什么都可以不想，轻松一下而已。轻松还没有完结，却发现回到老婆孩子身边了，这就恢复了平常的自己。其实《小石潭记》写的就是柳宗元在这个美好的境界中如何超出了“平常的自己”。“小丘西行百二十步，隔篁竹，闻水声，如鸣珮环，心乐之”，这里我们怎么分析呢？学生都知道了。“篁竹”，还需要解释吗？不能停留在客体上，而早应该分析客体意象背后主体的情和感。他写小石潭之美，写潭水之美，题目点明了的。但是一开始不写小石潭。不写看到小石潭之美，而是先听到它的声音之美。所以说要分析文本的时候有个技巧，不要被动追随，而是要主动，不是以读者的身份光是看到他写了什么，而是以作者的身份去想，他没有写什么。被动地读啊，“隔篁竹，闻水声，如鸣珮环，心乐之”，这没什么好讲的。你想，本来是写潭水之美，潭水之美是走近了看的。但是，他偏偏不写。他先听到水声，被它吸引了。小石潭很美，先是水声之美，美到什么程度呢？“隔篁竹”，声音之美啊，还不是唯一的，还有环境之美。这个声音从竹子林里边传出来。篁竹是很美好的象征，你们去查一下典故。闻水声，如鸣珮环，这个声音很好啊。环珮是玉，是美人之所佩。这不仅仅是一种声音，而且蕴含一种文化品位。这个声音美到什么程度？一个是环境美，从竹林里传出来；一个是它的声音美，是玉石之声。还原一下，石头打石头，玉打玉，不一定好听。但是我们的文化传统里玉的声音是代表一种高贵的品质。“心乐之”，觉得很好，被吸引了。这就“超出平常的自己”了。下面就产生了一个因果关系。什么关系呢？“伐竹取道，下见小潭，水尤清冽”，表面上是我喜欢它，就把本来很美的篁竹砍掉。这写的是声音美的效果，美到什么程度呢？我要把竹子砍掉。本来砍掉竹子，走进去很麻烦的，为什么还要去？被吸引了嘛。潭水声之美啊。“下见小潭”，看到了，“水尤清冽”，不但很透明，而且有一种寒气。你们用感觉的分析，不但看得见，而且用皮肤感觉得到。然后写这个石潭之美。“全石以为底”，如果我们被动地读，说这个石潭不像我们看到的普通的河床那样是乱石头一大堆，而是一个整石头像一个大盆子一样的。但是，这里写的不但是石头的河床，同时写水的清。水不清你怎么看到整个河床呢？“近岸，卷石底以出，为坻，为屿，为嵁，为岩”，这个地方也很精彩。你们去查一查坻、屿、嵁、岩什么意思，这个不难的。但你光这样还是不懂。为什么？他写出了这个石头的特点。河床是整个一大块，看到河边上的石头和它不一样，那是比较散乱的，而且各式各样的，这是一。这写的客观的特点。同时，还有作者的心情和语言的特点。前面写的是比较长的句子，后面突然来了这个句子非常短：“为坻，为屿，为嵁，为岩”，你想想啊，他描写那个石头，居然每个句子只有一个字。一个字，一个名词，就是一句。这马上让我们想到，这可以形容一下嘛。柳宗元不是没有形容能力。柳宗元形容石头的能力是很厉害的。那么，我不得不引用一段。柳宗元在另外一篇散文《钴鉧潭西小丘记》里面，同为《永州八记》中的一记，他写的石头就不是那么简单的，对石头的描写就用了排比的句法。“其石之突怒偃蹇，负土而出，争为奇状者，殆不可数。其嵚然相累而下者，若牛马之饮于溪；其冲然角列面上者，若熊罴之登于山。”他不是没有形容石头的形状的资本，他有充分的语言来形容，但是，他这边不用。就是名词一句，唯一相同的，一连4个“为”，4个宾语都是一个字。每句一个名词，没有形容词，却达到了描写的效果，表现了复杂的山石形态。而语词的句法是如此单纯。这不但是自然景色的奇观，而且是语言的奇观。前面是参差的长短句，后面是整齐并立，没有形容和夸张的短句，发挥了古文优于骈文的人工性的长处。因为作为唐宋八大家之一的他写的是古文啊。不是齐梁的骈文，四六对仗，而是节奏有张有弛，给人一种应接不暇的感觉。余光中先生强调，中国古典散文，包括他所追求的散文，除情感以外，就是节奏，节奏也是抒情。我觉得有道理。至少在这里看出来，他故意用节奏短促并立短句，强化一种历历在目，不暇应接的感觉。柳宗元故意把语言控制得很紧，是一种特殊的追求。那么在这篇文章里是这种追求，在另外一篇文章里是另一种追求。可以说是“超出了平常的追求”。但写到后面的树的时候，他还是有形容的，叫“青树翠蔓，蒙络摇缀，参差披拂”，排比。这里就写出了青的颜色，翠的枝叶，而且呢，分别用了“蔓、蒙、摇、络、缀”“参差披拂”，写了枝叶茂盛，互相交错，突出了这个地方很原始。

写到这里还没有真正写到小石潭。最后写到小石潭那个水，刚才说，写石头，因为它水很清。下面写到鱼了。“潭中鱼可百许头，皆若空游无所依，日光下澈，影布石上。佁然不动，俶尔远逝，往来翕忽，似与游者相乐”，这是这篇文章的生命。这里写的是鱼，实际上写的是什么？“皆若空游无所依”，这是作者的智慧，作者的艺术感觉，作者艺术语言的精致。这个潭是空的吗？鱼会飞吗？空的就是透明。有水而看不出水来，以至于鱼像悬浮于空间，“无所依”，没有水一样的。有水像没有水一样的，写的是水的透明。这还不够，再写。“日光下澈，影布石上”，这写的是鱼的影子在河床上，实际上写的还是水。如果水不透明，鱼的影子你看得到吗？这就是作者的精致了。用鱼的影子来反映“日光下澈”水的透明。这是一种技巧，也是作者心灵的精致。“似与游者相乐”，实际上是这个作者心里在欣赏，感到安慰、快乐。他一直受压抑，被贬官，很贫困，自己住在庙里面，妈妈都死掉了，很痛苦。在这里他感到在大自然中得到安慰。超脱了平常的苦闷，不可能产生“我都不如鱼那么快乐”的感觉。

我们做一个文本的分析还有一个办法来丰富它，什么？作历史的比较。写水的透明在中国古典散文里是很多的，我们联系一下，看看柳宗元继承了什么，发展了什么。原来南朝吴均的《与朱元思书》中就有写水的："水皆缥碧，千丈见底。游鱼细石，直视无碍。"水的透明，人家已经写得很精彩了。"千丈见底"，这是很夸张的。非常绿，非常透明，鱼、石头，都能看得见。到了《水经注·洧水》里面："渌水平潭，清洁澄深，俯视游鱼，类若乘空矣。"这都是写水的透明。郦道元是在正面描写水的颜色，在这个基础上，再用鱼的可视效果来强调水的清澈。如果说柳宗元抄了郦道元，那就没多大意思。它之所以成为一个经典名篇，它肯定有它的创造。我来分析一下看你们同意不同意。到了柳宗元这里干脆不提水了。"潭中鱼可百许头，皆若空游无所依，日光下澈，影布石上"，鱼还在，干脆从正面不提水了，就看见鱼"空游无所依"。他用的方法是，不写正面，而侧面写效果，突出水的清净。正面写的是日光，日光照下来，鱼的影子落在石头上，更加有智慧。日光落到水里没有变暗，可见水之清澈，这是一。再一个，石头上居然有鱼的影子，影子之黑，这是日光之强，这是水之透明的效果。吴均和郦道元的文章，都以鱼的可视来反衬水的清澈，柳宗元则进一步用鱼的影子，用黑来反衬水的清澈，用黑来写白，艺术感觉上的反差效果更为强烈。这可以说是柳宗元的一大进展或是一大发明，我推想后来影响了一个大家，有没有知道的？苏东坡的《记承天寺夜游》是你们中学语文课本里有的是吧？好在哪里呢？

解衣欲睡，月色入户，欣然起行。念无与乐者，遂至承天寺寻张怀民。怀民亦未寝，相与步于中庭。庭下如积水空明。水中藻荇交横，盖竹柏影也。

这写的是月光的透明，像水一样，用什么来表明月光的清澈呢？用竹柏的影子来表明月光的清澈。这和柳宗元用鱼的影子来表现水的清澈一脉相承。这个很奇怪，这个办法好像是中国人的发明，可是我看西方人也鞭辟入里这个道理。俄国作家契诃夫的弟弟也写小说。他写信给他弟弟说，你写月光照着大地，大地一片什么迷蒙啊，写得那么多干吗啊？他说你写月光怎么写法呢，说"月光照在大地上，有一个破的玻璃瓶子像星星一样发光"，表面上写的不是月光，但玻璃瓶子上的光是来自月光的，再来一句，"有一只狗走过来，后面跟着狗的影子"，这就写出月光了，不要啰嗦了。这跟苏东坡、柳宗元是殊途同归啊。写最亮的一点是玻璃瓶子，写最黑的一点是狗的影子，如果没有那么亮的月光，哪有狗的影子呢？

所以说艺术它是很奇妙的，它的规律有的是超越国界的。

但是下面还有些地方"犬牙差互""明灭可见"，我就不细讲了。最后讲，这个地方这么漂亮，但是有缺点。"寂寥无人，凄神寒骨"，但这个地方太冷了，又没有人，冷到骨头里去，"悄怆幽邃。以其境过清，不可久居"，这个地方漂亮是漂亮，但是不可久居，没有办法待下去，最后就走掉了。

这是散文，很现实的。我们说，柳宗元的心里是很丰富的，第一丰富，他政治的失意是失意，但是在大自然中得到安慰，超脱了平常的自己。但是大自然的安慰在这里还有一个缺陷，没有什么人，冷到骨头里去，待不住，我就走掉了。柳宗元写得很现实，喜欢这个地方但是很怕冷，但是这个地方他可以忘掉政治上的失意，但这是不是柳宗元的心里的全部？不一定。在这里是很怕冷的，柳宗元在另外一首诗里是一点也不怕冷的，这就是《江雪》：

千山鸟飞绝，万径人踪灭。

“绝”就是绝对没有了，飞光了。“万径人踪灭”，“人踪”，生命的踪迹完全消失。

孤舟蓑笠翁，独钓寒江雪。

整个世界一片空白，只有一个老头子在那干吗，在那钓鱼，不是钓鱼啊，是钓雪。有一位教授，还是很权威的，解读这首诗说：

表面看来这不过是一首有画意的写景诗，在大雪迷漫之中，鸟飞绝，人踪灭，只有一个身披蓑衣的，头戴斗笠在孤舟上，一竿在手，独钓于江雪之中。

请允许我讲一句真话，这样的解读，其实，没有揭示出作品深层的什么奥秘，只是把人家很精致的诗翻译成很啰嗦的散文。接下去作者似乎感到光这样翻译是不行，多少要讲出一点“深意”来：“但是，细细想来，却不只是写景，而另有深意。”什么“深意”呢？

在渔翁身上，作者寄托了他的理想人格。这渔翁对周围的变化毫不在意。鸟飞绝，人踪灭，大雪铺天盖地，这一切对他没有丝毫的影响，依然钓他的鱼。①

本来讲到“理想人格”，似乎有点到位了。作者心目中诗中的理想人格，是什么呢？第一，大雪铺天盖地，对他没有任何影响，也就是他不怕冷。第二，他仍然专注于他的工作——钓鱼。概括地说，就是，这是一位不管天气多么寒冷，也要坚持不懈的钓鱼者。可惜的是，就是这“钓鱼”二字，使得作者的误读露了馅。第一，人家写的“钓雪”，他却将之解释为“钓鱼”。“钓雪”和“钓鱼”，一字之差，却是两种价值层次。“钓雪”是不计功利的审美价值层次，是天地与人生的高度统一，超越于外部环境的严酷；是人物内心的高度平衡，也解脱了内心物欲压力。第二，钓雪的特殊性，还在于是“独钓”，孤独地“钓”，但是，这个人物，却没有孤独感：对于不但没有人为伍，而且没有任何生命与共的孤独，既没有感到痛苦，也谈不上欢乐，一味守定宁静的内心。这有点像陶渊明的“无心以出岫”中“无心”的境界。而“钓鱼”则是实用功利层次，绝对是“有心”的。有心，就是功利心，就功利而言，这位教授的阐释也明显不通，在这么寒冷的天气，即使不冻死，能够钓到鱼的可能性几乎等于零。

---

① 袁行霈：《清思录》，首都师范大学出版社 2008 年版，第 474 页。

回过头来说柳宗元，这个地方不是更冷了吗？但是，这是诗，诗比之散文，是比较形而上的，寒冷也好，孤独也好，在诗里可以是享受，这和散文当中的“寂寥无人，凄神寒骨，悄怆幽邃”“其境过清，不可久居”是两个境界。

文本不是一个平面，而是立体的结构，表层是感知性质的，包括行为的、语言的、过程的结构；深层是它的情感和情致，诗言志嘛，情致的意络；更深层一点，则是形式的结构。这对于文学解读来说，是最为关键的，是文学的内行和外行最根本的分界线。

要知道，散文里的人，是个现实的人，他怕冷，怕孤独，不管多么漂亮，也待不下去。但在诗里是理想的人，不怕冷，享受孤独，没有功利目的，那是一个无心的境界。

文本分析，要揭示深层作者的个性、情感。这很重要。但是作者是很丰富的，他有政治遭遇、政治理念，他作为一个人是很丰富的。有些部分是有政治的，有些地方则没有政治。这一篇散文就是柳宗元在大自然中超出了政治的自己，暂时把政治忘却。你们去看李白的诗和李白的散文。李白的诗里是非常清高的，“安能摧眉折腰事权贵，使我不得开心颜”，可他散文里有多少讨好权贵的作品。如果在诗里他讨好权贵，就是败笔了。比如李白写歌颂杨贵妃的诗，是败笔。可散文的实用性，散文的那种吹捧自己，吹捧对方，这很正常，应用文嘛。

为了分析，刚才我们用了一个办法，就是还原。本来你写小石潭，应该就是看小石潭，结果不先看，先写听；本来你写水，但你写石头，石头底下很完整；本来写水很透明，阳光很强烈，你写石头有影子。这是还原。本来是，你设想自己作为一个作者，从已经这么写的中间看出他没有那样写，这样写有什么好处，当然也可能有什么坏处。这是帮助我们进行分析的第一法门。但是，有了这样的办法，还是不太够用，因为，孤立分析一篇文章非常困难，最难的就是孤立分析一篇文章。分析的对象是矛盾和差异，有了差异才能分析。这就有了第二个方法，就是比较。比较有两种，第一种是同类的，第二种是异类的。同类的比较，用得多一些。因为同类，就有现成的可比性。前面我们就比较了同一作者两种不同形式的作品。

散文：从审美、审丑（亚审丑）到审智

一、真情实感论的贫困和僵化

中国传统散文相当发达，与诗并驾齐驱。但是，奇怪的是，现代和当代散文缺乏系统的理论，不像小说诗歌那样，有着与西方文学对应的流派更迭。现代散文没有现实主义、浪漫主义、象征主义、现代主义、后现代主义。散文作家也没有流派的自觉，主义和流派好像和散文无关。当然，要绝对说，散文没有理论，也不够客观，散文理论界影响最大的“真情实感论”，其著名论述是：“散文创作是一种表达内心体验和抒发内心情感的文学样式。”“它主要是内心深处迸发出来的真情实感打动读者。”不难看出，事实上把散文的特殊性定性在“真情实感”，也就是抒情性上。当然，也看到了抒情性的狭隘：“狭义散文以抒情性为侧重，融合形象的叙事与精辟的议论。”[①]论者很有分寸感地用了一个“侧重”，带出了“议论”。不过议论当然是为抒情服务的。这种“真情实感”，在相当一个时期中，拥有相当的权威，至今仍然得到学界并不敏感的人士的广泛认同。

但，这样的理论是极其粗陋的。首先，楼肇明早就指出了，真情实感，并不是散文的特点，而是一切文学共同的性质。其次，真情实感的强调，并非永恒现象，而是一种历史现象，最初出现在五四时期，是对“瞒和骗”的文学传统的反拨；后来，是在新时期，是对“假大空”政治图解的颠覆。把这种理念，从具体的历史语境中抽象出来，作为散文永恒的性质，实质上是以抒情为半径给散文画地为牢。中国散文史和西方散文史上，并不全

① 林非：《关于当前散文研究的理论建设问题》，见《散文论》，华中师范大学出版社 1992 年版，第 5 页。

以抒情为务，不以抒情见长的散文杰作，比比皆是。不管是蒙田还是培根，不管是博尔赫斯的《沙之书》，还是罗兰·巴特的《埃菲尔铁塔》，甚至是苏东坡的《赤壁赋》，诸葛亮的《出师表》，都不仅仅是以情动人的，其中的理性、智性，恰恰是文章的纲领和生命。

这样的散文理论之所以独步一时，最根本的原因在于，话语霸权遮蔽了思维方法上的漏洞。第一个疏漏，把一种历史条件下的散文观念，当作永恒不变的规律。追求某种超越历史的，放之四海而皆准的宏观理论时，对于否定超越历史的、统一的、普遍的文学性、散文性的西方文论，并未进行过任何批判，这就使得理论处于后防空虚的危机之中。第二个疏漏，比之第一个漏洞更加严重，那就是，真情实感，和巴金讲真话一样，并不是文学的规律，而是对作家的道德要求。第三，就散文而言，在表现情感时，并不一定局限于真和实，作为文学创作，最根本的规律乃是想象，更全面的说法应该是真假互补、虚实相生。

正是因为没有西方现成的理论资源，也没有自己像样的理论，散文面临着从历史和现状中直接进行概括。这就用得上逻辑的方法和历史的方法。逻辑的方法和历史的方法在马克思和恩格斯那里，是相对而又互补的。逻辑方法，正是把历史的偶然性和繁复性（包括历时的和共时的特殊性）加以纯粹化，这正是社会科学研究所要求的纯粹的抽象。正像在《资本论》中，马克思并没有研究资本主义的历史发展种种事变，没有论述资本主义的海盗、贩卖奴隶，侵略、腐败、暴力、革命、复辟等，而是提出了一个高度抽象的逻辑范畴：商品。简单的商品生产，正是资本主义的逻辑起点，也是资本主义的历史起点。这个范畴，不是静止的，而是有着内部矛盾的，运动的。其中使用价值、交换价值、等价交换、劳动力不等价、剩余价值、生产过剩、经济危机等系列范畴，都是在商品范畴的内部矛盾中转化和衍生的。这一切不但是逻辑的演化，而且是历史的转化，自由资本主义走向反面。故商品既是逻辑的起点，又是历史的起点，既是历史的终点，又是逻辑的终点。这说明，逻辑和历史的方法，不是绝对矛盾的，相反，是可以达到逻辑的和历史的统一的。问题在于，流行的真情实感论，既没有逻辑的系统性，又没有历史的衍生性。它之所以成为一种没有衍生功能的范畴，就是因为，它是一种抽象混沌，没有内部矛盾和转化。而实际上，情和感，并不是统一的，而是在矛盾中转化消长的。情的特点是，动，所以叫作“动情”“动心”，但是，情是一种“黑暗的感觉”，情之动，是看不见、摸不着的，它要借助感觉才能传达，所以叫作“感动”。感有一个特点，就是，它是在情感冲击下发生“变异”的。[①]情人眼里出西施，月是故乡明，贾宝玉第一眼看到林黛玉，说“这个姑娘见过的”。王维在散文中感到深巷寒犬，“吠声如豹”，余秋雨觉得，三峡潮水声中有两主题，一个是对大自然的朝觐，一个是对山河主宰权的争逐，那日日夜夜奔流的江涛，就是这两主题在日夜不停

① 参阅孙绍振：《知觉在情感冲击下变异》，《论变异》，花城出版社1987年版，第71—98页。

地争辩。这种在真情冲击下的变异了的感觉，明显不是“实感”，而是“虚感”。通过这种“虚感”传达出来的感情是真情还是假情呢？任何一个研究，对这样的矛盾实际视而不见，还能成为理论吗？

看不到内在矛盾，也就看不到运动发展、变化，从而，对情与感的历史的消长视而不见。在散文历史的最初的阶段，散文实用理性占着绝对的优势，情在散文中，是被排斥的，周诰殷盘，全是政治布告、首长讲话，充满教训，甚至是恐吓。至少到了魏晋以后，抒情才从实用理性中独立出来。真要从理论上，把个性化的感情当作散文的生命，还要等上一千多年。晚明小品中提出独抒性灵，“五四”散文继承了这个传统，鲁迅甚至认为，散文取得了比小说和诗歌更高的成就。散文的抒情主潮，其深层的矛盾，其实不仅在于感，而且在于理。主情的极端就是用变异的感觉来抑制理性，走向极端，就是情感的泛滥，变成了滥情、矫情、煽情。故到了20世纪中叶，西方产生了抑制抒情的潮流，在诗歌中，干脆就提出“放逐抒情”。Sentimentalism，“五四”以来，一直翻译为感伤主义，近来就变成了滥情主义。在我国，在先锋诗人和小说家中，跳过情感，直接从感觉向审智方面深化，追求冷峻的智性成为主流。而散文却停留在真情实感的抒情中。就在这个时候，余秋雨出现了，他把诗的激情和文化的智性，水乳交融地结合在一起。迈向了散文的新阶段，也就是从主情到主智的历史过渡。一批年轻的甚至并不年轻的散文作家成了他的追随者。可是就在这个时候，余秋雨却引发了空前的争论。除开某些人事因素以外，主要还在于，余秋雨的散文，是从审美情感到审智散文之间的一座“断桥”[①]。从真情实感，也就是审美情感论来看，他的文章有过多的文化智性，而从先锋的、审智的眼光来看，又有太多的感情渲染，被视为滥情。

“真情实感”论，如果真要成为一种严密的学科理论基础，起码要把情与感之间的虚和实，情与理之间的消和长，做逻辑的，同时又是历史的展开。但真情实感论的代表人物缺乏这种学科建设的自觉，故真情实感论难以成为学科逻辑的起点。如果真情实感论的缺失，仅仅限于此，那还只是缺乏上升为学科理论的前景，可惜的是，它最大的缺失在于，它号称散文理论，却并未接触散文本身的特殊矛盾。就算马马虎虎以真情实感为逻辑起点吧，那么摆在面前的首要任务是，揭示散文的真情实感与诗歌、小说的不同。

而按照逻辑与历史统一的学术规范，这种不同，不应该是脱离了情与感、情与理、虚与实、真与假的现存范畴，而是从这些范畴中衍生出来的。同样的“真情实感”，在诗歌里和散文里有什么重大的区别？其实，这并不神秘，只要抓住情与感，彻底分析就不难显出

---

① 孙绍振：《余秋雨：从审美到审智的“断桥”》，《当代作家评论》2000年第6期；《当代智性散文的局限和南帆的突破》，《当代作家评论》2000年第3期。

端倪。真情实感，事实上就是内情与外感的结合，不管是内情还是外感，都得是有特点的，一般化的、普遍性的、老一套的情感，是缺乏审美价值的。情感作为文学形象胚胎结构，只是艺术形象的一种可能性，要真正成为艺术的形象，内情和外感的特点还有待于形成规范。在诗歌中，内情具有特殊性，不成问题，但其外感是不是也同样要特殊呢？无数诗歌经典文本显示，在诗歌中的外物的感受可以是普遍的，没有具体时间、地点条件的规定。舒婷笔下的橡树、艾青笔下的乞丐、雪莱笔下的西风、普希金笔下的大海、里尔克笔下的豹，都是概括的，并不交代是早晨的还是晚上的，是城市的还是农村的。这一种普遍的类的概括，外感越是概括，诗歌的想象空间越是广阔，情感越是自由。如果，盲目追求具体特殊，要追问，艾青笔下的乞丐，究竟是男是女，究竟是老是少，越是具体特殊，越是缺乏诗意。越是缺乏诗意，也就越是向散文转化。这也就是说，散文的艺术奥秘在于，同样是特殊的情感，它的外感，越是特殊越好。[①]从这里，我们可以看到杨朔把“每一篇散文都当作诗来写”，之所以造成模式化、概念化，当时的历史条件只是外部原因，混淆了文学形式的审美规范，则是其内在原因。这种区别，本来应该是常识性的，但是，竟弄得连高考试卷上都出错，说明问题严重到什么程度。惠特曼写过《船长啊，我的船长》，只写一艘船到达口岸，船长突然倒下的场景。这个场景，没有具体的时间，没有地点，连船长倒在什么人身上，都没有交代。

然而只有这样才有诗的想象的单纯集中，也才有在单纯集中中展开丰富想象的难度，这才是诗。但惠特曼，在同样题材的散文中，写林肯被刺，就明确写出了具体的时间——1865 年 4 月 14 日的晚间，地点——华盛顿的一家剧院；当时的气氛是，观众都沉浸在欢乐之中。凶手突然出现在舞台上，观众来不及反应，沉默。凶手向后台逃走。群众情绪震惊、愤激、疯狂。几乎要把一个无辜的人打死。这一切都说明，诗的真情实感，和散文的真情实感，遵循着的形式规范是多么的不同。

不是矛盾的普遍性，而是矛盾的特殊性，才是学科研究的对象。

二、直接归纳：诗的形而上和散文的形而下

既然现成的理论，不能成为建构散文理论的基础，唯一的出路就是直接归纳。归纳的难点在于：第一，要有一定的原创性；第二，阅读经验的有限性、狭隘性。因而要求最大限度地掌握经验材料。可是生也有涯，经验也无涯，以有涯，求无涯，是生命本身的悲剧。

---

① 参阅孙绍振：《文学创作论》，海峡文艺出版社 2004 年版，第 236—242 页；孙绍振：《评陈剑晖〈中国当代散文的诗学建构〉》，《文学评论》2006 年第 6 期。

但，如果不是一味追求理论的全面性，从片面的经验开始，像邓小平所说的那样，摸着石头过河，像胡适所主张的那样，在有限的经验中，进行“大胆的假设”，又像波普尔所提倡的那样，不断地“试错”，反复排除经验狭隘性的局限，进行“小心地求证”，可能比之演绎法，从普遍的概念到特殊的概念，成功的概率要高得多。归纳法还有一种特殊的形态，那就是个案分析，也就是所谓从一粒沙子中看世界，从一滴水中看大海。不一定要把全世界所有的水，都收集到自己的实验室里。在我看来，把归纳和比较结合起来，更是一个讨巧的办法，就是把既是诗人又是散文家的作品拿来加以比较，因为这里有现成的可比性。

在诗歌中李白是反抗权贵的，不能忍受向权贵摧眉折腰的，而在散文中，尤其是那些“自荐表”中，李白向权贵发出祈求哀怜是一点也不害臊的。在《与韩荆州书》中，以夸耀的口吻说自己从十五岁起就“遍干诸侯”。阅读李白的全部作品，会发现有两个李白：一个在诗里，是颇为纯洁而且清高的；一个是在散文里，是非常世俗的。在舒婷的散文和诗歌中也可以见到同样的分化。在诗歌中，她是形而上的，好像在精神的象牙塔里，为人与人之间的难以沟通而感到哀伤、失落，为美好的人情和爱情而欢欣。诗人好像是不食人间烟火的。而在散文中，她又为作为妻子、母亲，为婆婆妈妈的家务事而操劳，发出“做女人真难，但又乐在其中”的感叹。在余光中的散文中和诗中，他的乡愁，也是不尽相同的。在诗中，是超越了现实的，虚拟的，展示了单纯的精神境界，只需几个意象（邮票、船票、坟墓、海峡）就足以凝聚起大半生的生命乡愁体验。在这种象征的、空灵的、纯粹情感的境界的升华中，抒情主人公的经历，不是他一个人的，而是许多类似的居住在台湾的人的概括。而在散文《听听那冷雨》中，恰恰相反，乡愁就贴近了他的具体的、特殊的、唯一的经历，他从金门街到厦门街，长巷短巷，基隆港湾的雨湿的天线，台北的日式的瓦顶，在多山的科罗拉多对大陆的想望，甚至还有他的一点“亡宋的哀痛”的政治失落感，还有他的青春时代，和爱人共穿雨衣的浪漫。散文中的余光中显然是一个现实中的余光中。理解了这一点就不难理解诗人柳宗元和散文家柳宗元的重大分化了。他在《小石潭记》中把他所发现的那个自然境界描写得那么空灵，那么美好。虽然是很“幽邃”的，远离尘世、超凡脱俗的，但是“其境过清”，太冷清，太寒冷了，欣赏则可，却不适宜“久居”，只能弃之而去。尽管如此，还是要记录在案，把同游之人的名字都罗列了一番。而在诗歌里，却充满了不食人间烟火的境界。如《江雪》：

千山鸟飞绝，万径人踪灭。孤舟蓑笠翁，独钓寒江雪。

开头两句，强调的是生命的“绝”和“灭”，与这相对比的是，一个孤独的渔翁，在寒冷、冰封的江上，是“钓雪”，而不是钓鱼，也就是不计任何功利，是一点也不怕冷，也不怕孤独的，相反，孤独本身就是一种享受。这和散文中“寂寥无人，凄神寒骨，悄怆幽邃”“其境过清，不可久居”的境界大不相同。散文中的柳宗元，还是不能忘情现实环境、居住条件，小而至于为了买一块便宜地，大而至于国计民生，乃至于朝廷政治；而诗歌则可以尽情发挥超现实的形而上学的空寂的理想，以无目的、无心的境界，就是超越一切功利，体悟大自然，和人达到高度的和谐和统一。这是诗的意境，而这在散文中，作者是可以欣赏，但却是受不了的。

两种文学形式，微妙而重大的区别归纳起来说，诗是形而上的，而散文是形而下的。从文本归纳出来，是不太困难的，但是，要从西方东方任何宏观的理论中演绎出来却是不可能的。

三、审美、审丑和幽默的亚审丑

事实上不管是拘守于僵化的“真情实感”，还是从西方生命哲学、文化哲学中去演绎，而超不出普遍大前提已知的属性，还不如回到散文浩如烟海的文本中来，一旦发现现成理论所不能解决的问题，就死抓住不放，对之进行直接归纳，上升为理论。真情实感论，把散文归结为“美文”。顾名思义，美文就应该是美化的、诗化的，既美化环境，又美化主体精神。这种普遍得到认同的理论，遇到并不追求美化和诗化的文章，就捉襟见肘了。例如，对于三峡风光，我们已经见到过许多美化、诗化的经典诗文了。但，楼肇明先生从三峡的自然景观中看到了什么呢？

> 不成规划的球形、椭圆形、圆锥形、圆柱形，你挤我压，交叠黏合，隆起上升，沉落倾斜，那经过生命和死亡的大轮回、大劫难的一堆堆岩石的云团、岩石的羊群和牛群，被排闼而来的长江水挤开，在两边站立……岩石被送上旋风的绞刑架，从地质年代的墓坑里被挖到阳光下，让苍天去冷漠地阅读……[①]

如果真情实感论的美文，是放之四海而皆准的统一规律，那么，我们能把这样的散文列入美文之列吗？这里，三峡不是壮丽的河山，而是很丑陋的，而作者的真情，是什么呢？冷漠——整个苍天对这一切无动于衷，他自己也无动于衷。这里有什么真情实感呢？真情实感论，所描述的情感是什么样的呢？

> 古今中外，多少优秀的散文，都充分地流露和倾泻着自己的情感，有的像炽热耀眼的阳光，有的像奔腾呼啸的大海，有的像壮怀激烈的咏叹，有的像伤痛欲绝的悲歌，有的又像欢天喜地的赞颂。当然也有与此很不相同的情形，那就是异常含蓄地蕴藉地表达自己的感情，从表面看来似乎并不强劲猛烈，但在欲说还休的抑扬顿挫之中，可

① 楼肇明：《三峡石》，见《第十三位使徒》，中国对外翻译出版公司1995年版，213页。

以让读者感受到这股情感潜流的曲折回旋，因而产生更多的回味，值得更充分的咀嚼。[①]

真情实感论者笔下所描述的感情，实质上，就是两种，一，是强烈的、浪漫的激情；二，是婉约柔和的温情。抒发这两种感情的，无疑都属于诗化、美化的散文之列。但是，我们却碰到楼肇明式的冷漠，他既没有热情，也没有温情，整个儿，他就以无情为务。这时候，如果我们迷信演绎法，只能是成全它，说，这也是一种真情实感（“佯情”“隐情”？），但，这显然强词夺理，因为这里没有美文的诗化和美化。这样的思路，显然会进入死胡同。这条路走不通，就只能走相反的道路，就是从有限的经验材料，从有限的文本进行直接归纳，这明明不是美文，不是美化，不是诗化，那么是不是可以大胆地假设，“丑化”。李斯特威尔在《近代美学史述评》中这样说道：“广义的美的对立面，或者反面，不是丑，而是审美上的冷漠，那种太单调、太平常、太陈腐或者太令人厌恶的东西。”是不是可以把这种散文，列为和审美散文相对的，在情感价值上相反的散文，是不是可以把它叫作“审丑”的散文。这种“审丑”，不但是逻辑的划分，而且是历史的发展。抒情、美化、诗化，长期成为流行的潮流，成了普及的套路，达到可以批量生产的程度，抒情就滥了，为文而造情，变成矫情，虚情假意了。抒情变成俗套，也就引起了厌倦，就走向反面，干脆不动感情。不动感情也可以写成别具一格的散文。台湾有一个散文家叫林彧，他的一篇散文《成人童话》，创造出了一个荒谬而无情的境界：

——我的甲期爱情到期了吗？

——你的爱情签账卡来了吧？

——爱情可以零存整付。

——幸福可以分期付款！

——真理换季三折跳楼大拍卖！[②]

把爱情变成一种交易，变成银行的账户，变成单据，变成程序性的金钱来往。真理也不是什么精神追求的高尚境界，而是商店里的生意经，真理怎么能换季呢？跟衣服一样，这个真理不流行了，要换一个新的真理，那还能称为真理吗？这就是一种冷漠。幸福不是一种情感的共享和体验，而是非常商业化的，完全没有了情感的价值，有的是一种交换的实用价值。这是对浪漫爱情温情的一种反讽、否定、不抒情、反抒情，没有感情就不能说是美文，而是美文的反面。

我们直接把这种散文归纳为“审丑”散文。

---

① 林非：《关于当前散文研究的理论建设问题》，见《散文论》，华中师范大学出版社1992年版，第5页。

② 郑明娳：《现代散文现象论》，台湾大安出版社1992年版，第63—64页。

审丑，不一定是对象丑，而是情感非常冷，接近零度。冷漠是最根本意义上的丑。

爱情、友情、亲情、热情、滥情的反面不是仇恨，而是冷漠，因为仇恨还不失为感情，而且是强烈的感情，哪怕是丑的。在美学领域，“丑”不“丑”无所谓，只有无情才是“丑”，外物的“丑”所激起来的，如果还是强烈的、浪漫的感觉，那还算是审美。审丑和对象的关系并不太大，不管对象是美是丑，只要有强烈、丰富、独特的感情，就仍然是审美的。因为英语的 aesthetics，美学，讲的本来就是和理性相对的情感和感觉学。表现强烈的感情，婉约的感情，叫作审美，那么表现冷漠，无情呢？应该叫作审丑。

从总体上说，严格意义上的审丑散文，在我国散文领域，作为一个流派，或作为一种思潮，还没有成熟起来，没有一个完整的作家群体。有的则是不成熟的探索，如得到某些评论家赞赏的刘春的散文：

> 农村的厕所其实就是公用的化粪池，人粪猪牛粪便都混在一块儿，不结块，反而显得挺稀的，这归功于蛆虫。粪便经过发酵，稀释，浇到园子里，即使不怎么长了的菜株也晃着脑袋蹿一蹿。沼气发出致命的气味，只有最强壮的苍蝇才可以待得住，它们图的是随时享受“美味”。踏踏板彻底地朽掉了。黑漆漆的，如炭烤。野地里的茅房偶尔会有死婴浸泡在屎中，他们无分男女，五官精细，体积小得出奇，比妈妈从城里给我买的第一只布娃娃还要小，骨殖如一副筷子，脸上和四肢挂着抑扬过的痕迹。我低头看他们，感到童年的无力和头晕。有一只死婴都瘦成了皮包骨，可是他依然保留着人的样貌，我记得他正好挂在树枝上，就好像一脚踏在生命的子午线上，那树显然是人们有意为之的，位置那么恰好。①

这里描绘的景象，显然很丑陋，很肮脏，很悲惨。这在诗化美化的“真情实感”论的散文家笔下，这种可能引起生理的嫌恶的现象，肯定是要回避的，但，作家却津津有味地详加展示，目的就是要刺激读者产生恶心的情绪。作者的笔墨给人一种炫耀之感，炫耀什么呢，在丑恶面前无动于衷，丑之极致，不觉其丑，转化为无情之丑，转化为艺术的“丑”。这就是审丑散文家所追求的。

当然，这种审丑散文还是比较幼稚的，不成熟的，因为审丑虽然无情，但，在丑的深层，还有理念。林彧的“爱情是零存整付”，其中有深邃的讽喻。刘春突破审美的，真情实感的勇气引起了一些评论家的欢呼（如祝勇）。刘春的不成熟，浮浅，精神性欠缺，也引起了另一些散文专家的愤慨，被斥之为“恶劣的个性”②。

审丑，是艺术发展的普遍思潮，中国散文的审丑，相对于小说、戏剧而言，相对于绘

① 陈剑晖：《新散文往哪里革命》，《文艺争鸣》2006 年第 5 期。
② 陈剑晖：《新散文往哪里革命》，《文艺争鸣》2006 年第 5 期。

画、雕塑而言，是有点落后了。最早的象征派诗歌，代表性诗人如李金发的审丑几乎和郭沫若同步开始创作。连浪漫主义的闻一多，都不乏审丑的作品。如李金发的“生命是死神唇边的微笑”，如闻一多的《死水》。奇怪的是，在诗歌小说突飞猛进地更新流派的时候，散文却一直沿着抒情审美的轨道滑行近 80 年。审丑的散文，到目前为止，还不能说已经成了气候。

但是，毕竟也有大量与审丑相接近的散文，那就是幽默散文。它不追求诗意、美化，它把表现对象写得很煞风景，甚至令人恶心，有某种不怕丑的倾向；你说它审丑吧，它又并不冷漠，它有感情，不过不是诗意的感情，而是一种调侃的感情。所以，不能笼统叫“审丑”，只是接近于审丑，叫它“亚审丑”，可能比较合适。

鲁迅的《阿长与〈山海经〉》写一个保姆，晚上睡觉，她本该照顾孩子，反而占领全床，摆上一个“大”字，鲁迅的母亲给了她暗示，以后更加糟糕，不但摆上“大”字，而且把手放在鲁迅的脖子上。她还会讲非常恐怖的、荒唐的、迷信的故事：说像她这样的妇女要被太平军掳去，敌人来进攻的时候，就让她们脱下裤子，站在城墙上，外面的大炮就炸了。这是非常荒谬的，按理说，鲁迅批评一下她迷信、胡说，是可以的，但那就太正经了，鲁迅并不正面揭露，而是采取一种将错就错、将谬就谬，说她有“伟大的神力”。幽默感就从这里产生了。幽默恰恰是在这些不美的，有点丑怪的事情中。显而易见的荒谬和十分庄重的词语之间产生一种叔本华所说的不和谐、不统一（incongruity），用我的话来说，就是“逻辑错位”①，长妈妈愈是显出丑相，鲁迅愈是平心静气，越是显示出宽广的胸襟，悲天悯人的精神境界。

幽默致力于“丑”化，“丑”加上引号，是表面的丑而不是共丑，因为长妈妈并不怀自私的、卑劣的目的，不是有意恐吓小孩子，自己是非常虔诚地相信这一切的。她很愚昧，但心地善良。鲁迅的内心状态并不是冷漠的，也不是无动于衷的，而是表面上沉静，内心感情丰富的：一方面“哀其不幸”，另一方面“怒其不争”。当她为鲁迅做了一件好事，为他带来他向往的《山海经》的时候，他又感到真有“伟大的神力”，这里的大词小用，就不但是幽默的，而且渗透着抒情的赞美，鲁迅对她就不简单是“哀其不幸，怒其不争”，而应该是美其善良。从结构层次上分析，表层是愚昧的、丑的，深层的情感是深厚的、美的，这就是幽默在美学上的“以丑为美”。这就是我们所说的“亚审丑”。

张洁在一篇散文中这样写：在一条清洁的街道，看到一个孩子，随便吐甘蔗皮。就告诉孩子，不可以这样的。孩子看了好久，吐了一口甘蔗皮来回答。张洁后来发现所有的大

---

① 孙绍振：《论幽默逻辑的二重错位律》，《文学评论》1996 年第 5 期；《论幽默逻辑》，《文艺理论研究》1998 年第 5 期，《新华文摘》1999 年第 1 期转载。

人都买了一根甘蔗，两尺来长的，一边咬一边走，以致城市的街道都是软软的。再看，这个城市没有果皮箱，环保部门也没有尽到责任。这种正面批评，不是幽默的，而是抒情的。用幽默风格来写怎么写呢？梁实秋的散文："烈日下，行道上，口燥舌干，忽见路边有卖甘蔗者，急忙买得两根，才咬了一口，渐入佳境，随走随嚼，旁若无人，随嚼随吐，人生贵适意，兼可为'你丢我拣'者，制造工作机会，潇洒自如，不亦快哉。"[①]完全是破坏环境卫生，却心安理得，还要说出两条堂堂正正的理由：一是人生贵适意，上升到世界观的高度；二是为清洁工人创造就业机会。这完全是逻辑颠倒，正话反说，因而好笑。表面上是贬低自己，实质上是批评一种普遍存在的恶习。不以居高临下的姿态批评世人，却把这些毛病写成是自己的，这是荒谬的，又显而易见是艺术假定。读者不会真的以为这是梁实秋缺乏公德心，在会心一笑时，与梁实秋的心灵猝然遇合了。李敖惯于以玩世的姿态写愤世之情：

得天下之蠢材而骂之，不亦快哉！

仇家不分生死，不辨大小，不论首从，从国民党的老蒋到民进党的小政客、小瘪三，都聚而歼之，不亦快哉！

在浴盆里泡热水，不用手指而用脚趾开水龙头，不亦快哉！

逗小狗玩，它咬你一口，你按住它，也咬它一口，不亦快哉！

看淫书入迷，看债主入土，看丑八怪入选，看通缉犯入境，不亦快哉！[②]

李敖故意把自己写得很不堪（看淫书）、很顽劣（以快速和慢速放影碟）、很无聊（和小狗咬来咬去）、很散漫（用脚趾开水龙头），但就是在这种无聊和顽皮中，显示了他在政治上和学术上的原则性和坚定性，并为自己极其藐视世俗的姿态而自豪。他的幽默好就好在亦庄亦谐，以极庄反衬极谐。

贾平凹在散文《说话》里，说自己说不好普通话，这没什么了不起，普通话嘛就是普通人说的话，毛主席都说不好普通话，那我也不说了。好像有点阿 Q。这种心态，在中国是常见的。他又说，说不好普通话，就不去见领导、见女人。好像见领导就是为了去讨好领导，让领导留下好印象一样；和女人在一起，有什么不纯的动机。这些本来都是隐私，但作者公然袒露。这明显是虚构，不是写实，显而易见是自我贬抑来讽喻世人、世风。他说普通话说不好，但他会用家乡话骂人，骂得非常棒，很开心。表面看来，这是有点丑，有点恶劣，但从深层来说，他非常天真，非常淳朴。为什么没有一个读者会感到贾平凹品行不端呢？因为，在文学作品里，作者和读者有一种默契，那就是进入一种虚拟的、假定的境界。对幽默感而言，丑化是表层的，深层隐藏着感情的美化，自己很坦然，无所谓，

① 梁实秋：《雅舍小品》，雅文出版社，第 53 页。

② 雷锐等编：《李敖幽默散文赏析》，漓江出版社 1993 年版。

不拘小节，表现宽广的心胸，并不是用虚荣心来掩盖自己的本性；同时，所写的缺点并不是个人的，往往是人类普遍的弱点。以丑为美就美在这里。

四、审智的高度

中国现当代散文艺术积累最为丰厚的是抒情和幽默，作家进入散文的艺术天地最为方便的入门就是抒情和幽默。但不管抒情的审美还是幽默的“亚审丑”，在逻辑上，都存在着无可否认的局限。钱锺书把某些文学评论家讽刺为后宫的太监，只有机会，而无能力，是很片面、偏激的；王小波对中国传统的消极平均意识的批评，以诸葛亮砍椰子树作类比，从严格理性的角度来看，也还失之粗浅，从逻辑上来说，类比推理是不能论证任何命题的。这就促使一些把思想、文化深度看得特别重要的散文作家，在抒情和幽默的逻辑之外寻求反抒情、反幽默的天地。

从美学上说，把情感和感觉的研究归结为“审美”，是不够严谨的。比较深刻的文学作品，不光是情感和感觉的，都是有着自己独特的理念的。不论是屈原还是陶渊明，不论是古希腊悲剧还是安徒生的童话，都渗透着作家的生命甚至是政治的理念。大作家都是思想家。应该把与情感联系在一起的理念结合起来。智慧理性的追求，在 20 世纪 50 年代以后西方现代派文学中形成潮流，加缪甚至宣称，他的小说就是他的哲学的图解。对这种倾向，我在《从西方文论的独白到中西文论对话》中，把它叫作“审智”。[①]

把情感归结于审美价值，来源于康德。但是，20 世纪 80 年代以来，人们片面理解了康德，把审美仅仅归结于情感，过分强调情感价值的美独立于实用理性的善和真，而忽略了康德同时也强调三者的互相渗透，特别是“美是德行的象征”，是康德审美价值观念的一个重要支点。[②] 康德的“美”和理念，实际上是一种“美的理想”，存在于心灵中，比之现实中的具体事物，它具有一种“范型”的意味，“圆满”的意蕴，催促祈向的主体向着最高目标不断逼近，又令祈向着的主体“时时处于不进则退的自我警策之中”[③]。美的超越性，超越感官，使美向善的理念提升。康德虽然把美与善当作不同的价值观念，但他强调在更高

① 孙绍振：《从西方文论的独白到中西文论对话》，《文学评论》2001 年第 1 期。

② 康德：《判断力批判》，邓晓芒译，人民出版社 2002 年版，第 108 页。

③ 陈峰蓉在《祈向至善之美》（《东南学术》2006 年第 3 期）中这样说：由于经验世界的不完美，人们心目中，自然会产生一种“零缺陷的，最具审美效果的极致状态下的事物”，有一种“祈向至善之美”的“最高范本”。而这种范本，在康德看来，“只是一个观念”，“观念本来就意味着一个理性概念，而理想本来就意味着符合观念的个体的表象”（康德《判断力批判》（上卷），宗白华译，商务印书馆 1995 年版，第 70 页）。

的层次上，美与善可以达到统一，甚至最后归结到“美是道德的象征”[①]。从这个意义上讲，康德的审美价值论兼具“审善”和“审智”的双重取向，自然会产生一种“零缺陷的，最具审美效果的极致状态下的事物”，有一种“祈向至善之美”的“最高范本”。而这种范本，在康德看来，“只是一个观念”，“观念本来就意味着一个理性概念，而理想本来就意味着符合观念的个体的表象”[②]。从这个意义说，康德的学说和黑格尔的“美是理念的感性显现”就这样殊途同归了。

从这个意义上讲，康德的审美价值论在表面上是强调感性的审美，但，其深层，兼具“审善”和“审智”的双重取向。但，这一点，被我们长期忽略了，对于大量的智性文章往往以审美的“真情实感”论去演绎，其结果是窒息了审智，散文理论长期处于跛足的落伍状态。其实只要不拘于演绎，用经验材料来归纳，既不抒情又不幽默的散文大量存在，除了直接抽象为审智散文以外，别无出路。

20 世纪八九十年代，在中国，学者散文成了气候。产生了一种以智取胜的倾向。这是历史的必然，也是逻辑的自然。抒情太滥，幽默太油，走向极端，走向反面，必然要逼出反审美、反抒情、反幽默的审智散文来。余秋雨之所以重要，就是因为他成了这个历史关键的过渡桥梁，他在抒情散文中水乳交融地渗入了文化人格的思考，达到了情智交融的境界，但，他并没有完成从审美向审智美学的过渡，他只是突破了审美抒情，并没有到达完全审智的彼岸。具有鲜明的智性倾向的散文，周国平可以作为代表之一。他在《自我二重奏·有与无》中这样写道：

> 庄周梦蝶，醒来自问：“不知周之梦为蝴蝶与，蝴蝶之梦为周与？”这一问成为千古迷惑。问题在于，你如何知道你现在不是在做梦？……这是个哲学命题，现实世界是不是虚幻的？就像我在这里教了几十年的书，是不是另外一个人做了几十年的梦，“我的存在不是一个自明的事实，而是需要加以证明的，于是有笛卡儿的命题：‘我思故我在’”。……但我听见佛教教导说：“诸法无我，一切众生都只是随缘而起的幻相。”……从佛教的角度来讲，周国平也是一种虚幻，当他在为他的存在苦苦思索的时候，电话铃响了，电话里叫着他的名字，他不假思索地应道：“是我。”

从抽象的意义上来讲，我的存在与否，是个大问题；但，从感性世界来说，我的一声回答就把这个问题解决了。周国平的自我二重奏、我的苦恼，从哲学上来说，是很深刻的智者的散文。但读周国平的散文，有时觉得它不像散文，也不像审智的散文。这有两个原因。首先，审智散文，虽然排斥抒情，但，并不排斥感性，感性太薄弱，就显得很抽象，

---

① 黄克剑：《心蕴：一种对西方哲学的读解》，中国青年出版社 1999 年版，第 111—112 页。

② 陈峰蓉：《祈向至善之美》，《东南学术》2006 年第 3 期，第 147 页。

与艺术无缘。在这里，感觉是感性的关键。现代派诗歌也排斥感情，但紧紧抓住了感觉，从感觉直接通往理念。而周国平几乎完全忽略了感觉。因而，从理性到理性，是纯粹的哲学思考，而不是完全审智的散文。其次，智性形成观念直截了当，径情直遂，缺乏审视心灵变幻的层次，不足以把读者带到观念和话语的生成和衍生的过程中去。只有在过程中，智性由于“审”，而延长了，“视”的感觉也强化了，向审美作某种程度的接近，也就有了可能。关键在于，把智性观念、话语形成、产生、变异、转化、倒错乃至颠覆的过程，在读者的想象中展示出来。[①] 一般作家没有意识到这一点，也缺乏这样的才力，因而造成了有智而不审的现象。这就失去了从抽象到具象，从智性到感性，从审智到审美渗透的机遇。李庆西引宋周密《齐东野语》曰：

一道人于山间结庵修炼。一日，坐秘室入静。道人叮嘱童子：“我去后十日内即归返，千万勿动我屋子。”数日后，忽有叩门者，童子告之师父出门未还。其人诈称：“我知道，你师父已死数日，早被阎王请去，不会回来了。尸身不日即腐臭，你当及早处理。”童子愚憨，不辨其诈，见师父果真毫无气息，便将其投入炉中焚化。旋即，道人游魂归来，已无肉身寄附。其魂环绕道庵呼号：“我在何处？”喊声凄厉，月余不绝，村邻为之不安。一老僧游经此地，闻空中泣喊，大声诘道：“你说寻‘我’，你却是谁？”一问之下，其声乃绝。[②]

这是个悖论，既然“我”没有了，那么谁来问“我在哪里”。这就提出了一个相当深奥的问题：“我是不是我？”“那么真我究竟在哪儿？”李庆西引用的文章显然比周国平的文章更富有感性，更具有审视的过程性。他把“我”这个抽象的观念，与老和尚的尸体联系在一起，这就有了感性（当然，没有抒情），把思索过程用故事的形式展开，智性的观念就有了一个从容审视的过程，也就有了审智散文的特点。而周国平的文章，除了最后电话来了，他不由自主地答“是我”以外，其余都是抽象的演绎，哲学家式的阐释。智性散文不同于纯粹的智性抽象。它必须有感性，就是讲思想活动，也要有感觉、感受的过程，要有智性被审视的过程。它往往要从纷纭的感觉世界作原生性的命名，衍生出多层次纷纭的内涵，做感觉的颠覆，在逻辑上做无理而有理的转化，激活读者被习惯所钝化了的感受和思绪；在几近遗忘了的感觉的深层，揭示出人类文化的历史和精神流程。

在中国当代最早集中出现的系列审智散文，是南帆的《文明七巧板》[③]。它既不幽默也不抒情，既不审美也不“审丑”，他所追求的是智性和感知的深化，还有话语内涵的“颠覆”。

---

① 参阅孙绍振：《文学性讲演录》，广西师范大学出版社 2006 年版，第 379 页。

② 李庆西：《我在何处》，《禅外禅》，人民文学出版社 2005 年版，第 126—127 页。

③ 南帆：《文明七巧板》，上海文艺出版社 1994 年版。

在他最好的散文中，他层层演化、派生出的观念，超越了现成理性话语的无形的钳制，对智性话语的内涵加以重构，使得智性话语带上审美感性逻辑；在此基础上，他创造了一种“南帆式”的话语。在审智向审美的转化中，使本来熟悉到丧失感觉的词语发出陌生的光彩。光是描述“枪”这样一个普通的器械，他就让许多被用得像磨光了的铜币一样的词语焕发出新异的感觉：“拉动枪栓的咔哒声如同一个漂亮的句号”“一支枪的扳机在食指轻轻勾动之中击发，一个取缔生命的简洁形式宣告完成”“躯体与机器（指枪）的较量分出了胜负，这是工业时代的真理”“枪就是如今的神话”。他还非常严肃地将枪和男性的生殖器相类比：“两者都隐藏着强烈的侵略性、进攻性；射击的快感与射精的快感十分类似”“男性的性器官制造了生命……枪的唯一目的是毁灭生命……是对于男性器官的嘲弄”。[①] 他的关键词语基本上是普通的书面语，如句号、取缔、真理、神话、快感、嘲弄等，他并没有像余光中那样广博地采用从古代书面雅言到日常口语，乃至现代诗歌和复杂修辞话语，但这些普普通通的词语不但获得了新异的感觉，而且有新异的智性深度。

他在论述了躯体是自我的载体和个人私有的界限以后，接着说，传统文化总是贬低肉体而抬高灵魂。在审智话语的逻辑自然演绎中，他做着翻案文章：肉体比灵魂是更加个人化的。肉体只能个人独享，不能忍受他人的目光和手指的触摸；而精神可以敞开在文字中，坦然承受异己的目光的入侵。从这个意义上说，“躯体比精神更为神圣”。只有爱人的躯体才互相分享，互相进入肉体。他得出结论说，“爱情确属无私之举”。“私有”“神圣”“无私”，原本的智性意义大部分被颠覆、解构的同时，新的智性就带着新的感性渗透进来了，这是一种智性和感性的解构和建构的同步过程。

这还只是他的话语成为一种智性话语结构的表面层次。更为深刻的层次是：在感性和智性的重新建构中，他完成了从审智到审美的接近。他在重新建构话语的时候，常常摆脱智性的全面和严密，引申出任性的话语。例如，从纯粹智性来说，爱人、情人，允许对方共享肉体，这是无私的、神圣的，这种说法并不是客观的、全面的，而是相当片面的，甚至可以说是“不智”的。不言而喻，肉体的共享，还有绝对自私和不神圣的一面。这一切被南帆略而不计了（也就是颠覆了），由于颠覆的隐蔽性，读者和他达成了一种临时的默契。这种默契就是以“不智”为特点，这种“不智”意味着一种“南帆式”的潜藏的审美感性，也就是审美的理趣。他接着说：一旦爱情受到挫折，躯体就毫不犹豫地恢复私有观念，“他们不在乎对方触碰自己的书籍、手提包或者服装”，而在争吵时尖叫起来：“不要碰我！”如果没有情感，却仍然开放躯体，就是娼妓行为。其实，没有感情仍然开放肉体，有着许许多多的可能性，例如，许多没有爱情的家庭，性生活并没有停止，没有爱情的偷

① 南帆：《叩访感觉 · 枪》，东方出版中心 1999 年版，第 291 页。

情乃至美国式的性开放，相当普遍地存在。但南帆的“不要碰我”和“娼妓”的话语阐释，具有智性的启示性和感性的召唤性，读者与其和他斤斤计较，不如欣赏他难得的任性。从审智到审美感知也就完成了其转化的任务。

学者散文——智性散文——审智散文——审智 / 审美散文，这是一个多层次转化的过程，在中国当代学者散文中，这样的转化才刚刚开始。就是在世界散文史上，一系列的理论问题（如由罗兰·巴特提出的“文体突围”）也还有待研究。

人的精神主体实在太丰富了，太复杂了，任何文学形式，都无法穷尽人的精神主体。任何一种文学形式都是中介。文学之所以有不同形式或者中介，就是因为它们在不同的层面表现人，综合起来，才庶几接近人的整体。语言作为一种符号，就决定了很难全面表现人的自我，正是因为这样，才让拉康伤透了脑筋。人的自我是多层次、多侧面的，文学形式，又是多样化的，二者相互作用，就使人分化为多种艺术的形态，每一种形态，都是人的一个层次，一个侧面，同时又是一种假定，一种虚拟，一种想象。散文的多种风格加起来，也只能表现其于万一。如果这一点没有错，那么真情实感式的散文，充其量不过是散文森林中之一叶，把这一叶，当成森林，其遮蔽何其深也。

小说：打入假定性的第二环境，显示第二心态

——从古典到现代、后现代的“变形”

人物的深层心理在一般条件下，是不会流露出来的，因为人物在不同语境下，大都有一种“人格面具”，根据现实的环境，人们能够很自然地调整好自己的外表与姿态，把自己内在的心理掩盖起来，所以在一般情况下，人们互相看到的只是人物表层，没有多大才气的作家表现的也只是人物的表面现象。要让人物的内在的深层的心理状态表现出来，只有让人物进入假定性的境界，也就是越出常规。让人物越出常规有两种：一种是进入非常规的、看来是现实的、实际上是假定的境界，一种是进入非常规的虚幻境界。表面上看来，现代、当代小说所设置的大都是现实境界，只有童话或者神话、武侠小说才是虚幻的假定的境界。其实，不管什么样的题材，所设置的境界都带有假定性。只是有些假定境界的特点是超现实的梦幻性的，有些假定境界则是严格的现实性的。

超现实的境界，在西方表现历史和表现未来的小说中比比皆是，但是这些都非小说的正宗。在西方小说中，用得最多的是梦境。例如美国作家霍桑写了一个青年大卫·史万在大树下做了一个梦，梦中见到三个人，一个可以使他发财，一个可以使他获得爱情，一个则领他走向死亡。作者的目的显然是把人物放在三岔路口加以检验，这种检验的机会在现实生活中是很难遇到的。

正是因为很难，才需要作家的想象。

一切拘泥于生活的逼真性的作家，就不可能有足够的自由的想象力，而有了这样自由的想象力，就不难进行艺术的构思了。

因而小说创作的构思，首先遇到的问题是，在必要的时候，你敢不敢稍稍超越现实，让自己的人物进入虚幻境界？你敢不敢像《南柯太守传》的作者那样，让你的人物在现实

世界一顿小米饭还没有做熟的时间里，在梦境中经历了几度宦海沉浮呢？你敢不敢像卡夫卡那样让他的主人公一夜之间由人变成一只大甲虫，然后再去检验他和他父亲、母亲、妹妹之间的关系变化呢？

当然，把人物推到虚幻境界，也就是非常规环境或第二环境，都意味着把人的心理放在假定熔炉中锻炼。假定性就是一种想象性，在现实生活中人是不能拿来做试验的，但在想象中则可以自由地剖析。

现实主义的或者倾向于现实主义的作家常常把现实性的描写和假定性的构思结合得非常巧，也就是说，把假定性掩盖得非常自然。但是不管多么巧妙，自然都瞒不过明眼的读者，有时只要拿一些相类似的作品来比照一下就成了。

例如，要看出莫泊桑在《项链》中如何运用假定性构思来检验他的女主人公是不那么容易的。一个女人为了在舞会上出一下风头，借了一条项链；出足了风头之后，项链遗失了。为此，她付出了10年的青春，结果发现项链是假的。一般读者，甚至研究者一下子很难看出作者的匠心在于：项链本是赝品，但被“假定”为真的，而且长达10年。但是把这一篇和另一篇小说联系起来就不难看出作者的良苦用心了。那篇小说写一位太太接受情人的珠宝，明明是真的，可她丈夫却一直以为是假的。直到她死后，才在无意中发现是真的。

把真的当作假的时间那么长，等到发现错了，人都死了。

究竟是真是假，并不重要，重要的是真真假假有利于人的情感深层结构的检验。

在现实境界中，由于种种现实社会的道德、伦理关系的制约，人的心理自由是有限的，有的只是现实出路，没有任何自由选择的可能。而在没有选择的环境中，人的性格只在一种可能性中得到单侧面的表现，只有把多种选择放在人物面前，人物性格的多种潜在性才会萌发起来。即使最后得到表现的仍然是一种，但在多种可能性面前作抉择的过程中，仍然使性格的许多侧面从隐性化为显性。

如果一个守财奴恋爱，让他爱上一个富甲天下的千金小姐。这是生活常轨，没有任何选择余地，也不能使这个守财奴越出生活的常轨，无从进入假定境界。但是，狄德罗说了：“如果你写一个守财奴恋爱，就让他爱上一个贫苦的女子。”这样比较容易把他逼出生活的常轨，进入一种假定境界，在他面前选择余地较大，因而表现也就可能深刻。果戈理在《塔拉斯·布尔巴》这样带史诗性的英雄主义传奇中，还让一个哥萨克战士爱上了敌方围城中的波兰小姐。

马克·吐温的《败坏了赫德莱堡的人》就得力于用现实的描述手法，提供了一个假定的境界，让人物本身作自相矛盾的选择。小说假定了一个最清高、最诚实的，享有“不可败坏”的声誉的市镇——赫德莱堡。假定的目的是“败坏这个市镇”。实施假定动作的主体，是一个被得罪的外乡人，他决计要报复。

假定报复（亦即检验）的方法是：外乡人把一个口袋送到银行出纳家中，留下一个条子说口袋里装的是金元。这些金元赠给一位使他改邪归正的恩人，不管是谁，只要能说出当初规劝他的那句话。马克·吐温就用这个假定对这个市镇上的人的心进行检验。报纸上登出这条消息以后，市镇上19位“首要公民”和他们的太太都喜气洋洋，大家都想冒充那位不存在的恩人。3个星期以后，19位首要公民分别收到内容相同的信，信中透露那句话是“你绝不是一个坏人，你去改过自新吧”。到了揭晓的日子，全体居民集合在镇公所的大厅，结果19位首要公民中的18位当众一一出丑，只有1位，因有某种私人关系保护，没有露馅。于是他被欢呼为“全镇最廉洁的人”。然后，当众打开口袋，原来其中并不是金元，而是镀金的铅饼。

艺术的假定，使赫德莱堡“不可败坏”的美誉轻而易举地被败坏了。如果没有这个假定，要逐个戳穿19位首要公民的假面具是很费周折的。但是一旦让他们受到诱惑，一旦站在假定的不存在的财富面前，他们外表的诚实、清高就立即剥落了。也许在常规生活中，一辈子也不会暴露的丑恶心灵，在假定境界中，很快就昭然若揭了。与其说马克·吐温这篇小说是成功的揭露，还不如说他善于成功地假定。

假定性是一种透镜，作家以非常残忍的客观性去试炼他的人物，考验人物的品德和本性。

当然，马克·吐温在假定过程中，运用了有限的虚幻性，这个外乡人为什么要这样挖空心思拆赫德莱堡的台，没有充分现实的解释，但这是假定性所允许的，作家有权利公然运用假定性。有时，还可以更加虚幻一些，把人送进梦境，甚至怪诞到突然让人变成了一只大甲虫，全身长出了许多脚。卡夫卡就这样把主人公格里高尔·萨姆沙放进外在的形态变异而内心的感知不变的假定境界中，然后看他与父亲、母亲、妹妹之间的关系如何变形。他失去了人的习惯，失去说话的能力，产生了“虫性”，不肯吃新鲜的东西，而要吃腐烂的食物，然而他仍然保持着人的感知特点和思维能力。他一直自惭形秽，躲在沙发底下不敢见人，偷听隔壁房间家里人对他的议论，为亲人的烦恼而感到悔恨。他的丑陋形状把母亲吓得晕了过去，他父亲气恼不过向他扔苹果，其中一个陷进他肉里，始终没挖出来。由于他不能工作，家庭经济陷入困境，久而久之，最同情他的妹妹也对他产生了厌烦，向父母提出：“一定得把它弄走。”妈妈用鄙夷的眼光看他爬来爬去。而房客们由于发现了他而愤然离去，家里失去了一份房租收入。父亲把这种尴尬都归咎于不幸的儿子，妹妹干脆把他的房间一锁了事。格里高尔在所有的亲人都厌弃了他以后，在极端的孤独中悄然死去。

超现实的怪诞和现实性的描绘结合起来构成一种混合的假定性透镜，是《变形记》的特点，但是不管这熔炉多么怪诞，试炼的结果——人与人之间的疏离，小人物的孤独感却是现实社会的反映。

其实任何假定的境界都是假定性与现实性的统一。而假定，也不一定非得采取某种超现实的怪诞形式不可。在小说家那里，假定境界就是一种想象境界。每个人都有一个不能自由选择的现实环境，作家要试炼人就得为人在想象中找到第二种环境，这种环境可以是超现实的梦境，也可是非常现实的，不过是正常生活轨道以外的一种环境。例如高晓声要表现陈奂生，让他种田当漏斗户多年，并未使他全国闻名，可一旦把陈奂生送进城住了一次五块钱一天的旅馆，走了一次后门买到别人买不到的工业原料，这位陈奂生就从此闻名天下了。这是高晓声的突破，也是我国农村题材的突破。当然，这里的关键是在现实性的描绘中尽可能大胆地假定，由于是现实性描写而不是怪诞的变形，因而外在境遇的变化幅度要较大才能强化内心活动的前后差异。如果光有外在境遇的大胆假定，没有后续的心灵震荡也不能有如此深刻的表现。

长期以来我国现代、当代农村题材的小说，由于片面地强调所谓现实主义原则——按生活本来面貌表现生活，以致作家把人物推出生活正常轨道时显得非常拘谨。作家的想象力被摹写现实的无形框框紧紧地束缚着，他们的人物总是在正常轨道中运行，很少越出常轨，即使越出常轨了，他们也很少表现出艺术家假定的魄力，因而人物情感的深层结构总是很难得到解放。号称写农民的圣手赵树理，如今还被一些评论家称之为“大师”，完全是因为他们缺乏艺术感觉，只要拿他的作品与苏联作家肖洛霍夫的作品比较一下，其艺术成就的差别就十分清楚了。关键在于肖洛霍夫为人物设置假定境界的气魄要大得多。就拿肖洛霍夫的《被开垦的处女地》来说，光是恋爱和革命的关系就复杂得多。拉古尔洛夫是村支部书记，他得过红旗勋章，走集体化道路的态度很坚决，但是他有点“左”倾幼稚病，一个村子的集体化还搞不好，偏偏一大早起来自学英语，准备搞“世界革命”。他对富农刻骨仇恨，可肖洛霍夫安置在他身边的荡妇老婆鲁什卡又偏偏和富农的反革命的儿子铁木菲相好。在小说第二部，这个被驱逐的铁木菲潜回村子，打伤了拉古尔洛夫，而鲁什卡却和铁木菲幽会。更加超出常轨的是，担负组建集体农庄工作的主要负责人达维多夫却与被拉古尔洛夫赶走的鲁什卡搞了一阵恋爱，而同时庄里寡妇的女儿华丽雅却真挚地爱着达维多夫，可在很长一段时期里，达维多夫并不知道。所有这一切都是不止在一个方面越出了生活的常轨，这里的假定性并不是一种单一的假定，实际上是多种假定关系的结合。在这样的假定境界中，人物命运情感的随机变异就较多，在人物面前可供选择的余地就较大，几乎每一个人物的情感的每一种变异都有引起有关人物的情感的多种变幻的可能。

深入分析起来，武松好像并不是在整个过程中都是英雄。他首先过冈喝了十八碗酒，吃了好几斤牛肉。光凭这一点，不过是一个贪吃鬼罢了。这算什么英雄呢？美国哥伦比亚大学教授夏志清在《中国古典小说导论》中分析说，孔夫子说过，食、色，性也。《水浒传》的英雄有一个特点，可以大吃大喝，但色不可以碰。这是当时的英雄观。所以武松老虎可以打，但是女色却不能碰，他好像是中性的，没有任何男性的本能，在男人的本性上，好像还不如猪八戒。

喝完了，吃饱了，武松要走，店家对他说不要走，有老虎。这个英雄有个特点，有很强的自信心，就是因为太自信，他犯了一个错误：不相信群众。待他上得山来，自信心遭到严重打击——看到了县衙门关于老虎的告示。但他又不肯回头，怕“吃店家耻笑”。他犯了第二个错误，爱面子。正如上海话所说，死要面子活受罪。接着又犯了第三个错误——麻痹大意，在石板上睡着了。等到老虎来了，从手脚到牙齿，武松都没有优势，唯一的优势，他是人，人的特点，据马克思讲是能够制造武器，而武器是手的延长，他的武器，就是手中哨棒，可是他却非常不英雄地惊慌失措——把哨棒打断了。这是他第四个错误。

被逼无奈之下，赤手空拳以超常的爆发力，把老虎打死了，做了半个小时的英雄。那时，没有动物保护法，他想老虎皮骨都是值钱的呀，就想把它拖下山去，捞点外快，可是活老虎打死了，死老虎却拖不动了。只好放弃发点小财的小打算。正下山时又看到两头老虎，这时绝望了，说是此番完蛋了。

他就是这么一个半吊子英雄。

这是一种非常平凡的人的心理状态，英雄也有胆小的时候。一方面是他有一系列的平常人的心理活动，一方面又有神力和超人的气魄。两者相结合，就是经典英雄形象的突破性的标志。同样的打虎，李逵也有一回，他一下子轻而易举地杀了四头老虎，却不能称其为经典，因为他手里有刀，杀虎，太轻松了，因而，他的心理是平面性的。可见，艺术是假定的，又不完全是假的。假定过所表现出来的心灵的过程是深刻的真实的，而这是《水浒传》以前所有的经典文学作品所没有表现过的。《三国演义》中的英雄都是视死如归的，没有这么复杂的心理层次的。比如关公一面下棋一面做手术，听任医生在他骨头上用刀刮出声音来，面不改色，心不跳。

这种英雄离我们太远，而《水浒传》中的英雄和平常人拉近了距离，这是中国文学的一个伟大的进步。

英雄是超人的，但又是凡人。什么东西动人呢？美就是心理过程，主要是情感的真实性。打虎的方法不科学、不真实，和心理过程的真实比较起来，哪个更重要呢？是人的心理过程。所以我们在写小说、散文的时候，要想象。外部的动作细节不太真实，当然是个缺点，关系不大，但是人物的心理过程一有漏洞，一呆板，没有突破，就会出大问题。人物的心理过程不能引起读者的共鸣，读者就产生了抗拒感，无动于衷。这是老托尔斯泰说过的。

我们欣赏时要确立一个观念，不能首先问他表现对象是不是客观的，是不是真的，而要问人物的心理过程，以情感为核心的心理过程的真实性。这种过程和那个打老虎的方法的科学性是两个东西，打老虎的过程是实际的，那是一种科学认识的真，这是认识的价值。人们心理的情感的过程是另一种价值，叫审美价值。这是康德的美学的核心，用英语来表述就是 aesthetics。有了这个感情过程并对它进行深刻的表现，读者就会被感动得要命，审美价值就很高。打虎的方法很科学，就是认识价值高。这两种价值，有统一之处，但是并不是完全统一，也不是完全分裂，按我的说法，叫作“错位”的关系。我们不要混同了审美的美和科学的真之间的关系，这两者既统一又有区别。我们要分析一个作品，首先要分析美和真之间的关系，既有统一的一面，又有错位的一面。

如果我们看一个文学作品，无法判别高下，首先要考虑一下审美观念是否搞错，另外分析二者的错位关系是否对头。

举一首普通的诗为例：“葡萄美酒夜光杯，欲饮琵琶马上催。醉卧沙场君莫笑，古来征战几人回？”如何分析这首诗呢？酒和杯都美，那是一种实用价值。正要喝酒的时候，又得到命令要上前线。在正常情况下，军令如山，不服从是要掉脑袋的。但是，这个主人公，却还是要喝个痛快。为什么要这样写呢？诗美在哪儿呢？首先它不是真的，它是假定的，是想象的，哪可能“醉卧沙场”呢？就是当场醉了，过一会儿就醒了，不可能一直从长安醉到新疆，还不醒，到了上战场了，还不醒，这样的人即使有，早就给开除军籍了，还轮得到他上战场？这首诗强调的是：虽然军令如山，但是美酒照样痛饮；虽然是出征命运未卜，回不来的可能性极大，但这一切都是无所谓的，这眼前的生命的欢乐还要尽情享受。其实日后的凶险，都是假定的，和这时的豪兴不可同日而语。不管将来如何，眼前是美好的。所以说它表现的是生命的可贵，表面文字上是悲观的，但感情却是乐观的，豪迈的气概全在文字之外。

要懂得文学，理解人文精神，就不要太呆气。而现在不少的文学评论太呆板了，连艺术是假定的都忘记了，傻乎乎地把文学艺术的精神创造，当作对现实的照抄。当然，也不能光怪人家呆板，因为有一种流行的傻瓜的理论，那就是绝对地、没有分析地，不分青红皂白地强调真、善、美的统一。这当然有对的一面。但是到了文艺美学领域，分析艺术作品时，如果不清醒地看到它们的错位，就会越弄越糊涂。

对待一个事物并不是只有一种态度，一种价值观念，科学的态度，求真的态度，认识价值并不是唯一的价值。除此以外，还有两种价值——美的价值和实用价值。

第五辑　具体分析的操作性

多元解读和一元层层深入
——文本分析的基本理论问题

中学语文阅读低效，几十年来一直没有得到根本的改进。20 世纪 90 年代末基础教育改革，提出了师生平等对话和多元解读，本以为可以大大改善课堂质量，然而近十年的实践证明，课堂低效，甚至无效的积弊，不但没有解决，在某些电子媒体的豪华包装下，反而变得更加严重了。问题出在哪里？在于文本分析不到位。这一点表面上似乎是共识，但是，从实践上看可能是貌合神离。中学语文的刊物上压倒多数的文章，都集中在课堂操作程序和技术上，如何导入，如何对话，如何组织活动，甚至把课堂交给学生等等。归纳起来，无非是王荣生先生所说的“怎样教”，同时，对于王荣生先生所说的“教什么”，也就是文本分析，不但谈不上开拓和深化，而且连到位的钻研都罕见。此等空忙之所以积重难返，全因存在着潜在的理论预设，那就是只要把学生的主体性调动起来，解读再差也是多元解读；相反，教师的文本分析再好，也只是一元解读，学生仍然被动。

这种基本观念上的混乱，亟待澄清。

文本解读，核心是“文本”。本来我们不叫“文本”，而叫“课文”。这两个词，在英语里都是 text，原来都是正文、本文、原文的意思。可是在现代西方文论中，text 作为学术话语，和课文有着不可忽略的区别。课文，是客观存在，不管何人、何时去阅读，其意义是确定的，不以读者主观意向为转移。而文本则不同，文章写成以后，作家就退出了，留下的只是一种召唤读者精神的框架，其内涵并未最后定型，只有经过读者的心灵的填充，才能投胎受孕成形。阅读并不仅仅是被动的接收，而且是主体的“同化”[①]，不同时代，不同文化背景，不同经历，不同素养，不同价值取向的读者的主体不同，因而“同化”（受孕）的

① 这里用的是皮亚杰发生认识论的术语，assimilation。与这个术语类似的还有贝塔朗菲的“同化”。最初是从生物学意义上提出的，如羊吃草将草同化为羊的机体。

结果也是不同的。按这种理论，文本的意义，就是由读者决定的。“一千个读者，就有一千个哈姆雷特”，一万个读者就有一万个孙悟空。

这在美学上，属于接受美学，在阅读学中，属于读者主体中心论。当然，对于长期在一元化的机械唯物论和狭隘功利论的霸权统治下的我们来说，这种处于学术前沿的历史相对主义，带来了颠覆性的冲击，令我们大开眼界。以这种理论重新检视我们的实践，不能不感到某种解放的欢欣；加上自上而下的行政权力，这种理论很快获得了霸权地位，被当作是绝对正确的真理。霸权造成了盲目，人们很快就忘记了一切理论均是历史的产物，其历史的优越均宿命地与其局限共生。长期文化弱势初遇强势，幼稚的迷信油然而生：如此这般的理论成了检验实践（经验）的唯一标准，而实践，如果与之矛盾龃龉，则不能成为检验它的准则，除了自我修正之外无所作为，既不能对之加以反思、批判，更谈不上对之修正。非常吊诡的是，在我们这个凭着实践是检验真理的唯一标准获得思想解放的时代，居然默认了一种理论有不经受实践检验的神圣特权。

但是，实践却毫不因此而不向它叫板。

不可回避的尴尬是，一方面课堂氛围似乎是因为师生平等对话，学生的所谓自主探究，因为种种活动而活跃了，热闹了，另一方面，对于文本的理解，并未有真正到位的深化。“语文课上和不上一个样”的叹息，仍然所在皆是，而蹂躏文本的奇谈怪论层出不穷。

在阅读《愚公移山》的时候，学生的主体性被调动起来，振振有词地提出：愚公何必移山呢？把屋子移到山的前面去就是了；凭借如此低下的手工业生产技术（锄头、扁担、畚箕），不可能完成改变大自然的任务；就算是把山移了，把山丢到海里，也是生态灾难；愚公自信其子子孙孙万世不息地挖山不止，完全是空想，没有效益，没有饭吃，不能养活老婆孩子，必然无以为继；等等。无不头头是道，但是，此等貌似创新的反诘，对于严肃地分析文本，只能说是文不对题。阅读历史经典的最起码的原则，就是回归历史语境，脱离了历史语境，用当代观念强加于古代经典，把历史经典看成是一堆垃圾，实际上是一种反历史主义的幼稚病。解读文本，分析文本，只有从文本中提出问题才能进入文本，不从文本中提出问题，远离文本，对文本的核心价值，不但没有深化之功，相反有歪曲之嫌。

这种歪曲，在理论上，有其必然性。

孤立地强调读者主体同化的解读原则本身存在着矛盾。阅读的题中之义就是从文本获得信息，而这种理论却认定所获得的信息不是来自文本，而是来自主体心理固有图式的同化，不是客观存在的文本的内涵，而是主体心理图式的反照。在皮亚杰那里，心理“图式”（scheme）是一种系统配置：是各部分之间有序的结构和轮廓。在其原生的自发状态，具有相当的封闭性，稳定性大于开放性。按照皮亚杰的学说，人的心理并不像美国行为主义者所说的那样，外部有了信息，主体就有反应，外部信息只有与主体图式相通，才能被同化，才能有反应（注意不是“反映”），否则只能是视而不见，熟视无睹，无动于衷，感而不知，就是感而有知了，不过是已经看到过的互映而已。主体认同文本，变成了是主体自我认同。“智者见智，仁者见仁，所禀之偏也”[①]，古人已经意识到这是人的心理的一种“偏”颇。这不是个别人的顽固，而是人性的局限，是主体图式的封闭性。封闭性更加惊人的表现，不只是视而不见，而是万物皆备于我，无中生有，阅读不是从无知到多智，而是已知的主体心理结构的投射。

心理图式存在着内在的矛盾。它既是本我个体的张扬，又是个体本我的压抑。皮亚杰的主体图式同化学说，有点绝对化。主体图式并不绝对封闭，其表层具有有限的开放性，如他所举的例子，婴儿把手指当作乳头来同化。但是，其前提是，接受了不同于乳头的感觉，正如学生阅读文本，首先接受从未接触过的文本文字结构。这种一定程度的开放，正如羊吃草，是把草同化为羊的机体前提。但是，这种开放性，仅仅是表层的，一旦进入深层，就要被同化，其中同化率最强的，就是起主导作用的核心价值。这包含着处于霸权地位的社会主流意识形态、处于权威地位的主流艺术观念和与之共生的主流思维模式，这种核心价值来自社会意识形态对于个体的统治，在意识深处，长期积累为某种潜意识，构成个体生命密码，成为某种盲目的、自动化的本能，不但排斥外部信息，而且迫使外部信息就范，甚至歪曲其基本性质。鲁迅曾经揭露阅读《红楼梦》出现的荒谬：一部红楼梦，“经学家看见《易》，道学家看见淫，才子看见缠绵，革命家看见排满，流言家看见宫闱秘事”[②]，鲁迅说得比较极端，但是，这样的情况，并不是个别的、极端的、偶然的存在，而是人类阅读中规律性现象；即使权威学者、大师，都难能免俗。特别是当潜在的核心价值与主流意识形态的霸权观念一致的时候，主体同化即使带上了指鹿为马的性质，人们也往往见怪不怪。朱熹注解《诗经》，把《关雎》这种爱情诗，规定为“后妃之德也”就是这样的例子：

> 关关和声也。雎鸠，王雎鸟之挚者也。物之挚者不淫。水中可居者曰洲。在河之洲，言未用也。逑，匹也。言女子在家有和德而无淫僻之行，可以配君子也。[③]

朱熹的核心意识的同化结构中有两个要素：一是，敌视爱情，将之硬性规定为“淫”；二是，将“关关”之声，定性为“和声”，归结为贵族女子的德行（“和德”），完全是武断，丝毫没有论证。大师级的学者竟然这样不讲理，不顾常识，如此肆意歪曲，原因之一是，

---

① 李光地：《中庸章段》，《四库全书》（经部），四书类，榕村四书说。

② 鲁迅：《〈绛洞花主〉小引》，《集外集拾遗补编》。

③ 朱熹：《诗集传》（通行本），首章。

主流意识形态的权威使得这种武断带上了神圣的光圈；原因之二是，同化意味着自我肯定，依着思维的惯性，驾轻就熟，心理消耗能量最小，符合弗洛伊德所说的快乐原则。封闭性与本能相联系，这就造成了整个社会，整个时代睁着眼睛说瞎话，重复着皇帝的新装的喜剧，天下皆谬，故见谬不谬。

对读者主体的消极性失去警惕，陷入盲目性，必然造成文本主体的遮蔽，舒舒服服地用自己的舌头讲着统治着自己的主流意识形态的话语。正是因为这样，学富五车的权威教授们才振振有词从《西游记》中看到了“农民起义”，从《水浒传》晁盖和宋江身上看到了革命和投降“两条路线斗争”，从李后主的怀念失去的宫廷乐园中看到了“爱国主义”，从《荷塘月色》中看到了“四一二政变”后的小资产阶级知识分子的苦闷，从贺知章的《咏柳》看到了对于“创造性劳动”的“歌颂”。非常不幸的是，如今我们课堂上包装一新的所谓尊重学生主体，尊重其对文本独特体悟的多元解读原则，表面上是放任主体无限开放，实际上是放任主导意识形态的恶性封闭。这就是我们当前课堂上奇谈怪论，荒腔走板的现象比比皆是的原因。武汉不在少数的中学生拒绝《背影》，原因据说是父亲“违反交通规则”；福建课堂上有学生认为当代妇女应该向祥林嫂学习“誓不改嫁的高贵品质”；湖北中学生从《皇帝的新装》中，感受到向骗子学习其骗坏人必要。解读李白的“孤帆远影碧空尽，唯见长江天际流”时，教师问学生“如果你们在黄鹤楼，你会有什么样的感觉？”有同学回答说，我想喝一点酒，引起哄堂大笑。为什么呢？没有进入历史规定情景。现代青年把送别朋友当作旅游，甚至聚会，没有当年交通阻隔，相见时难别亦难的忧愁。等等，不一而足。可悲的不是这样的奇谈怪论没有得到恰当的分析，而是老师的屈从性质的赞扬。

主体图式的封闭性是从现实生活中积累起来的，现实价值具有极强的自发性，现实的自发性和历史经典存在着与生俱来的矛盾。阅读历史文本的起码条件就是进入历史语境。进入历史语境，并非不可能。皮亚杰的发生认识论指出，心理图式同化的封闭性不是绝对的，与同化相对的是开放性，也就是调节（accommodation）。封闭性同化和开放性的调节，是对立的统一。开放性调节是封闭性同化的必要补救：一味同化，相同的刺激的反复，导致注意力的疲劳，造成熟视无睹，熟知无知，更新信息能引起兴奋，任何词语加上“新”，都成褒义的（新星、新潮、新人、新娘、新风、新政等）。喜新厌旧出于本能，故调节也源于人性。但是皮亚杰的不足是，没有看出二者并不平衡。与开放性调节封闭性相比，封闭性同化具有优势，新信息被纳入旧图式，调节赶不上同化也是规律性现象。这是因为，同化不改变心理图式，按心理惯性运作，消耗的心理能量较小，可以是瞬时的，自动化的；而调节则要改变同化图式，不是一次性奏效的，而是积累性的，需要有意识地运作，长期习得。故从现实价值同化古代经典，视之心同此理为易，辨析其今人之理异于古人之理为难。潜在意识不同于习得，为其不学而能也，而习得不同于潜意识，为其学而后不能立竿见影。能力不同于知识，在于反复才能习得，几乎每一文本的分析都是对能力的一次挑战，而挑战必须多次反复才能真正奏效。

严格从历史文本出发，《愚公移山》的基本价值一望而知，那就是赞颂其坚忍不拔的意志。这是光凭感性就能明确的。但是，感知，是朦胧的结论，而教学的任务，就是要从感性上升为理性，把朦胧的感知变为系统的语言，把理论的结论转化为分析的层次。

深邃的分析，只能从文本的语言之中层层深入地提出问题。

文本明明是赞美愚公的颂歌，可是人物的命名却用了带有贬义的“愚”，相反，文章是批判那个自作聪明的反对派“智叟”的，可给他的命名却是带着褒义的“智”。要深入阐释“愚”字和“智”字，就不能满足于直觉，只有通过分析，揭示表层和深层内涵的矛盾。其实，这个矛盾，早在晋朝张湛的注释中就感觉到了：“俗谓之愚者，未必非智也；俗谓之智者，未必非愚也。”①这就是说，这首颂歌中，还隐含着反讽。关于颂歌的观念先入为主，也就是封闭性，使得本文反讽的风格，几千年来成为盲点。

这种反讽与颂歌的统一，不仅仅表现在愚公的命名上，而且表现在智叟的命名上。难能可贵的是，另一个重要人物的命名上也表现这样的深邃的匠心。

文章虽然总体倾向是赞美愚公的奋斗精神的，但是在情节发展的高潮——转折点，却显示出愚公的乐观其实是空想，是真正有点愚的，而智叟却真正有点智的。因为最后把山移走的并不是愚公和他的子孙，而是操蛇之神命令“夸娥氏”之二子。这个夸娥氏，当然是个大力神了。2008 年甘肃《天水师范学院学报》上有文章考证出来，在古代汉语中，“夸”者，大也，娥即蛾，蛾者，蚁也。从字面上看，这是个大蚂蚁，但是，不管有多大，比之太行、王屋二山，也是极其渺小的。可就是这个渺小的蚂蚁，却有着伟大的力量，把愚公都移不走的山给移走了。从这里，可以看出来《愚公移山》在语义上的深邃反衬。以极愚和极智，极渺小和极伟大的张力来建构了一首大蚂蚁移山的颂歌，表现英雄主义的崇高，却用了反讽的话语，这如果不敢说是后无来者的话，至少可以说是前无古人。

理解了这一点，才能算是读懂《愚公移山》的根本精神价值和文学价值。离开了这一点，对愚公移山做种种“多元的解读”实际上是幼稚的解构，只能是反历史主义的儿戏。

为什么类似的儿戏式的解构，在今天课堂上非常时髦呢？因为这里有着“多元解读”的假象。多元解读本来是一个十分严肃的学术话语，可是在我们的课堂上，却被严重地庸俗化了。值得注意的是，五花八门的“多元”，在一个关键点上是共同的，那就是，零碎的、片断的感觉，吉光片羽式的感兴，所有这一切都以背离文本的有机系统为特点。文章

① 刘思远：《为愚公移山正名》，《语文教学通讯》2009 年第 17 期，第 40 页。

的信息是个有序的有机系统，有着相互联系的、统一的层次。进入文本分析的层次，就是要把全部复杂的、分散的乃至矛盾的部分统合起来，使之在逻辑上有序化，或者可以说是一元化。

为什么一定要服从文本的有机系统呢？难道学生的主体自由不应该理解，不应该得到尊重吗？须知，主体性也有自发和自觉、系统和混乱、肤浅和深邃之分。相对于自发的、混乱的、肤浅的主体性，难道自觉的、系统的、深邃的一元化的主体不正是我们的目标吗？学者不是引进了建构主义的教学原理吗？五花八门的吉光片羽的感想，并不是多元化，而是无序化，建构就是建立结构，结构只能是有机的、体系性的结构，无序化与建构背道而驰。这里，连一元建构都谈不上，何来多元？因为所谓元，就是把分散的部分统一起来，系统化的意思。一元论，这不仅仅是某种经验性语用，而且具有哲学根据。所谓一元论，是一种形而上学理论，认为现实世界是一个整体，所有存在的事物可以被归结或描述为一个单一的概念或系统；精神和物质世界一样，都源于或可以分解为同一的、最终原理的学说。在日常生活中一元化的领导，就是从上到下层层统一的领导。可以说，一元就是以单一的观念来统帅整体。所谓多元，也就是多个的一元。每个一元，都是以系统的、统一的、层层深入贯彻到底为特征的。因而，大而化之的感想，七零八落的论断，不成为一元，更不成其为多元。通俗地说，应用到解读上，就是不管多么丰富的文本，不管多么复杂的阐释，都是某些最为基本的原理系统的，而不是零碎的片断。

在这里，系统性是很重要的。

从哲学上说，过程比之结论更为重要。从思维质量上说，问题的连贯性比之问题更重要。要把片面的、即兴的感觉变成系统的认识，就要进入规定语境，就是要从语言，从文字，提出有连贯性的问题，得出有序的论断。问题越是具有连贯性越是深刻。如前面分析《愚公移山》，先是分析愚和智的矛盾和转化，接着分析渺小和大力之间的矛盾，然后得出颂歌与反讽的统一，三者是有机联系的，而且是层层深化的。这才可以称为一元化的。

造成如此混乱的原因，还涉及另外一个基本理论问题，那就是读者中心和文本中心的关系。

所谓多元解读理论，属于读者中心论，或者读者主体中心论。可是在阅读中，并不是只有一个主体，除了读者主体以外，至少还有作者主体和文本主体。本来文本、作家、读者三者的主体性不可分割。可是阅读理论历史的发展，却是曲折的。

从西方文论史上看，先是浪漫主义的作家中心论（作家主体的天才创造论）独占霸主地位，可是，作家在写作过程中，可能发生“意图谬误”，在传统的马克思主义的文论中，叫作作家的世界观与创作方法的矛盾。作家的主观意图不能完全算数，作品写出以后作家就退出作品，一切都由文本决定。这就是文本（主体）中心论。在文本中心论消解了作家主体之后，走向了极端，又忽视了读者以自己的心理储存同化作品的重大作用，于是，读者中心论（读者主体）就应运而生。而如今读者主体论，又脱离了文本，又走向极端。这正是调整其与文本的关系的机遇。不管理论多么神秘，有一点似乎不能否定，那就是在作家、读者和文本三个主体中，占据稳定地位的，相对地说，应该是文本。作家可以死亡，读者也一代又一代地更迭，而文本却是永恒不变的实体。人们可以不知道《红楼梦》《三国演义》《水浒传》的作者，不知道荷马的生平，不知道这些经典存在多少不同的解读和分析，照样为其艺术所感染。而阅读的目的，是拓展心理认知度，建构新的广度和深度，也就是调节心理图式，如果仅仅是让心理认知结构作重复的同化，充其量不过主流意识形态的演绎，或者是主体现实观念的零碎感想。这样的阅读与心理图式的调节或者建构的根本目的不符。一切读者不管有多么强的主体性，都不能不进入文本的系统层次和结构。读者的心理图式虽然封闭，但是，其表层是多多少少有些开放的，其深层则是以不变应万变，依然故我。打破封闭性的唯一法门，就是进入文本的层次结构，只有在进入文本层次的过程中，封闭性层次才可能有层次地调节。所谓一千个哈姆雷特、一千个花木兰、一千个背影、一千个荷塘月色、一千个祥林嫂、一千个再别康桥，并不具有同等的智慧、同等精神量级、同等价值层次。如果，一个花木兰是英雄，是“英勇善战”的，可是只能提供《木兰辞》中“将军百战死，壮士十年归”作为证明。而另一个花木兰，则指出花木兰的特点是女英雄：保家卫国，本来是男性的事与女性无关，木兰以女性之身，主动承担起从军的任务。全诗重点不在英勇善战，故涉及战事，只有寥寥数语，且以行军宿营（万里赴戎机，关山度若飞。朔气传金柝，寒光照铁衣），“策勋十二转”为后续补叙，显系回避正面表现。重点在于“木兰不用尚书郎”，旨在强调与男性英雄立功为官不同，女性英雄立功而归家享受亲情，恢复女儿装的幸福。此与从军前为父忧虑，在军中对爹娘的思念，浑然一体。二者均为读者主体表现，何者为高呢？显然后者主体更为精致。原因何在？读者主体遵循文本主体层层深入。

从理论上说，读者主体的深化建构，是不能离开文本主体的系统深入的。只有文本主体层次深入了，读者主体才有可能达到层次的连贯，或者一元化。由此可见，多元解读的元以层次的系统为特征，一元系统乃是多元系统的前提。一元系统尚未建构，何来多元？

心理图式的系统建构，并不能全凭主观愿望，专业学识修养是其基础，丰富多元的系统是其特点，这是民族文化千年的积淀，光是穷其一个系统，往往就要耗费多年的生命，长期反复刻苦学习是必由之路。所有这一切都是要长期苦心孤诣地学习才可能有所体悟的。不在这方面下苦功，抄捷径，迷信课堂上自发的即兴的感兴，不但是南辕北辙，而且是一种蒙昧。

文本分析的七个层次

许多文本分析，之所以无效，原因在于空谈分析，实际上根本没有进入分析层次。分析的对象是文本的矛盾，而许多无效分析，恰恰停留在文本和外部对象的统一性上。如，《荷塘月色》反映了大革命失败后知识分子的苦闷，“明月松间照，清泉石上流”惟妙惟肖地反映了美好的“景色”。这从哲学来说，是机械反映论。就是注意到文本和外部对象矛盾地分析文章，也往往把文本当作一个绝对的统一体。如，《再别康桥》，表现了诗人的内心离愁别绪等等。其实这首经典诗作，内在的矛盾很明显：一方面是激动，“载一船星辉，我要放歌”，一方面，又是不能放歌，“沉默是今晚的康桥”。一方面说是和康桥再别，一方面，又是和云彩告别。文本分析的无效，之所以成为一种顽症，就是因为，文本内在的矛盾成为盲点。这种盲点，又造成了思想方法线性单因单果，许多致力于文本分析的学者，满足为复杂的文本寻找一个原因，单层次的思维模式就这样流毒天下。具体分析，从理论到理论，莫不念念有词，但是，一到具体文本，就不翼而飞。这不能笼统地怪罪中学和大学教师，而应该怪罪我们这些研究理论的。要进行具体分析，如果没有一定的方法论的自觉，则有如狗咬乌龟，无从下口。在面对文学经典之时，这种困难就更为突出。因为文学形象，天衣无缝、水乳交融，一些在方法论上不坚定的老师，在无从下手之时，就妥协了，就不是进行分析，而是沉溺于赞叹了。正是出于这种考虑，本文把可操作性，和操作性的系统化作为最高目标。但愿能对把具体分析落实到文本的系统工程，有所助益。

一、艺术感觉的“还原”

为了说明这一点，我这里举一些颇有代表性的例子。

唐人贺知章的绝句《咏柳》从写出来到如今，一千多年了，至今仍然家喻户晓，脍炙人口。原因何在？表面上看来是个小儿科的问题。但是，要真正把它讲清楚，不但对中学教师，而且对于大学权威教授，一点也不轻松。有一位权威教授写了一篇《咏柳赏析》，说，“碧玉妆成一树高”，是“总体的印象”，“万千垂下绿丝绦”这是“具体”写到柳丝了，而柳丝的“茂密”，最能表现“柳树的特征”。这就是他的第一个观点：这首诗的艺术感染力，来自表现对象的特征。用理论的语言来说，就是反映柳树的真实。这个论断，表面上看来，似乎是学识性的，但是实质上，是很离谱的。这是一首抒情诗，抒情诗以什么来动人呢？普通中学生都能不假思索地回答，以情动人。但，教授却说，以反映事物的特征动人。接下去，这位教授又说，这首诗的最后一句“二月春风似剪刀”，很好。好在哪里呢？好在比喻“十分巧妙”。这话当然没有错。但是，这并不需要你讲，读者凭直觉就感到这个比喻不同凡响。之所以要读你的文章，就是因为感觉到了，说不清缘由，想从教授的文章中，获得答案。而你不以理性分析比喻巧妙的原因，只是用强调的语气宣称感受的结果，这不是有“忽悠”读者之嫌吗？教授说，这首诗，还有一个好处，那就是“二月春风似剪刀”，“歌颂了创造性劳动”。这就更不堪了。前面还只是重复了人家的已知，而这里却是在制造混乱。“创造性劳动”这种意识形态性很强的话语，显然具有20世纪红色革命文学的价值观，怎么可能出现在一千多年前的贵族诗人头脑中？

为什么成天喊着具体分析的教授，到了这里，被形而上学教条所遮蔽呢？

这就是因为他无法从天衣无缝的形象找到分析的切入点，他的思想方法，就不是分析内在的差异，而是转向了外部的统一。贺知章的柳树形象为什么生动呢？因为它反映了柳树的“特征”。客观的特征和形象是一致的，所以是动人的。从美学思想来说，这就是美就是真。美的价值就是真的认识。从方法论上来说，就是寻求美与真的统一性。既然美是对真的认识，认识世界是为了改造世界。这就是教化，不是政治教化，就是道德教化。既然从《咏柳》无法找到政治教化，就肯定有道德教化作用。于是“创造性劳动”，就脱口而出了。这种贴标签的方法，可以说是对具体分析的践踏。其实，所谓分析就是要把原本统一的对象加以剖析，根本就不应该从统一性出发，而是应该从差异性，或者矛盾性出发。艺术之所以成为艺术，就是因为它不是等同于生活，而是诗人的情感特征与对象的特征的猝然遇合，这种遇合不是现实的，不是真的，而是虚拟的、假定的、想象的。原生的感情只有通过假定的想象才能抒发。借助假定性，艺术才能创造。而要揭示艺术的感染力，分析的出发点不应该是它与柳树的同一性，而是矛盾性。矛盾首先就在于，形象不是客观的、真的，而是主观的、假定的。应该从真与假的矛盾入手。例如，明明柳树不是玉的，偏偏要说是碧玉的，明明不是丝织品的，偏偏要说柳丝是丝织的飘带。为什么要用贵重的玉和丝来假定呢？为了美化，以贵重的物来表现贵重的感情。诗化，就是表达诗人贵重的感情，而不是反映柳树的特征。

但，这样的矛盾，在形象中，并不是直接的呈现，恰恰相反，是隐性的。在诗中，真实与假定是水乳交融的，以逼真的形态出现的。要进行分析，是共同的愿望，但，如果不把假定性揭示出来，分析就成了一句空话。分析之所以是分析，就是要把原本统一的成分，分化出不同的成分。不分化，分析就没有对象，只能沉迷于统一的表面。要把分析的愿望落到实处，就得有一种方法，也就是可操作的方法。我提出了“还原”的方法。面对形象，在想象中，把那未经作家情感同化，未经假定的原生的形态，想象出来，这是凭着经验就能进行的。比如，柳树明明不是碧玉，却要把它说成是玉的，不是丝织品，却要说它是丝的。这个矛盾就显示出来了。这就是借助想象，让柳树的特征转化为情感的特征。情感的特征是什么呢？再用还原法。在大自然中，柳树之美，原因是春天来了，温度提高了，湿度提高了，柳树的遗传基因起作用了。在科学理性中，柳树的美，是大自然的现象，是自然而然的。但，诗人的情感很激动，断言柳树的美，比之自然的美还要美，应该是有心设计的。所谓天工加上人美，这就是诗人的情感的强化了，就是以情动人了。

当然，说到“还原”方法，作为哲学方法并不是我的发明，这在西方现象学中，早已有了。在现象学看来，一切经过陈述的现象都是主观的，观念化、价值化了的，因而要进行自由的研究，就得把它“悬搁”起来，在想象中进行“去蔽”，把它的原生状态“还原”出来。当然，这种原生状态，是不是就那么客观，那么价值中立，也是很有疑问的。但是，多多少少可能摆脱流行和权威观念的先入为主。我的“还原”，在对原生状态的想象上，和现象学是一致的，但，我的还原，只是为了把原生状态和形象之间的差异揭示出来，从而构成矛盾，然后加以分析，并不是为了去蔽，而是为了打破形象天衣无缝的统一，进入形象深层的、内在的矛盾。当然这样还原的局限是偏重于形而下的操作，但是，很可能，优点也是在这里。我坚信这一点，一切违背这种方法的方法，不管它有多么大的权威，我总是坚定地冲击，甚至不容情地颠覆。要理解艺术，不能被动地接受，还原了，有了矛盾，就可能进入分析，就主动了。朱自清在《荷塘月色》中创造了一种宁静、幽雅、孤寂的境界，但清华园一角并不完全是寂静的世界；相反，喧闹的声音也同样存在，不过是给朱先生排除罢了。一般作家总是偷偷摸摸地、静悄悄地排除与他的感知、情感不相通的东西，并不作任何声明；他们总把自己创造的形象当作客观对象的翻版奉献给读者。但朱先生在《荷塘月色》中却不同，他很坦率地告诉读者：“这时候最热闹的，要数树上的蝉声与水里的蛙声；但热闹是它们的，我什么也没有。”这里，透露了非常重要的艺术创造的原则：作家对于自己感知取向以外的世界是断然排斥的。许多论者对此不甚明白，或不能自觉掌握，因而几乎没有一个分析《荷塘月色》的评论家充分估计到这句话的重要意义。忽略了这句话，也就失去了分析的切入口，也就看不出《荷塘月色》不过是朱先生以心灵在同化了清华园一角的宁静景观的同时，又排除了其喧闹的氛围而已。忽略了这个矛盾，分析就无从进行，就不能不蜕化为印象式的赞叹。

再举一个例子，有一个古典文学的学者，分析《小石潭记》，“潭中鱼”“皆若空游无所依，日光下澈，影布石上。佁然不动，俶尔远逝，往来翕忽，似与游者相乐”，对其中，早说过的“心乐之”，和这里的“似与游者相乐”视而不见，却看出了“人不如鱼”的郁闷。这也是由于在方法上不讲究寻求差异，而是执着于统一性的后果。既然柳宗元是被下放了，既然他政治上是不得意了，既然他是很郁闷了，因而他在一切时间，一切场合，就是毫无例外的郁闷。哪怕是特地寻找山水奇境，发现了精彩的景色，也不能有任何的快慰，只能统一于郁闷。人的七情六欲，到了这种时候，就被抽象成郁闷的贫乏性，而不是诸多差异和矛盾的统一性。在分析《醉翁亭记》的时候，同样的偏执也屡见不鲜，明明在文章反复强调的是，山水之乐，四时之乐，民人之乐，太守之乐。醉翁之意不在酒在乎山水之间。因为山水之间，没有人世的等级，连太守也忘了官场的礼法。可是拘执于欧阳修的现实政治遭遇心情的统一性的学者还看不到这个虚拟的、理想的、欢乐的、艺术的境界，还是反复强调欧阳修的乐中有忧，硬是用现实境界来压抑艺术，主观的封闭性窒息心灵复杂多变的结构。

二、多种形式的比较

要寻求分析的切入口，有许多途径，“还原”并非唯一的法门。最方便当然是作家创造过程中的修改稿。鲁迅曾经说：“凡是已有定评的大作家，他的作品，全部就说明着‘应该怎样写’。只是读者很不容易看出，也就不能领悟。因为在学习者一方面，是必须知道了‘不应该那么写’，这才会明白原来‘应该这么写’的。这‘不应该那么写，如何知道呢？惠列赛耶夫的《果戈理研究》第六章里，答复着这问题——‘应该这么写’，必须从大作家们的完成了的作品去领会。那么，不应该那么写这一面，恐怕最好是从那同一作品的未定稿本去学习了。在这里，简直好像艺术家在对我们用实物教授。恰如他指着每一行，直接对我们这样说——你看——哪，这是应该删去的。这要缩短，这要改作，因为不自然了。在这里，还得加些渲染，使形象更加显豁些。’”[①]在我国古典诗话中，类似“春风又绿

① 鲁迅：《不应该那么写》，《且介亭杂文二集》，《鲁迅全集》（第6卷），人民文学出版社2005年版，第321页。

江南岸”经典性的例子不胜枚举，一般读者耳熟能详。孟浩然的《过故人庄》的最后一句：“还来就菊花”，杨慎阅读的本子，恰恰“就”字脱落了。他自己也是诗人，试补了“对菊花”“傍菊花”等等，就是不如“就菊花”。毛泽东的《采桑子·重阳》中最后一句，原来的手稿是“但看黄华不用伤”，后来定稿是：“寥廓江天万里霜”等等。值得一提的是，托尔斯泰对《复活》多次修改。在写到聂赫留朵夫第一次到监狱中去探望沦为妓女的喀秋莎（玛丝洛娃），哭着恳求她宽恕，并且向她求婚时，在原来的稿子上，玛丝洛娃一下子认出他来，立刻非常粗暴地拒绝了他，说：

> 您滚出去！那时我恳求过您，而现在也求您……如今，我不配做您的，也不配做任何人的妻子。[①]

后来在第五份手稿中，改成玛丝洛娃并没有一下子认出自己往日的情人来，但是她仍然很高兴有人来看她，特别是衣着体面的人。在认出了他以后，对于他的求婚，她根本没有听进心里去，很轻率地回答道：

> “您说的全是蠢话……您找不到比我更好的女人吗？您最好别露出声色，给我一点钱。这儿既没有茶喝，也没有香烟，而我是不能没有烟吸的……这儿的看守长是个骗子，别白花钱。”说完她哈哈大笑。[②]

相比之下，原来的手稿便觉得粗糙。喀秋莎原本是纯情少女，由于受了聂赫留朵夫的诱惑而被主人驱逐，到城市后，沦落为妓女玛丝洛娃。在原来的手稿中，写她在看到往日的情人时，一下子认出了他，往日的记忆全部唤醒了，并且把所有的痛苦和仇恨都发泄了出来（这正是我们许多缺乏才气的作家天天做着的事情）。然而在后来的修改稿中，托尔斯泰把玛丝洛娃的感知、记忆、情感立体化了。

首先，她一下子没有认出他来，说明分离日久，也说明往日的记忆深藏情感深处，痛苦不在表层。

其次，最活跃的情绪是眼下的职业习惯，见了陌生男人，只要是有钱的便高兴起来，连对求婚这样的大事都根本没有听到心里去，这正说明心灵扭曲之深和妓女职业对表层心灵的毒化、麻木之深，即使往日的情人流着泪向她求婚，她也仍然把他当作一个顾客，最本能的反应是先利用他一下，弄点钱买烟抽。说到不要向看守长白花钱时，居然哈哈大笑起来，她为自己的聪明而得意非凡。这更显示了玛丝洛娃的表层心理结构完完全全地妓女化了，板结了，在这样重大的意外事件的冲击下，也依然密不透风，可见这些年来她心灵

---

① 符·日丹诺夫著，雷成德译：《〈复活〉的创作过程》，内蒙古人民出版社1982年版，第22页。

② 符·日丹诺夫著，雷成德译：《〈复活〉的创作过程》，内蒙古人民出版社1982年版，第22—23页。

痛苦之深。定稿中的“哈哈大笑”，之所以比初稿中严词斥责精彩，就是因为更加深刻地显示了她心理结构的表层感知、记忆、情感、行为、语言的化石化，在读者记忆中的那个青春美丽、天真纯情的心灵被埋藏得如此之深，其精神似乎是完全死亡了。

一般的读者光是读定稿中的文字，虽然凭着直觉也可以感受到托尔斯泰笔力的不凡，但是却很难说出深刻在何处。一旦将原稿加以对比，平面性的描述和立体性的刻画，其高下、其奥妙就一目了然了。

凭借文学大师的修改稿，进入分析，自然是一条捷径，非常可惜的是这样的资料凤毛麟角。但是它是如此有引诱力，以至于人们很难完全放弃。于是许多经典评论家往往采取间接的办法，例如莱辛在他的名著《拉奥孔》中评希腊著名雕塑“拉奥孔”时，创造了一种办法，那就是从相同内容、不同形式的作品寻求对比。拉奥孔父子被蛇缠死的故事，在维吉尔的史诗中描写得很惨烈，他们发出了公牛一样的吼声，震响了天宇。可是在雕塑中，拉奥孔并没有张大嘴巴，声嘶力竭地吼叫，相反，只是如轻轻叹息一般，在自我抑制中挣扎。莱辛由此得出结论说，由于雕塑是诉之于直观的，如果嘴巴张得太大，远看起来必然像个黑洞，那是不美的，而用尽全部生命去吼叫，在史诗中却是很美的，因为诗是语言艺术，并不直接诉诸视觉，而诉诸读者的想象和经验的回忆，没有直观的生理刺激。莱辛给了后代评论家以深刻的启示：在雕塑中行不通的，在史诗中却非常成功。只有在明白了雕塑中不应该做什么才会真正懂得雕塑中应该做什么。用评论的术语说，就是只有把握了一种艺术形式的局限性，才能理解它的优越性。用同题材而不同形式的艺术形象的差异，正是分析的线索。白居易的《长恨歌》和洪昇的《长生殿》同样是取材于唐明皇和杨贵妃的故事。但是，在诗歌里，李杨的爱情是生死不渝的，而在戏剧里，两个人却发生了严峻的冲突。联系到诸多类似的现象，不难看出，在诗歌中，相爱的人，往往是心心相印的，而在戏剧里，相爱的人，则是心心相错的。在戏剧里，没有情感的错位，就没有戏剧性，没有戏可演。同样是在七月七日长生殿，李隆基与杨玉环盟誓：生生世世，永为夫妻。在诗人白居易看来这是非常浪漫的真情，而在小说家鲁迅看来，在这种对话的表层语义之下，恰恰掩盖着相反的东西。郁达夫在《奇零集》中回忆鲁迅的话：“他的意思是，以玄宗之明，哪里看不破安禄山和她的关系？所以七月七日长生殿上，玄宗只以来生为约，实在心里有点厌了……到了马嵬坡下，军士们虽说要杀她，玄宗若对她还有爱情，哪里不能保全她的生命呢？所以这时候，也许是玄宗授意军士们的。”

联系到柳宗元在《小石潭记》中，对于自然景观发出了那么真诚的赞赏，这里的美，是很“幽邃”的，远离尘世、超凡脱俗的，但是“寂寥无人，凄神寒骨，悄怆幽邃”，“其境过清”，欣赏则可，但，“不可久居”。柳宗元就坦然地离去了。柳氏性格的一个侧面，比较执着于现实，在散文中得到自如的表现；而在诗歌中，所表现出来的，则是另外一面，那里充满了不食人间烟火的境界。如《江雪》：

千山鸟飞绝，万径人踪灭。孤舟蓑笠翁，独钓寒江雪。

开头两句，强调的是生命的“绝”和“灭”，一个孤独的渔翁，在寒冷、冰封的江上，是“钓雪”，而不是钓鱼，不要说“其境过清”，就连寒冷的感觉都没有，孤独本身就是一种享受。这和散文中“其境过清，不可久居”的境界大不相同的。把诗歌里的柳宗元，和散文中的差异抓住，加以分析，比之一味只承认只有一个统一的柳宗元要深刻得多。散文中的柳宗元，还是不能忘情现实环境，居住条件，甚至是国计民生，乃至政治；而诗歌则可以尽情发挥超现实的形而上学的空寂理想，以无目的境界，为最高的境界。如他的《渔翁》一诗，可谓达到物我两忘的境界：

渔翁夜傍西岩宿，晓汲清湘燃楚竹。

烟销日出不见人，欸乃一声山水绿。

回看天际下中流，岩上无心云相逐。

这种诗的境界中，无心的云就是无心的人，超越一切功利，大自然和人达到高度的和谐和统一。这是诗的意境，而这在散文中，作者是可以欣赏，而不想接受的。

在我们文坛上，有许多关于诗歌与散文的纷纭的理论，似乎都不得要领，原因大抵在于：往往从形式上着眼，忽略了深层的内涵。许多教师，分析这类的经典文本，之所以有捉襟见肘之感，就是因为孤立地就散文论散文，就诗歌论诗歌，也就难免从现象到现象的滑行了。其实，许多诗人同时也写散文，李白在诗歌中是不能摧眉折腰事权贵的，而在散文中却是以“遍干诸侯，历抵卿相”为荣的，把余光中的诗歌《乡愁》和散文《听听那冷雨》中的乡愁，加以比较肯定会得到许多深刻的宝贵的启发的。

选择相同题材不同形式的作品加以比较，找出其间的差异，从而探求艺术的奥秘，这种方法适应性比较广泛，尤其是一些经典作品，不论是中国历史、传说，还是西方《圣经》、神话题材都曾反复地被大师加工成不同的体裁。但是，这种适应性是相当有限的，不仅对绝大多数的现代和当代作品不适用，而且对许多古典作家也不适用，有时即使适用，也可能由于一时手头缺乏齐备的材料而无法进行分析。但是，并不等于形象的内在矛盾不存在了。要揭示其内在奥秘，还有一种方法，不是凭借现成的资料，而是把艺术形象中的情感逻辑和现实的理性逻辑加以对比。

三、情感逻辑的“还原”

艺术家在艺术形象中表现出来的感觉不同于科学家的感觉。科学家的感觉是冷静的、客观的，追求的是普遍的共同性，而排斥的是个人的感情；一旦有了个人情感色彩，就不科学了，没有意义了。可是在艺术家那里，则恰恰相反，艺术感觉（或心理学的知觉）之所以艺术，就是因为它是经过个人主观情感或智性的“歪曲”。正是因为“歪曲”了，或者用我的术语来说“变异”了，这种表面上看来是表层的感觉才成为深层情感乃至情结的可靠索引。有些作品，往往并不直接诉诸感觉，尤其是一些直接抒情的作品，光用感觉还原就不够了。例如“在天愿作比翼鸟，在地愿为连理枝，天长地久有时尽，此恨绵绵无绝期”，好在什么地方？它并没有明确的感知变异，它的变异在它的情感逻辑之中。

这时用感觉的还原就文不对题了，应该使用的是情感逻辑的还原。这里的诗句说的爱情是绝对的，在任何空间、时间，在任何生存状态下，都是不变的，永恒的。爱情甚至是超越主体的生死界限的。这是诗的浪漫，其逻辑的特点是绝对化。用逻辑还原的方法，明显不符合理性逻辑。理性逻辑是客观的、冷峻的，是排斥感情色彩的，对任何事物都取分析的态度。按理性的逻辑的高级形态，亦即辩证逻辑，任何事物都不可能是不变的。在辩证法看来，世界上没有永恒不变的东西，一切都随时间、地点、条件而变化。把恋爱者的情感看成超越时间、地点、条件，是无理的，但是，这种不合理性之理，恰恰又是符合强烈情感的特点。清代诗话家吴乔把这叫作“无理而妙”。为什么妙？无理对于科学来说是糟糕的，是不妙的，但，因为情感的特点恰恰是绝对化，无理了才有情，不绝对化不过瘾，不妙。所以严羽才说：“诗有别趣，非关理也。”

自然，情感逻辑的特点不仅是绝对化，至少还有这么几点，它可以违反矛盾律、排中律、充足理由律。人真动了感情就常常不知是爱还是恨了，明明相爱的人偏偏叫冤家，明明爱得不要命，可见了面又像贾宝玉和林黛玉那样互相折磨。臧克家纪念鲁迅的诗说：“有的人活着，他已经死了；有的人死了，他还活着。”这按通常的逻辑来说是绝对不通的。可要避免这样的自相矛盾，就要把他省略了的成分补充出来：“有的人死了，因为他为人民的幸福而献身，因而他永远活在人民心中。”这很符合理性逻辑了，但却不是诗了。越是到现代派诗歌中，扭曲的程度越大，现代派诗人甚至喊出“扭曲逻辑的脖子”的口号。在小说中，情节是一种因果，一个情感原因导致层层放大的结果，按理性逻辑来说理由必须充分，这叫充足理由律。可是在情感方面是充足了，在理性方面则不可能充足。说贾宝玉因为林黛玉反抗封建秩序，思想一致才爱她，理由这么清楚，就一点感情也没有了。在现代派小说中，恰恰有反逻辑因果的，如余华的《十八岁出门远行》，整个小说情节的原因和结果都是颠倒的，似乎是无理的。情节的发展好像和逻辑因果开玩笑，反因果性非常明显。例如，主人公以敬烟，对司机表现善意，司机接受了善意，却引出粗暴地拒绝乘车的结果；“我”对他凶狠呵斥，他却十分友好起来。半路上，车子发动不起来了，本来应该是焦虑的，但，司机却无所谓。车上的苹果让人家给抢了，本该引发愤怒和保卫的冲动的，司机也无动于衷。“我”本能地去和抢劫者做搏斗，被打得头破血流，“鼻子软塌塌地挂在脸上”，本该是非常痛苦的，却一点痛苦的感觉也没有。一车苹果被抢光了，司机的表情却“越来越高兴”。抢劫又一次发生，“我”本能地奋不顾身地反抗抢劫，被打得“跌坐在地上，再也爬不起来”。司机不但不对“我”同情和加以慰问，相反却“站在远处朝我哈哈大笑”。这就够荒谬的了。可是作者显然觉得这样的荒诞，还不够过瘾，对荒诞性再度加码。抢劫者开来了拖拉机，把汽车上的零件等，能拆卸的都拿走了。司机怎么反应呢？他和那些抢劫的人们，一起跳到拖拉机上去，在车斗里坐下来，“朝我哈哈大笑”。仔细研读，你会发现，在表面上绝对无理的情节中，包含着一种深邃的道理。当然，可能阐释的空间是多元的。我的解读是这样的：

小说的荒谬感是多重的：首先，被损害者对于强加于己的暴力侵犯，毫无受虐的感觉，相反却感到快乐；其次，被损害者对为之反抗抢劫付出代价的人，不但没有感恩，相反对之加以侵害，并为之感到快乐；再次，除了施虐和受虐，还有更多的荒谬，渗透在文本的众多细节之中。这篇小说，有时很写实，有时，又常常自由地、突然地滑向极端荒诞的感觉，鼻子软塌塌地，不是贴着而是挂在脸上了，这样的血腥，居然连一点疼痛的感觉都没有涉及。用传统现实主义的“细节的真实性”原则去追究，恐怕是要作出否定的判决的。然而文学欣赏不能用一个尺度，特别不能光从读者熟悉的尺度去评判作家的创造。余华之所以不写鼻子打歪了的痛苦，那是因为他要表现人生有一种特殊状态，是感觉不到痛苦的痛苦：在鸡毛蒜皮的小事上痛苦不已，呼天抢地，而在性命交关的大事上麻木不仁。这是人生的荒谬，但，人们对之习以为常，不但没有痛感，相反乐在其中。

这是现实的悲剧，然而在艺术上却是喜剧。

喜剧的超现实的荒诞，是一种扭曲的逻辑。然而这样的歪曲逻辑，启发读者想起许多深刻的悖谬的现象，甚至可以说是哲学命题：为什么本来属于你自己的东西被抢了你却感觉不到痛苦？为什么自己的一大车子东西被抢了而无动于衷，却把别人的一个小背包抢走还沾沾自喜呢？缺乏自我保卫的自觉，未经启蒙的麻木、愚昧，从现实的功利来说，是悲剧，从艺术哲学的高度来看，则是喜剧。

从这个意义上来说，在这最为荒谬的现象背后潜藏着深邃的睿智：没有痛苦的痛苦是最大的痛苦。

这样的哲学深邃性，就是无理中的有理，这样的无理，比之一般的道理要深邃得多。如果不把理性逻辑与情感逻辑分化出来，就无法进行深入的分析。这样的分析，很显然，已经进入了深邃的层次，从严格意义上来说，已经不完全属于情感的范畴，而是属于情感和理性交融的范畴了。这个范畴的分野，其实，已经是进入价值的范畴。

四、价值的“还原”

价值还原，是个理论问题，但是得从具体的个案讲起。《儒林外史》中“范进中举”，并不完全是吴敬梓的发明，而是他对原始素材真人真事改编的结果。清朝刘献廷的《广阳杂记》（卷四）中有一段记载：

明末高邮有袁体庵者，神医也。有举子举于乡，喜极发狂，笑不止。求体庵诊之。惊曰：“疾不可为矣！不以旬数矣！子宜亟归，迟恐不及也。若道过镇江，必更求何氏诊之。”遂以一书寄何。其人至镇江而疾已愈，以书致何，何以书示其人，曰：“某公喜极而狂。喜则心窍开张而不可复合，非药石之所能治也。故动以危苦之心，惧之以死，令其忧愁抑郁，则心窍闭。至镇江当已愈矣。”其人见之，北面再拜而去。吁！亦神矣。[①]

“吁！亦神矣。”用今天的话来说就是：“啊！医道真是神极了。”可以说这句话是这段小故事的主题：称赞袁医生的医道高明。他没有用药物从生理的病态上治这个病人，而是从心理方面成功地治好了他。其全部价值在于科学的实用性，很严肃的。而在《儒林外史》中却变成胡屠户给范进的一记耳光，重点在于出胡屠户的洋相。范进的这个丈人本来极端藐视范进，可一旦范进中了举人，为了治病硬着头皮打了他一个耳光，却怕得神经反常，手关节不能自由活动，以为是天上的文曲星在惩罚他，连忙讨了一张膏药来贴上。这样一改，就把原来故事科学的、实用的理性价值转化为情感的非实用审美价值了。这里不存在科学的真和艺术的美的统一问题，而是真和美的错位。如果硬要真和美完全统一，则最佳的选择是把刘献廷的故事全抄进去。而那样一来，《范进中举》的喜剧美将荡然无存。把科

① 李汉秋编：《儒林外史研究资料》，上海古籍出版社1984年版，第170页。

学的实用价值搬到艺术形象中去，不是导致美的升华，而是相反，导致美的消失。①

创作就是从科学的真的价值向艺术的美的价值转化。因为理性的科学价值在人类生活中占着优势，审美价值常常处于被压抑的地位。正因为这样，科学家可以在大学课堂中成批成批地培养，而艺术家却不能。只有那些少数情感审美价值异常强大，强大到很轻易超越科学的理性的、真的价值的人，才可能轻松地构成艺术形象。

要欣赏艺术，摆脱被动，就要善于从艺术的感觉、逻辑中还原出科学的理性，从二者的矛盾中，分析出情感的审美价值。为什么李白在白帝城向江陵进发时只感到“千里江陵一日还”的速度，而感觉不到三峡礁石的凶险呢？因为他归心似箭。为什么李白觉得并不一定很轻的船很轻呢？因为他流放夜郎，“中道遇赦”，用今天的话来说，就是解除政治压力，他心里感到轻松，因而即使船再重，航程再险，他也感觉不到了。这种感觉的变异和逻辑的变异成为诗人内心激情的一种索引，诗人用这种可感的外在的强烈效果去推动读者想象诗人自己情感的原因。为什么阿Q在押上刑场之时不大喊冤枉，反而为圆圈画得不圆而遗憾？按常理来还原，正是因为画了这个圆才完成判成死刑的手续。通过这个还原，益发见得阿Q的麻木。阿Q越是麻木，在读者心目中越是能激发起焦虑和关注，这就是艺术感染力，这就是审美价值。如果阿Q突然叫起冤枉来，而不是叫喊“过了二十年又是一个（好汉）”，就和逻辑的常规缩短了距离，这样，喜剧的效果就消失了。正因为此，逻辑的还原最后必须走向价值的还原，而从价值的还原中，就不难分析出真正的艺术的奥秘了。

五、历史的“还原”和比较

艺术感知还原、逻辑还原和价值还原，都不过是分析艺术形式静态逻辑的方法，属于一种初级的、入门方法。入门以后对于作品的内容还有一个历史的动态的问题分析，因而需要更高级的方法，就是“历史还原”。

从理论上来说，对一切对象的研究最起码的要求就是把它放到历史环境里去。不管什么样的作品，要做出深刻的分析，光是用今天的眼光去观察是不行的，必须放到产生这些作品的时代（历史）背景中去，还原到产生它的那种政治的、经济的、文化的、艺术的气候中去。但是，历史背景，也是分层次的。政治和经济状况的背景，毕竟是外部的，对于不同作家都是一样的。历史的还原，目的是抓住不同历史阶段中，艺术倾向和追求的差异。关键是内在的，人物内心情感的进展，比如，武松打虎，光从一般文学的价值准则来看，

① 参阅朱光潜：《我们对于一棵古松的三种态度》，《朱光潜美学文集》（第1卷），上海文艺出版社1982年版，第448页。

当然也可能分析出它对于英雄的理解：从力量和勇气来说，他是超人的；但是从心理上说，他又是平凡的，和一般小人物差不多。分析到这个层次，可以说，已经相当有深度了。但是，如果把它放到中国古典小说对于英雄人物的想象过程中去，就可能发现，这对于早于《水浒传》的《三国演义》是一个伟大的进步。在《三国演义》中，英雄人物，是超人的，罕见平凡的一面的。面临死亡和磨难是没有痛苦的，如关公之刮骨疗毒，虽然医生刀刮出声音来，他仍然面不改色，没有武松那种活老虎打死了，死老虎却拖不动的局限，也没有类似下山以后，见了两只假老虎就有点悲观失望的心理。

艺术和文学的历史是对人类内心探索的历史记录，一代又一代的艺术家虽然表面上各自独立，但是，在表现人物内心的发现方面，却是前赴后继，有相当明显的继承性的，只有把他们之间的历史的差异揪住不放，才能把那隐性的变幻揭示出来。

除了对于人物内心的历史深化过程以外，另一个重要的方面，就要看文体的历史差异。艺术形式是不断重复的。艺术的发展，审美情感往往就通过艺术形式的发展巩固下来。如余秋雨，虽然许多媒体起哄，攻了他好几年，但是并没有损害他的文学地位。因为余秋雨对于中国当代散文的发展有历史性的贡献。他创造了一种文化散文的文体，把人文景观用之于自然景观的阐释，还把散文的思想容量扩大了。散文的思想容量本来是比较有限的，大量的散文被称之为小品就是证明，而余秋雨却赋予散文以宏大的文化反思，像《一个王朝的背影》居然能通过承德避暑山庄，提取一个一把交椅和颐和园的意象，说在这上面休息过一个疲惫的王朝，把清王朝统治阶级精神从强盛到衰败，汉族知识分子从抵抗到为之殉葬的漫长历史过程都浓缩在其中，这种历史的贡献，是任何喧嚣的媒体评论所不能扼杀的。

六、流派的“还原”和比较

还原到历史语境中去还只是一个比较笼统的说法，一切历史语境，在文学作品来说，都是历史的审美语境。一切审美语境都不但与形式（文类）而且与流派分不开。要真正理解经典文学作品的历史发展，必须分析不同流派的艺术差异。如徐志摩的《再别康桥》和闻一多的《死水》，孤立分析这两首诗是比较困难的，要把这两首诗的艺术倾向联系起来。徐志摩的抒情是相当潇洒优雅的，是以美化为目标的，而闻一多则却是以丑为美的。这不仅是两个人个性不同，而且是因为受了两个不同流派的诗歌的影响。徐志摩是受了欧洲浪漫主义诗潮的影响，这个诗潮的艺术主张，大致可以拿华兹华斯的《抒情歌谣集·序言》

中所强调的“一切的好诗都是强烈的感情的自然流泻”来概括。但是这种强烈的感情，是经过沉思提炼的，达到一种宁静的境界的结果。所以徐志摩的这首诗感情潇洒，不像郭沫若早期的诗那样暴躁凌厉。徐志摩虽然倾向于浪漫主义，但是他不仅善于抒写强烈的感情，而且善于作温情潇洒的抒发。如果把《再别康桥》让闻一多，或者让郭沫若来写，可以想象不知有多少强烈的意象要喷发出来。但是，徐志摩却是很收敛的，反复强调轻轻的、悄悄的，虽然表面上说，心里有一道别离的歌，可是，实际上却反复申说，不能放歌，一切的一切都是沉默的，“沉默是今晚的康桥”，沉默才是美的，“悄悄是别离的笙箫”，也就是静静地自我享受的，默默地自我体验的。这样的情感和语言的提炼，正是徐志摩在艺术上成熟的表现。把悄悄的隐秘的情感集中在告别的一刹那，凝聚在内心无声的沉静中，借助西欧浪漫主义诗歌艺术方法，把自我情感美化到了极致。而闻一多的《死水》则不单纯追求美化，相反从第一节，就开始极尽丑化之能事，不但是死水，而且是绝望的，不但是破铜烂铁，而且还丢下剩菜残羹。到了第二节，又反过来，把铁锈转化为桃花，铜绿变为翡翠，油腻升华为云霞，发臭的死水居然还能成为碧酒，泡沫化为珍珠。这一切都显示了他所追求的是另外一个流派的美学原则，那就是象征派的“以丑为美”的原则。正是这样的美学原则，帮助闻一多表现了对现实黑暗特有的愤激情绪，哪怕拿给恶魔来“开垦”，也比什么都是老样子，死水一潭好得多。

七、风格的“还原”和比较

把作品的形式发展、作家的审美价值观念，所属的流派、所处的历史背景等等都弄清楚了，是不是就解决了作品分析的一切问题了呢？还没有。

因为所有上述的一切，都还只是揭示了你所要分析的作品和其他同样的形式、同样的流派、同样的历史语境中的作品的共同性。而作品分析的最终目标却不应该是此作品与其他作品之间的共同点，而是其特殊点。可是我们现在许多教参中，所谓的写作特点很少真正地接触到特点，常常是把许多作品的共同点拿来冒充。比如说，把朱自清的《荷塘月色》说成是，大革命失败后小资产阶级的苦闷和彷徨，这就不是《荷塘月色》一篇文章的特点，而是这一个时期，许多文章的共同点。朱自清作为一个人，精神世界是多方面的，有时，有政治的情怀，有时，则没有，如《背影》《桨声灯影里的秦淮河》哪来什么政治的影子呢？要真正抓住作品的特点，就要：第一，把作者，作为一个个人，和他所属的阶层区别开来；第二，把作者一时一事的感兴和通常个性区别开来。像《荷塘月色》这样的作品，它的妙处，就在那离开妻子和回到了妻子身边的一段很短的时间里，内心的“骚动”和平复的过程。文章好就好在把似乎是瞬息即逝的、没有任何实用价值的思绪刻画了出来。如果不写下来，生活似乎没有什么损失，但是，艺术上的损失却永远不可弥补了，这就是审美价值与实用价值不同的地方。

从创作论来说，一切艺术创造都不是凭空的，而是在前人的艺术积累基础上前进的。这种积累，首先是，形式和流派。艺术是审美情感的表现，任何审美情感都是不可重复的，但，这并不意味着每一次艺术创作都从零开始，因为审美情感虽然不能重复而艺术形式和流派却是不断在重复着的。正是在形式和流派中，积累着人类审美情感的升华，作为审美的规范。有了这种规范，作家就不用从零开始，而是把艺术的历史的水准作为自己的起点了。但是，形式和流派毕竟是共同的，作家不能不遵循它的规范，但是，又不能完全拘守它。完全拘守它，就变成重复了，就没有创造可言了。因而，艺术的特性，又不断突破和颠覆形式和流派的积累。最可贵的是不但要遵循其规范，而且要突破其规范。最大的突破就是对形式和流派全部规范的颠覆。但是，这是一个很长历史时期的事，像唐诗从沈约搞平平仄仄到李白等盛唐诗人写出成熟的诗篇来，前后经历了 400 年；新诗打破旧诗的镣铐，已经 80 多年，至今形式规范仍然得不到全民的认同。至于流派，当然比之形式的变动要快一些，但是，不能指望大部分作家都有创立流派的才能。一般有才华的作家，他的个性，他的情感的许多方面与现成的流派和形式不能相容，经过反复探索，往往也只能在遵循形式和流派的审美规范的同时，做小量的突破，有了这种突破，他就表现出一些前人所没有表达出来的东西，这就算是有风格了。

在同样的形式和流派中，在同样的历史条件下，有风格，就是有创造。没有风格，就是没有创造。没有创造，就只能因循，而因循与艺术的本性是不相容的。余秋雨之所以攻不倒，原因就在于他创造了一种崭新的散文风格。他把自然景观拿来阐释人文景观，而且把宏大的文化思考放到和小品联系在一起的散文中去。这种风格在中国当代散文史上是影响深远的。对于作品分析来说，最为精致的分析就是在经典文本中，把潜在的、隐秘的、个人的创造性风格分析出来。比如，同样是抒情，朱自清的《荷塘月色》和郁达夫的《故都的秋》不同。朱自清的抒情，是一种温情，用温情把环境美化，而郁达夫却不写温情，他所强调的是一种悲凉之情，说秋天的美在于，它的萧索、幽远、严厉和落寞。这两个人的风格的不同，显示了他们不同的文化和美学追求。善于在对比中分析不同，对于拓展学生的精神境界、审美情操是有好处的。如果满足于把这两种风格的文章说得差不多，就可能把学生的心灵窒息了，到了写作的时候，就难免是千篇一律的滥情。

要把独特的风格概括出来，就要善于比较，这就要有精致的辨析力。

不但善于从看来相同的作品中，看出来相异的地方，而且要善于从看来相异的作品中，看出来相同的地方。这在黑格尔那里叫作同中求异和异中求同。这是科学抽象的基本功，是需要长期自我培养的。最关键的是，要使思想活跃起来，在别人看不到联系的地方，你能看到联系。如，你读了《荷塘月色》，看出了朱自清有意地省略了树上的蝉声和水里的蛙声，可是，你又在郁达夫的《故都的秋》里看到了他特别地写了故都那衰弱的快要死亡的秋蝉的鸣声，觉得它特别有诗意。一般的人，不会把这两者联系起来，而你是个有心人，就应该从中看到郁达夫和朱自清在情调和风格上的差异。许多人读到余光中的《牛蛙记》的时候，往往又忘记了朱自清和郁达夫的作品，而一个善于异中求同的人，也就是有高度科学研究抽象力的人，就会情不自禁地把余光中笔下的蛙和朱自清先生笔下省略了的蛙联系起来，一个唯恐写了蛙声就破坏了诗意，而另一个却偏偏大写特写，把最煞风景的情景写得淋漓尽致，造成了一种与朱自清的美化环境和自我的风格完全不同的自我调侃的幽默风格。

对于风格的分析，不能蜻蜓点水，要层层深入，同样是幽默的风格，不同的作家的特点要穷追不舍。例如钱锺书、王小波和舒婷都是幽默的。不能以表面地、肤浅地指出他们都是幽默为满足，要把他们的特点分析出来，这是需要精致的比较的。比如，舒婷的散文，虽然是幽默的，但她的幽默是带着抒情性的，而王小波的幽默则更带智性的深邃，钱锺书的幽默和王小波不同，他更带进攻性，也就是更多讽刺的尖锐性，等等，不一而足。

课外阅读的广度和文本解读的深度

这几年中学教学改革的声势造得很大，接二连三的举措矛头所向都是长期遭到诟病的，把学生当成考试机器的应试教育，经过近十年的努力，确实颇有成效。在中学语文课堂上，满堂灌的颓风可以说扫除一空，师生对话的风气已经形成；最为顽固的高考语文试卷也都有了重大的变革。这一切都足以说明，素质教育理念长驱直入，学生作为学习的主体，而不是知识灌输的容器的核心观念已经深入人心，教育领域里，新的历史景观，已经在我们面前展开。但是，学生素质真正的提高，是系统地改革的结果，一两项改革的进展，是比较有限的，距离素质教育的真正落实，还有不小的距离。就语文教学来说，其特殊规律，还不能说已经达到高度自觉的把握。比如，它与自然科学课程最根本的不同，就是不够明确。本来，明摆着事实是，语文从本质上来说，不同于数理化之处：其一，其结构不是逻辑性、阶梯性的递增，而是潜移默化，循环滚动的，有如水中养鱼，积以时日，方见成效；其二，不仅仅以课堂与课本为限，而是课外阅读和课堂的结合。从语感，尤其是书面语感的养成来说，课外阅读的成效可能超越课堂阅读。光凭课堂，学生的作文和口头表达的水准很难有实质性的提高。这是因为，从一个词语到一个文本，它不像自然科学那样以逻辑理念的简洁明确为特点，而是以多元的语境体悟为基础，这种体悟，常常是非逻辑的，但又是最为丰富，最为生动的。多维语境决定了语文是最素质化的，拘泥于课堂阅读的单纯性和有限性，就成了语文素养提高的障碍。课外阅读的优越性，首先，就表现在量上，只有大量的阅读，才能保证多维语境语感的潜移默化；其次，全方位语感的储存，在现场语境的应对中，是一种猝然遇合，不仅仅靠量的堆积，而是依仗某种心领神会。从某种意义上来说，是难以量化甚至是不可量化的，因而与现行的评估体系，主要是书面笔试的量化形式是矛盾的。

然而恰恰是在这一点上，我们的改革，还没有真正到位。诚然，加强课外阅读，是有识者共同的愿望。国家教育部颁布的语文课程标准中有“关于课外读物的建议”，要求一到九年课外阅读总量达到 400 万字以上，还特别点出了：《安徒生童话》《格林童话》《伊索寓言》《克雷洛夫寓言》《朝花夕拾》。长篇文学名著则有《西游记》、《水浒传》、老舍《骆驼祥子》、笛福《鲁滨孙漂流记》、斯威夫特《格列佛游记》、罗曼 · 罗兰《名人传》、高尔基《童年》、奥斯特洛夫斯基《钢铁是怎样炼成的》等；对于当代文学作品，则建议教师从“茅盾文学奖”获奖作品以及近年各类中外优秀作品中选择推荐；在高中语文课程标准中，这个书目，还扩大到《论语》《孟子》《庄子》《三国演义》《红楼梦》《围城》《家》《堂吉诃德》《巴黎圣母院》《欧也妮 · 葛朗台》《匹克威克外传》《复活》《老人与海》等经典名著。标准的制定者可谓用心良苦，书目网罗古今中外，全面照顾到知识结构的各个方面。但是，这个书目明显集中在文学名著方面。而培育学生的语文素养，提高其人文素质、文学的审美情感、独特的情趣熏陶，只是其中一个方面，还有另外一个方面，应该是理性的分析能力，睿智和理趣。把情感与理性结合起来，才能真正达到全面发展。问题在于，情感张扬和理性的分析，是有矛盾的。忽略了矛盾，必然是审美情趣淹没一切。“建议”中对于这个方面，当然并未完全忽略，但只是说：“科普科幻读物和政治、历史、文化各类读物可由语文教师和各有关学科教师商议推荐。”把这么多方面笼统地集合在一起，很难不给人以虚晃一枪的感觉。自然科学史、自然科学家传记、历史科学的经典被忽略，连《达尔文自传》《居里夫人传》《万历十五年》，这样影响巨大而又通俗的著作都没有进入视野。

这种忽略可以上溯到 20 世纪初我们引进西方学校制的最初阶段。在长达一个世纪的时间里，我们在这方面薄弱到惊人的程度。一些本该普及的自然科学史常识，理性思维的经典案例，长期以误传误。在我们学界，出现了文学、文化史上的硬伤，会引起讥嘲，可是自然科学史的硬伤，在课本中，在学者的作品中，却是见误不误，误乃不误。比如，牛顿因苹果落地而悟出地心引力。又如，瓦特因为见水壶冲击壶盖，而悟出蒸汽机原理，在中学生作文中，在大学生的辩论中，往往是经典的论据，但是实际上在西方自然科学史上，早已认定是不可靠的。最值得一提的是伽利略比萨斜塔实验证明物体的重量与自由落体加速度无关的佚事，在我们这里已经弄到众口铄金的程度。

首先弄错了的，是伽利略晚年的学生维维安尼，他在《伽利略传》中提到，伽利略在比萨斜塔上做过落体实验，证实了所有物体均同时下落。但史家考证，没有任何理由表明伽利略做过这一实验，因为伽利略本人从未提起过。但是，此前类似的实验已经有人做过。1586 年，荷兰物理学家斯台文以两个重量比为 1 比 10 的铅球，使之从高 30 英尺的高度下落，二者几乎同时落在地面的木板上。围观者清晰地听到两个铅球撞击木板的声音。伽利略后来听说了这个实验，可能也亲自动手做过，但是这种实验由于空气阻力不太准确，如果真做起来，结果不一定对伽利略有利。事实是，一个亚里士多德派的物理学家为了反驳伽利略，真的于1612年在比萨斜塔做了一个实验，结果表明，两个相同材料但重量不同的物体并不是同时到达地面。伽利略在《两门新科学》中对此有所辩护。意思是，重量比为1比10的两个物体下落时，距离相差很小，可是亚里士多德却说差10倍。为什么无视亚里士多德这么大的失误，却盯住我小小的误差不放？伽利略的这个实验，显然没有成功，但伽利略凭什么创造了自由落体等速的学说呢？他主要是靠演绎推理，这种特殊推理叫作“思想实验”：他先假定，亚里士多德是对的。把两个重量不同的金属球连系在一起。按照亚里士多德的原理，重球由于受到轻球下落速度慢的拖累，速度因而减慢。故二者相连比单个球下落要慢。但，同样根据亚里士多德的原理，两个球连系在一起，则意味着变成了一个球，这个球的重量，比原来的任何一个球都要重。则其下落的速度应该比原来任何一个球都要快。由于这两个结论互相矛盾，因而其前提不能成立。

课外阅读，长期之所以陷于偏颇，可能要归咎于课本的编写者、课程标准的制定者，大都是中文系出身，其学养，对中文专业，也许是足够了，但是，对于中学人文教育来说，是不够的，这就造成了素质教育片面地集中在情感审美方面。高中语文课程标准的课外阅读书目中，竟没有一本经济学方面的通俗权威著作。在高中语文课本中，反映当代经济学成就的普及性文章，也宣告阙如。就连《诺贝尔奖获得者与儿童对话》这样的著作都不及茅盾文学奖获得者更能引起人们的注意。要知道，在俄国中学，文学课程和语言学课程是并列的，而在德国中学，文学课程和哲学课程是并列的，也许有人要说，这也许是我们的特点。但是，我们的传统恰恰是文史哲不分家。

虽然这样的书目有所不足，但是，并不是无所作为的理由。有书目，毕竟比没有书目是一种进步，一个前进的台阶。但是，令人不安的是，就是这样并不全面的阅读要求，在中学语文教学实践中，竟然基本落空。高考竞争形势的恶化，高考试卷的偏狭到与这个书目毫无关系，就足以使得这个书目变成一纸空文。现实的情况是，不要说学生，就是语文教师，也有很大一部分，尚未完全涉猎，甚至也不想在最短期间弥补。阅读这一类的经典，是看“闲书”，在许多家长和教师看来理所当然可以忽略。

事情明摆着，课外经典阅读，与升学考试的评估，在默默地抗衡。

在经过一段时间的僵持后，福建省于2007年，对高考（和初考）语文试卷的题型做出调整，将课程标准推荐的经典名著列入考试范围，分值为20分。此项改革的宣示，仅在考试前半年引起一阵惊慌，但很快得到理解。课外阅读与升学考试挂钩，这是落实素质教育的一个可操作办法。高考指挥棒，这只看得见的手，灵验无比，在短短的几个月之内，阅读经典的热潮迅速掀起，长期积压的经典名著一销而空。这才是第一年，估计积以时日，到明年、后年，当有更大的改观。

但是，从根本上说，问题并没有解决。早些时候，北京大学温儒敏教授就说过："中学语文课本来应该是能养成阅读兴趣的，人文的、感性的、审美的内容，都会在个性化的阅读中唤起灵性和兴味；但如果只是瞄准高考，纯粹是应试的技能性培训，甚至连课外阅读也全都纳入考试的目标，那就容易扼杀了兴趣。""应付考试的带'匠气'的书读多了，还可能会坏了口味。"事实也正是如此，应试迅速使经典阅读发生某种"异化"，最为明显的是，在短短几个月的时间里，福建就出现了好几种的"文学名著阅读指要"，完全按应试的模式，将名著转化为题型，分别以"情节""主题""人物""艺术""问答""精彩"（片段）设置题型，而且附有答案。十部经典名著，篇幅浩瀚，长达数百万字，瞬间变成十多万字的小本子，应考的捷径尽在其中。商业化和应试合谋，效率如此之高，相形之下，改革显得非常脆弱，时时有异化之危险。也许，这一切令人伤感，但是，这又是不得不面对的现实，在中国任何教学改革，都不可能是理想化的，最大的不理想，就是高考的恢恢天网。也许正是看到这一点，温和一如其灵敏的温儒敏教授提出："最好还是要兼顾，除了'为高考而读书'，适当保留一点自由阅读的空间，让自己的爱好与潜力在更加个性化的相对宽松自由的阅读中发展。反过来，人文素质高了，也是有利于考试拿到好成绩的。"他提出，"还是不能只为考试而读书，暑假阅读应当自由一些，为自己松松'绑'。"

这说法当然不够理想，不够过瘾，但，不得不承认，在两个方面，是比较切实的。第一，应试教育还不可能完全取消；第二，人文素质高了，也是有利于考试拿到好成绩的。应试和素质的矛盾不是绝对的，存在着妥协的可能。这是现实的规律所在。无视规律，就可能变成欺人的空谈。实际上，应试和素质也有互相渗透的一面，应试的能力，本身不也就是能力吗？在最广泛的意义上，也是一种素质，包括心理素质和随机应变和灵活应用的素质。当然，也应该看到，这个素质，是低层次的，与创造性的素质还有相当的距离。我们的任务，就是要把低层次的素质转化为高层次的。应该扪心自问的是，在这方面，我们做了多少呢？在培养青少年超越高考，发挥潜在能量，向高层次发展方面，我们拿出了多少东西呢？责备是容易的，实践则难得多。

难在哪里呢？除了前面已经说过的以外，还有一难，那就是，并不是所有的经典名著的所有方面，都有天然的吸引力。相反，有些方面，其原生形态，带着古典文化的陌生感和疏离感，陈旧的意识形态有时也成为感悟的障碍。如《西游记》中的佛家"心猿意马"的观念和神怪妖魔的纷繁和重复，《三国演义》《水浒传》"忠"和"义"的王朝正统的僵化准则，还有，人物出场时用作静态描写的、繁复的赋体语言，都是阅读的累赘。这些都是经典的硬壳，不破开就不能解放潜在的感染力。除此之外，只有审美解读达到有效深刻的程度，才能让青少年产生强烈的兴趣，使之陶醉。这样的工作，对于学者来说，无疑带有草根性质，往往被视为“小儿科”，但是，我们的前辈留下了不少的启示。中华人民共和国成立前，开明书店出过一套“洁本”经典长篇小说。茅盾改写《红楼梦》，周振甫改写《三国演义》，宋云彬改写《水浒传》，并没有产生杀鸡焉用牛刀之感。当然，中华人民共和国成立以后，也有些学者深入到这个领域，对于经典文本进行微观解读。但是，直到现今为止，说得苛刻一点，有效解读凤毛麟角，大量美其名曰“赏析”的文章，大多属于无效解读，其立论基础往往局限于机械反映和狭隘社会功利，哲学方法上又不脱形而上学的形象与表现对象之间的统一。虚张声势，一味赞叹者有之，重复叙述文本加作家生平者有之，以文本外的知识性的介绍为能事，思维平面滑行者比比皆是，解读变成了爬行式的综述和赞叹，而不是揭示原典中艺术奥秘。有权威学者，解读《小石潭记》柳宗元笔下的池鱼“皆若空游无所依，日光下澈，影布石上。佁然不动，俶尔远逝，往来翕忽，似与游者相乐”，居然完全无视“似与游者相乐”，却看出了“人不如鱼”的情致。学者的学养和理念，不但无助于释放作品中的审美感染力，而且以观念硬套形象，其结果是，理论与阅读初始的审美体验为敌。这是因为，理论比之形象，免不了是狭隘的，而形象的感性，则是丰富的。理论与审美为敌的倾向之所以难避免，因为不断翻新的理论往往有一种虚幻的权威感。就是睿智如鲁迅，有时也难免有失。他在《中国小说史略》中，说《三国演义》的作者，一味强调诸葛亮的多智，其结果却是“近妖”。这就把现代现实主义小说的创作原则强加于古典英雄传奇了。其实，《三国演义》塑造诸葛亮的伟大成就，既不能简单从当代气象科学来衡量，也不能作一种心理现象，孤立起来看，而应该从人物之间情感的相互错位来看。诸葛亮的多智，孤立起来看，是没有价值的，只有看出了，他是被他的战友周瑜逼出来的才有艺术的感染力。从实用价值来看，诸葛亮越是多智，对作为统帅的周瑜的事业，就越是有利，但是，周瑜作为一个人，却妒忌他身边智慧超过他的人。周瑜与诸葛亮议事，表面上是针对曹操的，实际上，是刁难诸葛亮，把他往死里整的。艺术感染力的奥秘在于：诸葛亮多智和周瑜多妒的因果关系。本来诸葛亮的多智，如草船借箭，有冒险主义的色彩，隐藏着失败的危机，可是又偏偏碰上了曹操的“多疑”。这就构成了一个心理链锁结构，多妒逼出了多智，多智又遭逢了多疑。于是冒险主义的多智，获得了空前的胜利。于是多妒的就更加多妒，多智的就更加多智，多疑的就更加多疑。弄到最后，三气周瑜芦花荡，赔了夫人又折兵，这个多妒的人就受不了啦。如果这个世界上，有一个人本领比他大，他就不想活了，临终发出一个世界心理学史空前，甚至是绝后的定律性的名言：“既生瑜，何生亮。”

说不尽的《三国演义》，一个时代有一个时代的水准。如果一味追随权威，是不可能把学生提升到高层次上去的。

再以武松打虎为例。连夏曾佑都发出过疑问，老虎是猫科，脊椎骨特别长，武松用拳头打虎，那虎的后腿会捣乱。这个方法不可信。[①]一般的解读，也只限于泛泛宣称武松是英雄，有超人的神勇的神力。和读者的原初的审美感受相比，这样的说法反而显得贫乏。这就属于无效解读。真正有效解读，最起码的就是把问题提出来。试想，老虎后面那两个脚垂死挣扎，捣乱，武松别无选择，只能把另外一只手也按下去。一只手按头，一只手按屁股，其结果当然是僵持，僵持下去，对武松是极其危险的。但是，读者的注意力并不在这一点上，因为艺术都是假定的，这和读者不关注诸葛亮天气预报的准确度是一个道理。读者完全被另一个方面感染了。

武松是神勇的，体力是超人的。这个人物，自己也觉得不是平常人，是个“好汉”。店家告诉他山上有老虎，他不相信，还说，就是“有老虎也不怕”。但是，到了山神庙一看有县政府的布告，知道真的有虎了，本想转向回去，这说明，有点怕老虎了。但是没有，因为，“须吃店家耻笑”。继续前进吧，有生命危险，回去吧，没有生命危险，但被人家笑话。在二者之间，武松选择了继续前进。这说明武松把面子看得比性命还重要。等到真的看到老虎了，这时，声言不怕老虎的武松却是“酒都做冷汗出了”。他不是英雄吗？不是和平常人不同的好汉吗？但是，他的爱面子，他的出冷汗，说明他又是一个平常人。在他用那种夏曾佑看来不可信的办法把老虎打死了以后，居然，活老虎可以打死，死老虎却拖不动了。这时，他想如果在山上逗留下去，再来一只老虎是打不过的，就赶紧溜下山去了，没有想到，又来了两只老虎。此时，我们的英雄，心里是如何想的呢？“此番罢了”，也就是这下子完蛋了。宣称就是有老虎也不怕的好汉，变成了另外一个人，先是，看到老虎出了一身冷汗，后是，再看到老虎就悲观绝望。这就是说，武松在体力和胆魄上，是超人的，但是，心理上又是凡人的。这就是《水浒传》时代人们对英雄的想象。这个片段之所以成为经典，并不仅仅是因为他打老虎的能耐，而是因为他在打虎时透露出来的英雄和凡人矛盾。《水浒传》还写了李逵杀虎，而且还杀了四条老虎，可是在读者心目中，印象却很淡薄。李逵杀虎，用两把刀，杀得很可信，但是，内心的感受，就是一个劲儿猛杀，很单调，和武松打虎的多层次的神和人性的变幻，相比起来，就相形见绌了。

文本解读的任务，不是重复读者凭直觉就可以感知的东西，而是揭示读者感知以外，感知以下的奥秘。如果我们真正做到了这一点，对青年学生，就可能提升其智性的理解力和审美的感受力。如果，一味重复显而易见的东西，就不但没有吸引力，相反，徒然使他们厌倦。

---

① 夏曾佑：《小说原理》，《中国历代文论选》，上海古籍出版社1980年版，第244页。

经典文本的历史性和当代性贯通问题①

在中学语文课本的编撰中，集中了大量的经典文本。但是，经典文本的历史性和当代青少年的经验之间存在距离。面对这个难题，出现了一种新的单元组合原则，就是把相同、相近主题的经典文本集中在一个单元。一方面把历史和当代的经验结合起来，一方面又为当代不同风格提供现成的可比性。这样的做法有利于作品的深入分析。

一、经典文本的历史的贯通性原则

一般的课本，按欧美和日本流行的方法，把主题上有所关联的课文结合为单元。这种组合原则比之基础教育改革之前的那种相当散漫的，甚至是无原则的、随意的排列原则，有了很大进步。在相近主题的单元中，可以得到比较集中的信息。例如，关于“季节”的单元，就选入了分别描述春、夏、秋、冬的文章；关于民俗的单元，关于亲情的单元，都选择了在内容上相对接近的文本。比之任意性的分散的选文，这种组合方法有较为集中的文化信息。但是，这种组合方法有两个缺点，那就是文化价值成为核心，而语言的人文价值，却未免有所忽略。就各篇来说，仍然是孤立的，缺乏现成的可比性，不能提供深入分析的契机。这是因为，各篇在人的情感、思想上并没有明显的联系，甚至也没有反差。由于两篇之间的联系并不现成，无法进入深层的思考。就章篇来说，由于入选的文章的经典性，引起小读者的崇拜是不言而喻的。但是，经典的权威性，也可能造成样板化、模式化感觉。如孤立地阅读冰心关于母爱的文章，就可能造成误解，以为母爱只能是如此这般地诗化的，而不如此诗化的，是不可想象的。从经典性、权威性，到唯一性、模式化，也许

① 本文系与福建师大海外教育学院孙彦君博士合作。

只有一步之遥。这对于人文精神，对于个性的无限多样性则是一种窒息。

北京师范大学出版社出版的教育部初中实验语文课本（孙绍振主编）选择了多个系列的经典作品，却特别注意避免经典的趋同性，突出经典的多样性（亦即趋异性、反差性），强调其现成的可比性，以此作为单元组合的原则。这样做不仅仅出于抽象的人文精神或者个性，而且同时也考虑到少年心理发展的特殊规律。

以母爱的主题为例，从少年的感觉经验上来说，把母爱诗化、程式化，就可能与少年的经验发生冲突。他们所体验到的母爱，是很具体的、世俗的，在每一个家庭里的母爱都是不可重复的，与经典作品中展示的，往往有很大的差异。

当然从理论上来说，事物和人情有其普遍性。因而，有个著名诗人说过，从一粒沙子里看世界。说的是，任何一粒具体的沙子和世界上任何其他的沙子，甚至是其他事物，都有共同性。例如，都是一种物质，所有的沙子都是二氧化硅，而人和动物身体里面，也都有氧的成分。但是还有一个哲学家说过，世界上没有两片相同的叶子，这也是有道理的。差异和矛盾是无所不在的，差异性是绝对的，统一性是相对的，无矛盾、无差异，世界就不存在了。从这个意义上来说，母爱固然有其共通的一面，但是，世界是很丰富的，因而母爱也是很丰富的。人心不同，各如其面。每一个母亲都是不一样的，不是只有一个样子。每个人当然有共性，但是，人性的另外一面即个性又是各不相同的，个性就是人性。人本身就包含着每一个个体的特殊性，独特性，如果都只有共同性，没有个性，人生就不可能丰富多彩，也就不可能有创造性了。

我们的教育，恰恰是个性的一方面，长期以来，遭到了严重的忽略。

现代教育学十分强调发展个性的教育，把个性当作人性的集中表现，把发展与众不同的独特性当作教育的根本任务。教育的目的就是为个性发展提供最为广阔的空间。让每一个学生找到最适合表达自己的姿态，提供与众不同的行为和话语方式的自由，是教育，尤其是语文教育的最根本的任务。

个性化的反面就是模式化。模式化的特点就是单一化。单一化之所以迷惑人，就是因为它往往以理想化、经典化的神圣名义出现，因而有相当的蒙蔽性。

我们在口头上并没有反对个性化，但是，在实践中却恰恰相反。在潜意识中，多多少少有一种人性的模式，理想化的模式，美好的模式，诗化的模式，纯洁的模式，没有缺点的模式。就是课本的编撰者，也往往未能免俗。入选的课文虽然繁多，可是常常在风格上、在思想倾向上存在着模式化的痕迹。许多老师潜意识中多多少少有一种人性的模式，童心的模式。在讲授课文时，就是遇到很有个性的经典，也往往对于其中的个性特点，视而不见，按照模式化的思路取其弱点，弃其精华。更有甚者，把精华讲成糟粕。

许多老师辛辛苦苦干了几十年，却不知身陷模式化之中。

原因是，模式化常常有神圣的外衣。

把经典文本孤立地绝对化，脱离了历史，就演化为一种抽象模式。这种模式化不仅表现在思想与情感上，而且表现在语言上。诗化的、美化的语言，最富于概括力，但也最容易流于抽象。

经典文本是一个历史时期的经典，它与我们今天的小读者之间，有着相当遥远的感情和思想的距离。许多当年不言而喻的情感，在当代少年心目中，是不可思议的。2003 年发生在武汉的一场关于《背影》的争论，就反映了这种经典文本的历史性与当代读者之间的矛盾。根据一项调查，武汉地区大部分中学生都不喜欢《背影》。教科书的编写者，以为遵从读者的意见是理所当然的事，决计把《背影》从选文中排除。不料却引起了多数家长的抗议。结果是编者作出妥协，把《背影》选入下一册。这里显然表现了两代人对于历史经典的不同价值判断。这里有一个经典的历史的相对性问题，但是，这种相对性是有限的。历史的经典的特点之一，就是能够经历漫长的时间淘洗，仍然保持其艺术价值和感染力。可以说，真正的经典都具有某种程度上的超越具体历史语境的特点。不过，对于后代的读者来说，其深邃的内涵是要经过刻苦钻研才能领悟的。这里需要一些历史的想象，还得有一些美学上的修养（如实用价值与情感价值的差异），才能有效地克服历史的障碍。

当然，要求中学生一下子在理论上达到这个要求，是空想，但是，要求语文教师向美学理论高度上努力，应该说，不是过于苛刻的。当然，这是一个长期的、艰巨的任务。急躁并不有利于解决实践问题。

但是，这并不等于说我们就应该消极等待。作为教科书的编写者，应该从另一个方面，也就是感性的方面，在课文的组合上，显示历史性和当代性的延续，以促进经典的历史性和当代性的接轨。

北师大版初中语文课本单元组合的一个最根本的指导思想，就是把经典的历史文本和当代的杰出的作品及经典结合起来。简单说，这就是历史的差异性和承续性原则。在承续性和差异性中提供现成的可比性，首先是纵向的可比性。在第一册“亲情歌吟”单元中，不但选入了历史经典《背影》，而且选入了当代的准经典，梁晓声的《慈母情深》。后者写的是一个穷苦母亲对孩子的爱和孩子对于母爱的领悟过程。一般的母爱是富于诗意的，梁晓声的母爱当然也有诗意，但是，全文所描述的恰恰是十分世俗的、缺乏诗意的景象。为了一块多钱，拥有一本连环画，保有这本连环画，费了那么多折腾，从字面上看，一点诗意也没有。然而在话语的深层，却是充满了诗意的，但是那不是古典的诗意，而是当代散文式生存状态中，心灵的诗意。对于学生来说，散文式的诗意，比较贴近内心感受，比较亲切，也比较容易理解。

其他各个单元，大体都按照历史的延续性原则编撰。例如：在童年的单元中，鲁迅的童年对于少年们也许是比较遥远了，而当代散文家鲍尔吉的《雪地贺卡》和舒婷的《童年絮味》以及张洁的《拣麦穗》，则提供了与当代少年相近的生活经验和情致。

二、经典文本的现成可比性原则

光是有历史的连续性原则，还不足以解决经典文本的权威性可能造成的模式化问题，因为不管什么样的连续都只能是线性的。而历史是网状的，任何一个过程，在任何历史过程中的亲情的个性是无限多样的，具有历史连贯性的文章只能是有限的。其连贯性，都只能是人性（个性）中的一种隐隐约约，若断若续的。对于青少年，甚至对于教师来说，一两个文本中的历史连贯性，虽然可以增强对其历史特点的理解，但是，这种历史特点只是一个样品，并不能概括其他文章的更多特点，更丰富的个性。反过来说，要真正体悟这组文本的时代特点，光有历史的对比是不够的。除了当代和历史的可比性之外，课本还贯彻了经典文本的横向可比性，亦即同代作品风格的反差性。

比较是人类思考和交流的一个最基本的方法。任何文本解读，都不可能离开比较。但是，在我们这里，比较并不是一种自发的直觉，而是作为一种方法的自觉地操作。在一般情况下，人们缺乏比较的自觉是因为，原生的对象没有直接的可比性，光凭直觉很难比较，从而难以看出其特点。因而，自发的阅读常常以孤立地看文章为满足。孤立地看文本，而不是在许多相关事物中反复比较，是很难洞察其深层的奥秘的。许多中学教师，面对一系列的白话文，找不到可以讲一讲的东西，就只能把一些根本不需要讲的很简单的东西讲得很神秘，很复杂。结果是课堂上死气沉沉。

要对作品进行分析，这是谁也没有异议的。但是，分析的对象是作品的内在矛盾，孤立地阅读很难发现有什么矛盾。正如，看到一片秋天的枫叶，就说，这叶子真是好红好红啊。这并没有说出多少诗意来，而杜牧只用一个比喻，霜叶红于二月花，把秋天的枫叶和春天的花一比，就给一千多年来的读者留下令人惊叹的感觉。杜牧这样的比喻是杰出的，一般人做不到，因为，他是把不同类的东西拿来比较。这是需要非凡的才华的。但是，如果不是这样，而是把同类的事物拿来比较，就容易得多了。比如，说枫叶比槭树的叶子要红得多。为什么比较容易呢？因为二者是同类的。比较是在两个事物之间进行的，两个不同的事物，不好比，是因为比较要有一个共同点才能比。比如，天空蓝得像海水，本来，天和海水，不相同，不可比。但是，在蓝这一点上，有相通性，只要有这一点，就行了，就有可比性了。但是，要发现在这一点上可比，就得有一种功夫，把蓝色以外的各种因素完全排除。这还是比较简单的例子。对于两篇文章来说，就要复杂得多。例如，钱锺书的《围城》和张爱玲的《倾城之恋》，鲁迅的《祝福》和巴金的《家》，都是不同类型的作品，要获得其间的可比性，就要有比较高级的抽象思维的能力，从不同类中发现相同的部分。这叫作异类相比。这对于中学生来说，是太高级、太复杂了。

为了适应中学生的思维的特点，提高其抽象思维的能力，在编撰课文组织单元时，坚持一个原则：提供现成的可比性。这种可比性从纵向的时间方面来说，就是前面已经说过的在历史和现当代的连贯性中显示可比性；从横向方面来说，就是多种思想、情感、语言风格的可比性。例如，同样是亲子之爱，不但有上面已经提到的历史和当代的比较，而且有横向的可比性，这主要是不同文化背景中亲子之爱的可比性。川端康成的《父母的心》：父母穷困得要卖掉孩子，又反反复复地舍不得的故事。加拿大作家里柯克的《我们是怎样过母亲节的》：在母亲节，父亲、孩子异口同声都要让母亲休假旅游，结果各有各的理由，婉转曲折，父亲和孩子们都去旅游，母亲却被留在家里，而母亲却认为，这是她过得最好的一天。为了显示母爱并不一定都充满诗意，并不一定是得到儿女的理解的，《养母》中的养母，就有许多缺点、毛病，有些时候还是相当煞风景的，时常遭到孩子的斥责，但是她不但不求物质上，而且不求精神上的回报。你可以说，这个养母不觉悟，甚至自私、迷信，缺乏自尊，行为又不文明，但是这也是一种母亲，你得知道爱可以爱到完全没有自尊心的程度。理解她，就是拓展心灵。多一分理解，就多扩展一方心灵的天地。日积月累，对人的个性的多样性就会加深领悟，自己的心灵才会在潜移默化中丰富起来。

潜移默化就是人文精神的丰富和深化过程。

在“秋日撷英”这个单元中，几个诗人和作家写的都是秋天，但是，如果所有作者都把秋天写得令人悲凉，那还有什么个性和创造可言呢？课本选了刘禹锡和毛泽东的诗词，把秋天写得比春天还要美好：“不似春光，胜似春光”。当然，还有把秋天的霜叶写得比春天的花还更鲜艳的。为了在这种现成的可比性之中，充分拉开情感和个性的反差，该单元又选入了西方浪漫主义诗人济慈的《秋颂》，这是在另一种民族文化心理中的秋天。至于贾平凹的《落叶》，则是当代散文的感觉的语言，又和诗化语言有巨大的差异。这种语言，由于是集中在秋天，在一种现成的可比性之中，其反差就特别鲜明。这种现成的语言可比性，突出的语言的反差性，对学生的语言感觉和体悟当有强烈的冲击性。

因而，这不仅仅是情感丰富和深化的过程，同时也是语感丰富和深化的过程。

在现成的可比性中，突出心理情感个性和语言个性的反差贯穿在所有单元的课文组合之中。

作品分析，本来其对象就是作品中的矛盾，矛盾不在表层，因而也不现成，所以一般读者，并不能自觉地感知，往往处于朦胧状态。有了现成的纵向历史和横向的可比性，就不难发现其间的差异和矛盾，有了矛盾，就不难提出问题加以深入的分析了。为什么秋天在一些作者心目中是悲凉的，在一些作者心目中是刚劲的，在另一些作者笔下又是比春天还要美好的？是秋天本身的不同，还是作者主观上的差异呢？这就是矛盾，从这里，问题就不难提出来。

在同样的现象面前，最可贵的是什么呢？是和别人一样的感觉，还是和别人不一样的感觉？这种感觉，是仅仅停留在感觉层次上为上，还是有深层的思想和人格的基础为上呢？

这样组合课文，就为了让教师和学生在课堂对话时，大家有问题可提，有话可说。

有这样的组合，在“综合活动”中，就不难理解，为什么不是一般的“走进秋天”而是“寻找自己的秋天”。

段落大意的误区和“意脉”的层次分析

传统的语文教学，强调字、词、句、段、篇，如果不是过分拘泥，应该说，在小学中低年级也不是没有一点必要。因为，小学生毕竟要从认字开始，对于一个已经基本上掌握了母语说话能力的儿童来说，用文字把口语表达出来，应该是作文的基础。但是，这也并不是说小学阶段的语文教学任务仅仅限于字词句。文字语言如果脱离了文化心理的内涵，就成了空壳。把学习的主要任务当成“识字”，是很肤浅的；传统私塾的课本如《百家姓》《杂字》（各式名称的文字），以识字为主要目标，也是片面的；满足于字词句的教学模式，有忽略文化价值，把学生的心灵、个性、想象和创造力扼杀的危险。

沉迷于字、词、句、段、篇的教学模式，把文章的整体当成字句的堆集，从思想方法来说，是一种低级的形而上学，是把砖头和墙当成了房子，把要素等同于结构。事实上，结构大于要素之和，齿轮不等于钟表。同样的字句，在不同的结构（语境）中，表现出不同的内涵。墙体的形态是有限的，然而墙体的功能和建筑文化内涵却是无限的。

事物的性质是由其内在的整体性决定的。七宝楼台拆开来不成片段，事物的特性在其内涵和外部条件相联系之中，孤立地、片面地割裂其任何一部分，都无异于盲人摸象。然而，只见树木不见森林，甚至一味把树木锯成片段的教学方法，在初中和高中语文教学中普遍存在，表现得最为严重的就是传统课堂教学的重要环节的“段落大意”和变相的“段落大意”分析。

从初中到高中，语文课本的篇幅逐渐增大，学生的自学能力也随年龄的增长而增强。字词句的难度由于课本自身的注解和工具书的使用而减弱，在古汉语经典文章中，字词句尚有某种可讲性，在现代白话文中，字词句的零打碎敲，已经无法满足学生的求知欲，代之而起的是所谓段落大意划分，在很长一段时间里，起着麻痹学生主体心智的作用。据一些教学巡视员反映，在中学语文教学课堂上，所谓段落大意或者变相的段落大意的划分，其无谓的纠缠已经成了素质教育的一大拦路虎。

把一篇比较长的文章，划分为几个大的“段落”，每一个大段落包含几个自然段，这种做法本来无可厚非。对于一些比较长的文章，这种教学方法，如果运用得有节制，本来有利于把握各个部分的潜在联系，对于从整体上理解文章的精神，是有益的。但是普遍流行的做法，却反其道而行之，不是把目标定在文章各个部分有机联系的整体性，定在根本特点和作者的特殊创造上，而是机械地规定某种划分为唯一标准，各自然段之间的界限须绝对分明：非此即彼——不是属于上一个大段落，就属于下一个。这种绝对界限的划分往往把学生的主要注意力集中在部分与部分之间的分界上，而忘记了各部分之间的联系。

在许多情况下，划分段落失去了意义，划分本身成了目的。

课堂上为绝对界限而产生的无谓纠缠比比皆是。特别是一些小段落，往往只有一句，或几句：有时只是一种过渡，有时为了突出其特别的意义，引起读者特别的关注。划入上一大段，还是下一大段，并不太重要，因为其功能，尤其是深刻的意义往往不在划分上，而在联系上。

过分拘泥于划分，不但无益，反而有害。

比如鲁迅的《祝福》，其中写到祥林嫂被迫改嫁后丈夫病死，孩子被狼所食，回到鲁镇。

鲁迅为此写了一句：

大家仍然叫她祥林嫂。

一句就是一个自然段。

这应该归入哪一个大段落并不重要，重要的是为什么鲁迅把这一句话单独列为一个自然段。纠缠于段落的划分，必然对文章深刻的含义视而不见。其实，这里最为重要的是，在人人都不以为意的习惯中，鲁迅看到了荒谬。祥林嫂，作为一个女人，没有自己的名字，甚至连姓什么也不清楚，只能用自己丈夫的姓来代表自己，这是失去社会地位，毫无尊严可言的表现。嫁给了祥林，就叫祥林嫂。后来，又被强迫改嫁贺老六，而老六又死了，应该叫什么呢？如果是在西方，例如杰基莲女士嫁给肯尼迪，她的名字就叫“杰基莲·肯尼迪”，后来这位女士又嫁了希腊船王奥纳西斯。她死后，墓碑上，就刻着“杰基莲·肯尼迪·奥纳西斯”，这是公而开之，堂而皇之的事。如此类推，祥林嫂改嫁老六，回到鲁镇，就应该研究一下：该叫祥林嫂，还是叫老六嫂，或者叫她祥林·老六嫂。这本是一个相当棘手的问题，可是人们恰恰对于这个逻辑难题没有任何感觉，不约而同地仍然叫她祥林嫂。

这一句话之所以要单独成为一段，其目的，就在于提醒读者，荒谬到了大家都没有荒谬感的程度；人心的麻木，已经到了没有麻木感的程度。正如鲁迅的另一篇文章《阿长和山海经》的开头，写长妈妈，并不姓长，也不是因为她长得个子高大而取的绰号，而是她的前任女工叫“长姑娘”，她顶替了那位高个子女工的位置，她就叫作阿长了。随便拿别人的名字安在她头上，大家觉得天经地义，而她自己也没有任何异议。

精神麻木到如此程度：周围的人漠视她的存在，而她自己也不抗争。

这就叫作“哀其不幸，怒其不争”。

语文教学，本来就是要把这样深刻的内在矛盾揭示出来。纠缠在分段上，反复研究这一段往上归纳，还是往下归纳，有什么意义呢？

在课堂上，分析已经成了口头禅，但是，分析的对象是什么呢？则不甚了了。起码的哲学常识告诉我们，分析的对象是事物的内在矛盾和联系。段落大意恰恰是文章外部的划分，文章内在的、而不是表面的矛盾和联系，则完全置之度外。

段落的划分，最大的误区，就是把文章的全部段落都平行地加以考虑。这种做法，就是十全十美，也只能是文章表面的部分肤浅划分，并不能揭示整体的内在有机性和矛盾的深刻性，而文章各个段落的功能是不同的，其重要性是有区别的。正如把人分为头部、躯干、四肢一样，这本来是凭直觉就能解决的低层次的问题。但是，过分拘泥于界限，就把本来简单的问题，变得复杂了。头部与躯干的界限，究竟是在脖子的哪一部分，很容易变得很烦琐。教《荷塘月色》，不论你如何精确地划分段落，也很难揭示那隐藏在文字背后的矛盾，包括与环境的矛盾和作者内心的矛盾。其中有一段话，最为重要，原文如下：

荷塘的四面，远远近近，高高低低都是树，而杨柳最多。这些树将一片荷塘重重围住；只在小路一旁，漏着几段空隙，像是特为月光留下的。树色一例是阴阴的，乍看像一团烟雾；但杨柳的丰姿，便在烟雾里也辨得出。树梢上隐隐约约的是一带远山，只有些大意罢了。树缝里也漏着一两点路灯光，没精打采的，是渴睡人的眼。这时候最热闹的，要数树上的蝉声与水里的蛙声；但热闹是它们的，我什么也没有。

要分析《荷塘月色》的妙处，最为方便的切入点也就是“这时候最热闹的，要数树上的蝉声与水里的蛙声；但热闹是它们的，我什么也没有”，而不是这段文字应该归入哪一个大段落。因为这里接触了一个矛盾：原来，清华园的一角，并不是完全如朱自清在文章反复渲染的那么宁静，那么幽僻，客观环境还有喧闹的一面。只是朱自清选择了宁静而排斥了喧闹。

发现了这个矛盾就可以分析下去了。作者所写的，不是客观世界的全部，而是其中的一部分。这一部分被强调，就意味着，其他部分被淡化。正因为这样，《荷塘月色》才被作者经营成一种宁静的、孤独的、无声的、自由的、诗的意境。懂得了这一点，就懂得了

《荷塘月色》的基本奥秘。至于这一段文章应该归入哪一个大段落，就显得无所谓了。

同样，讲《背影》并不一定要拘泥于所有段落的划分，只要抓住其中最为动人的一段，也就是作者的父亲，那么胖，行动又那么不方便，完全没有必要地在月台上爬上爬下，去买橘子。他的外表并不优美，他的动作又十分笨拙，但是却使作者流下了眼泪。

应该抓住的正是作者情感的重大转折。起初，作者对于父亲对他的爱护，以为多余，又觉得和脚夫讲价钱，很土气，怕丢自己的面子，还感到父亲很“迂”。而此时，却感动到极点。这里有一个矛盾，外表似不美，内心情感却很深厚。这是一篇抒情的散文，在关键处，所用的手法恰恰又与《荷塘月色》相反，不是用华彩的排比，而是用朴素的叙述。懂得了这些，就足以打开学生的眼界，启发他们的心灵，在作文字分析的同时熏陶其感情，启示其面对客观对象时，发挥主体选择力和想象力。

所有这一切，不过是说明一点，在做文章分析时，并不是每一个段落都有同样的重要性，具有同样的功能。平均使用力量，不如一点突破。大凡比较好的文章，都比较完整、和谐，从表面上看来，是天衣无缝的，很难找到分析的切入点。段落大意的纠缠不过是缺乏分析能力、在平面上滑行、把简单的问题弄得混乱不堪的一种自我折磨。平面性的段落划分，本没有什么可讲性，也没有什么可钻研的价值，在课堂上无谓地消耗时间，无非是把僵化的观念强加给学生。这对于青少年实在是一种精神浪费。鲁迅说，无端地耗费别人的时间，无异于谋财害命。

段落大意的分析，由来已久，早在国民党统治时期，就相当流行，20 世纪 50 年代以后，又流行了半个世纪，其流毒至今尚未肃清，其根本原因就是由于理论上缺乏最起码的清醒的澄清。

段落的划分，在形式逻辑上属于划分，规律本来并不神秘。其规范在于：第一，划分必须有统一的标准，在划分的过程中，标准不得转移，必须一贯到底，不得有任何其他标准混入。第二，任何事物都可以用不同的标准加以划分，划分的结果，可以是不同的。如人体可以从表面上划分为头部、躯干、四肢，又可以划分为：循环系统、泌尿系统、神经系统、消化系统、生殖系统、呼吸系统，也可以划分为皮肤、肌肉、骨骼等。第三，划分的结果，不得溢出，也不得剩余、交叉。只要不违背这三条，不管什么样的划分都有其合理性。流行的段落划分，武断的规定划分只能有一个标准的答案，一个固定的绝对的界限，一切不同于此的皆为谬误，完全是愚昧的表现。

从高级的辩证法来说，一切事物都是一个整体，部分和整体的关系，从某种意义上，是不可分割的。部分脱离了整体，就变质了。亚里士多德说过，人的手一旦从身体上，完全分割下来，就不再是手了。如果可以引申一下的话，美人的头是美丽的，如果把它割下来，它究竟是美丽的，还是可怕的呢？一切的事物的界限是存在的，混淆了界限，就可能混淆了性质；但是一切界限又是假定的，绝对的界限是没有的，划分的临界点都有浮动性。黄昏和黑夜的区别是不可否认的，但是，大体则有，定体则无，绝对的固定的界限是不存在的。

把这样的原理用之于段落的划分，则宜粗不宜细，宜取其大体，不宜拘泥于过分具体的段落归属，以一种标准的划分代替多种标准划分的可能性，无疑会窒息青少年的思想。

对于文章最为重要的是具体问题具体分析。分析的目标是内在深层的内涵。犹如以刀切瓜，全面分析，和一点突破相辅相成。文章的矛盾隐蔽于整体的统一性之中，但是，矛盾的端倪，在局部上可能是突出的，如上述《荷塘月色》有主观选择与客观景物之间的不对应，并不在整篇文章的每一个段落之中，而在一个段落的某一句上。《背影》的要害，也在文章中一段叙述性语言之中。

因而，对于文章分析来说，最为重要的不是段落大意，而是，在全文中找到比较关键的语句，发现矛盾的端倪。

当然，对于更为深刻的分析来说，这还是初步的，只是一个关节点。关节点不是孤立的，它的生命在于和其他类似的关节点的联系，找到多个关节的联系，就不难找到文章思绪的来龙去脉和逻辑联系。

就《背影》而言，由此往上往下细读，不难发现，在此前后几个关节点组成的情感脉络：

1. 原来的我那时真是聪明过分，总觉他说话不大漂亮，非自己插嘴不可；

2.（他）嘱托茶房好好照应我，我心里暗笑他的迂；

3.（父亲买橘子）看见他的背影，我的泪很快地流下来了。可是发现可能被他看见，又赶紧擦干了，不让他看到；

4.（读父亲的）信，在晶莹的泪光中，又看见那肥胖的，青布棉袍，黑布马褂的背影。

有了这几个关键点，全文的情绪脉络，基本上可以掌握了，完全不必在段落的划分上斤斤计较。

这种方法的特点，先把作者的思路和情感变化过程作阶段的划分，然后从其间的联系，全面地把握其"意脉"。要害是把思想、情感作为一个发展、转化的过程，曲折转化的临界点就是关节点，有了多个关节点，就可以看出文章的思绪不是一个静止的、僵化的、固定的平面。文章分析的要害，是关节点的确定和几个关节点之间的联系贯通。这种方法，与被动地划分的最大不同在于，迫使学生追随作者的思维活动，化被动为主动，做出自己的判断。

要调动学生（教师）阅读的主动性就得提出问题，而提出问题，就得从思绪的发展变化过程中提出。

明明是一篇歌颂父爱的文章，却从对父亲的不满写起。明明是一篇写校园环境充满诗意的宁静的文章，却又点出：校园里并不是一切都宁静的。在强调了自己对于喧闹的蝉声和蛙声无动于衷，毫无感觉以后，自己内心想到的却是男女嬉戏的场面，向往那个“热闹的”“风流的季节”，感叹自己“无福消受了”。从这样的矛盾出发，就不难提出问题，就不愁没有问题可以讨论，学生的思绪，也就容易激活起来了。看到某些研究朱自清的学术论文中提出朱先生内心有某种“骚乱”，就不会大惊小怪了。

同样的方法对于比较长的作品，分析起来也是方便的。

例如鲁迅的《阿长与〈山海经〉》，抓住少年鲁迅对长妈妈的态度和情感变化的线索，也就是所谓“意脉”就行了：

1. 对于她的搬弄是非，不称职，规矩多，“很不佩服”。

2. 对于她把节日弄成对孩子的“磨难”，很是讨厌。

3. 对于她讲述的长毛的无稽之谈，用反语表述：“伟大的神力”“空前的敬意”。

4. 对于她送来自己神往而又不可得的《山海经》，用正面肯定语气形容“伟大的神力”“空前的敬意”。

5. 对于她的死亡，以抒情语言悼念。

只要把两个相同、相近的词组（“伟大的神力”“空前的敬意”）所表述的相反的意思分析清楚，再把最后的哀悼加上去，这篇文章的幽默和深沉的特点，简直可以说是一目了然了。

抓住思路变化和发展的关节点和变化的过程，在议论文的分析中同样适用，也许还更为方便。因为议论文论点的变化和深化的“意脉”更明确，其关节点和贯通性更为显著。

以中学语文课本中鲁迅的名篇《中国人失掉自信力了吗？》为例，传统的教学法，除了拘泥于段落大意以外，还拘泥于证明反驳和论点论据论证的框框，硬要分析出什么地方是证明，什么地方是反驳，难免削足适履。其实这样的文章，主要关键在于，鲁迅的思路灵活而曲折的深化，每一次曲折，每一次深化都有出奇制胜之妙。

1. 中国人先是“自信”自己国家的“地大物博”，这是盲目的。

2.“九一八”事变，遭受日本侵略，“自信”变为失掉自信。

3. 相信地大物博，不是“自信”，而是信“地”，受了侵略，相信“国联”，则是“他信”。

4. 国联不能信了，变成了求神拜佛，这是“自欺”“迷信”。

5. 但是，中国人还是有自信的人的（有“为民请命”，有“舍身求法”的人，等等）。

6. 结论：说中国人失掉了自信力，指一部分统治者则可，倘若加于全体，那简直是诬蔑。

7. 要论中国人的自信，必须不被脂粉所诓骗，要看筋骨和脊梁。

自信力的有无，状元宰相的文章是不足为据的，要自己去看地底下。

从这里可以看出，文章整体“意脉”曲折多变：

自信——失掉自信——他信——自欺——还是有自信——失去自信的只是一小撮。

要深刻分析文章，领悟文章的妙处，关键不在于段落的归纳和界限的纠缠，而在于从复杂的段落结构中，抓住“意脉”的转化和发展的层次。层次越是向前推进，“意脉”越是深化。层次这么丰富，转折这么自然，而又巧妙，这才是鲁迅文章的独到之处，它几乎与段落无关，就是把所有的自然段像先秦诸子线装的版本一样并为一段，也不损害文章的深邃。

这种以关节点和思路发展的“意脉”层次作分析的方法，和段落大意的划分，在思想方法上是大不相同的。第一，它以文章的整体为目标，但是不拘泥于文章的全部，而是从中找出转折的关节、“意脉”的深化、观念（关键词）的发展。第二，它所注重的既不是简单的划分，也不完全是笼统的直觉，而是抓住一个初始的观念、关键词，找出它和它派生的关键词之间的联系，看它在作者驾驭下，发展、转化、深化，甚至是走向反面（如从“自信”转化为“他信”，从“他信”到“自欺”。）这种方法是把思想的发展运动，乃至向对立面的转化放在第一位的（记叙文也是如此：如少年鲁迅对于长妈妈，由不佩服、麻烦、煞风景，到觉得她有“伟大的神力”，在得到她的《山海经》以后，又一次从另一个意义上，说真正感到她的“伟大的神力”，产生“空前的敬意”）。抓住了这种感情变化的脉络，也就抓住了鲁迅的童心、幽默和作为一个伟大的人道主义者，对于朴质的、愚昧的劳动妇女的复杂的感情，既有批评，又有同情，既有调侃，又有歌颂。这就不但是对于作品做全面的把握，而且是对鲁迅的内心伟大的人道主义精神，含着眼泪的幽默，有了充分的体验。

要做到这一点，也许并不太容易，但是也并不太难，关键在于，从方法和观念上进行根本的反思。教育部颁布的《基础教育语文课程标准》已经把语文的工具性和人文性的统一代替了以往单纯强调工具性，以人为本，以人的心灵的熏陶为目的去体验母语的丰富和微妙。脱离内心世界的丰富空谈语文的工具性，就必然脱离民族文化的历史积淀，脱离作家的个性，抓得越死，离人文精神越远。抓住文章关键词及其派生、转化和深化的层次，不仅仅有利于学生思想的活跃，而且更有利于学生为文时的操作。内心的感受丰富了，思绪丰富了，就不怕没有东西可写。不论写记叙文还是议论文，当然也就不会以一个层次的情感和论点为满足。

为了把学生从被动的接受中解放出来，在段落大意缓行的同时，必须代之以“意脉”的追寻。

关节点、关键词及其派生层次，思路的分析方法的推广，必然会为语文教学带来新的希望。

具体分析的理论背景和历史误区

——赖瑞云《语文课程理论与应用》序

对许多语文教学论著作，我一贯持怀疑态度，我不太相信一些持所谓前卫观念又不会教书的作者，他们空话太多，甚至外行话、违反常识的话屡见不鲜，给人留下挟洋自重的印象；而一些教学第一线的老师的文章，又太多老生常谈，在陈旧的常识的平面上滑行。然而，拿起这本书，翻阅不久，就感到惊异：这里不仅引入了当代教育学的系统理念，而且结合课程改革以来的偏颇进行反思，以经过实践考验的真知灼见，对权威理论加以补充和修正。当然，本书并不完全以理论创新为务，立意的重点之一是实践性，甚至可操作性，因而对于语文教学的学科性质的学术争论、学科历史沿革等都略而不计，但是，全书仍然理论底气十足，学术活力一目了然。这在语文课程的人文性与工具性、学生主体性的论述上表现得尤其鲜明而彻底，在阐释学生的主体性的同时理直气壮地强调了教师的“主体性”，读来令人鼓舞。在文本阅读这一章，理论意义和实践价值交融，新见迭出，以致现成的、流行的话语，不足以容纳，出现了一系列独创性话语：如，“审美自失”（既是感性的、直觉的，同时又是理性的）、“失真阅读和真实阅读”、“焦点意识和附属意识”、“秘妙”等，正是这些话语带动了思想的突围。当绝对化的学生主体论成为潮流的时候，本书坚定地指出教师同样有主体性，这就把哲学基础定位到当代哲学前沿的“主体间性”上。这不但需要清醒，而且需要力挽狂澜的勇气。本书痛切地指出片面的学生主体论和“多元解读”，造成了课堂教学流弊重重：由于多元阐释方面的理论准备不足，面对一些任意的诠释、错误的误读（反误）、低水平的读解时，就出现了放任自流、不敢引导、不加指正的现象，产生了“引导”和“指正”是否符合课改精神的困惑。面对滔滔而来的读者相对主义知难而进，正是本书的锐气所在。不管他“一千个读者一千个哈姆雷特”，挟带着多么强大的西方大师的话语霸权，仍然力排众议，抗流而起，旗帜鲜明地提出阅读学基础性的崭新观念：“多元有界”“一千个哈姆雷特还是哈姆雷特，而不是李尔王或者贾宝玉”。这正是本书的理论亮点：不但具有理论价值，而且有迫切实践意义，不但在中国如此，而且和改革所宗奉的北欧教育理念也有对话的余地。正是因为意识到这一理论的重大意义，本书对流行的教育理论采取极其慎重的态度，加之主编在这方面显然研究有素，历数众多西方文论，出入自如地论证了这个世界性的重大课题。坚定地把读者主体放在和文本主体的关系中加以分析，就把本书带上了一个学术制高点，细心的读者不难从中看出进行学术还原的功力：

> 事实上，从现象学到接受理论，都指出了文本对读者接受的制约。如英伽登曾反复强调：作品的图式化结构既为阅读提供了想象的自由，又为阅读提供了基本的限制。伽达默尔的解释学提出了读者视界与作品视界交融的“视界融合”说，同样也注意到了作品对最后结果的制约。[①]现象学的“悬搁”理论就包括悬搁读者个人的“成见”，即要求读者努力面对文本本身，当然现象学指出，这种“成见”事实上是难以排除的，所以在现象学的理论里“悬搁”是加括号的（〔悬搁〕）。伊瑟尔的接受美学的“被动综合”说（他人的思想进入了自己的思想）的意思类似于“视界融合”说。[②]伊瑟尔还提出了“隐含读者”的观点。隐含读者是根据文本提供的信息，将作品具体化并实现其价值的读者，它不是现实的读者，而是作家预先构想的在作品问世之后可能出现或应该出现的读者；按鲁枢元等100多位学者编写的《文艺心理学大辞典》的看法，与隐含读者最相近的读者最有可能成为现实的读者。这就清楚表明，接受美学并未否认文本对读者接受所提出的制约要求。就连解构主义，朱立元也认为，解构主义的创始人德里达本人就多次强调应以文本为阅读和批评的中心，解构式阅读和批评同样应是读者与文本的双向交流，乃至读者和批评家反过来常常会有一种被文本所“读”的感觉，而不是读者单向的胡思乱想。朱立元说：“解构批评并不是异想天开、随心所欲的阐释，它同样需要辛勤的劳动与思考。”[③]
>
> 解构主义的经典作家都是严肃的文本研究者。这一点，德里达前些年来华讲学时曾对采访他的读者明确强调过。因为，如果可以任意阐释作品的意义，世界上只要一部作品就够了，就把世界的全部意义都囊括其中了；甚至可以出现清朝的文字狱和“文革”时期、极左时期的文化冤案。

正是由于作者对于接受美学、阐释学、现象学、解构主义的学术资源驾轻就熟，英伽

---

① 参见朱立元：《当代西方文艺理论》有关章节，华中师范大学出版社1997年版。

② 悬搁、被动综合，可参见蒋济永：《现象学美学阅读理论》，广西师范大学出版社2001年版。

③ 朱立元：《当代西方文艺理论》，华中师范大学出版社1997年版，第326页。

登，伊瑟尔等种种繁复的学术范畴，在本书的陈述过程才显现出如此简明的内在逻辑。

难能可贵之处还在于，本书并不满足于理论上的阐明，而是把学术进展转化为实践的导引。针对语文教学长期效率低下又积重难返的现状，本书深入发掘出隐藏其间的认识根源在于对“分析”能力的漠视。“分析”在本书中，处于素质的核心地位。人的智能的核心在于具体问题的具体分析。这似乎是常识。但是，一联系到当前的教学实践情况恰恰相反。人们对于“过程与方法，知识与能力，情感态度与价值观”等等，已经倒背如流，但是，课堂教学低效性、无效性仍然未能改观。原因就在于没有把分析能力作为语文素养的核心来加以贯彻。“过程与方法”作为语文课程标准的要领，明明说到了“方法”，却没有具体阐释什么方法。从理论背景来说，“方法”的提出是针对何种偏颇，从方法本身来说，其内涵有什么规定性，语焉不详。究竟是形式逻辑的方法，还是辩证的方法，是二元对立的方法，还是反二元对立的系统论的方法，是纵向的历史的方法，还是横向比较的方法，不管什么方法都离不开分析的方法，具体分析可以说是方法的方法。因为，一切理论都是普遍的概括（规律），普遍原理的抽象不得不以牺牲特殊性为代价。而把普遍的规律用之于具体情况时，只有具体分析才能把特殊性“还原”出来。忽略了“分析”的关键作用，不能不使“过程和方法”从根本上落空，其结果就是连语文课程标准组的专家中，都竟然有公然拒绝分析的奇谈怪论。其理由竟然是，分析会把课本弄得支离破碎。[①]虽然如此，在课堂上“文本分析”仍然深入人心。一些学者也常常以“赏析”为能事。

但是，大都赏而不析。“分析”变成了小和尚念经有口无心。背得滚瓜烂熟，内心却完全没有感觉。这就难怪课堂上，普遍流行的恰恰是脱离了分析的、被动的追随性的阅读（也就是潘新和所说的“顺文本阅读”）。对于此等压抑着语文课堂教学而为的顽症，本书除了理论的批判以外，还诉诸历史文献的梳理，作者们在这方面的功力很值得称赞：

> 过去各种版本的语文教材、语文教育学专著、阅读学专著都未将文本分析能力作为单独的一项能力列入阅读能力的范畴，更不用说把它提到重要的地位了。追溯其源，大概来自张志公。张志公先生 1979 年把阅读能力分解为理解、记忆、速度三项，并解释说：“阅读，首先要读懂，并且能够记得，进而还要读得快，这才算是有较高的阅读能力。”[②]随后，20 多年来，各种阅读能力体系大概由此说演变出了多种能力。如理解能力一直保留着，并由此向后生出了鉴赏能力（或称评价能力、欣赏能力、赏析能力、评赏能力、评判能力等等），由此又生出阅读思考力、阅读想象力，向前则生出了感知

① 这样的人士可能要以雷石先生为代表，2001 年在教育部组织的课程标准讨论会，雷石和赖瑞云、潘新和为了分析的问题，激动得拍了桌子。

② 转自曾祥芹：《阅读学新论》，语文出版社 1999 年版，第 290 页。

能力（或称感受能力、感悟能力，或细分为三能力，进而再细分，如将语感分为语音感、语义感、语法感），再向前又生出认读能力、诵读能力。记忆能力也为多数体系所保留，并向后生出了迁移能力，或与认读合并为识记能力。速读能力也为多数版本所保留，并横向生出了筛选能力。

这里提出的能力，和新课程标准所说的“知识与能力”应该是一脉相承的。但是，能力，五花八门，理解，固然是能力，而理解的核心却是文本分析能力。不管什么能力，关键在于“理解”能力和鉴赏能力、评判能力。但是，离开了分析，理解就只能是感想，鉴赏离开了分析，就只在表面上赞叹，评判离开了分析，就只能是主观臆断。分析不但是理解、鉴赏、评判的基础，而且能使语感、文感、情感从表面向深层，从片面向全面发展。空谈理解、鉴赏、评判和感情，其结果很难逃脱顺文本的、爬行的、奴隶式的追随。

具体分析在传统的辩证法到前卫的解构主义几乎是小儿科的常识，在语文教育界却成为尖端。就是语文课程标准组的专家之中也有对分析公然排斥的。作者们认定了具体分析能力的培养，对于当前教学来说，是要害，是主要矛盾。一旦抓住，就死揪住不放，穷追不舍。观其文气，浩然畅然，有余勇可贾之势，唯恐读者光是理解，没有感觉，特别抓住一个堂而皇之的样本来示众。阅读本书，真正理解其理论和操作上的精粹，再来看一些堂而皇之的所谓教学论，就不能不令人气短了。例如：阅读理解的范围，至少包括辨识文体、理清思路、把握结构、抓住资料、归纳主旨、体会文情、揣摩写法、辨析修辞、贯通文气、体察文风等十项。从阅读理解的步骤看，单是“披文得意”的阶梯，就可分为四级：①抓住中心句，依据句间关系摘取语段意义的能力；②抓住重点和主线，抽取段落意义的能力；③理清思路，依据段间关系概括章、节意义的能力；④遵循文脉、抓住文眼，归纳文篇主旨或主题的能力。①

辛辛苦苦炮制出这么多名堂来，就是让学生“理清思路、把握结构、抓住资料、归纳主旨、体会文情”和“正确领会”“正确了解”“确切领会”，这么多“正确”的提示，足以把学生压得喘不过气来。这完全是奴隶式的膜拜，跪着读书，哪里还有学生的主体的感悟！要恢复学生的活跃的主体，唯一的法门就是让学生对文本进行分析。让学生站起来，设想自己也是一个作者，才有可能帮作者做深度的对话。

离开真正的分析，一味“理清思路、把握结构”，还“分出层次，概括要点”，其结果是根本理不清，也把握不住，概括不出要点。至于“确切领会文章的主题和社会意义”，离开分析，必然成为空话。把阅读的最高目标定为“理解”，就意味着把文本当作完美无缺的样板来“理解”，其结果就是对文本做盲目的赞美，而赞美的结果，就是读者、学生和教师

---

① 曾祥芹：《阅读学新论》，语文出版社 1999 年版，第 295 页。

一起从心态上俯首称臣。本来阅读教学的改革，就是平等对话，主要的还不是师生对话，而是师生一起和文本对话。赞美、追随、崇拜，从根本上来说，就不仅仅是分析的忘却，而且是自信心、自主性的放弃，主体性的自我消灭。正是从这里，揭示了语文教学水准徘徊不前，甚至有所倒退的理论根源。原来高唱主体性的阅读课程改革，就是要让学生站起来，和作者对话，而被动的追随，赞美式的理解，却是读者主体性的完全丧失，迫使读者跪下去。在这里，我们感到的与其说是理论的震撼，不如说是实践的警钟。

在深厚的理论基础上突围，把丰厚的经验提升到理论高度，从而又回到感性实践中检验，作者螺旋式上升的思路一以贯之。所有这一切之所以特别撼动人心，就是因为，作者们从来都指向实践操作，以深入到个案分析中为目标。在高屋建瓴的理论平台上，积累起来的丰富而且系统的文献资源，不但包括学者解读的历史沿革，而且有第一线教师的课堂经验。例如，在《过秦论》和《岳阳楼记》个案中，所引用的文献，可以说达到了学术性与操作性的交融。由于篇幅有限，不便一一列举，细心的读者不难发现，丰厚的历史资源，把解读提升到历史的高度和学科的前沿的案例比比皆是。

第六辑　口语交际

人际交流中的雄辩与幽默①

新课程标准把口语交流提高到和作文阅读同样重要的地位，但是，目前我国关于口语交流的理论却处于一种空白状态。许多教师在组织班级口语活动的时候，尤其是在进入口语交流的高级层次——辩论的时候，在理论上和实践上都有点茫然。这里，我提供一点自己研究的心得和实践的经验供大家参考。

不管是对上级、同级还是下级，免不了要运用语言，其目的也不外是交流信息和说服对方。交流信息的目的容易达到，而要说服对方，则是相当困难的一件事情。

美国人对这一点是认识得很清楚的，他们大学里有两门必修课程，一门叫作写作，一门叫作讲话，在有些课本上，英文叫 understandable communication，用中文一个字一个字地翻译出来就叫作“便于理解的交流”。为什么叫作“便于理解的交流”，那是美国人看到了一点，在生活中有太多不可理解的交流。人与人之间，你别看天天在交谈，但是不可理解的，所谓聋子的对话居多。有些领导、教师要说服工作人员、学生，满以为自己讲的都是真理，对方不听实在是不可思议。我们和人家谈判，坚持自己的立场，人家就是不同意你的，这实在是一件令人恼火的事。在进行口头交往的时候，应该从根本上想这样一个问题：人在思想上的不同，光凭交谈能不能达到统一？

学过一点哲学的人知道，人的思想是在长期的实践过程中形成的，要真正改变也得经过长期的实践过程，可是我们往往把人与人交谈的功能看得太重要了，太迷信语言的力量了。总以为自己讲的都是真理，而真理的力量是无限的。因而在谈话的时候，总是指望一谈，人家就会被说服，马上就同意你的意见。迷信所谓“有理走遍天下，无理寸步难行”。还迷信所谓“摆事实，讲道理”，以为事实一摆，道理一讲，人家马上五体投地。还有“真理越辩越明”“公道自在人心”，等等。其实要真是这样，我们这个世界，就不用公安局、

① 在全国中学语文骨干教师培训班上的报告。

检察院和法院了，公检法之所以要存在，就是因为，有理讲不清，才要拳头来武斗。这时只好让警察出面了。先不讲理了，警棍是带电的，你再不服，就要吃苦头。

有没有考虑过“公说公有理，婆说婆有理”也有相当的合理性呢？京戏《苏三起解》，崇公道唱道：“你说你公道，我说我公道，公道不公道，只有天知道。”这好像是笑话，但是，不论从传统的反映论哲学还是西方当代最前卫的哲学来说，都是有深刻的道理的。因为人的情感不同，人的利益、兴趣、文化背景、心理气质不同，理念不同，特别是人的文化背景不同，熟悉的话语不同，就形成一种心理定式和话语定式，这种定式使得人在同样的事物面前所看到的东西不是同样的，而是不一样的，听别人讲话的理解和反应，也是不一样的。

有一个有趣的故事。在福建漳州有个古老的名胜，叫作南山寺。传说在建造这个寺的时候，请了当时很有水平的艺术家塑菩萨的像。这位艺术家是很牛气的。他说，我塑成了以后，如果你们任何人，能挑出毛病来，我就分文不取。等到像塑成了，有关方面当然希望能节约一点经费，就发动漳州的百姓都去参观，挑毛病。令人失望的是，没有一个人能挑出什么缺陷来。有一个妇女，抱了孩子去看热闹，没有发现什么毛病，就想离开了。她的孩子却喊起来：妈妈，我看到毛病了。大家不相信，一个孩子怎么会比这么多大人高明？后来，死马当作活马医，就让他讲讲。这孩子说：“这菩萨的手指太粗，很肥大，像香肠。”人们问他，这算什么毛病呢？他说：“你们看看这菩萨的鼻孔，是不是太小？如果他要挖鼻孔，怎么办？”大家一看，果然。我曾经去过漳州，特地去南山寺看了一下，的确，那鼻孔是太小了。

为什么那么多大人的观察力竟然不如一个孩子呢？

这是因为，大人不像小孩子那样对于挖鼻孔有强烈的兴趣和近期的经验。可见人的观察和判断并不中性，是和人的经验、兴趣联系在一起的。从心理学和哲学来说，人的判断不可能是绝对客观的，而是与其价值观念，文化背景以及心理倾向，包括利害关系有不可分割的联系的。

从这个意义上说，摆事实，讲道理，是不一定靠得住的。

因为，你的事实，并不是中立的，只要经过你的叙述，就带上了你的价值观念、你的倾向和兴趣的色彩了。至于讲道理，你的道理，并不绝对是中性的。因为人的利益和经验不同，人在推理的时候，常常并不是不偏不倚的，而是有意无意地向自己倾向的那一个方向去联想和想象。

人们往往把做思想工作想象得太容易了。其实，做思想工作就是要说服人放弃自己原来的观念，接受他原来不认同的观念。人家意见和你不同，不是一天两天形成的，大都是许多年形成的，要在瞬息之间让人家改变观念，是不现实的，要通过长期的实践才能根本解决。可是我们往往以为通过一场或者几场谈话就解决了，这是有点天真的。还在学生口头上说，老师，我想通了时，就以为他真通了，你的思想工作特有成效，其实，那就是假的，人家是看你的面子，摄于你的“淫威”。

这一点上，庄子有个说法值得我们沉思。他说，当我和你意见不一致的时候，连个裁判都是不可能找到的。即便有了裁判，他也是无能为力的。因为裁判的思想无非有三种可能：第一，他的意见本来就和我们两个都不同，那么我们就是说得再好，他也还是不能放弃自己的见解，来同意我们任何一方的意见。第二，他本来就不同意我的而同意你的意见，他就会在没有辩论之前，就同意了你的意见。反之，如果他本来就同意我的意见，那么不管怎么辩论，他最后还是要同意我的。

当然，庄子这种说法，有点过分。他把人的思想看得太固定，太僵化了，以为人的思想不管在什么条件下，不管通过什么交流、沟通，都是不可改变的。但是，他强调人思想的差异性，是有道理的，这一点我们往往忽略了。

正是因为考虑到人的思想是不能指望主要通过交谈来解决，而是要靠实践过程来解决的，邓小平在改革开放初期提出一个命题：不争论。就不寄希望于和保守派做理论上的辩论，而是寄希望于长期的实践。

在同志之间意见分歧尚且如此，如果对方的利益和你不一样，就更难说服了。

正是因为这样，所以要有清醒的头脑，对自己讲话效果要有一个恰当的估计；有了正确的估计，才可能有正确的工作态度和生活方式。

但是，这不是说，反正不能一下子说服人家，就放弃了说服的任务。其实，在一定条件下，在一定的语境里，在某些问题上，还是可以有某种类似说服的效果的，从亚里士多德开始就有“说服性演讲”。只是不要指望人家当场就彻底认同你的观念。要有一种自知之明，就是人家当场表示保留，是正常的，或者人家同意了，过了一阵，又反复了，也是正常的。

我们的任务是，要尽可能地避免这样的反复，这就要把话说得“雄辩”。要么不说，要说，就把话说得滴水不漏，不管从正面，还是反面，从我的角度，还是从你反对我的角度，都是我有道理。

通常我们说话有一个最基本的要求，就是自圆其说，也就是你自己的论战和论据要统一，不能自相矛盾，不能自己跟自己打架。但是，光是这样，是不能说服人家的，因为人家也有人家的道理，人家也能够自圆其说的。你的道理都是按照对自己有利的角度和材料来讲的，而人家也是按照对人家有利的角度和材料来说的。这就是公说公有理婆说婆有理了。雄辩的要求就是不但按你自己的逻辑和事实，而且按照人家的事实和角度，都能证明你主张的有道理。

这里我举两个比较经典的例子。

第一个是中国的，庄子和惠施有一次到外面去玩，也许是去旅游吧。走到一座桥上，庄子随便说了一句：你看那些个鱼，游得很自在，一定是很快乐吧。惠施是很爱抬杠的，就反驳说：你又不是鱼，你怎么知道鱼快乐不快乐呢?

庄子要反驳他，有两种选择。

第一个，反驳他的大前提：不是主体本身，就不能知道主体内在的体验。这样就否定人类通过实践的归纳和演绎，进行一切推理、证明和证伪的可靠性了。但，这样做很麻烦，不是一下子就能使对方心悦诚服的。

庄子采取了第二种方法：以子之矛攻子之盾，在逻辑上叫作“导谬法”。

这种办法的特点是：要反驳对方，不是直接反驳对方的观念，而是假定对方的前提是正确的，把它拿过来为自己的论证服务。庄子是这么说的：

是啊，我不是鱼，所以我不知道鱼是不是快乐，但是，你不是我啊，你怎么知道我不知道鱼快乐不快乐呢?

这看来比较雄辩了，因为，庄子论证的前提正是从惠子那里来的。

但是，这种雄辩还是初级的。因为，庄子只考虑到接受惠施大前提有利于自己的一面，却没有考虑到接受以后，可能带来的不利方面。

惠施马上就接着庄子的话说：

是啊，我不是你，当然不可能知道你是不是知道鱼是不是快乐，但是，你不是鱼，则可以肯定你不可能知道鱼快乐不快乐了。

这个惠施的雄辩性就比庄子要强一点了。他反驳庄子已经承认的大前提。而一旦承认了，就无法回头了。

另外一个例子是古希腊的。

普罗塔哥拉是一个很有名望的雄辩家。他很自信，招收门生时宣布：在他那里学习毕业以后，打官司肯定赢，如果第一次打官司就输了，学费就分文不取。有一个学生来学了一年，毕业了，拍拍屁股就走路。普罗塔哥拉就说了：学费呢？学生说，不用给啊。你要是不服气，就告到法庭，我们打官司好了。如果法庭判决，我应该交学费，则根据合同，我毕业后，第一次官司打输了，就不用交学费。如果法庭判决，不应该交学费，那么，我就更应该不交学费了。这个学生的确有点雄辩，不管从哪个方面讲，他都不用交学费。

以雄辩著称的普罗塔哥拉，后来把自己这件倒霉的事，告诉了他的一个朋友，正巧这个朋友是一位大法官。这个大法官是比较雄辩的。他说，这有什么可苦恼的呢？你就到法庭来告他好了。我一审判决，让他赢。这样，按照合同，他就应该交学费。但是按照判决，他又不应该交学费。这样还不够雄辩。为了达到真正的雄辩，你就不服上诉，第二次，我判决：他输官司，这样，不但按照合同，而且按照判决，他都应该交学费。

这样的思路的特点是，不仅仅按照有利于自己的方面，而且按照于自己不利的方面都能证明自己的主张的正确性。

这就是雄辩的最根本要求。其特点，不仅仅是自圆其说，而且是“他圆其说”。

当然，从严格的意义来说，不管惠施还是普罗塔哥拉，都不是绝对雄辩的。庄子后来接着说，你的结论说：我不是鱼，那从什么地方，知道我不是鱼呢？这个庄子的确有时候弄不清楚，自己是不是庄子，他有一次做梦成了蝴蝶，醒来以后，就搞不清是庄子梦见蝴蝶，还是蝴蝶梦见了庄子。至于普罗塔哥拉的那个学生，也可以申诉，大法官第二次判决，仍然属于第一场官司，而不是第二场官司。所以，他毕业以后的第一场官司还是输了，因而可以不交学费。

从这个意义上讲，绝对的雄辩可能是很稀罕的。因为，事实的属性是无限丰富的，语言只是象征符号，不可穷尽一切属性，因而，不管有多少合同、法律条文，都不可避免地有漏洞。所以，美国每年新立七百多条法案，但是还是不能完全根据法案判案，而是根据案例。

但是，这不是说，我们讲话就完全放弃保卫自己立场和说服对方的任务了。

为了达到这样的目的，我们讲话，就不能满足于自圆其说，而是力求雄辩，也就是要努力把对方的论据转化为自己的证据。

这就是雄辩的要义。

雄辩最根本的要求就是善于作论题和论据的转化。

要破除一种迷信，不要以为对立的观念，就是绝对对立的，互相之间是不能转化的。

辩证法告诉我们，任何事物，包括观念和思想，都是可以在一定条件下向相反方面转化的。正命题，在一定条件下转化为反命题，是正常现象。你说，失败是成功之母，是对的。我说失败非成功之母，也没有多大错误。因为，说它是成功之母，不过是讲，失败是可以向成功转化的。转化是要有条件的。这个条件就是毅力——不要怕失败，不要灰心丧气。所以失败，并不绝对是失败，而是有可能向成功转化的。但是，任何命题向反面转化的条件必须是充分的，光有毅力，是不够的。比如，还要有科学的方法，还要有客观的基础，有时，还要有机遇。如果没有客观基础，高个子硬要学举重，矮个硬要学跳高，破锣嗓子，一定要学声乐，当世界级的男高音。从这个意义上来说，失败就只能是失败之母，而不可能是成功之母。从另一个意义上，成功也可能向失败转化，比如骄傲了自满了，不思进取了。这样的条件就可能使成功变为失败之母。

要做到雄辩，就得把所有的可能性都考虑到，把可能转化的一切条件都总括在自己的论题之中。从一切可能的角度来说，都有道理，就要提前进行理论上和事实上的“免疫”，亦即防御，才能立于不败之地，达到雄辩的水平。

从这个意义来说，一切不讲条件的谚语都是危险的。失败乃成功之母如此，知足常乐亦是如此。知足，只有在拒绝贪得无厌的意义上是有道理的，但是，故步自封的意义上，又是错误的。取得了成绩就自满了，不思进取了，总有一天，被别人超越，在竞争中面临被淘汰，就乐不起来了。

关键在于善于具体分析，不但要善于对论据进行分析，而且要善于对论点、抽象度很高的概念进行分析，分析出它向相反方面转化的条件。比如，上面讲知足常乐，起初的“足”，其内涵是享受的满足，而后来分析出来的是成功的满足。接着下来，还可以分析，这个足字，例如，把它定义为奉献的充足，只有在奉献上永不知足的人，才可能永远快乐，而做出一点奉献的人，如果过分自满的话就不可能常乐了。

同样对于愚公移山，也可以分析。愚公应该移山，和愚公不应该移山，都可以分析出道理来。说愚公移山的精神可贵是对的，从这个意义上，河曲智叟是错的。但是说，愚公不应该移山，也不是没有道理。因为，愚公所用的生产工具原始，是不可能把两座大山移走的，再说，愚公所凭借的是世世代代子子孙孙的劳动，但是，这样的移山，没有任何效益，没有一种物质报酬，没有福利，是不可能持久的，长期下去，队伍是非垮不可的。从这个意义上来说，河曲智叟是没有错的。

雄辩的根本要求是全面性，力戒片面性。什么叫作全面性？简单地说，就是正面和反面。但是，事物和概念是无限多面的，光是正面和反面，还不能算是全面。而要真正做到全面，几乎是不可能的。太全面了，也有可能四平八稳，折中主义，八面玲珑。一个人总是有一点自身的片面性，自己的局限性。一个民族、国家也一样。都有自己的立场和利益，绝对的全面性，就是绝对的中立，这是不可能的。特别是历史的、时代的片面性，是任何伟大的人物都不可避免的。

我们对于人的要求，只能是尽可能全面，容忍其一定的片面性。有时，自己的观点也不能四平八稳。在具体分析的时候，这叫作针对性。针对性不同，侧重点也就不同。

知道了这一点，人的胸怀就会比较宽广，除了在辩论赛的时候，在一般场合下，对人应该比较宽容，避免钻牛角尖，赌气，不要得理不让人。

正是因为这样，最善于交际的人，往往并不追求立即取得胜利，让对方在情绪上不舒服，而是首先在情绪上和对方沟通、交流，缓和对抗的心理。

在这种情况下，一时的谁是谁非倒显得并不是十分重要了。

关键在于：对抗情绪的缓解。

亦即创造一种最佳情感的交流效果，让对方暂时把谁是谁非忘掉。

这时切忌认死理，得理不让人，揪着人家不放，相反倒是帮助人家从满肚子情绪中解放出来。这不但在日常生活中，而且在正式的外交场合都很重要的，当情势弄到有点僵的时候，缓解情绪就比追求是非更为迫切。

第二次世界大战，战胜日本法西斯以后，在东京组织了国际法庭审判战犯。中国、美国、英国乃至澳大利亚等国家都派出了法官，组成审判庭。但是开审以前，对于法官的座次发生了争论。有的主张，以国名的英文字母为顺序，有的主张以战胜日本法西斯的贡献为准则，其目的，都是为了把本国的座次尽可能提前。预备会议开得有点紧张。我国当时派出的代表是大法官梅汝璈。他看到情绪绷得如此紧张，再争论下去于事无补，就说，大家别争论了，我有一个提议。

所有的法官都聚精会神地看着他。

他说，我建议，按各国法官的体重次序来排列座次。

他一说大家就笑了。因为这显然是不现实的。

会议执行主席也笑了，他说，你这个建议不错，但是只适合拳击比赛，不适合法庭。

梅汝璈说，诚然如此，我的体重如果不够，我可以向我国政府辞职，请求另派一个大力士来。

他成功地缓解了会议的情绪以后，提出，还不如按照日本在宣布无条件投降时，在美国密苏里军舰上递交降书的顺序。在这份投降书上，中国的排序是第二。

梅先生所用的方法，显然不是雄辩，而是与雄辩相对的另一种方法，叫作：幽默。

口语交际，不但是一种思想的交流和交锋，而且是一种情感的沟通。在思想情绪对抗，发生冲突的时候，既不能一下子说服对方，又不愿意放弃自己的主张，缓解僵局的唯一法门就是幽默。幽默把人带到一种超越现实的假定境界之中，在幽默的笑中把心理距离缩短。

这并不神秘，在日常生活中，这样的事例比比皆是。在福建师大的校外宿舍里，星期六大扫除的时候，某一寝室的室长平均分配了劳动任务以后，有同学表示，这样不公平。室长觉得蹊跷，问什么原因。对方说，因为他们住在上铺，每天上上下下，耗费了相当的体力，因而在扫除时，应该有所补偿，才算公平。例如，住下铺的扫地板，而住上铺的则扫天花板。

如果是一个普通水平的室长，他本可以对之加以批评，或者加以威胁（向有关方面报告），或者做出让步的措施。但是，以上的一切可能，他都排除了，相反，他爽爽快快地说："你们说得对，住上铺的可以扫天花板，住下铺的扫地板也可以。"还没有等那些调皮鬼笑个痛快，他就补充了一句："不过，以后走路呢，是不是，扫地板的，走地板，扫天花板的，就走天花板好了。"

他一说，那些调皮鬼就笑得更加厉害了。

笑是心灵最短的距离，距离缩短了，情绪缓和了，问题就不难解决了。

不仅在发生冲突的时候幽默很重要，就连没有冲突，但是面临处境有一点尴尬的时候，幽默也是最佳的选择。我举一个自己亲身体会为例。

有一次，福州大学请我去演讲，距约定的时间还剩下两天的时候，学生会来了电话，希望更改时间。原因是同一时间有一个青年歌手大奖赛，就在我演讲的会场对面。但是我的时间表已经排满，无法更改，对方又不愿取消，逼得我只好按原定计划前往。

车子开进校门，远远看到讲堂外面围了一些人。可是里面的座位却空了不少。这时，我多少有一点发怵。我一边往里走，一边想：这些站在门外的家伙是我最大的敌人。他们的动摇性最大。只要我开头几句话抓不住他们，他们纷纷离去的脚步声就足以动摇会场里听众的注意力。这时我灵机一动，我的嘴巴不由自主地吹了起来："今天，我要特别感谢那些站在门口和走廊里的同学。因为他们是用躯体语言给我鼓气，宁愿站着，也要听我老头子讲完。显然，他们是经过慎重选择的：在这边老头子的美和对面少男少女的美之间，他们选择了老头子的美；在说的和唱的之间，他们选择了说的。因为他们相信，说的一定比唱的好听。"

我的话还没有说完，满场就欢腾起来。掌声真像一位台湾诗人所写的那样："像鸽群四起。"而那些站在门外的动摇分子，也笑着涌进了会场。一些被掌声和笑声吸引过来的大学生，只好挤在门外，有的就爬到了窗台上。一种和谐的气氛形成了，台上和台下互相交流互相鼓舞的语境被创造出来了。以后，哪怕是我的一举手，一投足，一扬眉，乃至一次偶然的口吃，都引起了热烈的掌声和笑声，我的自我感觉达到了一种状态，真是如美国人本主义心理学家马斯洛所描述的那种"高峰体验"。我在记忆中，那是我几十年讲课、演说生涯中最幸福的享受。

幽默并不神秘，但是，许多人就是幽默不起来，原因很复杂，但是，有一点是最根本的：就是平常我们习惯了讲正理，而幽默要求讲歪理；平常要求实事求是，而幽默则有时要有指鹿为马的气魄；平时人们都不由自主地倾向于美化自己，而幽默则要求敢于把自己说得不堪。比如，台湾著名主持人凌峰，他在中央电视台露面的时候，自我介绍时，把他的礼帽脱了下来，露出了他那著名的光头，说，我这个人最适合做主持人了，因为男观众，一看到我，一个个就对自己的外貌自命不凡起来，这时，台下的观众，就鼓起掌来。他就指着那些鼓掌的观众说，你们看看，全中国自命不凡的人都来了。

这就是用讲歪理的方法，来自我调侃，来缩短和观众的心理距离。

缩短心理距离，是为了沟通和交流。有了交流，就不难创造一种和谐的氛围。

美国总统里根有一次到加拿大去访问，恰巧碰到一批加拿大人，举着旗帜，喊着口号反对里根访问。加拿大主人未免有点紧张。里根说，举着旗帜，喊口号反对我，这事我在美国见得很多，没有关系。他这么一讲，加拿大主人心理上多多少少放松了一点。但是，口号声还是很响亮。里根又说了，我看，这些喊口号的人，也许就是从美国跟过来的，为的是给我一种宾至如归的感觉。

里根这明明是说瞎话讲歪理，可是却赢得满场欢笑。他的歪理，不但解放了自己，而且解放了加拿大主人。

幽默不仅是一种方法，而且是一种胸怀。没有博大的胸怀，光是学上一点方法，很可能给人一种耍贫嘴、滑稽的感觉，只有心胸宽广的人，才能把滑稽提升到幽默的层次。

有一个读者写信给我，表示很欣赏我的幽默理论，但是也提出了问题。有一次，她和一个平时相处甚好的大姐姐式的人物发生了不愉快。当这个大姐姐和一个小伙子谈得正起劲的时候，她开着录音机。那大姐姐突然大叫起来，你再不把录音机关上，我就把你给扔出去。她说，这时，她想起了我的幽默理论：要在可能发生冲突时，尽可能缓和气氛。她就来了一点自我调侃，说："不用你把我扔出去，我自己把自己扔出去好了。"说着就走了出去。从幽默技巧来说，她这样说是很成功的。但是她告诉我，当她走到门口的时候，她却忍不住流下了眼泪。

这说明幽默是一种胸怀，如果胸怀还不够宽广，光是学了一点幽默的法门，心里还是高兴不过来。她应该让自己超脱一点，不要陷在当时的情绪里，而是拉开一点心理距离，远远地看这个大龄女青年，不过就是一个白马王子降临而已，就这么"重色轻友"？这固然是可恨的，但是，是不是也有一点值得同情呢，有点可笑，同时又是不是有点可爱呢？有了这样开阔的思维，就不会哭了。幽默是一种很高尚的情操，要有幽默感，就需要从根本上提高自己的修养。当然，修养是长期的，在追求高度修养的同时，熟练地掌握幽默技巧，在人际交往中，就会享有许多精彩。

口语和书面语的矛盾和转化①

长期以来，我们对于口头交际的研究是很不够的，这在中学语文教学中，表现得特别突出。虽然教学大纲，或者课程标准中，都把口语交际列为和写作阅读同样重要的组成部分，但是，在课本中，对于口语特殊规律的提示却十分粗糙，甚至是错误百出。这一点我在批评所谓《新编中学语文课本》中已经有所表述，这里就不细说了。

今天要研究的是，从思想方法来说，为什么会产生这样的现象。这是因为，许多口口声声讲口语交际的语文教学专家，在说到口语的时候，并没有弄清楚口语的特点，它在整个语文中处在一种什么样的地位上。任何事物都只能把它还原到它所处的整体结构中，而不是在孤立的状态中，才能弄清它的特殊性质和规律。不把握口语与其他成分的关系，它们的相辅相成，它们的相反相成，它们内在的深层奥秘就不能揭示出来，就只能在常识层面上滑行。

许多课本在讲到口语的时候，恰恰用了很原始、很粗糙的方法，满足于将口语孤立地考察，结果所讲的大抵不过是一些感想，根本经不起推敲。

其实，要研究口语交际，最根本的是，要弄清它是相对于什么而言的，把它的对立面找出来，才能揭示它深层的矛盾，而不是表层的现象。一切事物正是在和它对立面的矛盾统一中，才显示出它的深刻的内在特征，正如男女只有在相爱，军队只有与对手在打仗的时候，才能把双方潜在的性质暴露出来。

口语是相对于书面语言、文言而言的，这是我们研究的出发点。

它和书面语言、文言有相同的功能，又有不同的功能，我们研究的重点是不同的功能，它们的矛盾，而不应该仅仅是它们的共同点。很可惜的是，我们许多中学课本，在这一点上，一开始就糊涂了。

---

① 在全国中学语文骨干教师培训班上的报告。

首要任务应该是把二者互相冲突又互相渗透之处告诉给青少年，启发他们领悟祖国语言的奥妙，甚至对于他们学习外国语都有促进作用。

不管什么样的语言，从其词汇构成来看，都大致有三套体系：第一，口语（包括方言）；第二，书面语；第三，在书面语中，比较特别的一类是古典的词语。

在修辞学上有所谓同义词的说法，其实绝对的同义词是不存在的，有时，所指是同样的，用不同类型的词汇来表述，在词义上就产生了有时是微妙的，有时是显著的差异。比如，留声机，在北京话叫作“话匣子”。但是，当我们说，“你是一个留声机”和“你是一个话匣子”，其意义是绝对不同的。同样，热得不得了，和奇热无比，在没有特殊上下文，没有具体语境的时候，意义是一样的。但是在具体语境中，让一个文盲鹦鹉学舌地去说“奇热无比”，而让一个老夫子，去说“热得不得了”，其趣味和意味是大相径庭的。

中学语文教学不但要让青少年学会词语的常规用法，而且还要教会他们非常规用法。

为此，首先要从根本上弄清三套词语之间的关系。事实上，三种语汇，意味着三种交际方式，包含着三种价值观念和情感态度，三种感染力量。

1. 文言的古雅和高贵。

2. 书面语的正规和严密。

3. 口语的泼辣通俗趣味。

胡适主张学古文最好要学会翻译古文，古文和白话对译。他举《水浒传》中石秀在被俘时说的话为例：“你这与奴才作奴才的奴才！”他说，如果改成“汝奴之奴”就没有精神气势了。他又说：“赵老头回过身，爬在街上，扑通扑通地磕了三个头。”译成古文就没有劲了。同样，“舜何人也”，改为“舜是什么人”；“乃吾儿之书”，改为“这书是我儿子的”，那种神态就消失了。胡适的这些话，对中学语文词汇教学，是很有启发性的。这就要有非常强烈的语感，语感与语境感分不开，最起码的就是对词汇的中心语义以外的引申和暗示意义要有高度的敏感。没有这种敏感，就不能灵活地、创造性地驾驭语言。

“五四”前夕，胡适和他的反对用白话作为书面语文的友人梅光迪争论，他就用白话写诗（打油诗）构成一种戏谑的效果：

老梅牢骚发了，老胡呵呵大笑。

且请平心静气，这是什么论调！

文字没有古今，却有死活可道。

古人叫作“欲”，今人叫作“要”。

古人叫作“至”，今人叫作“到”。

古人叫作“溺”，今人叫作“尿”。

本来同是一字，声音少许变了。

并无雅俗可言，何必纷纷胡闹？

至于古人叫“字”，今人叫作“号”；

古人“悬梁”，今人“上吊”；

古名虽未必不佳，今名又何尝不妙？

古人乘舆，今人坐轿；

古人加冠束帻，今人但知戴帽；

这都是古所没有，而后人所创造。

若必叫帽作巾，叫轿作舆，

岂非张冠李戴，认虎作豹？

如果单纯用白话语汇为文就比较单调，巴金的文章就有这个局限。余光中先生在《剪掉散文的辫子》中反对单纯用白话词语，说，适当地运用文言词语，和白话交织使用就比较丰富而且多彩。古文早在五四时期就被胡适宣布为死文字了。但是，用得适当，还是能出奇制胜。

如前几年高考，有一个考生用古代半文半白的《三国演义》式的文言写了一篇《赤兔之死》就很值得欣赏。

为了避免过分抽象地发空洞的议论，就这个问题，我们对一篇经典名文做些分析。这就是毛泽东的《别了，司徒雷登》，这篇文章，把文言词语和白书面语言，甚至口语的词汇结合起来使用，起到一种相得益彰出神入化的效果。这篇文章曾经收入人民教育出版社的高中语文课本。这本是编写者很大胆、很有见地的一种表现，但是，许多中学生反映，看不懂，没有兴趣，许多中学老师也苦于无从教起。现在通行的课本，就毫无保留地删节了。其实，如果真正把这篇文章教好，对于学生语言驾驭能力的提高是大有好处的。理解这篇文章的关键在于文章的倒数第三段，南京解放了：

司徒雷登大使老爷却坐着不动，睁起眼睛看着，希望开设新店，捞一把。

这一句不但是思想的关键而且是语言的关键。第一，从思想上来说，实际上美国人想丢掉蒋介石，和中国共产党建立关系。这是因为，早在抗日战争期间，美国政府与中国共产党就有着一定的关系，他们知道，斯大林有严重的大国沙文主义倾向，压制过毛泽东的。在中国人民解放军饮马长江的时候，斯大林还建议适可而止，国共双方以长江为界，但遭到毛泽东的拒绝。毛泽东对他的回答是：“将革命进行到底。”毛泽东的战略思想是：敢于斗争，敢于胜利。

美国人一直以为中国共产党和苏联共产党不同，不过是一群“土地改革者”。斯大林和南斯拉夫共产主义联盟的领导人铁托发生冲突，早已将铁托开除出世界共产党人的“情报局”。在美国一些当权者看来，毛泽东可能是另一个“铁托”。

毛泽东断然拒绝了斯大林，是第一次历史性的拒绝；在《别了，司徒雷登》中，则又拒绝了美国人，这是第二次历史性的拒绝。

这充分表现了一个历史人物的大气魄。他对于美国所作的回答，不但有历史的内涵，而且充满了他个人的豪迈气概。这一点，可以从他 1945 年发表的《沁园春·雪》中的“数风流人物，还看今朝”，得到某种参照。

第二，毛泽东对于美国人的拒绝是坚定的，所用的语言在外交文献上，是很有特点的。可以毫不夸张地说，这是一种只有毛泽东才能有的大气魄、大创造的文风。对美国当局：严厉、果断、坚定、自信、斩钉截铁、居高临下、旁若无人、藐视对手。首先，定性严厉——“美国帝国主义”——“侵略”——“彻底失败的象征”。不用外交礼貌用语（当时也没有外交关系），甚至没有多少分析，不言而喻——直截了当，有的问题在《友谊还是侵略》中已经讲过了，你同意也好，不同意也好，不容分说。在古代文论中，这叫作“先立地步”。文以气为主，本文的好处，就是有一种压倒一切的汹汹的气势，或者叫作浩然之气。其次，定性的刺激性：所用的语言都是正式的，书面语词汇。从内容上讲是直接下政治结论，或者叫作不容分说地做政治性的定性。把美国叫作“美国帝国主义”，用了好几次。把国民党南京政府叫作“美国殖民政府”。最后，用口语来表现调侃与讽喻。虽然，用语相当严厉——不留任何余地，除了政治话语以外，又用日常口语来表述政治性的论断，用非正式的话语来表述正式的外交观念，表面似乎不伦不类，但是，实质上，显出一种特别的趣味，把胜利者的自信和自豪表露得淋漓尽致。这得力于口语词汇：“捞一把”“开新店”。这表明了毛泽东当时对美国的藐视。不用这样非正式的（在英语中叫作 informal）的语词，毛泽东的情绪就不可能表现得如此强烈。把正式的和非正式的，书面的和口语的词汇结合起来，达到如此水乳交融的程度，堪称文章风格学的一大创造。关于美国支持蒋介石政府打内战，毛泽东用政论语言的表达：

> 这样，就迫使美帝国主义的当权集团，不能采取大规模地直接地武装进攻中国的政策，而采取了帮助蒋介石打内战的政策。

这样讲，是书面的、理性的、不直接带感情的，毛泽东可能觉得在那伟大的历史时刻，这样讲是不过瘾的，他将此结构复杂的书面语化为简明的口语：

> 美国出钱，出枪，蒋介石出人，替美国打仗，杀中国人。

还有：

> 不是他们杀过来，而是我们杀过去了，他们快要完蛋了。

不怕你反感，不怕不够文雅，不怕你觉得武断——从“完蛋”这样的口语词汇中可以看出当年毛泽东个人振奋的心情。这是毛泽东特有的个性和风格——向来善于把复杂的政治问题口语化，简明化。例如，他在讲哲学的时候，阐释哲学反映论的原理，是这样讲的：

人的正确思想是从哪里来的？滔滔不绝的演说，大块的文章，是从哪里得来的？是从天上掉下来的吗？是自己脑子里固有的吗？

这里虽然都是口语，但是却概括了两个对立的哲学流派之间的关系：“从天上掉下来的”，是客观唯心主义；“脑子里固有的”，是主观唯心主义。如果用纯哲学的语言来说，就比较复杂，不够明快。用口语来说，就不但明快，而且生动了。在《历史唯心主义的破产》中，艾奇逊说中国革命的产生是由于西方进取性的文化进入中国以后，引起了社会的动荡，把中国革命说成是一种文化冲突。毛泽东在批驳他的时候，作这样口语化的句子：

阶级斗争，一个阶级失败了，一个阶级胜利了，这就是几千年来文明史。[①]

毛泽东对于马克思主义的宏大体系的归纳是这样的：

马克思主义的道理千条万绪，归根结底只有一句话：造反有理！

这样对马克思主义的概括其实是不周密的，但是，很简明，毛泽东很有宣传家的特点，至于说“艾奇逊的历史知识等于零，还赶不上一个普通的人民解放军战士”，则近乎某种率性。这种率性和宣传，只有把书面语的“革命”用口语“造反”来表现，把缺乏历史知识的书面化表述，变成口语“等于零”来表达才有直接交流的痛快感，才有毛式的气势。毛式的话语，还有一点值得注意，就是从反讽调侃到正面讽刺：火气越来越大，用语越来越凶，甚至用了一些情感色彩很强烈的明喻，把美国在“二战”以后，对于国共两党的“调处”说成是“文明戏”，把白皮书的说法说成是“强奸”美国民意。

从辩论术来说，具体分析带着彻底的翻案性质——把对方的论点化为自己的论据。毛泽东所用的分析方法，并不完全是政治理论的精细分析，而是宣传语文的“简略分析”，从“可是——”以下，有两段可以说是简略“分析”（课本上的“预习提示”认作是“论证”），做出结论以后，用一种简单论证，三言两语一带而过。“一则”“二则”“三则”，以下所引，基本上是列举例证，在逻辑上叫作“简单枚举归纳推理”（从严格的论证上来说，不是可靠的）。这不是本文的重点，这是前提性质的，因而所用的方法是比较简单的，不纠缠。实际上不过是起了说明作用——这是不准备讨论的问题。

文章重点的地方做透，不是重点的地方，就不做透，不跟你纠缠不清。在这样的基础上，结论下得果断——表现了胜利者的自豪，甚至有点旁若无人。所谓做得透的地方，就是雄辩分析，教科书上的“预习提示”说是“引证”，太表面了。关键是：恰当的“引

① 以上引文均见毛泽东：《毛泽东选集》（四卷本），人民出版社 1965 年版，第 1383—1385 页。

证”，不是引用全部，而是截取其中的要害，并且进行分析；最重要的是——把分析变成转化——翻案式的分析，把对方的论证化为自己的论据。这是毛泽东的拿手好戏，轻松地将对方的概念转化为反面：“国际责任”“对华传统友好政策”被分析为，干涉中国内政，替美国人杀中国人、消灭共产党。这就达到了逻辑化的高潮，同时也达到了情绪化的高潮。口语由于情绪的作用，变成了反语（大使老爷、好办法！），人称的突然转换——突然变成了对方的内心独白，用对方的主观逻辑——调侃、讽刺。到了这样的高潮，如果光是为揭露美国，文章的任务已经完成了。但是文章到这里才写了一半。为什么？文章不全是和美国人辩论的，而且是针对中国知识分子的。这些知识分子，是反对蒋介石的盟友，但是，对于美国有好感，对于苏联有戒心，对共产党有保留。下面就既不是分析，也不是论证了，而是把口语、书面语、文言词语结合起来，给了毛泽东以极大的自由，率性地对于对手施以调侃和反讽，对于盟友施以鼓动和抒情。词语的用法或正或反，或庄或谐，或严厉斥责，或坦然教训，把口语和书面语都用得十分灵活，左右逢源，涉笔成趣。

教训——针对反对蒋介石的盟友——知识分子、民主党派、无党无派人士。

“听着”——有点指示性的、命令性的、不太客气的语调，胜利者的姿态，有点居高临下，浩然之气中有点盛气。

“对于美国怀着幻想的善忘的自由主义者或所谓‘民主个人主义’者们。”

“近视的思想糊涂的自由主义或民主个人主义的中国人。”

“书生气十足的不识抬举的自由主义者，或民主个人主义者。”

反讽——说艾奇逊是“不拿薪水上义务课的好教员”“可爱的坦白性是有限度的”“洒了些救济粉”。

毛泽东的个人气质和文化修养跃然纸上。口语用得活，古代汉语也用得活：活用典故——顺向而推，涉笔成趣。“鸟兽散、茕茕孑立、形影相吊”。尤其是下面这一句：

嗟来之食，吃下去肚子要痛的。

前面是古代汉语，后面是口语，因为完全是率真的表现，所以结合得这样自然，有时故意今词古用，把革命队伍中的专门词语，口语，用到古代历史名人和现代政治家身上去：把伯夷说成是当时革命队伍里流行的口头语言“开小差”“反对……人民解放战争”“颇有些民主个人主义思想”。还把革命战争的形势简单化为：“不是他们杀过来而是我们杀过去。”把口语的“杀”用到正式的文献中，这是很有特点的。把敌人的失败，说成是：“他们完蛋了。”把美国大使馆的终于撤退说成是“挟起皮包，很好很好”。这样的口语就不但是以智胜人，而且是以情动人，既有情趣，也有智趣：亦雅、亦俗，亦庄、亦谐。把口语的俗和文言的雅，不但结合很好，有时还有意加以对比，句法的活用，用了反问句，更加肯定：

口语表述：

> 中国人死都不怕，还怕困难吗?

古代经典语言的表述：

> 老子说过："民不畏死，奈何以死惧之！"

光有旁若无人的浩然之气是不够的，还要有相应的文化底蕴——既有古典文言，又有老百姓的口语，矛盾获得统一，在毛泽东笔下，浑然一体，得心应手。这才叫作文章的大手笔，大气魄。正是因为有了这样丰富的语言，毛泽东才能得心应手地做正面鼓动和抒情。从这里可以看到毛泽东的个人的思想风格，感情色彩极强的用语：

> 我们中国人是有骨气的……闻一多拍案而起，横眉怒对国民党的手枪，宁愿倒下去，不愿屈服……应当写闻一多颂，写朱自清颂。[①]

这与对于鲁迅的崇高评价（鲁迅的骨头最硬，毫无奴颜媚骨，"横眉冷对"，用的就是鲁迅的典故）一脉相承。分析、判断、反讽、抒情、声色俱厉的训导、正面的表扬和鼓动融为一体，既有充分的个性，又有民族自豪感和自信心。这不仅仅是因为胜利前夕的欢乐和轻松，还因为他的文化修养——古典语言的丰富和灵活——他以普通群众语言发言的自得——他的不拘一格、扬眉吐气、旁若无人、"浩气"凌人，嬉笑怒骂皆成文章。所有这一切都因为他对于丰富的语言成分的出神入化的运用而得到淋漓的表现。

从以上的分析来看，要研究口语交际，有两个途径：第一，学习系统的理论。目前语用学方兴未艾，有许多学术著作可以参考，但是，要注意，过分关注系统的理论，往往陷入理论的概念体系中去而不能自拔。正是因为这样，我觉得这种方法一定要与第二种方法结合起来，那就是从品味日常用语和文本的阅读中进行有心的分析。许多看来奥妙的道理，神秘的规律，其实并不复杂，越是深刻的规律，常常越是平凡，它往往就包含在最简单、最常见、最普通、最一般的语言现象之中。就我个人学习的经验来说，我不轻视理论，但是，我一般不从理论出发，一来，没有一种理论是完全的、百分之百靠得住的；二来，它就是都正确，联系实际，要达到活学活用不是一件很简单的事。

不要指望有一种理论会解决一切问题，问题的解答就在文本中，如崔永元的一则报道"小崔最近腰包鼓了"，这就是口语，如果要用书面语言来说，就是崔永元最近收入挺丰厚的。要体会口语的妙处，就得有一种还原的能力。光是说：腰包鼓了，还可能体会不到妙处，一旦还原了，就有比较，有鉴别了。再比如，这篇报道里还说，这一阵他捣鼓着什么名堂。用书面语还原一下，不难，应该是，策划，把策划和捣鼓比较一下，就能领悟

① 以上引文均见毛泽东：《毛泽东选集》（四卷本），人民出版社 1965 年版，第 1383—1385 页。

出口语的生动了。当然，并不是纯用口语就一定好，最好是，口语和书面语，和古代汉语的词语交错使用，比如这篇报道中，说到小崔的工作没有人敢接，就用了古代诗歌经典语言“高处不胜寒”，虽然是古代汉语，但是，仍然有现代口语的调度。趣味就这样变得丰富起来。

以上所说不是比较表面的、口语词汇方面的问题。口语的特点，还在句法上表现出来。

口语比较单纯、明快，很少用复合句法，常用简单句。口语往往把书面语复合句中间的联结虚词，如：不但、而且、因为、所以，等等，省略掉。用书面语的句法来说：

如果明天天气不好，我就不出发了。

改成口语，就不用那么啰唆：

明儿天不好，就不走。

句子短了，不但语义明快了，而且语气多样，情感色彩丰富。

语气变化丰富，是口语很重要的特点。由于现场语境的暗示，有许多信息是不用语言双方都心照不宣的，故语言中的逻辑关系，是不用直接表白的。而且人物的心态，也在对话的过程中瞬息万变，这些都在无声的姿态和表情之中，这种情感的动态，不但隐含在词汇中，而且隐藏在语气的变幻中。同样的话语，不同的语气，可能包含着完全相反的内涵。

《红楼梦》中贾芸想弄点香料讨好王熙凤，走后门到荣国府混个差事做做，可他没有钱，只好找他开香料铺的舅舅卜世仁赊欠。卜世仁话回答得很绝，说是已经立了合同，“再不许替亲友赊欠，谁要犯了，就罚他二十两银子的东西”，而且缺货，拿现银子也买不到许多。这自然是鬼话。他正面不肯帮忙，反面却倒打一耙，责备贾芸。

“你小人儿家，很不知好歹，也到底立个主见，赚几个钱，弄得穿是穿吃是吃的，我看着也喜欢。”

贾芸笑道：“舅舅说的倒干净。我父亲没的时候，我年纪又小，不知事。后来听见我母亲说，都还亏舅舅替我们出主意办的丧事。难道舅舅是不知道的，还是有一亩地，两间房子，在我手里花了不成？‘巧媳妇做不出没米的饭来’，叫我怎么样呢？——还亏了我呢！要是别的，死皮赖脸的三日两头儿来缠舅舅，要三升米二升豆，舅舅也就没法呢！”

贾芸明明是顶卜世仁，却用那么温和的语气，抽象地肯定卜世仁“说的倒干净”，具体地摆事实说家道穷。又说没有经常来告贷，请仔细研究他这一席话的语气多么丰富！又是陈述，又是肯定，又是否定，又是感叹，又是反问。再来看曹禺《雷雨》中鲁贵的一段话：

哼，（滔滔地）我跟你说，我娶你妈，我还抱老大的委屈呢。你看我这么个机灵人，这周家上上下下几十口子，哪一个不说我鲁贵刮刮叫。来这里不到两个月，我的女儿就在这公馆找上事，就说你哥哥，没有我，能在周家的矿上当工人么？叫你妈说，她成么？——这次回来，你妈要还是那副寡妇脸子，我就当你哥哥的面不认她，说不定就离了她，别看她替我养了个女儿，外带来你这个倒霉蛋哥哥。

有了这么丰富的语气变化才能表现出人物当时的内心自我感觉来，也才能表现出当时的世道人心来。鲁贵明明身处下贱，可是在女儿面前，却充满猥琐和自豪，语气中时而正面陈述，时而反诘，在威胁中，又有期求，在凶狠中透露出掩饰自卑。这一切都由他感叹、反问、训诫，不时变换的语气显露出来。

力求语气丰富，甚至在诗歌中也是屡见不鲜的。古典诗歌哪怕是绝句那样的精致结构中，也是第三和第四句有所转换。至于现代新诗，特别是受西方诗歌影响比较大的徐志摩和闻一多，在20世纪20年代，在新诗领域里进行一种“戏剧性独白”的实验的时候，就以语气丰富的口语写了不少经典性的诗歌。以下是闻一多的《飞毛腿》：

我说飞毛腿那小子也真够别扭，
管包是拉了半天车得半天歇着，
一天少了说也得二三两白干儿，
醉醺醺的一死儿拉着人谈天儿。
他妈的谁能陪着那个小子混呢？
“天为啥是蓝的？”没事他该问你。
还吹他妈什么箫，你瞧那副神儿，
窝着件破棉袄，老婆的，也没准儿，
再瞧他擦着那车上的俩大灯罢，
擦着擦着问你曹操有多少人马。
成天儿车灯把且擦不完啦，
我说“飞毛腿你怎不擦擦脸啦？”
可是飞毛腿的车擦得真够亮的，
许是得擦到和他那心地一样的！
那天河里漂着飞毛腿的尸首，……
飞毛腿那老婆死得太不是时候。

从诗的艺术来看，这并不是最好的，但是口语词汇的运用和口语语气的转换在这里表现得很典型。徐志摩的《残诗》才叫精彩：

怨谁？怨谁？这不是青天里打雷？
关着，锁上；赶明儿瓷花砖上堆灰！

别瞧这白石台阶儿光滑，赶明儿，唉，
石缝里长草，石板上青青的全是莓！
那廊下的青玉缸里养着鱼，真凤尾，
可还有谁给换水，谁给捞草，谁给喂？
要不了三五天准翻着白肚鼓着眼，
不浮着死，也就让冰分儿压一个扁！
顶可怜是那几个红嘴绿毛的鹦哥，
让娘娘教得顶乖，会跟着洞箫唱歌，
真娇养惯，喂食一迟，就叫人名儿骂，
现在，您叫去，就剩空院子给您答话！……

徐、闻二位都是深受西方浪漫主义诗歌影响的，但是，在这里，浪漫的高雅语言为世俗的平民口语气所代替。

所以要列举这么多诗文，目的不过是提示三点：

1. 口语词汇与书面语词汇的根本区别，在语义上和功能上的不同。

2. 二者在一定条件下的转化，也就是活用，产生特殊的风格和修辞效果。

3. 书面语词汇是比较正式的、文雅的、庄重的，情感色彩比较隐蔽的，而口语则是比较随意的、亲切的、非正式的，世俗的情感色彩比较直接的。

要让学生明白在汉语里，同一个指称，并不是只有一个词语，而是至少有两个，甚至多个词语。两种词语往往被认为是“同义词”，但是其情感色彩是不一样的。“屁股”和“臀部”（幽默语言可以说“金臀高耸”）、“老婆”和“太太”（还有：拙荆、贱内、内掌柜的、内当家的），所指是相同的，而交际功能和情感色彩上是极不相同，不可混淆的。要尽可能地让中学生从口语和书面两个范畴中去领会、活用两类词语的色彩。让中学生的心灵在汉语的两类词语体系中接受真正的文化熏陶，例如，“死”这样一个词，书面语的说法是：死亡、逝世、牺牲、归天、过世、仙逝、驾鹤西游、魂归道山、圆寂、涅槃、心脏停止跳动，等等。而口语的说法是：死翘翘、断气、翘辫子、上西天、两脚一蹬、玩儿完、上火葬场、见马克思、革命成功，等等。

一方面，每一个词汇都有严格的规范，不能乱用，另一方面，每一个词汇又都有活用、歪用的余地，例如，随便说某人要“涅槃”了，或者像程咬金在瓦岗寨，听了官兵来了，就说，自己要“驾崩”了。

还有一点不可忽略，现有的词义是在不断地发展的——这是达到了社会长期的约定俗成的，但是，新的用法、引申的意义不断生长出来。学习语言，不能光从书本上学，从书本上只能学到现成的意义，很少学到新产生的意义。因而，除了书本以外，还有一个最重要的学习的领域就是日常口头交际。比如，我们本来有“酷”这个词，是残酷一类的意思，但是目前青少年中流行的“酷”是从美国进口的：cool是很帅又很冷漠、又很深沉等等丰富的意思。我们原来有“菜”，但不是形容词，意思也不是现在这种贬义十足的，现在产生了许多新的词汇，新的情感色彩，善于学习的人，无不善于从口语中，把这些词语吸收到文章和口头表达中去。酷毙了，帅呆了，土老帽儿。在这种词产生以前，我们就很难表达这种意味，甚至没有意识到它的特殊意味。要把作文写好，让自己的口语充满情趣，用词就得很讲究，就要对不同语境中的特殊意味有特殊的敏感。特别是语境对词义的变异作用，要有高度的敏感，比如：好。这是肯定的意思，但是在特殊语境里还有相反的意思。王熙凤听说贾琏在外面包了一个尤二姐，说了一句：“这才好呢！”林黛玉听到贾宝玉和薛宝钗结婚的音乐：“宝玉，你好……”情人骂情人：“你好坏！”所有这一切不在日常生活交流中下功夫，就不能学到手。

如果你觉得说把敌人消灭了不解气，还要来点情感色彩，最简便的方法就是把关键的书面词语（消灭）改成口语词汇：

把他杀了。

把他宰了。

把他砍了。

把他脑袋拧下来。

强烈的情感色彩来自口语词语的情感色彩，容易引起现场听众的共鸣。试比较：

不要欺骗我。

不要把兄弟当傻帽。

哪一句更有情感色彩，更富于言外之意？

下面是聂绀弩的《我若为王》的一段，下面画线的词语都有书面文言色彩：

我若为王，我的名字就会改作“万岁”，我的每一句话都成为“圣旨”，我的意欲，我的贪念，乃至每一个幻想，都可竭尽全体臣民的力量去实现，即使是无法实现的。我将没有任何过失，因为没有人敢说它是过失；我将没有任何罪行，因为没有人敢说它是罪行。没有人敢呵斥我，指摘我，除非把我从王位上赶下来。但是，赶下来，我就不是王了。我将看见所有的人在我的面前低头、鞠躬、匍匐，连同我的尊长，我的师友，和从前曾在我面前昂头阔步、耀武扬威的人们……我将听不见人们真正的声音，所能听见的都是低微的、柔婉的、畏葸和娇痴的，唱小旦的声音：“万岁，万岁，万万岁！”这是他们的全部语言。

可以试着让学生把上述书面语言改成口语词语，促使其体味两种词语的微妙差异。

如果能找到比较恰当的口语词汇来代替，则可能构成一种特殊的趣味。这种趣味，是语言潜在的储存，会学习的，有出息的，就能找到那种矿藏。没有出息的就只能重复别人已经反复用过的，用北方话来说，就是“吃别人嚼过的馍”。

祖国的语言是很神妙的，连一个很普通的“笑”，都很丰富，含义在不同场合，反差很大。要驾驭语言，就要善于发挥语言的潜在量，光是一个笑字，就有许多平常意识不到的可能性：有令人痛苦的笑，有令人毛骨悚然的笑，有空洞的笑，有传染性的笑，有皮笑肉不笑，有曹操那种在华容道的——失败的时候的笑，有李白那种“仰天大笑出门去，我辈岂是蓬蒿人”的“笑”。

善于写作的人的一种特殊本领，就是发现语言的最大可能性，要尽可能灵活地，甚至“不正确”地运用这些感情色彩很明确的词：

你要驾崩了。

你要魂归道山、羽化登仙了。

你要见马克思了。

你要逝世了。

你要完蛋了。

你要上西天了。

这下子你要死翘翘的了。

把学生训练得能在这样的“同义词”中体会到微妙的差异，才能真正叫作有语感。西方的话语理论说，现成的话语，共同的话语，对人既是交流的方便，同时又是个人情感的、思想的遮蔽，所谓既是桥，又是墙，现在得到多数学者的认同。从理论上来说，这还有待于完善，但从实践上来看，作家要找到自己的用法无疑是正确的，比如家这个词，我们都有一种共同的理解，但是，小说家王朔说：家就是你在那里面大便感到最舒畅的地方。《家》（剧本——曹禺改编）中的觉慧说：“家就是宝盖下面一群猪。”这里有多大的差别啊，不把语词放在不同的语境中置换，语词的内在含义，其潜在量就很难显示出来，学生的语感也就很难培养起来。

演讲的现场感和交流互动①

中国是个会议大国，每逢开会必有演讲。但是，在我看来，大多数当事人，不会演讲，也就是说，不懂得演讲是一种交流。我有当十几年演讲评委的经验，大量的演讲者都是用抒情的、非常美妙的语言，非常诗化的语言，像朗诵一样的，甚至还带着舞蹈动作。不过有的准备得很充分，也难免突然忘词了在那儿呆着，眼睛往上翻，还有的就吐舌头，这就更糟糕，有的没有信心就下来了。我在那儿做评委，每逢有人打扮得很漂亮，我一看这样的人上台我就怕，因为他准备得太充分，演讲是一种交流啊，你所有的东西都准备好了，你就很难交流，一味把你的思想成果拿来宣读，听众就不买账了。如果今天我演讲，我也拿这个稿子来念，你们早走了。演讲、谈话或者交流是互动的、是双向的，包括你们之间都要交流的，而我在这里是全方位运作，除了我的动作、我的眼神、我的身体语言、我的有声语言以外，还包括我用语言的情绪，还包括我一头想一头形成的观念，一头表达，又一头寻找最恰当的词汇这个过程，都跟你们在交流，都不是现成的东西的宣告。有些演讲者一上来，就让我感觉到他是在背一个现成的讲稿，虽然他没有拿稿子念，但是，他眼大无光，“目中无人”。我可以看到他眼神里的恐惧，他最怕某一段的某一行会忘掉，他还没到那个地方就怕了，结果到那儿真的就忘掉了。

美国有一个卡耐基的演讲书说道，演讲必须准备，但演讲不能完全准备！你们看布什演讲，他是有稿子的，他在清华大学演讲，一开头他就开玩笑：“我的夫人和我的国务秘书相处得很好。”底下哄堂大笑起来。像克林顿在北大演讲，同学们就提出来一个问题说：“如果你在北大演讲的时候，我们有人示威，你怎么办？”他是马上就要反应出来的，不可能事先有所准备，克林顿讲：“至少让我感到不孤独。”你看他多幽默。如果所有的演讲者都事先准备得好好的，只能阻断交流。整个演讲是交流的过程，是观念形成的过程，是思

① 对福建师大教育硕士的讲话。

想形成的过程，是情绪积累的过程，这样才能和你们形成一个互动的、互相创造的氛围。现在我们如果不懂得这一点，就会经常发生一些很奇怪的现象，大家都会上来背稿子。他们以为稿子写得很美丽，我听起来却感到全是陈词滥调。所以演讲者上台，成功的要义就是要创造一种互动的、交流的氛围。

我曾经有幸听过大演讲家的演讲，如苏加诺——印尼的国父的演讲。是1956年，在清华大学听，他当时风头很盛，进了清华大学校园就很热闹。许多大学生就涌上去，我们是北大的，我们就坐在那儿不敢动。那个时期比较开放，安全系统不像现在那么严密，好多人一起涌上去握手，车子就开不动了。要知道一个国家元首的车停在原地5分钟不动是很危险的事。而清华大学同学，尤其是女同学非常热情，几百个人拥上去，有的握不到，就摸他的衣服，甚至有很虚荣的女生摸摸他的衣服看看是什么料子的。（大笑声）但在保安的护送下，他终于去参观清华大学的图书馆了，我们就回到广场上。当时的高等教育部部长叫杨秀峰，把我们臭骂一顿。等到苏加诺一上台，底下都傻傻的，都给骂懵了，我们头都低低地坐在小凳子上。苏加诺就看出来了，这个不好交流，在演讲开始以前通过翻译说："我有个建议，建议你们向前走一步，因为我愿意生活在青年中间。"那我们就向前走一步，然后往下一坐，又傻了。苏加诺说："我建议诸君笑一笑，因为我们面向一个美好的未来。"我们就笑，气氛马上轻松了。这是大演讲家，他能创造一种交流的氛围。他虽然用外国语讲话，但当时他给我的印象太深了，这么大的一个开国元勋跟我们这样平等交流，就缩短了心理距离，创造了一种和谐欢乐的氛围。

我还听过郭沫若的演讲，他念稿子，很难听。胡耀邦的讲话就比较精彩，完全没有架子，像红小鬼那样的，讲调皮话，他讲话的那时是20世纪50年代中期，美国和中国敌对，其国务卿杜勒斯反华情绪很强，对我国搞"战争边缘政策"，胡耀邦说我们不怕他，不管他是杜勒斯还是萝卜丝。大家一听就哄堂大笑起来。我听过克林顿的竞争对手，原来的加州州长杰列·布朗的演说，正好6月份，他每天要做八到九次的演说，喉咙都讲哑了，我们那个大学，等他来演说，真是等到要命，原计划是10点钟，但等到11点还没有来，迟到了差不多快一个小时。布朗到了以后，已经没有时间跟任何人握手了，但是他想向在太阳下晒着等他的忠实支持者表示一下，他本来要一个一个握手的，但如果这样下去，他下一场演讲又要迟到了。他从前面走到后面第三排，有一个坐着轮椅的人，布朗跟他握了一下手，所有的听众马上就鼓掌，大家马上就理解了布朗太忙了，不能一个个人握手。坐着轮椅的人令布朗特别尊重，跟他握了就等于跟大家握了。然后布朗拿起那个喇叭来说："后面听到没有？"后面说："听不到。"他就把声音放大一点儿，就说："前面怎么样？"前面说："太吵了。"他说："我开始黄金分割了。"于是马上就开始演讲，气氛就缓和下来了。本来大家都很愤怒，等了半天你才来，虽然他抱歉的话都没有说一句，但是氛围就这样缓和了。

后来我听克林顿演说，克林顿没有他那么幽默，但是克林顿很热情，出口成章，稿子都没有，而且他就讲“美国的大学生学费问题”，因为当时美国的经济衰退，政府的拨款削减，学费提高。他就讲如果上台，如何减轻学生负担，以及如何贷款，用为社区劳动服务来偿还等，这样就缩短了学生跟他的距离。

总的说来，一个人要会讲话，首先就要会交流。我刚才也说，我们国家领导人朱镕基是个大的演说家，我有幸听过他两次演说，他一上台来就会把整个空气协调得非常和谐，互相交流，非常平等，一点架子都没有。我参加作家全国代表大会，五年一次，第一次是1998 年底，上午是当时的外交部部长报告，讲国际形势，下午就轮到朱镕基做报告了，早就知道他比较会演说，因为他在清华大学当过学生会主席，演讲比赛得过第一名。他一上台就说：“我来给你们作家做报告，我就心里打鼓，我是管经济的，满脑子都是抽象的数字，你们都是形象思维，我不知道我这个报告应该长一点好还是短一点好。”底下的人就喊一声：“长一点好。”他说：“长一点可能犯错误呢。”底下说：“不会呀！”他说：“那我就做长一点，但是底下有些同志觉得疲倦了，那就可以小睡片刻，有些同志还需要的话也可以自行方便，不过要分期分批。”他这么一讲，哄堂大笑起来。整个会场的气氛就不一样了。他讲：“我们的股市不是有一点爆棚嘛，一下子涨到 1300 点，有一点儿过分了。”他就让《人民日报》发了一篇评论员文章，提醒当心股市风险，股市平息下去了。他说，他每天上班先看西方有什么反应。其中有一个评论非常没礼貌，说，中国股市不正常，既没有牛市，也没有熊市，只有“猪（朱）市”。他说，骂人也不能这样骂啊。他没有总理的架子，讲话妙趣横生，缩短了我们作为一个普通群众和总理的距离。

五年以后，又听报告，朱镕基上来讲，他一上台我们就鼓掌了，他就说：“我这个人是管经济的，讲经济不讲政治。”我们给他鼓掌，他说：“不对，不对，我们要讲政治，都是你们鼓掌鼓得我血压都上升了，都讲错话了。”他善于让你和他之间的心灵达到一种沟通。这样就使得整个气氛非常和谐。

我国领导人中，还有一个口才非常好的，那就是王岐山，他能够吸纳民情，讲解官方，直面舆论监督，对老百姓说市井之语，对外国友人讲述人情故事，穿梭在各种不同的话语体系之中，不回避问题，致力于解决问题。在 2014 年 3 月的全国人代会上，代表们审议政府工作报告时，提到食品安全问题。王岐山没有讲官话套话，而是用老百姓的口语回答说，很不好意思，过去吃不饱，现在吃饱了，又不安全。这样的口头语言，缩短了作为国家领导和代表之间的心理距离。就在中美战略经济对话的闭幕会上，他把准备好的讲稿放在一边，这是前所未有的场面。他坦承，在这样重要的场合，这么做是冒风险的，但他脱稿讲演有信心。讲到美国人一直纠缠的知识产权的侵犯问题，他以他的丝绸领带这样的感性话语，也就是美国人所谓的非正式（informal）话语来解释。他说："对于中国人来说，知识产权是个比较新鲜的问题，人们第一次知道它是在20世纪90年代中期。……而现如今，全球的人们都戴着中国丝绸制作的领带，因为中国人把自己的发明与世界分享了。"这个故事尽力消除美国人对中国知识产权意识淡漠的批评甚至愤怒，让美国的劳工部长赵小兰记忆深刻。赵小兰说："这一点尤其为美国为政者们所赏识，他们更喜欢这种非正式的交流，有助于建立一对一的合作关系。这样一来，领导人之间的交谈会非常坦率，难点突出。""他讲故事，甚至讲笑话，我们以前从未想过中国的高层领导人会运用这样的交流方式。"赵对王的第一印象是"开朗、有风度、健谈，让每个人都觉得舒服"。

许多很有水平的人不善于演讲，据说，巴金就是一个。在我印象中，巴金一向回避大会发言，万不得已时，常以"书面发言"代之。20世纪50年代，我做大学生的时候，在天安门广场上听过茅盾和宋庆龄的演讲，当时颇为意外，他们二位竟用吴语官话念讲稿，许多北方同学根本听不懂。他们讲话的语调完全像温柔地在室内独白，和广场上为支持伊拉克人民推翻曼德列斯反动政权而聚集起来的群众情绪挺不相称。至于在大学里那么多学富五车的教授，讲课受欢迎的实在凤毛麟角。何其芳先生在一次讲新诗的报告会上说，他当年念大学时，有一个教授，讲哲学就是把他那多年前就写好的讲义拿到课堂上"嗅一遍"。这是形容他高度近视，把念讲稿当作讲课。

何其芳说的是20世纪30年代的事，到了20世纪50年代，大学里情况仍然没有什么明显的变化。我们当时最反感的就是教师在课堂上念讲稿，反对的声浪如此之高，以至于当时的校长马寅初先生都听到了，而且深深感受到了，他为此写了一篇文章发表在《人民日报》上，批评念稿之害。记得他做了统计，教师一堂课慢吞吞地念的讲义，其实学生只要20分钟就可读完。他得出结论说，念讲稿就意味着浪费青年学生的生命。

今天的大学讲坛上仍然公然念讲稿的教师是为数极少的，但是大学生们对大学教师的课堂讲授表示满意的仍然很少。这些老师中不乏善于为文者，但是他们一上讲台就变得语言无味了。

这是一种带着喜剧性的悲剧；其根源是，这些先生们混淆了写文章和讲课（演讲）。他们始终没有研究过这两路功夫的不同规律。自然，这两路功夫各有各的难处，但是，从某种意义上说，讲课或演讲比写文章要难得多。一本书写出来，如果100个读者中有50个人不感兴趣，甚至有二三十个人读不下去，这没有什么，也许并不妨碍这本书的学术成就。但是在课堂上或大庭广众之间，讲同样的学术课题就不同。如果100个听众有50个人不感兴趣，再加上二三十个人听不下去，这课堂或会场就可能像赶集一样热闹起来。不要说有这么多人抗拒你的讲话，哪怕是有 10 个人听不下去，他们的交头接耳和东张西望就可能影响另外 10 个不感兴趣的人，这 20% 的听众在做小动作，不仅会影响课堂秩序，而且会影响讲课者的信心，打击他的情绪，最严重的时候，可能使他的讲授无法进行。

从最表面的现象来看，讲课或者演讲与写文章的功夫不同就在于，讲课或演讲要抓住全场 95% 的听众的注意力，以创造成一种气氛，使其中那 5% 可能会动摇的听众，处于一种威慑之中，即使不感兴趣，也不敢表现出漠然状态，哪怕他听不懂，也得装作一本正经的很入神的样子。

而要造成这种气氛，无非靠两种办法。

第一种办法是创造一种精神优势，以拉开你和听众的心理距离。也就是说，你在演讲的过程中，要尽可能快地把听众对你的漠然消除掉，要精心设计你开头的每一句话，让听众心理稍稍震动一下。许多教师，尤其是中学教师都懂得“下马威”的作用。有一个颇具权威的大学教授，他对于迟到、上课交头接耳的学生常常用比较凶的语言斥责一番。这时比较严厉的声调和句与句间故意拉长的停顿，对于创造一种威慑性气氛，有立竿见影的效果。这样做的缺点是针对个人的成分太重，容易引起对抗情绪。其次，这种威慑效果很难持久，另一些教师比较喜欢泛泛地指出学生的水平、用功程度如何不如他们当年，这也有一定的“提神”效应。这时教师本人的真诚和用语的强烈同样重要。我在做大学生的时候，有一个教古典文学的教授在课堂上贬斥我们读书不认真，说是当年他的老师批评他们说他们不是在认真读书，而是摸书，而现在他则发现我们连摸书都谈不上。（他说的是线装书）这些话当时都起了提神作用，但事后却变成了笑谈。这是由于，这位教师的课讲得实在不得法，他上课的效果还是比较差。

当然也有一些教师在课堂上严厉地贬斥我们却引起了我们的尊敬。记得有一个很有威望的教授讽刺我们，读书只是为了将来在论文中举例子，例子以外的东西都懒得去翻。他说，他当年就不屑于为找例子而读书，他曾经把梁启超的十多卷《饮冰室文集》从头到尾都读了，他兴奋起来：“我看你们中没有人肯下这种功夫。”这些不但当时使我惊醒，而且今天想起来也十分感叹这位长者的直言不讳。

一般说来，贬低听众，创造精神优势，有利于形成一种现场震慑效应。这是写文章的时候很少用的，因为文章是单个作者对单个读者，它没有现场群众情绪的相互影响的效果。而在演讲中，这种效应不是一般的效应，而是一种强烈的递增反应，以引起听众的专注为特点。在听众情绪疲沓甚至听众已经走神了，为了进一步把听众情绪推向高潮时，是可以用一下的。闻一多先生在《最后一次演讲》中历数特务之卑劣行径，突然语调一变，用第二人称吼叫起来：“今天，这里有没有特务？你站出来！”这种创造情绪高潮的现场效果是很强烈的，它不但使可能在场的特务们震惊，而且使听众精神紧张起来。

不过，这种方法并不是任何时候，在任何场合，都能有效地运用的。不到紧要关头随便应用可能产生反效果。至于在课堂上创造精神优势，拉开心理距离则更是不能人人都奏效。只有那些德高望重、的确满腹经纶的权威教授才有这样做的权利。如果你道德文章的水平本来就与你的职称并不相称，运用此法至多只能暂时地起一下作用，从长远来说，则可能恶化你和听众之间的关系。即使那些的确很有威望的教授也只能偶尔用用这种方法来提神，用多了就会引起厌腻。

总之，拉开心理距离，创造精神优势，运用时必须十分小心谨慎，切忌滥用。对于演讲来说，这不是一种基本常用的方法，而是一种辅佐的方法。打个比方说，这是一种佐料，光有佐料是做不成好菜的，用错了佐料还可能把菜做坏。

控制住整个会场或课堂最常用的最易奏效的方法，不是拉开距离，而是缩短与听众之间的心理距离。

演讲与写文章的最大的不同在于，一般说，写文章只要把思想、情感传达清楚就算完成任务了。而演讲光传达思想、情感是不够的。要使演讲抓住每一个听众，就不但要使他们理解你的思想、你的观点，而且要让他们感觉到你的情绪，并且有所反应。在演讲中传达给听众的如果不是一般的观点，而是带着个性化的情绪色彩的观点，现场效果就好得多。要让听众不但用他耳朵听你的演讲，而且用他的身体来感觉你的思想。有一次我参加一个诗歌座谈会，参加的人虽然都是熟人，但是会却开得挺沉闷，尤其是在一位诗人提出要有一个叙事诗的高潮以后，有一些人开始彬彬有礼地提出不同意见。但是，过分的客套，反而使与会者之间距离扩大了，会场变得更加沉闷。这时我仗着与他有着相当友好的关系，便插进去说："我绝不能同意他的观点，我认为他这种观点应该加以粉碎！"话一说完，马上引起了哄堂大笑，连他本人也笑了，会场气氛马上变得热烈起来。这是因为"加以粉碎"这个用语带着相当夸张的感觉。这种夸张的感觉，在写文章时常常是显得很不得体、不庄重的，然而在面对面发言时，这种夸张的感觉不仅传达了我的观点，而且表现了我对他绝对不会生气的把握，以及我和他之间亲切的关系。这是一种缩短心理距离的手法。

演讲、发言与写文章的不同不仅仅在于这种感觉的传达，因为许多文学作品，尤其是抒情作品和喜剧性作品，也有这类感觉的传达。演讲或发言的特点还在于，它不但是单向传输感觉，还包含着双向交流的。最好的演讲效果必然是演讲者的无声的感觉，哪怕是一举手一皱眉，或故意拉长的停顿，甚至一时的口误，都会引起听众会心的微笑、活跃的反应，甚至热烈的鼓掌。这种听众与演讲者心心相印、息息相通的情绪，往返交流的饱和感觉很自然地使演讲者得到鼓舞，就有可能进入一种自由的境界，他的水平在这种情况下往往能得到超常的发挥。

在课堂上、会场上念讲稿，或者像在演讲比赛中常见的那样，背讲稿，就可能把演讲变成朗诵，永远不可能进入这个境界。

首先，最能交流感觉的眼睛被讲稿隔断了。

其次，心灵对讲稿文字只能被动地追随，而文字都是在事前就写就的，完全没有现场交流效果。因为讲稿语言是书面化的，而书面上规范化的语言是最缺乏强烈的感觉色彩的。比如说，你告诉你的学生们不要太拘泥现成的公式，“拘泥”这个字眼是很书卷气的，如果你改成：“不要老是那么傻乎乎，死心眼！”试试看，强烈的感觉色彩马上就显示出来了，学生们也会马上微笑起来。“五四”时期，北京大学辩论文言和白话的问题。胡适上课时，有学生提出，文言的优越是精练，如无能为力，用白话说就很难用这四个字说得这样到位，胡适当即用口语回答说：“干不了。”朱镕基20世纪90年代初在上海干部会上批判机构臃肿，先说，我们许多机关“人浮于事”，这是书面语言，在会场上交流的强度不够，接着他用了口语：“许多人是吃干饭的！”整个会场情绪就为之一振。

做一个好教师、好演讲家得有两手语言修养。第一手是书面的，也就是理论语言、科学语言。这是很抽象甚至很枯燥的，但很严密，很精确，适合于用来下定义，做结论，让学生把知识准确地巩固下来。第二手是口语，也就是非理论语言，甚至可以说非科学语言。但是它不枯燥，很生动，很明快，很有感情色彩，很有感染力。高明的演讲家能非常自由地把书面语言转换成口语语言。如果你说，你的文章我看了挺满意，听者不会有什么反应，你把它改成“你的文章我看了感到很过瘾”，他就会从心眼里感到舒服。如果你写一篇关于曹禺的剧本《家》的论文，你对该剧的主题用理论语言做个概括就够了，但是你如果做关于《家》的演讲，光有理论语言就不够，你最好再引用剧中人觉慧的一句话：“家就是宝盖底下一群猪。”虽然这句话是非理论化的，甚至可以说是不太科学的（因为觉慧兄弟就不是猪），但是这句话是很能传达并交流感觉的。善于演讲的人，对于这样的语言就特别珍爱，不善于演讲的往往以为它不科学而视而不见。

学英语到一定程度的人都知道英语中同样一个意思常至少有两套词汇，一套是正式的（formal）亦即是书面语言，一套是非正式的（informal），即口语语言。两套语言正如人的双腿，互相协同才能走路，如只有一条，不管多强壮，也是跛脚。许多在讲台上只会用书面化的理论语言讲话的人，都没有意识到他们是在做语言跛脚的免费表演。毛泽东的演讲追求群众口语色彩，他善于把学术性很强的命题转化为通俗的口语。他把对立统一的哲学原则通俗化为“一分为二”，把对立面的转化，说成“坏事变成好事”；他把政治路线和组织路线，转化为“出主意，用干部”；他把关于敌对力量既有强大的上升的一面，也有较弱的走向衰亡的一面，用“纸老虎”“铁老虎”来描述。他还把团结的重要性归结为一句谚语：“一个好汉三个帮，一个篱笆三个桩。”他又把工作要全面照应，表述为“十个指头弹钢琴”，而把工作无计划、无头绪表述为“十个指头按跳蚤”等，都是有意用口头语言来阐明深奥的哲学、军事原理。这种口语的运用使抽象逻辑不但变得容易理解，而且容易感觉，从而也易于造成现场交流效果。

自然，沟通感觉的手段不仅限于口语，还可以运用文学手段，如比喻、排比或精选的细节等。有一次我带同学去做教育实习，使我很奇怪的是一些平时讲话非常调皮、妙语横生、表情十分丰富的学生，第一次走上讲台，突然变得面部肌肉僵硬、语无伦次起来，下课以后，他们都很丧气。这时去责备他们，只能使他们更加不能正常发挥。我决定要使他们轻松一下，便在小组会上说：“你们一上台，好像去了半条命。我想起了我第一次上讲台的情景，学生们议论我说，这个老师站在讲台上怎么像祥林嫂似的。”他们都笑了起来。为了让学生分享我的幽默感，我用了两个比喻。一般的比喻，要求在被比的一点上要密切契合，而我把他们比作丢了半条命，把自己比作祥林嫂，显然是不太契合的，但是在这不伦不类的比喻中，有了某种歪曲的喜剧性的感觉，这种感觉比之那一本正经的教训不但是更容易传达的，而且更容易引起听者共鸣，从而易于形成互相交流感觉的气氛。

人们之所以喜欢在演讲中运用口语和比喻，就是因为它们有强烈的现场感觉交流效果。但是，有时尽管你用了口语，用了通俗的比喻，仍然有一堵透明的墙把你和听众隔开，你的感觉仍然很难引起听众的共鸣。

造成这种现象的原因很复杂，除了其他因素以外，这里往往有一个水平问题。如果你对你所讲的论题还没有完全消化，还没有达到可以用自己的语言自由发挥的程度，你所有的理解都被贫乏的概念紧紧地束缚着，你还只能从概念到概念兜圈子，一旦离开这些概念，你的舌头就像冻僵了似的。这说明你的体会很少，所以你的语言不自由；你的理解很死，因而你的语言还没有生命，就谈不上深刻地发挥，更谈不上自由地创造了。

如果是这种情况，这就得从基本观念上去重新钻研，重新培养自己。你要解决的不完全是语言问题，也不完全是演讲的方法问题。但是，这不等于说，语言、演讲方式就不用研究了，而是应该将这二者紧密地结合起来。实际情况是这二者不但不是绝对矛盾的，而且是互相统一的。只有把最基础观念彻底弄清楚，才有可能做自由的、生动的、充满强烈感觉色彩的表述。也只有做到能够自由地用非理论的语言来表达你所讲述的观点，它才能真正算得上化成了你自己的血肉，才有可能有创造性的发挥。

严格说来这二者很难截然分开，除了少数例外，大多数讲课不受欢迎的教师，其主要原因并不完全是演讲术的失败，而是理解、发挥的不足，创造性的缺乏，但加上演讲术的失败，则使他的失败变成惨败。大多数备受欢迎的教师，首先并不完全由于善于传达感觉，善于交流感觉，但是演讲术的成功，无疑是更加有利于他去获得听众的钟爱，甚至崇拜。

上面所说的水平问题，也许还不完全是演讲术的特殊规律，因为许多文学家特别是剧作家都有通过人物的对话，用口语表述哲学、政治、军事道理的能力，但作家笔下人物的口语是在事先反复推敲写就的，而演讲者，尤其是讲课者的口语，却必须带着即兴发挥的特点。

所谓即兴发挥，就是兴之所至，离开事前准备好的讲稿或提纲，发挥出一番见解来。这种发挥常常由现场某一细节、环境的某一刺激、某一听众的衣着，某一共同的记忆或自己的某一口误激发出一连串的观点，表面上看来极其偶然，实际上又与所讲论题密切相关。所有这些偶然性的契机都以现场可感或共同经验为特点，因而十分便于感觉和交流，因而也就十分有利于造成息息相通的气氛。

这就不但要求演讲者、发言者对所讲论题理解得很深，而且要求演讲者或发言者有一种即兴的反应能力，这不但意味着他有一种迅速形成观点的能力，而且有一种一面形成观点、演绎观点、分析观点，一面自由地选择口语和书面语言，表达观点，激起趣味的能力。真正掌握了这种能力的人可以滔滔不绝、口若悬河，使全体听众的感觉神经同自己的感觉神经豁然贯通，达到打成一片、融为一体的境界，创造出一举手一扬眉都产生热烈反应的现场氛围，自己浮想联翩，妙语如珠，听众也听得如痴如醉，若梦若狂，这时演讲者和听众都进入了忘我的境地，只觉得演讲和听讲是一种不可多得的享受，是一种毕生难忘的幸福。

达到这样境界是每一个演讲者的理想，而要实现这样的理想，则要取决于多方面的修养，首先是雄辩术和煽动性的掌握，主要是具体分析、正面反面多方面的分析，包括不利于自己论点的因素的分析，其次是缩短心理距离的各种具体方法，包括幽默的心态和一些具体方法等。所有这一切，都有非常丰富的内容，等待我们用毕生的精力去钻研，去驾驭。

演讲稿的写作

许多人写不好演讲词，原因很多，其中之一是不明白一个道理：演讲和作文不同，文章的读者是单独一人，而演讲则面对众人。一人自由，可断断续续，且不受他人影响；多人共聚一室，情绪受周围的影响。他人的笑声或嘘声、会场的活跃或沉闷都会鼓舞或打击每一个人的情绪。更重要的是，演讲者与听众面对面，不像文章作者与读者互不相见，读者的情绪、反应不影响作者的情绪，而在会场上，演讲者不单纯是发出信息，同时又在现场接受听众的信息反馈，现场的反应立即影响演讲者的信心、情绪、才智的发挥，甚至决定其成败。

演讲与作文的不同，归根到底在于作文是单方面的输出信息，演讲是在现场与听众交流信息，这种交流是双向的；除此之外，听众与听众也处在双向交流之中，不过他们交流的不是语言，而是情绪和反应。

严格地说，演讲是三角信息的相互交流。

在演讲会场中，如果演讲者与听众，听众与听众三方面能够互相沟通，情绪自由、自然、自发地交流，形成一种浓郁的现场心领神会情绪氛围，哪怕是无声的体态语言，都能引发满场欢笑和掌声。即便是普通的一举手、一扬眉，都能引起听众的热烈的反应。如果这三方面不能顺畅沟通，则任何美妙的语言都难以得到起码的感应。听众无动于衷，对于演讲者的情绪无疑是一种消极的刺激，最坏的是，造成演讲者与听众之间的对立，不管多好的演讲词都难以形成交流的氛围。

正因为要达到三方面心领神会的交流，演讲者就要尽一切可能抓住会场上每一个听众，不让任何一个人走神。即使有一个人做小动作，发出细微的声音，都可能影响自己或者其他人情绪，构成对会场情绪贯通的威胁。为了创造最佳效果，就不能以传达一般的思想和情绪为满足。演讲词的第一要义就是必须是你自己特别的、有个性的思想和情绪，最忌的是老生常谈，尤其一些人所共知的大话、套话、空话。必须记住，在台上讲话，是代表你自己，不是代表校长、不是代表官员、不是代表《人民日报》，因而现成的、流行的话语要越少越好，你必须努力把你在生活中最为精彩、最能代表你自己个性和心灵特点的话讲出来。要做到这一点是不容易的，因为那些现成的话语有某种优势，不动脑筋就可以说出来。但是这样的话又有一个缺点：不管什么人讲出来都是一样的，一点没有新鲜感。没有新鲜感就没有吸引力；把没有吸引力的话，在大庭广众之间滔滔不绝地大讲一通，除了叫人昏昏欲睡以外，没有什么用处。据我参加演讲比赛做评委的经验，整整一场演讲比赛下来，真正有自己的话语的选手，往往不足10%。

其实，每一个人都是一个不可重复的存在，每一个人的心里都充满了与众不同的思绪，只要把其中1%的东西拿出来，就能出彩。但是，多数人却很难做到这一点。这是因为，人们常常有两种不由自主的冲动，第一，就是从最为省力的地方做起；第二，总是不由自主地跟别人讲一样的话。但是，演讲要有个性，就是要和别人不一样。试想，一次演讲比赛下来，题目是共同的，近20个选手，大部分参赛者讲的东西是一样的，只有个别的选手别出心裁。如果你做评委，你会把高分评给什么样的人呢？

从这个意义上说，演讲稿要成功，最重要的就是充分表现你的个性，用最大的努力把你特有的观感提炼出来，最忌就是把流行的观念、话语拿出来重新炒一次冷饭。

韩愈说："唯陈言之务去。"说的是写文章，对于演讲稿，更是这样。

但是，演讲与一般写文章相比，还有一个特别的要求。

那就是要有现场感。所谓现场感就是，你要有一种强烈的意识，每一句话都是讲给那些带着不同的思想情绪，怀着不同的关切的听众听的。他们都很可爱，就是有一点不够可爱，那就是：随时随地可能走神、开小差。你的语言必须唤起他们的注意，使他们的精神集中；把他们从来会场的路上还困扰他们的事务中争取过来。一般的官样文章、大话、套话，不能排除现场的干扰，激起他们的兴奋。所以演讲稿的语言一定要明快，明快到有一种面对面的感觉。像闻一多的《最后一次演讲》那样："现在正是黎明之前那个最黑暗的时候。"虽然所用的词汇很平常，但是却很有力量。

要有现场感，用语的力度就得和一般文章不同。比如，在一般文章，你反对一种观念，只要说，这是不对的，就成了，但是在演讲中，就要带一点情绪。你可以说，这是错误的，可能还是不够分量，你可以说，这是荒谬的。如果你论述一般人民的收入不提高，就不可能有人资助希望工程。这样说，对于写一般文章，可能就足够了；但是对于演讲就有点不够味道，这时，你最好说，如果大家都很穷，那么希望工程，就可能变成失望工程。这样说可能好一点了。但是对于调动现场听众的情绪还是不够到位。这时，你就可以在情绪上再加一点码：希望工程可能变成失望工程，失望工程，可能变成绝望工程。这样的效果就可能好得多。如果你在论述环保问题，说到地球臭氧层上的空洞已经和美国的国土面积差不多了。这也许比之简单地引述一下抽象的统计数字要好一点。但是，你要考虑一下，你的听众，都是中国人，与其说，和美国国土面积一样大，不如说，比中国面积稍微小一点更好。如果你说，每年因水污染而死的人有多少多少，还不如说，就在我讲话的时候，就在3分钟之内，已经死去了多少人。

演讲成功的关键在于：不管说什么，都以引起现场的交流效果为目的。这就要求演讲者善于运用现场现象引起共同感受，福建师大中文系的卢佳音在以《假如没有改革开放》为题的演讲中，本来准备的开头是：

今天我做了一个小小的统计，刚才上台的18位演讲选手当中，穿着14种款式的衣服，10种颜色，9种发型，除了性别，一如既往的只有两种之外，我们的色彩变得丰富了，选择变得多元了。这就是改革带给我们的真真切切的变化。可是假如没有改革呢，这些丰富的色彩就将退出今天的画面，而大家呢，则不分男女统一着装，先背毛主席语录，再喊政治口号，想想吧，这样的日子多么枯燥。

但是，到了临场，她觉得这样引起共鸣的力度还不够，就临时把稿子改动了：

谢谢大家的掌声。我分析了一下，掌声这么热烈，有三个原因——一是，我是师大的学生，鼓掌的都是我的啦啦队；二是，大家都听累了，累坏了，精疲力竭，终于是最后一名选手上台了，可以松一口气了；三是，我今天穿得还算漂亮。我之所以这样穿着打扮站在这里，实际上是改革的功劳。

她一说完听众就笑了，笑是心理最短的距离，接着下来就是热烈的掌声。

现场共鸣，有时，并不一定要有充分的道理，有时则相反，来一点非理性的语言更能产生一点自我调侃的幽默感。我的女儿读大学的时候，参赛演讲比赛，抽签抽到了第一个上台，这是很不利的，她就离开了早已准备好的讲稿，即兴发挥了一下，她说：

很不幸，今天，我抽到了第一个上台，碰巧上次参加系里的比赛，抽签的结果是我第三个上台。看来上帝意要让我做先行者、牺牲者。如果我能把教训留给后来的同学们，让他们发挥得更好的话，我的牺牲无怨无悔，下面的同学发挥得越是超过我，我就越感到欣慰。

她这么一说，台下马上就报之以热烈的掌声。即兴发挥能造成一种现场沟通，其力量远远要比脱离现场的美丽的文字大得多。为了充分调动听众的注意力，你的话不能空泛，你发出的信息，要有一点想象的刺激力，因而你的话必须十分精练，十分集中。你的野心不要太大，不要指望你的一番话，会改变人家多少年来形成的观念，但是可以推动他思考，因而演讲稿就要写得集中。与其讲许多问题，一个都没有留下印象，不如讲很少的问题，让人家久久不能忘怀。

在普通文章中可以讲十个问题，在演讲词中最多只能讲两三个问题，而且这两三个问题还得很紧密地在逻辑上串联起来，以层层推演的方式，一环扣一环地展开。这时最忌的是平面罗列：甲乙丙丁，1234，abcd；尤其成为大忌的是先亮论点，后举例子。这只能使听众停止思考，甚至昏昏欲睡。分散的论点和被动的（亦即无分析的，不能发展论点的）例子，无异于催眠曲。许多大学教授学富五车，才高八斗，而讲课效果往往十分凄惨，其原因概不外于此。“伤其十指，不如断其一指”，在短短几十分钟之中，想把好几个问题都讲得很清楚，野心太大。当然教师讲课要求有系统性，时间又十分充足，可以不得已而为之，在一般演讲中须谨慎处之。

在演讲比赛中，论点尤其要集中，因为时间的限制很大。

有一次演讲赛，参赛者讲的是一个很有名的干警。他有许多事迹，但是演讲稿的题目是《敬礼》，主要讲的就是一个场面：在他值岗的时候，一个小痞子，骑着摩托车，违规了。他就向他敬了一个礼，说明情况，开了罚单。那小痞子不分青红皂白，一拳头就打到他脸上，把警帽都打落到地上。这位民警，不慌不忙把警帽拾起来，又敬了一个礼，平静地说明开罚单的理由。这下子把小痞子镇住了。他说：“我服了，从此再也不好意思在你面前违规了。”以下就接着来了两三句对于敬礼的抒情语言。

听众立即鼓掌了。

1996年在福建某大学举行的一次关于税务问题的演讲竞赛中，许多参赛者都犯了论点分散的毛病，力求全面的结果恰恰是很不全面。其中两个参赛者集中在一个论点上，却取得了冠军和亚军。冠军的获得者集中在她当了税务工作者以后遇到的一个难题，那就是如何处理好自己与有偷税行为的婆婆的关系。亚军的获得者集中谈目前我国每年偷漏税总额高达一千亿。一千亿，如果就这么一句话带过去，这个数字也可能会给听众留下某种印象，但是对于演讲来说这样的印象是不够的。演讲要求的现场效果要比这个强烈得多。这个演讲者死死揪住抽象的“一千亿”不放，反复把它具体化，说这一千亿等于当时全国县级以下一年财政总收入的总和，等于当年上海市一年的国民生产总值，等于原计划两个三峡工程的投资。[①]他就这么反反复复地说了足足有几分钟，听众不但明白了他的思想而且感觉到了他的情绪，情不自禁地热烈地鼓起掌来。

但是他之所以得不到第一名，我想，可能是他发挥得还不够淋漓尽致。毕竟他所讲的还是离得会场远了一点。最好能把事情拉到与会场上的人情绪更贴近一些。我在美国听过

① 这是为文时（1999年）的统计数字。

克林顿的竞选演说。那是在俄勒冈大学的校园中，克林顿一开头不谈别的，就谈他上了台以后，如何降低学生的经济负担，提出一个给学生贷款的办法，等学生毕业以后，再从社会服务中分期偿还。美国学生那时正因学费连年猛涨而苦恼，听了这些话，马上欢呼甚至尖叫起来。

我想如果这个大学生懂得一点克林顿式的演讲术，他就应该再发挥下去，比如说这样：一千亿，意味着我国还可以办一千多所中等规模的新大学（按当时的投资规模），这等于将现有的大学再增加一倍。我国目前高中生考大学的录取率大致是 2∶1。如果把这些偷税漏税的款项，都拿来办大学，我们全国的中小学生就可能每一个人都有上大学的机会。而我们的家长也不用从幼儿园就开始走后门，也不用因为一分之差，拿上几万块钱让孩子去读高价学校。

从这里，我们可以得出一个更加切实的结论：集中一点，死揪住不放，还不够，要争取发挥到淋漓尽致，关键是缩短心理距离，贴近听众的感觉和情绪。这样就可能有某种煽动性。这种煽动性最容易达到三方情绪的高度交流，这正是演讲词写作的根本追求。

为了达到最佳效果，光是论点集中还不够，还要辅之以感情色彩强烈的语言。一般的演讲者最易受到迷惑的是些抒情的、华丽的语言。但是实践证明，这种语言只能有限度地使用，虽然这种书面语言有严密的好处，但是也有其局限：一来，书面语言，由于日常使用率低，大脑皮层的反应不如口语那么快，很难在现场产生瞬时沟通的效应；二来，它不如口语的响亮干脆，稍不留神，就会造成听众与演讲者之间交流的阻隔。最好是，在大量使用了书面语言以后，在论点的要害处，需要有一些鼓动色彩的语言，这时口语就有用武之地了。在一次公安部门的演讲会上，一个公安战士讲到他在执行公务过程中，被歹徒打瞎了一只眼睛，歹徒互相庆贺说，这下子他成了“独眼龙”。他伤愈之后又重返第一线工作了。讲到这里，他拍了一下桌子，大声说：

我“独眼龙”又回来了！

会场里立即响起雷鸣般的掌声。

这就是口语的力量。口语有它的直接共鸣性，其效果和书面语言是大不相同的，这一点往往被许多演讲者忽略了。有一次，我替一个模范公安干警修改演讲稿。这位模范干警是一个颇有英雄气概的汉子，在他讲到自己对歹徒有一股情不自禁的拼命精神时，我想到，他那种拼命精神最初不被人们理解，有些人叫他“郭疯子”，我就替他加上了几句：

“干我们这一行，就得有一股拼命精神，有人叫我‘郭疯子’，我想，和害人精斗争，没有股疯劲哪行。案情一发，就横下一条心，老子今天就跟你疯上了！”对我的修改，这位英雄，十分赞成，他说，你这么改，我才觉得来劲，要不然，总是讲不出心里的那种辣乎乎的情绪来。我对他说，其实，这种话，你平时经常讲，只是你一想到上台演讲，就有一种看不见的力量，指挥着你不往平时口语这边想，而是往书本上那些美丽的词句那边想，总以为书本上的话比口头上讲的漂亮，这么一来，不但把本来很生动的话丢掉了，而且把你本来很独特的个性歪曲了。一旦你歪曲了自己，听众和你之间的情绪就产生了一堵透明的玻璃墙，你和听众，听众和听众之间交流的渠道就不可能畅通了。

响亮的口语即使在开始只鼓舞了很少几个敏感者，只要他们一鼓掌，就意味着心灵的交流渠道在最敏感的人士那里已经沟通了，相对不够敏感的听众就自然地被他们唤醒，跟着鼓起掌来，使局部的沟通变成全部的沟通。

一个演说家要珍惜这种最敏感者的带动与次敏感者响应的契机。这时，最好停顿一下，让次敏感听众觉悟过来，加入鼓掌者的阵营，这说明，演讲者要善于驾驭二者，使之乐于达到你和他们之间高度的默契。

朗读和默读

在当前语文教学改革中，出现了朗诵的热潮，朗诵在语文课堂上所受到的重视，在全世界都难得一见。在一些“公开课”上，朗诵所占用的时间大得惊人，先是集体朗诵，再是分角色朗诵，接下来是男生朗诵和女生朗诵，跟着是教师的示范朗诵，最后还有某些著名演员的朗诵录音。一节课45分钟，光是朗诵就占去20分钟左右。这样大的比例，从孔夫子到凯洛夫的课堂教学制，是从来没有的。这有什么理论根据？没有。在某些发行量甚大的语文教科书上，关于朗诵的“知识”，包含着基本观念的错误。最明显的就是，把朗诵归入“口语交际”范畴。其实，不在少数的朗诵根本就不是口语的。朗诵与书面语文甚至古代汉语结下不解之缘，朗诵的许多保留节目就是古典和现代诗词。一般的朗诵文本，充满了书面语词汇和书面句法的复杂的结构。这些教科书的编写者，并不明确“口语”最起码的特点，就是相对于书面语而言。其次，朗诵也并不一定是“交际”的，朗诵属于表演范畴，听众只是接受者，演讲才更带有交际（现场反馈）的性质。诸如此类的朗诵“理论”是相当贫乏的，可这并不妨碍许多教师把提高课堂教学效果的希望放在朗诵上。网上有一个《白杨礼赞》的教案说，教学难点为：“引导学生进入散文的意境，领会文章所抒发的强烈感情，以及‘象征手法’，感受中华儿女朴质、坚强、力求上进的精神和意志。”这些也许都没有错，问题在于，用什么方法让初中生克服这个“难点”。教案的回答是“朗诵”，特别是把握朗诵的“基调”：“在朗读训练中把握基调，对理解作者的思想和感情具有很重要的作用，所以要想读出文章的内蕴情感，必须把握文章的朗读基调，引导学生以作者之心感受热情赞美的感情基调。”这里的逻辑是混乱的，本来“难点”是理解“感受中华儿女朴质、坚强、力求上进的精神和意志”，如何克服这个难点呢？朗诵，把握基调。如何把握基调呢？还是朗诵。其实朗诵只是一种感情的体悟，把握一篇文章的情思的“基调”，需要精致的理性的分析；这不但对学生，而且对老师的水准也是一种严峻的挑战。回避分析的难度，代之以省心的朗诵，正是当前课堂上的流行病。这就造成了一种幻觉，不管什么难题，只要付之于朗诵，就能迎刃而解。

这实际上是一种朗诵万能论。

就这位老师的教案而言，问题在于什么是《白杨礼赞》的情思基调。这位老师从他的感觉出发，说是“热情赞美”。如果有人提出异议：这里不但有热情，而且有政治思想；不但有赞美，而且有批判。该如何作答呢？如果要坚持自己的观念，不还是要对文本做理性的、全面的分析吗？不去钻研课文，全面把握文本的特殊内涵，却让学生在朗诵中去“把握基调”，这是避重就轻，以感觉代替理解，以印象代替深思。这样的现象不是个别的。前些年，在一个西北地区的教师培训班，一些教师对我们说，最难教的，就是《再别康桥》。因为，它不像《荷塘月色》那样有具体的时代背景，可以轻易做社会反映的解读。这些老师说，他们在网上讨论的结论是：最好的办法就是让学生朗诵，由学生自己去体悟。我们当时就告诉他们，这并不是最好的办法，而是比较差劲的办法，也可以说是放弃责任的、偷懒的办法。

这里有一个很关键的理论问题，那就是理性和感性的关系和感性的局限问题。一般的朗诵是建立在比较感性的体验上的。按前面那个老师所说的，就要把握“朗诵基调”。问题在于，感情的把握，不是孤立的，和理性是分不开的。现实的情况是，对于《再别康桥》在《名作欣赏》上，就有不同的理解。一种理解是，诗歌表现了诗人理想的追求和失落，感情的性质是：“沉重的离愁别绪”，是“千种离愁万种别绪”的凝结。但是，我在分析《再别康桥》的文章中，却提出了另外一种解释。这是诗人秘密的、青春的回忆，是一个人独享的。其中包含着他与林徽因的一段感情经历。当时双方都已经结婚，徐志摩潇洒地故地重游，正是因为这样，才反复强调“轻轻”“悄悄”，告别的对象，不是康桥校园，而是西天的云彩。为什么一方面说“载一船星辉，我要放歌”，另一方面又说“但是，我不能放歌。悄悄是别离的笙箫”？这是因为，悄悄的回忆是独享的，天知地知、你知我知的，自己的回忆，是没有声音的音乐，是最美的。即使，退一万步说，有什么忧愁，也不是沉重的，可能是一种“甜蜜的忧愁”（正如诗人在《莎扬娜拉》中所写的那样）。这是两种不同的情感基调，哪一个更准确，朗诵本身并不能解决，要通过理性的分析才能确定。可见，情感的体悟，朗诵基调的把握，离开理性分析，就不得不失去起码的准则。道理很简单，情感和理性是一对矛盾，永远是处于相互矛盾又相互统一的联系之中。逃避理性分析不可能准确把握情感基调。只有经过细致入微的理性分析，才能对学生各不相同的情感基调，做出有说服力的评价。没有理性的分析作为基础，学生的体悟只能是原始水平，反复朗诵只能是低水平重复。只有在理性的分析的前提下，学生的情感体悟、朗诵水平才能有效地提高。

当前许多课堂上，朗诵之所以泛滥，直接原因就是理性分析捉襟见肘。

摆在面前的迫切的任务是，对于朗诵本身进行理性的分析。

没有一种教学方法，是绝对完美的。一切教学方法的优长都是和其局限相辅相成的。

朗诵，作为一种教学方法，自然有其优越性。具体分析起来大约可以归纳成以下几个方面：朗诵相对于无声的阅读，最大的优点，就是发出声音。不是一般的声音，而是富于抑扬顿挫的、有一定节律感、有一定音乐性的声音。这种声音有一种悦耳的功能。以朗诵和默读相比较，朗诵的优越性，第一，默读只有意义的感染，而朗诵则多了一层节奏和韵律的感染；第二，这样的节律感，是有利于记忆的；第三，朗诵不但有声音的感染力，还有形体动作的、表情的感染力。从这个意义来说，朗诵的全方位感受效果是阅读，特别是默读所望尘莫及的。

但是，朗诵是有局限性的。朗诵的声音和动作的感染力，是有条件的，只有和文本的意义、内涵和意味密切相符、水乳交融，才是积极的。所谓水乳交融，就是不但在情感的性质上，而且在情感的量度上都要统一。一旦在情感的性质和量度上，背离了文本的内涵和意味，则可能走向反面。经典文本，作为艺术品是很精致的，朗诵者情感的强度稍有不足或者稍有过度，都可以有损对于经典文本的体悟。当前的课堂朗诵普遍存在的失误，不在不足，而在过度。原因主要是三个方面。其一，是由课堂的集体的语境决定。为了追求群体现场效果，朗诵的音乐性和动作性，往往在不知不觉之间，趋向于某种程度的夸张，其结果是把朗诵和舞台表演混为一谈。而表演的舞台感如不加控制，就可能导致感情的虚假，不真诚。其二，是由朗诵本身的局限决定的。朗诵的特点就是“朗”，就是用高低抑扬的腔调诵读。一般来说，其声音的高度和长度上要超越正常的口语。从本质上说，是一种虚拟的话语。但是，“朗”而“诵”之，成为习惯，造成别无选择的遮蔽，不知不觉之间变成装腔作势，也就是常见的那种“拿腔拿调”。其三，并不是每种文本，都适合拉长提高声调的。马丁·路德·金的《我有一个梦想》是十万人大会上的演讲，是很煽情的，可以拉长了音调，提高声律，以夸张的姿态朗诵，而林肯的《在葛底斯堡的演说》，虽然也是演说，但是，以简朴的语言，和节制的情感，以理性的，甚至是平静的思考见长，就不宜以夸张语调和激情的迸发朗而诵之。不适于煽情的经典文本是相当多的，其想象语境，并不是在大庭广众之间，而是一种私语和密语氛围。试想如果用夸张的朗诵语调来朗读李密的《陈情表》，很容易超越了限度，造成滑稽。

滥用朗诵，不但不利于文本的理解，而且可能使朗诵者和听众的情商狭隘化。

朗诵之所以不能滥用，还因为朗诵方法，在另一种意义上，和语言学习的规律相矛盾。语言学习，尤其是语感的积累，其一部分可能通过朗诵获得，但是，还有相当一部分，则与朗诵，尤其是表演式的朗诵，集体朗诵，水火不相容。语感是很精致的，很微妙的，许多地方，可以意会而难以言传。集体朗诵，在这方面并不是最好的方法。非常夸张的语言节奏，或者外部动情的姿态，都可能分散对微妙语感的关注。为什么有“小和尚念经，有口无心”的说法呢？这是因为，富有节律的声音一方面有利记忆，另一方面，也可能分散内在注意。过分注意声音，可能忘却了意义。因而，除了朗诵之外，个人自我体悟是绝对不可缺少的，这时需要的，则是排除声音，让意识乃至潜意识处于一片静默之中，默诵，吟诵，单独地自我体悟，深入到潜意识里默识。因为学习毕竟是个人化的修养过程，是集体语境所不能代替的。许多深邃奥妙之处，是需要个人默默无声中琢磨、比较，召唤着回忆加以体悟的，而不是大声朗诵所能成就的。杜甫说：“新诗改罢自长吟。”为什么要独“自”一个人去“长吟”呢？因为，对于朗诵者来说，听众多了，注意力不能不分配到各个方面去，考虑人家的理解和共鸣，自己的姿态和语调。自己吟诵，旁若无人，不但有意注意（意识）集中了，而且是无意注意（无意识）也集中了，才能默会于心，才有希望深入到最微妙的深层。滥情式的朗诵，无节制的感情倾泻，不但冲击理性，甚至歪曲感情。对于听者来说，过分注意朗诵者的声调和姿态，也可能淹没了情感的微妙。朗诵可能与“有口无心”相伴随，是中国民间千年经验的结晶。说明口与心，声音与意蕴，并不是绝对统一的，而是存在着矛盾的。有时，声音、韵律有利心解，有时则相反。故要提高效率，一忌集体喧嚷，那样最容易以声蔽义，掩盖滥竽充数；二忌盲目相信心口绝对同步。口之发音，是迅速的，而心之领悟是缓慢的，微妙的语义生成，需要一种“精思”的“静默”状态，从记忆深处调动语感的潜藏，在种种语境中加以比较，由感而悟。这既是需要时间的，更是需要宁静的。因此从某种意义上说，精思和静思往往是联系在一起的。在思维高度集中时，声音，由于其韵律流畅自如，往往与艰难的精思的探索相矛盾。为什么有所谓“苦思冥想”的说法呢，就是说，真正动脑筋是要排除外部感知，要把眼睛闭起来的。外界的声音和姿态，在这种时候，每每成为干扰。精思、静思、冥思之时，不但是听觉，而且连视觉信息都要避免。故吟诵者往往闭目沉吟，神悟于心，陶醉于境。当其苦思冥想之时，心慢于口，口速于心。二者不能同步，此时口头就要重复，要停顿，等待心的领悟。领悟的速度，是因人而异的。而集体朗诵，恰恰是以统一的速度裹挟着不同的学生，追随统一的速度，在朗诵中是别无选择的，其结果只能是放弃个体的体悟和思考。

朗诵之所以被滥用，就是因为我们忘记了它的局限，忘记了朗诵的消极性和积极性是共生的。但是，这一点不能静止地看，它是随着对象的不同而发生变幻的。在不同的语境，具体说来，就是在不同学年，则呈动态消长之态势。具体说来，在低年级，朗诵对于孩子的声音器官的发育和对于韵律的感受，对于记忆，其优越性是超过局限性的。著名小学特级教师窦桂梅女士，把现代汉语的朗诵与古典的吟诵，自然地转换。现代汉语的抑扬顿挫，在转化为吟诵之后，又转化为歌唱。在上《游园不值》(一枝红杏出墙来)时，学生居然在她带领下，配着《让我们荡起双桨》的乐曲，很自然地把吟诵转化为歌唱。但是，同样的课文，同样的诗歌，在高中课堂中，如果教条地模仿，就可能显得浅陋。这就说明，随着年级上升，朗诵的优越性则呈逐步减弱的趋势，而其局限性呈逐步上升趋势。因而在小学、初中课堂上，朗诵的效果可能比较好，到了高中，越是临近高三，效果越是趋于减弱。可以设想，到了大学课堂，例如在大学语文课堂，不管是教师还是学生集体朗诵，都可能变得滑稽。

朗诵成为中国课堂上特有的热潮，可能还有一个原因，那就是老师对于文本分析，不能有效地深入，造成语文课"上和不上一个样"的后果。而在基础教育改革的潮流中，朗诵的滥用实际上被当成逃避文本分析的避风港。如果此言不虚，朗诵就不是一个认识问题，而是教师的素质提高的警示。从这里可以看出，语文课程改革，从发动到卓有实效，实在是任重而道远也。

第七辑　新进和前卫

一千个哈姆雷特还是哈姆雷特
——赖瑞云《混沌阅读》序

从表面上看，赖瑞云是一个慎于行而讷于言的人，给人一种守成、沉稳、因循有余，而冲决现状、历史和权威的勇气不足的印象，但是，我相信，读了他这本书，这种印象肯定会大为改变。

首先，他对语文教学的批评，观念相当前卫，他批评语文教学对于知识点的系统化追求，迷信某种线性体系，实际上是走火入魔，但是，他不满足于在逻辑上对之加以平面的批判，同时还用历史方法。他指出，在一定历史阶段，这种倾向有它产生、发展的必然。他不像某些同行那样把自己局限在当前的经验的罗列上，而是深入到历史文献的梳理中去。他发挥了他个性中的沉稳和细致的优长，以罕见的耐心，长达 20 年收罗文献（包括到北京图书馆去查资料），掌握了从古代到 20 世纪 30 年代中学语文课本的资料和文献。这样，他的论述，哪怕在细节上，也比一般论者，表现出非同小可的严谨。他指出，叶圣陶等在中华人民共和国成立前编著的语文读本，并不像通常所说的那样，就是甲乙两种《开明国文读本》，而是多达十几种。光是对于《荷塘月色》的几十种解读，他就把历来的解读归结为六种观念。可以说，光是在占有资料这一点上，他的学术含量在同行中就可以当之无愧地成为佼佼者。

正是他第一次指出，以知识点组织课文的学科中心主义，其错误的历史根源是：学夏丏尊没有学像。

在当前教材教法研究普遍陷于经验层次的时候，他的批评常常能上升到理论建构的层次。他在长期的实践中，逐渐形成了自己的一套基本范畴和学术话语。他分析以知识点为纲领的课本，好处是有理论的体系性，从知识来说，是有序的，但是，语文知识的“线性知识点"是从数理化教材的线性有序性来的。自然科学是因果相承，环环相扣的，而语文知识点却在"形式逻辑上不具备推理的严密性""没有内在的整体的制约力，因而是一个'假序'"。逻辑的和历史的结合使得他在方法论上显得优越。

他不但有文献的丰富资源，而且有独特的理论资源。

但是，他的理论核心却不限于这些大师的吉光片羽的思想，而是自然科学的"非线性科学"的混沌理论——正是在此基础上，他建构起了自己的理论系统。针对知识点为纲领的阅读，他所定义的"原汁原味"的阅读，其根本精神就是把直觉的总体把握放在首要地位，但是，又超越了直觉的表层。不但不像知识点那样割裂作品，具有整体性的全面性，而且具有层次深化的功能。他把"原汁原味"这种口语说法用学术语言来表达为"混沌阅读"（有时叫作"文选元读"）。对这种看似混沌无序的境界，他用结构主义的方法把秩序分解为显性的和隐性的两个层次。他指出，这种混沌，表面上是非线性的，但却包含着更高级多元的有序："相对于知识体系的显性秩序而言，隐性知识的文选元读并非没有秩序，其秩序可对应称为非线性序，或者混沌序。""它不排斥线性序，而包容线性序。""在混沌现象的背后可能隐藏着自身的秩序。""既不是内容越多越好，也不是内容越少越好，而是内容背后的维度越高（维数越多）越好。混沌复杂的程度，混沌有序的程度越高。"

学生的能力大都得益于课外，而课外恰恰是以无知识点的序列为特点的。

他的语文教学理论无疑是强调人文精神的，但是，却有极浓的科学主义色彩，也许可以这样说，赖瑞云的理论个性就是以科学主义的形式作人文主义的追求。

正是因为这样，他的理论视野特别开阔，当他展开论证的时候，并不限于人文科学，往往是从自然科学说到经济科学，追根溯源、贯通古今，在自然科学和人文学科之间出入自如。他引用美国的詹姆斯·格莱克的《混沌：开创新科学》，其中有一条非常有趣而且有启发性的材料很有雄辩色彩：只有精神病人的脑电图才是线性的。接着他又转向了文艺学的主体论：一方面是顽强的阅读个性，读者的"前理解"，不同时期的权威观点，公众的时尚，使读者的判断有随机性的变化，但是，读者的个性的核心不会改变太大。

这样他就超越了阅读学和接受美学可能导致的绝对的相对主义。不同个性的读者，不同的阅读选择，有没有一个共同准则呢？他没有用姚斯现成的"期待视野"来回答这个问题，而是用他自己的话语作出了回答："多元解读不是乱读，一千个读者有一千个哈姆雷特，不管怎样也还是哈姆雷特，不会把他读成李尔王，林黛玉也不会读成薛宝钗。"忘记了这一点，就变成了乱读。

这个理论问题不但带着根本性，而且对于中学语文教学具有极其重大的实践意义。

20 年来，他苦心孤诣的理论建构（连脸色都过早地憔悴了），得到的回报不在理论本身，他不是为理论而理论，他的目标始终指向在实践中解决问题。对于目前课堂教学中，把师生对话理解为平面滑行，以至于把满堂灌变成“满堂问”，这些用他的理论来解释，都是由于把多元解读，误解为脱离作品中心，在他的理论中，这叫作“越界”。其原因除了有意的解构以外，就是“前理解”水平的局限，也就是在同样的历史语境中，对于学术前沿的修养不足。他引用多尔的《后现代课程论》，特别提出要防止落入“蔓延的相对主义，或感情用意唯我论，不确定性在此并不意味着任意性”。

感觉到了的不一定能理解，理解了的就能更好地感觉，当经验上升到理论，再回到经验层次来的时候，现实的迷惑，就可能豁然开朗了。

理论本身并没有什么伟大的目的，它的生命就在于和实践的结合之中。

赖瑞云等《文本解读与语文教学新论》序

读完本书的第一个感觉，就是学术规模十分宏大，这是30年乃至近百年理论探索和实践经验的颇有深度和广度的总结，标志着一种时代的高度。语文教学的旧教条和新教条的突破和颠覆成为本书的基础，也许历史将证明，本书对于语文教学作为学科的建构，具有奠基性。在一本专著里，涵盖了文本解读、作文和口语交际，如此全面地包含语文教学学科外延，可以说是空前的。最重大的“突破口”如作者明确宣言乃是“文本解读”，写作和口语交际乃这突破口的两翼。

对于20世纪末基础教育教学改革以来，所谓“多元解读”的幼稚的混乱和荒谬，本书进行了彻底的批判。这种批判，早在本书主笔赖瑞云先生的《混沌阅读》中就已经相当深刻地展开了。针对风行一时的所谓一千个读者有一千个哈姆雷特，他曾经勇敢地提出：一千个哈姆雷特，也还是哈姆雷特，而不会是李尔王或者贾宝玉。而本书更进一步提出，解读学科追求的乃是一千个哈姆雷特中的“最哈姆雷特”，最要警惕的乃是陷入“非哈姆雷特”。学术风格严谨的赖氏，在行文中，常常表现出难能可贵的机智：

> 就阅读的对象而言，既作为对象，哪怕它是一介微尘，你都必须以它为中心，而不是相反，以你读者为中心，导致信口开河，妄加评说。这就是实践给我们的常识。不错，斧头不用无异于一块石头，作品不读等于一堆废纸，但是，世界上所有的东西不用都无异于一块石头，都是摆在那里的一物，然而要用的时候，石头怎能当斧头？斧头又怎能当电脑？废纸更不能当作品，《水浒传》也不能代作《红楼梦》读，某一读者的阅读体会更不能代替作品本身。

对于这个关键问题，本书并没有停留于感性的机智层次，重点乃是从学术到实践全面的反思。其学术资源的广博程度在本学科的专著中可谓凤毛麟角。语文教学论在近百年来，一直未能在学科上建构成独立的体系，其原因首先在于满足于狭隘片面的经验，其次则是依附于单一贫乏的文学理念。本书的突破不但是理论上、视野上的，而且是理论深度建构上的。就所谓“多元解读”理论而言，本书对西方文论有关方面进行了全面的梳理，将德里达、伽达默尔和英伽登，特别是姚斯和伊萨尔的相关学说，重新加以分析，彻底廓清了脱离文本中心的多元解读的混乱。为了达到文本分析的真正有效性，作者借助的理论武器可以说包罗万象，诸如马克思主义的文学批评、社会历史批评和伦理批评、审美批评、文体学批评、结构主义文学批评、结构主义的叙事学、新批评的细读法，均设有专节介绍。在如此丰富的理论资源的基础上，本书“构建起完整的解读体系”。值得注意的是，与一般文学理论拘于内容决定形式不同，本书特别强调文学的规范形式的关键功能，特别列出专节构建起为西方文论所忽略了的“艺术形式知识体系”。

这显然为了摆脱长期以来文本解读学对文学理论的依附。

这个体系丰富复杂，头绪纷繁，对一线老师来说，可能茫无头绪，为了适应教学实践的需要，本书抓住了诸多理论的核心，那就是具体分析。作者显然意识到：所有的理论，都是概括、抽象的结果，而概括和抽象不能不以牺牲特殊性为必要代价，而具体分析的功能乃是将特殊性、唯一性还原出来，故本书以文本内部和外部矛盾的具体分析为纲领。

在此前提下，结合当代名师钱梦龙、于漪、黄玉峰等的经验，提出了与西方读者中心论针锋相对的文本中心论。赖氏的文本中心论，一方面，并不排斥读者对文本的多元解读；另一方面，又强调文本对解读的制约，文本乃是多元最后的边界。赖氏将之归结为文本解读的“多元有界”说。在论证的过程中，赖氏除了西方文论，还运用了英国教育家波兰尼的焦点意识、附属意识以及由此而来的新知识理论。心理学的支持，更加有利于多元有界论向真理的绝对性与相对性的哲学高度提升。

也许某些前卫意识比较强的读者对本书的某些具体行文会感到偏于传统，但是，赖氏并不僵化，对于西方文论最前卫的语文教学理论，他并不陌生，相反能够对之分析，使之转化。最明显的就是在论证文本中心，多元有界时，运用了多尔的《后现代课程观》，把多元有界放在人的目的性和开放性的矛盾中展开，“目的性是人性的主要部分，而目的性的一部分就是指向终结、解决和界定”，这是人们从开放性带来的繁盛、喧杂、困惑的生活中获取意义的方式。不同角度就是不同的“元”，而人的开放性乃是有“界”的。目的可以是多样的，但是，目的只有在文本的“界”之中实现。多元的目的，离不开一元的文本，多元就是多个一元。

从理论到理论的论证，不管多么广博，并不能使赖氏满足，他的哲学基础乃是实践真理论，多元有界论不仅是理论谱系的延伸，而且是实践的产物并且受到实践严峻的校正。

故本书在逻辑的展开上，十分强调多元有界论不但是来自实践的曲折历程，而且是在实践中得到升华。和20世纪末、21世纪初某些一度权威的、言必称北欧的空头教改专家相反，赖瑞云对中国近百年语文教育史相当熟稔。本书的理论依托，不仅仅是西方大师的论说，而且还有中国语文教学近百年的历史经验，这里有鲁迅、朱自清、叶圣陶、夏丏尊、朱光潜等睿智的探索，还有20世纪50年代以来的教训，历史的深度就成了多元有界说的学术特点。不可忽略的是，与实践相结合的多元有界论，即使具有某种历史的深度，还不能概括本书的全部特点。

纯粹思辨性的理论总结，并不能全面揭示本书的宗旨。应该强调指出的是，本书的实践性的特殊性，不仅在于阐释历史过程，而且在于推动历史前进。这就是马克思在《费尔巴哈论纲》中所说的，问题不在于说明世界，而在于改造世界。最有出息的教学理论，不仅是回顾历史，而且还要具有前瞻性，以指导当前和未来为务。回顾和前瞻，双重的实践性自觉，使得本书自然而然地迫近了解读的有效性，那就是文本中心的解密，乃是文章个案的唯一性，而不是通常混淆视听的、远离个案特殊性的文学理论的演绎。语文教学的文本中心既不同于文艺理论，也不同于文学评论的作家论，每一篇课文的解读，每一堂课的教学，都以其唯一性、不可重复性为生命，故本书把相当的篇幅放在两个唯一性上，一个是文本的唯一性，另一个乃是诸多名师课堂设计的唯一性。正是这两个唯一性成为本书水乳交融的纲领，在本书中，穿插的个案堪称浩繁。作者对之特别提示：

> 本附录之前的各章节已介绍的文本解读篇目，初中的有《驿路梨花》《背影》《社戏》《游园不值》《下江陵》《岳阳楼记》《项链》《隆中对》《我的叔叔于勒》《敕勒歌》《变色龙》《阿长与〈山海经〉》《中国石拱桥》《桃花源记》，高中有《项脊轩志》《雨巷》《林教头风雪山神庙》《在马克思墓前的讲话》《别了，“不列颠尼亚”》《过秦论》《荷塘月色》《世间最美的坟墓》《荆轲刺秦王》《林黛玉进贾府》《前赤壁赋》《记念刘和珍君》《故都的秋》《再别康桥》《赤壁怀古》《阿房宫赋》《边城》等30多篇。其中，大部分篇目的解读介绍都比较详尽，另有部分篇目还介绍了有关的教学设计。此外，作为例举涉及的还有《孔乙己》、《祝福》、《荷花淀》、部分绝句等许多篇目。本章之后的各章还会涉及不少篇目，如作为演说典范的《我有一个梦想》，在“口语交际”章的各节将不断提到对它的解读。

就是这样堪称浩繁的罗列，也还是不够完全的，本书还另辟专节解读了《荆轲刺秦王》《记念刘和珍君》《故都的秋》《鸿门宴》《离骚》《孔雀东南飞》《归园田居（其一）》《游褒禅山记》《陈情表》《沁园春·长沙》《大堰河——我的保姆》《记梁任公先生的一次演讲》《奥斯威辛没有什么新闻》《装在套子里的人》。

一方面怀着学科理论建构的使命感俯视西方大师，另一方面又不辞手工业式的辛劳以如此众多的个案赋予理论以感性的血肉，本书表现出了与许多号称教学理论迥异的风貌。赖氏显然并不指望首先在理论上得出规律，然后向个案文本做径情直遂的演绎。他深知演绎法的局限（结论预设在大前提中），因而以个案的归纳与之构成“必要的张力”。本书的策略显然是在澄清了一系列关键问题以后，回到从海量的个案中，以过细的，甚至繁重的分析为阶梯，在新的层次上进行综合归纳，分析—综合（归纳）—分析，就成为实践操作概括出来的方法论。

在这样的方法系统中，具体分析无疑是核心。具体分析之所以值得强调，就是因为这个核心在近年的教学理论，甚至初期的语文课程标准中都一度被幼稚地歪曲，甚至被排斥了。本书从哲学上加以拨乱反正之余，以相当的篇幅赋予了把具体分析转化为操作方法。分析的对象乃是矛盾，而文本却是天衣无缝、水乳交融的，寻找差异、矛盾乃成最大的难度。针对这样的难度，反复强调在还原、比较中揭示差异和矛盾，这一切都有专门的、系统的展示，这样就有了向“文本内部矛盾、关联的深入分析”和文本外部的矛盾、关联等的章节。例如，在内部矛盾关联的分析中就有这样的层次：

显见的表层内容与秘藏的深层本质；

艺术奥秘之间的矛盾关联；

兴奋点与全文的关系（点面矛盾或点面统一，因果关系）；

通向奥秘的可见矛盾（可见的异样关联）；

隐秘的异样关联；

关键语句、重要词句的言外之意（表里不一致的关联，表里矛盾）；

不可忽视的次要方面（次要仍“要”，主次矛盾）；

美与真、善的错位矛盾；

越出常规的考验（常态与超常态的矛盾关系）。

有了这样的操作系统，行文严谨的作者还特别强调了引入资料文献的重要。这一切又一次提醒了读者，本书的成就在于建构一套崭新的语文教学理论，将这种理论转化为课堂上可以操作的程序，而且还为一线教学提供了大量的个案感性资源。

正是以上三个方面的统一，本书可能标志着支离破碎的旧语文教学论的历史终结，同时又可能是新语文教学学科建构的开始。

《程少堂教育理论与实践探索》序

程少堂先生自称是我的学生，但其实我一直把他当作我的朋友。近几年来，他在我国中学语文界非常活跃。在各种学术期刊上，在网上，当然更多的还是在语文老师们的口碑中，他都是引人注目的风云人物。对这个理论知识扎实且很有点儿开拓精神、创新意识的后辈朋友，我的喜爱是不言而喻的。今天读了他的新作《程少堂教育理论与实践探索》，感慨良多，忍不住要为少堂先生喝两句彩。

这位可爱的后辈曾经说，幽默是他的工作态度。我很欣赏这句话。我自己，也有同样的追求。今天就轻轻松松地说说对这本书的感想。

这是一本大书，一本好书，建议教育工作者，特别是语文老师读一读。好在哪里？学术气息很浓，我品出了浓浓的“归去来兮”的滋味儿，也就是向语文教学回归的味道。长期以来，语言教学承载了过分的额外的重负，僵化的政治、虚假的道德，都以神圣的名义来语文教学这片领地进行殖民，近来又有喧宾夺主的多媒体的豪华包装，弄得语文课非驴非马，提出向语文教学“归去来兮”，就是归真返璞，回归语文味，回归人文性，回归到学生的才智和心灵的自由发展，在这一点上少堂和我是心心相印。

2004 年，福建举行“孙绍振语文教学思想研讨会”，其实这个会主要不是研究我，而是研究海峡两岸语文的。开会前，要我为闽派语文拟个主题词，我拟了四个词语，分别是：求实、去蔽、创新、兼容。其中，我个人认为“去蔽”是最关键的，“去蔽”的意思就是“破除自我蒙蔽”。英国哲学家罗素有一篇很精彩的文章，就叫《如何防止自我蒙蔽》。求实必须去蔽，一切把我们纳入教条的东西，哪怕是非常神圣的、非常权威的、非常流行的、显而易见的、天经地义的东西，都要重新反思。只有去蔽之后，才有可能去创新。

“去蔽”是西方流行的表达，用我们自己平实的语言来说，就是反思。但这个词语还包含了一层很重要的含义："去蔽"仅仅是"破除自我蒙蔽"而已，不是彻底打乱、打碎、埋葬，而是扬弃，破中有立，在传承中创新。我想，这才是正确的"去蔽"的道理。我一向对陶渊明的《归去来兮辞》情有独钟，觉得这"归""去""来"三个字都有无限的意蕴，似乎揭示了学术研究和行事为人的精髓所在。读了少堂这本书，首先从我的头脑里涌出来的也是这个句子。

纵观少堂先生前期、中期、近期的研究成果，我似乎都听到了他在天真烂漫而又执拗强悍地呼唤：归去来兮……

在本书的上编《少堂教育视野》中，他的研究触角延伸到了教育本质与教育规律研究、教育原则与教育教学艺术研究、全面发展研究、学校教学改革研究、教育学研究的自我反思、教育理论如何指导教育实践研究等。他这段时间的论文几乎每一篇都相当厚重。十几二十年过去了，如今反观来路，其观念之超前、反思之深刻、论述之精辟，令人感叹良深。《教育本质新探》《教学风格论》《中国学校德育非个性化源流》《文质彬彬批判》《现实化：当代中国教育理论的努力方向》等论文，可谓是高瞻远瞩，在历史与未来的自由空间中纵横捭阖，读之不禁掩卷深思，有茅塞顿开之感，深切感受到他挥斥方遒的意气和豪情，他对中国教育的忧患意识和历史使命感。

青年少堂，对中国教育喊出的第一句话就是：归去来兮。他呼唤教育本质的回归，呼唤教学艺术的圆融，呼唤未来和历史的携手。固然先觉者不免引起惊世骇俗的侧目，然而，燕雀焉知鸿鹄之志，这第一声"归去来兮"，便预示了未来几十年的探索的前景。

离开大学校园投身基础教育研究的选择，本来是很冒险的。擅长理论演绎哲理思维的人，留在高校似乎天经地义。但少堂就是这样倔强。朋友们爱这样嘲笑他，逃离"虎口"（离开中学），又投身"狼窝"（做语文教研员）。但他就是这样的不可思议。别人追求轻松闲适，他偏要让自己继续忧心忡忡。谁都知道，中国当代的基础教育，特别是语文教育，简直就是一个烂摊子，谁要是沾上了边儿，谁就注定了终生不得解脱。少堂既然把自己主动喂了"狼"，于是，他的"归去来兮"就只有继续苍凉地唱下去了。

他中期的研究成果，在本书的中编《少堂看课改》中，很明显，他的忧思和积虑加深了。如果说《少堂教育视野》还只是宏观地审察沉吟的话，那么《少堂看课改》就已经倾向于微观的一声叹息了。在"第三只眼睛看课改"中，他执着于"课改背景下的教研员素质研究"，他振聋发聩地高喊"深圳要有自己的教学流派"，引发了他所在的现代化城市对自身教育底蕴的深刻反思和大讨论。渐近中年的少堂神采飞扬而又忧心忡忡，他回顾和点评"中小学四年课改"，一一梳理出关于课改的"实绩、问题与对策"，他与家长、学生对话，与一线教师沟通。他甚至还和自己较劲，作为教研员，某种程度上是以评课为职业的，但是他偏写文章说“讲课人最聪明，评课人最愚蠢”，把自己推上了被告席。他又呼吁“教研员要学者化”，愣是逼得自己没了退路做了过河卒子。

课改是摸着石头过大江。他激流勇进却又脚踏实地，一步三回头，五里一徘徊。心比天高，脚踏实地。这段时间的“归去来兮”，是咏叹调，是协奏曲，是他腾飞前的行行重行行。

少堂真正到中流击水浪遏飞舟，是在他的“语文味儿”理念提出之后。关于“语文味儿”，相当多的专家和一线教师都有定评，我不想过多赘述。从现实的情况看来，“语文味儿”已经濡染深圳，香飘维港，渗透内地。我曾经这样对“语文味儿”理论做出评价：

这是一个很好的提法。既有近年来教学经验的升华，又有历史经验的积淀，最精彩的是对于语文味的界定，说它是历史的经验的升华和积淀，因为这里有着近半个世纪来的否定之否定。这表现在“语文课不是政治课，语文课不是德育课，语文课不是审美教育课，语文课不是思维训练课，语文课不是天文地理课或其他自然知识课，语文课也不全是语言课、语文知识课或文学课。语文课不是其他学科知识的拼盘。语文课不是其他学科的保姆”。有了反面的历史教训，又从正面提出：“核心是用语文独有的人性美和人情魅力教（学）出语文独特的情感来。”这几年许多人在谈“回归语文教学本体”，“语文味儿”的提法，尤其是它的阐释，其好处是，很有历史的深度。除了历史经验的深度，还有一点学术的深度，这就是对于中国古典文论中“滋味”说的承传，但是也并没有停留在历史的标签上，而是结合了当代的学术资源，如“积淀民族文化”“丰富生存智慧”“提升人生境界”等等。

在我看来，少堂的“归去来兮辞”唱到这个时候，也已经真正唱出了一点儿纯正的味道。这味道，是“语文味儿”，是“生命味儿”，是“民族味儿”，是“现代味儿”。“语文味儿”的研究之所以能引起专家和广大一线教师的共鸣，我想，其根本原因就在于这一曲“归去来兮辞”真正唱到了语文教学改革的穴位上。它呼唤什么归来呢？直面文本、直面文化、直面心灵、直面人生。前几年我有为语文教学招魂一说，其实，少堂先生呼唤“语文味儿”之回归，就是以最民族化、最语文化的方式对当前浮躁混乱的语文教学的一次招魂。

当然，他是不是能够做到“一唱雄鸡天下白”，还要看未来的探索和成果。就现在这个阶段而言，他已经初步建构了自己的理论体系和实践思路。纵观本书下编《少堂与语文味》的内容，让人振奋——“少堂与语文味理念”“少堂与语文味课堂实践”“语文味理念下的阅读教学思考”“语文味理念下的写作教学思考”等四个部分，都值得老师们一读。前年在我和钱理群老师的所谓“高端对话”中，谈到如何提高中学语文老师的教学能力这个问题，钱老师曾有精辟的论述。他提出了三点：一是语文老师要做一个有思想的人，二是语文老师应该是一个可爱的人，三是语文老师应该是一个杂家。这三个方面在少堂先生的文章和教学实践中体现得非常充分。他的“语文味儿”理论，表现出他在文史哲的结合方面，有相当造诣。他的《荷花淀》《世说新语·咏雪》《诗经·子衿》《你是我的同类》等课例早已经在网上流行，常读常新，确确实实是开了风气之先。他的高考、中考高分作文点评，更值得钻研，“语文味儿”理念居然把最厌烦的考试也弄出别样的滋味。

拉拉杂杂地写了这么多，是想表达我对少堂先生的敬佩和祝福。敬佩他半生不倦地吟唱“归去来兮”的历史使命感，他的研究和探索中体现出来的求实精神和开拓精神，应当就是中国教育的真正筋骨和脊梁吧。我也祝福少堂先生的“语文味儿”研究能越发炉火纯青。我有理由相信，21 世纪的中国语文教育史如果缺少了语文味儿，显然会略微逊色。

最后，学习《文心雕龙》的笔法，对中国教研员系统第一部高层次理论探索与实践相结合的力作以赞语来结束我的序言：

理论与实践齐飞，厚重共灵动一色。雅儒更当有热血，风流不愧真名士。愿少堂一曲语文味儿，清歌智慧满乾坤。

是为序。

陈日亮《我即语文》序

从基础教育引进北欧模式以来，种种矛盾使我不得不反思，我越来越感到，原本的基础教育并非一无是处，我们最有出息的教师，并非全是满堂灌的能手。相反，在多年实践中积累起来的丰富而且宝贵的理念和方法，和改革的方向、理论和方法，是遥遥相对、息息相通的。

在亲聆了钱梦龙等先生课堂讲授的魅力以后，我的感觉尤为强烈。

即使在随时借班上课的课堂上，学生也被他主导着，显得生气勃勃、思维活跃、神思飞越、才智横溢。这样的课，就是拿到德国的中学去，或者美国中学去，也是第一流的。我在美国中学上过电影课，我有把握说这样的话。谁能否认，他所创造的理论和模式，是鲜明地体现出以学生为主体的？不过他更强调教师的主导性。但，这时候，我却听到了一些以极端改革的名义对钱先生轻薄的讨伐。我有点大惑不解。这种大惑不解，不是情绪上的，而是理论上的。

也许我们激进的、浪漫的改革派以为，现今从北欧引进的这一套“先进的”理念方法，是放之四海而皆准的，用行政的方法一推行，与之不一致的一切，应该自动清空，他们的功德圆满就指日可待了。

这在理论上是十分蒙昧的。

一切理论在引进的初期，都是初级的，免不了幼稚，甚至是教条的，必须和中国的实践相结合，才能生根，从而培育出我们民族化的创造，这不是几年就能见到成效的，需要几代人的漫长时日才能遇合。越是文化血缘距离遥远的，越是时日漫长。印度的佛教从东汉明帝引进，到和中国儒家和道家融合化为禅宗，经历了几个世纪。马克思主义引进至少也有 80 年了，至今还在民族化的路途上“摸着石头过河”。此其一也。更其严峻的是，致命的悖论摆在面前。引进的教育理念最关键的就是多元、平等对话的原则，以之取代了一元化的真理垄断的霸权。在这西方文化哲学普遍共识为交往和对话的时代，一切文化的，包括教育的理论交流，都不应该有预设的真理前提。对话的原则是天经地义、顺理成章的。但是，目前引进的教育理论本身需不需要和中国传统和现状平等地对话呢？而对话就是挑战、质疑，如果只是宣谕一番，其本身岂不是成了它所反对的垄断真理的霸权？任何一种外来的思想都不可能是十全十美的，其优越性和局限性是相反相成的。我们的传统和现状，其优越和局限也是相反相成的。西方文化的理念，反对把权威当作偶像，相反把它当作对手（rival）。我们对引进的理论进行辩驳、挑战和质疑，不是对权威的轻薄；一味洗耳恭听，并不是对权威的真正尊重。只有对话和挑战，才能进步。不管对强势文化还是弱势文化都毫无例外。我在《从西方文论的独白到中西文论的对话》中说过：正如战争和恋爱的双方只有在相互的较量中，才能真正确认自身的强点和弱点一样，来自北欧的教育思想，与中国传统和现状搏斗，被中国的传统和现状消化、分解、排泄才能显示出优越。吃了熊掌，脸上就长出熊掌来并不是什么光荣，熊掌的高蛋白，只有被我们的机体同化了，才是我们自己的生命；同时，不可忽略的是，只有把熊掌的一部分化为粪便，才能说明我们机体的健康和强壮。

如今之所以对话不能理直气壮，原因很多，关键的一点是，我们老是觉得没有本钱。其实，这是妄自菲薄。检索起来，本钱还不太小：首先，我们有从孔夫子以来的历史积淀，这是洋人都十分敬畏的；其次，就是现代教育理论，我们也不完全是空白，从约翰·杜威到凯洛夫、苏霍林姆斯基，在与中国实践结合的过程中，积累了胡适、陶行知、叶圣陶、吕叔湘诸多大师的丰厚学术，至今还有待研发；再次，就是我们当代教师队伍中，最有才智的那部分精英，他们从 20 世纪 60 年代以来，虽然受教条主义窒息，但是仍然能在戴着教条镣铐时跳舞，从反面教训（如把语文课上成政治课）的总结中，创造出独特的模式和理念，是极为宝贵的，是我们教育传统和现状中，最有竞争力的部分。对于这支精英队伍，我们不能自轻自贱，他们是从半个世纪以来的历史潮流淘出来的金子。钱梦龙不过是一个主将，于漪、王栋生、魏书生、陈日亮、王立根等，可谓群雄并起。毫无疑义的是，只要有植根于第一线的成功教学，就有对话本钱；异曲同工自然很令人欣慰，但殊途而不同归，不是更能显示出对话的多元性价值取向吗？

本钱也有，人马也有，只是我们还没有来得及系统展示一番，来鼓舞我们的军心，恐洋症遂成顽症。一听说洋的，自己就土得发虚，于是就学会装蒜，摆出一副谦虚谨慎、洗耳恭听的样子。可贵的是，另一部分精英则因个性和学养的不同，其实已经开始了叽叽喳喳的议论，质疑和挑战声音来自四面八方，百花齐放，众声喧哗，多元的交锋或者对话，形成真正的生动活泼的局面，已经有了希望。

在众声喧哗之中，就有陈日亮的声音。

他是一个比较谦和的人，不像王栋生那样语出惊人，锋芒毕露，甚至不像他的朋友王立根那样率性。他的文风朴素、严谨。他自己对此所作出的总结是“具体切实”“不尚空谈”。他的严谨是以“切实”的教学效果为务的。话说得这么朴素，比起那些搬弄洋名词的人士来说，好像有点老土，但是，不管多么雄辩的话语，还有什么比“切实”的教学效果这样的事实，更为雄辩的呢？献身语文教学 40 多年，他的严谨也使得他的文章和言论，具有切实的深度，使他在中学语文界享有相当的权威性。

20 世纪六七十年代，他还是个初出茅庐的大学生，还没有如今的理论修养，他就对苏联凯洛夫教条有所警惕，挑战过流行的“字词句段篇”的僵化模式，对之还有颇为深刻的分析。朴素的“切实”感，使得他把“上课学生爱听”放在第一位。他练就一种“讲功”奠定了他终生教学修养的基础。但他并没有以此为满足，在 20 世纪七八十年代，他在更多的历练中，把全部经验归纳成这样的纲领：“培养兴趣，讲求规范，掌握方法，训练习惯”，表面上是大白话，但内在意蕴深厚。它们并不相互孤立的，而是有着内在的逻辑的，在一次访谈中，他有过这样的阐释：

课上听得有趣不会必然转化为学得有趣。能让学生自己享受到成功的读写的喜悦，才是语文教师应该努力追求的。当然，兴趣毕竟只是一种情绪体验、一种心理状态，只有在各项语文训练中去培养强化才能变成持久的学习动力。

他对语文课程理想境界的追求，并不止于“兴趣是最好的教师”。当然，让语文课“听得有趣”对于大多数老师来说，并非易事。没有出息的可能一辈子难免对学生催眠，可陈日亮却把兴趣当作教学追求的起点。他清醒地认识到，学习的主体是学生，课堂上听得热闹，毕竟还是老师的功夫，所调动的只是学生的课堂注意力而已。而要让学生在课内课外享受到读写成功的喜悦，则要把学生的全部生命调动起来，唤起欲罢不能的激情。这样的要求，用我们今天流行的术语来说，就是学生主体性的张扬，主动学习的热情高涨。陈日亮没有用流行的学术语言，但比之随大流讲学生主体性的人士，对于学生主体性，他有更为深切的体悟。在他的论述中，学生的主体性是有层次性的，从课堂注意，到情绪感染，到持久的意志，最后转化习惯。从心理学来说，就是从有意注意到无意注意，从有意识的意志控制到无意识的习惯意志。在空谈学生主体而又不会教书的人士那里，学生主体性，仅仅是一个贫乏的概念，是没有内部矛盾的转化，不运动的，只有很会教书又很善于归纳的人，才能从数十年的生命体验中，持久地钻研青少年意志薄弱的矛盾，为学生的主体性灌注层层深化的、不断发展的内涵，从感情性的主体到意志的主体，从自发性的主体到自觉性的主体。就是主体达到自觉了，还要以可操作性的程序，在“各项语文训练中去培养”，养成“持久的习惯”。和北欧乃至美国主体性理念相比，在刻苦性和持久性上，形成我们民族的特点。这样的主体性，并不是像一些迷信儿童中心论的学人所想象的那样是天然的，相反，这是由具有专业理想的教师的主体性所诱导、所塑造的。师生双重主体的互动，也许只有在中国才有可能说得这样明白亲切，也许，只有在升学竞争特别惨烈的中国才需要这样的教师主体性。

陈日亮的经验总结，隐含着西方教育家所忽略了的教师的主体性主导和协调。其实，协调学生的主体性和教师的主体性之间的关系，是当代教育学的一大课题。光讲主体性哲学不过是一种启蒙主义的哲学，多少带着某种古典的性质，当代西方哲学已经从主体性发展到主体间性的新阶段，一切都有主体性，连大自然也不例外，都要尊重，因而当代文化哲学的特点，是主体相互交往和对话的哲学，而照搬北欧模式的人士，却忽略了这一点，他们强调学生主体时，不惜牺牲了教师的主体。也许陈日亮在作这样的总结的时候，并没有从哲学上意识到这一切，但是我说过，他是一个很会教书的人，他以他的切实和严谨，其结果却是和西方前卫文化哲学理念不谋而合。相反那些不会教书，满足于从概念到概念演绎的人士，却往往不但脱离了起码的教学之道，而且背离了当代文化哲学的发展前沿。

正是因为这样，陈日亮，这个有时有点拘谨的资深教师，才义无反顾地对当前流行的某些观念和时髦包装发出严肃的质疑，有时，甚至用了挑战的语言。他难得显得理直气壮，对于标准化、客观化的套路，有时还有些愤激，就是因为，他自己四十多年的生命体验，切切实实地感到叶圣陶的原则“贵穷本然，化为践履”，实事求是，理所当然，毋庸置疑。从他的底气中，还可以看到钱梦龙对其的影响。钱先生提倡的学生为主体，教师为主导，在他那里也得到鲜明的体现。在中国这个有着传道、授业、解惑传统的国家，把师道主体神圣化、霸权化固然应该批判；但是，回避教师的主体性，把学生的主体性强调到绝对化、霸权化，实际上是走向另一个极端，多年来的形而上学猖獗，如今又见一例。教有教的主体性，学有学的主体性，两种主体对话的时候，从来没有如一些只会玩弄概念而不会教书的人所设想的那样，是势均力敌的。从哲学上来说，平衡是相对的，不平衡才是绝对的，必有一方是主导的。以教师强势的、自觉的、理性的主体性，调动学生弱势的、自发的、情绪性的主体，不管从哲学还是从教育学来说，都是常识。

回避教师的主体性，等于放弃了教师的职责，强调教师主体性，是提升教师职业主体性的自尊和自重。试想，主体水准低下的教师，在陈日亮所提倡的“议读”“范读”课型中，如何能“议”得起来，“范”得学生服气？“从读得懂，到懂得读”就是授人以鱼不如授人以渔。掌握方法比之识记结论，素质不在一个层次。一篇经典文本，是具有无限可读性的，放在学生面前，都说读懂了，但那是一般的、业余的阅读。语文是专业阅读，教师的任务，就是在学生以为懂了的东西中，指出其专业层次上并没有懂的东西，然后在解读的过程中，授之以法。这才能达到孔夫子所说的举一反三的境界。当前的实践已经暴露出了，不强调教师的主体性，不在学养上、才智上、思维的活跃上、思想的开放上，提高教师的职业主体性自觉，在一千个读者有一千个哈姆雷特的旗号掩饰下，教师在课堂上成了学生浅层次的，甚至是胡言乱语的尾巴。许多做法，引起他的忧虑。这个一向以稳重著称的人，不惜使用愤激的语言：

> 如今在基础教育阶段所大力提倡的“个性化自主阅读”，有多大程度是符合中学管理部门起初状态，值得调查研究。一篇课文真有那么多的“意义”，学生真有可能产生那么多的“个性化”见解吗？它们都是有价值的吗？都值得肯定吗？现在的语文课让人忧虑的是“意义”太少，还是“意义”模糊？是“个性解读”太缺乏，还是“共性解读”太肤浅？

许多教条的做法，令他痛心疾首，他说：连一个哈姆雷特还没有弄清，就弄什么一千个！他的这个说法，不仅有经验的意义，而且有理论的意义。一千个哈姆雷特，既是一种跨国界的、跨历史的概括，也是对众多“理想读者”的提示。但不管是什么时代、什么国度、什么样的读者，其首要任务，就是读懂哈姆雷特，歪曲哈姆雷特就不是哈姆雷特了。在阅读理论上，读者主体不是绝对的，作者主体也不是绝对的，它们都要受到文本主体（共同视域）的制约。读者的多元对话，是相对于一元霸权而言的。一元尚未弄通，何来形成霸权？妄求多元，其结果是一元不元。在这方面的混淆，造成的直接后果就是风靡全国的语文课堂上的空对空的无效对话。说到痛切处，他甚至有点疾言厉色了：

> 任何教学方法的选择，都不能脱离具体施教的环境条件。如果今天请孔夫子来上语文课，他能够像“待坐章”那样的上法吗？他老先生恐怕非得煞费苦心考虑组织教学不可。也就是说，举国皆然的班级授课制，天然地要受到时、地、人的条件限制，这几乎是一个铁定的“框子”。无论你教什么和怎样教，都不能不顾及——四十五分钟的一节课，五六十平方米的一间教室，五六十个甚至六七十个学生群体，你只能在这被框定中活动，你不能“飞天”。四十五分钟能进行多少“自主探究”的活动？五六十平方米能组织多少像模像样的“合作式的”探究学习讨论？五六十个，甚至七十个学生，能够个个都加入“对话”的行列吗？在国外，班生数在三十个之内才适合语言教学。在小学，人数就还要减半，这才能进行对话，教师也自然会乐意选择对话教学。专家们可以坐在交椅上，指导说，“你们应该做什么，怎么做”，可是站在讲台上的教师呢，他们总是不得不考虑“只能做什么，怎么做”。非不为也，是不能也。我们不是常听见语文教师这样抱怨吗：什么“对话”？非你一言，我一语的才叫作对话吗？无论是开口说话，还是闭口倾听，只要有交流存在，就有声无声都在对话。如果认可这一

点，那么一节课从头到尾，只由教师用启发式主讲，讲的内容合适，听的学生受用，理所当然应该成为成功的“对话”，我甚至认为语文能力的养成如果主要靠的是课外的“习得”，课内的“学得”就应该以接受为主，这个接受当然不是灌输式的，而是在学生自习的基础上的指导和传授。不考虑目的和需要，为“对话而对话”，满堂问答，热热闹闹，甚至连教师只能讲十分钟都规定下来，这种教法与其说是贯彻新课标，不如说是对“教学相长”“师生互动”的歪曲和糟践。

陈日亮这样的义无反顾，应该是中国语文界和北欧模式的教学理论和方法真正的对话。

低水平的假对话，之所以能风行一时，还与某些形式豪华包装，如多媒体，如学生表演等有关。如此等等的形式花样，就把不称职教师的主体掩盖了。对此，他曾经不止一次发出呼喊：不少教师离开了这些花样，就不知道怎么教书了。他曾经把能不能把文本一堂课讲到底，作为考核年轻教师的一个准则。可惜的是，这样最低的要求，却并不是很多年轻老师都过关的。他的这个说法和做法，不仅有实践意义，而且有理论意义。因为对话，是一种学术话语，和日常用语直接问答有不尽相同的内涵。在学术上的对话具有隐喻意义，并不限于直接问答，我们常说，阅读就是与文本对话，与作者对话，就是在隐喻的思想交流意义上说的。按美国演讲学，演说是一种交流，这里包含有声语言，也包括无声的躯体语言（表情、动作、笑声、鼓掌、沉思）。课堂教学的师生平等交流，既有直接简短问答之意，又有无声的心领神会。就像读书一样，在这个时间段，你就是读，一言不发，读的过程中评价、质疑，虽然是无声的，但和日后在某一场合发表高见一样都是学术意义上的对话。一个教师，在一堂课上，从头到尾讲到底，讲得很有启发性，表情、身体和其他暗示，学生明白了，有感应了，也就是精彩的对话。

表面上看来，这是由于对于学术话语的误解，是知识水平的局限，实际上，弄清这样的误解，有时并不需要学术语言，只要凭着经验就能纠正许多谬误。反对满堂灌，反对老师讲不了一堂完整的课，这样的荒谬，还要举着改革的神圣大旗，实在是许多不会教书的人装腔作势，借以吓人，结果是吓唬了自己而已。

陈日亮先生的这本书，是他40多年生命的结晶，内容十分丰富，我才概述了他的一个方面的观念，已经花了这么多的篇幅。活到这为人写序的年纪，所患者乃唠叨，实在不好意思写下去了。为了不至于太片面，在此简略地声明一下，陈先生丰富的教学思想，至少还有好几个方面，如他的作文教学，他的亲自下海等方面，都是我们福建语文界乃至全国语文界应该认真研究、推广，加以普及，值得拿出来作为本钱，用来和西方，尤其是北欧母语教师对话的。

我这里用了一个比较俗气的词语：本钱。但是，我想只有这个词对目前的许多误解，才有冲击力。我们讲了这么多年的教学改革，改来改去，只是方法上、观念上。滔滔不绝的演说，大块的文章，挟着行政的强制性的浩大声势，做倾盆大雨式的宣教，以为这就是教改的全部内涵。这里隐藏着一种危险的误解，解决了方法和观念问题，教师就有了水准，教师就有了改革的本钱。其实，方法和观念的改变，只是教学改革的启蒙，教师水准的提高需要一个漫长的历史时期。改革以前的弊端不仅仅是方法和观念，具体来说，并不仅仅是满堂灌问题。满堂灌之所以要不得，原因在于其所灌的内容僵化，如果内容深邃，就是灌一下又有何妨？我们这些人，就是被有水平的大师灌出来的。大师们并没有和我们搞什么对话，我们不是一样也成才了吗？当然，他们如果采取对话的方式，可能会好一点。但是，也不排除另一种可能，那就是反而差一点。因为，为了等待一些比较弱的同学跟上来，不得不放慢速度。我在高中英文课堂上，就碰到过这样的痛苦。一些从北方来的同学对英文一窍不通，教师非常耐心地等待他们的理解。提问，答不出，启发，还是答不出。冷场，冷场，冷场。从南方学校升上来的，就白白地浪费青春。如果当时他不等，因为，他们连英语字母都记不全，而我们已经在读小说《最后一课》《项链》了。在这种情况下，等也是白等。如果就是一往无前，就是对我们这些人快速灌输，效率不知要提高多少倍。对话是一种教学方式，像一切优良的方式一样，必然蕴藏着局限。对话的局限，就是没有质量，空对空，没有深度，从平面到平面的滑行。在对话苦于平面的滑行的时候，灌输一下，是打破僵局，在层次上深化的一种必要措施。在某种比较深奥的地方，不能指望学生能从有限的经验自发地上升为系统的理论。绝对地胆怯于灌，就可能成为学生自发性，甚至是无理取闹、胡搅蛮缠的尾巴。不管是帮助学生从经验上升为理性，还是做理论的演绎，教师都是要有本钱的。这个本钱就是高于学生的素养。盲目迷信所谓平等对话，产生了一种可怕的风气，把教师降低到学生的水平，让教师做无本钱的生意。

许多所谓示范课之所以失败，就是因为教师并没有拿出多少比学生更高明的见解来。这就造成了一种普遍的感觉，语文课，上和不上一个样。

这种多年的弊端，可谓积重难返，许多有识之士，痛心疾首。对于这一点，我和陈日亮都从理论上进行过思考。我在《名作细读》的序言中，提出了一个观念，那就是语文教学与数理化英语课程的根本不同。在数理化英语课堂上，学生对于课本和教材，不可能充分理解，其中有许多不懂需要教师作阐释。学生的认知过程是从不懂到懂，从未知到已知。语文课则不然。到了初中，课本上即使有少量生字，学生也可以从注解，从字典上得到解答。学生的感觉是全都懂了，没有什么不理解的。此时，教师上课的任务是什么呢？一般教师往往把学生已经理解了的，已经明白了的，或者理解起来没有难度的，用自己的方式讲述一番。这就不能不引起学生的烦厌。我提出教师应该从文字上已经没有问题的地方提出深层次的问题来，做出相当警策的、开放性的阐释，因而，我在许多文章中，反复强调教师的主体性。这种主体性不仅仅是个性自觉的愿望，而且建立在个体素养和深厚修养的基础上。

水平不高，不能适应改革的要求，这是当前无可回避的现象。我不赞成一味责难中学教师，这是因为，中学教师文本分析能力不足，是大学文本分析水准普遍低下造成的。首先应该遭到责难的是大学教师，当然也包括我在内。为此我才花了几年的工夫写了《名作细读》，目前出版的还只是第一本，第二本已经写成，第三本正在完成之中。全书100万字。但是，这不等于说中学教师就没有可以责备的地方。我以为，最令人无奈的是，不少中学教师缺乏阅读、研究、写作的兴趣。说得粗暴一点，就是不求上进。不少中学教师，连各种各样的文本分析的文章都懒得翻阅，一味依赖网络上的教案。我问他们为什么。有一个正在修读教育硕士学位的女教师告诉我，那样太花时间了。阅读文本分析文章，常常要花去四个多小时。而照搬教案，只要半个、最多一个小时。我不免大为惊讶。四个多小时，这算什么多呀。我们备课，一堂课往往要两三天。她说，你们课时少呀。我说你每周多少课时？她说12节。我说，正好我这学期也是12节。还不算多次出外讲学以及写作学术论文和著作的时间。我说，你多花一点时间把文本钻透，明年还可以在此基础上，就不用那么多时间了。人家的教案，是人家根据自己对文本的理解结合自己课堂上学生的实际情况而制订，搬用并不一定讨好，不一定得心应手。到了明年，又得重来一番。

问题的严重性在于，提高教师的素养，不提高文本分析能力，就不可能提高课堂质量。在这一点上陈日亮与我所见略同。

在和他长期的交往中，我感到他多年的实践正在形成一种相当有深度的理论。这种理论综合起来说就是：

> 教师在课堂上所讲和学生在课堂上所想，应该有一种“落差”。如果没有“落差”，二者等同，课堂教学效果等于零。教师在课堂上，应该尽可能争取扩大落差，落差越大对学生的想象和智力的冲击力就越大。可以说落差与效果成正比。当落差达到一个峰值，就是课堂的最佳效果，越过了这个峰值，就可能导致学生完全不理解，课堂教学也可能等于零。

就当前我国的形势而言，主要的危险不是落差过大，而是落差严重不足。中学教师水平普遍跟不上改革要求。对话，对话，许多教师，进入课堂之前，自以为有话可对，可是所对之话，都是学生早已知道的话，没有真知灼见，就不能不是没话找话，空话、废话、套话、傻话满天飞，造成一种假性的“落差”。更可怕的是，这些话，都披着改革的大旗，让力求实事求是的人们不由自主地产生自卑感。

要在课堂上，不说傻话，不做废话的尾巴，唯一的办法，就是提高教师的文本分析能力。要切实做到这一点，绝对不是空喊几声情感、态度、价值观，知识和能力方法以及过程就能奏效的。教师的水准首先就表现在，从学生看来没有问题的地方，提出深层次的问题来，然后在过硬的分析中，有所发现，使学生的思维有所触动。

100 年来，中国的语文课堂，一直没有解决过质量低下的问题，也许，目前的一些改革家，太过乐观了，以为引进某种西方的教学理念和方法，就能立竿见影地奏效。也许我是比较悲观的，我想，这样一个老大难的问题，不是一代人所能圆满解决的。也许，这需要许多方面的系统的配合，而在时间预期上，则不能太过急功近利。当前的任务是，多做草根的工作，不能满足于喊喊方法、观念等的口号。少谈主义，多解决问题，胡适的这句话至今仍然富于鲜活的生命。

不同凡响的熊芳芳

不少中学语文老师把他们的课堂实录发给我，十分抱歉的是我没有时间细看，我的生活太没有秩序，往往是身不由己，今天不知道明天干什么。终于有一点空闲了，在许多邮件中，抽出了熊芳芳的教案，那是关于《窦娥冤》的，第一印象就是不落俗套。特别是看到她对窦娥的导入，提出的问题是：文中什么字眼出现得最多？分直接和间接两个部分，光是直接的，就有11个“冤”字。这样的启发式，比之常见的那些一望而知的提问带着很强的综合性，不但是深入文本的契机，而且是对学生综合概括能力的激发。当时我想，也许，不过是她提出问题提得聪明而已。接下去，她进入了对《窦娥冤》的“冤”的分析：问题提得越来越深刻：“既然选择了为婆婆替罪，为什么还要喊冤呢？”这使我有点兴奋了。然而更使我兴奋的是，她对这个“冤”字的阐释，第一，无冤无怨与怨气冲天；第二，骂天与靠天。我不禁有点惊讶了。抑制不住的感觉是：这个小女子不简单。因为，她进入了许多教师所难以达到的具体分析的境界。当然，如果仅仅是对感性的材料的具体分析，在一些水平较高的教师的教学中，并非罕见，但是对于“冤”这样抽象的概念进行分析，还能分析出两个层次的矛盾来，这显然是有一定哲学修养的表现。越是往下读，越是感到，她不仅有具体分析的能力，而且有相当学养，分析窦娥之冤时，还引用了王国维的话：“剧中虽有恶人交构其间，而其蹈汤赴火者，仍出于其主人翁之意志。”而且还加以批判：“真的完全出于她的个人意志吗？做出这样的选择，她真的心甘情愿吗？如果是，为什么会有这么多的前后矛盾？”她的结论是“道德标签下无生无爱的悲哀”。这就不但显示了她的具体分析水准，而且可以看出她的抽象概括能力。

读完这个教案，我的整个感觉是，这个学历并不高的教师，从哲学修养到学术资源，在当前的中国实在是不同凡响。

这次读她的《生命语文深呼吸》就更坚定了我的判断。

光是看她全书的构架，就不难看出，她不但善于对具体文本做具体分析，而且善于在有限的文本分析中建构起自己有序的体制（姑妄不说体系）。许多相当权威的教师，往往满足于对单篇文本的分析和概括，而她却能把一些看来毫不相干的文本建构在相互联系的体制之中。当然，这种体制是她独特建构的。本书的第一单元，本来只是《沁园春·长沙》《我有一个梦想》《项脊轩志》等八竿子打不着的文章，她却把它们组织在自己“生命语文”理论框架之中。

宇宙位格

从《沁园春·长沙》看毛泽东的自我实现

国际位格

“和平的祈祷”单元整合设计

社会位格

《我有一个梦想》教学设计

家庭位格

《和平的祈祷》的前调、中调和后调

全位格

角色·自身·永恒

不但有自己的理论框架，而且创造了自己的话语，足以显示出她不但有微观分析能力，而且有相当的宏观概括能力，而这样的能力再加上对当代文学美学理论的涉猎（如李泽厚等），就构成了她学术研究能力的基础。具备这样的研究能力，正是新一代中学语文教师摆脱教书匠的命运，突破于漪老师等老一代的权威高度的本钱。正是因为这样，在本书中，读者不难发现，她不但对中国传统经典文本，如《春》《乡愁》驾驭自如的设计，而且对于西方后现代的文本，如《等待戈多》也作出了令人惊异的深度解读。

关于这一组人物，作品中有两个意味深长的细节，弗拉季米尔总喜欢鼓捣自己的帽子，爱斯特拉冈经常鼓捣自己的靴子。

一个关注头脑，一个关注脚下。一个可谓“形而上”，一个可谓“形而下”。弗拉季米尔代表了头脑、精神和灵魂等与肉体对立的一面，爱斯特拉冈则与之相反，代表肉身以及与肉身相关的若干方面。他感兴趣的话题大抵是关乎物质与肉身。尤其是在波卓出现的时候，爱斯特拉冈表现得谄媚而卑下，在波卓吃剩下的肉骨头和金钱的诱惑面前，他的迫不及待与卑躬屈膝使弗拉季米尔产生了强烈的耻辱感，受到了弗拉季米尔的责备。

这里的功力表现在：第一，把两个人物从哲学的高度概括为对立的矛盾；第二，把这种矛盾升华为“形而上”和“形而下”。这样的能力，不但在中学教师中，就是在大学年轻教师中，也是难能可贵的。

她的创造力，已经得到许多赞赏，也获得了一些荣誉，但是，人才难得，真正认识到她的价值，她出现的意义的，可能还不多。这需要一个过程。实践是最权威的裁判官，在未来的岁月中，她会成为教坛的一颗明星吗？至少我怀着这样的期待。

黄玉峰《屈原人生》序

吾友黄玉峰，新作《屈原人生》，令余作序，余凝神屏气三日，未曾料到享受如此精神大餐。文以气为主，其气乃朝气、骨气、生气，笔阵横扫、纵横决荡、旁若无人、痛快淋漓，作学术论著读可，作散文读亦可。

全文精粹，乃在还屈原之真面目。唯陈言之务去，挑战权威话语，屈原头上虚假光圈为之荡涤，历史之云雾为之拨开。嬉笑之间发惊人之语，从容淡定为骇世之论。学术资源甚丰，所言皆有来历。赏其文风，若梁启超之笔锋常带感情。叹其自信，如陈独秀文学革命论，似有数十厘米口径之大炮为后盾，权威崇拜顷刻间灰飞烟灭。

为序之道当对之条分缕析，铺陈转述，然恐画虎之失骨，画龙之无睛，乃多作引述，冀读者略窥一斑，得其风神。

玉峰之文气，来自不甘于被愚弄，运笔之自由自疑古始，从最原始文献开刀："哪怕万口称颂如司马迁、班固"也不在话下：

> "三闾大夫"的真正意义，也十分可疑。倘若真的按王逸所说，屈原的主要任务应该是修家谱和祭祀，兼管一下教育，这样一个职务，"博闻强志，明于治乱，娴于辞令"是有可能的，但要说"入则与王图议国事，以出号令；出则接遇宾客，应对诸侯"就可疑。要么他是一个与和珅一样的宠臣，王会任命他做各种各样的越位的事，要么就是史料里有什么倒错混乱。仔细想想，这里面矛盾无解的地方确实太多了。

智者的学术勇气并非来自鲁莽，更不出于历史的虚无主义，挑战基于事实，也只承认事实，除了屈原的诗以外，其他一切陈说，都有质疑的余地：

> 屈原这个名字也许是假的，故事或许是假的，但人格依然是真的。因为这个人的诗在那里。如此的率真，如此的坦诚，如此自我解剖，如此真情喷涌，这是绝对伪造不来的。

屈原所谓的“爱国主义”，当然是概念混淆，当年的“国”，不过是周王朝分封的诸侯，人才自由交流，孔子、孟子、苏秦、张仪、商鞅、吴起、李斯莫不周游列国，屈原死心眼，不离开楚国，他爱的是楚王。这是常识，可贵的是把问题引向理论的深层：

说屈原“不爱国”并不是在贬低他。难道不爱国的人就不伟大吗？

爱国主义精神未必都伟大，如果为了爱国而忘了“人”，反而还不如爱自己。

最为关切的是人，价值标准是人。政治价值之所以应该警惕，就是因为它往往遮蔽了人。对于屈原之死，不囿于政治乃是题中之义。千钧之笔，独辟蹊径，从人的心理和生理学上探索：诊断为“忧郁症”“双向情绪障碍”，大喜大悲，情绪极不稳定，在抑郁和躁狂的两个极端摇摆。正是许多天才的心理优势和弱点，屈原难逃宿命。此言非无厘头的恶搞，他是严肃的：为此他曾咨询过一位做了一辈子心理治疗的医生，得到的回答是：

这是典型的躁狂症病人的表达：情绪高涨、思维奔逸、意志力虚高，说得通俗就是“好吹牛”。只不过，一般的躁狂症患者没有屈原这样的文采罢了。

屈原的世界，确实是被他的泪水扭曲了的。他并不是先知，只是一个困厄在自己的情绪中难以自拔的、受伤的人。

所谓罪大恶极的奸臣、朝中小人，除了没有能力阻止楚国的覆灭（但并没有证据证明一定是他们“导致”了楚国的覆灭），唯一可以真正确定的罪过是：嫉妒、争宠。

一个受伤而又难以自拔的人，这话说到了点子上。屈原为什么在千百年来，得到文人以及民间这么持久的同情和赞美呢？他的说法是：

除了他的作品的确意境高深，光彩照人之外，还有一个重要原因，是他的诗满足了许多文人的心理需求。司马迁就是其中一个。“信而见疑，忠而被谤，能无怨乎？”这是司马迁在他的屈原传里，为屈原喊出的不平之声，与其说是为屈原喊的，倒不如说是为了自己。

虽然在理论上并不属于前卫派，但是，论述和西方前卫文论一脉相通，用罗蒂的话来说，屈原的形象不是被历代文士们“发现”的，而是被“制造”出来的。对权威，从不仰视，就是对屈原，也并不膜拜，从学术上看屈原，他取俯视姿态，对其不足，洞若观火：

这是一个诗人，但绝不是一个成熟的政治家。他没有政治家基本的适应性和气度。这也是一个历史的规律：让诗人去从政，他十有八九是要受伤的，受伤之后，他多半是要在诗里骂人的。诗人文采好，诗篇流传后世，后人读了，就以为那时候有多么黑暗，人心有多么险恶，诗人有多么无辜，殊不知，受伤的诗人的眼睛，往往是被泪水所蒙蔽的。不只是屈原，后来的诗圣、诗仙，也不脱这个规律。

后世人总是仰望前代名人，“总是带着一种善意和夸张”，把他们全方位地理想化，对于他们的平凡甚至渺小，则遵循“为尊者讳”的原则将之遮蔽。看清了这一点，他的笔锋就有点冷酷了：

名人和伟人，也可能是会有致命的性格缺陷的。所以我们读屈原，在感情上，可以透过他的眼睛，去体味那种炽热的爱与恨，酣畅淋漓，但是理智上，还是要能跳得出来。若是一直戴着“屈原眼镜”来看世界，来定是非，则殆矣。

废除“屈原眼镜”！诚哉，斯言。这里有一份学术自信，这种自信是有点冷酷的。没有这点冷酷，他不可能看出屈原在心理上有一种自恋，有某种“顾影自怜的水仙花”的气质。这种自恋使他政治上过高估计自己，因而陷于孤独，封闭于孤芳自赏。他批评屈原“一边怨恨，一边难以自拔地陶醉着”，此论可能不算过分，但是，要说“正是这种自恋情结，造就了中国文人在帝王面前的精神优势”也许是疏于分析历史上那么多文士的种种复杂情况，难免有点以偏概全，过分放任了豪放的情绪。好在仅是涉笔成趣，狂放的文笔一带而过，便正正经经地向深度进军：

谁说文人只能是倡优，只是弄臣，只能是君王的宠物。哪怕你把我当宠物，我自己却仍要把自己当人，我的人格甚至高于你的权势。

这是李白要在屈原身上继承的东西。

文章的可爱处往往不在文章本身，而在于其视野的开阔和思绪的佻㒓，不但从屈原联系到李白，目光还扫视到异域：将之与海顿、贝多芬相比，“自恋”在表现上是共同的，其实是更多的自尊，甚至不惜代价，维护人格独立。在屈原那里，为国而死，如在《国殇》中那样，诚然可敬可佩，而在《渔父》中，为己而死亦可与中原的成仁取义比美。此处的称颂，与历代文士赞颂不同，没有任何外加的成分，完全是从屈原作品具体分析出来，还原出来，概括出来，不过就是：第一，他是一个热爱家土的人，外陈四方恶，内崇楚国美。第二，在我看来，这是最为重要的，他把中原人看不起的南蛮鴃舌的“鸟语”方言，升华为诗语。将楚辞提升到与北方的《诗经》平起平坐，并列中国诗歌的最高典范。不仅如此，在文采的绚烂上、在象征性的意象体系的建构上、在节奏的丰富上，大大超出北方的《诗经》。归根结底，他的伟大，他的不朽，不在于政治，而在于他的诗，特别是结束了诗经民歌和庙堂仪式之歌的群体性质，开拓了诗歌个人化的历史。在备受攻击中而坚守自我，如正统史家批评的“露才扬己”，与《诗经》称道的“明哲保身”背道而驰，正是因为此，他的坚忍的孤独超越了个人价值。在众人皆醉我独醒的环境中不惜以生命为代价实现生命的信条，从现实上，与其说他是人民的诗人，不如说是失意者的代言人。从诗歌说，其价值就在把个人化的心路历程化为诗歌的正统，他不仅仅是诗歌为生命，而且生命为诗歌，不惜以生殉诗，以命殉诗，正是因为这样，他才把中华民族的诗歌带上历史的制高点，他的诗章才能在千载以后仍然能唤醒、复活读者潜意识中的经验：

试问，有谁会不为“袅袅兮秋风，洞庭波兮木叶下”的景色倾倒，有谁会不因为“满堂兮美人，忽独与余兮目成”暗自欣喜？

“屈平词赋悬日月，楚王台榭空山丘”，正是因为被屈原的诗歌艺术所感染、所激动、所撼动，他的笔锋才这样豪放不羁，旁若无人，一点也不顾忌被苛刻如我这样的读者怀疑他和屈原富有同样的自恋的危险。

然而，这就是我最佩服他的地方，这也是我读这本书的最大收获。

阅读主体并不是绝对自由的
——对三位特级教师文章的评论

《江苏教育》以“文学文本的个性化解读”为话题，将几位特级教师的文章发来，要求评点。我自知缺乏一线教学经验，推脱不果，乃勉为其难，细读其文字，深感此等文章，不但有见地，而且富于理性，不难看出作者学养与经验均为上乘。当然，其中也有一些值得商榷的观点。本着提出问题比解决问题更为重要的想法，择其要者，谈几点感想。

一、阅读的个性化不是绝对的

语文界提倡文本的个性化阅读，是有道理的，但往往走向极端，忽视了一个基本的甚至是常识性的问题，这就是阅读主体并不是绝对自由的，它不但受到作者意图的制约，而且受到文本的制约。阅读的过程，是作者、文本和读者三者之间个性搏斗的过程，或者说，是三者相互同化和调节的过程。在这个过程中，对文本的“共同视域”的认知和个性化解读是处在对立统一的转化之中的。

《守正出新：文学文本的个性化解读》一文，从实际文本出发，一针见血地提出一个很重要的理论问题——个性化阅读并不是孤立的，明确指出个性化阅读应基于对文本的基本理解，并强调：“不是说，个性化解读可以忽视认知、筛选、阐释、组合能力。文学文本的个性化解读，必须基于阅读的基础层级，如认知、筛选、阐释和组合（‘守正’），否则必将成为‘空中楼阁’，是无法实现‘出新’的。”有了这个基础，也就有了共同视域，才可能有个性化的、独特的理解。

本文的可贵之处还在于，在理论上提出了西方文论所忽略的作者、读者、文本互相制

约的关系，在共同视域的基础上，提出对“提倡多角度的、有创意的阅读”的尊重，毫无疑问，这种尊重需以文本、作者、读者视界的高度协调为追求。作者显然是意识到，若一味套用追随西方前卫读者中心论，用“召唤结构”“潜在读者”等术语而缺乏内涵的阐释，在具体文本的分析上是注定要落空的。

更值得重视的是，作者还提出阅读的个性化不是绝对的，而是相对的，是有条件的（如要看学生的实际情况）。这正体现了西方文论的根本精神，就是对一切权威的、天经地义的命题的反思，也就是具体分析命题在一定条件下的合理性。

最后还是回到解决阅读的层次和操作上来。其特别令人醒目的是把阅读的最高层次定为“鉴赏、评价、创造能力”。之所以值得珍视，原因就在于突破了西方文论的某种局限。西方文论的特点是理论向美学化、向形而上学提升，越是理论化，越是脱离具体文本的审美价值的特殊性，而作者在这里勇敢地与西方文论背道而驰，在西方文论家无能为力的方面施展自己的才华，那就是对形而下的文本做系统的具体分析，不但对之被动地接受，而且对之作评价。如，“形象，在不同的体裁中有不同的表现”；“思想、情感和价值”；“技巧、过渡、照应、铺垫”；“风格、处理题材、熔铸主题、驾驭体裁等方面的特色”等。作者把经验式的话语用中国传统的“守正出新”来概括，表明作者不一味以追随西方文论为满足，而是尽可能地在中国传统的基础上，中西结合，适当地理论化。有这样的坚持，作者的教学和学术的前景是值得期待的。

二、不要指望从西方获得什么法宝

与《守正出新：文学文本的个性化解读》相比，《文本的个性阅读与语文教学》一文很富学术性，和一般中学教师以经验性为主的文章相比，作者无疑对西方阅读学有比较系统的了解，对于“召唤结构”和“潜在读者”，阐释也有相当深邃之处。可贵的是，作者在西方文论的基础上还有所发挥，如将一般阅读和课堂阅读加以区分等，都说明作者有一定的理论修养，而且有相当的学术研究能力。但是，作者的学术局限性与优越性共存，这表现在作者缺乏西方文论所强调的批判精神。

在我看来，当前西方文论的资源最初都来自欧洲大陆，在思辨性的智商、在形而上的方面无疑是处于世界高端。美国人在 20 世纪 60 年代引进了欧洲大陆（主要是法、德）的学说，几乎放弃了他们土生土长的流行于 20 世纪 50 年代的以经验性的文本分析为主的“新批评”，但美国人后来发现了从欧洲大陆引进的理论和美国文化传统的矛盾。美国号称

“德里达的传人”的希利斯·米勒，在21世纪初就进行了彻底的反思，他在一篇文章中这样说：

> 理论并不如一般人想象的那么“超脱大度”（impersonal and universal），而是跟它萌发生长的那个语境所具有的“独特时、地、文化和语言”盘根错节、难解难分。又如，在将理论从其“原址”迁移到一个陌生语境时，人们不管费多大的劲，总还是无法将它从固有的“语言和文化根基”中完全剥离。那些试图吸收外异理论，使之在本土发挥新功用的人，引进的其实可能是一匹特洛伊木马，或者是一种计算机病毒，反过来控制了机内原有的程序，使之服务于某些异己利益，产生破坏性效果。[①]

米勒说的这种破坏性还仅仅是理论上的，把这个问题说得更为彻底的是学贯中西的李欧梵教授。他在“全球文艺理论21世纪论坛”的演讲中勇敢地提出：西方文论流派纷纭，本为攻打文本而来，其旗号纷飞，各擅其胜：结构主义、解构主义、现象学、读者反应，更有“新马”——新批评、新历史主义、女性主义等不一而足，各路人马“在城堡前混战起来，各露其招，互相残杀，人仰马翻”，“待尘埃落定后，众英雄（雌）不禁大惊失色，文本城堡竟然屹立无恙，理论破而城堡在”。

李先生的意思很清楚，检验理论的根本准则就是解读文本，理论旗号翻新，流派纷纭，文学文本的解读却毫无进展，“理论破而城堡在”[②]，理论已经为解读实践所证伪。满足于尾随欧洲大陆的前卫理论，已经让西方文论面临着空前的危机。最为明显的就是他们在文学审美价值方面表现得极其软弱。号称文学理论，却不能解决文学文本尤其是个案文本的解读问题。

在此我想提醒不在少数的有志于文本解读的学者、教师，不要指望从西方获得什么法宝。这篇文章的作者引用了那么多西方理论家的言论，无非就是为了说明个性化阅读的可能及其意义。但是，问题在于如何获得个性化的阅读效果而不至于天马行空，胡言乱语，正是第一线老师要解决的问题。仅凭这些理论，这些范畴（如“召唤结构”“潜在读者”等）是不是真正有助于我们解读文本？本文作者在这一点上，显然缺乏清醒的考虑。当然，作者也考虑到了“误读”“浅阅读”的问题，指出那不是个性化阅读，而是违反了“阅读规律”。在我看来，作者轻轻一笔带过的“阅读规律”和“文本的内部结构”恰恰是判断“误读还是个性化阅读”的关键。二者的内涵是什么？作者语焉不详，这说明了两点：第一，西方文论以追求形而上的哲学、美学为务，其前卫者甚至不承认文学的存在，要从他们那里得到文学解读的金钥匙，无异于缘木求鱼；第二，要真正深入阅读文本，光凭西方文论

① 刘亚猛：《理论引进的修辞视角》，《外国语言文学》2007年第2期。

② 李欧梵：《世纪末的反思》，浙江人民出版社2002年版，第274—275页。

是不够的，真正有出息的第一线老师还要有中国传统诗话、词话和小说、戏曲评点的修养。我国深厚的宝贵传统固然有其局限，但是，在个案的具体分析上，时时为一字之成败争论上千年之久。这是因为我国传统的文学评论是以创作论为基础的，而西方文论则是以美学化最高抽象到绝对精神为务的。其必要代价乃是牺牲特殊性，而文学文本解读恰恰是要从西方文论所牺牲了的特殊性、唯一性、不可重复性通过具体分析将之还原出来。对西方文论越是着迷，越是以为它是唯一的金钥匙，就越可能脱离文本的深邃奥秘。

三、二次阅读的操作难度并不大

《文本细读：文本中的因果逻辑探寻》的作者提出“二次解读”，既是很勇敢的，又是很科学的。作者的古典文学积累也较深厚，故有二次阅读的基础。科学的精神就是怀疑，怀疑对象，往往是人所共知的、权威的、不言而喻的、天经地义的。二次解读的对象乃是朱光潜、林庚、钱锺书的名作。一次解读是对原文的基本理解，二次解读乃是对一次理解的分析甚至批判。这里的空间是很大的，比如关于“推敲”，韩愈的“作敲字佳”，千年来似乎已经成为定论，而朱光潜则认为不一定。从宁静的意境之和谐统一上看，应该是“推”字比较好一点，所以他“很怀疑韩愈的修改是否真如古今所称赏的那么妥当”。从表面上看，朱光潜似乎更有理，但是，对朱先生的说法也可以怀疑。以感觉要素的结构功能来解释，应该是“敲”字比较好。因为“鸟宿池边树，僧推月下门”二句都属于视觉，而改成“僧敲月下门”，后者就成为视觉和听觉要素的结构。一般地说，在感觉的内在构成中，如果其他条件相同，异类的要素结构就会产生更大的功能。从实际鉴赏过程来看，如果是“推”，可能是本寺和尚归来，与鸟宿树上的暗示大体契合；如果是“敲”，则肯定是外来的行脚僧，于意境上也是契合的。“敲”字所以好过“推”字，在于它强调了听觉信息，由视觉信息和听觉信息形成的结构功能更大。两句诗所营造的氛围，本来是无声的、静寂的，如果是“推”，则静到了极点，可能有点单调。在这个静寂的境界里，能敲出了一点声音，用精致的听觉（轻轻地敲，而不是擂）打破了一点静寂，既不那么单调，又反衬出这个境界更加宁静。正如“蝉噪林愈静，鸟鸣山更幽”“月出惊山鸟，时鸣春涧中”，以有声衬托无声，更显得幽静。

我在这里想要强调的是，从根本上来说，西方文论的基本原则是批判性的，即不管对什么样的权威都要进行反思。例如，对于所谓个性化阅读，就要反思这个范畴是不是完善。一切事物和观念，都不是孤立存在的，而是存在于丰富的联系之中的，粗浅地说，至少应该是和其对立面处在统一体中的。如果这一点没有错，当我们研究个性化阅读的时候，就要考虑它是和什么样的对立面处在统一体中的，就辩证法的常识而言，起码是应该和“共性化”（或者共同视域）阅读相反相成的。因此，绝对的个性化阅读是不存在的。鲁迅说过，一部《红楼梦》，经学家看见《易》，道学家看见淫，才子看见缠绵，革命家看见排满，流言家看见宫闱秘事……这里无疑有误读，完全没有共同视域，但是，难道不是文本对潜在读者内心经验的召唤吗？一千个读者有一千个哈姆雷特。只要不是误读，所召唤出来的毕竟还是哈姆雷特，如果召唤出来的是罗密欧，还能算是个性化吗？阅读的任务，不在于一千个哈姆雷特，而在于分辨哪个是假“哈姆雷特”，哪个是真“哈姆雷特”，哪个是最“哈姆雷特”的。本文的遗憾在于，没有提供出一个判别真假“哈姆雷特”的准则，没有提供防止误读的方法。

这组文字中，有作者也提到了“阅读规律”“文本的内部结构”，但阐述不够明朗。西方文论中的“召唤结构”的说法与之在逻辑上并没有接轨，因而我们的任务，不是对之疲惫地追踪，而是对之加以批判，至少是修改或者补充。其实很简单，不管你个性如何悬殊，在阅读过程中，总还要受到另一个东西的制约，那就是文本。没有依据的胡思乱想是不能随便进入的。

评文勇的课堂实录五则

一、《赤壁赋》课堂实录点评

第一印象，这不但是文勇的语文课中的最佳质量，而且拿到全国去，也属于第一流的。

第一流，并不是胡乱捧场，而是实实在在的思考。

我向来以为教中学语文比之数理化，要难得多。因为数理化有标准答案，有些答案是两千年前就有了的，有些答案则近些，也是一两百年前就获得公认的。就是最新的成就，也是举世公认的，写在权威的著作或者论文里。数理化老师比之学生无非就是提前学得了，只要把这些东西提供给学生，学生就信服了。语文课则不然，它没有标准答案，其好处，就在于答案不断与时俱进，不断随着时代智慧的演进而演进。经典文本可以说是时代智慧的祭坛，每一个时代都要把聪明才智奉献给这个祭坛。一些不明于此的老师，以为教参就是标准答案，照搬一番，学生照例并不买账。终生不悟者不但误人子弟，而且白白浪费了自己的生命。那些写教参的人士，除了个别的例外，大多数并没有多少真知灼见，常常满足于东抄西抄，结果就不能不是泥沙俱下，鱼龙混杂。不乏以其昏昏，使人昭昭者。

理想的中学语文老师，应该是对经典文本，前人解读了几十年，甚至上千年的文本，拿出自己的见解来，用自己的生命和学养读出深层的奥秘来。

因而理想的语文老师应该有研究能力，有点学问，有比较多的学术资源，能对经典文本作出独特的解密。但是，这样的老师，在我们中国，乃至全世界是太少了。

文勇先生的这堂课，可谓让我相信，我的理想并不是空想。

一般的老师，把课堂时间绝大部分用来作文字和典故的梳理。但是，文勇只用了很少的时间。我想，他这样的处理是有道理的。因为这些文字上的、语法上的、文化背景上的问题，没有难度，不需要太强的理解力。

文勇把最大的精力，最长的时间，用在了对文本的解读上。

他的解读，没有拘泥于文本，最大的特点是既扣紧了文本，又超越了文本，通过文本，把苏轼当时的处境，当年的思想境界还原了出来，不但读通了文字，而且读通了苏轼的境界和思想。他调动出来的学术资源很是丰富，从康德到林语堂，从中国佛学史到苏轼的官职待遇，左右逢源。从一开始，他就提出，把《赤壁赋》的开头当作“写景”的论述是表面的，这里的写景不是一般的抒情，而是某种哲学性的写景。这就抓住了文本解读的纲领。以下的解读，表现了他对苏轼的生命传记、苏轼思想的熟悉，尤其精致的是对他的禅、道的生命观、苦乐观、有限与无限、取与非取，做出了相当深邃的分析，其中不少是他的发现和独特体悟（例如他对林语堂的批判），因而带着很强的学术性。从这个意义上说，这堂课，不是一般的好课，而且可以毫不夸张地说，更像是一场学术报告。然而，学术并没有妨碍课堂的交流，原因是他把苏轼生存状态还原得那样生动、那样具体（如每天用多少钱）、那样细致入微。这样就把课堂的感性与学术抽象水乳交融地结合了起来。

从这里，是不是可以得到某种启示，要进入语文课堂的理想境界，就要像文勇这样，既要有广博的学术资源，又要有相当的研究能力。

二、《荆轲刺秦王》课堂实录点评

这一课讲得有特点，没有像一般课堂上那样在文本的文句上辨析，而是从思想境界上拓展。从美国的独立宣言讲到《论语》中的名句，再到砚台的典故的变迁，引出几代民族英雄的献身故事，这样的讲法，本来是很冒险的，最大的险处就是散漫，然而文勇将之集中在孔夫子的一句名言中。这样，在思想境界上放得开，在课堂思维上又收得拢，这就叫作开合自如。这首先得力于文勇的学识，其次，也得力于他成功地激起了学生的想象。正是因为如此，他才敢于把这么丰富的思想，放在本来是毫不相干的故事中，他的功夫全在不着痕迹地串联，这种串联，得力于思想脉络的单纯，说得形象一点，就是金线穿珍珠。有了这样雄厚的思想背景，进入文本，把握其基本观念就水到渠成了。例如，关于义，关于气节，关于为了许诺而献身的精神，就显得不是意气用事了。文勇，真是有勇气的，他摆脱了目前课堂上不断提问的流行模式，坚定地以讲授为主，从容在逻辑上，做系统的展开。难能可贵的是，这样的讲授方式也激起了学生的思维活力，形成了货真价实的平等对话，以下一段很值得重视：

生（叶芊）：我有点不同意老师的观点，老师说“刺杀成功也得死，刺杀不成功也得死”，但我们在课本中前面部分可以看到荆轲在等人：“仆所以留者，待吾客与俱。”“今日往而不反者，竖子也！”这就是说就荆轲本人来讲，他觉得还是有一定的可能活着回来的，而且春秋历史上也有过要挟君王定下盟约，然后活着回来的，所以说荆轲并不是慷慨赴死而去的。这里的悲壮色彩在于他是以一己之力，他只是一个刺客，以自己渺小的力量与秦国这样一部巨大的国家机器对抗，在朝堂之上，用一把匕首刺杀整个秦国最强暴的秦王，这个以卵击石的态度是很悲壮的。

师：对，以一己之力去对抗强秦。

生（叶芊）：他为了使整个燕国能够存活下来强行刺杀秦王，这一点是很悲壮的，并不是所谓的慷慨赴死。

师：大家说这个同学说的有没有道理呀？掌声！

生：（掌声）

师：这个同学对历史的看法有独到的地方，但是与我们这里讲的并不矛盾。为什么不矛盾？荆轲他说了，“我”最初想的是把秦王活捉，然后让他跟燕王签盟约。这当然是美好的愿望，但是必须做好不成功的准备，事实上就是不成功的。

生（叶芊）：那是因为荆轲后来失败了，我觉得是因为荆轲的死使这件事具有了悲壮色彩。

师：好的，你说得非常有道理啊。我们课后还可以继续讨论这个问题。第一点，我个人认为荆轲的行为本身具有悲壮色彩，你说的是他的死使他具有了悲剧色彩，这没有根本的冲突。第二点，这次行为负载了另外的文化意义，那就是信义和责任。承诺过的东西就一定要兑现。第三点，他感人的就是一诺千金的文化精神。（这三点内容显示在 PPT 第 10 页）

这样的交流，不但是平等的，而且是有深度的，而深度恰恰是对话的生命所系，这种境界正是许多有出息的教师心向往之的。许多失败的对话，之所以没有生命，就是因为没有深度。要达到这种深度，除了在学养上长期下苦功夫以外，我想没有什么捷径。

三、《再别康桥》课堂实录点评

文勇这个课的好处在于，第一，不拘一格，该对话的时候，彻底平等，让学生的思想活跃起来。但是，他不把希望完全寄托在课堂对话上。该告知的时候，他就大胆讲，哪怕讲上一堂课，也不怕有人说“灌”。问题不在于灌，而在于有没有东西可灌。教师教师，能教才能叫师。这本来是常识，可是把北欧模式的对话绝对化，把事情搞乱了，弄得教师都不敢讲话，不敢纠正，不敢批评学生，这种教条主义，是很愚昧的。文勇的好处，第二，对《再别康桥》的把握堪称准确，基调把握得好，没有受到俗套的干扰。难得的是，循循善诱，让学生一下子感受到这首告别的诗，和中国古典传统的离愁别绪不同，他告别得是很潇洒的。有些教参文章说，这里有“千重离愁万种别恨”。这是不从文本出发，而是自己早已有了的、现成的观念，离愁别恨，古典诗歌中太权威了，自己的思想就被遮蔽了，先入为主，代替了文本内涵的概括。

语文阅读并不难，只要严格地尊重文本，文本第一，就不难。但是，眼下流行的所谓“理论”，只讲读者主体，把学生主体绝对化，造成了课堂上奇谈怪论满天飞，歪曲文本。从理论上来说，这是跛脚的，因为，读者主体并不是绝对自由的，而是要受到作者主体和文本主体的制约的。在进入《再别康桥》文本之前，讲了那么多徐志摩的经历，就是尊重作者主体。文勇从作品中揭示出告别的潇洒，就是尊重文本主体。

有一个小瑕疵，那就是没有充分强调是“悄悄的”“轻轻的”告别，明明说要放歌，可是又不能放歌，最精彩的句子是“悄悄是别离的笙箫”，实际上是独自的、秘密的和重温当年的体验，不为外人所知的才是最美好的。故告别不是和母校告别，而是在重温旧梦后的潇洒的告别。

四、《促织》课堂实录点评

《促织》的难度不仅仅在文字上，而且在文章的生活内容和当代青少年生活经验的距离上。文勇不但意识到了这个难点，而且找到了方法，那就是缩短文章与学生心理和有限的经验之间的距离。一开头，他表面上和一般老师一样过多地使用了朗读，但是，实质上，朗读在他驾驭之中。他的点拨，他的谈笑风生，他的生活化的口语，把遥远的过去，不但变得很有当代感，而且具有现场感。课堂氛围相当活跃。但是，这种活跃并不浮泛，相反，时时有警策的智慧的闪光。原因在于文勇从头到尾都扣紧文本的关键词：例如，开头的“戏”和后面的“偶”；又如，从文字学上分析的“媚”和“闷”，都相当感性而且深入。当然，文勇并没有停留在局部的字眼上。在揭示出情节成为专制奴役的制度的象征的同时，难能可贵的是，对人物也没有简单化。特别是母亲把儿子逼上死路这一关键上，文勇的分析表现出驾轻就熟、深入浅出的自由。文勇之所以能如此，不完全由于他的口语的流畅，而是得力于他的学养。这种学养分为两个方面：一是对《聊斋志异》在国内外的影响了如指掌；二是对中外文学理论的广泛涉猎。正是因为有了这样的深厚的基础，他才能在课堂上游刃有余。

五、存在的神话——与中学生谈诗是什么

《什么是诗》，光看这个题目，是很冒险的。诗是什么？有多少大诗人、大理论家说过多少话了，下过多少定义了，有人甚至以此题目专门写了一本书，可是至今似乎还没有一个定义是获得广泛认同的。文勇下决心啃这块硬骨头的精气神，值得称赞。对于中学生来说，这堂课无异于一次理论思维的探险，而这样的探险，在我国中学教育中是一个薄弱环节。不言而喻，从小学到中学，青少年读过许多诗，有了相当丰富的感受。但是，有哪个老师想到，文学教育，不仅仅停留在审美鉴赏上，而且应该提升到智性抽象上。把那些分散的感性记忆提炼成比较普遍的观念，是素质教育不可回避的一环。正是从这个意义上说，文勇从诗的定义开始并不完全是鲁莽。值得欣慰的是，第一，虽然似乎在寻找、提炼定义，但是，又不是大学里那种从抽象到抽象的理论，而是从诗中，从诗的文本中去归纳，从诗的定义中去提纯。第二，不是从一首诗，一个格言式的定义出发去追寻，而是从不同的诗，从不同的定义中寻求比较统一的理念。从这里，可以看到文勇的成功在于涉猎的广泛。第三，他采用了一种随机取样的方式来展开论述，但是，例证的纷繁，并没有陷入芜杂。第四，他以逻辑分类的方法把理念条理化了。当然，这样的条理，对于诗的定义来说，是相当初步，甚至还可以苛刻地说，是有点粗疏的。但是，不应忽略的是，在这样的逻辑构成过程中，文勇可能是第一次，把学生逼上了在纷繁错综的现象面前形成自己条理的思维过程。也许结论是可以怀疑的，但是，追求结论的方法却比结论更有素质教育的意义。

《高中语文基础知识手册（修订版）》[1]序

活到这把给人写序的年纪，面对索序之著作不时深感心虚，自身专攻之术业有限，而学海无边，深惧言不及义，辜负作者信任，自误误人。故当老友王立根先生嘱我为序时，我推辞再三，原因在于我对语文基础知识系统的有效性有某种隐约的疑虑。基础教育改革以来，特别是语文课程标准从初稿到正式颁布，总结了半个多世纪的经验教训，对于语法修辞写作的知识系统采取淡化的方针。原因是我国的语法、修辞、作文的学术研究，各家之说不一，尤其是语法，更是众说纷纭，虽在20世纪60年代有过一个妥协的体制，但是，作为学术其中矛盾甚多，至于修辞，从陈望道以来，传统修辞学发展似乎已经到了极致，诸多修辞格日趋繁复，且有固化之势，故新时期有广义修辞之兴起。然而广义修辞，广到意识形态上去，于中学殊难实用。至于作文理论，则更为落伍，从20世纪80年代以来，未改其为机械唯物文艺理论的附庸，而文章学之研究，尚未能确立基本范畴之序列。语文课程标准淡化此类基础知识自然有历史的必然。但是，我深知这给第一线老师带来困难，因为中学语文教学和学术研究有所不同。学科建构旨在突破已经有的成就，而教学的任务只能是普及已有水准。虽然在英语母语教学中有不讲语法修辞之“自然教学法”，但是，也有俄罗斯把母语与文学分别列为课程的传统。我想，我国的语文课程标准的“淡化”可能是对此两种极端的折中。

在阅读了本书之后，作者们的集体努力使我在相当大的程度上改变了原初的疑虑。像本书作者这样的“语基”应该具备，如果连这样的语法修辞的概念都不具备，教学的有效性可能是要打折扣的。长期以来，第一线老师强烈要求将“语基”包括在语文教学之中，看来不是没有道理。各家学说尽管各异，但是，并非绝对相异，而是异中有同，在一些具

① 林玉山、王立根、陈学斌主编：《高中语文基础知识手册（修订本）》，商务印书馆2017年版。

体说法上有异，大体上，亦不乏相同、相近之处。这本为一线教师编撰的“基础知识”，求其同存其异，尽量回避不同学术的矛盾，显得很有作为。我想，就是从严格和学科建构上来说，也可能发挥其积极的正能量。语法修辞写作等学科建构是一个不断从草创到比较完善的过程，很难设想有一天会达到尽善尽美无须改进的程度，而在此之前，第一线教师只能无所作为，守株待兔。从学科建设的发展来看，除了靠学者从理论上争鸣外，最主要的基础恐怕就是语用实践，这里当然包括教学实践。正是因为这样，广大第一线教师在教学实践中的经验材料，无疑可能成为学科发展的资源。从这个意义上来说，这本书最明显的好处是，在有关理论部分，显然是小心地回避了对于中学语文教学来说，并不急需解决的学术难点，把比较复杂的问题说得很明快。作者们把更大的努力放在经验的实用性，也就是实践性上。从实际运用上解决问题，显出了第一线教师所特有的优长。例如在正字法方面，在简洁地介绍了汉字的历史和特点以后，接着就不惜以更大的篇幅把学生习字中存在的问题全面地展开。

例如，把“纠正错别字”单独列为一节。先是罗列中学生易写错的字词集录（括号内为错别字），接着是中学生易写错的成语集录。我想对一线老师，甚至是学生更有吸引力的是“易混字辨析”。其信息量之大，显然是作者们长期积累的。当然材料丰富，也可能导致芜杂，可贵的是，作者们对之进行了直接归纳，这样不但显示出某种有序性，而且，分析了原因。例如，对于学生成语使用中的常见错误的原因，作者们归结为：（一）望文生义，主观臆断；（二）对象不当，张冠李戴；（三）色彩不分，褒贬失当；（四）范围不清，轻重失当；（五）形近易误，音近易混；（六）画蛇添足，前后重复；（七）功能混乱；（八）不明语源，不知本义；（九）不合逻辑；（十）不合习惯，违背常规；（十一）语境不合。这就不但表现了作者们经验的丰富，而且显示出其直接从感性材料形成判断的概括力。这种分类许多在逻辑上还有可改进之处，但是，其性质已经不但是分类，而是从纷纭的现象中分析原因。从这个意义上，这种经验性的概括，已经具备了向学术层次提高的可能。

本书的学理性和经验性都有相当整齐的序列，想来读者不难按图索骥，但是，我想请读者不要忘记，本书的书名中的关键词，“知识”，而老师的任务不能以知识的传授为满足。语文课程标准中相当明确地指出知识与能力的关系，知识不能照搬，要把知识转化为能力还需要教师的发挥。例如，有关比喻在本书中有比较系统的说明，但是，那仅仅是普遍的共性，要解决个案文本中的具体问题，要求老师多少有些创造性。如有高中课本中，引《世说新语》中一则故事。谢安一日与侄儿、侄女赏雪，谢安吟诗曰：“白雪纷纷何所似？”侄儿谢朗曰：“撒盐空中差可拟。”侄女谢道韫曰：“未若柳絮因风起。”这两个比喻哪一个更好？学生凭直觉就可能一致回答谢道韫的更好。为什么呢？这是“知识”所没有提供的，对老师的水平就是一种挑战了。比喻的知识只提供了两个不同的事物之间，有一点相通，即可构成本体和喻体。谢朗和谢道韫的比喻都符合本体与喻体一点（白色，向下落）相通。许多老师说来说去，都不着边际。殊不知好的比喻并不仅仅是本体与喻体在字面上一点相通，而且要求在联想意义上暗合。谢朗之失，在于盐有重量，故让读者联想到直线向下，与雪花之飞舞不甚契合；而谢道韫比作柳絮，同为白而下落，然柳絮轻，且因风，有飘舞之联想，故优于谢朗。老师们如果更有钻研精神，则还可以进一步举出同样是形容白雪纷纷，有岑参之“忽如一夜春风来，千树万树梨花开”，李白之“燕山雪花大如席”，此皆名句，如果能加以比较，则不难比出，谢道韫之比有女性婉约之风格，而岑参之比，好在于苦寒刹那间的美感，而李白之精彩则在其豪迈。另有一名句形容大雪曰“战罢玉龙三百万，残鳞败甲满天飞”，与谢道韫相比，则令人想到战将之豪情。我举此例，不过是希望一线老师，不要以为有了语基，就有了一切，要把知识学活，将自己的阅读存量盘活，用适当的方法（如同类比较），才有望把知识转化为学生阅读和写作的能力。

《南京市教学研究年鉴（2010卷）》序

《南京市教学研究年鉴（2010卷）》的清样放在我面前，16开本，500多页，重得要用两只手才能搬起来，内心不觉有点触动。翻开目录，有年度人物、年度人物提名、年度论著、年度论著提名、年度论文、年度论文提名、教学研究年度综述、教学研究大事记、教学研究成果统计。浏览一番之后，触动变成了震撼。这样的系统工程已经进行了四年，今年是第五年了。透过这样五大册年鉴，我看到了编写者的远大目光。价值显然不但在现实，更在于历史，其连续性将与其文献价值与日递增。多少今日平常的小事，多年以后，将成为历史轨迹的索引。做这项工作，是需要历史气魄的。

作为文献，它的精巧还在于，并不追求百科全书式的面面俱到，那既是不可能的，也是没有必要的，把焦点放在"教学研究"上，可谓牵牛牵到了牛鼻子。

诚然，当今教学水准的现实的促进也不可忽略。

一系列先进人物和优秀论著的方法和观念，是从教学改革时代潮流中提炼出来的，对于一线教师肯定有直接的启发。

漫读年度人物和年度人物提名，以及年度论著和年度论著提名，不难发现编写者一以贯之的原则，是追求"研究型教师"。研究的内涵是广泛的，不但是教学方式，更重要的是教学内容。邵贤虎老师提出的"学者型教师"尤其警策，他把"教学研究"当作"学者型教师的必经之路"，实在是"醒世恒言"。当然，他并不忽略教学艺术，但是，他将二者的关系定位为"在教学研究中提升教育智慧"，应该说摆正了教什么和怎么教的关系。与之相似的是唐隽菁老师的"左手研究，右手教学"，力求教学与研究的结合。但是，把研究放在教学之前，应该是抓住了矛盾的主要方面。由此观之，孙双金老师的"追问"式教学，应该理解为不但是课堂上对学生的追问，而且是把教学内容作为研究的课题，对一切课程加以追问式的探究，不断地提出问题，不断地具体分析，不断地自我非难，以求理解的层层深入，用皮亚杰的话来说，就是不断地对自己的论点进行“理论免疫”。这其实就是从习惯性实践走向学术性研究的法门。

对思方式的熏陶，其意义不仅仅限于课程教学的有效性，而且应该是教书育人的必由之路。把研究性贯彻到教学过程中去，积以时日，无疑对学生思维有着潜移默化的作用。

许多教师都意识到教育的最高目标就是把学生教得像一个人，所谓像个人，是相对于活得并不像人而言的。那些只会应试，只会背诵公式，只会重复权威格言的学生，尽管可以得高分，但并不是我们育人的目标。从根本上来说，作为严格意义上的人，最起码的目标就是对一切观念都有思考的习惯，有自己的体悟和思想。有思想的标准乃是对于现成的观念，以自己的经验全面地检验，严格反思，经过分析。故西方哲人笛卡尔云：“我思故我在。”笼统地重复这样的话是空洞的，只有把它落实到克服不能“思”的障碍上去，才算尽到教育者的职责。人之所以不能思，就是因为习惯于崇拜经典的、权威的、天经地义的、不言而喻的东西，这样的人，是不会追问的；而会追问，通俗地说，就是在众人认为没有问题的地方，提出问题。这也就是胡适所说：于不疑处有疑。对一切现成的观念，都要问个为什么，追求原因不算，还要追究原因的原因，乃至原因的原因的原因。西方科学史有名言：科学每前进一步，就是向亚里士多德开一刀。科学的发展就是突破权威的成说。西方教育最值得我们借鉴的，就是启示学生的挑战和质疑的精神，把培养学生提出问题的能力放在评估的第一位。从这个意义来说，我思故我在，应该理解为，我追问故我在，我质疑、我挑战故我在。反过来说，我不敢质疑，不敢挑战，故我不在。从思维的类型来说，这就是批判性思维，有了批判性思维，才称得上活得像个人，反过来，满足于人云亦云，没有批判性的目光，则是活得不像个人。

在这一方面，我不能不指出，有不少教师是不清醒的。我曾经对上海一个重点大学附中的语文教师的公开课提出意见——对课文的明显的不足缺乏分析批判。他愣了一下，说：“在中学里不能提倡批判性思维。”这就太糊涂了。在美国，从小学生的作文教学到托福考试的作文题，都是以展示矛盾进行分析，以批判性思维为最高原则的。

没有批判性思维，不但不可能走向学者型的道路，而且可能活得不像严格意义上的人。

这位教师的糊涂思想，不是个别的，在当前非常普遍。其主要表现就是不把主要精力放在学术质量的提高上，而是放在课堂操作的方法和策略上，把教学设计当成一切。这正是当前教学水准不能有更多实质性提高的根本原因。学者型的追求不足，使得许多教师满足于照搬教参，或者因袭陈说，甚至在贫乏的教条中混日子。殊不知学者型根本精神乃在于对成说、教条的突破。中学教师研究能力、写作素养普遍薄弱，积重难返，却缺乏当头棒喝的声音。许多相当有成绩的教师，至今仍然视写论文为畏途，甚至当了高级教师，写作仅仅限于工作总结之类。正是因为这样，平庸的低水平的重复，甚至倒退，滔滔者天下皆是，舒舒服服地盲从遂成风气。不在少数的教师甘于为教书匠，终其一生，不能胜任而愉快地工作，与其缺乏批判性的追问，缺乏学者的批判精神，没有自己的观念和思想，知识结构陈旧，有着直接的关系。

当然，有了学术突破，并不就等于教学效率的直接的、相应的提高，毕竟，从学术到教学还有相当曲折的过程，教与学，学习与研究，接受性学习与研究性学习，其间的矛盾是不得不面临的问题。不能否认，不少教师在实践中，往往凭着长期的经验也能解决相当多的问题，但是，在实践中自发地解决具体问题属于经验层次，经验层次是狭隘的，甚至还可能隐含着错误，只有上升到理论的普遍性，成为自觉的原理，才能更好地坚持、提升经验，纠正经验中可能隐含的谬误。

把教学过程从理念到方法作为一个独特的对象加以研究，正成为南京市的有识者不约而同的追求。正是因为这样，当我看到年度论著提名中《研究性课堂实践论》等著作，不能不发出由衷的赞叹。

长期以来，基础教育的水平未能充分提高，就是因为教师们缺乏研究的自觉。好像研究是大学的事，中小学只管实践，只管课堂操作设计。就是有一些人不满足于此，也往往停留在教学过程的经验层次上。等而下之者，则把希望寄托在时髦的多媒体的豪华包装上。由于对多媒体的声音与画面的局限性及其与语言的矛盾没有理论上的起码的警惕，在音乐与画面上枉抛心力者比比皆是，音画与教学内容脱节，喧宾夺主，成为相当普遍的现象。有时，遇到电器故障，多媒体就成了钱梦龙先生所说的“倒霉体”。

南京市的教师们，从学术到教学两个方面，鲜明地提出做“研究性教学研究”的目标，在我看来，对于当前教学可谓切中时弊，在某种意义上，可谓标志着教学改革的历史性转折。

我国的基础教育改革，如果从1998年的讨论算起，高考命题的改革，课程标准的制订和修改乃至颁布，大概已经有了10年的历程。取得的成就当然不能低估，也许，需要更长的历史实践过程才能更全面、更深刻地总结，但是，暴露出来的问题，却带着迫切性，等待、无所作为，意味着更大的代价。

主要仍在于指导思想。在改革之初，全盘接受了北欧的教学理念和方法，产生了一种乐观主义，以为教学水平之所以不能切实地提高，原因就在于在两个方面不如人家。第一，是观念，人家把学生作为主体，而我们则把学生作为知识的受体、施教的容器。第二，是方法，人家用的是师生平等对话的方法，而我们则是教师满堂灌。只要在观念和方法上进行彻底的改革，把学生当作学习的主体，将满堂灌改为师生平等对话，则教学水平必然突飞猛进。那时天真的程度，在初期的课程标准中流露出来，为了防止教师话语主体的霸权，就走向另一个极端，把学生的主体性绝对化，在字面上，连教师的主体性都胆怯地排斥。对于钱梦龙先生提出的学生是主体，教师是主导，则敬而远之，甚至当作改革的对立面。事情就这样走向了反面，教师的话语霸权变成了学生的话语霸权，教师充其量不过是集体讨论中的“首席”，通俗地说，教师成了节目主持人。连班主任批评学生，都要教育部发文件，才具有合法性。教师失去了主体性，成为学生的尾巴。这在哲学上是很幼稚的。强调师生平等对话，顾名思义乃是主体间的对话，如果一方没有主体，何以对话？何况，主体性（subjectivity）哲学，属于启蒙主义哲学，当代西方哲学已经发展为主体间性（intersubjectivity），也就是主体与主体间的对话与交往。在 21 世纪把主体性哲学当作前卫，还把主体性歪曲，强调片面的学生主体性，这在哲学上是大笑话。实践上则笑话更多，满堂灌变成满堂问。对于学生发出的离谱的怪论，教师廉价表扬。名为对话，实质上形同儿戏，都是由于教师完全放弃了教师主体的价值的主导。本来，从教学来说，对话的质量，取决于双方主体。学生主体固然重要，教师主体却更重要，学生主体是自发的，要上升为自觉的主体，是要教师主体来调动的，因而对话的质量取决于教师的主体质量。

10 多年来的实践证明，在哲学理论上的幼稚，在实践中遭到了惩罚。我们在接受痛苦的后果之后，不得不在理论上做出调整。把教师主体性，教师的主导作用，写进教育发展规划纲要和相关的课程标准，这是实践的胜利，也是理论的胜利。

实践提醒了我们，当初我们乐观地实施改革时，有一个潜在的前提，那就是教师的业务水平是足够的，只是观念和方法有问题，把观念和方法改变过来，一切问题就迎刃而解了。实践证明，改革关卡恰恰在于教师主体的水准普遍跟不上实践的要求。正是因为这样，当前的任务乃是教师主体水准的提高。

于是有了全国性的“国培计划”。

但是，国培，对教师来说，只是提供一个机遇。主体质量的提升，最后还是要依赖主体本身的努力。师傅领进门，修行在个人。修行是个长期的、艰苦的过程，禅宗的十年面壁，从根本意义上说，并不太夸张。故此时，南京市的有识之士提出学者型教师，高高举起教学与研究相统一的大旗，使我们看到，当前中国教学改革开始不再依附于他人，走向了自主探索、独立发展的道路。

附录

附录

一场已知和求知的反复搏斗①

本书以“突围”为名，并不夸张。百年来，语文教育元气不振，原因固多，其中洋教条当为罪魁祸首。尤其是半个多世纪以来，其危害之酷烈，积弊之顽固，罄竹难书。20世纪50年代开始，来自苏联的机械唯物论和狭隘功利论，以政治扼杀语文，至今流毒未能完全肃清，尚不能以死老虎视之。20世纪80年代中期照搬美国托福考试模式，把语文教育逼入文字游戏、投机猜谜的死胡同，至今阴魂未散。20世纪90年代末又引进北欧的后现代的废真理、反本质、去深度的所谓“多元解读”，放纵学生自发主体，完全脱离文本的历史语境，一味胡言乱语。所有这些新老洋教条，对语文教学构成重重围困。其之所以积重难返，外部原因在于带着行政体制的系统性、强制性，非以义无反顾之精神不足以撼动其阵脚，故本书第一辑所收20世纪90年代末的一些挑战性文章，不得不带着某种强悍风格。

首先是在考试制度上，对美国托福模式发动鏖战，《炮轰英语四六级统考体制》等几篇可以代表，风格之所以凌厉，源于目睹对一代青年个性、想象、创造性之扼杀的切肤之痛。而后，是对把后现代教育理念奉为放之四海而皆准的真经的教条主义的批判，愤激之情逐渐融入文化哲学的学术理性，指出其片面强调学生主体而回避教师主体的跛脚，连启蒙主义的主体哲学都违背了。其次，揭露其落伍于当代主体间体，为防止教师话语霸权，代之以学生话语霸权的幼稚病，在理论上是大笑话，在实践中造成了令人痛心疾首的混乱。

西方教育理念的根本精神在于平等对话，互为“他者”。在西方人看来，对话的原则，就是挑战和质疑，这是天经地义的。而我们的理论权威，却以对西方权威的顶礼膜拜为荣。后现代的教育理念以否定真理、本质、深度为务，在哲学上以绝对的相对主义为特点，却被教育权威当成了绝对真理。一切都是相对的，而他们的相对主义却是绝对的。后现代的最高原则是对一切都加以解构，可解构理论却是不容解构。这就不仅仅是霸权，而是霸道。

① 本文原为《批判与探寻：文本中心的突围和建构》（山东教育出版社2012年版）的自序，题目为编者所加。

对之轻率、幼稚，有把学术变成迷信的危险。其原因盖在于师其言，教育权威对本文前卫教育理论，一味师其言而不师其法，对其言与法之间的矛盾，毫无感觉，甚至近于麻木。学术的引进要求清醒，在这方面，国人远远落后于从法国引进后现代理论的美国人。德里达的传人希利斯·米勒最近对美国从法国引进的理论就做了反思，福建师大外语学院的刘亚猛教授如此阐释米勒的说法：

> 理论并不如一般人想象的那么“超脱大度”（impersonal and universal），而是跟它萌发生长的那个语境所具有的“独特时、地、文化和语言”盘根错节、难解难分。在将理论从其“原址”迁移到一个陌生语境时，人们不管费多大的劲，总还是无法将它从固有的“语言和文化根基”完全剥离。“那些试图吸收外异理论，使之在本土发挥新功用的人，引进的其实可能是一匹特洛伊木马，或者是一种计算机病毒，反过来控制了机内原有的程序，使之服务于某些异己利益，产生破坏性效果。”①

从半个多世纪的实践来看，我们引进的特洛伊木马和计算机病毒还少吗？几代学子所遭受的苦难还不够惨烈吗？美国人坦率地承认难以“剥离”，给我们以警示，同时也促使我们追问美国人，为什么“剥离”不成呢？因为他们的“剥离”是抽象的，从理论到理论地进行，而检验真理的标准，不是理论而是实践。马克思在《关于费尔马哈的提纲》的论述，在历史发展的过程中得到雄辩的证明，很值得我们重温：

> 人的思维是否具有客观的真理性，这并不是一个理论的问题，而是一个实践的问题。人应该在实践中证明自己思维的真理性，即自己思维的现实性和力量，亦即自己思维的此岸性。关于离开实践的思维是否具有现实性的争论，是一个纯粹经院哲学的问题。②

归根结底，实践是检验真理的标准，而不是理论是检验实践的标准。确定理论的价值，别无选择的是：在更高的层次上回到实践，回到经验。这时，不是实践成全理论，而是理论服从实践、经验和常识。一旦和实践经验发生矛盾，理论如果不想灭亡，就不能不做出修正，甚至局部颠覆。所谓质疑和挑战，不仅仅是课堂上口头问答，而且要包括漫长的实践检验。质疑、解惑只能在实践中进行，最根本的质疑，并不仅仅是口头上的，而是实践中的。任何脱离了实践的、花样翻新的“对话”，往往流于儿戏。从根本上来说，实践首先是与本土传统结合的实践。我们这个具有数千年教育传统的民族，本土的实践是与国情、传统血脉相连的。因而，剥离和实践，不但是对本土传统的批判，而且是对传统的继承，同时也是国情对外来理论的同化。

---

① 刘亚猛：《理论引进的修辞视角》，《外国语言文学》2007 年第 2 期，第 82 页。

② 马克思：《关于费尔巴哈的提纲》，中共中央马克思恩格斯列宁斯大林著作编译局：《马克思恩格斯选集》（第一卷），人民出版社 1995 年版，第 55 页。

在这一点上，如果我们能保持清醒，则我们的任务，就不仅仅是照搬北欧的教条，而是对之进行无情的分析。彻底的分析是无所畏惧的，分析的目的，就是对之进行勇敢的修正。实践是无限丰富的，而理论则是狭隘的，这就是常说的：生命之树常青，理论是灰色的。活生生的实践必然要修正北欧的灰色理论，修正才能出创造，才能使我们的教育焕发生机，这正是我们的历史使命。

遵照实践，理顺传统，给了我们修正西方理论的自信。

修正的自信，正是突围的自信。

绝对的读者中心论，作者已死，脱离了历史语境的多元解读，对我国语文教学和写作的围困重重，貌似强大，其实是很虚弱的。从中国千年的文学批评实践和教学实践来看，这些观念中饱含着的虚假是显而易见的。

解读的学术立场只能是文本中心。作者可以死去，读者也在死去，唯一不死的是经典文本。说不尽的莎士比亚，说的人每天都在死去，而莎士比亚的作品却没有死。伊格尔顿说，“说不定到某一天，莎士比亚就不再是文学了”。从波普尔的证明不如证伪说来看，既不能证明，也不能证伪的说法，是幼稚可笑的。我十分赞赏赖瑞云教授在《混沌阅读》中提出的一千个读者有一千个哈姆雷特，可是还是哈姆雷特，而不可能是李尔王，或者贾宝玉。一千个、一万个读者注定要死亡，而哈姆雷特却和《红楼梦》一样，是永恒的。罗兰·巴特说，作者已死，但是，他忘记了他也是作者，可却活得很滋润。吊诡的是，他在几年前死了。如果他的“作者已死”是对的，那么他的这个说法，应该先他而死。如果这个说法没有死亡，没有被读者遗忘，那么，他的这个理论就是废话。他陷入了悖论。其理论生命，有如蜻蜓吃自己的尾巴，越是吃得痛快，越是短命。

在作者、读者和文本之间，固然有相对性，但是，这种相对性是相对的，而不是绝对的。对于经典文本来说，相对中有绝对。中国有出息的教育家对西方花样翻新的悖论、诡辩洗耳恭听的奴性再也看不下去了。本土的文本中心论，正向脱离文本、脱离历史语境的喧嚣，发出沉着的挑战。

可以直截了当地质疑：西方那些大家，整日扰攘不休绝对化了的读者中心论，他们究竟分析过多少具体的读者个案呢？他们的理论，有多少经得起经典文本阅读实践历史的深入检验呢？而我，文本中心论者，对经典文本的具体分析达到近五百篇。这不是说以量就能取胜，而是说，威力来自从实践中原创的理论概括。文本分析之难，难在文本的表层结构具有封闭性，给人以一望而知的错觉，殊不知正是在一望而知的表层下面隐藏着一望无知的奥秘。阅读心理也具有某种程度的封闭性，读者看到的往往是已知的表层，以自己肤浅的心理图式（也就是皮亚杰所说的scheme）去同化、遮蔽文本的深层。这是人性的局限。

阅读就是对文本和人性的种种局限进行突围。这是一场已知和求知的反复搏斗。“一元”，就是以统一的观念对无限复杂的现象进行系统的阐释。要使吉光片羽的感想达到高度抽象的、层层深入彻底的一元化，没有理论的自觉和逻辑的严密是不可能的。这个过程是漫长的，甚至是历史的接力。一元的难度已经很大，多元，就是多个一元，难度则更高。没有一元化作基础，就不可能达到多元。正如不学正楷，就进行草楷的“创新”，不能不是鬼画符；不精通牛顿的时空绝对性，就不可能产生爱因斯坦的时空相对性。违背了循序渐进的规律，正是迷信自发主体进行多元解读的致命伤。正是因为洞察了西方文化教育理念的疏漏，有志之士找到了突破口，建构着中国本土的文本中心阅读理论，为了推动世界阅读理论的创新，除了和他们唱对台戏以外，可以说是别无选择。我的这本书，可能只是一个序幕，一个小小的亮相。

对话钱理群

主持人：福州一中特级教师陈日亮

地　点：厦门

时　间：2004 年 12 月 18 日

背　景：孙绍振语文教学思想研讨会开幕式

陈日亮（以下简称“陈”）：现在这里要举行一个高端的座谈会，坐在我旁边的两位都是著名的学者，大家都很熟悉的，一位是福建师大的孙绍振教授，一位是北京大学的钱理群教授。在开始高端对话之前，我想用一点时间简单地对他们俩做一些介绍。

关于孙老师的介绍已经非常多了，但是我在这里还是想重复一下。可能很多老师都只知道孙老师是一个“炮手”，在上个世纪末，他号召炮轰全国统一高考体制，并批判全国高考语文试卷。有的人说他是个破坏者，实际他更是一个建设者，大家看到这本《直谏中学语文教学》，会对孙老师充满信心。他不仅是炮轰，而且还动手建设，他提出了文本分析的一套完整的新方法：还原和比较，还原中还有艺术感觉的还原和关键词语的还原，以下分为不同艺术形式、不同历史时代、不同流派、不同风格的还原和比较等等。所以他当然就成为我们闽派语文的一名语文教学建设的旗手。

另一位就是钱理群教授。他是著名的中国现代文学研究专家，是研究鲁迅的学者，但是，钱老师多次强调，首先应该把他看成是一位教师，而不是一位学者。他跟中学的语文教师、跟中学生建立了广泛而亲切的联系，把这几年来所写的大量的关于中学语文教学研究的文章、随笔、书信，汇编成一本《语文教育门外谈》。实际上，钱老师在更早，大约在 10 年前，就在《语文学习》上开了个专栏，叫作《名作重读》。这本书当时确实是别开生面，让许多语文界的同行们感到耳目一新。钱老师不是站在门外，即使他站在门外说的也是内行话。他现在从门外进入了门内，回到了他的母校南京师大附中，上了40天的课，就是《鲁迅作品选读》。钱先生曾经在中等学校教过18年的书，在贵州一个偏远的县，一所中专学校。他说他从初一教到高三。大家可能会觉得奇怪，在中专怎么可能从初一教到高三呢？因为他的学生都是些基层卫生人员，只有小学毕业程度，他必须从初一教起。钱老师说他跟中学语文教学有一种不解之缘，他为自己的中学语文教员出身而感到自豪。钱老师令我们感兴趣，不仅因为有这样一段教学的生涯，而且还因为，他在念小学的时候，就梦想着要当一名老师。是在小学六年级吧，事实上，他那时就当过老师了，在“小先生学校”里面当了老师，还当了“校长”。这段经历肯定是鲜为人知的，大家一定要看《语文学习》2004年第6期，其中有他的一篇文章《我的教师梦》，翻一翻就知道了。他和语文教学有不解之缘，他有深入骨髓的教师情结，他生来就是一块当教师的料。

一、关于语文教学改革的前途问题

陈：我们请钱老师和孙老师对话，这是非常难得的。在我的印象中，目前高校教授、学者、著名的理论家介入了中学语文教学，好像在全国，他们两位最为突出，也最为执着，呼喊的声音最响亮，可以称为“北钱南孙”。现在，我们就开始钱孙高端对话。

我想先问一下钱老师，你这次接受福建中学语文学会的邀请到厦门来，参加这样一个盛会，怀着一个什么样的心情，有什么感想？

钱理群（以下简称“钱”）：我是2002年8月退休的。退休之后，我给自己定了两条，一条是“想大问题做小事情”，一条是“多做事少开会”，所以我总是尽可能地不出席各种会议，但是我这次还是来了，而且是非常高兴地来了。为什么高兴？一方面孙绍振老师是我的学长，我们是北大的，他是1955级的，我是1956级的，他是我的学长，学长有命，学弟就必须服从，这是中国的传统，所以我就来了。另一方面，我是怀着很深的忧虑来的，这一点我和孙老师不太一样，孙老师比我乐观，我可能太受鲁迅影响，什么事都忧心忡忡，有很大的焦虑，我这次是来寻求精神支援的。我觉得现在的中学语文教学改革到了一个很关键的时刻。为什么这么说呢？我想起鲁迅来，他曾经说过，中国的改革常常遇到三种情况，我理解就是“三部曲”。刚开始提出改革的时候，你会受到权力的压制和习惯势力的抵制，所以非常困难，可以说是举步维艰。到压不住的时候，权势就纷纷改变态度与策略，变成支持改革了。突然之间，改革就成为一种潮流，成为一种时尚。改革的旗帜插过去，插过去，插遍全中国。但在鲁迅看来，这时候恰恰就孕育着危机了。我理解的鲁迅讲的这个危机，就是指一种理念与倡导，改革一旦成为时髦，变成一个时尚的品牌的时候，就可能会变形、变质，在潮流之下，就必然会产生许多新问题，甚至会发生某种混乱。在这种变形、变质、混乱的情况下，你自身又会出现许多问题。因为改革就是实验，实验不可能每步都考虑得这么周到，必然会有些问题，产生你意想不到的弊端。这时候可能会出现第三步曲折，就是会有人打着“纠偏”的旗号来反攻倒算，走回头路。鲁迅先生用一句很形象的话说，叫作“改革一两，反动十斤”，那个是很可怕的。现在我们面临的情况是什么呢？第一步大概已经走过来了，改革已经成为潮流了，全中国大概没有一个人会说我反对改革，而且都自称是中国语文教育改革的支持者。但是，在这热闹之中我们出现了很多的问题，甚至发生了某种混乱，如果我们不能正视这些问题，搞不好就会出大问题。所以，我们现在面临着当改革成为时髦的时候，我们怎样坚持自己心目中的改革的问题。如何坚持改革，如何坚持实验，同时又如何面对我们已经产生的问题，如何解决这个问题，这是当下非常急迫的任务。如果这个问题解决不好，很可能带来我们想象不到的后果。为这个事，我在北京整天焦虑不安。（笑）因此，一听到福建要讨论，我就觉得我是可以来寻找精神支援的，就是大家一起来讨论讨论：在这样一个背景下，如何坚持改革，如何坚持实验，又如何面对我们所面临的问题。我是带这样一个问题来参加这个会的。

陈：钱老师刚才讲得非常好，他所提的不是在出现问题以后才想到，其实他在很早就想到了。我这里想引用钱老师说过的一句话，好多年以前，当有人去拜访他时，他就是这么说的。他说：“我认为最担心的有两点，第一点是轰轰烈烈地走过场，不着手去解决改革中实际存在的问题，而热衷于搞形式主义，把改革变成一场表演。第二是走极端，要么不改，能不改则不改，要么脑子一热，就乱改一气，不顾客观条件，用行政命令强制改革。”这是钱老师的话。他说的这个忧虑我觉得可能是在场很多老师们共有的。

那么下面我想请孙老师说一说。前不久，在一个会上，我们本来想多请几位老前辈来参加这个会议，听听他们的意见。后来听说有几位不能来了，钱老师能来，孙老师说了一句话：“钱理群一个人够了。”孙老师你好像对钱先生情有独钟，是吧？

孙绍振（以下简称“孙”）：（笑）有这么回事。有的人，我们请他来是由于他的职位，是由于他所掌握的某种权力，不是由于他特别高超的水准，我们不指望他把会议的影响真正地扩大。另外一种人，他可能是没有一点权势，仅仅凭他的水准和操守，像钱老师这样——他是个退休者，但是，他的思想的深度和他的睿智，他对当前改革形势的洞察，能把我们这次会议的整个思想水平提高，甚至于在战略方向上做一个确定。我们当前改革搞了这么多年了，取得的成就可以说是非常辉煌，但产生的问题也是数不胜数。在这种情况下，我们想把这个会开成一个不是盲目赞扬、盲目乐观的会，而是非常冷峻地正视问题，实事求是地来总结这段改革的经验，然后揭露错误，挑战面临的问题。事前，我考虑，请钱先生来的话，我们有共同语言。刚才讲到他是一个受到鲁迅的影响非常深的人，对鲁迅有深邃的洞察。鲁迅的怀疑主义，鲁迅对改革产生流产的预感影响着他，在这一点上，我和他有同感，但是没有他那么深。我这人比较单纯，可能有点浪漫，我认为不管潮流多么反动，生活都是要前进的，改革都是最后要取得胜利的。不管你掌握多大的权力，不管你有多大的影响、多么神气活现，如果你违背了我们母语教育、语文教育、人文教育、语言教育的规律，你的权威迟早都会被历史潮流所粉碎。用一句流行的话来说：历史潮流不可阻挡，历史车轮岂能倒退？历史是非常有趣的，一翻历史就可以看清楚，一些人是如何奋斗的，一些人是如何拙劣地表演的。这么多中学老师辛辛苦苦劳动，这么多家长、学生、学者期待着我们语文教学水平的提高，这是最伟大的力量，谁也挡不住的。我很坚定，我相信历史和群众，鲁迅当年可能对群众的力量估计不是太足。我大胆地说，这可能是鲁迅的缺点，那当然不是说是我的优点。（听众笑）

二、关于闽派语文的“去蔽”问题

陈：刚才两位老师已对我们今天的论题做了很好的铺垫，下面我们说说这次大会的主题。大家知道，我们这次大会既是对孙老师语文教学思想进行研讨，同时也是福建八闽语文的一个开宗、一个立派。在开宗、立派的时候，孙老师为我们闽派语文拟了大会标语，一个是“求实”，一个是“去蔽”，一个是“创新”，一个是“兼容”。现在我想先请孙老师说说他如何理解我们闽派语文的这八个大字，请孙老师说一下。

孙：这其实不是我一个人想出来的，好多人说话又写文章，最后是我们几个人一起总结出来的。特别是“去蔽”，我虽然说过，但是没有放在纲领性的地位上，后来是陈日亮先生，他说这个很重要，要放进去。“求实”和“去蔽”可以分开逐一加以解说，但实际上，要结合起来讲。改革前的传统语文教学，最大的问题是，把语文搞得像政治课，或者是道德修养课，不太像是语文课。就算是政治课和道德修养课也比较陈旧，跟改革开放的形势不相合拍。但是由于在课本、教参上它仍然存在，老师和同学就不能不跟着它转，时间长了，就被遮蔽了，觉得这一套天经地义，不言而喻，别无选择。这对于智者来说，是令人难以忍受的。要“求实”，求语文课之实，求政治课、道德课之实，就不能不把自己从习惯和现状的蒙蔽中解放出来。还原语文、政治、道德课的本来面貌，把蒙在它们上面的神圣不可侵犯的灰尘扫除。所以说“求实”跟“去蔽”是结合在一起的。这个“蔽”积累的时间太长了，我们就不知其蔽了，就跟自己的本钱一样了，觉得离开了它，就没有办法开口说话了。这在理论上，有人把它叫作“失语”。用英语来说，就是aphasia。这本是一种生理上的毛病，就是说不出话来了。用这个症候，来比喻一种现象：除了积重难返的套话，实事求是的话一句也讲不出来。套话是蒙蔽人的，但是，有一个好处，就是很现成，不动脑筋，不用力气就能讲一大套。一些老师，包括我们自己，把这些现成话，说来说去，说得没有了自己的感觉。本来接受起来是很困难的，是违反自己的感觉、自己的良知的，但是，说多了不知不觉就成了自己的话了。这时要他再说自己的话他就觉得很痛苦，痛苦就在脑袋空空的，不能把自己的感性、自己的经验化为理性的语言。所以我觉得，这是个很大的问题。为什么要“去蔽”呢？因为它是一种心灵的解放、心灵的自由、个性的发扬、想象的放飞，不去套话之蔽，就是自我约束。

本来语文是非常有趣的。语文世界，尤其是文学作品，是超越了实用价值观念的自由的心灵境界。语言到了这个领域是非常神妙、非常动人的。小时候看小说看得都不想吃饭了，可是为什么到了语文课上，却不能不忍受一些所谓“教参”的精神的窒息？这里一定出了问题。明明是很精彩的课文，你不去看那些教参还好，一看，都是些干巴巴的、叫人哭笑不得的玩意儿。把这些叫人哭笑不得的东西系统化地扫除，这就是“去蔽”。“去蔽”的关键是要知“蔽”；然后，才能实事求是地进入语文境界。学了语文，你对人、对人生、对自我、对人的理解、对人的同情、对人的心灵，特别是对表现人的语言，有没有新的感悟？对我们的语言，具体到一个词——有没有新的想法？对一些精彩的词语你有没有特别的发现？你的书面表达和口头表达，你的交际能力和交往能力有没有提高？你讲出话来是让人感到语言无味、面目可憎呢，还是让人感到妙语连珠、引人入胜？这是最关键的。如果你学了语文，反而讨厌它了，你讲话反倒更干巴了，你的思想和情感变得更单调、贫乏了，这就说明，你的语文和心灵一直受到了蒙蔽。你就得重新考虑，要不要对它来一番清理。所以“求实”必须“去蔽”。一切把我们纳入教条的东西，哪怕是非常神圣的、非常权威的、非常流行的、不言而喻的、显而易见的、天经地义的东西，都要重新反思。不管是他人的，还是自己的，不管是流行的，还是权威的，都要思考，都加以分析，凡是有“蔽”的都必须去除，要非常彻底地“去蔽”；在这个基础上才能“创新”。

我们追求“创新”的时候，“去蔽”就是我们的旗帜，但是我们并不排斥其他的、非闽派语文的一些观念，包括一些传统的做法；只要行之有效，我们就要向它学习。孔夫子的思想是几千年前的，其中有许多观念，作为当代人，我们不可能都同意，但是，我们要分析，要学习其中的精华。当代人思想和做法和我们的距离更近，可以学习的东西不会太少，我们没有必要因为它不是自己喜欢的，就去排斥它。它有好东西，就值得我们学习，否则就是“去蔽”的反面，叫作“自蔽”。对现在来讲，关键的就是“去蔽”，“去蔽”的核心之一，就是“去除自我蒙蔽”。英国哲学家罗素有一篇文章，题目就是《如何防止自我蒙蔽》。有了防止自我蒙蔽的精神，才能“创新”，才能“求实”。有了“创新”，不能忘记不断“去蔽”，时时刻刻要防止自我蒙蔽，防止自我封锁，那就要谦虚，要谨慎，特别要有自知之明。向其他学派学习，是我们生存和发展的基本法则。现在有一种不好的风气，看不得不同的理念，一看就来气。有些年轻人，受了洋教条的蒙蔽，居然受不了钱梦龙先生“教师为主导”的理念。我以为，我们一些权威，如钟启泉先生，强调学生主体性的时候，走了极端，把老师的主体性抹杀了。这是对主体哲学的无知。主体性是一种哲学的普遍规律，师生平等对话，学生有主体，老师没有主体怎么对话。学有学的主体，教有教的主体。在两个主体之间，在课堂上，老师并不是节目主持人，也不仅仅是组织者，而是在学养上，在智慧上，具有自觉的主体。而学生的主体性是自发的，老师的主体性的功能就是把学生自发的主体性提高到自觉的主体性、专业的主体性。钱先生的教师主导性是很宝贵的，是历史赋予的，不是偶然的，是一个时代的代表。我们应该向它虚心学习，虔诚地继承，把它作为历史的台阶，让我们更上一层楼。

这里当然还有一个兼容的问题，其实也是一个学习的问题，不善于学习，拒绝向不同流派学习，拒绝向你反对的理念学习，就是自我蒙蔽的一种。这不能怪天，不能怪地，只能怪自己。蒙蔽是自己造成的。钱理群先生是专门研究鲁迅的，我们有共同语言。鲁迅的作品里面多少人在自我蒙蔽，像阿Q和祥林嫂都死了许多年了，但是阿Q式的自我蒙蔽，祥林嫂式的自我麻醉，仍然活着，不在别的什么地方，就在我们自己的心里、自己的口头上。我的意思是，我们在语文的教学过程当中，有时会不知不觉地把阿Q的、祥林嫂的自我蒙蔽用种种现代化的包装加以推销。从这个意义上来讲呢，我和钱先生一样，有时也是有一点忧郁的。有时候，真是气人呐！不过我不像他那么悲观就是了，我喜欢笑，当然不是傻乎乎地笑，而是意味深长地笑，鬼鬼地笑，坏坏地笑，笑总比哭好嘛。（听众大笑）

三、关于语文教学的学科建设和本土化及知识更新问题

陈：孙老师讲的“去蔽”确实是非常重要的。想到这两个字，我也感觉到现在语文教学里面各种各样的遮蔽、各种各样的蔽障是非常多的。本来准备就这个问题开课的，还没有写好，起了一个稿，题目就叫作《去蔽：语文课改必须承受之重》。关于这一点，钱老师也曾经说过，中国的教育，特别是中小学语文教育，有个重大的失误，就是把原本有无限

趣味的课本，变得枯燥乏味，令人厌恶，甚至害怕。我们现在想知道钱老师对闽派语文这八个字有什么样的看法。

钱：我想讲两个方面的问题。我这次来之前突击当了几天学生，拜读了孙绍振先生的著作《直谏中学语文教学》，读了王立根先生的《智慧作文》，还读了张文质先生编的《明日教育论坛》。我在考虑，为什么在这个时候提出“闽派语文”，提出要讨论孙绍振先生的教育思想？这里的内在动力，恐怕是一个学科基本建设的问题、中国语文课程教育理论体系的建设问题。

在这样一个命题下面，我觉得有几点，或许就是孙绍振先生教育思想的核心问题。一个就是强调要建立中国自己的语文教育思想，或者是中国的汉语教育理念。这些年来我们很广泛地吸收了西方的各种教育理论。实践证明对我们今天的改革是有好处的，是起促进作用的，但同时也带来一些新的问题——就是西方的东西和我们的实际，并不完全是合拍的。怎么样和我们中国自己的传统、现实结合起来，创造出我们自己汉语教育的一种理论体系，这是我们面临的新的问题和挑战。这是第一点。

第二点，是要强调中学语文教育本身就是一门科学，它还有许多分支，如“中学阅读教育学”“中学作文学”“中学口语教育学”等。这个问题讲起来是一个常识，但是事实上并没有被普遍地接受。人们总是有意无意地忽略，或者口头上赞同实际上却不承认：语文教育是一门科学，语文教师是一个专家，是一个专业的工作者，要有专门的修养。好像谁都可以当语文老师，谁都可以来编教材，别的学科要专家才行，在中学语文界，却不同，什么人都行。这实际上反映了人们不把语文教育当成是一门独立的学科来看待。刚才王立根老师的开幕词中有几句话我很赞成，他说要使语文教育科学化、本土化、民族化；这“三化”大概就是孙绍振先生教育思想的一个核心。怎么建立一个民族化、本土化，又是科学化的中学语文教育体系，这是迫切需要解决的问题。

既然是一门科学，就应该有自己的教育理念、教育方法，这些年，我们比较强调这些东西，有很大的突破，语文课程标准大概就体现了这样一个突破。但是我现在还要讲一点，就是要有自己学科的知识体系，在有了基本的教育理念以后，建立汉语教育学科的知识体系。这些年我们好像有点回避谈知识，其实问题不在于过去知识讲多了，而在于我们过去知识本身有问题。比如说语法，我们就把语法家的语法原封不动地搬到中学语文教育上来，这样的知识本身就有问题。另外就是知识本身它所处的位置，怎么讲知识，知识能不能代替一切，一味地讲知识体系本身的完整性、系统性，变成知识为中心，严重忽视学生语文能力的训练与提高、人文精神的熏陶，等等，这些问题在理解与实践上出了差错。但不是说，不应该有知识，因为我们的教育对象是还处在学习阶段的学生，对他们的阅读能力、写作能力的训练，就需要有一定的知识作为支撑。问题是要有什么样的知识——这就有一个知识更新的问题，以及怎样讲知识，如何将有关学科的知识转化为适合中学语文教育特点的知识，建立本学科的知识体系的问题。

孙：钱先生提出了一个很尖锐的问题，也是一个很有创意的出发点。我们老吵什么知识不知识的，实际上在空对空。因为没有把真知识和落伍的伪知识进行起码的区分。这在文学和语言两方面都很严重。以语言为例，有些老师，常常抱怨，现在课堂上一讲知识，就有压力。当然这是不正常的。但是，我们的老师也应该反思一下，你讲知识是不是可靠。你花了很多精力的语法知识，有没有自我蒙蔽的地方？从微观来说，能解决多少实际问题？主谓宾，定状补，对学生作文讲话有多少好处？是不是存在一些不但没有好处，反而有坏处的可能？从宏观理论来说，你讲的语法，它是不是在学科上已经陈旧了？你有没有考虑过，花那么多时间，讲一些陈旧的东西，是不是自讨苦吃？据我所知，现在中学里流行的语法，其理论基础，是不可靠的，是有争论的，是好几家语文学派相互妥协的结果，内部矛盾重重。但是，不管是其中的哪一家，还是中学妥协的体系，都是有局限性的。它的最大局限性就是把一切语文现象都归纳成一套又一套的语法结构模式，或者叫作规律，不管是精彩的，还是枯燥的语言，都可能是符合语法结构的。所以这种理论体系后来就被另一些语言学理论所补充、修正了。如果我的记忆没有错误的话，那就是语义学、语用学。一个词语并不是只有词典上那种单调的意义，它是随着语境和当事人的情感关系的不同而发生变化的，可以说是千变万化，出神入化。我们讲的字、词、句，就其本质而言，往往局限于 20 世纪五六十年代定下来的中学教学体系那一套。结果把活生生的语言讲成了僵死的条条框框。文学理论的知识也同样有个知识更新的问题。有些教参编写者，至今仍然只懂得一点反映论，而且是机械的反映论的粗浅知识，连辩证法的起码知识都很欠缺，更谈不上活学活用。他们对于这 20 多年来，我国当代语言学和文学理论研究所取得的突破和进展，没有多少感觉。他们所熟悉的，其实是不能够自圆其说的一套，在文学理论界，其局限性早已人所共知。而教参作者却守着它作为看家本领、衣食父母。在学科理念基础还处于这种杂乱无章的状态下，有什么条件谈论学科体系的建设呢？

钱：中学语文教育真要深入下去的话，恐怕要再着力于我们这个学科本身的这样一个基本的建设：包括观念，包括知识体系，也包括它的方法论，等等。这大概是我们下一步应该共同努力的目标。要实现这个目标，就需要加强中学语文教育学的科学研究。记得我在刚介入中学语文教育时，就曾经发表过这样的观点：“在我看来，加强语文教育理论的研究，是能否建立起本民族语文教育科学体系的一个前提性条件，在一定意义上，这是语文教育改革能否健康、持续、深入地进行下去的一个关键，而这方面又恰恰是一个薄弱环节。”(《语文教育门外谈·一点感想》)应该看到，我们的语文教育改革是在理论准备不足的情况下仓促上阵的，这有些无奈，我们只能边改革边建设，但无论如何，这是一个先天的弱点，如果不正视，并不加以认真解决，就会出问题。前一个时期，我们主要着手的是解决教育理念陈旧，进行新的教育理念的建设问题，新的课程标准就集中体现了这方面的成果，当然，这些新的理念还有待实践的检验，也会有某些调整，但大体上已经确定下来了。现在迫切需要解决的就是知识陈旧，建立新的知识体系的问题。如孙先生刚才所说，对当代文学研究与文艺理论研究的突破与成就的隔膜，就尖锐地提出了中学语文学科需要知识更新的问题。这当然不是说，要将学术界研究的新成果直接搬用到中学语文教育中，在这方面我们是有过教训的；关键是要根据中学语文教育的特殊性质与教学实际，进行科学的转换与创造。这就需要打破大学与中学、教育界与思想文化界相互隔绝的状态，提倡多学科的合作。在我看来，孙绍振先生的工作正是在这方面起了一个带头的作用。他所倡导的“还原、比较的文本分析法”，就是将他自己以及文艺理论界的研究成果运用于中学语文教育中的一个尝试，其所提供的有关新的知识、新的分析方法就是在为“中学阅读学”的知识体系、方法体系的建设，提供了新的基石。建立体系是我们追求的目标；但体系的建设却需要一块一块的基石逐渐积累起来。我们不妨进行这样的设想：能不能集中一批关注中学语文教育的有关学科（如语言学、写作学、文艺理论）专家，和中学语文教育专家、中学语文老师一起，来做这样的知识转换、创造与教学实验，这就有可能对语文教育改革有一个新的推动——也许这又是我的一个理想主义的空想，但确实是孙先生的实践给我的启示。

要达到这个目标，还有一个重点，就是要强调第一线教师的作用。这些年比较强调学生主体，这是正确的，是针对过去的弊病提出的。但是我们多多少少忽略了教师的作用，或者对教师的作用与学生的主体性发生了一些误解。这其实也是教育学中的一个课题，也许在这次会上可以做一个讨论：在教学当中，教师和学生，是怎么样一个关系。当然，我要说的是，中国的改革发展到现在，它的关键在第一线教师。大政方针，大的目标、原则，课程标准都已经定下了。现在问题是要真正变成现实，那就取决于第一线教师的积极性、主动性和素质。因此，现在第一线教师的状况，特别值得注意。广东一个教师给我写信说，现在第一线教师是“沉默的大多数”，他们还没有话语权。就是说，第一线教师要解决生存权，还有他们话语权的问题。生存权的问题和话语权的匮缺，这是一个问题。第二个就是怎么样把第一线教师的积极性调动起来。更重要的是，第一线教师迫切需要具体的帮助。孙绍振先生在这方面做了很多具体的工作，他的理论是具有可操作性的，是可以解决具体的、实际的教学问题的，不像我，更偏重于理念，具有太浓厚的理想色彩。但我仍然是关注教学的实际状况的，我跟很多第一线老师通气，反复讲一点：教育改革的成败，取决于第一线的教师。而我们这些大学教授，实际上做的是服务性的工作。不过孙绍振老师可能比我服务得更好，更到位。

四、主体间性：欧洲师生关系的四种模式

孙：这个问题提得很好。改革的成败，取决于第一线老师。钱先生刚才提出的生存权等问题，各个地区存在着很大的不平衡。一下子我们很难充分解决。但是，这不是说，在解决生存状态、物质条件方面的问题以前，我们无所作为。我们一方面解决生存的物质条件，一方面在理论上，要进行一些迫在眉睫的澄清。比如说，刚才钱先生提出，现在学生的主体性是得到强调了，但教师的主体性、话语权却失去了。学生主体性的哲学基础是主体性哲学。按理说，一切人都应该有自己的主体性，可是，我们的理论却在千方百计地回避教师的主体性。这可真是一大怪事。为了纠正过去过分强调的教师的主导性，居然，把教师的主体完全抛弃了。这不但在哲学上是讲不通的，而且在实践上是有害的。应该勇敢一些，将主体性加以分析，学有学的主体，教有教的主体。不过教的主体和学的主体之间的关系要弄清楚。从某种意义来说，我们教改的理论基础并不是充分理想的，至少没有考虑到当代主体性哲学的发展，例如，主体性哲学向主体间性哲学的发展。我们在教学理念上，片面地强调某一方面的主体性必然导致另一方面的主体性窒息。从学科理论来说，就是忽略主体之间的平等对话。过去长期压抑学生主体性，现在向另一个极端发展，完全藐视教师主体性。

为什么这样明显的偏颇，这么多聪明人，视而不见？就是因为对洋权威的迷信。因为新的课程标准是从欧洲引进的，在许多人的眼中看来，欧洲就是一个整体，也就是世界上最新的潮流。其实欧洲的教育理念和美洲的教育理念有不尽相同的传统，就是欧洲本身，也不是统一的。至少有四种不同的模式：一、斯堪的纳维亚模式（北欧式），二、日耳曼模式（德式），三、拉丁式（法式），四、盎格鲁－撒克逊式（英式）。我们新课程标准主要学的是北欧式的。这种模式非常强调把学生的主体性放在第一位。而法国则比较强调教师的严格管理和系统考试。一个瑞典学生到了法国中学，她这样说："在瑞典课堂上，师生关系很亲密，上课时，教师让学生自己做事，想怎么做就怎么做。而在法国，师生关系疏远，上课时间完全由教师支配，课堂上讨论很少，发言的机会也不多。"学生在课堂有压力，是正常的。这多多少少有点教师主体为主导的味道。但是，这几年的片面宣传和推广，

给我们许多教师造成了一种印象，好像西方义务教育都是学生主体性一统天下。其实，就是在西方，也是流派纷纭的。当然，这并不是说，我们着重推行的主体性教学理念一无是处，天下只能是主体间性的天下。我希望看到主体性和主体间性，作为不同的教育学派进行竞争。

而我们的所谓首席专家，知其一不知其二，好像安徒生童话中豌豆荚中的小豌豆，夏天豌豆荚是绿色，小豌豆以为全世界都是绿色的，秋天来了豌豆荚变黄了，就以为全世界都是黄色的。

五、关于脱离文本的偏向

钱：在这样一个背景下面，你既然承认语文教育它是一门科学，那么它自然会产生学派的问题。你不觉得它是科学，就没有学派的问题。除了刚刚说的民族化、本土化、科学化之外，它还有一个个性化。这可能又是我的一个浪漫主义的设想：每一个语文老师，应该给语文教学课打上自己的烙印。记得在中学的时候，我们几个语文老师都是有个性的——因为那是一个重点中学，有一流的语文老师。老师的个人修养都各有特点，对各个班级的学生就会产生不同的影响。你是某某老师这个班级的学生，就有这个班级特殊的气质。比如说我们有个老师，特别喜欢语法，可以称得上是语法专家，我是他那班的学生，我们的语法知识就比别班同学要强。另外一个班的老师特别喜欢古典文学，他教出来的学生就多少有点古典味。我的高三老师喜欢新文学，我身上的“五四”味就与他有关。就是说，实际上好的语文老师，总会在自己的教学中打上个人的烙印，这是从个人来说。那么从地方来说，那就有一个闽派，或是浙派，或者是苏派，这样一些问题。但据我所知，像你们这样鲜明地打出“闽派”的旗号，这恐怕在全国是第一份儿。应该说有些省在教育方面做了很多实验的工作，做得很好，但是，它们没有这样的魄力。在我看来，“创立学派”问题的提出，本身就意味着真正把中学语文教育当作一门独立的学科，当作科学，这才会提出建立学派的历史任务。

具体到闽派的八个字，我也非常同意孙先生刚才说的，这八个字里的关键是“去蔽”。这个“去蔽”，我想做两个层面的解说。一个层面，是根本性教育目的的“去蔽”，就是我们的教育怎么样能让学生直面自我的心灵，直面自我的生命，真正做到“立人”。我很同意张文质先生他们提倡的“生命化教育”。教育的本质是提升人的生命的，把人内在的一些美好的东西，把学生内在的生命体验、美好的情思挖掘出来，提升起来。就是善于直面自我、直面自己的生命。要去“蔽”，就是要去把人培养成驯服工具的教学理念与体制之蔽。另外，具体到我们语文教育，具体到过去或者当下弊病来说，我觉得还有一个问题，就是要直面文本，直面文本语言。只有直面文本才能直面生命，直面自我。而我们现在很大的一个问题是，文本被遮蔽了。我们批评过去的应试教育有很多问题，实际上就是孙先生说的，“知识一大堆，文本不着边”，这是一种遮蔽，而我们现在有另一种形态的遮蔽。我们有形形色色、五花八门的形式主义的东西，说难听点，就是各种各样的“表演”。恰好这种“表演”使学生不能直面文本。昨天晚上聊天时，我听说现在很多学生，你一篇文章讲完了，他还没有完整地读过一遍，我吓了一大跳。（笑）如果学生不阅读文本，不把文本读通，这个老师恐怕是基本失职。怎么样直面文本？“去蔽”！让学生直面文本。而文本的核心在我看来是语言。我们当然可以具体讨论，是哪些东西具体妨碍到我们不能去直面这个文本，直面这个语言。所以，我理解的所谓“去蔽”，就是为了直面文本，直面语文，直面人的心灵，直面人的生命。

陈：钱老师刚才讲的这几个“直面”，非常深刻。那么老师们听了这些，可能很快就会联系到我们自己。我这几年也经常去听课，听完课后有一点感觉：老师没有备课。可事实上呢，他备了。但是他没有在文本上钻研，没有细读文本。所以直面文本也就是回归到基础，最根本的，也就是要备好你的课。过去我们叫“吃透两头”，一头是学生，一头就是教材。但是这样的话现在对年轻老师来说都显得非常的陌生。所以我觉得钱老师讲的这个非常好。孙老师这几年也做了大量的工作，就是文本解读，而且是经典文本解读。而这经典文本解读，不是零零星星的，而是有一整套的系统的方法。大家看一下《直读中学语文教学》这本书。那么我们很想来听听孙老师对文本解读这方面有些什么样的见解。

孙：我还是要补充一下钱先生的意见。当前语文教学改革，有脱离文本的倾向。不但脱离文本，而且脱离“人本”。当然这种倾向，好多不是由我们第一线老师搞出来的，是由外来的行政力量强加的，甚至由行政官员搞出来的。实际上我们在一起交谈的时候，有些教育管理方面的官员，把学生在课堂上发言什么的，对话要多少次，作为评估的标准，这是太可恶了，太不能忍受了，这简直有教育的专制主义的嫌疑。

钱：在来这之前，一个报道消息把我吓了一大跳，说某个地方通过一个法规，规定今后语文老师上课“满堂灌”的，一堂课讲到底的，学生没有发言的，就要处罚，就是触犯法规。我觉得这些行政人员不知怎么搞的，动不动就搞法规。而这样这个评价体系都出了大问题了。

六、关于多媒体的包装和分析的可操作性

陈：现在还有一些课，非得用多媒体。多媒体之后呢，唯一的一个媒体，“主媒体”没有了。

孙：这个东西我觉得不能完全怪罪第一线的老师。因为不少第一线的老师，一方面重视文本，一方面弄一点多媒体，二者结合得比较好的，还是有的。但是，在好多地方，有一种多媒体啊，就是为多媒体而多媒体，弄了好多新花样，这个要引起注意。太多的多媒体，像钱梦龙老师讲的那样，会出意想不到的问题，包括声音不响，画面空白等。钱先生说，这哪是多媒体，是倒霉体！多媒体是文本的附属品，但是，许多时候，文本变成了多媒体的附属品。我举个例子。我到一个中学去听课，老师讲《木兰辞》，先放美国那个《花木兰》的动画片，然后放我们中国的连环画，放完后集体朗读了一番，然后就开始讨论花木兰。这就到文本了，但和前面放的《花木兰》有什么关系，他完全忘记了。他问，花木兰怎么样？学生说是个英雄。什么样的英雄？英勇善战的英雄。（听众笑）这花木兰什么地方英雄啊？底下想来想去，花木兰很勇敢啊，花木兰会打仗啊……只有一个学生讲：“花木兰挺爱美的。”就这样，说到花木兰回家以后，老师问了，家里反应怎么样啊？是爸爸、妈妈出来迎接她。某同学你做个样子，是怎么样迎接的。就这么样迎接……（做搀扶状）（听众笑）

陈：这是“相扶将”。

孙：然后，弟弟怎么样？弟弟磨刀。某同学你做个磨刀的样子。那同学就……（做磨刀状）（听众笑）完全是机械性僵化的动作，一点欢乐的样子都没有。表演是可以的，如果是为了体会人物当时的心情，完全有必要。但是这样的表演完全忘记了人物的心态，就在嘻嘻哈哈之间，文本丢掉了。多媒体也没有起什么作用，完全成为累赘。开头的多媒体表现的是美国的花木兰。本来应该提出问题：美国人理解的花木兰和我们中国经典文本里的花木兰，有什么不一样？不是说要分析吗？分析的对象就是矛盾，没有矛盾无法进入分析层次，有了矛盾，就应该揪住不放。美国花木兰是不守礼法的花木兰，经常闹出笑话的花木兰。而中国的花木兰，说她是英雄，还没有具体分析，要具体地从文本中分析出来这个英雄的特点是什么。连这样起码的问题都没有提出来，结果美国的和中国的，好像是一样的，这样，多媒体就变成个“遮蔽”了。我后来给他总结说，有一个同学讲的一句话非常重要，就是什么呢？“花木兰挺爱美的。”比那个“是英雄”好得多。为什么呢？它有一种

“去蔽”的启示。花木兰的形象可能被英雄的概念遮蔽。英雄是什么呢？英雄就是保家卫国的，会打仗的，很勇敢的。当时我就问他，这首诗里面，写打仗一共几行？“万里赴戎机，关山度若飞。朔气传金柝，寒光照铁衣。将军百战死，壮士十年归。”真正接触到打仗的，一共六行。可是写要出征，为父亲担心，写了不止六行。回来以后家庭的欢迎，花木兰化妆，一共十几行。这里可以看出来，战争不是它描写的重点。她是为谁而战呢？为家而战。家里没有男孩，没有哥哥——没有男性。女性承担起了家庭里面男性的重担。这个重担，是家庭的，也是国家的。立了大功以后，她拒绝了“尚书郎”的封赏，回到家乡，享受平民家庭的幸福生活。从主动承担家的重任开始，到为国立功，又回到家里享受亲情的欢乐，这个英雄的内涵就是这样的。这是中国的文本，这是一个充当家庭支柱，比男子还要负责任的女英雄，把家庭的天伦之乐看得比当官还幸福的一个女英雄。比较起来，打仗只是一个背景而已。

这就叫文本分析。抓住文本，很简单嘛，就是要“去蔽”，像剥笋壳一样。这篇经典之作中的“英雄”概念和我们心目中的概念是不一样的，要防止李逵啦，武松啦，岳飞啦，这些现成的概念把你遮蔽住了。汉语里的英雄概念本来指的是男性。英雄，英雄，英是花朵的意思，杰出的意思，可是花朵、杰出的人物，只能是男性（雄）。所以把花木兰叫作英雄，词义内涵是有矛盾的。她是个女的，还要叫她英雄，不通。应该叫作“英雌”。这里把她叫作英雄，就是颠覆了原本英雄的观念。从文本出发，揭示出这，经典文本里英雄和观念的特殊性，这就是我们要做的。我在《直谏中学语文教学》中说，分析的前提是矛盾的揭示，而矛盾是潜在的。我提出用“还原法”来揭露矛盾，这样才有分析的对象。还原，就是把英雄原来的观念作为背景，它是什么样的，写在经典文本中英雄的观念是什么样的，二者不一样，才有分析的空间。这是一种硬功夫。搞那个多媒体，花很多的精力，老师很辛苦，效果并不见得好。可他为什么花那么多的精力去干这种无效劳动呢？这是因为，那个东西虽然很麻烦，但是相对还比较容易。去找一下美国的《花木兰》，和还原、揭示矛盾这种抽象思维相比，具体的运作，还是比较容易。找花木兰的动画片，自己怕麻烦，可以叫学生家长去找，哪个家长敢不听命！但，分析文本，是一种创造性的抽象思维，要有一定的想象力，才能把隐秘的矛盾揪出来，这很不容易。多少人视而不见，而你却把它发现了，你就变得聪明啦。一般人，为什么不会分析？因为他们满足于英雄的概念到处都一样，你却揪住不放。这是一口深井，坚持不懈地挖下去，这篇经典深邃的特点，从思想到艺术的，就像泉水一样冒出来了。

多媒体虽然是先进的科学手段，但是科学技术有个特点，就是一旦化为操作技巧，就比较容易了。比如开汽车，驾驶是比较容易的，但是把汽车发明出来、制造出来就不简单了。它毕竟是个技术。可是分析文本，具体问题具体分析，是一切科学研究的活的灵魂，它是精神素质的一种展现。

所以我强调，闽派语文里面有一条“求实”，就是要落实到操作上。我们不能空讲“求实”，要给它一个可操作的方法。你不要讲半天，要分析，一遇到矛盾，就滑过去了。有许多文章叫作什么“赏析”，其实它没有分析。它只是把文本赞美一下——“啊！这个妙语连珠啊！这个文采风流。”这些其实都是废话。分析能不能落实，有一个很关键，就是具不具备可操作性。所以在《直谏中学语文教学》里绝大部分——2/3的篇幅是讲分析的六个可操作性层次的。有一次一些北方的中学语文教师跟我反映，最难教的就是《再别康桥》。朱自清的《荷塘月色》，还可以讲讲“四一二”大屠杀啊，社会革命啊，小资产阶级苦闷啊，可以讲的东西不少。《再别康桥》怎么讲？狗咬乌龟——无从下口。后来他们在网上讨论，结果是什么？最好的办法就是让学生去朗诵，通过朗诵来体悟它的诗情。我就说了，学生朗诵，你干什么了？你是老师啊。你老师干什么的？他们说，你老讲分析，怎么分析？我讲揭示矛盾哪！矛盾在哪里呀？你把它还原啊。《再别康桥》第一段，“轻轻的我走了，正如我轻轻的来……”是吧？“我”挥一挥手，“作别西天的云彩”。你说要跟母校告别，为什么要跟云彩告别？通常，告别是向人告别，或者是跟校园里的某一样景物告别，他跟云彩告别干什么？这要还原。他为什么要告别，你分析到后面就知道了。它里面有个矛盾。他说，这个景色非常好，“河畔的金柳，是夕阳中的新娘”，是吧？那么透明的水，“我”愿做一根水草，是吧？在水里干什么呢？“我”要到里面去“寻梦”。“寻梦”“彩虹似的梦”，沉淀在这里边。梦有两种，我们给它还原，一种是梦想未来，一种是回忆过去，他这个梦是沉淀在水底的，应该是回忆过去的梦——重温旧梦。重温旧梦非常美好，非常欢乐。“载一船星辉”，“我”要放歌，这不是很好吗？“但我不能放歌”“沉默是今晚的康桥”，这不是自相矛盾吗？这么美好的梦、过去的梦、青春的梦，却“不能放歌”，为什么？“我”只能一个人重温，为什么？这是个人的秘密。天知，地知，你知，我知。一个人重温，所以才轻轻的，悄悄的，才不能跟人告别，才只能跟云彩告别。这个是关键。一个人重温旧梦，回忆，是要排除外部的干扰的。任何外部的声息都可能是干扰。你们有没有这样的经验，为了回忆一件事，甚至要把眼睛闭起来，才能进入回忆的境界？然后“我”悄悄地走了，“不带走一片云彩”。这个梦是在“我”心里的，不用带的。“我”的记忆留在这里。

你们研究一下徐志摩的经历，他曾跟林徽因在康桥携手同行。现在林徽因结婚了，他自己也结婚了，那当然这个梦，只能是悄悄的、轻轻的，不能是大喊大叫的。说到底，是偷偷的。如果大喊大叫，就没有偷的意境了。“再见吧，大海！”不能像普希金那样子，因为普希金是追求自由的，可以自豪地宣告。

分析这个东西比较精致，难度比较大，但，不是学不会的。你不学这个，去搞一些花样，把徐志摩的照片拿来放映一下，把伦敦的照片、剑桥大学的照片放映一下，那个用处不大。画面不等于诗。画面并不提供现成的诗的奥妙。我们要“求实”，不但要分析，而且要通过分析来理解人的心灵。人的每一分、每一秒、每一种记忆，都是宝贵的。这首诗，那么多人喜欢它啊，就是因为唤起了人们的记忆。讲不清楚，你要想办法把它讲清楚。这叫通过分析进行“去蔽”，分析以后，下点功夫，看徐志摩的传记，基本上就有了。这并不神秘。

七、关于课堂朗诵的不同意见

钱：孙先生的这个建议，我很赞同，但我提一点不完全一样的意见。（笑）孙先生一开始说，有许多老师说讲《再别康桥》，需要朗读，他说朗读的话，语文老师干什么的？这个我不太同意。我觉得朗读很重要。

孙：那是因为我的普通话不大好，朗读起来没什么效果。

钱：（笑）我觉得语文教育当中，朗读是非常重要的一环。我今天下午会向大家介绍，我在南师大附中上语文课，就曾经做这样一个实验，完全朗读，根本不进行任何分析。（笑）因为朗读经老师处理之后，就包含你的理解在里边了。而且我觉得因为语言文字有一些非常微妙的东西在里面，它是难以分析的，它是要通过朗读来使学生感受与感悟的。我下午会做详细介绍。还有一个——我朗读的效果非常好。（笑）（听众鼓掌）

孙：（笑）这一点我表示怀疑。我觉得我的普通话比你好一点。这是开玩笑。从理论上严肃地说，应该承认你的说法有道理，有许多东西是很难分析的。直觉比概念要丰富得多，抽象的概念和语言是穷不尽直觉的。所以歌德说，理论是灰色的，生命之树常青。但是，从另一方面来说，我们又不能满足于直觉。科学的任务，不能停留在禅宗的直觉上，而是尽可能地把直觉转化为理念。有一句可能是大家都能同意的，就是感觉到了的，不一定能理解，而理解了的，却能更好地感觉。理论是不完全的，但是，我们还是要做理论家。不但为了更好地说明世界，而且为了更好地改造世界。前面的话是毛泽东讲的，后面的话，是马克思讲的。我不想用权威来遮蔽你。

钱：（笑）不是普通话和权威的问题。（听众笑）而是实践的问题。因为我的朗读学生非常欢迎，所以我很自信。我觉得朗读就包含着一种理解。这也是中国传统教育方法，这个传统方法用在语文教育里面是可以借鉴的。当然，朗读只是教学方法中的一种，它应该与分析结合起来。

孙：（点头笑）我们兼容吧。

钱：可以，可以。（笑）（听众鼓掌）

陈：让我们再次报以热烈的掌声。（笑）（听众鼓掌）钱老师刚才说他朗读的水平非常高，我觉得，主要是他进入文本，是非常投入的，是贴近心灵的。我们也有一些老师不错，但我总觉得他好像隔着一层，是为朗读而朗读，注意语音的标准啊，句读的分明啊，节奏感啊之类，总之都注意到形式上，实际上没有进入。钱老师重视朗读，不仅在面对学生时注意朗读，实际上在做研究时也很重视朗读。我曾经看过钱老师的一篇文章，讲到他带了一些研究生，参加一个学术讨论，研究某个课题。他不是先把课题布置下去让学生去做准备，而是头一天就叫大家去读书，去读，放声地读，读它一天半天，然后回到这来，再讨论，是这样吧？钱老师是这么做的。钱老师搞学术研究的时候也是立足于朗读的。这非常重要。我又想起了浙江省的一个很著名的特级老师，叫林伟同，去年（2003年）80岁了，大家给他祝寿，请他说话。他说，我已经退休很多年了，没有什么话可说了，一定要我说呢，我说这样一个意思：我每教一篇课文，必读三遍。第一遍就是刚开始教的时候，教的过程中我再读一遍，教完了我最后读一遍。他说，我今天别的话没有，我就讲这“三遍”。这是进入文本的第一步，就是要读。我觉得这太重要了。孙老师曾经说过，这文本的东西啊，是一种探险，恰好钱老师也这么说。钱老师非常喜欢语文课，他在中学的时候把每一次上课都当作一次精神的冒险。他在中学时就冒了一次险，对吧？老师说茅盾的《春蚕》——我在中学也念过的——茅盾的《春蚕》里面一个叫什么花的——

钱：荷花！

陈：对。荷花是个女性，用当时老师的话说，是一个落后的、思想有很多问题的放荡不羁的女性。可是钱老师却不同意，说她是一个解放的女性，不是一个放荡不羁的女性。而这个老师呢，充分肯定了钱老师的意见。

所以，我觉得，把阅读，把老师这个备课、教学，看成是一个精神的冒险，这对我们来说应该是非常有启发的。

现在，广大老师感到困惑的是什么呢？一方面有很多新的理念纷至沓来，好多好多。一个理念还没很好地接受，新的理念又来了。这几年理念之多啊，满天飞。我们进行课改，感觉到迫切需要提高素质。如何提高我们的素质呢？首先是提高文本的解读能力。应该从哪些方面去努力？刚才已经讲到一点，就是要注意分析。那么，能不能请两位老师给我们再敞开来讲一讲？可以从中学时代讲起。中学时代这两位老师的语文水平都非常高。他们怎么样在做学生的时候学好语文的？后来当了老师——钱老师当了18年的中学教员，我记得孙老师好像也教过很短很短的一段时间的中学。

孙：半年。

陈：半年的中学语文教育？

孙：对。教的是美国和英国的语文。（笑声）

钱：我教的是中国语文，教龄还比你长。（笑）

陈：（笑）从过去一直到现在，谈一谈，应该怎么样全面提高我们作为一个老师的素质。只有素质提高了，我们才能真正领会两位老师的这种学问、这种精神、这种动力。孙老师先说吧。

八、关键是教师的敬业和修养水平

孙：我觉得作为一个语文老师，首先一点，你必须热爱语文，喜欢——不仅是文学——也包括其他的文章。我当时的老师其实没有多高的水平。为什么？因为中华人民共和国成立，都是国民党留下来的一些大学生，有的是学英语的，有的是学历史的、法律的，但他们教得都挺不错的。他们教书就是让我们有进取心，就是鼓舞我。第一，他把这个语文课讲得非常有趣，哪怕讲课外的时事和故事也很有趣。第二，他非常认真地改我的作文。有一次做作文，我急着看分数，跑到他家里去，问，多少分？他说，87分。我说，才87分，为什么才87分？他说，我这一辈子最高打86分，给你都87分了！头一回！很了不得啊！（听众笑）哦，我才知道原来我挺不错的。就是这个87分，真棒！真鼓舞！就这句话，"我这一辈子最高打86分，给你都87分了！"哦，我才知道，我还是蛮有才气的、前途远大的。（听众笑）就这样，我的劲头来了。影响我到什么程度？使得我非常喜欢读书，据我母亲回忆，喜欢到连吃饭都眼睛不离开书本。当时我是初中生，老师让我写读书报告。我把老舍的《骆驼祥子》，中华人民共和国成立前文化出版社的版本，和中华人民共和国成立后开明书店出的《老舍选集》的版本，拿来对照，看删掉了一些什么。从这里面发现了极大的乐趣，既有意识形态也有语言删节的。《雷雨》中鲁大海有几句话，中华人民共和国成立后，不同的版本，改过来改过去，我就拿来对照，希望从里面得出一点对这个文本的艺术奥秘的领悟。当时报刊上的一些评论文章，课堂上老师的分析，都不能使我感到满足。这个老师虽然他鼓舞了我，但他讲不出什么深刻的东西来。他不懂马克思主义的文艺理论，虽然他有悟性，可感悟的他讲不出来。后来我去看评论鲁迅的文章，大失所望。凡我知道的，文章大讲特讲，我不知道的，一句也不讲。我特别喜欢文本分析，但文章里尽讲一些思想性啊之类的东西，讲到艺术性的时候，就那么几句话，套用到哪一个文学作品都可以。所以我后来就根据鲁迅的一句话，“应该这样写和不应该那样写”，把修改稿拿来对比。文章要怎么样写呢？你就要从不应该那样写去找出来、悟出来它应该这样写。最好的教材是什么呢？作家的修改稿。原来是这样的，后来改成那样。这样，我就拼命想办法去找，很可惜非常少。这几乎成了学习写作的一个法门。后来我读托尔斯泰的《复活》和《安娜·卡列尼娜》，也尽可能找到修改的资料，来对照。以后还看了《静静的顿河》的修改稿，里面确实能看到好多好多的东西，是大学老师、学者都绝对讲不出来的东西。它摆在那里，有矛盾啊，我可以分析啊，这一点因为时间的关系，我不能细说，你们可以看看我的《文学创作论》，其中有不少这方面的资料。

我从修改稿中悟出来的东西很多，帮助我打破了对于一些知识的迷信。原来，关于肖像描写、景物描写、动作描写、对话描写，许多知识，都靠不住，甚至可以说，非常外行，胡说八道。没有这种知识还好，有了只能产生误导。为什么？那些知识都是机械唯物论的。好像在描写肖像、风景、动作等的时候，作者是非常客观地去写的，把人物事物的特点描写出来就成了。其实，描写是带着强烈的主观感情的。不管是风景还是人物，实际上是作者心灵肖像的返照，就像贾宝玉看林黛玉，林黛玉看贾宝玉一样。而那些靠不住的知识，就是最好的，也只是给人一种印象，是曹雪芹在看林黛玉。描写景物、人物、肖像、动作、语言的时候，关键是视角、心灵、情感。

所以我觉得，知识是重要的，但是知识的可靠性要研究，要仔细分析；许多知识是错误，没有用的，又有许多知识是非常有用的。把知识全否定的话，我们就不要写书了。我们书里面那么多知识，都当成一堆垃圾，不是自我否定吗？所以说知识还是重要的，但是，要对知识加以清理，有些是有用的，有些是骗人的。要自己动脑筋去清理。当你确信某种知识是来自真的生命体验，而且是规律的总结的时候，你就去掌握它。当然，在掌握的过程中，往往要小心，也许，在某一环节上，你可能发现它有挑战的余地，可以质疑。如果有了这个感觉，一定要揪住不放，也许这个关头，正是你创造你自己的知识的机遇。钱老师刚才说的知识体系问题，我要重复一下，我们希望建立一个语文学科的知识体系，在座的第一线教师，如果能够在掌握新知识的过程中，不迷信，敢挑战，就能够参与我们新的知识体系的创造。

陈：孙老师刚才讲到了，我们在备课的时候、在上讲台的时候要多一些比较。这是一个方法——比较、还原。那么孙老师还有很重要的一点，就是“证伪”。他在书上多次提到“证伪”。我们只知道“证明”。实际上我们现在的语文教学有一个模式，叫作“证明模式”，就是我们早已经有了一个现成的结论了，然后就不加分析地找材料去证明它。我们早

已知道我们每篇课文大概它的中心思想是什么，写作特点是什么，这些已经装在脑子里面了，多年教了多遍了。现在只要求学生能从书上找出东西来证明，观点加材料，观点是现成的。你不要以为我们只是在作文里面观点加材料，在阅读教学里面也是观点加材料。让学生找——“这说明了什么啊？从哪里看出来？”好了，拿来证明，对，这就是“证明”，这也是一种“蔽”，也是一种“遮蔽”。孙老师又提出了“证伪”。“证明”很重要，“证伪”也是重要的。我们大家可能很想听听，孙老师对“证伪”的一些观点，请他给我们简要地介绍一下。

九、关于议论文的证明和证伪问题

孙：这又涉及我们中学语文课本中某知识的缺陷。我们议论文的基本理论就是有错误的。中学课本上说要写议论文，先要有一个观点。然后选择跟你的观点相一致的材料，这是“证明”。这种方法在小学、初中一年级二年级还可以，因为要让观点材料统一，毕竟是要照顾训练的。但是这是非常初级的一种训练，到了初中三年级还死抱住它不放，把它作为一个证明的规律，是非常危险的。

第一，你这个观点对不对啊？观点本身是要分析的。这观点是不是偏颇的，是不是真实的？这观点是从哪里得出来的？对现成的观念，不加质疑就去印证，这是盲目的，愚昧的。

第二，如果你用你的观点，只选择跟它相一致的材料，意味着什么？排除了跟你观点不一致的材料。这样还怎么证明啊？这是太危险了。我说你是好人，就把你所做的好事统统罗列在一起，可以送你上天安门去观礼。然后我说你是坏人，把人家的头打破了，把你送进监牢不是也有道理吗？问题是好事和坏事要综合起来研究，才能证明。

英国的哲学家罗素曾经写过一篇有趣的文章，我现在找不到了，叫《如何防止自我蒙蔽》。他说，所有英国的男性和女性，都认为自己的性别优于对方。男性可以说，所有的大政治家、大哲学家、大数学家、大军事家，全部是男性。女性可以说，所有的大军阀、大贪污犯、大强奸犯、大流氓，也都是男性。（听众笑）这样的证明，如同儿戏，还没有进入真正的思考。

实际上我们忽略了西方学术在这方面的发展，例如一个叫波普尔的学者提出，证伪比证明更能发现真理，推动理论的发展。有一个很著名的例子，就是“一切天鹅都是白的”。如果你要证明，就是用这个观点去选择材料，举例证明。古人看到的天鹅是白的，今人看到的天鹅是白的；外国人看到的天鹅是白的，中国人看到的天鹅是白的。你能不能证明一切的天鹅是白的？还是不能。因为实际上客观世界是无限的，而你的经验是有限的。有限的经验加上N次，还是有限的。这时如果发现一只天鹅是黑的，马上“一切天鹅都是白的”就被推翻了。相反的“证伪”却带来了一个更来得可靠的结论，就是：并不是一切天鹅都是白的。当然它的思想可能有偏颇，它没有概率论的观念，但是，非常深刻。而我们中学语文教学和大学写作教学，恰恰就没有把它引进来。

如果我们用“证伪”的方法来分析苏洵的《六国论》，就可以看出它是在不断地做自我否定，即把前面初步肯定的论点，加以质疑和修正，也就是进行层层深入的分析。文章先提出一个问题：六国为什么打不过一个国家？有人说是打仗打败了，他说不是，是不打而败。有人说有的国家敢打不是还打了败仗吗？他说，这些国家小，是其他大国不敢打，不敢和这些国家联合起来，因而使小国敢打而不能不败。小国一个一个地败了，大国就孤立了，就不能不败了。他反反复复地自己证伪，最后得出了败于不战，而不是败于战的结论。这里有个关键词的分析问题。以前我曾经说过鲁迅在《中国人失掉自信力了吗？》中的“自信”“他信”“迷信”等，在《六国论》中，关键词是“战”和“败”。今天时间有限，以后再说吧。（笑）留一点时间给钱先生。

陈：你刚才讲的关键词的分析，恰好，也就是钱老师他的特长。在钱老师的《名作重读》中，虽然没有“关键词”，但他的“单位观念”或者叫“单位意象”，非常重要。抓不住这个，就无法进入文本。那么我们现在想听一听钱老师在这方面的高见。

钱：如何提高中学语文老师文本的解读能力，这恐怕是当下最迫切的问题，同时也是一个比较困难的任务。我想是不是从三个层面来解决这个问题。一个是根本上来说，语文老师怎么样提高自己的素养。我就想起王立根先生曾经找我，我给他写过两个题词。我的第一个题词是：“要做一个有思想的语文老师。”今年（2004年）他到我家来，我又给他一个题词，说：“语文老师应该是一个可爱的人。”就是要可爱，要有人格魅力。昨天晚上我跟他说，还要有一句话，就是：“语文老师应该是一个杂家。”我在跟全国各地的语文老师的通信与交往中，常常发现比较好的语文老师，都有一个共同特点，就是喜欢读书，而且他书读得比较杂，什么都读，也不是太深。因为语文老师不是一个学者，他不是专门研究文学的人，不需要太深，但要什么都读一点，懂一点。书读得要杂，读杂之后，你的知识就会通。一个文本你要读懂，需要各方面的知识准备。你的书读得杂的话，你的知识就会融会贯通。总的来说就是要多读书。为什么说这个问题呢？因为现在不读书，已经成为学校里的普遍现象。首先是学生不读书，不仅是大学生——我现在最头疼的是连研究生也不读书，所以我们中文系的一位先生就写了一篇杂文，题目叫《少爷、小姐请读书》。（听众笑）现在孩子不读书，特别是不读原著，只读内容提要。还有卡通、连环画。可以应付考试。

孙：看电视剧也是一种办法。

钱：现在很多中学老师也不读书。当然也有个客观原因，实在是太忙。以前我不太理解中学老师怎么这样忙啊，这回到中学一上课就理解了，不能责怪老师。可不读书毕竟是一个大问题，是吧？根本解决的办法，还是靠自己。要成为杂家，就要多读书。在具体操作上我有一个建议。这其实也是我带研究生的一个经验。我总是跟学生说，你读一篇文章，研究一个作品的时候，绝对不要先看参考资料，这也是我的习惯。

孙：我也是。我写论文也是不急着看参考资料，写完了以后加一点引文，说明自己对于文献还是涉猎了的。有些参考资料把它引进去，或者是赞成，或者是把它骂一顿。（听众笑）

钱：我的办法也是这样，就是读。比如说我研究鲁迅，就是读鲁迅作品，一遍一遍地读，反反复复地读。说实话，读了不知道多少遍了。就是面对白文，反复读。

陈：面对白文这种态度好，白文最丰富，多看论文，反而变得狭隘了。

钱：就是面对白文，没有注释，反复地读，反复体会。而且我跟学生说，第一感觉最重要。你读这个作品，第一个感觉，最打动你的，最让人感兴趣的，最能唤起你的灵感的，最重要，你得赶紧把它记下来。这是原生态的，是你以后研究的基础。我觉得现在语文老师，你没条件读很多参考资料，这是个坏事，但是没有参考书，也有好处，你就直面这个白文。反复读，你就会读出里面的味道，再教给学生。这里就有刚才说的“关键词”的问题。你怎么样抓住最关键的词？所谓“最关键的词”实际上就是说一个关键点，一个关节点。实际上作品的内容和形式是统一的，用我的话来说是“一张皮”，而不是“两张皮”。你怎么去自己直面它，然后设法把你自己的感受表达出来，这是眼下最需要解决的问题。

当然，也不是绝对不看参考资料，应该在有了自己的感悟以后再看参考资料。这是我们这些对作品进行专业研究的人所应做的事，我们有这个责任，写一些文章，给大家提供一些辅助性的材料，我写《名作重读》，就是这样一个工作。这些年有个很严重的问题，就是语文教育和学术研究严重脱节。有些教参其实非常陈旧，里边很多东西是老生常谈。

孙：学术界已经抛弃了的说法，到了那里面却成了主流，不着边际，和文本脱节，信口雌黄。

钱：我写《名作重读》就是因为看了语文课文关于鲁迅作品的解读，完全是20世纪60年代“兴无灭资”的思想的那一套——兴无产阶级，灭资产阶级的思想。讲《项链》，变成是批判资产阶级的虚荣心，变成这么一个东西。我发现学术研究跟语文教育之间的差距实在太大。这个交流的工作，只能由我们来做，不能要求中学老师看大量的学术著作，这个很困难，他们没那么多时间，应该由学者来做学术的普及工作。我已经写了《名作重读》，今后有可能再做一点这方面的工作。你们先直面文本自己读，我们这些人再提供一些背景材料和研究信息，从两方面来解决问题。要使孩子喜欢文本，首先就要老师自己直面文本，喜欢文本。你自己有所感触，孩子才有可能有感触。有的时候，可以和孩子一起来解读文本。我这次在南师大附中上课，学生的有些见解，是我没想到的。他也会冒出一些创造性的解读。

陈：刚才钱老师讲的这番话，真是语重心长。钱老师有这么一段话，他说："我们要恢复这样一种传统，建一个大学与中学、学术界与教育界联手合作的机制，形成一种全社会来关心教育的信仰。"两位大学者，投身到非常艰苦、非常复杂的中学语文教育里面来，这本身就是非常难能可贵的。他们两位有这种精神，实际上他们在很多地方都已经把这种追求落实到底了。

孙老师在今年（2004 年）的 5 月 2 日，给我发了一个邮件。因为我在主持我们学校今年高中的独立招生、独立命题的工作，我把这个卷子发给他，他给了很大的肯定："没料到改革的幅度是如此之大。"后来我把评卷之后的一些情况汇集，又发一个邮件给他，他在 5 月 7 日给我发了一个邮件过来，我想把这个邮件读一读：

> 由此可见，我们更应该把语文改革，当作一件终生的事业来干。我早就感到，不管我在学术研究上取得了什么样的成就，不到中学里生根，都是白搭，所以我才花了那么大的精力，放弃了一系列的研究计划来投入这项事业。从你的考卷来看，更加证明了这近 20 年的托福式的标准化客观化的考试已经把学生和教师弄傻了。这更使我感到一种使命，非把教改进行到底不可。

同样，我们的钱老师，他为自己的《语文教育门外谈》这本书写了一个后记，他表示，要"下定决心"，转换角色。（听众鼓掌）要由一个思想者转向为一个实践者。他退休了，并没有在家颐养天年，明知中学语文教学改革是如此困难，还是坚持要把这改革进行到底。他在一篇文章里这么写——说他自己跟中学语文教学十分有缘，这个缘分很深。他讲了三点内容，第一点就是"我"做了十七八年的中学语文教师；第二点就是讲五四新文化传统的影响，鲁迅、胡适、朱自清、叶圣陶，都对中小学语文教育表示过极大的关注；第三点他是这么说的："在自己历尽沧桑、步入老年时，又处于世纪之末，我越来越感到，或许为正在成长中的孩子们做点事，才是更为实在而有意义的——这几乎是看透了一切之后，唯一没有、也不愿看透的一点。"看了这段话，我非常感动，恐怕在座的老师也都很感动。他

唯一没有看透的，也不愿意看透的，就是要为孩子们做一点事。他觉得这才使他的生命感觉到生机。（听众鼓掌）

今天上午我们听了两位老师非常中肯、也非常深刻的一番指导，现在时间也已经差不多了。下面请老师总结一下。

孙：不可以总结的。我们是对话，要留下质疑、挑战的空间。总结算什么！谁有资格来总结？只有历史才有资格来总结。（听众鼓掌）钱老师多讲两句怎么样？机会难得。我们几点钟吃饭呢？

陈：还有 15 分钟时间。他是说下面还有些什么事。

孙：下面还有什么事？下面的事再重要，也没有钱老师的讲话重要。大家鼓掌！（听众鼓掌）

钱：（大笑）我说一点吧，我看了张文质先生的一段话，觉得很重要。他说老师应该是教育家，要有一种守望精神，精神重心要守在使教育成为教育的东西上，不受外界的影响，尽自己的天职，要有职业的尊严。我觉得这一点非常重要。正像刚刚陈先生所说的，真的是历尽沧桑之后，觉得最有价值的，就是当老师。我这样的普通知识分子能够做的事，就是当老师。学术界有的朋友说，当下中国应该走制度建设的路。我非常赞成，但具体到自己，就觉得很难参与，不知道该怎么办。（笑）我想我能做的还是当教师。人们都在讨论中国有很多危机，在我看来，根本的危机，还是人的心灵危机，最根本的问题，是人的问题。我曾经讲过一句话，让有些人不高兴，我说，我们最大的失误有两个，一个是人口没控制好，再一个就是教育的失误。我退休之后就一直在考虑：人，最后归到哪里？于是我将目光转向中学教育，重新到中学上课，当然，我只能上选修课。其实我最关注的，还是乡村教育，我的眼睛一直盯着乡村的教师。我最近在北京做了一个演讲，支持和鼓励当代大学生们到农村去。（孙鼓掌）（听众鼓掌）我说我们这 100 年来，中国知识分子有一个到农村去的传统。第一代是“五四”的一代；第二代是 20 世纪 30 年代，晏阳初他们；第三代就是抗日战争的时候——

孙：延安一代。

钱：第四代是我们这些人，20 世纪五六十年代从大学毕业的；第五代是知青；现在第六代要到农村去。

孙：现在难喽！现在非常难。

钱：但是还是有的，据我所知，全国有 140 多个到农村去的社团，遍布各大学，大学生作为青年志愿者到农村去，支农、支教。其中最主要的一个就是支教。所以我觉得现在坚守在农村的教师，特别值得尊敬，应该给他们更大的帮助。我知道现在大家都很苦闷，包括我自己都是苦闷的。现在是一个价值失落的时代，是“上帝死了”的时代，我们把精神寄托在哪里？我觉得教育是一个可以让我们栖居的地方。我们坚守在教育岗位上，然后就不为外界所动。领导不理解我也罢，社会白眼看我也罢，我反正守着这块地方，我要做一个老师。我的想法其实很简单，就是拯救一个算一个，帮一个孩子算一个。我们的作用非常小，不可能把所有的孩子都教育好。但是只要有一个孩子，经过我的教育他能够健康成长，就算没有白活。教师价值就在这里。我这个想法，可能受到陀思妥耶夫斯基的影响。他在一本书里讲到一群孩子，他们在一起聚会告别童年。其中一个孩子发表了一篇演讲，讲得非常动人。他说我们童年时期有许多美好的记忆，它将影响我们终生。以后长大了，我们当中有的人可能变成坏人，因为社会力量比教育力量更强大，但是我们即使变成坏人，也会想到我曾拥有那么一些神圣而美好的东西，从而感到生命的某种意义。

我觉得教师们的价值就在于你能够为孩子们留下神圣美好的记忆，哪怕只是一个瞬间。你能够留下那一个瞬间，这就是你价值的体现。你不能左右这孩子今后的命运，但是，至少在你教育期间，给他美好的瞬间。在座很多人是中学或者小学教师。一个学生在他童年、少年时代有还是没有美好的记忆，以后的发展是不一样的。我们能够做的事非常微小，但一个孩子经过你的教育，他有了一个变化，哪怕只是一个瞬间的变化，这就是你的意义和价值。所以我觉得我们应该，真是应该，坚守在教育岗位上。不管如何困难，尽到自己的天职，做教育的守望者。教育最基本的一个意义和价值，就是给人提供一个精神的家园；特别是中小学教育，最基本的功能是给孩子提供一个精神的家园；语文教育最基本的功能是给孩子提供一个汉语的精神家园。我为什么特别关注中学语文教育，还有一个很大的原因，就是我感觉到我们现在面临着一个母语的危机。现在北大录取的很多学生，是很出色的学生。他们的外语水平，远远高于中文水平，英语非常流利，但是中文非常之差。这就是我们的母语教育面临的问题，这就更突显出中学语文教育的意义。

陈：孙老师好像对这点也有自己的看法。

孙：我跟钱老师有共同之处。有些不满意我的人说我是“狗拿耗子——多管闲事”，大学老师就管大学好了——在《南方文坛》2002 年第 3 期上有一篇文章叫作《教授，该你忙的你再忙——致孙绍振的一封公开信》，是安徽阜阳一位中学第一线老师写的。

我实在觉得我们生命的价值应该重新定位。我研究文学，研究汉语文学，这么大年纪了，结果到中学一看，完全是落空的。这真是太悲哀了。我们研究文学，拿到了教授这样的头衔，对国家和人民几乎看不出有什么贡献，不能不说，有点失落感。所以我经常讲到文学研究啊，是很寂寞的。尽管在圈子里大家很热闹——“啊呀，这个教授了不得，很有学问。”实际上并没有看过我的学术文章。但是，我写一篇作品解读，那就不一样，那读的人很多，而且连中学生都会去读一读。这是我感觉到很鼓舞的，毕竟我的劳动有所成效。我跟钱老师不同，他更加喜欢“形而上”：生命啊，精神家园啊，终极关怀什么的。我有时也想想，但是，我想得更多的是这个国家的教育资源本来就很稀缺，可我们却把它挥霍掉了。我这个人是在文艺方面比较浪漫，教书方面则比较“形而下”。我就是要把高度抽象的方法转化为具有“操作性”的分析，我不但解读，我还要告诉你操作的程序，哪怕机械一点，我都无所谓。这是我的价值观念。虽然有缺点，但是我想办法，把这个作品解读的方法提供给你参考——你要认真地用的话，大部分是可能有些用处的。一般地讲，你说把生命价值、审美价值、终极关怀、“诗意地栖居”这些西方语言弄来，中学老师还是感觉不到。我的目标是不单单让你理解，而且要让你感觉到；不单让你感觉到我的目标、我的理想，而且让你有一套办法去做，去分析文本。不是给你一条鱼，而是提供一种打鱼的方法、门道。这种办法也许不是很完善，但是，那是我的办法，那里有我的个性。你愿意接受，对你有好处；你不接受，推动你去思考，也是一种贡献。

陈：我赞成你说钱老师“形而上”。钱老师继续“形而上”，你就“形而下”。他到南师大附中上过 40 节的课，你上过几节？

孙：在中学，上过 3 节到 4 节，3 次到 4 次。一次是在厦门的湖滨中学，一次是在我们福建师大的附中——那是“满堂灌”的上法。还有两次是在哪里？是在福州的十八中还是哪里，我忘掉了是在什么地方。总的说来非常少，“形而下”得不够，还要“下”。(笑)

钱：其实我们是根本一致的。(笑)

陈：刚才孙老师说要给大家一个介绍，给我们一个系统的方法，也就是给大家一个工具。而钱老师也认为最重要的是要有一个家园，一个母语家园。按我的理解，这个母语的家园要大家来共同建设，要建设一个干净的、丰富的、美丽的母语的家园。首先要干净。现在我们的母语家园，是不干净的。另外要使他们感觉到是丰富的，不是那么贫乏的。这个贫乏的原因我们也有责任去给它找出来。再一个就是非常美丽的。

今天上午，我们的这个高端对话，因为时间关系（现在是 11 点 15 分）我看就到这里。我们用热烈的掌声，感谢他们两位老师！向他们致敬！（听众鼓掌）